Elisabeth Herrmann
Requiem für einen Freund

Kriminalroman

GOLDMANN

Originalausgabe

Sollte diese Publikation Links auf Webseiten Dritter enthalten, so übernehmen wir für deren Inhalte keine Haftung, da wir uns diese nicht zu eigen machen, sondern lediglich auf deren Stand zum Zeitpunkt der Erstveröffentlichung verweisen.

Dieses Buch ist auch als E-Book erhältlich.

Die Handlung und die Personen dieses Buches sind rein fiktiv.

Verlagsgruppe Random House FSC® N001967

1. Auflage
Taschenbuchausgabe Mai 2020
Copyright © der Originalausgabe 2020
by Wilhelm Goldmann Verlag, München,
in der Verlagsgruppe Random House GmbH,
Neumarkter Str. 28, 81673 München
Umschlaggestaltung: UNO Werbeagentur, München
Umschlagmotiv: FinePic®, München
© Yolande de Kort / Trevillion Images
CN · Herstellung: kw
Satz: GGP Media GmbH, Pößneck
Druck und Bindung: GGP Media GmbH, Pößneck
Printed in Germany
ISBN: 978-3-442-48250-4
www.goldmann-verlag.de

Besuchen Sie den Goldmann Verlag im Netz

Für Shirin

Ibi fas ubi proxima merces

Wo der Gewinn am höchsten, da ist das Recht.

Lucanus

Blick auf die Uhr: noch zwei Stunden.

Ich stehe auf der Terrasse im zweiundvierzigsten Stock des Peninsula Hotels in Hongkong. Die Luft ist feucht und heiß, eine Kombination, die ich nicht gut vertrage. Erst recht nicht nach dem Knock-out im letzten Jahr, den ich immer noch nicht ganz verwunden habe.

Livrierte Kellner bringen Drinks, irgendwo ist es immer siebzehn Uhr, aber ich halte mich an Wasser. Der Himmel ist bleigrau, die Sehnsucht nach einem Gewitter groß. Ich sollte hineingehen in die Welt hinter Glas. Klimaanlage, Pianomusik, abstrakte Kunst. Geschäftsreisende an ihren Laptops. Arabische Großfamilien. Ein paar verirrte Touristen, die irgendwo gelesen haben, dass man nicht Gast im Hotel sein muss, um hier oben einen Drink zu nehmen. Aber ich bleibe draußen, lasse mich an einem der Tische nieder und versuche, das alles zu begreifen.

Ich hier, mitten in dieser asiatischen Metropole, nach einem unüberlegten, von wilden Fantasien und Befürchtungen gedrängten Aufbruch. Nicht gerade der Ort, an dem ich mich noch vor wenigen Tagen vermutet hätte. Aber da saß ich auch noch am Schreibtisch in meinem Büro und dachte an nichts Böses, als es klingelte und dieser Mann vor mir stand, dieser Behördenmensch mit seinem Dienstausweis, und ein Drama von unfassbarem Ausmaß seinen Anfang nahm.

Stopp. Konzentration, bitte. Noch eine Stunde und vierundfünfzig Minuten. Dann werden sie kommen, und du musst

Antworten parat haben, Argumente, Lösungsvorschläge. Verhandeln, Verständnis zeigen, Auswege anbieten. Am besten solche, bei denen es keine weiteren Opfer gibt. Das Leben eines Menschen hängt davon ab, was du in zwanzig Jahren als Anwalt gelernt hast. Also komm zur Sache. Geh alles noch einmal durch. Zeig ihnen, dass sie keine Chance haben. Es gibt nur die bedingungslose Kapitulation.

Und genau die werden sie nicht schlucken.

In Berlin ist es jetzt elf Uhr vormittags. Es ist bewölkt, aber es stehen andere Wolken am Himmel als hier. Ein unfreundlicher, kühler Vorfrühlingstag, an dem man überlegt, vielleicht doch noch den Wintermantel mitzunehmen. Es wird fast still sein. Nur die Verkehrsgeräusche dringen durch die geschlossenen Fenster. Ich müsste einen Schriftsatz ausarbeiten, eine Akteneinsicht anfordern, Rechnungen schreiben, Mandantengespräche führen. Stattdessen sitze ich im »duftenden Hafen« – so heißt Hongkong in der Landessprache – und warte auf einen Killer.

Reiß dich zusammen, Vernau. Du bist ein Unterhändler. Ein Mediator. Du vermittelst zwischen Justiz und Selbstjustiz, zwischen zwölf Jahren Knast in Deutschland oder der Todesstrafe in China. Er wird es einsehen. Ich muss nur gut genug argumentieren und ihm nachweisen, welche Fehler er begangen hat. Vielleicht komme ich dann lebend hier raus.

Mein Wasserglas ist beschlagen. Dicke Tropfen rinnen herab und bilden schon eine kleine, runde Lache auf dem Terrassentisch. Fokussiere dich. Geh noch mal alles durch. Mach ihm klar, dass es keine Rettung für ihn gibt. Beginne einfach mit dem ersten großen Fehler. Wenn all das hier vorüber ist, könnte ich einen Leitfaden für Mörder schreiben, eine Art Gesetzbuch der Gesetzlosen. Und der erste Paragraf trüge die Überschrift:

§ 1

Töte keine kleinen Hunde

1

Fangen wir an mit Carolin Weigert. Ihr Name ist vergessen, niemand außer denen, die sie persönlich gekannt haben, wird sich noch an sie erinnern. Das kollektive Gedächtnis ist löchrig wie ein Sieb. Dabei liegt die Sache nur ein paar Jahre zurück, sie ging durch alle Nachrichtensendungen, Zeitungen und Social-Media-Kanäle. Mit Fotos. Einige wenige seriöse Agenturen hatten den Anstand, wenigstens Weigerts Gesicht zu pixeln. Ihr Schicksal bewegte die Stadt und das Land, wurde aber ein paar Tage später von der nächsten Skandalmeldung abgelöst. Weigert ... Carolin Weigert. Vierundvierzig Jahre alt, Single. Da war doch was ...

Es hilft dem Gedächtnis auf die Sprünge, wenn man ein paar weitere Namen nennt: Zumwinkel, Hoeneß und Schwarzer. Schon erhellen sich die Gesichter, und eine durchaus nachvollziehbare Genugtuung knipst ein Lächeln an: Ja! Da wurden doch endlich mal die Richtigen erwischt!

Carolin Weigert arbeitete als Staatsanwältin für Wirtschaftsstrafsachen am Kriminalgericht Moabit. Dazu muss man wissen: Berlin ist, was Geldwäsche und Steuerhinterziehung im großen Stil betrifft, nur bedingt ein *place to be*. Ich rede nicht von den kleinen Fischen, sondern den großen Haien. Die tummeln sich lieber da, wo es warm ist und der Sozialneid nicht so groß.

Deutschland liegt zwar mit so ehrenwerten Staaten wie dem Libanon, Bahrain und natürlich der Schweiz weit vorne im

Ranking der internationalen Steueroasen. Aber sein Geld versteckt man nur ungern in einer bankrotten, rot-rot-regierten Stadt. Trotzdem war Carolin Weigert eine Art stille Berühmtheit in gewissen Kreisen. Wenn sie sich in einen Fall verbissen hatte, ließ sie nicht mehr los. Sie ließ den Neuköllner Autohändler, der sein Schwarzgeld im Kofferraum spazieren fuhr, genauso einbuchten wie den Drei-Sterne-Koch. Sie ahndete gnadenlos Konzertveranstalter wie Eisverkäufer, machte weder vor Politikern noch Handwerkern halt, und jeder, der es mit ihr zu tun bekam, wusste, aus dieser Chose kam er nicht mehr heraus. Ihre Erfolgsquote war einzigartig, ihre Unbeliebtheit auch. Sie war unangreifbar, unbestechlich, gnadenlos. Doch dann geschah etwas, das diese geradlinige, in stetem Winkel nach oben weisende Karriere beendete. Gut vier Jahre ist es her, dass das Blatt sich zu ihren Ungunsten wendete. Weigert, die Unangreifbare, die in Drachenblut Gebadete – sie war verwundbar.

Es gibt ein Foto von ihr aus jener Zeit, das ich nicht vergessen habe. Sie verlässt die Staatsanwaltschaft durch einen Seiteneingang und versucht, das Gesicht mit einer Zeitung zu schützen. Ihre Kleidung wirkt wie von einem Stylisten für Netflix-Anwaltsserien: teuer und perfekt. Durch die offenen, schulterlangen Haare fährt ein Windzug, sie wirkt wie Amal Clooney auf dem Weg zur nächsten Verhandlung am Europäischen Gerichtshof für Menschenrechte. Sie ist cool, man kann es nicht anders sagen. Cool und eine Augenweide, in Berlin kann das schon ein Grund sein, die Messer gegen sie zu wetzen. Den Hund hatte sie nicht dabei.

Wie aus der Boulevardpresse zu erfahren war, hatte sie ihn sich erst ein paar Tage später angeschafft. Einen reinrassigen Dobermann-Rüden, der dominanteste seines Wurfs, für knapp zweitausend Euro von einem brandenburgischen Züchter erstanden, der auch Rottweiler und Rhodesian Ridgebacks anbot. Der Hund war gerade mal acht Wochen alt, noch nicht stubenrein und brauchte »eine starke Hand«, um nicht zu einer tickenden Zeitbombe heranzuwachsen. Weitere Bedingungen, außer Barzahlung ohne Quittung, stellte der Züchter nicht. Es ist erstaunlich, dass Carolin Weigert sich darauf einließ, zweitausend Euro schwarz zu zahlen, aber vielleicht hatte sie sich den Mann auch nur still für eine spätere Sanktion vorgemerkt, zu der es nicht mehr kommen sollte.

Da war ihr Leben bereits aus den Fugen geraten. Äußerlich merkte man ihr das nicht an. Sie erledigte ihren Job, sie funktionierte, aber es gibt aus dieser Zeit zwei Anzeigen gegen unbekannt, die beide ohne Erfolg geblieben sind. Carolin Weigert fühlte sich verfolgt. Es begann mit den zerschnittenen Reifen ihres Autos, setzte sich fort mit anonymen Anrufen, dazu verschwanden wichtige Akten aus ihrem Büro. In der Tiefgarage hatte ihr ein Mann aufgelauert, aber sie konnte nicht erkennen, wie er aussah. Sie hatte ihn als bedrohlich empfunden, aber der Beamte, der die Anzeige aufnahm, konnte mit diesen Angaben keine Fahndung ausschreiben.

Mitarbeiter beschwerten sich über sie. Sie sei unkonzentriert und aggressiv. Mehrfach suchte sie den Arzt auf, weil Schwindelattacken und Übelkeit sie plagten. Die Kantine betrat sie nicht mehr, ihr Essen nahm sie abgepackt von zu Hause mit. Als sie eines Abends nach Hause kam, musste sie feststellen, dass sich jemand Zugang zum Schlafzimmer verschafft und in ihr Bett ejakuliert hatte.

Die herbeigerufenen Beamten rieten ihr, sich eine Alarmanlage anzuschaffen. Die Polizistin musste aufs Klo, und als sich die beiden verabschiedeten, lag etwas Unausgesprochenes in der Luft. So wie ein Vorwurf, den man nicht machen will, oder ein Hinweis auf einen Fleck, den man zwar sieht, sich aber nicht traut anzusprechen.

Erst nachdem sie gegangen waren, checkte Carolin Weigert, dass der Einbrecher auch in ihrem Badezimmer gewesen war. Er hatte nichts gestohlen, sondern etwas dagelassen. Im Waschbeckenschrank hinter dem Spiegel lagen zwei angebrochene Packungen Psychopharmaka. Sie kannte die Medikamente nicht, aber die Polizistin musste sie gesehen haben. Sie konnte sich denken, was die beiden Beamten auf dem Weg zurück auf die Wache miteinander besprachen: völlig durchgeknallt, weiß nicht mehr, mit wem sie die Nacht verbracht hat …

Carolin Weigert musste da bereits ahnen, wer hinter diesen Angriffen steckte. Doch sie war noch klar – und klug – genug, um zu erkennen, dass ein reiner Verdacht nicht ausreichte. Sie musste verdeckt ermitteln und Beweise zusammentragen. Vor allem aber musste sie überleben. Sie erkannte: Die Einschüchterungsversuche erreichten von Mal zu Mal ein höheres Level. Noch nicht mal mehr der Generalstaatsanwalt glaubte ihr noch. Auf der Polizei die dämliche Frage: Haben Sie Feinde? Natürlich! Als Staatsanwältin für Wirtschaftsstrafsachen sammelte sie Feinde wie Panini-Bilder. Aber die saßen hinter Gittern oder führten ein Leben, in dem sie sich sogar für eine Kugel Eis eine Quittung geben ließen, um bloß nicht noch einmal in Carolin Weigerts Mühlen zu geraten. Es ging um etwas ganz anderes, und ich begriff erst viel später die ganze Tragweite: Sie war einer Sache auf der Spur, die sich mit Zumwinkel, Hoeneß und Schwarzer messen konnte. Die im politischen und wirtschaftlichen Berlin keinen Stein mehr auf dem anderen lassen würde. Aber irgendjemand hatte davon Wind bekommen, und die berufliche und private Demontage einer der qualifiziertesten, unbestechlichsten Fahnderinnen hatte ihren Anfang genommen.

Erzählen Sie das mal einem schlecht gelaunten Bereitschaftspolizisten nach einer harten Nacht. Er wirft einen Blick in seinen Computer und sieht auf einen Blick, dass die Frau, die ihm gegenübersitzt, seine Kollegen schon mehrmals mit falschem Alarm auf die Schippe genommen hatte. Dass sie stammelt, ab und zu verwirrt wirkt, und das Glas Wasser mit der Begründung ablehnt, sie wäre nicht dabei gewesen, als es eingegossen wurde.

»Schaffen Sie sich einen Hund an.«

Das war der einzige Rat, mit dem Carolin Weigert etwas anfangen konnte.

Sie nannte ihn Tobi. Obwohl sie wusste, dass der Name eher zu einem verspielten kleinen Wesen passen würde als zu einem muskelbepackten Rüden, der er in ein paar Monaten sein würde. Mutig, loyal und angstfrei. Sie kam wieder gerne nach Hause, und sie dachte nicht im Traum daran, ihre Ermittlungen gegen die Verdachtspersonen einzustellen. Sie war nur vorsichtiger geworden, inner- und außerhalb ihrer eigenen Behörde. Auch wenn es ihr von Tag zu Tag schwerer fiel, sich zu konzentrieren. Zu dieser Zeit ernährte sie sich nur noch von abgepackten Müsliriegeln, die sie jedes Mal in einem anderen Bio-Supermarkt kaufte. Es gab noch Menschen, denen sie vertrauen konnte. Nicht viele, eigentlich nur einen einzigen, den sie nie ganz ernst genommen hatte. Aber der ihr in den letzten Wochen zu einer großen Stütze geworden war. Aber der konnte ihr auch nicht mehr helfen an diesem Freitag, dem dreizehnten März vor vier Jahren.

Es gibt keine Zeugen, und die Überwachungskameras hatte sie ausgeschaltet, als sie nach Hause gekommen war. Eindeutig in den Akten belegt ist, dass sie gegen neunzehn Uhr noch einmal die Wohnung verließ, sich hinters Steuer setzte und den Motor startete, noch bevor das Garagentor hochgefahren war. Dass Tobi vermutlich auf dem Rücksitz lag und später zu ihr gekrochen sein musste, als klar war, dass keiner von beiden das Auto mehr lebend verlassen würde. Dass die Zentralverriegelung zuschnappte und die Abgase über einen umfunktionierten Staubsaugerschlauch ins Wageninnere gelangten. Dass es ein Selbstmord war, so steht es in den Akten. Heute noch. Vermutlich psychische Probleme. Im Haus fand man Psychopharmaka und einen Abschiedsbrief. Im Wagen, am nächsten Morgen, Carolin Weigerts Leiche und einen toten Hundewelpen.

Es sagt eigentlich eine ganze Menge über unsere Gesellschaft, dass der grausame Tod des kleinen Hundes in den kommenden Tagen mehr Gemüter bewegte als eine tote Staatsanwältin. Ich erinnere mich noch, dass ich die Schlagzeilen las und mich fragte, wer so etwas durchgehen ließ: »Musste Tobi leiden?« Mein alter Kumpel Marquardt, der mittlerweile alle Delikte, auch solche, die es noch gar nicht gab, in seiner Kudamm-Kanzlei bearbeitete, hatte sie gekannt. Wir unterhielten uns darüber, ein paar Tage, ein paarmal, dann wurde Carolin Weigerts einsamer Tod vom Alltag eingeholt, an den Rand gedrängt und schließlich vergessen. Aber ich erinnere mich noch an eine U-Bahn-Fahrt kurz nach dem Bekanntwerden der Tragödie. Zwei ältere Damen, wahrscheinlich auf dem Weg zum Konditor, unterhielten sich über die Schlagzeile.

»Wer schafft sich denn erst einen Hund an und bringt sich dann um?«

»Das arme Tier.«

»Ja. Das arme Tier.«

Ich denke, Tobi hat seine Treue und Loyalität auch posthum noch unter Beweis gestellt. Er war, meine Freunde, euer erster großer Fehler. Und ihm sollten weitere folgen. Denn wenn eine Tat nur um der Vertuschung willen geschieht, dann darf das Motiv niemals mehr das Licht des Tages sehen. Ihr dachtet, es wäre mit Carolin Weigerts Tod ausgestanden. Ihr hattet vier Jahre lang Ruhe und Zeit zum Vergessen. Nie hättet ihr geglaubt, dass jemand wie ein Maulwurf beharrlich in der Dunkelheit gräbt und gräbt und gräbt.

Und damit meine ich nicht mich. Vorläufig wenigstens.

2

Für mich begann die ganze Geschichte damit, dass ich gerade dabei war, nach einer schlimmen Zeit im Krankenhaus (und nicht nur da) wieder auf die Beine zu kommen. Dazu gehörte, mein Leben neu zu ordnen, privat und beruflich. Privat gab es da nicht viel, beruflich musste ich eine Menge besänftigende Telefonate und komplizierte Korrespondenzen führen. Aber die meisten wussten Bescheid. Auf die Buschtrommeln ist selbst in Berlin Verlass. Ich hatte ein eigenes Büro, es Anwaltskanzlei zu nennen wäre vielleicht übertrieben, aber es gab wieder Fälle und Mandanten, und die ganze Herrlichkeit des Lebens und das Geschenk, dem Tod so haarscharf entronnen zu sein, gipfelte in der Bearbeitung von Eigentumsdelikten, Schwarzfahren und leichter Körperverletzung. Also genau das, was man einem Rekonvaleszenten wie mir zumuten konnte.

Die Post bestand hauptsächlich aus Rechnungen, die ich bezahlen musste, und Rechnungen, die meine Mandanten mit fantasievollen Entschuldigungen nicht bezahlen wollten. Ich war wieder dort, wo ich schon vor zehn Jahren gewesen war, nur dass der Zauber des Anfangs vom Fluch der Wiederholung getrübt wurde. Ich fühlte mich wie in einer Warteschleife, und jedes Mal, wenn es so klang, als ob in der Leitstelle Leben jemand rangehen würde, begann nach einem vielversprechenden Knacken und Rauschen das ewig gleiche Dudeln wieder von vorn.

Ich war an jenem Tag in Eile. Frühmorgens nichts Ungewöhnliches. Ich hatte mir in der Küche unserer Bürogemeinschaft einen Kaffee geholt und wie so oft unserer alten, asthmatischen Trägermaschine hinterhergetrauert. Um sie hatten Marie-Luise und ich gestritten wie ums Sorgerecht für den Familienhund. Ich hatte nachgegeben, und sie konnte jetzt ihre von glücklichen bolivianischen Pflückern geernteten Bohnen in ihrer Hinterhofbutze zu so viel dunklem, duftendem Espresso verarbeiten, wie sie wollte. Der Verlust war noch nicht verarbeitet. Sie hatte mein Leben in vielerlei Hinsicht verändert, und wer jetzt rätselt, was ich damit meine – Marie-Luise oder die Kaffeemaschine? –, dem muss ich beipflichten, dass es mir genauso geht. Vor allem abends, wenn aus den anderen Büros junge Menschen mit seltsamen Kopfbedeckungen hinausschwärmen ins Berliner Nachtleben, sich die Klinke in die Hand geben mit denen, die gerne nachts im geisterhaften Licht ihrer Laptops und riesigen Monitore arbeiten, ein stetes Kommen und Gehen, eine freundliche Unverbindlichkeit, ein locker gewebtes Netz, an den Knotenpunkten durch gemeinsame Projekte verbunden, die Wanderarbeiter der neuen Zeit, das Prekariat der *Information Technology*. Ich fühlte mich manchmal wie ein Relikt aus den Anfängen des Manchesterkapitalismus. Einer, der den Anschluss verliert an all das Neue. An meinen Schreibtisch war ich durch einen ganz altmodischen Aushang gekommen, *Coworking Space*, wöchentlich kündbar, nichts auf Dauer, aber wer wollte das schon in Berlin haben? Wir arbeiteten nebeneinander her. Ich gewöhnte mich ziemlich schnell an diesen Zustand und daran, der Älteste von allen zu sein. Immerhin hatte ich bei Computerproblemen sofort jemanden zur Seite.

Der Brief, den ich also an einem hastig durchschrittenen Morgen in meinem Eingangsfach fand, kam vom Finanzamt

Wilmersdorf, bei dem ich immer noch geführt wurde. Ein Umschlag aus grauem Recyclingpapier, Portostempel, Absender im Sichtfenster. Genau die Sorte Post, mit der man sich als Letztes beschäftigen möchte. Als Volljurist hatte ich gleichzeitig mit dem zweiten Staatsexamen auch die Prüfung zum Steuerberater abgelegt, deshalb hatten Marie-Luise – ebenfalls Volljuristin, man wollte es manchmal nicht glauben – und ich unsere Jahresabschlüsse immer selbst gemacht. Als wir noch eine Kanzleipartnerschaft hatten, war das stellenweise in ein verbales Gemetzel ausgeartet, denn natürlich war ich derjenige, der seine Belege ordentlich aufbewahrte, während sie das Schuhkartonsystem aus Studentenzeiten bevorzugte. Nur einer von vielen Gründen, weshalb wir seit einiger Zeit getrennte Wege gingen und ich mir täglich aufs Neue sagte, dass dieser Zustand von klinischer Ordnung, in dem sich mein Arbeitsleben gerade befand, genau das war, wonach ich mich jahrelang gesehnt hatte.

Der Brief war dünn und außergewöhnlich, denn eigentlich sollte es ein paar Monate Ruhe geben. Das vorvergangene Jahr war abgesegnet, für das vergangene hatte ich Zeit bis Jahresende. Es lag also kein Grund vor, Post vom Finanzamt zu erhalten. Er konnte nur zwei Dinge bedeuten: Ich bekam aus unerfindlichen Gründen Geld zurück, oder das Finanzamt wollte welches. Ich riss den Umschlag auf – besser, man hat es hinter sich.

Nach den ersten Sätzen war mir klar, dass es nicht nur um die Negativbilanz dieses Tages, sondern die der kommenden Wochen ging. Eine Prüfungsanordnung für die letzten vier Jahre, die in der Amtsstelle begann und als Außenprüfung in meinem Büro fortgesetzt werden würde. Es dauerte einen Moment, bis ich begriff: eine Betriebsprüfung.

Der Mann oder die Frau würde nächste Woche hier auftauchen, sich mit Dienstausweis vorstellen und einen »geeigneten Arbeitsplatz sowie die erforderlichen Hilfsmittel« erwarten.

Holy shit.

Es war kaum auszudenken, was mich erwartete. Die letzten vier Jahre! Jede Rechnung, jede Kontobewegung, jede Quittung würden kontrolliert werden. Alles musste vorliegen. Fahrscheine. Restaurantbelege. Nachweise für Kopierpapier und Druckerpatronen. Das Finanzamt würde mein berufliches Dasein komplett auf den Kopf stellen und durchleuchten. Damit hätte ich vielleicht noch umgehen können, bis mir einfiel, dass ich dieses Dasein mit jemandem geteilt hatte.

Reflexartig, wie immer, wenn die Leitstelle Leben mir den Mittelfinger zeigt, rief ich Marie-Luise an.

»Vernau? Hey! Wie geht es dir?«

Sie klang etwas außer Atem. Den Hintergrundgeräuschen nach zu urteilen befand sie sich an einer dicht befahrenen Kreuzung.

»Gut. Danke. Also nicht gut, eigentlich.«

»Was ist?«

»Ich habe eine Betriebsprüfung. Und wenn ich *ich* sage, dann meine ich: *wir*.«

Schweigen. Es hupte, Menschen riefen, irgendjemand brüllte in ein Megafon. Es war Freitag. Andere haben Yoga-Termine. Marie-Luise ging auf Demos.

»Wie? Wir?«

»Es geht um die letzten vier Jahre. Davon waren wir zwei in einem gemeinsamen Büro aneinandergekettet. Du erinnerst dich?«

»Jep. Vage. Wie an einen Unfall, den man am liebsten verdrängen möchte.«

»Geht mir genauso. Was soll ich der Amtsperson sagen?«

Fischer, stand unter dem Schreiben. U. Fischer.

»Einspruch.«

»Gegen eine Betriebsprüfung? Ich kann sie schieben. Aber nicht verhindern. Und das auch nur mit wichtigen Gründen. Nenn mir deine wichtigen Gründe.«

»Ähm ...«

»Sehe ich ähnlich. Dieser Fischer, Mann oder Frau, kommt nächste Woche.«

»Was?«

»Also, bis dahin bitte alle Unterlagen der letzten vier Jahre zu mir.«

»Moment. Vernau, sorry, aber du hast den Dreck am Schuh, nicht ich.«

Ich hätte genauso reagiert. Was die Gegenseite niemals merken darf.

»Da, werte Frau Hoffmann, befinden Sie sich in einem Ereignistatbestandsirrtum. Wir hatten eine Bürogemeinschaft. Du erinnerst dich?«

Schweigen. Irgendjemand in der Nähe von Marie-Luise brüllte Parolen in sein Megafon, die etwas mit Umwelt, Klimakatastrophe und dem Bauernstand zu tun hatten. Ich sprach besonders laut und deutlich.

»Egal, was dir dein Therapeut weismacht, ich brauche die Unterlagen. Und zwar geordnet, mit sämtlichen Originalen. Bis Montag.«

»Nee, Vernau. Wirklich?«

»Bis Montag.«

Eine Trillerpfeife legte los und zerfetzte mir fast das Trommelfell. Ich legte auf und suchte in meinem Gedächtnis nach den angesagtesten Demos des heutigen Tages. Berlin bietet auch in dieser Hinsicht für jeden Geschmack etwas. Schüler gegen den Klimawandel, Enteignung von Wohneigentum, mehr Fahrradwege, weniger Kopftuchmädchen. Jeder konnte im Herzen der Hauptstadt den Verkehr lahmlegen und seine Wünsche an das Universum der genervten Umwelt entgegenschleudern.

Herr oder Frau Fischer hatte sein oder ihr Kommen für Mittwoch nächste Woche avisiert. Früh am Morgen, wenn man Beamtenarbeitszeiten zugrunde legt. Geeigneter Arbeitsplatz vorausgesetzt, für den ich auch noch zu sorgen hatte. In meinem Büro standen ein Schreibtisch und zwei Stühle. In den anderen Räumen der Etage sah es nicht anders aus. Ich verließ den Raum und kam über einen Flur in die offene Küche, die wir Co-Worker uns teilten. Genau wie den Konferenzraum. Meine Hoffnung, er wäre wie durch ein Wunder ab Mittwoch frei, erfüllte sich natürlich nicht. Meine Mitmieter hatten sich bereits eingetragen. Es waren zwei Start-up-Unternehmen, beide im Bereich veganer Fertiggerichte und klimaneutraler Auslieferung unterwegs. Dann hatten wir noch einen irgendwie hungernd aussehenden britischen Wirtschaftsjournalisten unter uns, der in ständiger Angst vor der Abschiebung lebte, und eine junge Koreanerin, die kurz nach mir eingezogen war, von der keiner genau wusste, was sie eigentlich machte und gegen die wir den Verdacht hegten, in ihrer Bürobutze zu wohnen. Was ihr bei den Mietpreisen, die mittlerweile in Berlin verlangt wurden, keiner richtig übelnehmen konnte. Ich zahlte für meine zwanzig Quadratmeter mit Concierge und ständig ausgebuchtem Konferenzraum mehr, als unsanierte Sechs-Zimmer-Altbauwohnungen in Kreuzberg noch vor einigen Jahren gekostet hatten.

Der Brief kam erst einmal in die Ablage, und dort blieb er, bis ein ereignisloses Wochenende vorüber war.

Am Montagnachmittag tauchte Marie-Luise auf. Wie immer eine irgendwie fliegende, ätherische Gestalt, auch wenn sie versuchte, sich mit Cowboystiefeln und nietenbeschlagenen

Gürteln etwas mehr Erdschwere zu geben. Die roten Locken trug sie schulterlang und offen, an ihren Handgelenken klimperten tibetische Gebetsarmbänder und vermutlich dem Klang nach ausgesuchter weiterer Silberschmuck. Sie schien eine Back-to-the-roots-Phase zu haben, denn der Strickmantel sah aus, als hätte er schon Generationen von Open-Air-Festivals überlebt, und die lederne Umhängetasche war blank gewienert vom Gebrauch. Was man bei all dem alternativen Gedöns schnell übersehen konnte – sie brauchte nur den Strickmantel auszuziehen und sich einen Blazer überzuwerfen, die Haare zurück und drei Pfund Silber weg, schon stand man einer durchaus attraktiven und halbwegs seriös wirkenden Anwältin gegenüber. Offenbar hatte sie heute keinen Termin mehr am Gericht und sich deshalb bereits am frühen Nachmittag in ihr Coachella-Outfit geworfen.

»Hier bist du also gelandet.«

Die Hände in die Taille gestützt, mit skeptischem Blick und mäkelig verzogenen Lippen sah sie sich um.

»Jep.«

»Gab's nichts anderes?«

»Nope.«

Ich sagte das wie Benedict Cumberbatch als Sherlock Holmes und fühlte mich immer ziemlich cool damit. Sogar mein Zurücklehnen in den Schreibtischsessel und das Zusammenlegen der Fingerspitzen, das leichte Hin- und Herdrehen, dabei sein Gegenüber nicht aus den Augen lassen, gab mir, wie ich fand, etwas Filmreifes. Sie runzelte die Stirn, verkniff sich aber einen weiteren Kommentar. Stattdessen trat sie ans Fenster und suchte einen Griff. Den gab es natürlich nicht. Wie alle Bürohäuser der Neuzeit, und damit meine ich die letzten Jahrzehnte, waren die Fassaden in Fertigbauweise hochgezogen worden. Für individuelle Wünsche wie Frischluft hatte es keinen Platz gegeben. Vielleicht wollte man auch nur das Sicherheitsrisiko verkleinern. Ich weiß es nicht. Wahrscheinlich war es das, was mich an dieser Bürosituation am meisten nervte: Alles war geradlinig, leicht zu reinigen, effizient und suiziderschwerend.

»Das ist ...«

Sie führte nicht näher aus, was sie damit meinte. Sogar die Wände waren keine Wände, sondern verschiebbare Trennelemente. Ich hatte Schränke, aber keine Möglichkeit, auch nur einen Nagel einzuschlagen. Es war ihr anzusehen, was sie von dieser Art Käfighaltung hielt.

»Ich steh im Halteverbot. Man kriegt ja nirgends mehr einen Parkplatz.«

»Wir haben eine Tiefgarage.«

»Hab ich gesehen, ist mir zu teuer. Die zwei Minuten ... kommst du mit runter?«

»Klar.«

Ich schnappte mir Mantel und Chipkarte, dann verließen wir mein Reich. Marie-Luise linste begehrlich in die Kaffeeküche – Obst, Croissants, ein gut bestückter Kühlschrank mit Preisliste, aber ich wollte es hinter mir haben.

»Brauche ich eine Sackkarre?«

»Quatsch.«

Wir liefen zum Lift.

»Es sind nicht mehr als vier Ordner. Und dann hab ich noch zwei Kisten mit irgendwelchem Zeug. Ich glaube, die Originale. Oder Sachen, die ich in die Steuererklärung reingeschrieben, aber nicht angeheftet habe.«

Wir waren getrennt veranlagt, aber es gab enorme Überschneidungen. Zum Beispiel hatte immer der die Miete bezahlt, der mehr eingenommen hatte im Monat.

»Wie?«, fragte ich. Mir schwante Böses. »Reingeschrieben, aber nicht angeheftet?«

»Keine Ahnung.« Sie drückte auf den Knopf. »Ist doch alles durchgegangen bisher.«

»Bisher. Ja. Warte mal ab, was Prüfer alles beanstanden.«

»Warum machst du dir im Vorhinein eigentlich so viele Sorgen? Vielleicht sind sie ja ganz nett.«

Ich hatte noch nie von netten Betriebsprüfern gehört.

»Sie tun auch nur ihren Job«, fuhr sie fort. In der Tonlage, mit der man Pferde vorm Kastrieren beruhigt. »Im Übrigen bin ich absolut für Steuergerechtigkeit. Also, von mir können sie haben, was sie wollen. Mein Herz ist rein.«

»So.«

Die Fahrstuhltüren öffneten sich, die Kabine war leer. Auf dem Weg nach unten versuchte ich, ihr reines Herz mit meiner Sicht der Dinge nicht zu sehr zu schocken.

»Ich erinnere dich an die Schublade.«

Erstaunt sah sie mich an. »Welche Schublade?«

»In der du das Geld für deine kostenlosen Mietberatungen gebunkert hast.«

»Wie bitte? Das waren Spenden!«

»Quittung?«

»Was denn für eine Quittung, wenn ich sie eins zu eins weitergebe?«

»An wen?«

»Sag mal, bist du jetzt unter die Inquisitoren gegangen?« Sie pustete sich eine Haarsträhne aus dem Gesicht. »Sie haben *dich* in der Mangel, nicht mich. Das ist echt ein Gefallen, den ich dir tue.«

Ich sah das anders. Sie ritt mich mit ihrer Buchhaltung nur noch tiefer in den Morast. Aber es hatte keinen Sinn, das mit einer linken Miet- und Familienrechtsanwältin in einem Aufzug zu thematisieren.

Ihr Wagen stand auf dem Bürgersteig. Immer noch ein alter

Volvo. Diese Treue rührte mich. Vor allem, als sie den verbeulten Kofferraum nicht aufbekam und ich ihr half. Es war wie früher.

Was ich sah, überstieg meine schlimmsten Befürchtungen.

Ich blickte auf offene Kartons, aufeinandergeworfene Aktenordner, dreckige Gummistiefel, Leergut, eine brüchige Yogamatte und andere unidentifizierbare Gegenstände, die offenbar seit der Erstzulassung des Wagens nicht mehr das Licht der Sonne gesehen hatten.

»Warst du ...« Ich zog den obersten Ordner heraus, der bis zum Bersten gefüllt war, und es geschah, was geschehen musste: Die Träger hielten nicht mehr. Drei Kilo Papier klatschten auf den Boden.

»Vernau! Pass doch auf!«

Wir gingen in die Hocke und versuchten, von dem nassen, dreckigen Pflaster zu retten, was zu retten war. Ihre Hände flogen zu den Papieren, stapelten sie aufeinander und stopften sie zurück zwischen die Pappdeckel. Ihre Haare kitzelten mich, als wir zusammen unter den Auspuff krochen, um Thermodrucke und Belege einzusammeln. Ich roch ihr Parfum, nicht mehr so schwer wie früher, ein leichter, angenehmer Duft von Weißem Moschus und Patschuli. Ich hatte den Impuls, in dieses Auto einzusteigen und mit ihr loszufahren, irgendwohin. An die Ostsee von mir aus oder einen dieser bleigrauen brandenburgischen Fischweiher. Einfach nur raus. Einfach Sonne. Die Scheiben runter, den Fahrtwind im Haar. Neuland unterm Pflug. Frei. Unschlagbar.

Man hatte solche Impulse, wenn man unvorbereitet auf Marie-Luise traf. Ich hätte mir vor unserer Begegnung besser vor Augen gehalten, warum es gut war, dass wir genau diese Dinge nicht mehr taten.

»Echt jetzt?« Sie hielt ein verdrecktes, nasses Papier hoch und betrachtete es mit zusammengezogenen Augenbrauen. »Die Rechnung an Marquardt! Er hat sie immer noch nicht bezahlt! Jedes Jahr schicke ich sie ihm, und nie kommt was. Drecksack.«

Ich nahm ihr das Schreiben aus der Hand. Es ging um den Fall Otmar Koplin, und der war fast zehn Jahre her. Ich hatte mich nach dem Urteil »Lebenslänglich« nicht mehr um ihn gekümmert.

»Ist er raus?«, fragte ich und merkte, dass meine Stimme belegt war. Lebenslänglich, damit war man in diesem Alter eigentlich nach ein paar Jahren wieder auf freiem Fuß.

»Er ist gestorben.«

Ich reichte ihr das Papier zurück. Sie sah mich an mit schmalen Augen, rätselhaft, ein bisschen wie eine Meerjungfrau, die nicht wusste, ob sie ihr Gegenüber ignorieren oder ertränken sollte.

»In der Haft. Er war krank. Ich hab ihn ein paarmal besucht. Er ist in Görlitz begraben, anonym. Er wollte das so.«

Vorsichtig nahm sie mir die Rechnung ab, legte sie auf den Ordner und strich sie glatt.

»Unser ganz großes Ding«, sagte sie. Es klang tatsächlich wehmütig.

»Unser ganz großes Ding«, wiederholte ich. Der Verkehr auf der Torstraße brandete um uns herum, Fußgänger warfen uns zornige Blicke zu. Aber Marie-Luises Wagen, gepaart mit ihrer Erscheinung, bekam in dieser Gegend noch so etwas wie Bestandsschutz. Man erinnerte sich plötzlich wieder, was man vertrieben hatte.

»Also?« Sie richtete sich auf und trat einen Schritt zurück. »Unsere letzten gemeinsamen Jahre. Bitte sehr.«

Ich holte die Ordner heraus, sie legte sie mir auf den Arm

und die Kartons obendrauf, stopfte den Rest in Jutebeutel und hängte sie mir über die Schultern. »Mach was draus.«

Und dann beugte sie sich vor und hauchte mir einen Kuss auf die Wange. Mit einem fröhlichen Lächeln stieg sie ein, warf die Tür zu – die sprang wieder auf, sie warf sie wieder zu, startete, der Auspuff knallte, und dann boxte sie sich in den Verkehr, und alle machten ihr Platz. Ich stand da, beladen wie die Altpapier-Müllabfuhr, sah ihr hinterher und versuchte zu vergessen, wie es gewesen war, damals, neben ihr zu sitzen und ins Ungewisse zu starten.

3

Ich fühlte mich also bestens vorbereitet auf den Besuch der Amtsperson. Ohne auch nur einen Gedanken an den Müllberg in meinem Büro zu verschwenden, konzentrierte ich mich auf meine Arbeit und hatte Herrn Fischer sogar fast schon vergessen, als er am Morgen, am verdammt frühen Morgen Mitte der Woche unten auf der Straße auf mich wartete.

Kann man Menschen ansehen, dass sie vom Finanzamt kommen? Natürlich nicht. Trotzdem wusste ich sofort, wer sich da auf der anderen Seite des Fußgängerübergangs vor dem Eingang herumtrieb, frierend von einem Fuß auf den anderen trat, auf seine Uhr schaute und eine Aktenmappe unter dem Arm trug. Viel zu dünner Mantel, nicht gewohnt, draußen zu sein. Hochgezogene Schultern, blasses, schmales Gesicht. Ein kleines Käppi auf dem Kopf, vielleicht aus dem Anglergeschäft. Würde zu ihm passen. Angeln, meine ich. Ungefähr meine Größe, aber um die Leibesmitte wesentlich fülliger (hoffte ich wenigstens, meine Selbstwahrnehmung begann sich als Zeichen zunehmender Rekonvaleszenz schon wieder zu trüben).

Er hätte auch klingeln können. Irgendjemand hätte ihm aufgemacht und ihn in Empfang genommen. Aber trotzig wie ein kleines Kind stand er in der eisigen Zugluft auf dem Trottoir und spähte mal in die eine, mal in die andere Richtung. Ich erinnerte mich nicht, eine Uhrzeit auf dem Schreiben gelesen zu haben. Aber sehr wohl, dass Finanzbeamte Gleitzeit haben und die Härtesten von ihnen schon um sechs Uhr am Schreibtisch sitzen. Angeblich, ich hatte mich noch nie persönlich davon überzeugt. Es diente als Rechtfertigung, wenn ab mittags keiner mehr ans Telefon ging. Jetzt war es halb acht. Ich hatte um neun einen Telefontermin mit einer Richterin – Betrug durch Manipulation eines Pfandflaschenautomaten. Ich war der Pflichtverteidiger, es ging weniger um die lächerliche Summe als ums Prinzip. Armut hatte in dieser Stadt genügsam und duldend zu sein. Dass es in diesem Fall mehr ums Überleben als um Bereicherung ging, war wesentlicher Bestandteil meiner Strategie. Ich kannte die Richterin, es würde auf Bewährung hinauslaufen. Ein vorhersehbarer Vormittag. Um zwei hatte ich mich nach längerer Zeit einmal wieder mit Marquardt verabredet, danach Büroarbeit, gegen sechs in ein günstiges Fitnessstudio bei mir um die Ecke, Telefonat mit Saskia, einer schleppend verlaufenden Beziehung, die eigentlich nur noch fortgesetzt wurde, wenn wir beide nichts Besseres vorhatten. Der Tag war die Blaupause meines Daseins, das sich montags bis freitags in dieser Weise wiederholte.

Ich überquere die Kreuzung und ging direkt auf den wartenden Mann zu. Ich hatte Glück: Er starrte gerade wieder Richtung Rosa-Luxemburg-Platz, der Überraschungsmoment war auf meiner Seite.

»Herr Fischer?«

Er fuhr zusammen und drehte sich um. Im gleichen Moment tat es mir leid, ihn so erschreckt zu haben. Panik stand in seinen Augen, Fluchtreflex. Im Bruchteil einer Sekunde hatte er sich wieder in der Gewalt und streckte mir seine eiskalte Hand entgegen.

»Herr Vernau, wie ich vermute.«

Wir standen auf der Torstraße wie David Livingston und Henry Morton Stanley, zwei Fremde, die der Zufall zusammengewürfelt hatte. Zumindest für die nächsten Tage. Sein Händedruck war erstaunlich kräftig und ehrlich. Er dauerte auch etwas, als ob er sich dadurch Körperwärme von mir abzapfen könnte.

»Ist kalt hier draußen«, sagte ich und löste mich schließlich aus dieser seltsamen Begrüßung.

»Ja, ja«, pflichtete er mir hastig bei. »Ich bin etwas vor der Zeit, verzeihen Sie bitte. Normalerweise sitze ich schon längst am Schreibtisch. Im Amt. Aber extern nie vor acht.«

»Ein Frühaufsteher?«, fragte ich munter. Vielleicht gelang es ja, den Schwung dieses freundlichen Erstkontakts mitzunehmen. »Kommen Sie erst mal rein.«

Ich gab die PIN ein, und das Schloss öffnete sich mit einem leisen Sirren. Fischer folgte mir, wobei er interessierte Blicke auf die Details warf. Die große Tafel im Eingangsbereich, auf der die Firmen aufgelistet waren, die ihren Sitz in diesem Haus hatten. Die Sicherheitsschleuse, an der kein Mensch saß und wohl ein vergessenes Planungsdetail gewesen war, immerhin befanden wir uns nah am Regierungsviertel. Die drei Fahrstühle, von denen zwei in Betrieb waren und einer mit geöffneten Türen auf uns wartete. Das Display, das die altbekannten Knöpfe ersetzte, das Kameraauge schräg gegenüber. Ein Spiegel, in dem ich mich weniger aus Eitelkeit musterte, eher, um die halbe Minute mit einem wildfremden Mann, der gleich bis in die intimsten Details meiner letzten vier Jahre eindringen würde, irgendwie zu überspielen.

»Sie sind noch nicht lange hier, oder?« Er nahm das Käppi ab. Fischers Haarfarbe war nicht zu erkennen. Er trug Vollglatze.

»Seit knapp drei Monaten. Ich hatte eine Auszeit.«

Das konnte er nicht wissen, es würde frühestens im übernächsten Jahr bei meiner Steuererklärung eine Rolle spielen.

»Weiterbildung?«

»Nein, man hat mich …«

Fast umgebracht, wäre die Wahrheit gewesen.

»… angefahren«, sagte ich. »Drei Monate Reha, sechs Monate krankgeschrieben. Ich hoffe, das wird steuermindernd beurteilt.«

»Oh. Das tut mir leid.« Es klang ehrlich betrübt. »Geht es denn wieder?«

»Es muss.«

Der Aufzug hielt im achten Stock. Die Koreanerin schlich über den Flur, eine Zahnbürste im Mund und gekleidet in etwas, das genauso gut der letzte Schrei in der Kastanienallee sein konnte oder ein Frotteebademantel. Als sie uns sah, huschte sie in die Damentoilette. Fischer ließ sich nichts anmerken. Er musste seltsame Dinge in fremden Büros gewohnt sein.

»Dies ist ein sogenannter Coworking Space. Ich habe einen eigenen Raum für meine Kanzlei, aber die Vorteile von Rezeption, Telefondienst und Konferenzraum. Meine Kanzleipartnerin und ich haben uns getrennt.« Er wollte neben mir laufen, aber ich war zu schnell. »Keine Sorge. Ich habe alle Unterlagen für den betreffenden Zeitraum von ihr bekommen. Hoffe ich wenigstens.«

»Jaja, die Hoffnung.«

Er kicherte. Es hörte sich an, als ob er Knallerbsen äße. Überhaupt war mir im Fahrstuhl schon aufgefallen, dass er seltsame Geräusche machte. Er räusperte sich unterdrückt, zog die Luft durch die Zähne und schnaufte leise. Alles nicht aufdringlich, aber es verhalf ihm zu einer seltsamen Präsenz.

»Bitte sehr. Hier sind wir.«

Er hielt gleich auf den Stuhl vor meinem Schreibtisch zu und legte die Aktenmappe darauf. Dann suchte er mit einer seltsamen Verrenkung nach etwas in der Innentasche seines Anzugs. Es war ein Dienstausweis.

»Nicht nötig«, wiegelte ich ab. »Sie hatten sich ja avisiert. Kaffee? Dürfen Sie das annehmen?«

Wieder dieses leise, sanfte Knallen, das sein Lachen begleitete.

»Natürlich. Ich habe mir aber alles mitgebracht. Das ist besser. Immer vorbereitet sein.« Er öffnete seine Aktentasche, die sich als erstaunlich geräumig erwies, und holte eine Thermoskanne und eine Brotbox heraus.

»Darf ich?«

Beides landete auf meiner Schreibtischunterlage. Als Drittes gesellte sich ein Keramikbecher hinzu.

»Möchten Sie ablegen?«

Er nickte und schälte sich aus seinem Mantel, dann brachte er es fertig, sich mit seinem Schal beinahe zu strangulieren. Ich nahm beides entgegen und verschwand Richtung Flur und Garderobe. Als ich mit meinem Kaffee zurückkehrte, saß er schon. Vor sich vier dicke Hefter, in denen ich meine Steuerbescheide der letzten Jahre erkannte. Den ersten hatte er schon aufgeschlagen und sich darin vertieft. Neben sich einen verknitterten Stapel aus Marie-Luises Schuhkartons. Das Büro roch nach Kamille, ein Duft, der mich an Kinderkrankheiten erinnerte.

»Sie scheinen mir ein sehr organsierter Mensch zu sein«, sagte er und trank einen Schluck Tee. Ich nahm hinter meinem Schreibtisch Platz und wusste nicht, ob das ein Kompliment, reine Konversation oder schon der Beginn der Prüfung war. »Im Gegensatz zu Frau Hoffmann.«

Er nahm den Altpapierstapel und versuchte, ihn zusammenzuschieben.

»Haben Sie jemals in Erwägung gezogen, einen Steuerberater hinzuzuziehen?«

»Wir *sind* Steuerberater.«

»Ja. Natürlich.« Er riss sich von dem Stapel los. Ganz oben lagen die Belege, die wir aus dem Dreck geklaubt hatten. »Da Sie in einer zwar voneinander getrennten, aber sich doch in gewissen Bereichen überschneidenden Gemeinschaft gelebt haben ...«

»Bürogemeinschaft«, verbesserte ich ihn.

»Selbstverständlich, in einer Bürogemeinschaft, müsste ich vielleicht bei der einen oder anderen Frage auch Ihre ehemalige Partnerin befragen. Ihre Kontaktdaten haben Sie?«

»Ja.«

Er nickte mir freundlich zu und vertiefte sich in seine Unterlagen. Ich fuhr den Computer hoch und fragte mich, wie lange ich ihn ertragen musste. Vier Jahre Steuerunterlagen. Machten sie Stichproben? Oder arbeiteten sie sich tatsächlich durch jede einzelne Seite, durch jede Quittung, durch jeden Beleg? Ernähren musste ich ihn glücklicherweise nicht. Aber auf Dauer würde es mit ihm, seinem Kamillentee und Marie-Luises Schuhkartons eng in dieser Butze werden.

Es folgte ein langer Vormittag. Ich konnte noch nicht einmal einen Termin außerhalb vortäuschen, weil ich mehrere telefonische Mandantengespräche zu führen hatte. Alle vor den Ohren meines Steuerprüfers, der still vor sich hinblätterte, Notizen machte, ab und zu leise knallte und sich mit einem beginnenden Schnupfen plagte, denn zuweilen schnäuzte er sich herzhaft. Die Geräusche seiner Anwesenheit, so dezent sie auch sein mochten, störten mich. Er war wie ein tropfender Wasserhahn: Den ganzen Tag über hört man ihn nicht. Aber abends, wenn man im Bett liegt und alles zur Ruhe kommt, kann sogar ein leiser Ton das Nervenkostüm zerfetzen. Fischer fetzte auch. Anders, aber genauso penetrant. Meine Bürokabine war fast schalldicht, deshalb konnte ich nach einer Zeit der Gewöhnung sogar seinen Atem hören. Ich schickte Marquardt eine SMS mit dem Inhalt: »Dringend! Treffen schon um 13 Uhr!«, um einen Grund zu haben, das Haus zu verlassen.

So nervig er war, so spürte ich dennoch Anwandlungen von Aufrichtigkeit ihm gegenüber. Ich wollte ihn nicht belügen. Er war durchdrungen von Wahrhaftigkeit und beseelt von dem gesellschaftlichen Nutzen seines Tuns. Das dachte ich über meine Arbeit auch, aber ich hatte nicht das Gefühl, damit mehr als nötig auf meine Klienten abzufärben.

»Sie spenden an die Berliner Tafel?«, fragte er in die Stille zwischen zwei Tropfen.

»Ja. Es könnte mehr sein, aber bei mir lief es letztes Jahr nicht so.«

Ein dünnes Lächeln, und er legte die Quittung zur Seite.

»Und die Bahnhofsmission«, fuhr er fort. »Hier sind auch fünfzig Euro für den Kältebus. Da ist ein Dreher im Datum. Ich lass das aber mal so durchgehen.«

Er riss mich damit aus einer kompliziert zu kalkulierenden Rechnung. »Danke«, knurrte ich und fing wieder von vorne an.

»Waren Sie einmal obdachlos?«

»Bitte?«

Er nippte einen Schluck erkalteten Kamillentee. »Nun, das sind alles Zuwendungen in eine bestimmte Richtung. Viele spenden fürs Tierheim, viele für die Kunst. Sie für Obdachlose. Warum?«

»Gehört das zu Ihrer Prüfung?«

Er lehnte sich zurück und rieb mit zwei Fingern über seine Nasenwurzel. Kontaktlinsenträger, wahrscheinlich erst seit Kurzem. »Nein. Natürlich nicht.«

»Warum fragen Sie dann?«

»Wissen Sie, ich bekomme oft einen sehr intimen Einblick

in das Leben meiner Prüflinge. Die meisten, mit denen ich zu tun habe, wollen Steuern vermeiden. Ausgaben in die Höhe treiben. Alles Mögliche am Fiskus vorbeischleusen. Bei Ihnen ist das anders. Man hat fast das Gefühl, es ist Ihnen egal, wie viele Steuern Sie zahlen.«

Egal? Ich begriff nicht ganz. »Könnten Sie das etwas präzisieren?«

»Sie liegen vor mir wie ein offenes Buch, Herr Vernau.« Wieder ein dünnes Lächeln. »Ich kann sehen, wie oft Sie für Frau Hoffmann die Miete übernommen haben. Wer von Ihnen den Kaffee eingekauft hat – das waren meistens Sie. Dass Sie für Papier, Druckerpatronen und fast alles andere aufgekommen sind. Der Lieferservice, wenn es wieder mal spät wurde. Und Unmengen an Toastbrot und Erdnussbutter. Die kann ich mir aber nicht erklären.«

»Das habe ich eingereicht?«

»Als Bewirtungskosten. Es wurde aber von meinen Kollegen nicht akzeptiert. Zu Recht, selbstverständlich. Aber ...« Er hielt den Kassenzettel eines Discounters hoch. »Sie hatten harte Zeiten.«

»Stimmt. Das alles lesen Sie aus meinen Steuerunterlagen?«

»Das alles und noch viel mehr.«

»Herr Fischer«, sagte ich, »Sie machen mir Angst. Darüber habe ich noch gar nicht nachgedacht. Sie wissen ja alles von mir. Sie und Ihre Kolleginnen und Kollegen.«

Er winkte ab. »Nur, was elektronisch erfasst oder quittiert worden ist.«

Damit holte er eine alte Kreditkartenabrechnung heraus und begann, einzelne Posten miteinander zu vergleichen.

»Sagen Sie ...«

Er sah hoch. »Ja, bitte?«

»Warum ich? Würfeln Sie? Bin ich aufgefallen? Wonach

suchen Sie sich …«, *Ihre Opfer*, wollte ich sagen, besann mich aber noch rechtzeitig, »Ihre Prüflinge aus?«

Er dachte nach. »Statistisch gesehen wären Sie alle siebenundneunzig Jahre an der Reihe.«

»Und warum *jetzt*?«

Wieder dieses Lächeln. »Sie haben einfach Glück gehabt.«

»Glück«, wiederholte ich.

Sebastian Marquardt starrte mich an, dann hieb er sich krachend auf die Schenkel und lachte.

»Glück gehabt! Meine Herren!«

Er lachte, dass ihm beinahe die Hemdknöpfe absprangen. Im Gegensatz zu mir (hoffte ich wenigstens) hatte er in den letzten Jahren zugelegt. Sein gut geschnittenes Gesicht mit der schmalen Nase und dem markanten Kinn hatte sich gerundet, ebenso wie der Bauch. Nur die Beine waren dünn geblieben, aber das bemerkte man nur, wenn man ihn schon lange kannte. Seine Anzüge ließ er beim selben Schneider am Kurfürstendamm nähen, der schon Helmut Kohl ausgestattet hatte, der für mich aber weder modisch noch in sonstiger Hinsicht ein *role model* gewesen war. Für Marquardt waren die Anproben Gelegenheit, den gesamten Klatsch und Tratsch der Berliner Gesellschaft zu hören und auf dem Laufenden zu bleiben. Besonders gerne in Fällen, wo diskreter rechtlicher Beistand angeraten schien. Seine Kanzlei blühte und gedieh. Da er sich mehr und mehr auf Steuer- und Wirtschaftsdelikte spezialisiert hatte, konnte ich mir denken, für welche Klientel er mittlerweile arbeitete. Goldene Uhr, goldener Siegelring, goldene Krawattennadel. Handgenähte Schuhe, für die er zweimal im Jahr nach London flog. Ein nagelneuer Jaguar parkte im Halteverbot vor dem Restaurant in einer Seitenstraße des Boulevards, er wurde als Stammgast empfangen und hofiert.

Er trank einen Schluck Wasser, um wieder zu sich zu kommen.

»Der hat ja Humor, dein Prüfer.«

»Mehr war nicht aus ihm herauszukriegen. Kein Anfangsverdacht, keine Auffälligkeiten. Einfach nur purer Zufall.«

Marquardts Gesichtsfarbe blendete langsam wieder von Rot zu Braun. Das ganze Jahr über sah er aus, als verbrächte er die Wochenenden an karibischen Stränden. Das Haar immer noch voll, dunkel und vor Pomade glänzend nach hinten gestrichen. Ein vom Leben verwöhnter Bengel, arrogant und charmant zugleich, für mich eine wohltuende Abwechslung von meiner Computer- und Soja-Latte-betäubten Bürogemeinschaft. Wir hatten zusammen studiert und uns in dieselbe Frau verliebt. Wir hatten es beide nicht geschafft, sie für uns zu gewinnen. Er war bei ihr abgeblitzt, ich hatte es vergeigt. Vielleicht hielt uns das über alle Gegensätze hinweg zusammen: Marie-Luise war eine der wenigen wirklich wichtigen Niederlagen in unserem Leben.

»Meinst du?« Marquardt goss Wasser nach. Den Wein zum Mittagessen hatte er sich zu meinem Leidwesen aus Gesundheitsgründen abgewöhnt. In solchen Läden zahlte er. Früher war ich so in den Genuss von einigen wirklich außergewöhnlichen Tropfen gekommen. »Im Moment geht es rum wie eine Seuche. Von allen Seiten: Betriebsprüfung, Betriebsprüfung. Meine Mandanten schmeißen mich sogar nachts deshalb aus den Federn.«

Mein Handy klingelte. Ich kannte die Nummer nicht, nahm aber trotzdem an. Sie stand auf meinen Visitenkarten, die ich rege in Umlauf brachte.

»Vernau. Einen Moment, bitte.«

Marquardt nickte mir zu und widmete sich wieder seinem Essen. Ich verließ den Speisesaal und ging zur Garderobe, die mittags nicht besetzt war.

»Was kann ich für Sie tun?«

»Fischer hier. Udo Fischer.«

»Ja?«

»Es gibt da eine kleine Unstimmigkeit bei Ihren Zahlungseingängen. Sie betreffen die Monate Februar und März vor vier Jahren. Es fehlen einige Belege.«

In mir stieg eine minimale Anwandlung von Ärger auf. Kurz nach eins, Mittagspause. *Meine* Mittagspause. Seine hatte er wohl zwischen zehn und zehn Uhr dreißig.

»Ja?«

»Insgesamt nur ein marginaler Betrag, aber wir wollen ja genau sein, oder?«

Ich unterdrückte einen Seufzer. »Um welche Eingänge handelt es sich?«

»Die Einzahlungen kommen von einem Herrn Whithers, kein Betreff, keine Rechnungsnummer.«

»Das ist der ... ähm ... Lebensgefährte meiner Mutter. Dann war es was Privates.«

Genauer wollte ich Familienfremden das Chaos in den Beziehungen meiner hochbetagten Erzeugerin nicht erläutern.

»Da wäre noch eine Zahlung von der Lufthansa. Offenbar eine Stornierung.«

»Offenbar.«

»Dann waren Sie zu diesem Zeitpunkt in Berlin?«

»Zu welchem Zeitpunkt?«

Fischer hatte mich schon im Büro genervt. Ich hatte nicht erwartet, dass das in meiner Freizeit so weitergehen würde.

»Dreizehnter März 2015. Vor vier Jahren.«

»Wissen Sie, wo Sie März vor vier Jahren waren?«, fragte ich und bemerkte einen Anflug von Aggression in meiner Stimme.

Ein leises Lachen. »Ich weiß noch nicht einmal, was ich letzte Woche zu Mittag gegessen habe.«

Das erinnerte mich an meine Mahlzeit, die gerade kalt wurde. »Haben Sie noch weitere Fragen?«

»Wenn Sie bitte die Flugbuchung finden könnten? Dann kann ich die Stornierungszahlung herausnehmen. Und einen Beleg oder eine Quittung für die Einzahlung dieses Herrn Whithers an Sie?«

Mir schwante, dass es sich dabei um das Bücherregal eines schwedischen Möbelherstellers in komplizierter Leichtbauweise handelte. Von der Zeit her müsste es hinkommen. Wir hatten es gemeinsam gekauft, aber keiner von den dreien, denen es in Zukunft dienen sollte, hatte Geld dabeigehabt. Es war ein kleiner Betrag, keine zweihundert Euro. Im Vergleich zu dem, was andere an der Steuer vorbeischmuggelten, kam mir Fischer pedantisch vor.

»Ich kümmere mich darum.«

»Das wäre nett. Vielleicht bis morgen?«

Ich wollte ihn fragen, welche Vorstellungen er von meinem Beruf hatte. Aber dann legte ich lieber auf und kehrte zu Marquardt an einen abgeräumten Tisch zurück.

»Sie wärmen es dir auf.«

»Nicht nötig.« Ich ließ mich auf den Stuhl krachen. »Mir ist der Appetit vergangen. Jetzt will er eine Ikea-Rechnung von vor vier Jahren. Und ich soll eine stornierte Flugbuchung nachweisen. Ist es noch zu fassen?«

Marquardt wiegte mitfühlend sein Haupt. »Einer meiner Klienten musste mal eine Selbstanzeige wegen fünfhundert Euro machen. Fünfhundert! Weil er einen Scheck aus Versehen auf seinem Privatkonto eingelöst hat. Letztes Jahr. Ich dachte, die kehren das Unterste zuoberst bei ihm. Drei volle Tage war er komplett außer Gefecht gesetzt. Dazu okkupieren sie noch dein Büro und breiten sich da aus, als wären sie zu Hause.«

Ich winkte ab. Das Thema war einfach zu leidig, um es weiter zu vertiefen.

»Und das alles wegen Schnee von gestern. Bis zu zehn Jahren können sie zurückgehen. Also nichts wegschmeißen.«

»Nein«, sagte ich und dachte an Marie-Luises Abfallhaufen und daran, was geschehen würde, wenn Fischer sich den auch noch vornehmen würde. Ich sah auf meine Uhr. Ich musste zurück ins Büro, aber ich würde mich in Gegenwart dieses gedämpft knallenden Maulwurfs auf nichts konzentrieren können.

Mein Gegenüber merkte jetzt auch, wie spät es war. Marquardt stand auf und klopfte mir herzlich auf die Schulter.

»Es geht alles vorüber, es geht alles vorbei. Selbst das. Wenn du Ärger kriegst, melde dich. Ich hau dich raus.«

Zu meinem Büro fuhr ich einen Umweg, holte einen Anzug von der Reinigung ab und ließ mir noch die Haare trimmen. Alles nur, um Fischer nicht zu begegnen. Erst um halb vier war ich wieder an meinem Schreibtisch. Von der Amtsperson war nichts geblieben außer einem Teerand dort, wo sein Becher gestanden hatte. Mit einem Seufzen machte ich mich an die liegen gebliebene Arbeit. Er würde morgen wiederkommen, übermorgen, wer weiß wie oft noch. Ich checkte meinen Terminkalender auf dem Handy und stellte fest, dass ich erst vor drei Jahren begonnen hatte, ihn zu führen. Davor hatte ich noch mein Filofax benutzt. Wo war das eigentlich?

Ich war mir sicher, dass ich es noch nie in diesem Büro mitgehabt hatte. Aber auch zu Hause war es mir seit Ewigkeiten nicht mehr zwischen die Finger gekommen. Es fiel mir wieder ein, als ich im Gehen die Koreanerin mit dem IT-Nerd, der ständig den Konferenzraum blockierte, zusammen auf dem Flur in einen Streit verwickelt sah. Beide vollkommen davon überzeugt, im Recht zu sein und zu genervt voneinander, um dem anderen zuzuhören. Es ging, soweit ich das erfasste, um die Stifte für das Whiteboard, die einer von beiden zu klauen schien. Eigentlich war es nur der eine Satz, der bei mir hängen blieb:

»Immer wenn du irgendwo warst, ist etwas weg!«

Der Nerd hatte sich in Rage geredet, die Koreanerin machte sich kopfschüttelnd auf den Weg in ihre Wohnwabe.

Ich kannte diesen Vorwurf. Er kam aus dem Mund meiner Mutter, die vergesslich wurde und andere dafür verantwortlich machte. Irgendwo bei ihr musste es sein, zusammen mit dem anderen Krempel, den ich beim letzten Umzug in ihrem Loft stehen gelassen hatte.

4

Wer meine Mutter und ihre beiden Lebensgefährten persönlich kennt, dem muss ich die Situation nicht beschreiben. Für alle anderen: Wir sehen uns des Öfteren an den Wochenenden, die durch diese Besuche eine Struktur erhalten und mich nicht im beziehungsleeren Raum verloren gehen lassen. Saskia hatte mich zweimal begleitet und bis heute nicht begriffen, dass diese *Wohngemeinschaft* von drei Leuten über siebzig eigentlich nichts anderes als deren Spätinterpretation von freier Liebe war. Ich wusste nicht, mit wem George Whithers genau Tisch und Bett teilte, und bekam Schüttelfrost, wenn meine Gedanken nur in die Nähe dieser Vorstellung abdrifteten. Ich wollte auch nicht wissen, ob meine Mutter nun ein Verhältnis mit ihrer ehemaligen Haushälterin, Frau Huth, hatte, oder mit George, einem der bekanntesten Komponisten zeitgenössischer Musik. Wer welche Rolle in diesem Konkubinat übernahm, entzog sich meiner Kenntnis. In meiner Gegenwart benahmen sie sich gesittet, waren aber mittlerweile dazu übergegangen, sich auch mal mit Kosenamen wie Hase oder Schatz zu rufen. Alles nichts Ehrenrühriges. Drei ältere Herr- und Damenschaften unter einem Dach. Ich glaube, Whithers hat das Loft vor ein paar Jahren gekauft, sonst könnten sie sich diese Lage gar nicht leisten. Mitten in Mitte, ein ganzer Hinterhof nur für den Schrott, den er zum Komponieren brauchte, dazwischen Hüthchen und Mutter, die der Erschaffung seiner Werke mit Ergriffenheit lauschten und ihm die Lendenwirbelsäule mit Rheumasalbe massierten. Für mich waren seine Werke schwer zugänglich, aber ab und zu schaffte er es, mich zu packen.

Es war ungewöhnlich, an einem Mittwochabend bei ihnen aufzutauchen. Ich hatte nicht angerufen und war auf gut Glück losgefahren. Nur drei U-Bahn-Stationen, und schon stand man mitten im Scheunenviertel. Auf dem kurzen Fußweg in die Mulackstraße kamen mir Kohorten von Touristen entgegen, alle auf der Suche nach Berlins rauem Charme, den man hier allenfalls noch in homöopathisch kuratierten Dosen fand. Den Rest hatten die üblichen Kettenläden, die man auch in jeder ordentlich heruntergekommenen Kleinstadt fand, die coolen Bars, teuren Restaurants und noch teureren Galerien einfach verschluckt.

Whithers Hinterhof, vor zwanzig – ach was, vor zehn Jahren noch ein alltäglicher Anblick, müsste mittlerweile unter den Schutz des UNESCO-Weltkulturerbes gestellt werden. Ich hatte keine Ahnung, wie es ihm gelungen war, die gierigen Krakenarme der Immobilieninvestoren und Bauträger abzuwehren, aber ich spürte an diesem Abend wieder einmal Wehmut. Die alte Odessa-Bar gab es schon lange nicht mehr. Keiner legte nach Mitternacht zerkratzte russische Platten auf, und die Berliner Vampire hatten sich längst einen anderen Ort gesucht oder waren in die Sonne gegangen. Die Kellerkneipen hatten sich schick gemacht und die Preise verdreifacht. Der Vietnamese war einem hawaiianischen Poke-Laden gewichen, der den Charme einer Zahnarztpraxis versprühte. Ein stetes Kommen und Gehen, nur die Fenster in den klotzigen Neubauten blieben dunkel, weil sie nicht zum Wohnen, sondern zum Geld-Anlegen gebaut worden waren. Ich hatte keine Ahnung, warum mich das nicht mitriss. Ich wich den Leuten aus, die sich lachend ihren Weg bahnten, und fragte mich, wann und warum ich dem Neuen gegenüber so ablehnend geworden war. Das Tor war verschlossen.

Ich spähte durch das verrostete Stück Maschendrahtzaun und sah Licht hinter den halb blinden Fenstern der Baracke. Es gab zwar eine Klingel, aber auf die hörte keiner. Der Riegel ließ sich mit beherzter Kraftanstrengung zur Seite schieben. Das Tor öffnete sich mit einem gequälten, wehen Ton, der mich an den Beginn eines von Whithers Musikstücken erinnerte.

»Jemand da?«, rief ich und durchquerte den Hof. Es gab eine Art Trampelpfad, über den man, vorbei an unkrautbedeckten rostigen Metallbergen, zu dem lang gestreckten Gebäude gelangte. In früheren Zeiten musste es eine Werkstatt mit Ställen gewesen sein, meist Pferde, von denen das Scheunenviertel seinen Namen hatte. Überfüllt, bitterarm, geprägt von osteuropäischen Einwanderern. Rotlicht und Unterwelt, Absinth und Morphium. Nicht nur meine drei Nächsten, auch die Vergangenheit hatte in diesem vergessenen Hof Asyl gefunden. Ich erreichte die Tür, ohne mir die Beine zu brechen, und klopfte.

»Hallo? Mutter? Frau Huth?«

Die Tür wurde geöffnet. Hüthchen starrte mich an, ich starrte zurück.

Sie hatte nicht mehr mit Besuchern gerechnet, denn statt der seltsamen Turbane, die sie sich sonst um den Kopf wand und die mich an herabgestürzte Vogelnester erinnerten, trug sie die spärlichen grauen Haare in einer Art Out-of-bed-Look für fortgeschrittene Semester. Sie standen ab in alle Himmelsrichtungen. Immerhin trug sie noch ihren Kaftan. Grünschwarz changierend und zerknittert, was den Eindruck einer aus dem Schlaf gerissenen Medusa noch verstärkte. Busen und Bauch bildeten eine vollkommen gerundete Einheit, die Füße steckten in Pantoffeln, die Brille im Ausschnitt. Sie tastete danach und setzte sie umständlich auf.

»Herr Vernau.«

Als ob sie mich nicht schon längst erkannt hätte.

»Was verschafft uns das späte Vergnügen?«

»Ist meine Mutter da?«

Ich schob mich an ihr vorbei in den Vorraum des Lofts. Der Geruch von nasser Kleidung schlug mir entgegen. Dazu Knoblauch und angebratene Zwiebeln. Und Apfelkuchen. Ich kannte diese Melange, sie erinnerte mich an meine Kindheit. Mutter kocht. Es gibt was Warmes.

Hüthchen schloss die Tür mit einer Handbewegung von großer Grandezza, die sie sich von der Bühne eines Kudamm-Theaters abgeguckt haben musste. »Ja. Aber wir sind gerade beschäftigt.«

Ich kannte diese Abwimmeleien gut genug, um gar nicht mehr darauf einzugehen. Als Sohn mache ich nach wie vor ein Besuchsrecht bei meiner Mutter geltend, das von Hüthchen immer wieder infrage gestellt wird. Der Ursprung unserer Antipathie liegt weit zurück und hat etwas mit unterschiedlichen Auffassungen von dem zu tun, was in den Aufgabenbereich einer Haushälterin fällt. Eines war klar: Hüthchen betrachtete mich als ewige Attacke auf das Seelenheil meiner Mutter. Sie beanspruchte mittlerweile den Platz zur Rechten von Hildegard Vernau. Ich ließ sie gewähren, meistens jedenfalls. Aber ab und zu schadete es nicht, die neue Familienaufstellung einfach mal vom Tisch zu fegen.

Mutter stand am Herd. Es war eine offene Küche, und die Gerüche zogen ungefiltert direkt in den riesigen Wohn- und Arbeitsraum. Ich konnte Whithers nirgendwo entdecken, und auf meine Frage direkt nach den beiden hingehauchten Wangenküssen strahlte meine Mutter mich an und sagte: »Philadelphia. Er ist schon wieder in Übersee.«

In der Pfanne brutzelten Apfelscheiben und Zwiebeln. Im

ausgeschalteten Ofen kühlte der Kuchen ab. Ein Blick verriet, dass als erster Gang Kalbsleber Berliner Art auf dem Speiseplan stand.

»Willst du mitessen?«

Ich nickte und versuchte dabei, so wenig gierig wie möglich auszusehen. Meine Mutter kocht fantastisch. All die wunderbaren Gerichte, die es kaum noch auf die Karte eines Restaurants schaffen: Rinderrouladen. Schweinebraten. Saure Nierchen. Königsberger Klopse. Eisbeinsülze. Heute Mittag hatte ich wegen Fischer auf irgendein Gericht verzichtet, das noch nicht mal mehr einen Namen gehabt hatte: irgendeine geschäumte Sache an Praline mit Mille-feuille. Ich konnte mich nicht mehr erinnern. Dafür blieben mir die Sonntagsbraten meiner Mutter meist noch die ganze Woche über im Gedächtnis.

»Das wird dann aber knapp«, raunzte Hüthchen, die mir gefolgt war wie ein Hütehund in Sorge um das schwächste Schäfchen.

»Dann mache ich einfach etwas mehr Kartoffelbrei.«

Mutter lächelte selig. Wie immer, wenn sie füttern konnte. Hüthchen grummelte etwas in sich hinein und begann mit großem Getöse, ein weiteres Gedeck auf dem schartigen Holztisch zu arrangieren.

»Sag mal ...«, begann ich.

Dann fiel mir ein, dass ich jeden Besuch außerhalb geweihter Feiertage mit einem unaufschiebbaren Anliegen verband, und fuhr fort: »Wie geht es dir?«

»Gut!«, zwitscherte sie. »Ich habe meinen Lehrgang beendet und kann jetzt endlich selber anfangen mit dem Schweißen.«

»Mit was?«

»Du weißt doch. Meine Kunst.«

»Deine ... Kunst?«

Im Scheunenviertel ist es so, dass die Hälfte der Menschen, die noch dort wohnen, in der Gastronomie arbeitet. Die andere Hälfte macht was mit Kunst. Meine Mutter hatte es mit weit über siebzig erwischt. Bis dahin hatte sie ihre Kreativität beim Stricken von Eierwärmern ausgelebt.

»Ja!« Mit leuchtenden Augen schüttete sie die gebratenen Zwiebeln und Äpfel in eine Schüssel und griff nach einer Packung Speisestärke. »Ich hab schon zwei Stücke verkauft. An Freunde von George.«

Wie ich schon erwähnte: George Whithers ist ein Komponist von Weltruhm. Es hatte gedauert, bis diese Information bei mir angekommen war. Und noch länger, bis ich kapierte, dass das keine Übertreibung war. Mir kam ein lästerlicher Gedanke: Vielleicht hatten die Käufer der Kunstwerke meiner Mutter nur versucht, über sie an ihn heranzukommen.

»Welche denn?«, fragte ich mäßig interessiert.

Soweit ich wusste, zog sie nachts mit Hüthchen und dem jungen Herrn Jonas, einem dieser Freunde und Helfer, ohne die man mit zwei linken Händen aufgeschmissen ist, durch die Straßen Berlins, um Fahrradleichen zu erlösen. Verrostete, vergessene, verbogene Räder, oft mit dicken Schlössern irgendwo angekettet, die sie mit dem Bolzenschneider durchtrennten und dann in die Mulackstraße verschleppten. Hier wartete ihre Auferstehung als Sinnbild von Vergänglichkeit und Mobilität. Zumindest interpretierte meine Mutter das in die Rosthaufen hinein, die aussahen, als warteten sie auf die Sperrmüllabfuhr.

»*Das Schweigen* und *Morgenstille*.«

»Du hast ihnen Namen gegeben?«

»Macht man das nicht so? Ich hätte sie auch *Versuch 3.0* nennen oder ihnen einfach nur eine Nummer geben können. *III/2019* vielleicht. Das klingt moderner. Klingt das moderner?«

Hüthchen angelte ein Wasserglas vom Regal. »Ja.«

Mutter schüttete Speisestärke in einen Teller und wendete dann die leicht gesalzenen Kalbsleberscheiben darin. »Vielleicht beim nächsten Zyklus.«

»Zyklus«, sagte ich.

»Zyklus«, wiederholte sie. »Meine Fahrrad-Phase. Ehrlich gesagt: Es ist ein bisschen anstrengend. Und wir dürfen uns auch nicht erwischen lassen. Aber wie komme ich sonst an den Rohstoff? Ist das Diebstahl?«

»Nicht, wenn es sich um erwiesenermaßen aufgegebenes Eigentum handelt. Verlust beendet den generellen Gewahrsams- und Herrschaftswillens, auch wenn es um keinen räumlich umgrenzten Bereich geht. Das habt ihr euch doch zusichern lassen, oder? Haben die Besitzer ihr Fahrrad nämlich nur vergessen, sieht das anders aus. Da befinden die Sachen sich noch im Gewahrsam des Opfers.«

Es folgte das leicht pikierte Schweigen, weil ich mal wieder in meinen Dozententon gefallen war.

»Opfer«, murmelte meine Mutter schließlich und wendete die Leber.

»Immerhin knackst du ein Schloss, das geht schon in Richtung schwerer Diebstahl. Paragraf 243 Abs. 1 Satz 2 Nummer 2 StGB. Schutzvorrichtungen gegen Wegnahme sind von Menschenhand geschaffene Vorrichtungen und technische Mittel, die ihrer Art nach geeignet und auch dazu bestimmt sind, die Wegnahme einer Sache erheblich zu erschweren. Also begeht ihr, juristisch gesehen, Diebstahl in besonders schweren Fällen.«

Beide sahen mich reglos an. Mutter die Hände in der Speisestärke, Hüthchen am Tisch. Freeze.

»Bandendiebstahl käme auch noch in Betracht«, setzte ich hinzu. »Mindestens drei Personen, gewillt, gemeinsam für eine gewisse Dauer mehrere Straftaten zu begehen. Paragraf 244 Absatz 1 Nummer 2 StGB. Sechs Monate bis zu zehn Jahren.«

Mutter wischte sich nervös die Hände an ihrer Schürze ab.

»Tatsächlich?«

Ich beugte mich vor und hauchte ihr einen schnellen Kuss auf die Wange. »Ich hau dich da raus. Schließlich bin ich Anwalt.«

Hüthchen gab einen Laut von sich, der zwischen dezentem Rülpsen und Räuspern lag.

»Sie auch, Frau Huth.«

Mutter wandte sich beinahe ärgerlich wieder ihrer Kalbsleber zu.

»Woher soll ich wissen, ob die Räder aufgegeben oder vergessen wurden?«

Noch eine Kelle Butter in die Pfanne. Mutters Küche schmeckt nicht nur wie aus dem vorigen Jahrhundert, sie kocht auch so.

»Du könntest es mit Töpfern versuchen.« Das war vielleicht eine angemessenere Freizeitbeschäftigung für eine so zierliche Dame wie meine Mutter. »Da kann man den Rohstoff käuflich erwerben.«

»Das ist nichts für mich. Ich brauche den Kontakt zu Rost und Eisen, zu dieser Aura, die aus dem erzwungenen Stillstand kommt.«

»Na dann.« Ich wandte mich ab und wollte in das einzige Zimmer gehen, das von der Werkstatt abgetrennt war. »Hast du eine Ahnung, wo die Kiste von meinem letzten Umzug steht?«

Hüthchen konnte schnell sein, wenn sie wollte. Verdammt schnell. Als hätte sie sich von der einen Seite des Raumes in die andere gebeamt, so stand sie vor mir.

»Hier nicht.«

Es war ihr Schlafzimmer. Sie schliefen zu dritt. Sie wollten nicht, dass ich das sah, dabei wusste ich es doch schon längst. Ich mache mir über die sexuellen Aktivitäten von Menschen ihres Alters keine Illusionen: Ich würde dort kein verräterisches Spielzeug und auch keinen Spiegel über dem Bett finden. Auch keinen Gummianzug, zum Lüften auf die Kleiderstange gehängt. Eher Heizdecken und Hämorrhoidensalbe. Aber es machte mir Spaß, Hüthchen zu ärgern.

»Wo dann?«

Mutter sah ihre Bettgefährtin ratlos an. »Welche Kiste denn?«

»Der Karton vielleicht?«

In Hüthchens Augen glitzerte die Vorfreude auf das, was sie mir gleich sagen würde.

»Ja, vielleicht der Karton«, antwortete ich.

»Keine Ahnung.«

Sie ließ mich zappeln. Mutter warf die Leber in die Pfanne. Es schmurgelte und zischte.

»Frau Huth, wenn Sie irgendeine Idee haben? Ich suche meinen alten Terminkalender. Und die Rechnung dieses Ikea-Regals.«

Ich wies auf das Corpus Delicti, das an der Längswand des Raums seinen Platz gefunden hatte und nun einer wilden Mischung aus Auspuffrohren, Schraubenkisten und Werkzeug eine Heimstatt bot.

»Ich habe eine Betriebsprüfung. Es würde die Sache bestimmt beschleunigen, wenn ich der Amtsperson«, ich ließ mir das Wort noch einmal so richtig auf der Zunge zergehen, »die gewünschten Auskünfte und Belege geben könnte.«

Mutter runzelte die Stirn. »Eine Rechnung? Haben wir denn eine gekriegt damals?«

»Bestimmt habt ihr das. Schon allein wegen der Garantie.«

»Vielleicht im Ordner?«

Halleluja! Es gab einen Ordner!

»Ingeborg, kannst du mal nachsehen?«

Hüthchen trottete wortlos ins Schlafzimmer.

»Und die Kiste?«, bohrte ich weiter. »Wo könnte die sein?«

Meine Mutter überlegte. »Vielleicht draußen? Letzten Herbst war es doch noch so schön mit dem Wetter.«

Ein Pappkarton, seit September irgendwo unter Whithers Müll begraben?

»Vielleicht hinten, bei der alten Feuertreppe.«

Whithers hatte vor Jahren begonnen, ausgediente Sanitärkeramik zu sammeln und mit Badewannen Musik zu machen. Alles deutete darauf hin, dass er sich jetzt zum Schrottsammler hocharbeitete. Sie waren ein gutes Team, die drei von der Altmetallsammelstelle.

»Ich seh mal nach«, sagte ich und ging vor die Tür.

Die Temperatur war noch um ein paar Grad gefallen. Dichte Wolken hingen über der Stadt, die das obere Drittel des Fernsehturms verschluckten. Von der Straße klang das Lachen, Rufen, Werben und Balzen der Passanten in den Hof, ab und zu einmal das Geräusch eines Wagens, sein Fahrer auf der vergeblichen Suche nach einem Parkplatz. Dumpfe rhythmische Beats aus dem Club schräg gegenüber. Es roch nach nassem Straßendreck und altem Laub, nach frisch aufgebrochener Erde und einer allerersten Ahnung von jungem Grün. Frühling. Wir sehnten uns so nach dem Frühling.

Das trübe Licht der Straßenlaterne reichte nicht aus, also schaltete ich das Spotlight des Handys ein. Während ich mich über verrostete Eisenträger und zerborstenen Beton tastete, dachte ich daran, wie oft ich schon bei meiner Mutter aufgetaucht war, um Dinge aus meinem Leben wiederzufinden. Ich hatte es in den letzten zehn, zwölf Jahren nicht geschafft, mehr als ein Provisorium aufzubauen. Marquardt besaß mittlerweile drei Häuser, wahrscheinlich genauso viele Riva-Rennboote und einen ganzen Fuhrpark teurer Nobelkarossen. Sogar Marie-Luise war es gelungen, sich so etwas wie ein Heim zu schaffen. Ich dachte an Jazek, kaum jünger als ich, der mit Suzanna den alten Weinberg seines Vaters bewirtschaftete und mittlerweile drei Kinder großzog. Während ich als ewiger Wanderer ohne festen Wohnsitz nirgendwo Wurzeln schlug.

Einmal wäre es mir fast gelungen. Aber dann hatte ich mich gegen diese Familie und für die Wahrheit entschieden. Wo wäre ich jetzt, wenn damals nicht diese alte Frau im Garten der Zernikows gestanden hätte? Vielleicht immer noch in einer Villa im Grunewald, umgeben von gediegenem Wohlstand, wohlerzogenen Kindern und einer liebenden Gattin …

Mein Hosenbein verfing sich in einem Stück verrostetem Stacheldraht. Fluchend riss ich mich los. Woher zum Teufel kamen ständig diese sentimentalen Anwandlungen? Seit meiner Rückkehr aus Israel ging das so. Man sagt, dass Menschen nach schweren Operationen oder Traumata in Depressionen fallen. Der Körper verarbeitet den Schock. Die Wunden schließen sich, die Narben heilen. Die Seele aber hinkt dieser Genesung hinterher. Sie hat das Jenseits gespürt, den kalten Griff des Todes. Und mehr verstanden als das Hirn, das befiehlt, sich doch endlich mal zusammenzureißen.

Ein aufgeweichter Haufen Pappe, mehr war von der Kiste nicht übrig geblieben. Ganz hinten an der bröckelnden Wand zum Nachbargrundstück. Ich wollte sie öffnen, aber es reichte eine Berührung, und die Seite platzte auf. Mir fielen ein Paar ausgetretene Turnschuhe entgegen, ein wirres Knäuel undefinierbarer Klamotten und die Überreste meiner hässlichsten Krawatten. Warum ich den Krempel hatte aufheben wollen, obwohl ich ihn gar nicht brauchte, wusste ich nicht mehr. Und das alte Filofax. Feucht und schwer lag es in meiner Hand, die Seiten gewellt und aufgequollen. Ich hoffte, ich hatte mich bei dem Eintrag nicht für den Füller entschieden.

Als ich zurück ins Loft kam, hatte Hüthchen den Ordner herangeschleppt, und die Kalbsleber war fertig. Gemeinsam nahmen wir an dem riesigen Tisch Platz, der nur an seiner Stirnseite von Spänen, Schleifstaub und halb fertigen *Zyklen* befreit worden war. Mutter hatte das gute Besteck hervorgezaubert. Es roch zum Niederknien.

»Das müssen Sie aber selber durchsehen«, brummte Hüthchen und schob mir den Ordner herüber. Während wir aßen und uns über unsere Gesundheitszustände unterhielten, blätterte ich ihn durch. Als ich auf Whithers Honorare stieß, fiel mir fast die Gabel aus der Hand.

»Fünfzigtausend?«, fragte ich fassungslos. »*Premier and conduction of Waterfalls op. 3, fünfzigtausend?*«

Ich hätte Komponist werden sollen.

»Ja, und?«, fragte meine Mutter mit entzückender Harmlosigkeit. »Das ging ja fast alles wieder für den Transport von seinen Instrumenten drauf. Dazu der Wasserfall, mitten in der Oper von Sydney.«

Sydney. Der Herr sah die Welt, und vor mir saßen seine beiden Geliebten, die eine im Nachthemd, die andere in Kittelschürze.

»Kriegt ihr wenigstens was davon ab?«, fragte ich und schaufelte mir einen Nachschlag Kartoffelbrei auf den Teller.

»Warum sollten wir?« Hüthchens Blick bekam etwas von stalinistisch-antikapitalistischer Härte. »Es kommt rein, und es geht raus. Jeder tut, was er kann, und irgendwie funktioniert es.«

»Was machen Sie eigentlich den ganzen Tag, Frau Huth?«

Ich ließ meinen Blick über das sanft verwahrlosende Interieur schweifen. Immerhin hatte sie sich den Eintritt in Mutters Leben einst unter der Bezeichnung Putzfrau und Haushaltshilfe erschlichen.

Beide wechselten einen kurzen Blick.

»Sie hilft mir«, sagte Mutter schnell.

»Bei was?«

»Bei allem.«

»Und das wäre genau?« Ich blätterte wieder durch die wahllos abgehefteten Papiere. Niemand schien sich in diesem Haushalt um solch niedere Dinge wie Steuern, Einkommenserklärungen, Rechnungen und Garantiescheine zu kümmern. Vielleicht war das so, wenn man für einen Abend Wasserfallmusik fünfzigtausend kassierte. Die Lebenswelten erfolgreicher Künstler waren mir fremd. Ich kannte nur arme.

»Ach herrje, der Kuchen. Ingeborg, hilfst du mir mal?«

Leise ächzend kam Hüthchen auf die Beine und folgte meiner leichtfüßigen Mutter an den Herd. Ich fand die Rechnung – Betrag und Datum stimmten überein.

»Kann ich die mitnehmen und eine Kopie davon machen?«, fragte ich.

»Natürlich«, antwortete meine Mutter.

»Das bringt aber die ganze Ordnung durcheinander!«, protestierte Hüthchen.

Ich faltete das Papier zusammen und schob es mir in die Jackeninnentasche.

»Keine Sorge. Ihr kriegt es wieder.«

Mutter kehrte mit dem Kuchen an den Tisch zurück. Während ich das Geschirr abräumte, tischte Hüthchen neue Teller auf, und Mutter zerschnitt ihr Kunstwerk in Portionen.

Ihre Kuchen können Kriege beenden. In einer Welt zu leben, in der solche Kuchen gebacken werden, gibt Trost und Hoffnung. Erst nach dem zweiten Stück begann ich, mein ruiniertes Filofax zu untersuchen.

März 2015. Gerichtstermine, Geschäftsessen. Der vierte Kündigungstermin unserer gemeinsamen Kanzlei in der Dunckerstraße. Was sich dort wohl befand nach unserem Auszug? Traditioneller Altbau-Charme auf hundertfünfzig Quadratmetern, topsaniert, beste Lage ... ein Gedicht für Immobilienmakler und Investoren.

»Alles in Ordnung?«, fragte Mutter.

»Ja.«

Der dreizehnte März. Ich hatte einen Flug nach Frankfurt gebucht, ein Juristenkongress, musste dann aber wegen der enormen Teilnehmergebühr absagen. Deshalb die Rückzahlung von Steuern und Gebühren für den stornierten Flug. Am Abend war ich mit Marquardt essen, in einem italienischen Restaurant in der Charlottenburger Schlossstraße. Es musste sogar eine Quittung geben, irgendwo in Marie-Luises Müllhaufen. Wir hatten die Belege damals für sie gesammelt, damit sie sie von der Steuer absetzen konnte. Ich erinnerte mich deshalb so gut daran, weil es ein wirklich lustiger Abend war und wir beide um die Gunst der bildhübschen Serviererin gebuhlt hatten. Marquardt, indem er teure Weine bestellte und sich als Kenner aufspielte, ich mit meinem damals noch vorhandenen Charme. Die Rechnung belief sich schließlich auf fast vierhundert Euro. Wir ließen sie auf Marie-Luise ausstellen, und die junge Dame, die wohl ihre eigenen Grundsätze hatte, was kichernde, angetrunkene Männer betraf, die sich offenbar auf Kosten jener Marie-Luise einen schönen Abend machten, ließ uns alleine nach Hause torkeln.

Genau in diesem Moment klingelte mein Handy. Fischer. Es war kurz vor neun Uhr abends. Musste er da nicht schon längst im Bett sein?

»Herr Vernau?«, meldete er sich. »Ich muss Sie kurz sprechen. Es geht um den dreizehnten März 2015.«

»Ich weiß«, antwortete ich. Derselbe Stolz in der Stimme, mit dem Christoph Kolumbus seiner Königin von der Entdeckung Amerikas berichtet haben musste. »Ich habe die Rechnung für das Regal gefunden.«

»Fein. Aber ich frage wegen einer Quittung. Sie war in den Unterlagen Ihrer Partnerin.«

»Ehemaligen.«

»Ehemaligen Partnerin.«

»Ehemaligen Kanzleipartnerin.«

»Können wir uns treffen?«

»Bitte?«

»Ich muss das mit Ihnen abklären. Sofort.«

»Herr Fischer, Ihr Diensteifer in allen Ehren, aber ich sitze gerade mit meiner Mutter am Abendbrottisch.«

»Wie lange?«

Mir blieb fast die Luft weg. Was erlaubte sich dieser Mensch?

»Bis morgen früh acht Uhr«, antwortete ich eisig.

»Das ist zu spät.« Er räusperte sich und schnaufte ein bisschen. »Es ist wirklich wichtig. Ich brauche Ihre Aussage zusammen mit dieser Quittung.«

»Die Ikea-Rechnung?« Langsam verlor ich den Überblick.

»Nein!« Er schrie beinahe, riss sich dann aber zusammen. »Eine Restaurantquittung Ihrer ... ähm ... Ehemaligen. Vom dreizehnten März 2015.«

Ich sah auf mein Filofax. Wir redeten von demselben Abend vor vier Jahren. Das Vierhundert-Euro-Essen. Bewirtete Personen: Vernau, Marquardt und, obwohl nicht anwesend, Marie-Luise.

Heute Mittag war es noch um eine Flugstornierung und ein Bücherregal gegangen. Konnte es sein, dass der genaue, pedantische Herr Fischer nicht mehr ganz Herr seiner eigenen Untersuchungen war?

»Ich kann Frau Hoffmann anrufen, wenn es so wichtig ist. Aber nicht um diese ...«

»Persönlich, Herr Vernau! Persönlich! Ich muss Sie beide treffen. Heute Abend noch. Ich brauche eine verbindliche Aussage, dass Sie beide an diesem Abend gemeinsam mit Herrn Marquardt aus waren. Wie auf dem Beleg vermerkt.«

»Warum?«

»Das ... das kann ich Ihnen nicht am Telefon sagen.«

»Ist alles in Ordnung mit Ihnen? Fühlen Sie sich krank?«

Er schnaufte und schien langsam zur Besinnung zu kommen. »Nein.«

»Wo sind Sie?«

»In Ihrem Büro.«

»Wo bitte?«

»Die junge Dame aus Ihrem Nachbarbüro hat mich hereingelassen. Ich musste ... da hat mir etwas keine Ruhe gelassen.«

Eine Ikea-Rechnung? War Fischer noch ganz bei sich? Und überhaupt: Seit wann arbeiteten Finanzbeamte in Nachtschicht? Und wieso um alles in der Welt hatte das nicht Zeit bis zum nächsten Morgen?

»Machen Sie Feierabend, Herr Fischer.«

»Bitte kontaktieren Sie Frau Hoffmann. Es ist wichtig. Sehr wichtig.«

Mutter und Hüthchen lauschten aufmerksam meinen Worten. Wahrscheinlich bekamen sie auch mit, was Fischer in seiner Hysterie in den Hörer brüllte.

»Es geht um mehr, viel mehr. Das können Sie doch gar nicht absehen, Herr Vernau. Wenn Sie nicht mit mir reden, geht die ganze Sache morgen direkt an die Staatsanwaltschaft.«

Das reichte. Der Mann war völlig übergeschnappt. »Tun Sie, was Sie nicht lassen können. Guten Abend.«

Ich beendete das Gespräch und sah in Mutters besorgte Miene.

»Er will dich anzeigen?«, fragte sie.

»Wegen dem Ikea-Regal?«, bohrte Hüthchen nach, grammatikalisch nicht ganz korrekt, aber ich hatte nicht den Nerv, ihr den Unterschied zwischen Genitiv und Dativ zu erklären.

»Keine Ahnung. Es ist eine ganz normale, ordinäre Betriebsprüfung. Aber er spielt sich auf, als ginge es um Leben und Tod.« Ich stand auf, weil mich der Ärger über Fischer nicht mehr ruhig sitzen ließ. »Jetzt ist es eine Restaurantrechnung! Mein Gott, hat Berlin keine anderen Probleme?«

»Was soll denn damit nicht stimmen?«, fragte Mutter.

»Nichts. Es ist alles korrekt.« Bis auf Marie-Luises Namen. Wollte er mir daraus etwa einen Strick drehen?

»Dann kann er dir ja nichts anhaben.«

Ich griff zu meinem Filofax, diesem vermoderten, übelriechenden Ding, und verstaute es in meiner Aktentasche. Ich musste Marie-Luise vorwarnen. Die Sache mit der Quittung war nicht korrekt, aber alle machten es so. Von wegen Staatsanwaltschaft. Damit konnte er uns nicht drohen. Aber uns das Leben verdammt schwer machen, das schafften sie, die Fischers der Behörden dieser Welt. Die nicht mal davor zurückschreckten, sich sogar nachts noch durch unser Privatleben zu wühlen.

Ich verabschiedete mich herzlich von meiner Mutter und reserviert von Frau Huth, bekam noch im Tausch für die zurückgebrachte eine neue Brotbox mit Apfelkuchen in die Hand gedrückt und war kaum draußen auf der Straße, als ich schon Marie-Luise anrief.

»Hör zu«, begann ich ohne Umschweife. »Dieser Typ in meinem Büro prüft jeden einzelnen Beleg. Jetzt hat er sich auf eine Quittung eingeschossen, die wir dir mal vor Jahren gegeben haben. Vierhundert Euro. Erinnerst du dich?«

»Und ob.« Sie musste zu Hause sein. Ich hörte leise Klaviermusik im Hintergrund und dann das Klirren von Gläsern. Sie war nicht allein. »Ihr habt es ganz schön krachen lassen. Ich glaube, heutzutage geht so was gar nicht mehr durch.«

»Genau um die geht es. Wenn Fischer anruft, sagst du einfach, du warst mit dabei. Ende, aus.«

»Warum sollte er anrufen?«

»Weil er mir gerade mit der Staatsanwaltschaft gedroht hat.«

»Wegen so einem Fliegenschiss?«

»Meine Rede. Er wollte sogar, dass wir uns heute noch treffen und du eine Aussage machst.«

»Eine Aussage?«

»Seine Worte. Hör zu, es ist alles unglaublich nervig, aber wir werden ihn ertragen müssen.«

»Noch mal. Was genau hat er gesagt?«

»Dass er …« Ich zerbrach mir den Kopf, um mich an den Wortlaut zu erinnern. »Dass er eine verbindliche Aussage braucht, dass wir an diesem Abend mit Marquardt zusammen waren. Sonst geht die Sache morgen an die Staatsanwaltschaft.«

Die Musik im Hintergrund ging aus, auch das Gläserklirren war verstummt. Schließlich sagte Marie-Luise: »Ich hab sie nicht eingereicht.«

»Was?«

»Ich hab nie eine gefakte Quittung eingereicht. Ich weiß, dass ihr mir damit was Gutes tun wolltet, aber ich hab's nie getan.«

Ich hatte die U-Bahn-Station Weinmeisterstraße erreicht und musste eigentlich nur noch bei Grün über die Straße. Aber ich blieb stehen.

»Dann ... dann kann uns ja nichts passieren«, sagte ich schließlich.

»Aber er kann es dann auch nicht zur Anzeige bringen. Verstehst du das?«

Mir war das alles zu hoch. Ich hatte einen anstrengenden Tag hinter mir, und der Apfelkuchen saute vermutlich gerade den gesamten Inhalt meiner Aktenmappe ein. Außerdem sprach ich gerade zum ersten Mal im Leben mit jemandem, der offenbar noch nie das Finanzamt betrogen hatte.

»Nein. Versteh ich nicht.«

»Ich hab das nie abgesetzt, also ist davon auch nie etwas in meiner Steuererklärung aufgetaucht. Vielleicht hat er sie im Schuhkarton gefunden und nur *gedacht*, ich hätte sie abgesetzt. Er muss was anderes meinen.«

»Was?«

»Keine Ahnung. Du hast den Mist am Hals.«

»Und was soll ich machen?«

»Mit ihm reden«, antwortete sie. »Wenn ein Buchprüfer vom Finanzamt meinen Müll durchwühlt, sich auf eine nicht eingereichte Quittung einschießt und dir gegenüber die Worte ›Staatsanwaltschaft‹ und ›Aussage‹ in den Mund nimmt, wäre es mir egal, in welcher Reihenfolge er das tut. Ich würde ihm jede noch so absurde Frage beantworten.«

»Was machst du grade?«, fragte ich und hätte mich im nächsten Moment ohrfeigen können.

Sie lachte leise. »Das ist privat.«

»Okay. Ich wünsche dir noch einen schönen Abend.«

»Danke. Dir auch.«

Ich ging los, und das Nächste, was ich mitbekam, waren höllisch quietschende Reifen, lautes Hupen und das Rot der Fußgängerampel. Begleitet von den wüsten Beschimpfungen des Autofahrers, auf dessen Kühlerhaube ich beinahe gelandet wäre. Ich lief hinunter zur U-Bahn. Doch ich fuhr nicht nach Hause. Ich fuhr die drei Stationen zurück, weil es Fischer tatsächlich gelungen war, in mir ein unbequemes Gefühl von Schuld hervorzurufen, ohne dass ich wusste, um was es sich eigentlich handelte.

5

Das Bürogebäude war hell erleuchtet. Eigentlich machte es keinen Unterschied, ob man tagsüber oder nachts hier aufschlug. Nur die Aufzüge standen allesamt im Erdgeschoss. Ich wählte den mittleren und fuhr nach oben.

Leise, um die Koreanerin nicht zu wecken, schlich ich über den Flur in mein Büro. Die Schreibtischlampe brannte, und Fischer saß in seinem Drehsessel, den Rücken zur Tür, und war offenbar über seiner Arbeit eingeschlafen.

In dem Raum sah es aus, als hätte der Blitz eingeschlagen. Überall lagen Papiere verstreut. Seine Aktenmappe war auf den Boden gefallen. Die umgekippte Thermoskanne hatte ihren Inhalt als schwarzbraune Lache auf der Tischplatte verteilt. Brotkrumen schwammen darin. Für einen Pedanten wie ihn ein ziemliches Chaos. Er lag mit dem Kopf mittendrin, und das war das Zweite, was mich stutzig machte.

»Herr Fischer?«

Dann sah ich, dass der kleine See um seine Stirn blutrot war. Und die Brotkrumen etwas sehr Menschliches. Mein Herzschlag setzte aus, um dann mit Wucht und doppelter Geschwindigkeit wieder einzusetzen. Vorsichtig berührte ich ihn an der Schulter, und langsam kippte er zur Seite und starrte mich mit toten Augen an. Sein Arm fiel herab. Der Zeigefinger wies auf den Boden. Dort lag eine Pistole.

Irgendwie schaffte ich es, mein Handy zu benutzen und Marie-Luise anzurufen. Sie ging erst nach dem fünften Klingeln ran. Ihre Stimme klang etwas atemlos und sehr ärgerlich.

»Vernau?«

»Er ist tot. Fischer ist tot. Ich komme gerade in mein Büro, und da sitzt er am Schreibtisch und ist tot.«

»Wie, tot?«

»Tot! Herrgott! Tot!« Ich atmete tief durch.

»Hast du den Notarzt gerufen? Vielleicht hatte er einen Herzinfarkt, und es ist noch was zu machen.«

»Da ist nichts mehr zu machen.«

Ich sah das Loch in seiner Schläfe. Erst jetzt fiel mir auf, dass sein Blut über den ganzen Schreibtisch gespritzt war. Apfelkuchen und Kalbsleber machten sich bemerkbar.

»Ich ... ich kann nicht«, brachte ich heraus und stolperte aus meinem Büro. Schwer atmend lehnte ich mich an die Glaswand. Dann beendete ich das Gespräch, kotzte mir auf der Herrentoilette die Seele aus dem Leib und rief die Polizei an.

An die nächste Stunde kann ich mich kaum noch erinnern. Nur dass Marie-Luise irgendwann inmitten der Leute in weißen Overalls und Uniformierten auftauchte und mich in den Konferenzraum führte, wo die völlig geschockte Koreanerin saß und von einem Sanitäter betreut wurde. Eine Frau vom KDD nahm meine Aussage auf. Es war ziemlich wirres Zeug, das ich von mir gab.

»Was genau wollte Herr Fischer von Ihnen?«

»Es hatte was mit meiner Betriebsprüfung zu tun. Eine Ikea-Quittung und eine Flugstornierung. Ich vermute, er wollte checken, ob ich im März vor vier Jahren in Berlin war. Ich war heute bei meiner Mutter, sie kann das bezeugen. Dass ich bei ihr war, meine ich. Nicht das mit dem Flug ...«

Ich brach ab, weil ich begann, sinnloses Zeug zu erzählen.

Meine Hände waren bereits nach Schmauchspuren untersucht worden. Als ob Mörder keine Handschuhe tragen würden.

»Und deshalb bat er Sie, noch mal ins Büro zu kommen?«

»Ja. Und wegen einer Restaurantquittung. Ich habe alles hier bei mir. Nur den Bewirtungsbeleg nicht. Vierhundert Euro, dreizehnter März 2015. Der müsste bei den Sachen von ... ist ja auch egal.«

Sie war noch jung, vielleicht Anfang dreißig, und sah so müde aus, als wäre sie gerade aus einem Rummelsburger Club an den Tatort gekommen. Halb drei morgens. Ich hatte ihren Namen in dem Moment vergessen, in dem sie ihn mir gesagt hatte.

Ich fragte: »Kann ich Herrn Vaasenburg sprechen?«

Die Kripobeamtin sah sehnsüchtig in Richtung Kaffeeküche. »Der ist nicht im Dienst. Wir machen hier die Erstaufnahme. Wahrscheinlich übertragen Sie mir die Leitung der Ermittlung. Warum? Hatten Sie schon öfter mit ihm zu tun?«

Kriminalhauptkommissar Karsten Vaasenburg war ein alter Bekannter. Unsere Wege hatten sich ab und zu gekreuzt. Mittlerweile saß er im Präsidium am Platz der Luftbrücke. An ihm konnte ich ablesen, wie zermürbend der Polizeidienst sein konnte und wie man trotzdem noch an einen Sinn glaubte in dem, was man tat. Er hatte mich zweimal im Krankenhaus besucht, nachdem ich im letzten Jahr mehr tot als lebendig dort gelandet war. Vaasenburg würde mir glauben. Er brauchte zwar immer ein bisschen, aber wenn es darum ging, Licht ins Dunkel des Verbrechens zu bringen, gab es keinen Besseren als ihn.

»Rein beruflich.« Ich stand mühsam auf und schleppte mich zur Tür des Konferenzraums. »Kaffee?«

Ein sechsstimmiges Ja kam mir entgegen. Außer der Koreanerin, Marie-Luise, der Frau vom Kriminaldauerdienst und mir waren noch zwei uniformierte Beamte im Raum. Die Sanitäter hatten sich verdrückt.

»Ich helfe dir.«

Marie-Luise folgte mir über den Gang in die Küche. Da alles verglast war, bestand für die Polizei keine Befürchtung, dass wir heimlich irgendwas Verdunkelungsähnliches vorhatten. Ich räumte mit Getöse das halbe Regalfach aus, bis ich endlich den richtigen Kaffee (nicht entkoffeiniert, nicht mit Guarana oder Geraniendünger versetzt, aus klassischer italienischer Röstung) gefunden hatte. Marie-Luise startete die Maschine und suchte erst den Kühlschrank, der geschickt hinter den glatten Fronten versteckt war, und dann die Milch. Es war der erste Moment, in dem wir allein waren.

»Wieso bringt sich ein Buchprüfer in deinem Büro um?«, fragte sie.

»Er hat sich nicht umgebracht«, antwortete ich leise. »Wir haben doch noch telefoniert. Er wollte mit uns reden.«

»Also ... Wer sollte denn einen Buchprüfer umbringen?« Marie-Luise inspizierte die Mineralwassersammlung aus Fidschi oder Fukushima, der neuste Schrei, was die Mobilisierung des Elektrolythaushalts und der globalen CO_2-Negativbilanz betraf, und vermutlich der Kaffeeküchenbeitrag der Koreanerin.

»Ich meine, nicht dass es genügend Gründe dafür gäbe. So, wie die Finanzämter einen in die Mangel nehmen.« Sie griff eine Tüte Hafermilch, für mich der inakzeptabelste aller Ersatzstoffe, und stellte sie auf ein unpraktisches Designertablett.

»Fragen wir lieber: Wer sollte *meinen* Buchprüfer umbringen?«

Die Maschine war bereit. Während sie sich röchelnd in Gang setzte, stellten wir uns nebeneinander und beobachteten, wie die Mitarbeiter der Rechtsmedizin auftauchten und versuchten, einen Zinksarg in mein Büro zu bugsieren. Da es nicht gelang, stellten sie ihn im Flur ab und öffneten den Deckel.

»Ich glaube, ich gehe nie wieder da rein.«

Langsam drehte Marie-Luise ihren Kopf in meine Richtung. »Was soll das heißen?«

»Da liegt überall sein Gehirn rum. Der Schreibtisch ist völlig versaut, und der Teppich auch. Ich kann da nicht mehr rein.«

»Dann hol dir einen Cleaner. Hinterher sieht alles wieder tipptopp aus.«

»Das ist es aber nicht.«

Dieses seelenlose Gebäude, zum reinen Zweck der Effizienz errichtet, hatte heute Nacht eine Geschichte bekommen. Sie hing mit mir zusammen, vielleicht auch mit der Frau neben mir, die immer da war, wenn irgendetwas völlig aus den Fugen geriet. Aber ich war schuld an dieser Geschichte, keine Ahnung warum, und sie würde mich begleiten. Jedes Mal, wenn ich in mein Büro käme, hätte ich Fischers zusammengesunkene Gestalt vor meinen Augen. Ich würde nie wieder Kaffee trinken können, ohne an die rot-schwarze, krümelige Lache auf meinem Schreibtisch zu denken. Jeder Blick aus dem Fenster würde mich an die Blutspritzer erinnern. Er wäre bei mir, für immer und ewig. Zumindest in diesem Glaskasten.

»Bei mir ist leider nichts frei«, sagte sie.

»So war das nicht gemeint.«

»Wir könnten aber Platz schaffen. Wird dann halt ein bisschen eng.«

Irgendetwas an diesem *Wir* störte mich. Vielleicht, weil ich erst jetzt erfuhr, dass sie schon längst einen neuen Partner hatte. Oder eine neue Partnerin. Was aber unwahrscheinlich ist. Tief drinnen ist Marie-Luise ein Tomboy. Da helfen auch Silber, Patschuli und Moschus nicht.

»Also vorübergehend«, setzte sie schnell hinzu. »Bis du dich besser fühlst. Wäre ein Angebot. An was arbeitest du gerade?«

Ich fuhr mit beiden Händen übers Gesicht. Half nichts. Der Horror blieb. »Das meiste ist Schriftverkehr. Zwei, drei Verhandlungen nächste Woche. Mandantengespräche.«

»Du musst fragen, wann du an deine Sachen rankommst. Vielleicht kriegst du Aufschub vor Gericht wegen unvorhergesehener Ereignisse.«

»Ein Mord in meinem Büro.«

»Zum Beispiel.«

Wir schwiegen. Die Maschine spuckte das letzte Wasser in den Filter. Marie-Luise wandte sich ab und griff nach einer dieser silbernen, bauchigen Retro-Thermoskannen. Zwei waren schon geklaut worden. Sie goss den fertigen Kaffee ein und stapelte dann ein halbes Dutzend Becher aufs Tablett.

»Die werden alles mitnehmen«, sinnierte ich. »Alles. Deine Sachen auch. Irgendwo muss ja ein Motiv sein.«

»Also wegen meiner Buchführung wird keiner umgebracht.«

Ich hob die Augenbrauen, sagte aber nichts. Das wäre pietätlos gewesen. Ich nahm das Tablett, auf dem es bedenklich klirrte, und wollte gerade in den Flur, als sie Fischers Leiche brachten.

Glücklicherweise transportierten sie ihn so, dass ich nicht noch einmal sein Gesicht sehen musste. Aber die blank geputzten Schuhe, die scharfe Bügelfalte seiner Hose reichten schon. Er war ein Pedant gewesen. Ein Fanatiker der Genauigkeit. Und ein Netter. In engen Grenzen, gewiss. Aber er hatte mir keine Sekunde lang das Gefühl vermittelt, etwas gegen mich zu haben. Sogar seine Drohung hatte etwas Verzweifeltes gehabt. Ich merkte, dass meine Augen feucht wurden. Es ging mir nahe. Dieser graue Pedant mit seinem Humor, trocken wie Archivpapier.

»Ich mach das«, sagte Marie-Luise, nahm mir das Tablett ab und ging voraus. Während ein paar Meter weiter Fischers sterbliche Überreste in Zink verpackt wurden, reichte sie jedem im Konferenzraum einen Becher mit Kaffee, fragte, ob jemand Milch oder Zucker wollte, während ich ihr mit brennenden Augen dabei zusah und, ich schwöre, sie bei der Erwähnung von Keksen des Raumes verwiesen hätte. Aber niemand schien daran Anstoß zu nehmen. Alle waren dankbar. Als sie mir als Letztem den Becher in die Hand drückte und ich die Wärme spürte und den vertrauten Duft roch, war ich bereit.

Die Kripofrau bat mich mit einer Handbewegung neben sich. Ich nahm Platz und spürte mit einem Mal, wie unendlich müde ich war.

»Bitte erklären Sie mir, warum Herr Fischer sich mit Ihnen treffen wollte. Es ging um Quittungen, so weit habe ich das erfasst. Aber wieso hatte das nicht Zeit bis morgen?«

Ich zuckte mit den Schultern. »Da bin ich überfragt. Er rief mich kurz vor neun an und schien aufgeregt. Nervös. Er versuchte das zu verbergen, aber ich hatte das Gefühl, er stand unter Strom.«

»Warum?«

»Weil er laut wurde. Nur einen Augenblick, dann hatte er sich wieder in der Gewalt. Er glaubte, etwas in meinen Unterlagen gefunden zu haben. – Sagen Sie, ist das wichtig? Das hat doch alles nichts mit meiner Betriebsprüfung zu tun!«

»Wir entscheiden, was wichtig ist, Herr Vernau. Bitte weiter.«

Ich sah zu Marie-Luise. Die nickte kaum wahrnehmbar. Also alle Karten auf den Tisch.

»Ich weiß zwar nicht warum, aber er drohte mir.«

Kurzes Zusammenzucken von Marie-Luise. Drohung – keine gute Sache.

»Mit was?«

»Das weiß ich nicht.«

Die Beamtin lehnte sich zurück und griff nach ihrem Kaffee. Sie war kräftig, ihre Bewegungen hatten wenig Grazie. Aber ein fein gezeichnetes, interessantes Gesicht. Ich fragte mich, ob sie auf Männer oder Frauen stand und, falls ich richtig lag mit meiner Annahme, wie sie in diesem Job damit umging. Ihre Fragen waren weder unhöflich noch drängend. Sie machte es genau richtig.

»Trotzdem kamen Sie kurz nach einundzwanzig Uhr in Ihr Büro. Offenbar, um Herrn Fischer aufzusuchen und zur Rede zu stellen.«

Ich wies mit einer hilflosen Geste in Richtung meines Büros. Im Flur klappten sie gerade den Sarg zu. »Vielleicht finden *Sie* ja etwas, das als Motiv taugt, um mich festzunehmen. Aber ich morde nicht für Ikea-Regale. Das ist unter meinem Niveau.«

Ein langer, müder Blick. Wir waren alle nicht gerade bester Stimmung.

»Nehmen Sie jetzt eigentlich mein ganzes Büro mit?«

Die Frau drehte sich um und beobachtete den Abtransport der Leiche.

»Wir ermitteln in alle Richtungen. Es könnte auch ein Suizid sein.« Jeder im Raum wusste, dass dem nicht so war. »Ihr Büro wird versiegelt. Alles Weitere unternimmt dann die Mordkommission. Herr Vernau, diese Drohung mit der Staatsanwaltschaft ... ich kann mir nicht vorstellen, dass Herr Fischer sie völlig zusammenhanglos in den Raum gestellt hat. Um was ging es da?«

Kaum merkliches Nicken von Marie-Luise.

»Ich glaube, es hing mit einer Quittung zusammen. Er hat

sie in den Unterlagen meiner ehemaligen Kanzleipartnerin, Frau Hoffmann, gefunden.«

Marie-Luise hob kurz den Arm, die Kripofrau notierte sich etwas.

»Aber wenn Sie mich so fragen und ich das alles rekapituliere, kann es durchaus sein, dass Herr Fischer uns gar nicht gemeint hat.«

Die Beamtin kritzelte etwas auf ihren Notizblock. »Wen dann?«

»Ich weiß es nicht.«

Sie sah kurz hoch. Sie hatte braune Augen. Und in denen stand unmissverständlich geschrieben: Erzähl mir keine Märchen.

»Wirklich nicht. Suchen Sie die Quittung. Dreizehnter März 2015, Restaurant Peppone in der Charlottenburger Schloßstraße. Vierhundert Euro, drei Personen. Das ist doch lächerlich.«

Sie kritzelte. »Gab es was zu feiern?«

»Nein.«

»Wer war dabei?«

»Ein befreundeter Anwalt, Herr Marquardt, und ich.«

»Name des befreundeten Anwalts?«

»Das … ähm … war Herr Marquardt. Die Quittung wurde auf Frau Hoffmann ausgestellt. Aber …« Ich holte tief Luft. »Wir waren nur zu zweit. Ohne sie.«

Eisiger Blick von Marie-Luise. Aber sie sagte nichts.

»Vierhundert Euro. Drei Personen. Nur zwei waren dabei.«

»Ja«, knirschte ich.

»Kontaktdaten von Herrn Marquardt?«

»Kurfürstendamm Ecke Olivaer Platz.« Ich gab ihr auch noch die Handynummer. Irgendetwas fühlte sich falsch an. Ich war unschuldig. Aber ich wusste nicht, ob die Kripofrau das genauso sah. Eine kleine Schluderei fürs Finanzamt, und schon war man nicht mehr glaubwürdig. Wer lügt, der stiehlt, der frisst auch kleine Kinder. Ich konnte Marie-Luises Ärger spüren, sie schickte Eismoleküle in meine Richtung und überschlug wahrscheinlich die Anschaffungskosten eines Marterpfahls.

Ein Kollege der Kripofrau kam herein und nickte ihr kurz zu. Sie stand auf. Die Koreanerin hatte sich bereits verdrückt. Ihr Glück, denn ich hätte sie gerne gefragt, was ihr eingefallen war, Fischer abends allein in mein Büro zu lassen.

»Sie können gehen. Wir melden uns.«

Ich stand auf und war schon fast im Flur, als sie fragte: »Hat er auf Sie einen unpräzisen Eindruck gemacht?«

»Wer?«

»Herr Fischer.«

»Unpräzise?«

»Schien er durcheinander? Hatten Sie das Gefühl, er fantasiert?«

Ich öffnete den Mund, um einer ganzen Reihe von Gefühlen freien Lauf zu lassen, die ich für Fischer im Allgemeinen und für die gesamte Situation im Besonderen empfand. Stattdessen fragte ich zurück: »Warum?«

»Es gibt Hinweise darauf, dass Herr Fischer in den letzten Wochen nicht ganz ... wie soll ich sagen? Bei sich war.«

»Welche Hinweise?«

»War er in Ihren Augen voll und ganz zurechnungsfähig?« Sie sah auf ihren Stenoblock. »Er drohte Ihnen angeblich ohne Grund, zitierte Sie am späten Abend ins Büro wegen irgendwelcher Quittungen. Er erschien Ihnen aufgeregt, nervös. Sie hatten das Gefühl, er stand unter Strom.«

Ich kam zurück in den Raum. Marie-Luise sah erst zu mir, dann zu der Kripobeamtin. Sie war genauso ratlos über die seltsame Wendung des Gesprächs wie ich.

»Ja, so war es«, sagte ich. »Aber das heißt nicht, dass er durchgeknallt war. Fischer hat sich nicht umgebracht. Und wenn er das wirklich vorgehabt hätte, dann war er trotzdem ein Mann von absoluter Diskretion. Er hätte das niemals in meinem Büro gemacht, in der Gewissheit, dass ich ihn finde, am Ende noch die Pistole aufhebe und anschließend unter Mordverdacht gerate.« Meine Stimme war unbeabsichtigt schärfer geworden. »Wir haben nichts am Laufen gehabt, Herr Fischer und ich. Falls Ihre Frage in diese Richtung zielte.«

»Sie zielte in Richtung Ihrer Beurteilung über den Zustand Fischers unmittelbar vor seinem Tod.«

»Okay. Er war normal. Nervig, aber normal.«

Ich fuhr mir wieder durchs Gesicht, dann durch die Haare. Fast drei Uhr morgens. Ich musste hier raus, sofort.

»Geben Sie mir eine von Ihren berühmten Visitenkarten, und ich melde mich, wenn mir noch etwas einfällt.«

Sie packte ihre Sachen in eine Art Einkaufstasche. »*Wir* melden uns. Danke.«

Marie-Luise brachte mich nach unten.

»Ich fahr dich.«

Ich sagte ihr, dass das nicht nötig sei und ich frische Luft bräuchte, ein paar Kilometer zu Fuß und Ruhe.

»Bist du sicher?«

Ich spürte ihren Blick auf mir.

»Weißt du, was mein erster Gedanke war, als ich Fischer da in seinem Blut auf meinem Schreibtisch liegen sah?«

Sie wusste um die reine Rhetorik der Frage und schwieg.

Ich sagte: »Dass ich jetzt endlich meine Ruhe vor ihm habe. Dass die Prüfung vorbei ist und mein Büro wieder mir gehört.«

Damit drehte ich mich um und ging.

6

Donnerstag. Als ich nach einer kurzen, mehr wach als schlafend verbrachten Nacht am frühen Morgen die Büroetage betrat, hatten sie sich schon alle im Konferenzraum versammelt und die Koreanerin ins Gebet genommen. Außer ihrer Schilderung, wie eine Invasion von Kripoleuten das Gebäude gestürmt und sie zu Tode erschreckt hatten, konnte sie nichts Erhellendes zum Geschehen beitragen. Fischer reingelassen, ins Bett gegangen. Tief geschlafen, nichts gehört, hochgeschreckt, als Polizisten in ihr Büro eindrangen und es durchsuchten. Der gesamte Erklärungsnotstand wurde mir angelastet. Nur dass ich weder jung, weiblich noch koreanisch war, also keine Schutzreflexe hervorrief, und niemand gewillt schien, meiner ebenso lückenhaften Darstellung zu glauben. Der vegane Fast-Food-Lieferservice-Tüftler schoss sich ganz besonders auf mich ein.

»Ich hab's gleich gewusst«, wiederholte er. »Ich war immer dagegen. Anwälte.«

Keiner bat ihn, die letzte Bemerkung zu erklären. Aber der Vorwurf kam an und blieb an mir kleben. Sein Kompagnon – ich verwechselte die beiden immer, weil sie dieselbe Art von Kleidung und Kinnbart trugen und beide nicht zu meiner Erstauswahl beim Volleyball gehört hätten – nickte vielsagend. Er sprach schon gar nicht mehr mit mir, sondern nur *über* mich.

»Wir können ihm kündigen, fristlos. Wenn alle dafür sind. Wer ist dafür?«

Acht Leute hoben zögernd die Hände. Die Koreanerin musste mit einem sanften Stups dazu gebracht werden, auch ihre Stimme abzugeben. Mit einem entschuldigenden Blick in meine Richtung schloss sie sich der Mehrheit an.

Der vegane Lieferheld sah sich so triumphierend um, als hätte er gerade eine blutige, grausame Schlacht für sich entschieden. »Also dann?«

Ich nickte. »Auch wenn Sie es nicht gerne hören, es gibt gewisse Fristen. Zudem ist mein Büro noch gesperrt. Höhere Gewalt. Wenn Sie also nichts dagegen haben, werde ich vorübergehend den Konferenzraum beziehen.«

Der Lieferheld schüttelte energisch den Kopf. »Den haben wir reserviert!«

»Dann könnte ich so lange in Ihr Büro?« Betretenes Schweigen. »Das hätte jedem von Ihnen passieren können. Eine Betriebsprüfung ist ein ganz normaler Vorgang bei Selbstständigen und Freiberuflern. Dass sie so ausgeht, damit hat keiner gerechnet.«

Glücklicherweise hatte ich meinen Laptop dabei, den ich jetzt auf den langen Tisch stellte und damit mein neues Revier markierte. Die meisten gingen. Nur die Nerds taten so, als hätte ich ihr gegenwärtiges und zukünftiges Arbeitsleben ruiniert und gifteten noch ein paar Augenblicke leise vor sich hin. Die Koreanerin kam zu mir.

»Es tut mir sehr leid«, sagte sie und schickte einen unsicheren Blick durch die Glaswände hinüber in mein Büro. »Ich hoffe, seine Seele findet Ruhe.«

»Das hoffe ich auch.«

Das tat ich wirklich. Fischers gewaltsamer Tod hatte uns alle geschockt. Ich verzieh ihnen meinen Rausschmiss, aber ich bezweifelte, dass es mit diesem Exorzismus allein getan wäre.

»Was ist denn passiert?«

Sie war unglaublich klein, dünn und zart. Ein Windhauch von einem Mädchen, mit Porzellanhaut und rabenschwarzen, spiegelglatten Haaren. Sie trug eine hochgeschlossene Bluse und einen wadenlangen Rock. Und ich konnte mich noch immer nicht an ihren Namen erinnern.

»Ich weiß genauso wenig wie Sie. Ich habe ihn gefunden, als ich gestern Abend noch mal in mein Büro wollte. Haben Sie denn gar nichts bemerkt?«

Röte schoss in ihre Wangen. Das passierte so schnell, dass ich Angst bekam, sie würde vor meinen Augen verglühen. »Ich war nicht allein«, flüsterte sie. Die Nerds verließen den Raum. »Das darf keiner wissen, sonst bin ich die Nächste.«

»Kein Wort.«

Sie atmete auf. »Ich habe die Jalousien zum Gang geschlossen, deshalb weiß ich wirklich nicht, ob der Herr allein geblieben ist oder …«

»… ihn jemand umgebracht hat«, half ich sanft weiter.

Sie knetete ihre kleinen Hände und senkte den Kopf. Ihr Scheitel war wie mit dem Messer gezogen.

»Dann habe ich Sie gehört. Und als Sie auf der Toilette waren und sich dort … verzeihen Sie.«

»Schon gut.«

»Da ist er gegangen.«

»Wer? Ihr Freund?«

Ein schwaches Nicken.

»Haben Sie das der Polizei erzählt?«

Ihr Kopf ruckte hoch. »Nein!«

»In Ordnung, das ist alles in Ordnung. Sie haben nichts damit zu tun. Trotzdem würde ich eine Aussage machen. Sie kommen irgendwann doch dahinter.«

»Aber ich bin ganz neu hier. Ich war so froh, als ich dieses

Büro gefunden habe. Es ist schwer, in Berlin etwas zu finden. Vor allem als Ausländerin.«

»Was machen Sie eigentlich?«

Ein zartes Lächeln huschte über ihr Gesicht, das langsam wieder eine normale Färbung annahm. »Ich entwerfe Landschaften.«

»Landschaften?«

»Digital Content Creation und Design Production.«

»Ah. Klar.«

»Für Filme. Meistens. Oft auch für Werbung. Ich kann Ihnen irgendwann gerne etwas zeigen, wenn Sie möchten.«

»Das wäre großartig.« Ich startete meinen Laptop. Aber sie blieb sitzen. Als sie gar nichts mehr sagte und ein paar unangenehme Sekunden verstrichen waren, wandte ich mich ihr noch einmal zu.

»Er ist immer noch hier.«

»Wer?«, fragte ich. Ich dachte an ihren geheimnisvollen Freund. Das Wort »Mörder« wagte ich nicht zu denken.

»Der Tote. Ich spüre das. Er kann nicht gehen. Wir können noch nicht einmal ein Fenster öffnen. Seine Seele ist gefangen.«

Ich bin weit davon entfernt, solche Gefühle als Unfug abzutun. Jeder Mensch, jede Kultur sucht eigene Erklärungen für das Unfassbare. Auch mir war nicht wohl, mit dem Rücken zu meinem Büro zu sitzen. Ich könnte keinen nachvollziehbaren Grund dafür benennen. Höchstens den, dass man dem Höhlenbären gerne in die Augen sieht, wenn er sich nähert.

»Kann man da was machen?«

Wieder ging ihr Blick hinüber in den Raum, in dem Fischers Seele noch gefangen sein sollte.

»Wir sollten das Zimmer öffnen und die Tür zum Treppenhaus. Es gibt Rituale. Aber ich weiß nicht ...«

»Mein Büro ist versiegelt, wir müssen warten, bis es von der Polizei freigegeben wird.«

»Ja.« Sie legte die Arme um sich, als ob sie frieren würde. »Falls Sie Hilfe brauchen, ich habe einen kleinen Altar.«

»Danke.«

Sie stand auf.

»Wie heißen Sie eigentlich?«, fragte ich.

»Xuehua.«

»Was bedeutet das?«

Sie neigte den Kopf ein wenig zur Seite. »Das heißt Lotosblüte.«

Und verließ leise den Konferenzraum.

Es war unmöglich, sich auf die Arbeit zu konzentrieren. Immer wieder glitten meine Gedanken ab zu Fischer und unserem letzten Telefonat. Dazu kamen meine Mitmieter, die in regelmäßigem Turnus im Flur auftauchten, manchmal sogar vor der Glaswand stehen blieben und sich in leisem Ton vermutlich über mich unterhielten. Sie hätten mich gar nicht rausschmeißen müssen. Es war klar, dass ich hier nicht mehr bleiben konnte. Einmal erhob ich mich und ging hinüber zu meinem Büro. Durch die gläserne Tür mit dem Amtssiegel sah ich auf das Chaos und die getrockneten dunklen Flecke. Das war es, was von Fischer bleiben würde.

Aber ich ahnte, dass ich mich irrte.

Am Nachmittag hielt ich es nicht mehr aus und rief Kriminalhauptkommissar Vaasenburg an.

»Ja«, sagte er hastig, nachdem mehrere Bitten um Rückruf erfolglos geblieben waren und ich ihn endlich am Apparat hatte. »Ich weiß, aber es ist nicht mein Fall. Den bearbeitet die Kollegin Gärtner. Sie haben sie schon kennengelernt, soweit ich weiß.«

»Aber das kann doch keine Ewigkeit dauern. Ich muss an meinen Schreibtisch, wenigstens meine Unterlagen rausholen.«

»Es ist ein Tatort, Herr Vernau.«

Nicht dass ich die Steuererklärungen der letzten vier Jahre vermisst hätte. Aber die Kollegen hatten alles mitgenommen, was sich auf, im, unter und neben meinem Schreibtisch befunden hatte. »Ich habe Fälle, die ich vor Gericht vertreten muss. Mandanten verlassen sich auf mich.«

»Falls Ihnen durch die Ermittlungen nachweislich Verdienstausfälle entstehen, können Sie diese selbstverständlich geltend machen.«

Er redete schon fast so wie ich mit meiner Mutter. Ich holte tief Luft.

»Suizid oder Mord?«

Er sprach im Gehen. Es hallte, also befand er sich vielleicht in der Eingangshalle des Präsidiums.

»Kein Kommentar.«

»Ich kann vorbeikommen, wenn es der Sache hilft.«

»Es hilft, wenn Sie Frau Gärtner ihre Arbeit machen lassen und uns zur Verfügung stehen, wenn wir Sie brauchen.«

»Es gibt Hinweise, dass Fischer nicht ganz richtig im Kopf gewesen sein soll. Vielleicht hat er ja jemanden mit einer Betriebsprüfung ebenfalls in den Wahnsinn getrieben? Und der hat ihn dann, knick knack, na ja, Sie wissen schon …«

»Das ist ein sehr konstruktiver Ansatz, Herr Vernau. Ich werde ihn an Frau Gärtner weitergeben. Entschuldigen Sie mich bitte, ich habe leider …«

»Wann? Hören Sie, ich muss arbeiten.«

»Ich auch. Herzliche Grüße an Frau Hoffmann!«

Er legte auf. »Sag es ihr selbst«, giftete ich noch in den leeren Äther. Im nächsten Moment klingelte mein Handy. Berliner Nummer, Präsidium. Na also, geht doch.

»Ja?«

»Gärtner hier. Herr Vernau, könnten Sie bitte noch heute vorbeikommen? Sie müssten Ihre Aussage unterscheiben, und ich hätte noch ein paar Fragen an Sie.«

»Wann kann ich wieder in mein Büro?«

»So bald wie möglich. Sie helfen uns sehr, wenn Sie schnellstmöglich vorbeischauen.«

Eine Stunde später war ich im LKA 11 in der Keithstraße, unweit von Zoo, Kurfürstendamm und Landwehrkanal. Ein graues, wuchtiges Gebäude, das selbst im Hochsommer Düsternis ausstrahlt. Im Inneren ist es kühl. Breite Treppen mit steinernen Läufen, relativ schmale Flure. Man wird abgeholt, wenn man einen Termin hat. Entweder geht es ins Büro oder ins Vernehmungszimmer.

Frau Gärtner klärte meine unausgesprochenen Befürchtungen und brachte mich in ihr Büro. Weiß gestrichen, hell, aufgeräumt. An der Wand ein Poster, es zeigte den Eisernen Thron aus der Fernsehserie *Game of Thrones*. Es wäre zu weit hergeholt, daraus unbewusste Sehnsüchte nach starker Führung und einer klaren Schwarz-Weiß-Einteilung abzuleiten. Aber es musste etwas aussagen über sie, schließlich war es kein englischer Garten oder ein Sonnenuntergang mit Sprüchen buddhistischer Weisheit. Kurzer Händedruck, schnelle Begrüßung.

»Danke, dass Sie kommen konnten.«

»Kein Problem. Ich weiß im Augenblick ja nicht, wohin. Hier ist es wenigstens warm.«

Ein knappes Lächeln. »Setzen Sie sich.«

Sie drehte ein paar Papiere um, damit ich nicht lesen konnte, was sie auf ihrem Schreibtisch liegen hatte. Deshalb entging ihr entweder meine Ironie, oder sie hatte schlicht keinen Nerv dafür.

»Ich weiß, das ist immer sehr unangenehm. Was Ihr Büro ist, ist für uns Spurenträger, Spurenbild, schlicht Material, mit dem wir arbeiten. Ich bitte Sie noch um etwas Geduld.«

»Kein Problem.« Ihre Erklärung klang aufrichtig. »Was kann ich für Sie tun?«

Sie lugte kurz auf das umgedrehte Blatt, das zuoberst auf ihrem Stapel lag. »Sie haben gestern von einer Quittung gesprochen. Restaurant Peppone, vierhundert Euro, ausgestellt vor knapp vier Jahren.«

»Richtig.«

»Die sollte sich unter Ihren Unterlagen befinden.«

»Unter denen meiner ehemaligen Kanzleipartnerin. Die Schuhkartons. Fischer hat sie da gefunden.«

Ein kleines Lächeln erhellte Gärtners Gesicht, und ich fragte mich, wie sie mit Vornamen hieß. Maria würde zu ihr passen. Sophie. Lisa oder Lena. Sie war ein Pferdemädchen, sie liebte Tiere und frische Luft. Okay, auch eiserne Throne, aus den Schwertern der Unterworfenen geschmiedet.

»Ja, genau. Frau Hoffmann habe ich ja gestern schon kennengelernt. Also, um es kurz zu machen, wir finden die Quittung nicht.«

»Okay«, sagte ich langsam.

»Da Sie behaupten, Herr Fischer hätte Sie noch kurz vor seinem Tod wegen ihr sprechen wollen, muss sie wohl dagewesen sein.« Sie wartete kurz, ob ich etwas dazu sagen wollte. Als das unterblieb, fuhr sie fort. »Haben Sie sie an sich genommen?«

»Nein. Ich habe in diesem Moment an eine Menge gedacht, aber nicht daran.«

»Überlegen Sie noch mal genau. Man kann in so einer Situation auch die Nerven verlieren. Vielleicht dachten Sie …«

»Ja?«, fragte ich ruhig.

Sie hörte jetzt endlich auf, mit ihren Papieren herumzuspielen. Netter Versuch, das als ganz nebensächliches Geplauder hinzustellen. Ich wurde gerade in einem Mordfall verhört. Und in dem hatte ich mich gestern als Spesenritter und Betrüger entlarvt, und heute stand ich unter dem Verdacht, Beweismittel zu unterschlagen. Sie hatte jetzt hellbraune Augen, mit denen sie mich unverhohlen musterte.

»Vielleicht haben Sie befürchtet, dass diese Quittung Sie in einem ungünstigen Licht erscheinen lassen könnte. Sie stecken Sie ein, all das geschieht in Sekundenbruchteilen, und der Schock löscht die Erinnerung daran aus.«

»Meine Erinnerung funktioniert ganz gut.«

Sie lehnte sich etwas zurück. Immer noch klang ihre Stimme freundlich und interessiert. »Ist das so? Sie waren sehr lange in der Reha. Jemand wollte Sie umbringen, Sie haben das nur knapp überlebt. Ich könnte mir vorstellen, dass Fischers grausamer Tod bei Ihnen eine Art Déjà-vu des Erlebten auslöst.«

Das ging unter die Gürtellinie. Schmerzhaft und brutal. Ich hatte keine Ahnung, auf was sie hinauswollte. Aber es klang nicht gut.

»Ganz sicher nicht«, entgegnete ich und lauschte auf meine Stimme. Ruhig und überzeugend. Heute Morgen geduscht und rasiert, die Haare akkurat gekämmt. Guter Anzug, geputzte Schuhe. Kaschmirschal – Geschenk meiner Mutter zu Weihnachten –, Mantel gefaltet über dem Arm. Ich war Anwalt, verdammt noch mal. Sie sollte aufhören, ihre Spielchen mit mir zu treiben, und einfach zugeben, dass sie bei Fischer im Dunkeln tappten.

»Ich glaube Ihnen. Aber verstehen Sie mich bitte: Erst weisen Sie mich auf diese Quittung hin, und dann ist sie verschwunden.«

»Was ich ganz sicher nicht getan hätte, wenn ich vorhatte,

sie verschwinden zu lassen. Es ging auch noch um ein Ikea-Regal und eine stornierte Flugbuchung. Ich habe beide Belege bei mir, nehmen Sie sie bitte zu den Akten.«

Ich wollte sie aus meiner Mappe holen, aber sie hob die Hände. »Das ist nicht nötig. Aber sagen Sie mir genau, was auf diesem verschwundenen Beleg stand.«

»Adressat Marie-Luise Hoffmann, bewirtete Personen Hoffmann, Marquardt und ich. Anlass: was man so schreibt. Expertenaustausch. Strategiegespräche.«

»Was noch?«

»Vierhundert Euro inklusive Tip. Ich kann mich nicht mehr an die Menüfolge erinnern.«

»Schon gut. Das hilft uns auf jeden Fall weiter.«

»Bei was?«

Da draußen rannte ein Mörder frei herum, und alles, was diese Frau interessierte, war ein Restaurantbesuch vor vier Jahren. Ich bereute nicht zum ersten Mal, Fischers Anruf gestern Abend entgegengenommen zu haben. Ich hätte gar nicht mit ihm reden dürfen.

»Bin ich eigentlich der Einzige, den Fischer geprüft hat?«, fragte ich. Wahrscheinlich aggressiver, als die Situation es verlangte. *Ihre* Situation, nicht meine.

»Nein. Es war ja sein Beruf, Steuererklärungen genauer unter die Lupe zu nehmen.«

»Wen hatte er denn noch außer mir auf der Agenda?«

»Tut mir leid.«

Ich verbiss mir den guten Rat, es doch vielleicht einmal in diese Richtung zu versuchen, und fragte stattdessen: »War es das?«

»Vorerst. Sie müssen noch Ihre Aussage unterschreiben. Das können Sie draußen im Vorzimmer machen. Falls die Quittung wieder auftaucht, geben Sie sie bitte ab.«

Ich stand auf.

Sie fragte: »Kennen Sie Herrn Schweiger?«

»Wen?«

»Peter Schweiger. Sagt Ihnen der Name etwas?«

Irgendwo klingelte es bei mir, aber es war so weit entfernt in den hinteren Regionen meines Gedächtnisses, dass ich es nicht identifizieren konnte. »Nein. Warum?«

Ihre braunen Augen hatten mich keine Sekunde losgelassen. Sie beobachtete jede meiner Regungen, jedes noch so verborgene Spiel der Mimik. »Das müssen Sie mir sagen.«

»Frau Gärtner.« Ich hatte schon fast die Türklinke in der Hand gehabt, kehrte jetzt aber noch einmal an ihren Schreibtisch zurück. »Fischers Geisteszustand.«

»Ja?«

Dieser Blick. Vielleicht hatte sie einmal einen Volkshochschulkurs in Hypnose versucht oder wendete einen geheimen Zauber an. Vielleicht stand sie auch einfach nur auf mich. Es passierte nicht zum ersten Mal, dass unterforderte Behördenmitarbeiterinnen, meist Protokollführerinnen bei Gericht oder Anwaltsgehilfinnen, in mir etwas sahen, das ihnen Erlösung versprach. Von einsamen Abenden. Von zu viel Prosecco in langweiligen Bars mit noch langweiligeren Männern. Von schnurgeraden Lebenswegen. Sie waren Mitte dreißig und hörten die Uhr ticken. Sie suchten jemanden, der ihnen gesellschaftlich einen Tritt nach oben gab. Es war ein Blick, der sagte: »Ich bin unfähig, mein Leben selbst zu gestalten. Übernimm du das für mich, aber bitte mit zweimal Urlaub im Jahr, Türkei und Malle, und dem Fertighaus in Falkensee.« Frauen, die Laminatböden liebten und die Katzen für den Inbegriff von Freiheit hielten. Frauen wie Saskia.

Aber nicht Frauen wie Gärtner. Sie war verdammt gut, aber ich ging ihr und diesem Unschuldsblick nicht auf den Leim.

»Sie haben mich darauf gebracht. Sie haben mich gestern danach gefragt, ob Fischer nicht ganz bei sich gewesen ist. Warum?«

Sie pickte eine verlorene Büroklammer von der Schreibtischunterlage, zog eine Schublade und warf sie hinein. Dann erhob sie sich ebenfalls, ging zur Tür und öffnete sie. Erst dachte ich, es sei ihre Art, Besucher besonders höflich zu verabschieden. Doch dann warf sie einen Blick in beide Richtungen des Flurs und schloss sie wieder.

»Es wurde bei ihm eingebrochen, aber nichts gestohlen. Und er tauchte einmal unter Drogeneinfluss auf der Wache 51 auf und meinte, man hätte ihn vergiften wollen.«

»Drogeneinfluss? Fischer?«

»Sie haben ihn gekannt, ich nicht.«

»Nein. Ich bin ihm lediglich begegnet. Aber selbst dieser kurze, flüchtige Eindruck sagt mir: Fischer nahm keine Drogen, er war nicht der Typ dafür. Ganz abgesehen davon sah er selbst von Weitem aus wie ein Behördenmitarbeiter. Alle Dealer hätten Reißaus genommen.«

Gärtner nickte. Doch sie verschränkte die Arme vor der Brust. »Danke. Jeder Mosaikstein hilft.«

»Was sagt denn die Rechtsmedizin? Langsam müsste es doch klar sein, ob es ein Suizid oder ein Mord war.«

»Ach so, ja.«

Sie kehrte zu ihrem Schreibtisch zurück. »Entschuldigen Sie bitte, das habe ich Ihnen noch gar nicht gesagt. Aus heutigem Stand spricht vieles für Suizid.«

Sie sah mich an. Ich parierte den Blick.

»Was wollen Sie damit andeuten?«

»Zwei Schusswunden. Eine in den Kiefer, die zweite an der Schläfe. Schmauchspuren an den Händen. Der Schusskanal stimmt. Das sind unsere bisherigen Erkenntnisse.«

»Das glauben Sie doch wohl selber nicht! Fischer war kein Selbstmörder.«

»Ich habe meinen abschließenden Bericht noch nicht geschrieben.«

»Das heißt, Sie ermitteln weiter?«

Sie setzte sich. Langsam und vorsichtig, als könnte ihr jederzeit von hinten jemand den Stuhl wegziehen. »Ich habe den Bericht noch nicht geschrieben«, wiederholte sie. »Und bin deshalb durchaus offen für jede Art von Hinweis oder Geständnis.«

Wieder dieses Lächeln. Bei Saskia hieß es: Zu dir oder zu mir? Bei Maria-Sophie-Lena Gärtner: Sie stehen unter Mordverdacht. »Also halten Sie sich bitte zu unserer Verfügung und verlassen Sie vorläufig nicht die Stadt.«

»Bitte?«, fragte ich entgeistert.

»Oh.« Sie griff sich an die Stirn. »Das kleine Wort vergesse ich immer. Bitte.«

Als ich die Mordkommission verließ, rief ich Marquardt an und verabredete mich für den nächsten Abend mit ihm in einem Restaurant in der Charlottenburger Schloßstraße. Sein Name: Peppone.

7

Das Peppone hat in meinen Augen den Fehler gemacht, sich dem Zeitgeist zu opfern. Die Küche ist die gleiche geblieben, aber das Interieur erinnert eher an die Kantine gehobener Einrichtungshäuser. Seit vierzig Jahren unweit von Schloss Charlottenburg war es vor der Wende eines der wenigen guten Restaurants im eingemauerten Westen. Ein kleiner Vorgarten unter dicht belaubten Bäumen, drinnen Kerzenschein, Holz und angestaubte Weinflaschen. Ich war lange nicht mehr hier gewesen, deshalb dachte ich erst, ich hätte mich im Eingang geirrt. Plötzlich war es weiß gestrichen, riesige Lampenschirme erdrückten den Raum. An den Wänden Kunstwerke, die einen verstörenden Mangel an Begabung erkennen ließen. Filmhelden der italienischen Cinecittà – Fernandel, Sophia Loren, Adriano Celentano –, von Fotos abgepaust und angeboten zu exorbitanten Preisen. Dennoch war es gut besucht, sie konnten zwar nicht malen, dafür aber kochen.

Marquardt saß schon in der diskreten, hinteren Ecke des Lokals. Am Tisch neben ihm speiste ein bekannter Nachrichtensprecher mit seinem Intendanten, noch weiter hinten, unter einer schielenden Anna Magnani, glaube ich, die markante Rückenansicht unseres Wirtschaftsministers zu erkennen. Ein exklusiver Bereich. Reservierungsschilder auf den Tischen hielten unbedarfte oder neugierige Gäste davon ab, sich einfach dazuzusetzen.

»*Buona sera!*«, trompetete Marquardt. Seit er seine Tochter zur Heirat nach Italien verkauft hatte, hegte er den Römer in sich. Der herbeigeeilte Kellner rückte mir den Stuhl zurecht und fragte mich, ebenfalls auf Italienisch, nach dem Wetter, meinem Rheuma oder der aktuellen politischen Weltlage – ich verstand kein Wort.

»Natürlich trinkst du auch von dem Roten«, übersetzte Marquardt. »Die ganze Flasche schaffe ich nicht. Biggi und ich müssen heute zur Jahresversammlung der Freunde der Nationalgalerie. Um acht.« Kurzer Blick auf die Rolex. »Na ja, halb neun.« Er hob sein Glas, der Kellner schenkte mir ein. »Soll ja nicht zur Gewohnheit werden, das Siebzig-Euro-Fläschchen zum Feierabend.«

Er lachte dröhnend. Ich bekam eine Speisekarte gereicht, die mir von meinem Anwaltsfreund sofort aus der Hand genommen wurde. »Nichts da. Lass dir erst mal zeigen, was im Tagesangebot ist. – *La offerta giornaliera*«, ordnete er an. Der Keller nickte und verschwand.

»Also.« Er rückte etwas näher zu mir heran und sah sich verschwörerisch um. »Erzähl.«

»Was?«

»Komm schon, die Spatzen pfeifen es von den Dächern. Mord an einem Buchprüfer, im Büro eines Anwalts in Mitte. Wer kann das sein?«

Ich war verblüfft, wie schnell sich die Nachricht verbreitet hatte. »Du hast recht. Es ist bei mir passiert. Gestern Abend zwischen neun und halb zehn.«

Er hob die Hände, als hätte ich ihn mit einer Waffe bedroht. »Ich war's nicht. Ich war in der Philharmonie. *Othello*, dirigiert von Zubin Mehta. Abo-Konzert. Sensationell. Die Musik so lala, aber zum Networking eins a. Habe den Präsidenten des Bundesverwaltungsgerichts kennengelernt. Nächste Woche lunchen wir zusammen. Willst du mitkommen?«

»Nein, danke.« Der Wein war wirklich gut. Aber wir hatten nur eineinhalb Stunden. Ich wollte zum Punkt kommen. »Erinnerst du dich noch an den Abend vor vier Jahren, als wir hier ein halbes Dutzend dieser Flaschen niedergemacht haben?«

Marquardt dachte nach. Dann erhellte sich seine gebräunte Miene. »Aber ja. Ist das schon vier Jahre her? Unglaublich. Und was ist mit dem Buchprüfer? Gib's zu. Du hast ihm das Messer zwischen die Rippen gejagt.«

»Er wurde erschossen. Schalldämpfer. Einmal in die Schläfe, das zweite Mal in den Kiefer, mit seiner toten Hand am Abzug wegen der Schmauchspuren und Fingerabdrücke. Direkt nebenan poppten zwei und haben es nicht bemerkt.«

»In deiner Kanzlei?«

»Es ist ein Coworking Space. Eine Bürogemeinschaft. So wie beim Friseur. Da mietet man sich einen Stuhl, bei uns einen Schreibtisch.«

Marquardts Kanzlei am Kurfürstendamm erstreckte sich über eine ganze Altbauetage mit knarrendem Parkett, Stuck, Marmorkaminen und Milchglasschiebetüren. Sie gab jedem Mandanten das Gefühl, dass dort Generationen von Advokaten über Grundgesetzen, Staatsgründungen und Währungsreformen gebrütet hatten und sich seinem Anliegen mit wilhelminischer Gründlichkeit widmen würden. Die Vorstellung, einen seiner gewaltigen Nussbaumschreibtische an Wanderarbeiter und Nomaden unterzuvermieten, musste ihm so fremd vorkommen wie Ahoj-Brause in seinem Rotweinglas.

»Aha«, sagte er nur.

»Ich habe dort nur ein Büro.«

»Und was ... ähm ... ist mit Marie-Luise? Das hat doch so gut geklappt mit euch beiden. Über Jahre, glaube ich.«

»Nicht ganz so gut, wie es vielleicht den Anschein hatte.«

Er dachte nach. »Na ja, man steckt nicht drin. Tiffy lässt sich auch scheiden.«

Tiffy war seine Tochter.

»Hat nicht geklappt mit dem italienischen Prinzen. Er hat sie wohl nach Strich und Faden betrogen. Jetzt ist sie wieder hier und heult sich die Augen aus.«

Ich suchte nach Worten, mit denen ich mein Mitgefühl ausdrücken konnte. Tiffys Lebensweg war von ihrem Vater in liebevoller Akribie und eiserner Werktreue vorgezeichnet worden, und alle Blütenträume hatten sich erfüllt. Diplomaten-Kindergarten, internationale Schule, schließlich das Institut für höhere Töchter in Lausanne, wo es weniger um die Abinote als um die zarten Bande in Adelskreise ging. Marquardts sehnlichster Wunsch: ein Familienwappen. Er hätte es sich kaufen können, aber erheiratet besaß es einfach einen höheren Wert. Mercedes Tiffany wurde in einem pompösen, dreitägigen Akt am Lago Maggiore unter die Haube gebracht, und Marquardt hatte uns noch Monate danach mit Fotos der Hochzeit gequält. Alles schien in Butter. Nachwuchs kündigte sich an …

»Ich denke, sie ist schwanger?«

»Neunter Monat. Noch zwei Wochen. Meine Frau dreht schon völlig am Rad. Da hat doch keiner mit gerechnet, dass das Kind wieder einzieht.«

»Sie ist bei euch?«

Das Reihenhaus in Zehlendorf war schon längst einer Villa im Grunewald gewichen. Im Gegensatz zu Marquardt, der wie ein König residierte und jeden Raum ausfüllte, schien seine Frau mit den Jahren immer unsichtbarer zu werden. Wenigstens waren sie noch zusammen. Auch wenn so manche »Dienstreise« nach Florida oder Singapur ohne sie stattfand und das Vergnügen dabei, wie er mir einmal grinsend gestanden hatte, nicht zu kurz kam. Ich wusste, dass mein alter Kumpel den lächelnden, blutjungen Versuchungen des Lebens nicht immer abgeneigt gewesen war, aber seine Ehe hatte er nie riskiert. Geplant, geklappt, alle zufrieden.

»Erst mal muss das Kind auf der Welt sein, dann sehen wir weiter. Die werden sich schon wieder zusammenraufen. Aber die Vorstellung, dass das alles noch mal von vorne losgeht …«

»Windeln wechseln«, grinste ich. »Kurze Nächte. Und die Zahnfee kommt auch wieder.«

Wie auf Bestellung schob der Kellner einen Servierwagen heran, auf dem sich der Fang des Tages in sein Eisbett schmiegte. Auch Carnivoren wurden bedacht: Kalbsleber, Lammkarree, Filet. Marquardt wählte die Dorade, ich, mit immer noch empfindlichem Magen, ein Spargel-Risotto. Nachdem dieser pompöse Akt erledigt war, widmeten wir uns wieder unserem Gespräch.

»Wird schon«, beendete ich die Tiffy-Angelegenheit. »Aber ich wollte noch mal auf den Abend vor vier Jahren zurückkommen.«

»Warum?«

»Wir haben Marie-Luise damals unsere Quittung gegeben. Erinnerst du dich?«

Marquardt zuckte vage mit den Schultern. »Kann sein.«

»Vierhundert Euro. Ich weiß es ganz genau. Mein Buchprüfer hat mich nach dieser Quittung gefragt. Er wollte wissen, ob ich an diesem Abend auch wirklich dabei gewesen bin.«

»Haben die sonst nichts zu tun?«

»Er hat auch die Rechnung für ein Ikea-Regal sehen wollen und eine stornierte Flugbuchung.«

Marquardt presste sich ein verstehendes Stöhnen ab. »Kein Wunder, dass das immer so lange bei denen dauert.«

»Jedenfalls ... Marie-Luise hat die Quittung nie eingereicht.«

Marquardt hob die Augenbrauen. »Nicht?«, fragte er verwundert.

»Du kennst sie ja. Ehrlich bis auf die Knochen. Selbst in verachteten Systemen.«

»O ja.« Er lächelte nachsichtig. Wahrscheinlich rechnete er sich gerade aus, wie viel er hätte absetzen können, wenn wir in unserer Trunkenheit und Völlerei nicht so barmherzig gewesen wären. »Und warum erzählst du mir das?«

Wieder ein kurzer Blick auf die Uhr.

»Weil diese Quittung weder in meiner noch in ihrer Steuererklärung aufgetaucht ist. Aber Fischer hat danach gefragt. Das ist doch seltsam, oder? Hast du sie?«

»Was?«

»Die Quittung. Haben wir es vergessen, sie ihr zu geben? Hast du sie eingereicht, und er kommt von hinten durch die Brust ins Auge?«

»Ich verstehe nicht ganz.«

»Wie kommt Fischer auf diese Quittung?«

»Er wird sie irgendwo gefunden haben.«

»Klar. In Marie-Luises Schuhkarton. Das würde ich ja noch verstehen. Aber sie ist verschwunden. Die Kripo hat sie nirgendwo gefunden.«

Wir sahen uns in die Augen.

»Aber sie war da?«, fragte Marquardt schließlich.

»Marie-Luise sagt ja. In ihren Unterlagen, aber nicht in der Steuer. Jetzt frage ich dich: Wenn es meine Betriebsprüfung ist, warum durchsucht er ihre Sachen? Er hätte mich fragen können, und ich hätte ihm alles gegeben. Aber die Vorstellung, dass er nachts ihre Kartons durchwühlt, ist schon sehr abwegig. Und erst recht, wenn es um einen Restaurantbeleg geht, der auf ihren Namen ausgestellt war und nie den Weg ins Finanzamt gefunden hat.«

»Vielleicht ...« Er dachte nach. »Vielleicht hast du einen zweiten gefakten Beleg eingereicht und das Datum verwechselt? Also, dass du an einem Abend zweimal essen warst. Er findet die Belege, und schon hast du die Anzeige am Hacken. Steuerfahnder stecken ihre Nasen noch in ganz andere Dinge. Die schrecken vor nichts zurück.«

Ich schüttelte den Kopf. »Er war als Betriebsprüfer bei mir, nicht als Steuerfahnder. Und ich kann meine Bewirtungsbelege ganz gut auseinanderhalten. Selbst wenn – er findet also die Rechnung vom Peppone, auf der wir drei als Leistungsempfänger stehen, befiehlt mich deshalb ins Büro, wird bis zu meinem Eintreffen ermordet. Und der Fetzen Papier, um den es geht, ist weg. Wo bitte ist das Motiv?«

»Ich habe keine Ahnung. Entschuldige mich bitte.«

Marquardt stand kurz auf, um jemanden zu begrüßen. Das gab mir Zeit, noch einmal über dieses Rätsel nachzudenken und trotzdem zu keiner schlüssigen Erklärung zu kommen.

»Atze«, sagte Marquardt, als er zurückkehrte. »Andreas Hartmann.«

Ich drehte mich so unauffällig wie möglich um. Atze nahm mit zwei Herren ganz hinten am Tisch neben dem Fernsehmoderator Platz. »*Der* Hartmann?«

Hartmann hätte, wenn man ihn ließe, ganz Berlin zubetoniert. Seine Neubauwohnungen begannen bei sechstausend Euro pro Quadratmeter. Er hatte eine Nase dafür, welche Gegend in den nächsten Jahren vom vergessenen Industrieschrottgebiet zum gehypten *place to be* würde. Im Moment planierte er gerade Oberschöneweide. Nicht dass der Stadtteil dadurch nicht gewann. Das Problem waren die umliegenden Billigwohnquartiere. Wir hatten das mit Neukölln, Treptow und der Rummelsburger Bucht gerade mitgemacht. Innerhalb von drei Jahren waren gewachsene Strukturen zerstört worden durch die Boheme der Besserverdienenden. Wo das endete, sah man in Prenzlauer Berg. Ich bin durchaus für Luxuswohnungen, Tiefgaragenstellplätze und Concierge – aber wenn, dann für alle. Und bezahlbar.

»Was hast du mit Hartmann zu tun?«

»Mandant von mir.«

Immer wenn Marquardt versuchte, bescheiden zu sein, kam das genaue Gegenteil dabei heraus. Er platzte beinahe vor Stolz. Hartmann nickte in unsere Richtung. Er war ein kräftiger, untersetzter Mann, den ich mir gut mit Blaumann und Helm auf dem Dach vorstellen konnte. Ein Zupacker. Nur dass er mit seinen Pranken alles an sich riss, was bebaut werden konnte. Sein Ton war laut und bellend, der Kellner rannte bereits. Die Herren neben ihm trugen dunkle Anzüge. Hartmann auch, aber bei ihm sah der Zwirn aus, als würde er kneifen.

»Investoren?«

Marquardt hob sein Glas in Richtung des Dreiertisches. »Was sonst?«

Der Baulöwe erklärte seinen beiden Tischnachbarn wohl gerade, wer da so nett herübergrüßte. Sie nickten höflich in unsere Richtung.

»Banker. Amis wahrscheinlich. Nach den Chinesen und Arabern sind das die Nächsten, die sich unser schönes Berlin unter den Nagel reißen.«

»Und wir?«, fragte ich. »Kein Interesse? Kein Geld?«

»Wir suchen uns andere Modelle, um unsere Kröten arbeiten zu lassen. Solltest du mal in diese Richtung denken, wende dich vertrauensvoll an mich.« Marquardt rückte wieder näher. »Man kann ja klein anfangen. Was zahlst du denn so an Steuern?«

»Zu viel.«

»Schon mal an geschlossene Immobilienfonds gedacht? Goldfinger und Bondpendel sind leider vorbei. Schiffe auch, und lass bloß die Finger von Ost-Immobilien.«

Unser Essen wurde gebracht. Marquardt orderte noch eine Flasche Wein. »Aber wirklich die letzte!«

Es wurde wieder Richtung Hartmann geprostet, und ich erhielt eine Nachhilfestunde in legalen Steuersparmodellen und nicht ganz so legalen Methoden, mein Vermögen, falls vorhanden, außer Landes zu schaffen. Als das Dessert kam, hatten wir ganz schön einen sitzen.

»Junge, ich muss los.« Er warf die Serviette auf den Tisch und wollte aufstehen. Ich hielt ihn zurück.

»Was soll ich der Kripo sagen?«

»Kripo?«

»Wenn die mich noch mal auf den Bewirtungsbeleg ansprechen.«

»Keine Ahnung. Was interessiert es dich? Vier Jahre, meine Güte!«

»Dreizehnter März 2015.«

Seine Hand krachte auf meine Schulter. Da blieb sie liegen, bis er sie langsam zurückzog.

»Dass du das noch so genau weißt«, sagte er schließlich. »Und du irrst dich auch wirklich nicht?«

Ich holte mein Filofax heraus und zeigte ihm die Seite. Marquardt nahm das Ding in die Hand und blätterte darin herum. Schließlich reichte er es mir zurück.

»Also, vor Gericht ist das nicht verwertbar. Du hättest den Termin jederzeit nachtragen können.«

»Warum sollte ich das tun? Irgendetwas an diesem Abend hat Fischer keine Ruhe gelassen. Er wollte damit zur Staatsanwaltschaft.«

Wenn man Marquardt für etwas bewundern kann, dann für die Fähigkeit, in Sekundenbruchteilen von jovial-betrunken in stocknüchtern umzuschalten. »Zur Staatsanwaltschaft?«

»Deshalb war ich ja da. Gestern Abend, in meinem Büro. Er wollte eine Aussage, von Marie-Luise und mir. Dass wir am dreizehnten März 2015 hier gewesen sind. Ich verstehe das alles nicht. Hast du eine Ahnung, was er wollte?«

Langsam schüttelte er sein römisches Löwenhaupt. »Nicht einen blassen Schimmer. Staatsanwaltschaft?«

»Jep.«

»Wegen vierhundert Euro?«

Ich lehnte mich zurück und nickte. »So waren seine Worte.«

»Da muss ich pissen.«

Er verschwand. Das Restaurant hatte sich mittlerweile bis auf den letzten Platz gefüllt. Eine Dame mit opulentem Pelzcape – ein wenig zu winterlich für diese Jahreszeit, aber unübersehbar teuer –, wurde sogar vom Küchenchef empfangen. Als Marquardt drei Minuten später sichtlich erleichtert zurückkehrte, raunte er mir zu: »Das ist die Bremgarten, kennst du die? Filmschauspielerin, hat grade irgendwas in Cannes gewonnen. Saß vor drei Jahren heulend in meinem Büro, weil ihr Mann ... egal. Hab sie rausgehauen.«

Er grüßte so auffällig zu ihr hinüber, dass die Dame gar nicht anders konnte, als diese Nötigung mit einem kühlen Lächeln zu erwidern. Der Chef des Hauses brachte ihr das Gästebuch, handspannendick und in Leder gebunden, voller Autogrammkarten, Fotos und launigen Sprüchen mehr oder weniger prominenter Gäste, in dem wir auch schon einige Seiten mit Anzüglichkeiten gefüllt hatten. Und Marquardt wandte sich wieder meinem weniger attraktiven Äußeren zu.

»Verrückt, die ganze Geschichte. Vergiss es.«

Er holte drei Hunderter aus der Tasche und warf sie auf den

Tisch. Die Scheine schockten mich – dass der Wein so teuer gewesen war, hatte ich nicht gewusst.

»Okay. Ich wollte nur, falls die Kripo sich bei dir meldet …«

Aber er schnitt mir das Wort mit einer einzigen Geste ab. »Nein.«

»Aber …«

»Nein. Ich hab die Schnauze voll von Finanzämtern und Betriebsprüfungen. Und mit der Kripo habe ich erst recht nichts zu tun.«

»Aber …«

»Sieh zu, wie du deinen Kram klärst. Nur tu mir den Gefallen und lass mich da raus. – Stimmt so. Grazie.« Der Kellner war an unseren Tisch getreten und nahm das Geld erfreut entgegen. »Und dem Herrn können Sie gerne einen Bewirtungsbeleg ausstellen.«

Damit ging er, ohne ein Wort des Abschieds, Richtung Ausgang.

»Danke«, sagte ich. »Nicht nötig.«

Ich folgte Marquardt an die Garderobe, wo ihm gerade in den schwarzen Kaschmirmantel geholfen wurde.

»Es war doch bloß die Frage, ob du, falls irgendetwas daran mit Fischers Tod zu tun hat und tatsächlich eine Aussage erwartet wird, bestätigst, dass wir beide hier gewesen sind.«

Hoffentlich verstand die junge Dame, die ihm jetzt seinen Schal reichte, nur Italienisch. Doch meine wiederholte Bitte verfehlte ihre Wirkung.

»Nichts da«, zischte er. »Ich habe mit deinen Problemen nichts zu schaffen. Ich warne dich. Wenn du mir die Staatsanwaltschaft auf den Hals hetzt wegen einem solchen Mumpitz, sind wir geschiedene Leute!«

Wäre ich nicht ausgewichen, hätte er mich zur Seite gestoßen. Sein Schlüsselbund krachte auf den Boden. Ich hob ihn auf. Er war schwer, aber er hatte ja auch viele Türen, die er schließen musste. Ein kleiner goldener Löwe, der irgendwie asiatisch aussah, hing daran.

»Sehr hübsch. *Chinese new year*?«, fragte ich und reichte ihm den Bund. Er riss ihn mir fast aus der Hand und stürmte hinaus.

Die junge Frau sah ihm verstört hinterher.

»Wir sind Anwälte«, erklärte ich ihr. »Das ist unser normaler Umgangston.«

Sie schenkte mir ein unsicheres Lächeln, bevor sie sich anderen Gästen widmete, die neu hinzugekommen waren.

Erstaunlicherweise war der Abend milder als der Tag. Vielleicht lag es daran, dass der Wind aufgehört hatte. Oder der Rotwein hatte mich genügend aufgeheizt, um mit offenem Mantel und wehendem Schal die Straße hinauf Richtung Schloss zu schlendern.

Berlin hat schon Größe. Die Stadt war nicht immer das Armenhaus der Republik gewesen. Unter den Linden kann man das erkennen und hier im Westen auch. Das Schloss war hell erleuchtet, weithin zu sehen das kupfergrüne Dach der Kuppel und auf ihr die Statue der Glücksgöttin Fortuna – in ihrer schwerelos tänzelnden Leichtigkeit für mich das Sinnbild unseres wankelmütigen Schicksals. Ich freue mich jedes Mal, wenn ich sie sehe. Meine kleine goldene Freundin da oben, das eine Bein auf einer Kugel, das andere wie zum Sprung – oder Tanz? – erhoben, mit einem bronzenen Schleier in der Hand und in selbstvergessener Nacktheit balancierend. Vielleicht fällt sie gleich herunter? Vielleicht dreht sie sich auch nur? Es ist der Moment, der eingefangen wurde, unbeschwert, im Augenblick. Ohne einen Gedanken an den nächsten Schritt.

Vielleicht bekam ich es deshalb nicht gleich mit. Ein kleiner

Flirt mit dem Glück auf dem Nachhauseweg, die ganze Pracht und Gloria des Rokoko-Schlosses vor meinen Augen, links und rechts die prächtigen Museumsbauten, und dann der Wagen, der um die Ecke biegt, mit qualmenden Reifen beschleunigt und ausbricht. Quer über die Rabatten und die breiten Kieswege, auf denen sonntags Boule gespielt wird. Direkt auf mich zu. Funken sprühen, Metall kreischt auf. Ich hechte in einen Hauseingang. Das Auto kommt zwei Meter vor mir zum Stehen.

Es sind zwei junge Männer. Deutsche? Russen? Polen? Ich weiß es nicht. Die Karre ist ein älteres Mittelklassemodell. Die Beifahrertür springt auf. Der Mann steigt aus. Ich sehe die Waffe in seiner Hand. Weit und breit ist niemand unterwegs. Es ist eine Sache von Sekunden. Er rennt auf mich zu, reißt mir die Aktentasche aus der Hand, rennt zurück zu seinem Kumpel. Der gibt Gas, Kies spritzt auf, und ab durch die Rabatten. Beim Aufsetzen auf die Straße geben sie dem Auspuff den Rest. Das Ding schleift über die Pflastersteine, und begleitet von diesem Höllenlärm verschwinden sie in Richtung Kantstraße.

Ich stolpere aus dem Hauseingang. Der Schreck sitzt mir in allen Gliedern. Was zum Teufel war das? Ein Raubüberfall? Mein Laptop ist weg. Die Bürokarte. Der Kalender. Wenigstens habe ich mein Handy noch. Ich rufe Marquardt an, er muss noch in der Nähe sein. Doch er meldet sich nicht.

Ich glaube, es war in diesen Minuten. Als die Ampel auf Grün schaltete und der Verkehr auf dem Spandauer Damm wieder einsetzte. Als ich feststellte, dass die Täter es definitiv nicht auf mein Geld abgesehen hatten, denn das trug ich immer noch bei mir. Als der Atem langsam wieder ruhiger wurde und mein Herzschlag sich normalisierte. Als ich die Polizei anrief und einen bewaffneten Raubüberfall meldete. Als mir klar wurde, dass Dinge um mich herum sich verschoben, in Bewegung gerieten, in eine Art Sog, der mich irgendwann mit sich reißen würde in einen wirbelnden Strudel von Gewalt, Blut und Tod. Es ist windstill, und dann spürt man einen Hauch im Nacken. Und im nächsten Moment fliegen schon entwurzelte Bäume an einem vorbei.

Ich ließ das Handy sinken. Aus dem Dickicht der Stadt und seinem ewigen atmosphärischen Rauschen löste sich, weit entfernt, die Sirene eines Polizeiwagens und das Aufröhren eines davonpreschenden Motorrads. Zwei Minuten später bog ein Wagen mit Blaulicht um die Ecke.

Ich hatte mir weder das Nummernschild gemerkt noch die Gesichter der Täter. Sie nahmen mich auf die Wache mit, wo eine Anzeige aufgenommen wurde und ich den Durchschlag für die Versicherung bekam. Sie waren freundlich und bemüht. Niemandem kam in den Sinn, dass der Überfall etwas anderes als Beschaffungskriminalität gewesen sein könnte.

Aber ich wusste es besser. Sie hatten erst die Quittung vernichtet und es dann auf den zweiten Beweis abgesehen: meinen Kalender. Irgendjemand wollte, dass dieser dreizehnte März 2015 nirgendwo mehr auftauchte. Vielleicht war es auch eine Warnung in meine Richtung: Fischer ist tot. Und dich erledigen wir mit einer elektrischen Fliegenklatsche. Also lass die Sache ruhen. Dann kommst du davon. Vielleicht.

Saskia rief an und wollte mich noch sehen. Ich mag diese Frau, und der Gedanke, sich nach diesen beiden Horrortagen wenigstens in ihren Armen wie ein Held zu fühlen, war verlockend. Doch dann hätte ich ihr die ganze Geschichte erzählen und auch den Zweifel erwähnen müssen, der sich leise gegen Marquardt regte. Er war der Einzige, dem ich von dem Filofax erzählt hatte. Vielleicht war sein Gang aufs Klo einer ganz anderen Dringlichkeit geschuldet gewesen? Einem Anruf?

Aber das hätte bedeutet, dass er mit drinsteckte in dieser ganzen rätselhaften Geschichte, und das wollte ich an diesem kalten Abend einfach nicht wahrhaben. Ich sagte ab, sie war enttäuscht. So ging das schon eine ganze Weile mit uns, und ich fragte mich, wofür ich eine Freundin hatte, wenn ich sie kaum sehen wollte. Aber das sind Gedanken, die man nicht mitten in der Nacht vertiefen sollte, wenn Fortuna einem den Rücken zudreht.

8

Das Wochenende habe ich wie einen Aufenthalt im Wartezimmer einer Zahnarztpraxis in Erinnerung. Etwas da draußen lauerte auf mich, wollte wissen, wie ich mich verhalten würde. Die Chancen standen fifty-fifty, dass die Kripo am Montag mein Büro freigeben und die Ermittlungen zu Fischer wenigstens in meine Richtung einstellen würden. Meine Erfahrung als Anwalt sagte mir aber, dass das Pendel auch in die andere Richtung ausschlagen könnte. Ich hatte den Toten gefunden. Ich war ein Spesenritter und Steuerbetrüger. Fischer wollte mir an den Kragen, hatte mich bedroht. Keine Ahnung, warum. Aber Kriminalbeamte sind kreativ, was mögliche Motive angeht.

Ich besuchte meine Mutter. Whithers wurde am Sonntagnachmittag zurückerwartet, deshalb war der Zustand beider Damen am besten mit einer etwas flatterhaften Vorfreude zu beschreiben. Es gab den restlichen Apfelkuchen von Mittwoch, weil er »wegmusste«. Ich erzählte, was sich zugetragen hatte. Beide gaben ihre jeweiligen Tätigkeiten auf und konzentrierten sich voll auf meine Schilderung. Ich fragte mich insgeheim, warum mir das hier im Kreise von zwei zu Salzsäulen erstarrten, atemlosen Zuhörerinnen überhaupt nichts ausmachte, während Saskia immer noch glaubte, ich hätte Migräne.

»Tot?«, fragte meine Mutter entsetzt. »Umgebracht? In deinem Büro?«

Hüthchens Blick schweifte zu dem Ikea-Regal. »Und das alles wegen unserer Rechnung?«

Der Gedanke war ihr so unangenehm, dass sie das verrutschte Wolltuch vor ihrem Busen zusammenraffte, als hätten es die Täter auch noch auf ihre Unschuld abgesehen.

»Über die Gründe wissen wir bislang nichts«, sagte ich und verbesserte mich sofort: »Die Kripo, meine ich. Die Mordkommission ermittelt. Eine Frau Gärtner. Clevere Frau.«

Scharfer Blick von meiner Mutter.

»Nicht mein Typ«, schob ich sofort hinterher, bevor sich irgendwelche Spekulationen verfestigen konnten. »Beamtin.«

»Das sind aber redliche Menschen«, gab meine Mutter zu bedenken, als ob dies ein Kriterium meiner Partnerwahl zu sein hätte.

»Die Mordkommission?« Hüthchen wollte die entscheidenden Details nicht wegen meines langweiligen Liebeslebens verpassen. »Aber Sie haben doch mit diesem Mann telefoniert, als Sie hier waren? Da hat er noch gelebt?«

Ich nahm mir ein zweites Stück Apfelkuchen. Saftig und durchgeweicht, genau so, wie ich es liebe. Und definitiv in einem Zeitfenster genießbar, das ich nachprüfen konnte. Meine Mutter hat vor langer Zeit einmal eine ihrer Freundinnen mit Apfelkuchen unter die Erde gebracht, aber das ist eine andere Geschichte.

»Ja. Und als ich ankam, war er tot.«

»Dann hätten Sie dem Mörder also direkt in die Arme laufen können?«

Ich hatte die Gabel fast am Mund, ließ sie aber sinken. »Höre ich da Bedauern in Ihrer Stimme, Frau Huth?«

»Nein.« Schneller Blick zu meiner Mutter. »Nein! Natürlich nicht. Aber Sie hätten ihn vielleicht aufhalten können. Oder?«

»Ich stelle mich niemandem mit einer Waffe in den Weg.«

Mutters Hand legte sich auf mein Knie. »Wenn du dich nur daran halten würdest«, sagte sie leise. »Ich bin fast gestorben, als das in Israel passiert ist.«

»Ich auch.« Das Thema war für mich erledigt. Es hatte mich neben meiner körperlichen und seelischen Gesundheit auch mein Vertrauen in Freundschaft gekostet. Wenn man es genau nahm, saß ich gerade mit zwei der wenigen Menschen am Tisch, mit denen mich noch ehrliche Gefühle verbanden. Im Fall von Frau Huth mussten sie ja nicht unbedingt positiv besetzt sein. Ich vermisste Marie-Luise, aber das tat ich eigentlich ständig. Dabei war es eher ein Gefühl, das man hat, wenn der dicke, wärmende Wintermantel eingemottet wurde und man frierend im Trenchcoat rumläuft in der Hoffnung, dass es bald wärmer wird. Und Marquardt? Wurde jemand zum Freund, wenn man ihn nur lange genug kannte?

Mutter zog ihre Hand weg, als hätte ich sie geschlagen.

»Tut mir leid«, murmelte ich mit vollem Mund. »Es ist einfach nicht mein Thema.«

Sie senkte den Kopf und zupfte an der Tischdecke herum. Das verletzte kleine Mädchen, das sie bis in ihr hohes Alter geblieben war. Es ist eine Illusion zu glauben, die Menschen ändern sich und werden erwachsen.

Hüthchen, mit ihrer besonderen Gabe für Missstimmungen und wie man sie noch vertieft, sagte: »Dann läuft da draußen also ein Mörder frei herum. Und das schon seit drei Tagen. Macht die Polizei denn gar nichts?«

»Sie haben mein Büro versiegelt. Und mir wurde gekündigt. Ich muss also was Neues finden. Gar nicht so leicht in Berlin.«

»Vielleicht was außerhalb?«, fragte sie listig. »In Brandenburg steht doch so viel leer. Gerade hab ich gelesen, dass rund um Frankfurt/Oder ganze Dörfer entvölkert sind.«

»Ich will nicht nach Frankfurt/Oder, Frau Huth. Ich habe hier meine Arbeit und meine Mandanten.«

Mutter sah hoch. »Das hat doch schon mal ganz gut geklappt, oder?«

»Was?«, fragten Hüthchen und ich wie aus einem Mund und mit dem gleichen Entsetzen.

»Dass du bei uns eingezogen bist.«

»Das war vor zehn Jahren! Und nur, weil mich Sigrun damals rausgeschmissen hat!«

»Deine Verlobte, ja. Deine einzige Verlobte übrigens. Wie geht es ihr?«

»Keine Ahnung.« Ich schob den Teller von mir. »Wir haben keinen Kontakt.«

Manchmal stand etwas über sie in der Zeitung. Direkt gewähltes Mitglied des Deutschen Bundestags, stellvertretendes Mitglied im Ausschuss Inneres und Heimat, Recht und Verbraucherschutz. Mitglied im Deutschen Juristinnenbund und bei Transparency. Ihr höchstes, nach ihrem tiefen Fall wieder erreichtes Amt war Landesvorsitzende der Arbeitsgemeinschaft demokratischer Frauen Berlin. Auf eine weitere Kandidatur für einen Senatorinnenposten hatte sie verzichtet. Sigrun Zernikow ohne *von*.

Alle zwei, drei Jahre tauchte sie in unseren Unterhaltungen am Küchentisch auf. Dann, wenn meine Mutter glaubte, sie auf einem Zeitungsfoto von Kundgebungen, Kranzniederlegungen oder ihrer Fraktion im Reichstag zu erkennen. Kennengelernt hatten sie sich nie. Trotzdem kam immer dieselbe Frage: »Wie geht es ihr?« Und von mir immer dieselbe Antwort: »Keine Ahnung.« Wenn Marie-Luise – der Himmel möge es verhindern! – eine der Frauen meines Lebens gewesen sein sollte, dann war sie wie ein heißer Sommertag unter einem Blätterdach im Wald, um das mit einer etwas umständlichen

Metapher auszudrücken. Sigrun ... Sigrun war ein Geist im Moor, ein Irrlicht, dem ich gefolgt war in der fatalen Annahme, es würde mir den richtigen Weg weisen, und das mich fast in den Untergang gelockt hätte.

»Sie hat geheiratet.« Hüthchens Scharfrichterblick heftete sich auf mich. »Einen Mann. Den Namen konnte ich mir nicht merken, aber ...«

»Ingeborg!«

»Ist schon gut, Hildegard. Er muss es ja mal erfahren. Letzten Sommer, am Tegernsee. Sogar in der *Bunten* haben sie darüber berichtet. Ganz in Weiß. In Weiß! Dabei ist ja verbürgt, dass sie keine Jungfrau mehr war. Und er, ein stattlicher Mann. Wirklich. Arbeitet in einer Bank. Oder gehört sie ihm? Ich weiß das nicht mehr so genau. Aber glücklich haben sie ausgesehen auf den Fotos.«

Ich spürte einen leichten, aber nur einen ganz leichten Stich in der Brust. Wie immer, wenn anderen Menschen etwas gelang, das auf der eigenen Agenda stets nach unten rutschte.

»Ein schönes Paar. Für Kinder ist sie ja wohl zu alt mittlerweile«, fuhr Hüthchen gnadenlos fort. »Ich denke mal, er hat das Geld und sie den Namen. Jedenfalls, man sieht, fürs Heiraten ist es nie zu spät.«

»Danke für den Kuchen«, sagte ich.

»Du willst doch nicht schon wieder gehen?«, fragte meine Mutter. »Wir haben doch noch gar nicht über dein Büro gesprochen!«

Genau das hatte ich vermeiden wollen.

»Mutter, wie soll das gehen?« Ich sah mich um in dem großen, offenen Raum. »Soll ich mich an die Werkbank neben die Kettensäge setzen? Oder direkt neben dein Elektrodenschweißgerät?«

Das war ihre neueste Anschaffung, auf die sie mit Fug und

Recht stolz sein konnte. Aber nicht gerade das Ambiente, um vertrauliche Mandantengespräche zu führen oder Deals mit der Staatsanwaltschaft auszuhandeln.

»Es ist nett gemeint, und ich weiß es wirklich zu schätzen. Aber ich brauche ein Büro, keine Werkstatt.«

»Schauen Sie doch mal in Brandenburg.« Hüthchen lächelte mich an, und die Hinterlist vergoldete ihre Züge. »Mit der Regionalbahn soll das ganz gut funktionieren.«

»Ich pack dir noch von dem Apfelkuchen ein.« Mutter stand auf und nahm die Kuchenplatte mit in die Küche.

»Danke, Frau Huth.« Ich nickte ihr zu und räumte den restlichen Tisch ab. Meine Mutter balancierte derweil mit dem Totenheber das, was sich noch nicht verflüssigt hatte, in eine Brotbox und drückte sie mir in die Hand. »Denk drüber nach. Du hast immer einen Platz bei ... bei uns.«

»Ich weiß.« Ein Kuss auf ihre zarte, nach 4711 Echt Kölnisch Wasser duftende Wange. Eine sachte Umarmung.

»Wir haben jetzt auch ein Gästebuch«, sagte sie. »Willst du dich nicht mal eintragen?«

Sie wies auf einen in dickes, braunes Leder gebundenen Folianten. »Zubin Mehta steht schon drin. Und Jordi Savall und dieser verrückte Jonathan Maus ...«

»Meese, meinst du wahrscheinlich. Aber ich bin kein Gast.«

»Nein?« Sie sah mich fragend an.

»Ich bin dein Sohn.«

Ihr Lächeln begleitete mich auf dem Weg hinaus und war wärmer als Mantel und Schal zusammen.

9

Marie-Luise lebte jetzt in Moabit. In einer Gegend unweit der JVA, die selbst durch ihre Nähe zum Hauptbahnhof und Schloss Bellevue nicht gewann. Graue, feinstaubzerfressene Gründerzeitfassaden, enge Straßenschluchten, degradiert zu verkehrsberuhigten Zonen. Sehr viele Dönerbuden, noch mehr Asiaten. Spielcasinos, Spätis, Kindertagesstätten mit beunruhigenden Namen wie »Die Regenwürmerbande« oder »Sandpiraten«. Trotz der Kälte waren viele Menschen draußen. Sie standen vor Hauseingängen oder Imbissbuden, rauchten, tranken, kickten Dosen über die Straße und was man sonst so macht an einem Sonntagnachmittag, wenn man nicht weiß, wohin mit sich.

Ihre Kanzlei befand sich im dritten Stock des Vorderhauses, was nach unseren Hinterhofjahren eine gewaltige Verbesserung war, obwohl die Tür aussah, als hätte sie schon Angriffen der Alliierten standhalten müssen. Zwischen Graffiti und herausgebrochenen Namensschildern stand »Hoffmann & Hofmann, Kanzlei für Straf- und Familienrecht, Internetkriminalität«.

Witzig, dachte ich noch, hat sie das zweite F vergessen oder tatsächlich einen Dummen gefunden, der so heißt?, bevor sich eine der hintersten Regionen meines Langzeitgedächtnisses meldete und signalisierte, dass es mit dem fehlenden F etwas auf sich hatte, an das ich mich eigentlich erinnern müsste. Egal. Sie hatte einen neuen Partner, offenbar nicht nur beruflich, und mich ging das alles nichts mehr an. Wir waren Freunde, das hoffte ich wenigstens. Freunde von der Sorte, die einem nicht ein Messer zwischen die Rippen jagen. Ich ging davon aus, dass sie das ähnlich sah und deshalb nichts dagegen hatte, dass ich nach einer kurzen SMS und ihrer ebenso kurzen positiven Antwort einen Sonntagsbesuch mit Mutters Apfelkuchen bei ihr machte.

Die Tür öffnete sich mit einem Summen, und ich wurde von einem arktisch kalten Treppenhaus empfangen. Es roch feucht und dumpf, was wahrscheinlich an dem vielen Werbemüll lag, der in verschiedenen Stadien unter den Briefkästen vermooste. Fünfter Stock ohne Aufzug. Ich dachte, aus dem Alter wäre ich raus.

Als ich den letzten Treppenabsatz erreichte, tanzten blutrote Punkte vor meinen Augen. Sie stand oben und wartete, bis ich keuchend und nach Atem ringend auch die letzten Stufen bewältigt hatte. Wortlos, sprechen konnte ich nicht, reichte ich ihr die Brotbox mit dem Kuchen.

»Danke. Wär doch nicht nötig gewesen. Komm rein.«

Die Wohnung war hell, freundlich und groß. Abgezogene Dielen – was sonst –, weiße Wände, Grünpflanzen. Der Flur öffnete sich zu einem stuckverzierten Entree mit kubistischen Ledersesseln. Dann, durch die offene Schiebetür zu erkennen, zwei große Büros, dazwischen ein irgendwie unbenutzt aussehendes modernes Wohnzimmer mit Essbereich, das so gar nicht zu ihr passte.

»Wenn Sie noch eine Minute Platz nehmen wollen?«, fragte sie. »Wir sind gleich so weit.«

»Okay.« Ich zog meinen Mantel aus und hängte ihn über einen verchromten Stahlbügel an den Garderobenhaken.

»Das war ein Spaß.« Sie grinste. »Na, was sagst du?«

»Super.«

Mehr brachte ich nicht heraus. Das war besser als alles, was wir jemals gemeinsam gehabt hatten.

»Vorne sitzen Kevin und ich.«

»Kevin?«

»Ja.«

»Kevin? Ich dachte ... war er nicht Lobbyist für chinesische Solaranlagen?«

Ein langer, etwas mitleidiger Blick streifte mich. »Er war bei Green Sun und *gegen* die Lobbyisten für chinesische Solaranlagen.«

»Ist ja auch egal«, sagte ich leichthin.

»Ja. Ist egal.«

Mein ehemaliger Praktikant. War zurückgekehrt und saß jetzt mit Marie-Luise im Himmel über Berlin. »Warum weiß ich das nicht?«

»Weil du dich nicht dafür interessierst?«

»Das ist nicht wahr.«

»Ist egal.«

Sie sagte das, als wäre mit diesem Wort auch ein Urteil über mich verbunden. Joachim Vernau. Dem Mann, dem seine Freunde egal sind.

»Deshalb«, fuhr sie etwas freundlicher fort, »könnte es etwas eng werden mit uns dreien. Aber wenn du noch nichts hast, kannst du natürlich herkommen. Du hast immer einen Schreibtischstuhl bei uns. Ich hab ihn schon gefragt.«

Ich brachte ein »Danke« heraus. Mehr ging in diesem Moment nicht.

»Und hier«, Marie-Luise öffnete eine weitere Tür, »geht es zur Toilette, dem Bad und anschließend ...« – ich folgte ihr durch einen schmalen Flur – »in die Küche. Dahinter ist noch ein Zimmer, das ich im Moment zum Wohnen nutze. Ist das nicht toll?«

Die Küche war klein, aber hübsch. Bodenkacheln in Schachbrettmuster, alte Fliesen an den Wänden. Sogar ein schmaler Balkon, auf dem aber noch vorfrühlingshafte Tristesse herrschte. Wir kehrten zurück ins Wohnzimmer. Es war riesig. Linkerhand, vom Flur nicht zu erkennen, stand genau der riesige Holztisch, den ich mir immer gewünscht, für den ich aber nie Platz, Zeit, Geld oder Verwendung gehabt hatte. Acht Stühle, ein moderner Leuchter, wahrscheinlich von Tobias Grau, hing darüber.

Die gegenüberliegende Wand wurde komplett von einem Bücherregal eingenommen. Alte und neue Titel, Gesetzessammlungen auf Englisch und Deutsch, antiquarische Kostbarkeiten. An den restlichen Wänden Grafiken, alles Originale. Es sah schön aus. Gemütlich. Es war ein Zuhause. Und genauso sah auch Marie-Luise aus: dicke Strickjacke, Wollsocken, Jogginghose. Es gab nur wenige Menschen, denen diese Kombination stand. Sie war einer von ihnen.

»Seit ...«, ich musste mich räuspern. »Seit wann wohnst du hier?«

»Seit einem halben Jahr. Ich hab's dir nicht gesagt, weil du damals im Krankenhaus andere Sorgen hattest. Und dann, na ja, der Alltag. *Egal.*«

»Hör auf damit«, sagte ich leise.

»Womit?«

Ich ging durch den schmalen Flur zurück in die Küche. »Darf ich?«

Sie öffnete die Brotbox, und ich schenkte mir ein Glas Leitungswasser ein.

»Was ist das?«

»Apfelkuchen.«

»Von deiner Mutter? Danke!«

Sie zauberte von irgendwoher zwei Teller, stellte die Kaffeemaschine an und versuchte dabei so zu reden, wie wir das schon seit bald zwanzig Jahren mehr oder weniger gut hinbekamen.

»Kohlenhydrate, weißt du noch? Ich die Infos, du das Essen. Das war unser erstes Wiedersehen nach dem Studium. Erdbeerkuchen.«

»Käsekuchen.«

Sie pustete sich eine Strähne flammend rotes Haar aus dem Gesicht. »Erdbeerkuchen.«

Ich wusste es besser. Wir hatten entscheidende Momente unseres Lebens geteilt. An einige erinnerte sie sich, an andere ich mich besser. Ich hatte noch genau das Bild vor Augen, wie sie vor mir saß, ihren Käsekuchen in sich hineinschaufelte und mir mit vollem Mund ziemlich erschreckende Dinge von meiner bis dato einzigen und ehemaligen Verlobten und ihrer Familie erzählte. Ihre Meinung von mir war damals nicht die beste. Und wenn ich ihr *egal* richtig interpretierte, hatte sich daran, trotz unserer Freundschaft, nicht viel geändert. Das ist kein Paradox, das ist Marie-Luise. Sie mochte sogar Marquardt. Wahrscheinlich, weil er ihre lodernde Abneigung gegen stinkreiche Kudamm-Advokaten noch so richtig befeuerte.

Wir setzten uns an den Tisch, über Eck. Sodass sich fast unsere Knie berührten, aber nur fast.

»Und wo ist er? Kevin, meine ich.«

»Noch bei Kerstii. Sie haben zwei Kinder, und sie hat ihn durchs Studium gefüttert. Jetzt ist er dran. Hättest du das gedacht? So wie er damals bei uns aufgetaucht ist?«

Ein verpeilter Anarchist, der auf dem Weg Richtung Weltverbesserung in unserer Kanzlei aufgetaucht war und aus dem Marie-Luise tatsächlich einen Anwalt gemacht hatte. Einen erfolgreichen Anwalt, denn die gemeinsame Miete für diese Fünf-Zimmer-Etage dürfte selbst im Wedding nicht mehr durch Schrammeln in der Fußgängerzone aufzubringen sein.

»Er hatte einen ausgeprägten Gerechtigkeitssinn«, sagte ich und schob ihr den Kuchenteller über den Tisch. »Ich freue mich, dass ihr wieder zusammen seid. Wirklich. – Danke, ich hatte bereits.«

»Bist aber immer noch dünn«, sagte sie und schob sich eine volle Gabel in den Mund. »Und? Wassn nu?«, nuschelte sie.

»Ich weiß immer noch nicht, ob Fischers Tod Mord oder Selbstmord war.«

»Werden sie dir auch nicht sagen. Hast du Vaasenburg angerufen?«

»Ja. Der verweist auf Gärtner, die leitende Ermittlerin. Und die sucht unsere Quittung. Der Bewirtungsbeleg, du weißt schon. Er ist verschwunden. Fischer muss ihn aber gehabt haben, sonst hätte er mich nicht deshalb nachts noch angerufen.«

Sie nickte. »War alles in meinen Kartons.«

»Jetzt ist er weg. Dreizehnter März 2015. Hast du eine Ahnung, weshalb der Beweis, dass wir zusammen in einem Restaurant waren, so wichtig sein könnte?«

»Ihr«, sagte sie und wies mit den Zinken ihrer Kuchengabel in meine Richtung. »Ihr wart da. Ich nicht. Und ihr habt einfach meinen Namen draufgeschrieben. Das hättet ihr mit jedem machen können. Also, ein Beweis für irgendwas ist das nicht.«

»Aber du hast diesen Beleg gehabt.«

»Ja und?«

»Vielleicht ist Fischer deshalb getötet worden.«

»Wegen einer Restaurantquittung? Ist das nicht ein bisschen dünn als Motiv?«

»Nicht, wenn es noch einen zweiten Beweis gab, dass ich mit Marquardt an diesem Abend dort war. Er stand in meinem vier Jahre alten Filofax.«

»Kann man fälschen.«

»Und warum wird es mir dann bei einem Raubüberfall abgenommen?«

Erst kapierte sie gar nicht, was ich gerade gesagt hatte. Sie schob feuchte Streuselkrümel zusammen und versuchte, sie mit der Gabel aufzunehmen. Zwei Stück Kuchen in drei Minuten. Immer noch verfressen wie ein Eichhörnchen im Herbst. Aber dann legte sie die Gabel ab.

»Ein ... Raubüberfall? Auf dich? Wann?«

»Gestern Nacht.« Ich holte den Durchschlag meiner Anzeige bei der Polizei heraus und reichte ihn ihr. Ihre klebrigen Pfoten hinterließen Flecken, aber der Wisch war sowieso nur zur Beruhigung der Opfer. Alles stand im System. Überfall, bewaffnet. Aktentasche geklaut. Bitte sehr, hier das Aktenzeichen, wir melden uns.

»Sie wollten weder Handy noch Brieftasche. Nur dieses Filofax.«

»Bist du sicher?«

»Wir hatten keine Konversation auf der Straße, wenn du das meinst. Sie haben mir die Aktenmappe weggerissen – und sind ab wie Schmitz' Katze.«

»Und in diesem Kalender hattest du den Termin eingetragen?«

»Ja. Mit Füller und der dunkelgrünen Tinte, die seit zwei Jahren nicht mehr hergestellt wird. Falls Forensiker jemals die Chance haben, sich damit zu beschäftigen. Ich vermute, dass alles schon längst auf dem Grund der Spree liegt.«

»Also geht es offenbar um diesen Abend in Berlin.« Sie lehnte sich zurück und holte ihr Tabakpäckchen aus der

Hosentasche. »Kommst du mit auf den Balkon? Kevin reißt mir den Kopf ab, wenn ich hier drinnen rauche.«

Sie stand auf, ich folgte ihr. Es war eisig kalt, ein ungemütlicher Wind fegte über die Dächer. In den Blumenkästen hofften letzte Geranienstrünke auf einen schnellen Tod. Sie zündete sich ihre Selbstgedrehte an, wickelte sich eng in ihre Strickjacke und sagte:

»Also. Fischer will zur Staatsanwaltschaft. Es hat etwas mit dieser Quittung zu tun. Dann ist er tot. Als Nächstes wirst du nachts überfallen, und dein Filofax ist weg. – Echt, du benutzt das noch?«

»Von Zeit zu Zeit seh ich das Alte gern.«

»Füller, Kalender, Windsorknoten«, sie wies auf meine Krawatte. »Konservativ steht dir.«

»Findest du?« Ich hielt mich eher für einen modernen, dynamischen, attraktiven Snob.

»Das war kein Kompliment. Nun, zurück zu deinem Problem. Warum glaubst du, dass beide Ereignisse in einem Zusammenhang stehen?«

»Ich war gestern Abend mit Marquardt zusammen. Wir haben uns in genau diesem Restaurant getroffen. Und ich fürchte, er hat jemandem davon erzählt. Warum sonst sollte ich direkt danach überfallen worden sein?«

»Glaub ich nicht.«

Wie aus der Pistole geschossen. Es ging mir ja genauso, aber trotzdem war der Ablauf der Ereignisse seltsam.

»Und er will sich nicht mehr erinnern.«

»An gestern Abend?«

»An den dreizehnten März vor vier Jahren.«

»Glaubst du ihm?«

Ich trat an die Brüstung und sah hinunter in die graue, feucht genieselte Häuserschlucht. »Ich weiß nicht. Keine Ahnung. Er ist brillant. Er erinnert sich an jeden seiner Fälle. An die Namen aller Beteiligten, der Richter, der Staatsanwälte. Und dann weiß er nicht mehr, dass wir beide mal vierhundert Euro auf den Kopf gehauen haben?«

»Vielleicht nicht seine Größenordnung.« Ihre Augen wurden schmal, als sie mich betrachtete. Sie schlüpfte in die Rolle des Advocatus Diaboli. Die Sache begann sie zu interessieren. »Da, wo er sich jetzt rumtreibt, reicht das gerade noch fürs Frühstück.«

»Er wurde richtig sauer, verstehst du? Kripo, Staatsanwaltschaft, er muss doch wissen, wie es läuft. Warum reagiert er dann so?«

»Vielleicht liegt es an der Klientel, die er mittlerweile hat.«

Ich zuckte mit den Schultern und drehte mich wieder zu ihr um. »Leute wie Hartmann, der Baulöwe.«

»Leute, die höchst sensibel auf alles reagieren, was mit Steuerfahndung zu tun hat.«

»Steuerfahndung? Völlig absurd. Fischer hat die Rechnung eines Ikea-Regals moniert. Eines Ikea-Regals! Das sind meine Steuersünden.«

»Und eine gefakte Restaurantquittung, auf der auch mein Name steht. Danke.«

»Ja«, sagte ich. »Warum schmeißt du das Zeug auch nicht weg, wenn du es nicht einreichst?«

»Bin ich jetzt schuld?«

Ich seufzte. »Nein.«

Sie zog noch einmal an ihrer Zigarette und versenkte sie dann in der Geranienerde. »Hartmann ist Marquardts Klient?«

»Zumindest hat er mit ihm angegeben. Vielleicht kennen sie sich auch nur vom Golfplatz. Oder ihre Kinder besuchen dasselbe Schweizer Internat.«

»Komm rein. Ich müsste mal kurz was recherchieren.

Irgendetwas ...« Sie hielt mir die Balkontür auf, und ich kehrte zurück in die Wärme. »Irgendetwas war da. Hartmann und Steuern.«

»Und Schweiger. Den Namen hat die Kommissarin erwähnt. Ob ich einen Schweiger kennen würde.«

»Checken wir gleich.«

Ein paar Minuten später saßen wir in ihrem Büro. Marie-Luises Finger flogen über die Tasten ihres Laptops. Schweiger. Hartmann. Fischer. Marquardt. Nichts. Außer gewaltigen Bauprojekten in Berlin, Leipzig und Podgorica.

»Podgorica?« Ich hatte den Namen noch nie gehört.

Marie-Luise gab das Wort ein. »Die Hauptstadt von Montenegro. Schande über unser Haupt, dass wir das nicht wissen.«

»Montenegro?«

»Boomtown, nehme ich mal an. Hartmann hat sogar das Bundesverdienstkreuz bekommen. Schweiger, wenn er das ist, war früher mal Staatssekretär im Bausenat und ist jetzt Chief Executive Officer für Asia Pacific bei einer Investmentholding. Über Fischer finde ich gar nichts. Und Marquardt ...«

Fotos der Hochzeit seiner Tochter ploppten auf. Und mittendrin, strahlend und glänzend wie ein Goldfisch, unser Freund vom Kurfürstendamm.

»Versuch es noch mal über das Datum.«

»Okay.«

Marie-Luise tippte weiter. »Nichts. Außer ... Tod einer Staatsanwältin. Carolin Weigert, Staatsanwältin für Wirtschaftsstrafsachen ... Ach, schau mal! Sie hat mal gegen Schweiger und Hartmann ermittelt. Selbstmord im Auto. Hier. Ein Artikel vom sechzehnten März 2015.«

Sie drehte den Bildschirm so, dass ich ihn sehen konnte. Er stammte von der *Berliner Tageszeitung* und unserem guten Freund Alttay. Gerichts-, Gesellschafts- und Sensationsreporter. Nicht meine Lektüre, aber um auf einen Blick informiert zu sein, reichte es.

»Selbstmord mit Hund«, las ich vor. »Die Staatsanwältin Caroline W. nahm sich in der Nacht zum Samstag das Leben. In Berliner Justizkreisen wird vermutet, dass persönliche Probleme eine Rolle spielten. W. hatte sich durch hartes Durchgreifen gegenüber Steuersündern einen Namen gemacht. Zuletzt gelangen ihr aber vor allem Flops: Eine Razzia gegen den Bauinvestor Andreas Hartmann soll sie gegen den Willen der Staatsanwaltschaft angesetzt haben, der seinerseits Anzeige erstattete. Besonders tragisch: Ihren kleinen Hund Tobi nahm sie mit in den Tod. Beide starben durch Kohlenmonoxidvergiftung.«

Ich sah hoch. »An den Hund erinnere ich mich. Nicht persönlich, aber der war ein Thema, überall.«

»Dass der Hund tot ist?«

»Dass er so jung war. Man schafft sich doch keinen Welpen an, wenn man sterben will.«

»Hm.« Marie-Luise drehte sich wieder zum Monitor. »Also alles, was man mit viel Liebe zum Detail aus diesem Abend vor vier Jahren herausholen kann, ist der Tod einer Staatsanwältin, die offenbar durchgedreht ist. Zumindest steht das zwischen den Zeilen. – Ist alles okay mit dir?«

Es kommt nicht oft vor, dass man genau sagen kann, wann man den ersten losen Faden eines verwirrten Knäuels in die Finger bekommt. Eine Ahnung hatte ich kurz nach dem Überfall gehabt. Aber nun, als ich Marie-Luises Profil sah und beobachtete, wie sie mir, das Kinn auf die Hand gestützt, einen besorgten Blick zuwarf, verdichtete sie sich. Während in mir ein Gedanke aufstieg, der zu groß, zu mächtig und zu gefährlich war, ihn alleine zu Ende zu denken.

»Ja. Alles okay. Es ist nur ... Weigerts Tod zeigt Parallelen zu

Fischer«, sagte ich. »Auf der Kripo hat man mich nach seinem Geisteszustand gefragt.«

Sie ließ die Hand sinken. »Warum das denn?«

»Man hat bei ihm eingebrochen, aber nichts gestohlen. Und er soll unter Drogeneinfluss auf einer Wache aufgekreuzt sein.«

»Persönliche Probleme?« Sie deutete auf Alttays Artikel. »Und du meinst, es sind die gleichen wie bei Weigert?«

»Ich weiß es nicht. Ich habe mit Fischer einen Tag in meinem Büro verbracht. Ich kannte den Mann nicht. Aber wenn ich eines weiß, dann, dass er keinen Selbstmord verüben würde. Und jetzt kommt diese alte Geschichte mit einer Staatsanwältin. Ähnlicher Job, natürlich ganz andere Kompetenzen. Und auch bei ihr sollen persönliche Probleme eine Rolle gespielt haben?«

Das lose Ende, eben noch in meiner Hand, hatte sich in Luft aufgelöst. Kein Zusammenhang, und trotzdem lag da etwas genau vor unserer Nase, das wir nicht erkannten. Marie-Luise drehte sich bereits die nächste Zigarette. In ihrem Kopf raste das Karussell schneller als bei mir. Wahrscheinlich war sie einfach schon ein paar Umdrehungen weiter.

»Noch mal«, begann sie. »Eine bekannte Staatsanwältin, die sich auf die großen Jungs eingeschossen hat, begeht Selbstmord. Ganz ehrlich, die Sache mit dem Hund macht mich auch nachdenklich. Was war mit dem Kühlschrank?«

»Welchem? Weigerts Kühlschrank? Woher soll ich das wissen?«

»Selbstmörder kaufen nicht mehr ein. Er sollte so gut wie leer gewesen sein.«

»Der Hund«, erinnerte ich sie. »Offenbar war es eine impulsive Tat.«

Sie schleckte das Papierchen ab. »Okay, impulsiv muss sie also auch noch gewesen sein. Ein seltsamer Charakterzug für eine Staatsanwältin. Zu gleicher Zeit und Stunde, in der sie ihrem Leben ein Ende setzt, gibst du dir mit Marquardt im Peppone die Kante. Korrekt?«

»Korrekt. Stopp. Kevin.«

Ich deutete auf das Feuerzeug, das sie schon an die Zigarette gehalten hatte. Sie nickte und ließ es sinken.

»Vier Jahre später. Dein Buchprüfer Fischer findet in unseren Unterlagen besagten Bewirtungsbeleg und zitiert dich mitten in der Nacht in dein Büro, um, noch bevor du eintriffst, ebenfalls unter, sagen wir mal, der Last persönlicher Probleme Selbstmord zu begehen. Damit du – bleiben wir mal bei der absurden Annahme – seine Leiche findest. Richtig?«

»Natürlich nicht! Niemals hätte er das getan.«

»Aber die Polizei findet diese Erklärung plausibel.«

Ich dachte an Gärtner. »Wohl kaum. Aber die These wird zumindest in Erwägung gezogen.«

Sie stand auf und ging wieder auf den Balkon. Notgedrungen folgte ich ihr.

»Bleiben zwei Fragen.« Sie zündete die Zigarette an. »Erstens: Hat Weigert sich umgebracht? Und zweitens: Was haben du und Marquardt mit ihrem und Fischers Tod zu tun?«

Weder der eisige Wind noch die sterbenden Geranien gaben uns eine Antwort. Ich dachte an ihn. An sein leises, knallendes Lachen und die Art, wie er seine persönlichen Dinge auf meinem Schreibtisch ausgerichtet hatte. Wie er mein Leben gesehen hatte, ausgebreitet auf meinem Schreibtisch, und dass er vielleicht der Einzige gewesen war, der sich über vier Wochen Toast und Erdnussbutter in einer Anwaltskanzlei Gedanken gemacht hatte.

»Du hattest doch mal was mit Vaasenburg«, sagte ich. »Ich würde gerne mal die Akte Weigert aus dem Archiv ziehen.«

»Dann tu es doch«, kam die patzige Antwort.

»Paragraf 147 Strafprozessordnung.« Ohne Mandat keine Akteneinsicht. »Könntest du deine wie auch immer gearteten Beziehungen zu ihm nicht vielleicht, nun, reaktivieren?«

Ihr Lächeln war so kalt wie der Wind im fünften Stock auf dem Balkon eines Altberliner Mietshauses. »Nein.«

10

Am Montagmorgen wurde tatsächlich die Versiegelung meines Büros aufgehoben. Frau Gärtner persönlich teilte mir die Entscheidung per Handy mit. Meine beschlagnahmten Unterlagen könnte ich auch im Präsidium abholen. Auf meine Fragen, was es Neues zu Fischers Ableben zu berichten gab, antwortete sie ausweichend. Meine Aktentasche hatte ich aufgegeben.

Ich hatte schon im Aufzug gestanden und war dann, um das Gespräch unbelauscht fortzusetzen, noch einmal hinaus auf die Straße getreten. Durch die Wolken blitzte ab und zu Sonnenlicht hervor und erinnerte daran, dass der kalendarische Frühlingsbeginn uns seit Wochen mit leeren Versprechungen hinhielt. Ich sehnte mich danach, den Mantel zu Hause zu lassen und endlich wieder draußen sitzen zu können.

»Frau Gärtner, Sie arbeiten im Dezernat für Delikte am Menschen. Sie haben die Erstermittlung geleitet. Auch da muss ein Abschlussbericht geschrieben werden. Haben Sie das getan? Und was steht drin?«

Sie seufzte. »Suizid.«

»Was?«

»Herr Vernau, ich kann Sie verstehen. Ein Selbstmord ist etwas, das für die meisten Hinterbliebenen plötzlich kommt. Aus heiterem Himmel.«

»Ich bin nicht Herrn Fischers Hinterbliebener. Er hat verdammt noch mal meine Steuererklärung geprüft und wurde mittendrin erschossen!«

»Waren Sie dabei?«

Eine junge Frau mit einem Coffee-to-go-Becher, die gerade noch bei Rot einem abbiegenden Lkw entkommen war, sah mich irritiert an. Ich schraubte meine Lautstärke herunter, aber nicht die Empörung über derart schlampige Ermittlungen.

»Wer hat Ihnen das gesagt?«

Sie antwortete nicht.

»Wer hat Ihnen gesagt, was Sie in den Bericht schreiben sollen?«

»Sie vergreifen sich entschieden im Ton. Brauchen Sie eine Anzeige?«

»Brauchen Sie jemanden, der Sie daran erinnert, was Ihr Job ist?«

Erst dachte ich, sie hätte aufgelegt. Aber dann hörte ich ihre Stimme, kalt wie Eis. »Definitiv nicht, Herr Vernau. Sie können wieder in Ihr Büro. Das Siegel dürfen Sie selbst entfernen.«

»Weigert«, sagte ich schnell, damit sie diesen Namen noch hörte, bevor sie die Verbindung unterbrach. »Die Staatsanwältin. Vor vier Jahren. Begeht Selbstmord wegen persönlicher Probleme. Am Abend des dreizehnten März 2015.«

War sie noch dran? Der Verkehr rauschte an mir vorbei, ich stand außerdem an einer zugigen Ecke. »Frau Gärtner? Haben Sie mich gehört?«

»Ja.«

»Und?«

»Brauchen *Sie* jemanden, der Sie daran erinnert, was Ihr Job ist?«

Sie legte auf.

Ein paar Minuten später durchtrennte ich das Siegel des Polizeipräsidenten mit Gärtners Unterschrift. Hinter mir stand der junge Herr Jonas mit einem halben Dutzend Umzugskisten unter dem Arm, denn in den wenigen Monaten war einiges an Akten, Büchern und Unterlagen zusammengekommen, obwohl die Polizei schon die Hälfte herausgetragen hatte. Xuehua, die Lotosblüte, tauchte kurz auf, um mir viel Glück und alles Gute zu wünschen. Sie wirkte traurig und schüchtern, wahrscheinlich hatte sie aber nur ein schlechtes Gewissen. Die anderen ließen sich, wenn überhaupt, nur aus der Ferne blicken.

»Darf ich das abmachen?«, fragte sie und löste die Reste des Siegels. In der Hand hielt sie ein paar Räucherstäbchen. Wahrscheinlich wartete sie mit dem Exorzismus, bis auch wir das Büro verlassen hatten.

Das Blut war inzwischen getrocknet. Ein großer, schwarzbrauner Fleck auf der wengefarbenen Schreibtischplatte. Die Ränder von Fischers Thermoskanne und dem Becher waren geblieben. Und was für mich das Schlimmste war, verschmierte Hand- und Wangenabdrücke. Er musste noch gelebt haben, vielleicht für ein, zwei Minuten, denn das Blut war vom Tisch hinuntergelaufen auf den Teppichboden und hatte dort einen See hinterlassen, der in der Mitte immer noch feucht war. Es roch metallisch. Und nach einem leisen Hauch Verwesung, denn die Heizung lief, und drei Liter Blut hatten sich zwischen Teppich und Betonboden gesammelt. Der junge Herr Jonas stellte die Kartons ab und warf mir einen unsicheren Blick zu. Tatorte sind für die meisten Menschen ein ziemlicher Schock.

Die beiden Nerds trotteten den Flur entlang Richtung Konferenzraum. Ich schloss die Tür und schnappte mir den ersten Karton. In weniger als einer Stunde war alles erledigt. Ich legte die Schlüssel auf den Schreibtisch, mitten in den dunklen Blutfleck.

Es kann jedem passieren. Plötzlich ist man Zeuge eines Mordes. Aber sie hatten mich behandelt, als würde Fischers Blut an meinen Händen kleben. Dann sollten sie sich ruhig auch die Finger schmutzig machen.

»Wohin denn jetscht dademit?«, schwäbelte der junge Herr Jonas draußen auf der Straße.

»Erst mal ins Auto.«

Dann ging es in die Keithstraße. Wir bekamen beim Pförtner unsere beschlagnahmten Schuhkartons und Aktenkisten überreicht und fuhren anschließend etwas ziellos durch die Stadt, bis ich ihn schließlich bat, Moabit anzusteuern. Ich brauchte diese Zeit, um mir darüber klar zu werden, dass es wirklich keine andere Lösung gab. Sein besorgtes Gesicht hellte sich auf, als er das Namensschild las.

»Also packets ihr wieder z'samme?«

»Wie bitte?«

»Ihr zieht wieder zusammen?«, bemühte er sich.

»Ja. Zu dritt.«

Er öffnete den Mund und schloss ihn wieder.

Während er die Kisten auslud, blieb ich auf dem Trottoir stehen und betrachtete meine neue, vorübergehende Büroadresse. Vor dem Späti gegenüber hob ein Mann seine Bierflasche und prostete mir zu. Es war kurz vor elf am Vormittag, um zwei hatte ich einen Termin bei Gericht.

Es war Kevin, nicht Marie-Luise, der mir die Tür öffnete.

»He! Digger!«, rief er und drückte mich an seine mittlerweile breite Brust. »Wir drei wieder zusammen! Fast wie in alten Zeiten, was? Hi Jonas!«

Die beiden gaben sich mit einer kompliziert aussehenden Choreografie die Hand. Dann holten wir die Kisten und brachten sie in Kevins Büro.

»Ich hab dir den Schreibtisch freigemacht. Ich bin sowieso selten da. Unter der Woche bin ich meistens in Brüssel, Klinkenputzen für den Klimaschutz.«

Er grinste mich an. Ich versuchte, den Jungen in ihm wiederzuentdecken, der vor langer Zeit bei uns aufgetaucht war und es uns nicht gerade leicht gemacht hatte. Vor mir stand ein ausgewachsenes Prachtexemplar von Europarecht-Jurist, gewandet, gegelt und barbiert nach dem letzten Schrei, ausgeschlafen, kräftig, gesund und sportlich. Ich fühlte mich in seiner Gegenwart unrasiert, müde und alt.

»Bist du gewachsen?« Eine Opa-Frage. Aber ich musste ja auch zu ihm hinaufsehen. Wahrscheinlich war ich geschrumpft.

»Nicht dass ich wüsste.« Er sammelte einige Papiere ein und ging dann durch die offene Tür in die Küche. »Kaffee?«

»Ja, gerne.«

Sein Büro war schön. Rechteckig geschnitten, ein moderner Schreibtisch mit klassischer Sitzgarnitur. Lumas-Fotografien an der Wand – urbane Skylines bei Nacht. Schwarze Regale, entweder leer oder picobello aufgeräumt. Eigentlich verrieten nur die alten Holzsprossenfenster, dass wir uns in einem heruntergewohnten Mietshaus aus der Gründerzeit befanden.

Der junge Herr Jonas schleppte die letzte Kiste an, bekam sein Geld und verabschiedete sich mit herzergreifend gestammelten Grüßen an Marie-Luise. Kevin versprach, die Botschaft auszurichten, und warf mir einen amüsierten Blick aus seinen James-Bond-blauen Augen zu, als er wieder in der Küche verschwand.

»Schwarz?«, brüllte er gegen das Zischen der Kaffeemaschine.

»Mit Zucker.«

Ich kam zu ihm. Die Situation irritierte mich. Ich hatte keine Kinder, aber vielleicht war das so bei Vätern, wenn sie feststellten, dass die Söhne ihnen über den Kopf wuchsen. Wir hatten uns Jahre nicht gesehen. Ich musste erst einmal verdauen, dass dieser Jungspund erwachsen geworden war.

»Wie geht es Kerstii?«

Ein baumlanges Mädchen, einen Kopf größer als er, die erste, große, himmelstürmende Liebe. Und immer noch zusammen, die beiden.

»Gut! Sie ist an der Humboldt. Psychologie. Sie ist wissenschaftliche Mitarbeiterin und schreibt gerade ihre Doktorarbeit. Dazwischen kümmert sie sich um die Kinder.«

Die gab es ja auch noch.

»Mädchen und Junge?«, riet ich.

»Zwei Jungs. Lukas und Paul.« Er reichte mir eine der beiden Espressotassen und trank seine in einem Schluck aus. Dann sah er auf seine Armbanduhr. Ich tippte auf Breitling. »Und damit wir die Nanny bezahlen können, muss ich jetzt los. Es sei denn, du hast mal Lust auf Kinderbetreuung.«

Sah ich so aus? Seine Hand landete auf meinem Arm.

»War ein Scherz. Bevor ich dir meinen Nachwuchs anvertraue ...«

»Ja?«, fragte ich. »Sprich es nur aus. Immerhin haben die Grünpflanzen bei mir überlebt.«

Er lachte, spülte seine Tasse aus und stellte sie umgedreht zum Abtropfen in die Spüle.

»Wie lange bleibst du?«

Ich probierte den Espresso. Er war hervorragend. »Bis ich was Neues finde. Eine Woche, einen Monat, ich weiß es nicht.«

»Nimm dir die Zeit, die du brauchst. Wir sehen uns.«

Er verließ die Küche, und es dauerte einen Moment, bis bei mir ankam, dass er mir gerade zu verstehen gegeben hatte, wer in diesem Büro das Sagen hatte. Ich stellte meine Tasse unausgespült zu der anderen.

»Kevin?«

Irgendwo klirrten Schlüssel, dann tauchte er noch einmal in der Tür zum Flur auf.

»Ja?«

»Wem gehört das hier?«

Er warf den Schlüsselbund leicht in die Luft, um Zeit zu gewinnen.

»Dir?«

Marie-Luise hatte immer in ihrem Büro geraucht. Immer.

»Was ist los mit ihr?« Ich kam näher. Kevin vergrub seine Schlüssel mit einem tiefen Seufzer in der Hosentasche. »Hat sie Probleme? Kann sie sich wieder keine eigene Kanzlei leisten?«

»Das konnte sie doch noch nie, oder? Ich brauche jemanden, der unter der Woche hier ist. Hab die Wohnung vor ein paar Monaten gekauft, ein Schnäppchen bei den Preisen heutzutage. Von einem Juraprofessor aus England, den die Brexit-Panik erwischt hat. In einem halben Jahr fangen wir an mit dem Umbau. Kinderzimmer, offene Küche und Gästebad. Kerstii wollte ja eigentlich aufs Land, aber auch da bekommt man ja mittlerweile nichts mehr. Marie-Luise muss sich dann wieder was Neues suchen. Aber keine Sorge, auf ein paar Wochen mehr oder weniger kommt es da nicht an. Wir sehen uns.«

Er ging, hielt inne, drehte sich noch mal zu mir um. »Sag ihr nicht, dass du es weißt.«

Ich nickte.

Kevin hatte Glück gehabt. Wir mussten froh sein, dass er es mit uns teilte. Und dass es auf ein paar Wochen mehr oder weniger auch nicht ankam. Am liebsten hätte ich sofort alles wieder in die Kisten geworfen und den jungen Herrn Jonas angerufen. Aber wohin? Ich brauchte ein paar Tage, bis ich wieder ein Büro gefunden hatte. Und ich würde es auch bezahlen können. Aber Marie-Luise? Was war geschehen in dieser Stadt, dass Menschen wie sie einfach nicht mehr ankommen konnten? Und Leute wie Marquardt ...

Ich pfefferte mein Grundgesetz auf den Schreibtisch und ließ mich dann in Kevins Stuhl krachen. Leute wie Marquardt wussten gar nicht mehr, wohin mit ihrem Geld. Es machte mich wütend, weil es ungerecht war. Und gleichzeitig auch noch ohnmächtig, weil Gerechtigkeit, das wussten nicht nur Anwälte, eigentlich immer eine Sache von *ferner liefen* war.

Ich wählte seine Büronummer und hatte die hell klingende Stimme einer hoch qualifizierten Telekommunikationsassistentin am Apparat.

»Nein, Herr Marquardt ist leider zu einem Termin außer Haus. Kann ich etwas ausrichten?«

»Ja«, antwortete ich. »Sagen Sie ihm, ich habe den Beweis für die Nacht vor vier Jahren.«

11

Ich musste nur einen neuen Laptop kaufen, das Back-up hochladen und die aktuellen Fälle bereitlegen, schon war ich startklar. Okay, ich saß nicht an *meinem* Schreibtisch, es war nicht *mein* Büro. Und um ehrlich zu sein, ich hatte bis zum Nachmittag auch nicht den dritten Kaffee aus *meinen* Vorräten getrunken (aber meine knappe Mittagspause in einem Megastore am Kurfürstendamm verbracht, wo ich mir alles zeigen ließ, was es an Neuheiten gab, und den Laden mit einem Gerät verlassen, dessen Leichtgewicht diametral zu seinem Preis stand). Erstaunlich, wie schnell man sich auf neue Umstände ohne besitzanzeigende Fürwörter einlassen konnte. Das Einzige, was im Hinterkopf präsent blieb, war *auf ein paar Wochen mehr oder weniger kommt es nicht an*. Also, besser gleich nach etwas umsehen.

Bis zum Abend hatte ich das Angebot durchgeforstet. Schreibtische gab es in Berlin im Überfluss. Sie standen meist in Wohnungen, die von ihren Mietern ohne Nebeneinnahmen nicht mehr bezahlt werden konnten. Berlin war tief gesunken. Zwölf Quadratmeter Prenzlauer Berg tausendeinhundert Euro. Ein halbes Arbeitszimmer in Weissensee neunhundert Euro. Kellerlöcher ohne Tageslicht – tausend Euro. Die Fotos im Internet sahen eher nach Verstecken für Triebtäter als nach Arbeitsatmosphäre aus. Ich wandte mich den Coworking Spaces in Mitte zu, aber selbst da war es nicht einfach, noch Arbeitsplätze – und ich rede von einem Quadratmeter Tisch und fünfzig Zentimeter Bank – im dreistelligen Bereich zu finden. Ich fragte mich, was all die Leute machten, die mehr als das suchten. Eine Wohnung beispielsweise. Vermutlich arbeiteten sie allein für die Miete so viel, dass sie gar keine mehr brauchten.

Sie nannten sich digitale Nomaden und cruisten in Mitte, Friedrichshain und Pankow durch die Cafés. Sie schliefen auf Sofas oder in den Hinterzimmern der Clubs. Ihre Büros waren moderne Kaffeehäuser und Hotellobbys, in denen sie tief über ihre Laptops gebeugt so lange saßen, bis die Lichter ausgingen. Ich sah Fotos von Warteschlangen vor einer Wohnung, die vom vierten Stock bis auf die Straße reichten, und es wurde mir angst und bange, wenn ich an Marie-Luise dachte. Erst musste etwas für sie gefunden werden. Dann konnte ich mich um meine eigenen Angelegenheiten kümmern.

Um kurz nach neunzehn Uhr gab ich auf und fuhr zum Peppone. Ich hatte nicht vor, dort zu essen. Mir war beim Studium des aktuellen Mietspiegels der Appetit vergangen. Ich hätte es auch gar nicht gekonnt, denn das Lokal war bis auf wenige reservierte Tische voll besetzt. Donnerwetter. Und das an einem Montag.

Am Eingang wurde ich dieses Mal von einem jungen Mann empfangen, der schon bereitstand, um mir den Mantel abzunehmen.

»Danke«, sagte ich mit einem kurzen Blick in den vollen Gastraum. Der Geräuschpegel war hoch, aus der Küche roch es nach verdammt gutem Essen. »Ich warte noch.«

»Dann vielleicht ein Drink an der Bar?«

Ich bestellte einen Martini. Der junge Mann eilte davon, wenig später ging er einem Kollegen zur Hand, der unter großem Beifall ein Gericht flambierte. Dann bekam ich meinen Martini. Mit dem Glas in der Hand schlenderte ich zu der Ecke am Eingang, in der das Gästebuch lag.

Die ersten Einträge waren dreißig Jahre alt. Vergessene Ministerinnen und Minister, längst verstorbene Schauspielerinnen und Schauspieler, Opernsängerinnen und Opernsänger. Eine Autogrammkarte löste sich von dem brüchig gewordenen Klebstoff und segelte zu Boden. Mühsam ging ich samt Glas in die Knie. Eine andere Hand griff danach. Es war eine Frau, und als ich sie erkannte, blieb mir für einen Moment die Luft weg.

»Heino«, sagte sie und reichte mir die Karte.

Zum Grinsen reichte es noch.

»Für dich immer noch Joachim.«

Wir standen auf, und dann nahm sie mich in den Arm und drückte mich an sich, als ob wir uns zehn Jahre nicht gesehen hätten. Was so ungefähr hinkam.

»Sigrun«, sagte ich heiser, als wir uns voneinander lösten und auf eine Armlänge Abstand gingen. Hinter ihr tauchte nämlich die hochgewachsene Gestalt eines Mannes auf, der im ersten Moment wie ein verirrter Wildhüter wirkte. Sie strich sich eine blonde Strähne hinters Ohr. Wenn sie verunsichert war, überspielte sie das großartig.

»Darf ich vorstellen? Ansgar von Bromberg, mein Mann. Joachim Vernau, einer der brillantesten Anwälte für Strafrecht, den ich je die Ehre hatte kennenzulernen.«

Sie sagte das ganz ohne Ironie. Sie musste glücklich sein.

»Sehr erfreut. Mit von?«, fragte ich. Sein Händedruck war mörderisch.

»Das macht sich bei ihm besser in der Kanzlei.« Sie hakte mich unter und ging voran in Richtung Garderobe. »Was machst du hier? Hast du eine Verabredung? Kommst du öfter vorbei? Ich habe dich hier noch nie gesehen.«

Ansgar von und zu half ihr aus dem Mantel. Es gefiel mir, dass sie sich fast ausschließlich auf mich konzentrierte und ihm die Aufgabe zufiel, die Reservierung zu klären. Ich sah auf ihren Bauch – flach wie ein Brett.

»Manchmal, erst letzte Woche mit Marquardt. Aber heute bin ich allein.«

»Dann komm an unseren Tisch! – Du hast doch nichts dagegen?«

Ihr Ehemann zog ein Gesicht, als ob er sich durchaus überlegen würde, Einspruch zu erheben. Aber da hatte sie mich auch schon mit sich gezogen. Wir gingen durch den warmen, von Kerzenschein erleuchteten Raum, und alle Augen richteten sich auf sie: Sigrun Zernikow ohne von. Es war ein Déjà-vu. Wir waren gerne ausgegangen, und ich musste jung und eitel genug gewesen sein, dass ich geglaubt hatte, etwas von ihrem kühlen Glanz würde auch auf mich fallen. Für einen Wimpernschlag war es wie früher: Erst fühlt es sich warm und gut an, dann tut es ein bisschen weh. Ich löste mich sanft aus ihrem Arm. Vielleicht ging es ihr genauso, denn sie trat einen Schritt zur Seite und sah sich nach den Kellnern um.

Die ließen alles stehen und liegen, um ihr und anschließend uns die Stühle zurechtzurücken, Mineralwasser herbeizuschaffen, die Weinkarte, das Brot, die Kerze auf dem Tisch anzuzünden und all den ganzen Theaterzauber der italienischen Oper wie ein Feuerwerk abzubrennen. Sigrun lächelte dazu. Sie war dünner geworden, auch wenn das exzellent geschnittene Kostüm es gut verbarg. Ansgar hätte man in jedem Landmagazin als Earl oder Baron vor efeuumrankte elisabethanische Mansions stellen können – er hatte den englischen Landadel-Look perfektioniert. Und ich hätte sogar sagen können, in welchem Geschäft unweit des Kurfürstendamms er sich einkleidete. Sein Umgang mit Sigrun war der eines Mannes, der in der Lotterie einen Hauptgewinn gezogen hatte und das nicht für sich behalten konnte. Sein Schatz, Liebling, mein Engel ging mir schon nach drei Minuten auf den Geist.

»Den Valpolicella, Herz? Der war doch gut beim letzten Mal, oder?« Er hatte eine Nickelbrille aus seinem Tweedjackett gezogen und studierte die Weinkarte wie Mediävisten die *Manessische Handschrift*.

Sigrun legte ihre Hand auf meine. Ein sanfter, elektrischer Schlag, mehr ein Kribbeln.

»Du trinkst ein Glas mit?«

»Gerne.« Ansgar würde zahlen. Das war sein Tisch, seine Frau, seine Rechnung. Um nichts in der Welt würde er zulassen, dass ich auch nur eine Kopeke beisteuern würde. Vielleicht spürte er, was Sigrun in mir auslöste. Sie schien es nicht zu merken. Ich hätte es ja noch nicht einmal in Worte fassen können. Sie trank von ihrem Wasser, küsste Ansgar auf die Wange, strich liebevoll eine Strähne seiner struppigen Landadelsmatte aus der Stirn und begann dann eine Konversation mit dem Chefkoch, während ich fast verstummt neben ihr saß und sogar ihr Parfum wiedererkannte. Arpège. Und sie trug die Perlen ihrer Mutter.

Ansgar starrte mich über den Rand der Karte an. Offenbar hatte er etwas gefragt.

»Oder den Brunello di Montalcino?« Er artikulierte überdeutlich, als ob ich schwer von Begriff wäre.

»Den Brunello natürlich«, antwortete ich und hatte soeben zwischen einem Wein für dreißig und einem für dreihundert entschieden. Was Marquardt konnte, konnte ich auch. Sigrun merkte, dass wir uns nicht leiden konnten, noch bevor wir mehr als drei Sätze miteinander gewechselt hatten.

»Für mich einen Weißen«, sagte sie schnell. »Ich muss morgen wieder früh raus.«

»Wie geht es Utz?« Wir hatten uns erst spät verstanden, ihr

Vater und ich. Erst ganz am Ende, als es auseinandergebrochen war, hatten wir doch Respekt vor- und füreinander entwickelt.

»Gut. Er hat sich komplett aus der Kanzlei zurückgezogen. Ansgar macht das jetzt.« Ihre Hand auf seiner. Ein mildes Nicken von ihm in meine Richtung. Sie gehört mir, du Heino-Autogrammkarten-Sammler. Aber trink ruhig von meinem Wein und iss von meinem Tellerchen.

»Und die Freifrau?«

»Sie ist gestorben. Kurz nach … kurz nach alldem.« Ein schneller Blick zu Ansgar. Wusste er Bescheid über das, was unser Tischtuch zerschnitten hatte? Er bestellte den Wein und begann, sich zu langweilen.

»Das tut mir leid. Hat sie …«

»Ob sie noch zu irgendeiner Einsicht fand? Ich glaube nicht.«

Sie wich meinem Blick aus. Bis hierhin und nicht weiter, hieß das.

»Wie sieht das Haus mittlerweile aus? Ist die Kanzlei immer noch im Erdgeschoss?«

»Natürlich. Wir haben aber Papas Büro größer gemacht und etwas renoviert. Er soll sich nicht ausgeschlossen fühlen, obwohl er kaum noch unten ist.« Ab jetzt bewegte sich das Gespräch auf dem ungefährlichen Terrain von Wandfarben und Tapeten.

Der Wein wurde gebracht, mit dem geschuldeten Zeremoniell verkostet und eingeschenkt. Sigrun hob das Glas. »Auf unser Wiedersehen.«

Ich sah ihr in die Augen. »Auf unser Wiedersehen.«

War das Hexenwerk? In den letzten Tagen hatte ich so oft an sie gedacht wie seit Jahren nicht. Marie-Luise schwor darauf, mich am Klingeln zu erkennen, wenn ich sie anrief, obwohl es sich in nichts von den anderen Anrufern unterschied. Meine

Mutter dachte an eine alte Freundin – zwei Wochen später lag die Todesanzeige im Briefkasten. Die Welt war voller Wunder. Die einen bestellten sich einen Parkplatz beim Universum, die anderen fuhren nach Bayreuth und bekamen an der Abendkasse noch eine Karte. Vielleicht gab es doch Dinge zwischen Himmel und Erde ...

Ansgar räusperte sich, trank und sagte: »Guter Wein. Ganz hervorragend. Sie sind ebenfalls Anwalt? Welcher Schwerpunkt?«

»Strafrecht«, sagte ich. »Und das, was nebenbei noch so anfällt. Und Sie?«

»Gesellschafts- und Handelsrecht. Mergers und Akquisition. Als Neuestes Immaterialgüterrecht, Mezzanine-Kapital und Bankenfinanzierungen.«

»Alle Achtung.« Ich hätte auch den Wein in meinem Glas meinen können, aber es war klar: Seine Claims hatten die grünen Auen der Prärie abgesteckt, während ich die mageren Randböschungen durchstreifte. »Wie viele seid ihr denn jetzt?«

»Dreizehn. Das geht auf Dauer natürlich nicht, da wir vorhaben, weiter zu expandieren. Deshalb werden Sigrun und ich demnächst in ein eigenes Haus ziehen.«

Ich nickte, als hätte er mich um Erlaubnis gefragt. »Ein guter Entschluss. Für mich war es immer ...«

Sigrun trat mir ans Schienbein und lächelte dabei wie eine Sphinx.

»... auch ein wenig eng«, fuhr ich fort. Sie wollte nicht, dass unsere Vergangenheit zur Sprache kam. Und schon gar nicht die Wohnung über der Kanzlei, das Schlafzimmer mit den kostbaren alten Familienerbstücken und das, was wir dort alles miteinander angestellt hatten. Natürlich wusste Ansgar Bescheid. Vielleicht nicht im Detail, aber er war nicht dumm. Und ihm war anzusehen, dass auch er keinen gesteigerten

Wert auf dieses Thema legte. »Habt ihr schon was gefunden? Im Moment ist der Markt in Berlin völlig abgedreht.«

»In einem gewissen Segment durchaus«, erwiderte er. »Aber nicht in unserer Liga. Schatz, am Wochenende haben wir wieder zwei Besichtigungen.«

Schatz runzelte minimal die Stirn und hatte wohl etwas anderes vorgehabt. Nestbau war offenbar nicht die Nummer eins ihrer Prioritäten.

»Ich muss abwarten, was die Ausschüsse in dieser Woche ergeben. Kann ich es mir bis Freitag noch offenhalten?«

»Selbstverständlich.«

Wir waren nun an der Reihe, das Menü des Abends zusammenzustellen. Vertraut mit dem Prozedere, dauerte es nicht lange, bis die Vorspeise ankam.

»Wie geht es deiner Mutter?«, fragte Sigrun, und ich erzählte die ganze wundersame Geschichte von ihr, Frau Huth und George Whithers wie eine turbulente Boulevardkomödie. Ansgar amüsierte sich dabei, wie er das wohl im Zirkus tat, wenn die Clowns kamen. Sigrun hingegen erkundigte sich interessiert und bat mich, Grüße auszurichten. Zwischen Hauptgang und Dessert stand ich auf, entschuldigte mich und ging in den Vorraum.

Die ersten Gäste gingen bereits, die nächsten kamen. Fast ein Dutzend Menschen drängten sich rund um die Garderobe. Es fiel niemandem auf, dass ich mit dem Gästebuch in Richtung Waschräume verschwand. Glücklicherweise waren sie leer. Ich blätterte die Seiten chronologisch durch und blieb zwischen dem zehnten und dem fünfzehnten März 2015 hängen. Am zehnten hatte sich ein ehemaliger Tennisspieler verewigt, am fünfzehnten eine Gruppe Touristen aus Italien, die die gesamte Doppelseite mit anzüglichen und unübersetzbaren Komplimenten vollgeschrieben hatten.

Aber wo waren wir?

Er hatte seinen Füller gezückt, ein verchromtes Teil aus irgendeiner Special Edition der bekannten Manufaktur, und mit weit ausholender Schrift quer über die ganze Seite »*Grazie! Grazie! Grazie!*« hingeworfen. Dann war ich an der Reihe gewesen. Ich erinnerte mich nicht mehr, was ich mit 1,3 Promille an geistreichen Kommentaren beigesteuert hatte, aber daran, dass meine Finger hinterher voller Tinte gewesen waren.

Die Seite war weg.

Ich hielt die Schwarte näher ans Waschbeckenlicht. Jemand hatte sie herausgetrennt. Wahrscheinlich gerissen, denn ein hauchzarter Papierflaum war noch zu erkennen, und auf der darauffolgenden Seite war sogar noch mein verschmierter Fingerabdruck zu erkennen. Aber unser dreifaches *Grazie* war entfernt worden. Von Marquardt vielleicht, letzte Woche, nachdem er irgendwelchen Straßenräubern den Auftrag gegeben hatte, mein Filofax zu klauen?

»Hier.«

Erschrocken fuhr ich herum und ließ das Buch dabei um ein Haar ins nasse Waschbecken fallen. Ansgar stand vor mir, die Heino-Autogrammkarte in der Hand.

»Die ist Ihnen schon wieder rausgefallen, falls Sie sie suchen. Ich wäre fast darauf getreten.«

»Danke.«

Ich legte sie in das Buch und klappte es zu.

»Sind Sie so ein großer Fan?« Er ging zum Pissoir und öffnete den Reißverschluss seiner Hose. Was sollte das werden? Ein Schwanzvergleich? »Oder kriegt man was bei Sammlern dafür?«

Ich nickte ihm zu und ließ ihn pinkeln. Das Gästebuch warf ich im Vorübergehen zurück in die Ecke und beeilte mich, an unseren Tisch zu kommen. Ich hatte eine Minute, länger würde es Ansgar nicht aushalten, mich allein mit seiner Frau zu wissen.

»Erzähl mir alles über Schweiger«, sagte ich.

Sigrun, eine Winzigkeit Tiramisu auf ihrem Löffel, sah mich erstaunt an.

»Wen bitte?«

»Peter Schweiger. Ehemaliger Staatssekretär im Bausenat. Ungefähr zu deiner Zeit.«

Sie ließ den Löffel sinken. »Wie kommst du auf ihn?«

»Du hast es noch nicht gehört?«

»Was?«

»Der Mord an einem Steuerprüfer in meinem Büro?«

Sie sah mich an, als hätte ich in diesem Moment den Verstand verloren. »Nein. Nein, habe ich nicht. Das heißt, natürlich. Es stand was in der Zeitung. In deinem Büro? Wie das denn?«

»Vergangenen Mittwoch. Mitten in einer Betriebsprüfung. Jemand hat ihn umgebracht. Für die Polizei ist es Selbstmord. Aber vor vier Jahren hat sich ein ganz ähnlicher Fall ereignet. Caroline Weigert, Staatsanwältin. Ehrgeizig. Gnadenlos. Wollte Hartmann und Schweiger an die Wand stellen. Und dann, plötzlich, Exitus.«

Ihr Blick ging an mir vorbei in den Raum, auf der Suche nach ihrem Mann, der sie von diesem Gespräch erlösen würde.

»Du und Schweiger, ihr wart vor zehn Jahren beide im Abgeordnetenhaus. Du als Familiensenatorin, er als Staatssekretär Stadtentwicklung und Wohnen. Du wirst, ach was, du musst dich an ihn erinnern. War er nicht einer, der dir damals immer Knüppel zwischen die Beine geworfen hat?«

»Ja, aber das ist lange her. Er ist auch schon ein paar Jahre nicht mehr in der Politik.«

»Wie lange nicht mehr?«

Ich könnte es googeln. Aber mit Sigrun saß mir jemand gegenüber, der mir etwas über die wahren Gründe erzählen könnte. Ich musste sie nur dazu bringen.

»Drei, vier Jahre vielleicht. Sag mal, ist alles in Ordnung mit dir?«

Ich griff nach ihrer Hand. Dieses Mal kribbelte es nicht. Im Gegenteil: Sie wollte sie sofort zurückziehen, aber ich hielt sie fest.

»Ich glaube, es ist ein Riesending am Laufen. Ich glaube, jemand will etwas vertuschen, was vor vier Jahren geschehen ist. Ich glaube, ich muss verdammt vorsichtig sein. Und Marquardt auch. Du erinnerst dich noch an ihn. Sebastian Marquardt. Er steckt mittendrin in einer Sache ...«

Ansgar kam zurück in den Gastraum. Obwohl er seine Brille nicht trug, spürte ich seinen Blick auf unseren Händen. Ich ließ Sigrun los.

»Ich glaube, es hat zwei Morde gegeben, die vertuscht werden. Ich muss alles über Schweiger erfahren. Und Hartmann, wenn du was weißt.«

Und ich muss dich wiedersehen. Ich kann jetzt nicht einfach aufstehen und deinem Mann noch zum Abschied auf die Schulter klopfen, ich kann jetzt nicht »Bis bald mal wieder« sagen und die nächsten zehn Jahre jeden Abend im Peppone sitzen, um auf dich zu warten.

Sie sah mit einem Lächeln zu Ansgar hoch, der lauter und raumgreifender neben ihr Platz nahm als nötig.

»Da bist du ja wieder. Wir haben dich schon vermisst! Der Nachtisch ist köstlich.«

Sie hielt ihm ihren Löffel entgegen, und er nahm den Bissen artig wie ein Kind, das mit Möhrenbrei gefüttert wird. Ich nickte den beiden Lovebirds zu.

»Danke für den netten Abend.«

»Sie wollen doch nicht schon gehen?«, frohlockte er.

Ich sah kurz auf meine Uhr – Swatch, das Kupfer schimmerte an den Rändern schon durch. »Ich muss leider noch mal ins Büro. Morgen habe ich eine Verhandlung in Moabit. Sieben Uhr dreißig. Können die nicht langsam mal menschliche Zeiten einführen?«

Ansgar tupfte sich die Mundwinkel mit der Serviette ab. »Es wird behauptet, Schlafmangel fördert die Bereitschaft zum Geständnis.«

»Da könnte was dran sein.« Ich grinste Sigrun an. »Lass uns mal telefonieren die Tage. Hast du meine Nummer noch?«

Ich zog eine Visitenkarte heraus und reichte sie ihr. »Vielleicht gehen wir mal mittags zusammen was essen?«

Statt ihr antwortete ihr Mann. »Gerne. Sie können jederzeit anrufen und einen Termin ausmachen.«

Damit reichte er mir seine Karte. Ansgar von Bromberg, Lawyer, Consultant, Corporate Services und so weiter und so fort. Mit meiner alten Adresse im Grunewald und ohne Utz von Zernikow als Seniorpartner. Er hatte die ganze Kanzlei. Das Königreich und die Prinzessin dazu.

»Grüß Utz von mir.« Ich stand auf.

»Mach ich.«

Beim Hinausgehen bemerkte ich, wie er nach meiner Karte greifen wollte und sie sie schnell einsteckte. Aber sie sah nicht mehr in meine Richtung.

12

Die Tage vergingen, und ich gewöhnte mich daran, morgens auf dem Weg zur Arbeit Erbrochenem und Hundehaufen auszuweichen, dem Verkäufer der Obdachlosenzeitung in der S-Bahn einen Euro zu geben, mittags Döner und Currywurst zu essen und in dieser hellen, stillen Wohnung eines britischen Juraprofessors arbeiten zu können, wenn Marie-Luise nicht anwesend war.

War sie da, klingelten Telefon und Türgong in Zehn-Minuten-Abständen. Einmal saß eine dreizehnköpfige libanesische Großfamilie im Wohnzimmer, ein anderes Mal wurden zwei Afghanen, die sich als Syrer ausgegeben hatten, dort vor meinen Augen festgenommen und in Abschiebehaft verbracht. Ich sah die Verzweiflung in ihren Augen, ich hörte die Wut in Marie-Luises Stimme. Ich konnte den Polizisten ansehen, dass sie ihren Job in diesem Moment nicht mochten. Ich traf ein altes Paar, das nach vierzig Jahren aus seiner Wohnung hinausgeworfen werden sollte, weil der Besitzer Eigenbedarf angemeldet hatte, in Wirklichkeit aber das Haus einer Luxussanierung unterzog. Einmal schliefen zwei Rucksacktouristen aus Italien auf der Wohnzimmercouch. Es war schwierig, Mandantengespräche zu führen, wenn nebenan jemand nur mit Mühe daran gehindert werden konnte, seine Schulden bei Marie-Luise mit einem Trommelworkshop zu begleichen (und noch schwieriger, den beiden zu erklären, das als geldwerten Vorteil verbuchen zu müssen). Oder wenn, ausgerechnet in dem Moment, in dem Marquardt sich endlich zu einem Rückruf herabließ, nebenan die beiden Hunde einer siebzehnjährigen Straßengöre aufeinander losgingen.

»Was ist denn bei dir los?«

Das Mädchen schrie, Marie-Luise rannte in die Küche und holte Wasser, um die Bestien zu trennen.

»Nichts Besonderes«, antwortete ich hastig und schloss die Tür. »Warum meldest du dich nicht?«

»Ich war im Ausland«, kam die knappe Antwort. »Was soll das? Ist das eine Drohung? Du weißt, was ich vor vier Jahren getan habe? Dann sag es mir. Jetzt.«

Ruhe. Meine Nerven.

»Wir waren an diesem Abend im Peppone. Aber irgendjemand will, dass das nicht herauskommt. Hast du eine Ahnung, warum?«

»Nein.«

»Hast du die Seite aus dem Gästebuch vom Peppone gerissen, auf die wir damals geschrieben haben?«

»Spinnst du jetzt?«

»Ich wurde unmittelbar nach unserem letzten Treffen überfallen. Die Diebe erbeuteten meine Aktentasche. In der befand sich mein Filofax. Wen hast du angerufen?«

»Niemand!« Das klang empört. Aber nicht ehrlich.

»Ich weiß, dass du telefoniert hast. Mit wem?«

»Ich leg gleich auf, wenn du nicht sofort mit diesem Mist aufhörst. Was zum Teufel soll das alles?«

»Es wäre vielleicht hilfreich, wenn wir eine Aussage bei der Kripo machen.«

»So. Und dann? Was soll dabei herauskommen? Dass du deine Aktentasche zurückkriegst und einen uralten Kalender?«

Ich trat ans Fenster.

»Es könnte ein Ermittlungsansatz sein. Die Restaurantquittung war der Grund, weshalb Fischer sterben musste. Er hatte vor, damit zur Staatsanwaltschaft zu gehen, wollte mich aber noch sprechen. Jemand hat das verhindert und ihn umgebracht. Wenn wir jetzt bestätigen, dass wir an diesem Abend dort waren, könnte das …«

»Okay, Joe. Ich sag dir jetzt mal was. Dafür ist mir meine Zeit zu schade.«

»Dann gehe ich allein zur Polizei, und sie werden bei dir klingeln und dich fragen, warum du nicht mitgekommen bist.«

»Hast du sie noch alle? Hat man dir ins Hirn geschissen?«

»Was war los an diesem Abend? Was hat das mit Weigert zu tun?«

»Weigert?« Marquardt erreichte gerade die Grenze zur Weißglut. »Wer zum Teufel ist das?«

»Eine Staatsanwältin. Sie hat sich vor vier Jahren umgebracht. Am Abend des dreizehnten März 2015. Der Abend, an dem wir im Peppone waren.«

»Ich fass es nicht. Ich fass es nicht!«

»Wird schon.«

Wut ist nichts anderes als ein Ausdruck von Hilflosigkeit. Wenn die Sache nicht so verdammt ernst gewesen wäre, hätte mich sein Ausbruch amüsiert. Es kam selten vor, dass der harte Hund Marquardt die Fassung verlor. »Also. Kommst du mit?«

»Den Teufel wird ich! Was willst du eigentlich? Ich kann mich kaum erinnern, wo ich letzte Woche gewesen bin.«

»Schau vielleicht mal in *deinen* Terminkalender.«

»Und wenn? Was dann?«

»Dann ist doch alles in Ordnung. Und die Polizei kann sich darauf konzentrieren, Fischers und Weigerts Mörder zu finden.«

»Joe …« Seine Stimme wurde ruhiger, fuhr hinunter in den Vertrauensmodus. »Hast du dich da nicht in was verrannt?«

»Nein.«

»Okay. Dann will ich dir mal was sagen. Bleib dran.« Er legte den Hörer auf den Schreibtisch ab. Ich hörte Schritte und wie eine Tür geschlossen wurde. Dann kehrte er wieder zurück ans Telefon. »Du hörst jetzt auf mit dem Quatsch. Verstanden? Die schmeißen dich hochkant raus auf der Polizei. Ich kann mich an die Geschichte mit der Weigert erinnern, jetzt, wo du mir damit kommst. Die Frau hatte ernste Probleme. Sie hat sich mehr und mehr in absurde Verdächtigungen verrannt. Und als man ihr zu ihrem eigenen Wohl helfen wollte, hat sie versucht, das als Mobbing dastehen zu lassen.«

»Woher weißt du das? Von Hartmann, deinem Baulöwen? Er ist dein Mandant, und sie hatte ihn auf dem Schirm. Zusammen mit Schweiger, dem ehemaligen Staatssekretär.«

»Den kenne ich kaum.«

Blödsinn. Marquardt kannte alle. Man lief sich ständig über den Weg. Beim Ball der Berliner Wirtschaft, bei irgendwelchen Lobbyisten-Empfängen in den Ministergärten, im China Club, der VIP-Lounge von Rot-Weiß und Hertha, der Jahresversammlung der Freunde der Nationalgalerie, im Schloss Bellevue, der Philharmonie, mittags in den überteuerten Italienern im Regierungsviertel, abends bei Kamingesprächen in Botschaften. Aber Marquardt war ein gewiefter Anwalt. Er würde nur zugeben, was ohnehin bekannt war.

»Dann von Hartmann«, fuhr ich fort. So vergesslich konnte er nicht sein, dass er unsere Begegnung letzte Woche nicht mehr auf dem Schirm hatte.

»Natürlich habe ich es von ihm«, bellte er. »Er war damals zu vollster, umfänglichster Zusammenarbeit mit den Behörden bereit. Nichts von Weigerts Vorwürfen hat auch nur minimalen Bestand gehabt. Alles wurde fallen gelassen.«

»Kann er mir das bestätigen?«

»Was?«

»Ich will mit ihm reden.«

»Machst du Scherze?«

»Ich hatte einen Toten auf meinem Schreibtisch!«

»Ist ja gut! Ist ja gut.« Er sagte es in einem Ton, den er für Mandanten unmittelbar nach ihrem Schuldeingeständnis reserviert hatte: Du sitzt zwar bis zu den Haaren im Dreck, aber du kommst auch wieder raus. Irgendwann. Spätestens nach fünfzehn Jahren. »Du solltest dich mal hören ...«

»Ich will mehr über Weigerts Ermittlungen gegen Hartmann und Schweiger erfahren. Wann sehen wir uns?«

»Gar nicht, wenn du so weitermachst. Hör zu: Das, was ich dir jetzt sage, bleibt unter uns. Wenn es rauskommt, dass ich mit dir über Mandanten gesprochen habe, kann ich Pfandflaschen sammeln gehen. Kapiert?«

Ich schwieg.

»Kapiert?«

»Ja.«

»Also. Das war eine böse Sache damals. Diese Staatsanwältin ist völlig übers Ziel hinausgeschossen. Erinnerst du dich noch an die Razzia?«

»Keine Ahnung.«

Es klopfte. Ich öffnete Marie-Luise die Tür, legte den Zeigefinger an die Lippen und bat sie mit einer Kopfbewegung einzutreten. Dann stellte ich das Telefon auf Lautsprecher.

»Das war ein paar Wochen vor ihrem Tod.« Marquardts Stimme tönte blechern. Marie-Luise sah mich fragend an, setzte sich dann aber leise auf den Stuhl vor meinem Schreibtisch. »Irgendwie, keiner weiß es, denn es entbehrte jeder rechtsstaatlichen Grundlage, hat sie einen Richter dazu gebracht, gegen Hartmann einen Durchsuchungsbeschluss samt Haftbefehl zu erwirken.«

»Aus welchem Grund?«

»Was weiß ich. Schwarzgeld, Verdunkelungsgefahr, so lautete der Vorwurf. Völlig absurd, aber angeblich sollte er Millionen in der Schweiz oder auf den Caymans gebunkert haben oder hatte es vor. Aus dem Beschluss wird eine Razzia. Sie kommen also um fünf Uhr morgens an, draußen, Nikolassee, hübsches Häuschen, die Kinder schlafen, die Frau im Arm, und plötzlich stehen drei Wannen im Vorgarten und die gesamte Berliner Presse noch dazu. Sie hat einen Pressetermin daraus gemacht. Kapierst du? Sie hat es an die Presse durchgestochen! Hartmann wurde im Pyjama abgeführt, vor aller Augen. Die Kinder bekamen ein Trauma, die Frau den Schock ihres Lebens.«

Marie-Luise holte ihr Mobiltelefon heraus und begann mit gerunzelter Stirn auf dem Display zu tippen. Zwischendurch machte sie aus dem Handgelenk eine kreisende Bewegung – lass ihn weiterreden.

»Das ist doch absurd«, widersprach ich. »Keine Staatsanwältin verpfeift ihre Razzia.«

»Klar, *rightly*. Aber sie hat's getan, weil sie da schon irre war. Hartmann wurde von ihr in der Öffentlichkeit vorgeführt wie der Stier am Nasenring. Darum ging es ihr. Die hatte sich nicht mehr unter Kontrolle. Die brauchte einen Erfolg. Aber leider, leider – alle Vorwürfe verpufften. Nichts, aber auch gar nichts konnte sie ihm nachweisen. Sie hat noch was von einer Daten-CD gefaselt, aber die gab es nicht. Das hat ihr das Genick gebrochen. Sorry. Ich meine das nicht so. Du verstehst, was ich sagen will. Beide, sie und der Richter, wurden noch am selben Tag suspendiert. Zu Recht. Völlig zu Recht. Das hatte nichts mehr mit Ermittlungen zu tun. Das war eine öffentliche Hinrichtung, die sie da inszeniert hat.«

Marie-Luise hatte etwas im Internet gefunden. Sie griff sich einen Notizzettel samt Bleistift und notierte ein paar Stichworte, die sie mir zuschob. Dumm, dass ich ihr Gekritzel kaum entziffern konnte. Tipp ... Behörde ... Ich zuckte mit den Schultern, sie sah genervt zur Decke.

»Ja, das verstehe ich. Du glaubst also, Weigert hat sich bei Hartmann verrannt.«

»Es wurde immer schlimmer mit ihr. Einmal, kurz vor der ganzen Malaise, ist sie sogar abends zu ihm rausgefahren und wollte ihn sprechen. Das war unschön, wirklich.«

»Wie, unschön?«

»Kennst du das nicht, wenn Frauen nachts am Gartenzaun stehen und dir Verwünschungen zurufen?«

Er lachte. Hatte sich wieder unter Kontrolle. Es war ja auch alles sehr plausibel erklärt: die durchgeknallte Staatsanwältin, der unschuldige Hartmann.

»Nein«, sagte ich kalt. »Kenne ich nicht. Du?«

»Lass dir eins gesagt sein: Weigerts Tod war eine persönliche Tragödie. Ich weiß um dein Faible für seltsame Mordfälle, aber hier liegst du völlig falsch.«

»Und was ist mit Fischer?«

»Wer? Ach so, ja. Klar. Dein Buchprüfer. Keine Ahnung. Lass die Polizei ihre Arbeit machen. Ich hab zu tun. Lass uns mal wieder essen gehen.«

Marie-Luise beugte sich über den Lautsprecher. »Der Tipp mit der Razzia kam aus dem Bereich Wirtschaftsstrafsachen am Kriminalgericht Moabit. Anonym. Ihre eigenen Leute sind ihr in den Rücken gefallen.«

Marquardts Überraschungsmoment dauerte ein paar Sekunden. Es war still. Ich konnte ihn atmen hören.

»Mary-Lou?«, fragte er schließlich.

»Ja?«

»Das ist Unsinn.«

»Sie hat es in einem Interview gesagt. Sie hat die Razzia nicht an die Presse verraten. Das war jemand aus ihrem Beritt, der ihr bewusst schaden wollte, um weitere Ermittlungen zu verhindern. Es erschien kurz vor ihrem Tod. In der *Berliner Tageszeitung*.«

»Und wurde umgehend von ihrem Dienstherrn dementiert.«

»Stimmt.« Marie-Luise sah auf ihr Handy. »Dementiert, suspendiert, demontiert. Für mich sieht das verdammt nach Mobbing aus. Mindestens.«

»Ja. Ja! Dann war es das halt! Sie hat Scheiße gebaut in ihrem Job. Andere machen weiter, sie hat sich umgebracht. Das ist erwiesen. Er-wie-sen! Ich weiß nicht, auf was ihr hinauswollt. Ich sag euch was. Lasst die Finger davon. Und wenn ihr unbedingt tun müsst, was ihr nicht lassen könnt, lasst mich da raus!«

»Das geht nicht mehr«, sagte ich. »Wir stecken beide mit drin. Du und ich. Was war an diesem Abend, als Weigert starb?«

»Ich war wahrscheinlich verdammt noch mal mit dir in diesem verfickten Peppone und habe bis in den Morgen gesoffen! Du bist mein Zeuge! Ja? Ist es das, was du hören willst? Bist du jetzt zufrieden? Hört mit diesen Verschwörungstheorien auf. Ich meine das ernst.«

Marie-Luise beugte sich wieder herab zum Telefon. »Wie ernst, Marquardt?«

»Ernst halt.«

»Wie ernst ist es?«

»Fick dich«, sagte er und legte auf.

Sie zuckte zusammen.

In all den Jahren hatte ich ihn noch nie so mit Marie-Luise reden gehört. Schließlich legte sie das Handy weg und lehnte sich zurück.

»Ich rede mit Vaasenburg«, sagte sie. »Wir brauchen die Akte.«

»Danke.«

Ich nahm ihr Handy und überflog den Artikel, den sie aufgerufen hatte.

»Das hat Alttay geschrieben. Vielleicht weiß der noch was. Wenn ich ihn das nächste Mal im Gericht treffe, spreche ich ihn darauf an. Es wäre wirklich interessant zu erfahren, ob Weigerts Razzia von ihr selbst verraten wurde oder ob sie da jemand ins offene Messer laufen ließ.«

»Und was Fischer mit ihr zu tun hatte. Vielleicht hat sie ihn um Hilfe gebeten. Das passiert ja öfter mal, dass die Staatsanwaltschaft mit der Steuerfahndung zusammenarbeitet. Hast du auch so einen Hunger? Wir könnten uns einen Gemüsedöner holen.«

Bevor ich abwinken konnte, klingelte es.

»Erwartest du noch jemanden?«, fragte sie.

»Nein. Du?«

Es war kurz nach eins. Die Zeit, die unser Besucher zwischen dem Öffnen der Haustür und dem Erklimmen von fünf Stockwerken brauchte, nutzten wir, um unsere Kalender zu checken – kein vergessener Termin – und im Wohnzimmer die Spuren eines in letzter Sekunde verhinderten Hundekampfes zu beseitigen. Und dann trat eine schnaufende, hochrote, korpulente Mittvierzigerin ein, in der Hand einen Dienstausweis, der mir vage bekannt vorkam und ernst zu nehmende Gefühle von Unwillen in mir auslösten.

»Guten Tag«, rang sie sich keuchend ab. Ihr Blick hinter dicken Brillengläsern wirkte leicht verschwommen. »Marianne Wolgast, Finanzamt Wilmersdorf. Herr Vernau?«

Ich nickte.

»Wir werden, wenn Sie keine Einwände haben, nun Ihre Betriebsprüfung gemäß Paragraf 4 der Betriebsprüfungsordnung fortsetzen.«

13

Es war Marie-Luise, die Frau Wolgast hereinbat. Ich hätte sie am liebsten die Treppen hinuntergestoßen, die sie gerade bezwungen hatte. Mit wiegendem Gang, der die Unwucht ihres Gewichts ausgleichen sollte, steuerte sie durch die Schiebetür auf das Wohnzimmersofa zu.

»Darf ich?«

»Äh, nein«, widersprach Marie-Luise. »Es ist noch der Fleck da, also ...«

»Ich habe Blumenwasser verschüttet«, half ich ihr. »Vielleicht kommen Sie gleich mit in mein Büro?«

»Ja«, schnaufte sie. Ihr Blick schweifte durch das Wohnzimmer, dann hinüber in Marie-Luises Raum, dann zu mir. Wahrscheinlich kaufte sie mir die Sache mit den Blumen sowieso nicht ab.

»Einen Kaffee? Oder Tee?«

Ich hatte den Verdacht, Marianne Wolgast brauchte eher einen Jägermeister mit ein paar Tropfen Digitalis.

»Nein danke, ich habe alles dabei. Wo entlang?«

Sie steuerte aufs falsche Büro zu.

»Hier bitte.«

Sie folgte mir. Ich hörte ihr Keuchen in meinem Rücken. Es klang, als würde mich ein Untoter verfolgen. »Der Umzug kam ziemlich plötzlich.« Ich hielt ihr die Tür auf. »Um ehrlich zu sein, man hat mich rausgeworfen. Ich bin hier auch nur vorübergehend, bis ich was Festes habe. Voilà.«

Kevins Büro. Und wieder nur ein Schreibtisch, an dem wir uns die nächsten Tage gegenübersitzen würden. Im Vergleich zu Fischer waren die Geräusche, die sie produzierte, alarmierend.

»Wie haben Sie mich eigentlich so schnell gefunden?«

»Über die ... Anwaltskammer«, schnaufte sie. »Sie sind ja in solchen Dingen fast vorbildlich, Herr Vernau.«

Muss man auch sein, wenn man sich nicht auf die Nachsendungen der Post verlassen will. Tatsächlich hatte ich gleich Anfang der Woche sämtliche Adresseintragungen im Internet aktualisiert. Leider.

»Nehmen Sie Platz.«

Ich schob ihr hastig einen Sessel entgegen, damit sie mir nicht umkippte. Noch ein Todesfall, und man würde mich zum Finanzamt-Killer abstempeln. Ich hörte, wie Marie-Luise in der Küche wieder Wasser laufen ließ und wenig später mit einem vollen Glas ins Zimmer kam.

»Hier. Trinken Sie erst mal was. Fünf Stockwerke schaff ich auch nur, wenn ich fit bin.«

Wolgast rang sich ein Lächeln ab. »Ich war zu schnell. Hätte öfter Pause machen sollen. Es ist alles ein bisschen viel. Wir sind zu wenig Leute. Wie sollen wir das alles schaffen?«

Ich hob ratlos die Schultern. Nicht mein Problem. Selbst Fischer hatte mir nicht erklären können, warum ich statt in siebenundneunzig Jahren ausgerechnet jetzt ins Visier der Prüfer geraten war.

Wolgast trank einen Schluck. »Jedenfalls ... laut Vorschrift soll eine Prüfung in Kleinstbetrieben innerhalb von drei Tagen beendet sein. Durch die Umstände sind wir schon sehr in Verzug geraten. Deshalb würde ich auch gerne gleich anfangen. Haben Sie die Unterlagen noch parat?«

Ich wies auf die Kartons in der Ecke. Ich hatte mir gar nicht erst die Mühe gemacht, sie auszupacken. »Ja. Frisch von der

Kripo. Ich kann nicht garantieren, dass alles noch so geordnet ist, wie ich es Herrn Fischer überreicht habe. Dazu kommt: Vor vier Jahren hatten Frau Hoffmann und ich schon einmal eine gemeinsame Kanzlei. Herr Fischer hat darauf bestanden, ihre Unterlagen mit einzusehen. Die sind irgendwo auch noch mit dabei. Tut mir leid, das ganze Durcheinander. Herr Fischer ...«

Ich brach ab. Sie wischte sich über die Augen.

»Mein Beileid«, sagte ich. Sie hatte einen Kollegen verloren. Einen, mit dem sie vielleicht den Festsetzungs- oder Erhebungsplatz geteilt hatte. »Ich bin, wir alle sind geschockt. Ich habe ihn nur kurz kennengelernt.«

Frau Wolgast nickte. »Danke. Ich werde versuchen, es so zügig wie möglich zu Ende zu bringen. Natürlich würde es helfen, wenn alles etwas geordneter wäre.«

»Die Umstände.«

»Die Umstände«, pflichtete sie mir bei. »Also, Frau Hoffmann, dann werde ich mir auch einmal Ihre Unterlagen ansehen.«

»Bitte sehr«, frohlockte ich, ohne einen Schimmer zu haben, ob Wolgast das durfte. Sollte Marie-Luise ruhig auch mal den eiskalten Atem der Finanzbehörden in ihrem Nacken spüren.

Die Prüferin suchte nach einem Platz, um ihr Glas abzusetzen. Ich nahm es ihr ab und stellte es auf den Schreibtisch.

»Schaden kann es nicht.« Sie wandte sich an Marie-Luise. »Und wenn Sie, falls der Zufall es will, demnächst dran sind, dann haben Sie ja schon alles geordnet.«

Marie-Luise nickte etwas gequält. Das darauffolgende Schweigen dauerte einen Tick zu lange.

»Nun.« Frau Wolgast erhob sich ächzend aus dem Sessel und hatte vor, auf meinem Schreibtischstuhl Platz zu nehmen. »Dann fangen wir mal an.«

Eine halbe Stunde später – ich hatte mir einen Stuhl aus Marie-Luises Büro ausgeborgt – traf ich mich mit ihr zu einem konspirativen Kaffee in der Küche.

»Das darf doch nicht wahr sein!« Ich schloss die Tür, damit Wolgast nicht mitbekam, über was wir redeten. »Jetzt legt mir das Finanzamt schon wieder den ganzen Betrieb lahm!«

»Was macht sie eigentlich genau?«

»Sie sieht meine Konten durch, checkt die Eingänge – ich hoffe, du hast privat und beruflich mittlerweile besser getrennt?«

»Du bist dran, nicht ich.«

»Dich kriegen sie auch noch«, knurrte ich. »Spätestens in siebenundneunzig Jahren. Jeder einzelne Eingang muss belegt sein. Jede Reisekostenabrechnung wird gecheckt. Keine Ahnung, ob sie nur Stichproben machen und was sie erwarten.«

»Schwarzgeld«, sagte sie und rührte einen Teelöffel Kokosnussblütenzucker in ihren Kaffee. »Darum geht es doch. Steuerhinterziehung, sonst nichts. Denen ist egal, ob du von deinem Geld Sklaven kaufst oder Atom-U-Boote, Hauptsache, du zahlst deine Steuern.«

»Genau das ist es. Uns Kleine kriegen sie dran wegen irgendeinem dämlichen Mist wie einer Restaurantquittung. Und die Großen?«

Marie-Luise schenkte mir einen Meine-Rede-Blick. »Du bist ja nur sauer, weil sie dich jetzt durch die Mangel drehen. Wenn sie es nicht täten, würde doch keiner mehr nur einen Cent an den Staat zahlen.«

»Dann sag mir doch bitte, warum Nordrhein-Westfalen den Ankauf von Steuer-CDs ausgesetzt hat? Wo sie doch so scharf sind auf Schwarzgeld? Und die Zahl der Selbstanzeigen deshalb von vierzigtausend bundesweit im Jahr auf unter tausend gesunken ist? Sie wollen es nicht. Sie wollen die Milliarden nicht, die Jahr für Jahr, Monat für Monat ins Ausland gebracht werden. Soll ich dir sagen, warum?«

Ich hatte mich in Rage geredet und musste erst mal tief durchatmen.

»Eine Hand wäscht die andere.«

»Du unterstellst gerade, dass das gesamte nordrhein-westfälische Finanzministerium korrupt ist?«

»Ich unterstelle noch viel mehr. Das ist doch nicht auf ein Bundesland beschränkt. So läuft es doch überall. Uns dreht man die Luft ab. Und was ist mit Amazon, Google, Starbucks und wie sie alle heißen? Oder … Hartmann und Schweiger?«

Jemand klopfte an die Tür. Frau Wolgast, mittlerweile wieder von normaler Gesichtsfarbe, steckte ihren Kopf in die Küche. »Wo kann ich mir denn mal die Hände waschen?«

»Ich zeig es Ihnen.«

Marie-Luise stellte den Becher ab und führte unsere achte Plage zum Klo. Ich versuchte, wieder auf meinen normalen Pulsschlag zu kommen. Ich wusste nicht, was die größere Zumutung war: eine Betriebsprüfung erdulden zu müssen oder sie ein zweites Mal durchzustehen. Immerhin gelang es mir, unseren Zwangsbesuch halbwegs zu ignorieren. Wenn Marianne Wolgast nicht gerade fünf Stockwerke erklimmen musste und danach schnaufte wie ein Walross, war sie bemerkenswert ruhig und konzentriert. Für den Nachmittag legte ich eine Besprechung außerhalb des Büros auf extern, am nächsten Morgen musste ich schon früh ins Gericht. Ich würde es überleben. Anderen gelang das doch auch.

Aber es war schwerer als gedacht.

»Kannten Sie Herrn Fischer eigentlich?«, fragte ich Wolgast am zweiten Tag. Das Wochenende stand vor der Tür, und ich freute mich auf zwei Tage Ruhe. Ich hatte ein angenehmes

Mittagessen in der Kantine des Landgerichts hinter mir, ein paar Kollegen mein Leid geklagt und mir ein Fuder Mitgefühl abgeholt. So gestärkt war die Heimsuchung leichter zu ertragen.

»Flüchtig.«

Sie hatte meine gesammelten Kreditkartenauszüge der letzten vier Jahre im Visier. Seltsamerweise verglich sie sie immer wieder mit Google Maps. Als ob sie mir irgendeine Klammheimlichkeit bei den Reisekostenabrechnungen nachweisen wollte. Ich war mir ziemlich sicher, dass sie nur Stichproben machte. Aber denen folgte sie wie die Katze der Maus mit dem Käse.

»Und ... gibt es bei Ihnen Kategorien? Also Einkommen bis hunderttausend, fünfhunderttausend, fünf Millionen?«

»Nein.«

»Sie könnten sich also heute mich und morgen, sagen wir mal, einen Multimillionär vornehmen?«

Sie nahm die Brille ab. Das Gewicht der Gläser hinterließ zwei tiefe Abdrücke auf ihren Nasenflügeln. »Ich nehme mir niemanden vor. Zum einen geht es nach dem Zufallsprinzip, zum anderen nach Auffälligkeiten. Meist muss eine Schlüssigkeit nachgewiesen werden. Wir haben da gewisse Parameter.«

Auffälligkeiten. Mit was zum Teufel konnte ich auffällig geworden sein?

»Häufige Umzüge. Plötzliche Einkommensschwankungen. Sehr viele Angestellte, aber wenig Umsatz. Und dann gibt es noch die Anzeige.«

»Die Selbstanzeige, meinen Sie?«

»Nein.« Ihre Lippen, die ein wenig daran erinnerten, wie Comiczeichner ein Makrelenweibchen abbilden würden, verzogen sich zu einem Lächeln. »Die anonymen Anzeigen. Jeder kann sich ans Finanzamt wenden und seinen Nachbarn, seinen Chef, die Ehefrau oder den Ex-Mann anzeigen.«

»Kennen wir. Frau Hoffmann hat des Öfteren mit diesen Fällen zu tun. Sie ist spezialisiert auf Miet- und Familienrecht. Aber die feine englische Art ist das nicht, mit der Sie zu Ihren Strafanzeigen kommen.«

»Steuern hinterziehen auch nicht.«

»Wurde ich angezeigt?«

Wehe dem, der das getan hatte! Aber natürlich verriet mir Frau Wolgast nicht, wer das gewesen sein könnte.

»Darüber darf ich keine Auskunft geben.«

»Aber Sie reden doch untereinander. Sagt man da nicht mal in der Kaffeeküche oder auf dem Flur: Vernau, dieser Anwalt, der nie auf einen grünen Zweig kommt, den nehmen wir uns mal ... also, den prüfen wir jetzt mal?«

»Durchaus. So etwas geschieht. Wir sind ja alles Menschen.«

»War es so?«

»Nein. Unser Prüfungsplan wird bis ins Folgejahr hinaus geplant. Ich habe zwanzig Prüfungen im Jahr. Manche suche ich mir selber aus. Die meisten bekomme ich aber vom Hauptsachgebietsleiter.«

»Und woher hat der meinen Namen?«

Ich wollte einfach nicht aufgeben. Ich glaubte nicht an Zufälle, die eine Siebenundneunzig-Jahre-Regel einfach mal aushebelten. Sie seufzte.

»Vielleicht ein Tipp vom F + E, also vom Festsetzungs- und Erhebungsplatz. Vielleicht auch von jemandem von der Veranlagung. Herr Vernau, ich will Sie nicht verletzen, aber Sie sind ein kleiner Fisch. Tragen Sie es mit Fassung. Je weniger wir reden, desto schneller sind wir fertig.«

»Könnten Sie Ihre Ressourcen nicht bündeln und sich auf

die vielversprechenderen Sünder konzentrieren? Was genau versprechen Sie sich denn davon, mich so zu durchleuchten?«

Sie hatte, wie Fischer, ebenfalls eine Thermoskanne dabei. Und ich hätte mein Haupthaar verwettet, dass es sich um dieselbe Marke handelte. Vielleicht bekamen Beamte Rabatt bei Großbestellungen. Wenigstens trank sie keinen Kamillentee, sondern eine deutlich aromatischere Mischung, die an Waldbeeren erinnerte. Über dem Rand ihrer Tasse konnte sie mir meine Unzufriedenheit vom Gesicht ablesen.

»Sie sind doch Anwalt«, sagte sie schließlich. »Da wissen Sie, wie Straftatbestände relativiert werden. Zwei Jahre Knast für einen Steuerbetrüger, Freispruch für einen Vergewaltiger. Ich höre das oft. Zu oft, um noch eine ernsthafte Auseinandersetzung darüber zu führen. Steuerhinterziehung ist Betrug. Wir können doch nicht sagen, nur weil wir die Großen nicht kriegen, lassen wir die Kleinen laufen.«

»War Caroline Weigert auch dieser Meinung?«

Ihre Tasse war nicht voll, trotzdem verschüttete sie etwas, als sie sie absetzte. »Weigert?«, fragte sie.

»Caroline Weigert, Staatsanwältin für Steuerstrafsachen. Die müssen Sie doch gekannt haben.«

Ein sybillinisches Makrelenlächeln kräuselte ihre Lippen. »Wir sind eine große Behörde, Herr Vernau. Ich kenne meistens noch nicht einmal die Erheber, die Ihren Fall bei negativem Ergebnis zu den Akten legen werden.«

»Ich bin ein Fall?«

»Noch nicht.« Sie beugte sich wieder über eine Reisekostenabrechnung nach Poznań. Ich hatte damals mit Suzanna, einer polnischen Strafverteidigerin, zusammengearbeitet, da waren einige Kilometer mit Marie-Luises Volvo zusammengekommen.

Mein Telefon klingelte. Berliner Nummer, vermutlich Mitte oder Friedrichshain.

»Ja?«

»Guten Tag«, zwitscherte es mir fröhlich entgegen. »Mein Name ist Lena, ich bin die persönliche Assistentin von Herrn Hartmann. Er möchte gerne einen Termin mit Ihnen ausmachen und lässt fragen, ob Sie heute Abend Zeit für ein Essen im Waterside Club hätten?«

»Heute?«

Freitag war Wochenende. Kein Geschäftstermin wurde auf diesen Abend gelegt. Lenas Stimme klang dementsprechend zerknirscht.

»Herr Hartmann konnte einen Termin verschieben, und es wäre wirklich ein großes Entgegenkommen von Ihnen.«

Ich wusste nicht, ob Frau Wolgast das hören konnte. Sie verglich die gefahrenen Kilometer nach Poznań und zum Weingut in Janekpolana mit Google Maps und tippte sie in ihren Tischrechner ein. Sie sah gar nicht auf die Tasten, wenn sie das tat. Sie machte das blind. Ihre Augen hinter den dicken Brillengläsern blieben auf meiner Abrechnung.

»Äh, Moment.« Ich sah auf den Terminkalender in meinem Handy. »Wenn es ein etwas spätes Essen ab zwanzig Uhr sein könnte?« Meine Mutter hatte schon zweimal nach der Brotbox gefragt. Tupperware. Teuer. Ein guter Grund, meinen wöchentlichen Besuch mit der Rückgabe zu verbinden und auf unter dreißig Minuten abzukürzen.

»Das dürfte kein Problem sein. Sie kennen den Club?«

Jeder kannte ihn. Ab zehntausend Euro erhielt man das Recht, in Blattgold und Karmesinrot Flusskrebse zu verspeisen, mit Blick auf moderne Kunst des zwanzigsten Jahrhunderts, Wasserspiele und die überschaubare Kaste der Berliner Reichen und Superreichen. Ich war mehrmals dort gewesen, meist zu Vorträgen mit anschließendem Essen. Auch die wurden dort gehalten. Leute wie ich steckten die Streichholzbriefchen ein und zückten sie bei der nächstbietenden Gelegenheit, die Weltläufigkeit erforderte.

»Natürlich.«

Ich bekam schon Hunger, wenn ich nur daran dachte. Lena musste der Stimme nach unter dreißig sein, gebildet, selbstbewusst und so, wie ich Hartmann einschätzte, auch attraktiv. Wir verabschiedeten uns freundlich voneinander. Ich vertiefte mich in die Akte einer Kioskbesitzerin, die von ihrer Angestellten um zweiunddreißigtausend Euro betrogen worden war. Wir würden nichts von der Angeklagten zurückbekommen, sie hatte alles verbraucht und die Hand gehoben. Es war still, nur ab und zu raschelte Papier. In das leise Klicken der Rechnertasten mischten sich die Straßengeräusche von unten, Rufe, Fahrradklingeln, weit entfernt ein Martinshorn.

»Der Waterside Club.«

Ich zuckte zusammen.

»Sind Sie da öfter?«

»Nein«, antwortete ich. »Warum?«

»Nur so.« Wolgast hatte gar nicht aufgesehen.

»Sie kennen den Club?«

Ein kleines Lächeln im Mundwinkel, mehr nicht.

»Durch die Spesenritter, nicht wahr?«, fragte ich.

Sie sah kurz hoch. »Meine Nichte arbeitet da und hat öfter was mitgebracht. Sie verpacken das in kleine weiße Kartons in einem Fischernetz. Sehr hübsch.«

Es war wieder still. Ich dachte einen Moment darüber nach, wie Frauen wie Wolgast über Mitgliedsbeiträge für Millionärsclubs dachten. Über Bewirtungsbelege in vier-, fünfstelliger Höhe. Wie diese Prüferin mit ihrem Gehalt die Spesen von Leuten durchwinken musste, die in einer Nacht mehr verjubelten, als sie im Monat netto raushatte, das als Geschäftsausgaben absetzten und argumentierten, dass sie die russische Wirtschaftsdelegation wohl kaum zur Currybude einladen konnten. Wie sie abends vorm Fernseher saß und die Reste dieser Gelage in kleinen hübschen Kartons vor sich stehen hatte. Aber dann sah ich, wie sie sich als Nächstes meinen Busfahrscheinen widmete, und ich ließ den Gedanken wieder fallen.

14

Der Abend begann damit, dass ich in der Mulackstraße vor verschlossenen Toren stand und auch keine der Damen an ihr Handy ging. Vielleicht hatten sie unsere Verabredung vergessen oder befanden sich in einem schöpferischen Schweißprozess, bei dem sie nicht gestört werden durften. Jedenfalls passte die verfluchte Brotbox nicht in den Briefkasten am Haus, sodass ich mit ihr kurz vor zwanzig Uhr in einem Industriegebiet an der Spree eintraf, so ziemlich der letzte Schrei, wenn man sich nachts auf der Suche nach seinem Maserati die Beine brechen wollte. Ortsunkundige suchten sich einen Wolf zwischen Reifenlagern und Lagerhallen, bis sie sich zum Waterside Club durchgeschlagen hatten. Ich war noch nicht ganz an der Tür, da tauchte auch schon Marquardt auf, der beim Anblick von Mutters Tupperware in dröhnendes Gelächter ausbrach.

»Ist es so eng bei dir?«, prustete er. »Gib her, ich lass sie dir in der Küche vollmachen.«

Er wollte nach der Brotbox greifen, aber ich überreichte sie einer bildschönen Garderobiere, die versprach, sie nicht aus den Augen zu lassen. Die Eingangshalle wirkte wie ein riesiges Aquarium: Glaswände, grüner Granit, moderne Wasserspiele. Wir waren angemeldet. Ein Herr, kostümiert wie der Steward eines Oceanliners, öffnete uns die gewaltige Bronzetür. Dahinter wartete eine Empfangshalle von gewaltigen Ausmaßen, in der einzelne Sitzgruppen so arrangiert waren, dass sie trotz der Weite des Raums Intimität versprachen.

»Wir haben noch ein paar Minuten.« Marquardt sah auf seine Rolex. Der Gold-Hugo mit Brillanten. Hatte er sich also auch fein gemacht für heute Abend. Ich trug ebenfalls meinen besten Anzug. Wenn ich Hartmann schon grillen wollte, dann mit Stil.

»Pass auf. Setz dich. Trink erst mal was.«

Ein Angestellter des Hauses in einer Livree, die mich stark an den *Titanic*-Film erinnerte, servierte zwei Gläser eiskalten Champagner. Wir nahmen damit in den Sesseln Platz, die für mich etwas zu tief und zu weich waren, um seriöse Gespräche zu führen und dabei nichts zu verschütten.

»Warum bist du hier?«, fragte ich.

»Ich bin Hartmanns Anwalt.«

»Ich will nur mit ihm reden.«

»In deiner Anwesenheit lass ich ihn noch nicht mal allein aufs Klo. Hör zu. Hartmann ist ein Arsch, das weiß jeder. Aber er will sich mit dir treffen, weil dir die Sache mit Weigert nicht aus dem Kopf geht. Sag Danke, lieber Sebastian. Diese warme Mahlzeit hast du allein mir zu verdanken.«

Ich trank lieber meinen Champagner.

»Du vermutest da einen Zusammenhang mit deinem toten Buchprüfer. Das ist völlig absurd, ich sag es dir gleich. Aber weil du jetzt Teil einer Mordermittlung bist, will er Zweifel aus der Welt räumen, bevor sie überhaupt entstehen.«

Marquardt hatte sich erschütternd schlecht auf dieses Treffen vorbereitet. Ein Anruf bei der Kripo, und er hätte dasselbe erfahren wie ich: dass im Fall Fischers von einem Suizid ausgegangen wurde. Er war nicht hier, um Wogen zu glätten. Er war der Anwalt eines Arsches, der offenbar vorhatte, Druck auf mich auszuüben. Er war der Zeuge, den jeder Gangster brauchte, wenn Aussage gegen Aussage stand.

»In Ordnung«, sagte ich. »Wir werden uns wie zivilisierte

Menschen unterhalten. Du hattest damals bestimmt Akteneinsicht. Es muss einen Anfangsverdacht gegen Hartmann gemäß Paragraf 152 Absatz 2 Strafprozessordnung gegeben haben. Vermutlich ein Tipp aus dem Finanzamt für Fahndung und Strafsachen, der dann weiter an die Staatsanwaltschaft ging. Oder umgekehrt. Wenn du mich also einen Blick in die Akten werfen lässt?«

Marquardt spuckte fast seinen Schaumwein aus. »Geht's dir noch gut?«

»Ich komme ran, so oder so. Da ihr kooperieren wollt, machen wir es uns doch einfach.«

»Kooperieren?«

Ich sah mich um. »Warum sonst sollte ich hier sein?«

Die Streichholzbriefchen lagen in einer Murano-Glasschale auf dem Tisch. Aber es war kein guter Moment, um zuzugreifen.

»Weil ich dich lange genug kenne. Du bist ein Terrier, ein Wadenbeißer. Einer von diesen kleinen Straßenkötern, die nicht lockerlassen, bis endlich irgendwas für dich herausspringt.«

So dachte Marquardt also über mich. Und er setzte noch eins drauf.

»Das sagen alle. Alle, die dir schon mal begegnet sind.«

»Ich nehme das mal als Kompliment.«

»Nimm es, wie du willst. Ich rieche es bis hierher. Du bist hinter etwas her. Aber ich sag dir eins. Meine Mandanten sind nicht deine Kragenweite.«

Ich trank mein Glas leer und suchte nach einem Platz, wo ich es abstellen konnte. Marquardt saß den Streichholzbriefchen im Weg, deshalb stellte ich es schließlich auf den Boden.

»Ich darf die Stadt nicht verlassen«, sagte ich. »Es war Blut auf meinem Schreibtisch. Und Teile seines Gehirns. Ich habe Fischers Leiche gesehen.«

Und ihr behandelt mich wie einen Vollidioten. Aber das sagte ich natürlich nicht, auch wenn es stimmte.

»Ja. Ja! Das verstehe ich ja. Trotzdem.«

»Ich will die Akte sehen.«

Er beugte sich vor. Ich konnte sein Rasierwasser riechen. »*Never ever*. Tätest du im umgekehrten Fall auch nicht.«

Was uneingeschränkt stimmte. Stimmen näherten sich, Schritte wurden von den dicken Teppichen verschluckt. Hartmann bog um die Ecke, der Livrierte zeigte in unsere Richtung.

»Hier steckt ihr also!« Der Baulöwe kannte sich bestens aus. Aber er mochte es, mit der Arbeiter-Attitüde zu spielen. Krachend schlug seine Hand auf Marquardts Schulter, der schon halb im Aufstehen begriffen war und von diesem Attentat zurück in die Polster geworfen wurde. Mir reichte er die Hand und drückte sie, bis die Knochen knackten. Ich verzog keine Miene und kam, anders als mein Kollege, auch schneller auf die Beine.

»Andreas Hartmann. Und Sie sind Joachim Vernau, nehme ich mal an.«

Er trug ebenfalls Anzug und Krawatte. An seiner gedrungenen Gestalt wirkte beides wie aus dem Kostümfundus. Aus der Nähe betrachtet war er einen halben Kopf kleiner als ich, kantiger Schädel, sehr kurzes, gelichtetes Haar. Flinke, helle Augen in einem breitflächigen, von ersten Falten durchzogenen Gesicht. Er musste Ende fünfzig sein. Einer, der bis zuletzt mit der Maurerkelle auf dem Gerüst stehen würde, hätte ihn nicht sein unstillbarer Hunger nach Fläche und Beton rauf in die Beletage der Immobilien-Moguls getrieben.

Wir hatten gar keine Zeit, Small Talk zu betreiben. Hartmann übernahm die Führung und schritt quer durch die Halle vorbei an der Bar ins Restaurant, wo ein Tisch für uns in der hinteren Ecke am Fenster reserviert war. Alle anderen waren besetzt. Gedämpftes Licht, Schleiflackmöbel, die uncharmanten Fabrikfenster mit Mosaiken in Wasserfarben verziert. Die Sitzbereiche waren von schwarz lackierten Raumteilern getrennt, auf denen Meerjungfrauen und Sirenen mehr oder weniger lasziv mit den Gezeiten spielten.

Natürlich wurden die Flusskrebse bestellt, zum Hauptgang orderte er nach kurzer Rücksprache mit uns – »Hummer lassen wir mal aus, ist immer so eine Sauerei« – Steak mit Trüffelpommes und Wok-Gemüse. Er wollte das Gespräch kurz und knackig wie seine Beilage, und das konnte er haben. Kaum hatte der Kellner den Wein gebracht – »Marquardt, mach das mal« – und mein Kollege nach eingehendem Schnuppern und Rollen auf der Zunge schließlich sein Okay gegeben, kam er zur Sache.

»So, mein Lieber. Schlimme Sache, die da passiert ist. Betriebsprüfung, hab ich gehört. Man wünscht den Kerlen ja immer mal wieder was an den Hals. Aber dass es so kommen musste …«

»Ich habe ihn gefunden. Kurz zuvor hatte er mich wegen diverser unklarer Posten angerufen. Eine Restaurantquittung hat es ihm besonders angetan. Er wollte mit ihr zur Staatsanwaltschaft und bat mich deshalb noch einmal ins Büro. Da lag er dann. In seinem Blut.«

»Hm.« Hartmann trank seinen Wein, als hätte er lieber ein Bier gehabt. Ein Château Sauvignon Blanc de Noir, nicht schlecht. Spätestens nach der dritten Flasche würde man die Gegend ringsum mit ganz anderen Augen sehen. Die Hast allerdings, mit der er die kleinen Appetithäppchen verschlang, die uns schon mal mit herzlichen Grüßen aus der Küche gebracht worden waren, sprach dagegen.

»Mein Folterknecht hier, Marquardt, der mir immer die

Daumenschrauben anlegt, die heutzutage Bau- und Steuerrecht heißen, sagte mir, gegen Sie wird ermittelt?«

»Ich bin Zeuge. Noch. Aber das kann sich schnell ändern. Ich vermute, dass Fischer wegen dieser Quittung auf etwas gestoßen ist, das mit einem weiter zurückliegenden Fall zu tun hat. Dem Tod von Carolin Weigert. Und da kommen Sie ins Spiel.«

»Moment, Moment.« Hartmann, oder Atze, wie ihn seine Freunde und Anwälte nennen durften, griff nach der Serviette und wischte sich den Mund ab. »Ich komme nirgendwo ins Spiel. Seppl?«

Ich sah zu Sebastian Marquardt. Der fühlte sich tatsächlich mit dieser Verballhornung seines Vornamens angesprochen und schien sie auch nicht zum ersten Mal zu hören. Er holte geräuschvoll Luft, um seiner klaren Ansage an mich noch mehr Gewicht zu verleihen.

»Ich sag es dir jetzt noch mal, und dann ist der Fall hoffentlich erledigt.« Marquardt hatte seine Schnittchen nicht angerührt. Ich griff über den Tisch und nahm sie mir nach seinem leicht irritierten Nicken. »Herr Hartmann hat mehr Steuern gezahlt, als wir jemals in unserem Leben auf einen Haufen sehen können. Nichts, aber auch gar nichts von dem, was eine verbohrte Staatsanwältin sich da in ihrem Kabuff ausgedacht hat, konnte belegt werden.«

Sein Boss nickte. Ihm entging, dass es einen gewaltigen Unterschied gibt zwischen Dingen, die nicht geschehen sind, und Dingen, die man nicht belegen kann. Advokaten-Sprech. Für Außenstehende fast schon eine Geheimsprache. Ich glaube nicht, dass Marquardt mir einen Tipp geben wollte, es war ihm so herausgerutscht. Oder, was noch viel wahrscheinlicher war, er traute mir alles zu. Sogar ein paar Kabel unterm Hemd und eine Funkverbindung hinaus auf die Straße, wo verbitterte

Polizisten vor einer Portion Pommes Rot-Weiß in einem Wagen mit mobiler Abhöreinrichtung saßen und jedes Wort mitbekamen. Also blieb er vorsichtig. Im Sinne seines Mandanten, zuallererst aber in seinem eigenen Interesse.

»Bevor du also etwas konstruierst oder den ganzen unerfreulichen Dreck, der damals aufgewühlt worden ist, wieder hochbringst, überleg es dir gut. Ich war zu dieser Zeit schon Herrn Hartmanns Rechtsbeistand. Das war Rufmord, was Weigert da angezettelt hat.«

Ich wandte mich jetzt direkt an Atze. »Sie und Herr Schweiger standen vor vier Jahren im Fokus der Ermittlungen. Schweiger war Staatssekretär im …«

»Vernau«, fuhr Marquardt mir in die Parade, während der Kellner die Häppchenteller abräumte. »Diese Frau vom Finanzamt hatte alle möglichen Leute auf dem Schirm. Das mit der Razzia hätte jeden treffen können. Hätte sie mal lieber den Mund gehalten und ihren Freunden bei der Presse nicht den Termin durchgestochen. Die haben sie nämlich anschließend gegrillt. Nicht Herr Hartmann, nicht Herr Schweiger. Die Journaille.«

Er warf seine Serviette auf den Tisch und lehnte sich zurück. Schneller Blick zu seinem Boss, knappes Nicken: gut gebrüllt, Löwe. *Good cop, bad cop.* Marquardt durfte heute Abend der Böse sein.

Hartmann, der Gute, übernahm wieder. »Herr Vernau, wir sind doch alle hier, um Transparenz in die Sache zu bringen. Glauben Sie, ich wäre heute da, wo ich bin, wenn ich mich nicht ans Gesetz gehalten hätte? Zähneknirschend, gebe ich zu, aber anders geht es hierzulande nicht. Also lassen Sie den Gedanken, wir hätten irgendwas mit Ihrem toten Buchprüfer zu tun, mal ganz schnell fallen.«

»Sonst?«, fragte ich.

Hartmann dachte nach. »Nichts sonst. Ein guter Rat von mir. Sie gefallen mir. Anstand, was? Berufsehre. Da müsste sich doch was machen lassen.«

»Wie meinen Sie das?«

Seine hellen Augen bekamen etwas Verschlagenes. »Wie lange kennen Sie sich schon?«, fragte er.

Ich sah zu Marquardt. »Seit dem Studium.«

»Freunde, was?«

Wir schwiegen. Noch vor einer Woche hätte ich Ja gesagt.

»Er hat es zu was gebracht, Ihr Kumpel. Und Sie? Was machen Sie?«

»Strafrecht.«

»Die kleinen Fische, nehme ich an.« Hartmann lehnte sich zurück und spielte mit dem Weinglas. In seinen Händen sah es aus, als würde es jeden Moment zerbrechen. »Sonst hätte ich schon längst mal Ihren Namen gehört. Man tauscht sich ja aus, gewissermaßen. Wie läuft es denn so?«

»Gut«, sagte ich. Marquardt nahm derweil die Flasche aus dem Kühler und tat, als wolle er sich das Etikett einprägen. »Mal so, mal so.«

»Sehen Sie, das ist der Unterschied zwischen Ihnen und uns. Bei uns geht es so.« Hartmanns Hand zeichnete eine fast schon elegante Kurve nach oben in die Luft. »Und bei Ihnen so.« Er machte eine ungeschickte Wellenbewegung. »Keiner weiß, wo es endet. So«, hoch hinaus, »aber wahrscheinlicher ist so.« Hand in Kniehöhe.

Ich nahm noch einen Schluck, bevor mir der Wein nicht mehr schmecken würde.

»Und wann geht es immer bergab?«

»War das eine Frage?«

»Ich rede nicht gern mit mir selbst, Herr Vernau.«

»Ich weiß es nicht.«

»Dann machen Sie sich mal Gedanken darüber. Aber wir sind ja nicht hier, um uns nur über so einen Mist wie Betriebsprüfungen zu unterhalten. Ich hab damit gar nichts zu tun. Macht alles mein Seppl. Und solange es mit mir immer weiter raufgeht, kann er gar nicht anders. Er ist quasi zum Erfolg verurteilt. Was?«

Er hieb Marquardt auf den Arm, der zusammenzuckte und so tat, als ob ihm drei Beleidigungen in einem Satz nichts ausmachen würden.

»Also, was ich sagen will. Suchen Sie den Erfolg. Aktiv. Wenden Sie sich Menschen zu, die Sie nach oben bringen und nicht nach unten ziehen. So hab ich es gemacht. So macht es jeder. Mentoring heißt das. Hatten Sie je einen Mentor?«

Ich tat so, als ob ich nachdenken und den Verlauf dieses Gesprächs ernst nehmen würde. »Ich glaube nicht.«

Utz von Zernikow kam mir in den Sinn. Einer von denen, deren Respekt man sich hart erarbeiten musste. Der nichts von Kumpelwirtschaft und Klüngel gehalten hatte. Ich hatte damals nicht nur Sigrun verloren, sondern auch ihn, ihren Vater.

Es passte nicht, hier an ihn zu denken. Und schon gar nicht, seinen Namen vor diesem etwas zu kurz geratenen Mann zu erwähnen, an dem das Spannendste seine Knopflöcher waren. Es entstand eine kurze Pause. Der Kellner kam an unseren Tisch und schenkte nach. Als er verschwunden war, nahm Hartmann den Faden wieder auf.

»Also eigensinnig sind Sie auch noch. Gefällt mir. Gefällt mir wirklich. Hier. Ich hab was für Sie. Mein neuestes Projekt in Honkong. Die Shi Towers.« Er holte ein schmales Päckchen aus der Jackentasche und schob es in meine Richtung. Es war in Seidenpapier gewickelt. Ein Schlüsselanhänger mit einem goldenen Löwen. Der gleiche, den ich schon bei Marquardt gesehen hatte. Er lag schwer in der Hand und war warm von seinem Körper. Ich legte ihn sofort wieder hin.

»Ist nicht echt, keine Angst. Aber die Investoren mögen so ein Klimperzeug. Soll Glück bringen, und das können Sie ja gebrauchen.«

»Danke«, sagte ich und schob das Ding unter meine Serviette, wo ich es liegen lassen würde. Aber damit war das Gespräch noch nicht beendet. Marquardt trank zu schnell. Hartmann war für seine Verhältnisse fast nervös. Die beiden hatten noch etwas in der Hinterhand. Ich sagte: »Das wäre nicht nötig gewesen.«

»Da haben Sie recht. Völlig unnötig. Kinkerlitzchen. Und wir vertrödeln doch unsere kostbare Zeit nicht für Kleinkram.«

Bevor ich erfuhr, was Hartmann im Sinn hatte, wurden die Flusskrebse gebracht. Fünf Stück für jeden, in irgendetwas mariniert, das süchtig machte, mit der Option zum Nachbestellen. Ich hatte meinen ersten noch nicht mal auf der Gabel, als Hartmann sagte: »Hunderttausend.«

Ich hörte, wie Marquardt scharf die Luft einsog.

»Kann es sein«, begann ich, »dass ich mich gerade verhört habe?«

»Hunderttausend.« Hartmanns helle Augen wurden schmal. Die joviale Freundlichkeit war komplett verschwunden. »Und eine Büroetage in der Orangerie.«

Die Orangerie war ein gewaltiger Gebäudekomplex, der gerade in Karlshorst hinterm Plänterwald am Spreeufer hochgezogen wurde. Eigentumswohnungen, Gewerbe, Büros. Zwischen vier- und sechstausend Euro. Der Quadratmeter.

»Natürlich nicht geschenkt. Aber zu anständigen Konditionen. Ich sag Ihnen was: Anstand. Das ist es. Ohne kommt man nicht weit. Rächt sich alles, dieses Hintenrum und durch die

Brust ins Auge. Gehen wir offen miteinander um. Sehen Sie mich an.«

Widerwillig folgte ich diesem Befehl.

»Wir wollen alle unseren Frieden. Sie brauchen ein Büro. Ich brauche meinen guten, hart erarbeiteten Ruf. Ich bin bereit, dafür zu zahlen. In gewissen Grenzen. Nicht dass Sie glauben, das ist heute Sterntaler-Tag.«

Er steckte sich einen Krebs in den Mund. Marquardt vermied meinen Blick.

»Sie bieten mir Geld?«

»Und ein ordentliches Büro. Da hakt es ja bei Ihnen, wie man so hört. Platz genug, auch für Ihre Kanzleipartnerin.«

Dies war der Moment, in dem etwas in mir zerriss. Mochte es Loyalität sein. Eine dreißig Jahre alte Freundschaft. Ein Buddy-Gefühl, über alle Gräben hinweg. Marquardt hatte diesem Mann von Marie-Luise erzählt. Das war unverzeihlich.

Ich legte die Gabel, auf der ich meine Beute aufgespießt hatte, wieder zurück auf den Teller. Zeit zu gehen. Marquardt merkte das. Hartmann nicht.

»Ich denke, es ist auch mal Zeit, dass Sie an die großen Dinger kommen. Was, Seppl?«

Marquardt rührte sich nicht. Wahrscheinlich war ihm das peinlich. Dieser Frontalangriff war nicht abgesprochen, das wusste ich. Er hätte sich dann anders verhalten. Mich vielleicht vorgewarnt. Aber nun konnte er seinem sogenannten Mentor auch nicht in die Parade fahren.

»Mal teilen, was meinst du?« Hartmann spießte den nächsten ausgelösten Krebs auf. »Du kommst ja schon gar nicht mehr hinterher, hab ich manchmal den Eindruck. Heute Berlin, morgen Hongkong, übermorgen USA ... na, Herr Vernau, das wär doch auch was für Sie, wenn ich Sie so ansehe. Feinster

Zwirn. Auf meinen Baustellen würden Sie so keine drei Tage durchhalten.«

Er lachte. Sein Bestechungsversuch schien seinen Appetit geradezu anzufachen, während Marquardt und ich vor unseren Tellern saßen, als hätte man uns halbfesten Beton serviert.

»Aber vor Gericht.« Er wies mit seiner Gabel erst auf mich, dann auf mein Gegenüber. »Das könnt ihr. Herumlavieren und Paragrafen reiten und einen dumm und dusselig reden. Und ihr seid es wert. Jeden Pfennig. Na ja, Cent. Tut mir leid. Ich rechne immer noch alles in Mark um. Allein das Essen hier ... was ist los?«

Ich hatte meinen Stuhl zurückgeschoben und war im Begriff aufzustehen.

»Herr Hartmann«, sagte ich. »Sie bieten mir hunderttausend Euro oder, um es Ihnen einfacher zu machen, zweihunderttausend Mark, damit ich den Mund halte?«

»Was?« Er sah entgeistert zu Marquardt. »Klang das so? Nie im Leben! Jetzt machen Sie mich aber sauer. Richtig sauer.« Geräuschvolle Hinwendung zu mir. »Ich mag Männer wie Sie. Mutig. Lassen sich nicht mit der erstbesten Erklärung abspeisen. Das war ein Angebot, für mich zu arbeiten, inklusive Starthilfe.«

»Es war Bestechung«, sagte ich. »Und die zieht bei mir nicht.«

»Ach so. Verstehe. Sie wollen noch was obendrauf. Sie sind gierig. Sie denken, wo hunderttausend drin sind, geht vielleicht auch das Doppelte?«

»Was haben Sie mit Weigerts Tod zu tun?«

»Zweihunderttausend.«

Jetzt fiel Marquardt die Kinnlade herunter. Er wollte seine Hand auf Hartmanns Arm legen, aber der schüttelte ihn ab.

»Nee, nee, du Piepel. Komm raus aus der Deckung. Sag mir, was du willst.«

»Gar nichts.«

»Du willst mir was anhängen, ja? Du willst noch mal von vorne anfangen mit der ganzen Scheiße?«

»Ich habe eine einfache Frage gestellt.«

»Eine Frage nennst du das? Eine Frage? Weißt du eigentlich, was los war damals? Hast du eine Ahnung, wie das ist, wenn sie morgens um fünf in deinem Schlafzimmer stehen?«

Ich hatte schon mehr erlebt als das, deshalb schwieg ich lieber. Die anderen Gäste wurden aufmerksam. Hartmann war unberechenbar. Innerhalb von Sekundenbruchteilen verwandelte er sich vom Kumpeltyp in einen Choleriker. Da die Glasvasen, die in Reichweite standen, aussahen, als wären sie teuer gewesen, hielt ich mich lieber an einen meiner eigenen Grundsätze: Ruhig bleiben. Leise sprechen. Augenkontakt. Das hatte mir viel zerbrochenes Porzellan in meinem Büro erspart.

Half nichts. Im Gegenteil: Er fühlte sich provoziert.

»Und du willst das alles noch mal aufwühlen. Ich sag dir eins: Du hast keine Ahnung, mit wem du es zu tun hast!«

Marquardt schaltete sich jetzt ein. »Er hat es nicht so gemeint.«

»Doch«, konterte ich ruhig. Mal sehen, zu was sich Hartmann noch alles hinreißen ließ. Bestechung. Drohung. Nötigung. »Ich werde Ihnen die Frage wieder stellen. Wieder und wieder. Aber jetzt ist es besser, wenn ich gehe. Einen schönen Abend noch.«

»Du bleibst!«

Ich stand auf.

»Weißt du, dass meine Frau damals eine Fehlgeburt hatte? Weißt du das, du Arsch? Warte!«, schrie er. Das ganze Lokal drehte sich nach uns um. »Du haust mir jetzt nicht einfach so ab!«

Marquardt musste ihn zurückgehalten haben, denn ich kam hinaus aus dem Raum, durch die Bronzetür und das Aquarium. Erst draußen fiel mir ein, dass ich Mutters Tupperware an der Garderobe vergessen hatte, aber ich wollte nicht noch einmal hineingehen. Womöglich wäre ich diesem Lunatic noch einmal begegnet. Zweihunderttausend. Erst im Bus auf dem Weg nach Hause kam diese Zahl wirklich in meinem Hirn an. Und eine Büroetage in der Orangerie.

Ich sah aus dem Fenster. Wir fuhren den Kurfürstendamm entlang, und oben im Doppeldecker saßen die üblichen Verdächtigen eines verregneten Vorfrühlingsabends: alte Damen mit nassen Hunden, Jugendliche, die sich gegenseitig die letzten YouTube-Videos zeigten, Kopftuchfrauen mit schweren Einkaufstüten, verliebte Pärchen, die in der letzten Sitzreihe hemmungslos übereinander herfielen.

Zweihunderttausend.

Hartmann hatte einen Pfeil auf mich abgeschossen, und die Spitze war vergiftet. Ich spürte, wie die toxischen Gedanken sich leise regten, sich umschlangen und umeinander wanden. Wie sie sich langsam immer mehr ausbreiteten, all meine Gedanken, all meinen Stolz über mein heroisches Benehmen auslöschten und wispernd von meinem Gehirn Besitz ergriffen.

Zweihunderttausend.

Ich brauchte ein Gegengift.

15

Ich bekam mein Gegengift. Allerdings wurde es mir nicht von Marie-Luise verabreicht, sondern aus einer ganz anderen Ecke.

Man muss sich meine Verfassung am Montagmorgen ungefähr so vorstellen: Ich betrat nach einem Wochenende, das ich mit Saskia im Bett, im Kino, im Frühstückscafé und ab Sonntagnachmittag endlich auch mal allein verbracht hatte, mein Büro, in dem eine hypertonische Buchprüferin nun schon den dritten Tag über meinen gesammelten Kurzstreckentickets brütete. In der Ecke standen Marie-Luises Schuhkartons, auf der weiß getünchten Wand in Kevins Wohnzimmer loderte die unsichtbare Schrift: Du bist hier nur geduldet.

Zweihunderttausend.

Die Orangerie. Vielleicht drei Räume: Wartezimmer, Sekretariat, Büro. Kaffeeküche. Blick auf die Spree.

Um mich von einem Deppen mit Seppl anreden zu lassen. Kam nicht infrage. Wie zum Teufel sollte man sich da konzentrieren?

Frau Wolgast warf mir hin und wieder einen Blick zu, den ich, getrübt durch ihre dicken Brillengläser, nicht richtig einordnen konnte. Ich glaube nicht, dass Finanzbeamte im Außendienst jemals eine Fraternisierung mit ihren Opfern ins Auge fassen. Aber irgendwie wirkte sie besorgt. Vielleicht lag es auch nur daran, dass dieser Tag der unwiderruflich letzte meiner Prüfung war und sie immer noch Rechnungen mit Eingängen abglich. Die Aussicht, den Rest der Woche ohne ihre Anwesenheit fortsetzen zu können, stimmte mich nur vorübergehend heiter. Zweihunderttausend. Meine Güte. Ich wusste gar nicht, wie ein sechsstelliger Betrag auf meinem Konto aussehen würde.

Es klopfte, und noch bevor ich einen Ton sagen konnte, wurde die Tür auch schon geöffnet, und Vaasenburg kam herein. Es war kurz vor acht. Meine Prüferin begann ihren Tag um sieben, Marie-Luise hatte sie hereingelassen, war dann zerzaust und zerstreut, einen Müsliriegel in der Hand, im Treppenhaus fast in mich hineingerannt und hatte mir noch einen schönen Tag gewünscht. Es war definitiv zu früh für einen Höflichkeitsbesuch.

»Ja?«

»Morgen«, sagte er, trat ein und reichte Wolgast die Hand. »Kriminalhauptkommissar Karsten Vaasenburg.«

»Marianne Wolgast«, flötete sie. Wie alle Damen war sie hingerissen von seiner Heldengestalt: breitschultrig, muskulös, zackiger Bürstenhaarschnitt, Beschützer der Witwen und Waisen. Nicht mehr der Jüngste, aber bemerkenswert gut erhalten. Wahrscheinlich lag es am Training. Ich müsste mal wieder zum Sport.

»Herr Vernau?«

Kurzes Händeschütteln über den Schreibtisch hinweg.

»Können wir unter vier Augen reden?«

»Das ist hier schwierig.« Ich wies auf den okkupierten Schreibtisch und die Dame davor.

»Ich kann gerne rausgehen.« Frau Wolgast wollte sich erheben. Aber ich hatte den Verdacht, dass sie sich dann im Flur herumdrücken und vielleicht, ganz aus Versehen, das Ohr an die Tür legen würde.

»Bitte, lassen Sie sich nicht stören. Wir gehen ins Wohnzimmer. – Meine Betriebsprüfung«, sagte ich zu Vaasenburg.

»Über ihre Fortsetzung würde ich gerne etwas in die Richtung *ohne Rücksicht auf Verluste* sagen, aber das wäre pietätlos.«

»Das wäre es«, sagte Frau Wolgast kühl und warf uns dann doch einen, wie ich meine, sehnsüchtigen Blick hinterher.

Ich erklärte Vaasenburg kurz, was es mit dieser Kanzleisituation auf sich hatte und, nachdem ich seine leise, nervöse Neugier spürte, dass Marie-Luise erst gegen Mittag wieder zurückerwartet wurde. Ich weiß nicht, was an dieser On-off-Beziehung dran ist und was nicht, aber sie stehen sich nahe. Weiß der Himmel, warum.

Nachdem ich Kaffee geholt und meinem Besuch gegenüber auf der Couch Platz genommen hatte, kam er auch ohne Umschweife zur Sache.

»Frau Hoffmann«, er nannte sie vor mir immer Frau Hoffmann, »bat mich, eine ganz bestimmte Akte im Archiv der Staatsanwaltschaft zu ziehen.«

»Hartmann und Schweiger. Zu Anzeige gebracht von Carolin Weigert, der Steuerstaatsanwältin, die vor vier Jahren starb.«

»Exakt.«

»Haben Sie sie dabei?«

Ein knappes Lächeln. »Natürlich werden Sie sie nicht zu Gesicht bekommen. Und wir müssen dieses Gespräch auch, wie soll ich sagen …«

»Alles klar.«

»Gut. Was wollen Sie wissen?«

Ich fragte: »Was hatte Weigert gegen die beiden in der Hand?«

»Nichts.«

»Wie, nichts? Es kam doch sogar zu einer Razzia? Was hat die erbracht?«

»Nichts.«

»Weil die beiden vorgewarnt wurden. Was steht denn darüber drin?«

»Nichts.«

»Es muss doch ein Anfangsverdacht verifiziert worden sein. Ich bitte Sie, Herr Vaasenburg.«

»Frau Weigert wusste angeblich von einer belastenden CD, die ihr anonym aus der Schweiz angeboten worden war. Als Appetithäppchen hat der unbekannte Wohltäter eine Seite aus der Kontoliste gefaxt. Unter anderem waren dort Konten von Hartmann und Schweiger erfasst. Schwarzgeld in Millionenhöhe. Aber vor Gericht natürlich nicht verwertbar. Das kann jeder zu Hause am Computer faken. Für den Ankauf der CD sollte das Land Berlin eine Million Euro zahlen.«

»Und?«

Ich ahnte, was jetzt kommen würde.

»Der Ankauf von Steuersünder-CDs als Sachbeweis ist gestattet. Der Kaufpreis muss allerdings je zur Hälfte von Bund und Ländern getragen werden. Berlin ist erwiesenermaßen pleite. Deshalb wurde der Ankauf verwehrt. Frau Weigert hat daraufhin zumindest ein Ermittlungsverfahren einleiten können. Doch da Deutschland ein Steuerabkommen mit der Schweiz abgelehnt hat und von dort keine Hilfe zu erwarten war, gestaltete sich die Beweislage dürftig. Es folgten einige Versuche, die Sache doch noch voranzutreiben. Unter anderem reiste Frau Weigert kurz vor ihrem Tod in die Schweiz, um sich dort mit dem anonymen Informanten zu treffen. Leider gibt es dazu keine Aufzeichnungen. Gleichzeitig verschlechterte sich ihr, sagen wir, mentaler Gesundheitszustand zusehends. Es ist leider so, dass der Abschlussbericht zu Weigerts Suizid eine massive Medikamenten- und Alkoholabhängigkeit aufweist. Dazu kommen Berichte von auffälligem Verhalten, privat und dienstlich. Alles weist darauf hin, dass Frau Weigert, nachvollziehbar frustriert, ihr Heil in Tabletten und Alkohol suchte und die Jagd auf Hartmann und Schweiger nicht aufgeben wollte.«

Er schwieg. Verschränkte seine Hände. Sah auf den Boden. Atmete schließlich tief ein. Es klang wie ein Seufzen.

»Natürlich ...«

Fuhr sich mit beiden Händen durch die Haare. Wusste nicht, ob er sich noch auf sicherem Boden befand oder bereits Dinge preisgab, die er außerhalb seiner Dienststelle niemals hätte sagen dürfen.

»Natürlich hatten wir Hartmann und Schweiger auf dem Schirm. Wir arbeiten problemlos mit den Kollegen von der Wirtschaftskriminalität zusammen. Wir haben sie durchleuchtet, so gut es ging.«

»Mit welchem Ergebnis?«

»Jede Menge Firmen, Konsortien, Aktiengesellschaften und Privatstiftungen. Schweiz, Asien, offshore. Gemanagt von einem Anwaltsbüro in Liechtenstein und in Berlin. Konstruktionen, bei denen mir ehrlich gesagt schwindlig wird, wenn ich auch nur versuche, sie zu durchschauen. Aber, und jetzt kommen wir zum springenden Punkt, korrekt.«

»Korrekt?«

»Alles im Rahmen der Legalität. Steueroasen in den USA, auf den Caymans, Asien, der Schweiz und auch Deutschland. Kompliziert verschachtelte Unternehmen, die sich das Geld gegenseitig zuschieben. Aber kein Konto mit ein paar Millionen Schwarzgeld unklarer Herkunft. Wenn es das je gegeben hat, haben sie es schon längst aufgelöst und in eine ihrer Firmen transferiert.«

»Deutschland eine Steueroase?«, wiederholte ich und dachte an das, was sich gerade in meinem Büro in Bezug auf den Mehrwertsteuersatz von Druckerpatronen abspielte.

»Nicht für uns, natürlich. Für ausländische Anleger. Das macht für den Fiskus einen großen Unterschied. Deshalb haben die beiden ihr legales Vermögen auch nicht hier angelegt, sondern weit verstreut über den Globus.«

»Ist Schweiger denn so reich?«

Vaasenburg zuckt mit den Schultern. »Das weiß ich nicht. Er ist an verschiedenen Firmen beteiligt, aber wie genau seine Einkünfte aussehen, darüber schweigt des Sängers Höflichkeit.«

»Was geschah an diesem Abend des dreizehnten März 2015?«

»Frau Weigert kam nach Hause, fütterte ihren Hund und brachte sich um.«

»Wie?«

»Autoabgase.«

»Wo waren Schweiger und Hartmann?«

»Haben ein Alibi.«

»Kann ich das sehen?«

»Nein.«

»Wurde es überprüft?«

»Selbstverständlich. Einwandfrei.«

»Was haben sie gemacht?«

Vaasenburg hob die Hände. Keine weitere Auskunft, hieß das. »Ich kann Ihnen nur sagen, dass es Dritte gibt, die das bestätigen. Mehr ist aus Datenschutzgründen und dem allgemeinen Persönlichkeitsrecht nicht drin. Glauben Sie mir. Wir waren da sehr genau. Das kommt doch jedem Simpel als Erstes in den Sinn.«

»Okay. Dann ist die Akte Weigert also wertlos. Und was ist mit Fischer?«, bohrte ich nach. »Wer hat angeordnet, dass Ihre Kollegin in der Mordkommission seinen Tod an meinem Schreibtisch als Suizid einordnen soll?«

»Herr Vernau?«

»Es war Mord! Entschuldigen Sie bitte, aber ich erkenne doch, ob jemand, der mir gegenübersitzt, bereit ist, sich mit einer Waffe das Gesicht wegzuschießen! Was ist da am Laufen?«

»Ich weiß es nicht.«

»Und Sie wollen es auch gar nicht wissen?«

»Doch. Natürlich. Aber es ist nicht mein Fall. Frau Gärtner ist eine langjährige, äußerst zuverlässige Kollegin von mir. Ihre Ermittlungsergebnisse in Zweifel zu ziehen wäre ... ein Affront.«

»Ein Affront. Ich würde das anders nennen.«

»Vorsicht.«

»Wir sind unter uns. Da läuft doch was in Ihrem Haus. Genauso wie bei Weigert damals in der Finanzbehörde. Irgendjemand zieht da im Hintergrund die Fäden.«

Ein müder Blick aus grauen Augen. Mehr kam nicht von ihm.

Ich fragte: »Was wissen Sie über Frau Gärtner?«

Ein noch müderes Lächeln. »Herr Vernau, ich werde jetzt nicht damit anfangen, Ihnen etwas über eine Kollegin zu erzählen. Ich stehe schon mit einem Bein mitten in einer Dienstaufsichtsbeschwerde, allein dafür, dass ich mit Ihnen spreche und mich habe breitschlagen lassen, ohne ersichtlichen Grund eine bestimmte Akte zu ziehen.«

»Hatten Sie Probleme?«

Kurzes, kaum wahrnehmbares Zögern. »Nein. Aber so etwas bleibt nie unbemerkt. Wie ich schon sagte, wir haben damals gut mit den Kollegen von der Wirtschaftskriminalität zusammengearbeitet. Ich kann es irgendwie hinbiegen.«

»Reden Sie mit ihr.«

»Mit wem?«

»Mit Frau Gärtner. Ich hatte den Eindruck, dass sie eine gute Kommissarin ist. Aber irgendjemand setzt sie unter Druck.«

Ich erinnerte mich an ihr seltsames Benehmen, diesen vorsichtigen Blick in den Flur, bevor sie mir den Namen Schweiger verraten hatte. Und an die Details aus Weigerts Leben, das ihr zur Hölle gemacht worden war.

»Ich glaube, sie hatte den gleichen Ermittlungsansatz wie Sie und ich.«

Jetzt schüttelte Vaasenburg energisch den Kopf. »Sie und ich, wir haben hier gar nichts. Dies ist ein informelles Gespräch, auf das ich mich nur aus rein privater Freundschaft zu Frau Hoffmann eingelassen habe. Geben Sie jetzt endlich Ruhe.«

»Sie wären doch nicht hier, wenn Sie nicht auch mehr wittern würden, als Sie zugeben.«

»Ich verschwende meine Zeit.«

Er stand auf. Wohl oder übel folgte ich ihm in den Flur. Ich hätte schwören können, dass ich die Tür zu meinem Büro geschlossen hatte. Nun stand sie einen Spaltbreit offen. Vaasenburg war schon draußen im Treppenhaus.

»Danke«, sagte ich. »Halten Sie mich trotzdem auf dem Laufenden.«

»Sie halten sich ab jetzt raus«, befahl er. »Haben Sie verstanden? Ich werde weder eine Kollegin in die Scheiße reiten noch Ihnen irgendwelche Dienstgeheimnisse verraten.«

Was er die letzten zehn Minuten ununterbrochen getan hatte. Das war Vaasenburg: korrekt bis in die millimeterkurzen Haarspitzen, mit eisernen Prinzipien. Aber mit einem Herzen, das Marie-Luise irgendwann einmal gebrochen haben musste. Sonst stünde er jetzt nicht hier, vor Dienstbeginn, im fünften Stock eines Moabiter Mietshauses. Ich war mir sicher, er hatte jede einzelne Etage nach oben im Laufschritt genommen.

Ich kehrte zurück zu Frau Wolgast. Sie schnaufte leise, rechnete zusammen, blätterte, stand irgendwann einmal auf und holte sich einen von Marie-Luises Schuhkartons.

»Müssen Sie nicht bis heute Abend fertig sein?«, frohlockte ich.

»Ich kann eine Verlängerung beantragen.«

Waren wir beim Fußball?

Sie lächelte. »Aber das wird bestimmt nicht nötig sein. Ich bin schon fast durch.«

»Na prima.« Ich schnappte mir Schlüssel, Handy und Aktenmappe. »Ich bin jetzt ein paar Stunden aus dem Haus. Soll ich Ihnen was zu essen mitbringen?«

»Ich habe alles dabei. Danke.«

»Noch einen Kaffee?« Finanzbeamte lebten gefährlich. Sollte dies unser letztes Gespräch sein, dann wollte ich einen guten Eindruck hinterlassen.

Aber sie schüttelte nur den Kopf, ließ die Finger über die Tastatur ihres Rechners tanzen und widmete sich wieder ganz dem Aufspüren von doppelt entwerteten S-Bahn-Fahrscheinen.

16

Auf dem Weg zum Gericht, wo ich wenigstens eine symbolische Wiedergutmachung für meine Kioskbesitzerin herausholen wollte, rief die zwitschernde Lena abermals an.

»Herr Vernau? Herr Hartmann lässt fragen, ob er Ihnen wegen Freitagabend noch etwas schuldig ist.«

»Nein«, sagte ich.

Ich stand an der Fußgängerampel vor dem Landgericht Moabit. Es war grün, ich hätte mich beeilen müssen.

Zweihunderttausend.

Schlägt man zweihunderttausend aus, wenn im selben Moment die Ampel auf Rot springt und ein beschissener SUV-Fahrer quer durch eine knöcheltiefe Pfütze prescht? Ich hüpfte ein paar Schritte zurück, trotzdem hatte es meine Schuhe erwischt. Penner.

»Nein«, wiederholte ich. »Wir sind pari.«

»In diesem Fall würde er Sie gerne am Wochenende an den Zürichsee einladen. Er besitzt dort ein Gästehaus in der Nähe eines Golfplatzes. Als, wie er sagte, Wiedergutmachung.«

»Tut mir leid«, sagte ich, und ich schwöre, mir war schlecht bei diesen Worten. Trotz des eisigen Windes geriet ich ins Schwitzen. Es ist einfach so verdammt viel Geld. So gottverdammt viel Geld. »Ich habe am Wochenende bereits Verpflichtungen.«

Eine neue Brotbox bei meiner Mutter vorbeibringen, beispielsweise.

»Wie schade. Vielen Dank. Ich werde es Herrn Hartmann ausrichten.«

»Tun Sie das, Lena.«

Dieses Mal kam ich unversehrt über die Kreuzung. Es fiel mir schwer, mich während der darauffolgenden Stunden zu konzentrieren. Aber ich hatte es glücklicherweise mit gerichtlicher Alltagsroutine zu tun. Das Ergebnis meiner Verhandlung wäre auch zustande gekommen, wenn ich schlafend in der Ecke gelegen hätte: Die Angeklagte wurde wegen Betrugs zu vierzig Stunden gemeinnütziger Arbeit sowie die Rückzahlung des unterschlagenen Betrags verurteilt. Aber sie hatte ja nichts. Eine bleiche, verhärmte Gestalt mit schlechten Zähnen, billiger Kleidung und einem Hund, den sie von ihrer Stütze auch noch durchbringen musste. Als das Urteil gefällt wurde, brach sie in Tränen aus.

Selbst meine Mandantin hatte feuchte Augen. Nach der Verhandlung ging sie zu der Frau, beide nahmen sich in die Arme und schworen sich ewige Freundschaft. Sie würde wieder an der Kasse sitzen. Sie würde wieder klauen. Wir alle wussten es. Als ich mich verabschiedete, war mir sogar klar, dass ich auf meinen Kosten sitzen bleiben würde. Trotzdem. Es gibt solche Tage, an denen ist sogar das egal.

Ich war reich genug, um zweihunderttausend in den Wind zu schießen.

In der Kantine gab es Milchreis mit Kirschen. Marie-Luise hatte die Revision gegen eine Eigenbedarfskündigung verloren. Um zwölf, pünktlich zum Mittagsläuten, saßen zwei Loser vor ihren Schüsseln, löffelten schweigsam lauwarmen, süßen Brei und fielen sich auf die Nerven.

»Schau mal«, sagte sie und leckte ihren Löffel ab, bevor sie damit diskret zur Essensausgabe deutete. »Da ist Alttay.«

Ich drehte mich um. Der Gerichtsreporter nahm sich gerade

eine Wasserflasche aus der Kühlung und stellte sie auf sein Tablett.

»Alttay!«, rief Marie-Luise.

Alttay ist ein Urgestein. Einer der letzten festangestellten Reporter bei der *Berliner Tageszeitung*. Um ihn loszuwerden, müssten sie ihm vermutlich eine Abfindung zahlen, deren Höhe seinen Verlag endgültig in den Ruin treiben würde. Er wusste das. Von den Tagelöhnern und festen Freien, die mittlerweile auf den Presseplätzen saßen, unterschied er sich durch ein geradezu bohemienhaftes Desinteresse an Redaktionsschluss und Terminhetze. Er kam als Erster und ging als Letzter. Die Kleidung noch etwas zerschlissener, der Geruch noch ein wenig strenger nach Zigarettenrauch, den er sich alle halbe Stunde im Innenhof durch die Kiemen zog, ein aus der Zeit Gefallener, die ewigen Achtzigerjahre.

»Marie-Luise!«, rief er und winkte mit einem speckigen Portemonnaie. »Vernau! Ich komm gleich zu euch!«

Mit einem Seufzen nahm ich unsere Tabletts und ging damit zur Geschirrrückgabe. Wenig später saß Alttay bei uns, Tagesgericht II auf dem Teller – Schnitzel Wiener Art mit Kartoffel-Gurkensalat. Seinen Charme hatte er für Marie-Luises Begrüßung aufgebraucht, sodass für mich nur noch ein freundliches Nicken übrig blieb.

»Und? Wie läuft's?«

»Mäßig«, antwortete ich. Marie-Luise drehte sich bereits ihre Mittagszigarette.

»Du hattest das Kiosk, nicht?« Er säbelte an seinem Schnitzel herum. »Hab es nicht geschafft. In Drei verhandeln sie gerade Widerstand gegen Vollstreckungsbeamte. Ich mach eine Story über Polizisten auf der Straße, was die sich alles so gefallen lassen müssen, Mannomann. Nächstes Mal. Dann ist vielleicht auch mal wieder ein Statement von dir drin.«

Irgendwann hatten wir angefangen, uns zu duzen. Justitias Welt ist klein, man läuft sich immer irgendwo über den Weg. Meist in den hohen, kühlen Fluren des Landgerichts, wo Alttay den Stoff für seine Geschichten aufsaugte wie die Biene den Nektar. Oder die Mücke das Blut. Es waren Gerichtsreportagen, die an guten Tagen etwas über uns erzählten. Über die kleinen Ganoven und die großen Abzocker. Über Gier, Nachbarschaftsstreitigkeiten und steigende Brutalität. Über den netten Mann von nebenan, der Kinder missbrauchte. Über die Mutter, die ihr Baby gleich nach der Geburt erstickte. Über Verzweiflung, Mordlust, Hemmungslosigkeit und Brutalität. Über solche, die nicht anders konnten, und jene, die die Wahl gehabt hatten. An guten Tagen waren es journalistische Edelsteine, die es in Tageszeitungen kaum noch gab. An schlechten zimmerte er Überschriften wie »Bus-Pinkler in den Knast« oder »Fernsehturm-Leiche identifiziert«. Er war einer der wenigen, die noch stenografierten. Den Block hatte er immer in der Seitentasche seines uralten Parkas, mit dem er wohl schon »APO-Aufwiegler auf dem Kurfürstendamm« reportiert hatte.

»Kein Problem«, antwortete ich. Statements in Zeitungen waren gut fürs Image. Ich gab sie, Marie-Luise weigerte sich standhaft.

»Sag mal«, begann sie jetzt, »erinnerst du dich noch an Carolin Weigert?«

Er schob sich eine gehäufte Gabel Kartoffelsalat nach und verengte die Augen. Die Stirn über seinem runden Gesicht runzelte sich. »Weigert... meinst du die Staatsanwältin? Schwerpunktstaatsanwaltschaft Steuersachen?«

»Ja.«

»Was ist mit ihr? Sie ist tot, oder? Schon Jahre her.«

»Du hast damals einen ziemlich langen Artikel geschrieben. Selbstmord mit Hund.«

Die Überschrift schien von einem schlechten Tag zu stammen. Alttay spülte mit einem Schluck Apfelsaftschorle nach, die er sich am Tisch gemixt hatte.

»Da war nicht viel zu machen«, sagte er schließlich. »Man muss sich an die Fakten halten.«

Marie-Luise und ich hoben zeitgleich die Augenbrauen und sahen uns an. Alttay war jemand, der Fakten durchaus schätzte, aber aus ihnen auch gerne mal eigene Schlüsse zog. Meist waren sie erstaunlich scharfsinnig, und immer mit dem wichtigen Fragezeichen versehen, das ihm den Justiziar der Gegenseite vom Hals hielt.

»Es gab ja nichts. Sie ist durchgedreht und hat sich mit Abgasen umgebracht. Gemeinsam mit einem Welpen. Ich bin dann, ich muss es zu meiner Schande gestehen, ein paar Tage auf der Hundewelle geritten – süßer kleiner Tobi, so hieß er, die Leute hätten sie am liebsten gelyncht, wenn sie nicht schon tot gewesen wäre.«

Ich fragte: »Woher weißt du das?«

»Was?«

»Dass sie durchgedreht ist?«

Er lehnte sich zurück und tupfte sich mit einer Papierserviette den Mund ab. »Polizei-Pressekonferenz. Mentale Probleme. Megafettnäpfchen. Diese vergeigte Festnahme von Hartmann. Ich war ja da, das war ein Blitzlichtgewitter wie am roten Teppich auf der Berlinale.«

»Bei der Razzia?«

»Mitten in der Nacht, ja.«

»Von wem hattest du den Tipp?«, fragte Marie-Luise.

»Da, ich bitte um Verzeihung, lässt mich mein Gedächtnis im Stich.«

»Denk nach.«

»Meine Güte, das ist Jahre her! Wir kriegen Tipps am Telefon. Über E-Mail. Manchmal sogar noch mit der Post. Das hat die Runde gemacht. Einer ruft den anderen an. Sag mal, Alter, biste morgen früh um fünfe auch im Grunewald? – Nee. Wassn da? – Irgend 'ne Sache gegen Hartmann. So geht das. Muss ich euch doch nicht erzählen.«

Er widmete sich wieder Tagesgericht II. Wir schauten uns das ein paar Bissen lang an, dann übernahm Marie-Luise wieder.

»Hast du dich nie gefragt, dass das vielleicht auch eine Kampagne gegen Weigert gewesen sein könnte? Weil sie wirklich was gegen Hartmann in der Hand hatte?«

»Natürlich. Für was hältst du mich? Einen Lohnschreiber? Ich habe Wochen recherchiert. Hab versucht, mit ihren alten Kollegen zu sprechen. Mit den Bullen. Ihren Nachbarn. Keiner hat was gesagt.«

Er legte das Besteck weg und schob den Teller von sich. Noch nicht mal ein halbes Schnitzel. Irgendetwas stimmte nicht.

»Der Züchter, der war der Einzige. Der hat erzählt, dass sie einen scharfen Hund wollte. Sie fühlte sich bedroht. Aber ...«

»Was aber?«

»Sie war betrunken, sagt er. Am helllichten Tag. Hat das Geld in bar auf den Tisch gelegt und ist schwankend ins Auto gestiegen. Hätte ich das schreiben sollen? Nach ihrem Tod? Das hätte den ganzen Gerüchten nur noch mal richtig Zunder gegeben.«

»Sie war nicht betrunken«, sagte ich. »Genauso wenig wie Fischer, mein Betriebsprüfer, Drogen genommen hat. Die Kripo hat etwas in diese Richtung angedeutet. Ich gehe eher von Medikamenten aus. Sie soll sich ja schlagartig verändert haben.«

Alttay, die Schorle schon fast wieder am Mund, hob sie ein

Stück weg von sich und beäugte sie misstrauisch. »Du meinst, man hat ihr was ins Essen getan?«

Dann setzte er das Glas ab und sah mich mit einem Ausdruck an, den wir selten bei ihm zu Gesicht bekamen: Erstaunen. »Dein Betriebsprüfer nimmt Drogen?«

»Nein. Definitiv nicht. Er wurde in der Nacht von Donnerstag auf Freitag in meinem Büro erschossen. Und nein«, ich legte meine Hand auf seine, die fast reflexartig dabei war, seinen Notizblock zu zücken, »das wird keine Geschichte. Zumindest so lange nicht, bis wir Klarheit haben.«

»Über was?« Widerwillig ließ er den Block dort, wo er war. »Selbstmord in Anwaltskanzlei! Das wart ihr! Und ihr sagt mir kein Wort davon? Ich dachte noch, was sind das für Leute, deren Steuererklärung einen Finanzbeamten in den Selbstmord treibt, und dann seid ihr das?«

Auch Marie-Luise wurde langsam klar, dass sich das gerade erwachte Feuer in Alttays Augen zu einem Flächenbrand in unsere Richtung ausweiten könnte.

»Nichts da. Vorerst bleibt es bei dem, was du dir aus den Pressemitteilungen der Berliner Polizei zusammenreimen kannst. Es darf nichts – verstehst du? –, aber auch gar nichts an die Öffentlichkeit.«

»Aber ihr glaubt an einen Zusammenhang mit Weigert.« Er lehnte sich zurück und verschränkte die Arme vor seinem gerundeten Bauch. »Und ihr erzählt es dem dummen Alttay, weil ihr der Meinung seid, der könnte euch helfen.«

»Immerhin«, sagte ich, »wissen wir jetzt, dass sie offenbar unter Medikamenteneinfluss gestanden hat.«

»Das war aber nichts Neues. Sie haben Psychopharmaka bei ihr gefunden. Und Cognac in ihrem Schreibtisch. Das hat mir jemand von der WK schon Wochen vorher gesteckt. Ich hab's aber nie gegen sie verwendet. Sie war eine von den Guten. Und die zerbrechen manchmal. Da will ich nicht auch noch mitmachen.«

»Wer hat dir das gesteckt?« Vaasenburg hatte angedeutet, dass alle ermittlungstechnischen Fäden in diesem Dezernat zusammenliefen: WK, Wirtschaftskriminalität und Korruption.

Alttay rieb sich über sein Doppelkinn. »Also, nichts für ungut. Aber das ist ein sehr wichtiger Tippgeber für mich. Auch wenn er nach Weigerts Tod kein Wort mehr dazu gesagt hat.«

»Bezahlst du ihn?«

»Sag mal, was unterstellst du mir da? Nein! Wir haben eine Art Agreement. Manchmal halte ich eine Story zurück, damit sie ohne Vorwarnung zuschlagen können. Und manchmal schreibe ich was scheinbar ins Blaue und klopfe auf den Busch, damit ein paar Leute aufgescheucht werden und vielleicht unüberlegte Sachen tun.«

»Wer?«, fragte Marie-Luise. Sie wusste es, ich wusste es, sogar Alttay begriff: Mancher gute Tipp konnte eine Denunziation sein. Er sah uns an und schüttelte den Kopf.

»Nein. Das war glaubhaft.«

»Weil du die Flasche und die Medikamente gesehen hast? Oder weil du es glauben wolltest, weil dein Tippgeber es dir erzählt hat? Es ist ja auch eine wunderschöne Story. Die Staatsanwältin, die vom Kurs abkommt. Die recherchiert man sich doch nicht durch Zweifel tot.«

»Was meinst du damit?«, fragte er leise. Die Stimmung drohte zu kippen. Wir hatten nichts davon, wenn Alttay uns jetzt absprang.

»Was sie meint«, übersetzte ich, »ist, dass alles gut zu einer persönlichen Tragödie dieser Frau passte. Fast schon zu gut. Weil die gesamte Kampagne gegen sie bis jetzt auf Hörensagen beruht.«

Alttay warf seine Serviette mit einer ärgerlichen Bewegung neben den Teller. »Ich musste das nicht recherchieren. Ich wusste es. Ich war bei der Razzia dabei. Sie war fix und fertig. Zwei Dutzend Journalisten vor Ort, alle stürzten sich auf sie und Hartmann, der in Handschellen aus dem Haus geführt wurde. Sie zitterte am ganzen Körper, konnte kaum noch stehen. Jemand gab ihr eine Wasserflasche, aber sie hat sie nicht angerührt. Sie hat mich gefragt, ob ich was dabeihätte. Wasser. Kaffee. Sie musste was trinken, sonst wäre sie umgekippt.«

»Und da fragt sie dich? Obwohl man ihr eine Flasche anbot?«

»Ich dachte ...« Er fuhr sich durch seinen krausen Resthaarbestand. »Ich dachte ... eigentlich gar nichts. Ich fand es sogar schmeichelhaft, dass sie ausgerechnet mich fragte. Wir kannten uns, übern Flur. Sie hatte offenbar Vertrauen zu mir gehabt, sonst bittet man doch nicht um so was. Warum hat sie sich denn nicht gemeldet bei mir, wenn es ihr so schlecht ging?«

Wir schwiegen. Um uns herum tobte der Mittagsansturm: Richter, Zeugen, Angeklagte, Besucher. Alle Tische waren besetzt. Menschen irrten mit vollen Tabletts durch den Raum auf der Suche nach einem Platz und hefteten ihren Blick begehrlich auf den vierten, leeren Stuhl an unserem Tisch, der nur von unseren Mänteln belegt war. Lange würden wir nicht mehr unter uns bleiben.

»Vielleicht«, begann ich, »vielleicht hat sie zu niemandem mehr Vertrauen gehabt. So, wie sie in ihren letzten Wochen beschrieben wird, hätte es auch eine Vergiftung sein können. Und jetzt wiederholt sich alles: Mein Buchprüfer soll angeblich Drogen konsumiert haben, instabil gewesen sein und sich deshalb das Leben genommen haben. Aber das stimmt nicht. Er wollte mir etwas sagen und rief mich deshalb unmittelbar vor seinem Tod an.«

Ich hatte diesen Anruf erhalten, er nicht. Vielleicht fühlten wir gerade das Gleiche: Dass zwei Menschen Hilfe gebraucht hatten und wir zu spät gekommen waren.

»Warum?« Alttay räusperte sich. Der kurze Moment innerer Verbundenheit machte wieder der Professionalität Platz. »Was hat er von dir gewollt?«

»Fischer glaubte, ich stünde mit Weigerts Todesnacht in Verbindung.«

»Stimmt das?«

»Ja und nein. Ich war an diesem Abend unterwegs, zusammen mit einem Kollegen. Es gibt einen Bewirtungsbeleg, den Marie-Luise in ihren Steuerunterlagen aufbewahrt hat. Den hat er gefunden. Wegen diesem Wisch musste er sterben.«

Das klang außerordentlich dramatisch, überzeugte einen harten Hund wie Alttay aber nicht.

»Wegen einer Restaurantrechnung?«

Ich hob die Hände. »Keine Ahnung. Interessant ist, dass sofort nach Fischers Tod alle weiteren Beweise dafür, dass ich an diesem Abend in einem bestimmten Restaurant war, vernichtet wurden. Man hat mir sogar mein altes Filofax geklaut, in dem ich den Termin noch händisch eingetragen hatte. Und das…«

Ich brach ab. Beide sahen mich an. Wir hatten eine Art Wagenburg um unseren Tisch gebildet. Es belauschte also keiner, was wir besprachen. Trotzdem hielt ich mich in letzter Sekunde zurück, von Hartmanns Bestechungsversuch zu erzählen. Alttay und Marie-Luise hätten es als Schuldeingeständnis des Baulöwen verstanden. Aber mir war das zu einfach. Zu grade. Hartmann war auf eine brutale und höchst unsympathische Weise aufrichtig. Er hatte eine klare Ansage gemacht: Hör auf, an meinem Ast zu sägen, du Seppl. Nimm zweihunderttausend, wühl den alten Dreck nicht auf und komm mir nie wieder in die Quere. Hartmann musste Weigert gehasst haben, aber ich glaubte nicht, dass er sie getötet hatte. Und Fischer schon gar nicht.

»… das ich wirklich gemocht habe«, änderte ich meinen begonnenen Satz. »So ein altes speckiges Ding, mit allen Dates und Verabredungen, den x-mal durchgestrichenen, geänderten Telefonnummern. Da standen vier alte Adressen von dir drin.«

Ich sah zu Marie-Luise. Sie ahnte, dass ich etwas zurückhielt. Alttay hingegen war schon mittendrin in einer sauber ausgearbeiteten Verschwörungstheorie.

»Also … sieht nach einem Alibi aus, das dir gerade zerschossen wird. Jemand will, dass dieser Abend mit euch dreien ausradiert wird. Dann frag ich dich doch einmal:« – Alttay hielt seine Gabel auf mich gerichtet, als ob er mich als Nächstes aufspießen wollte – »Hast du den Beleg gefälscht, falsches Datum vielleicht?«

»Nein! Nicht direkt jedenfalls. Marie-Luise war nicht dabei, stand aber auf der Rechnung mit drauf. Ansonsten ist alles korrekt.«

»Vielleicht deckt sie dich ja nur? Und du warst kurz eine halbe Stunde weg? Vielleicht, um eine dir völlig unbekannte Staatsanwältin um die Ecke zu bringen?«

»Du spinnst ja.«

»Hast du Weigert umgebracht? Und das arme Schwein in deinem Büro jetzt auch?«

Die Frage war zu dämlich, um überhaupt eine Antwort darauf zu geben. Andererseits …

»Natürlich nicht«, sagte ich langsam.

»Marie-Luise? Du hast ebenso auf dieser Rechnung gestanden, warst aber nicht dabei. Hast du dich stattdessen zu Carolin Weigert geschlichen und sie getötet?«

War Alttay jetzt vollkommen übergeschnappt? Aber sie

nahm ihn ernst und klopfte mit ihrer fertig gedrehten Zigarette nervös auf den Tisch. »Hätte ich tun können, durchaus. Aber ... Was sollte ich denn für ein Motiv haben? Nein. Ich bin raus.«

Alttay wandte sich wieder an mich. »Dann war es der Dritte. Mit wem warst du da?«

Ich schwieg. Ich begriff nicht, auf was Alttay hinauswollte.

»Sag es ihm«, forderte mich Marie-Luise auf.

Alttay wartete. Als nichts von mir kam, insistierte er: »Der Dritte im Bunde. Wer war mit dir im Restaurant? Um wen geht es, wenn alle Beweise für euren Abend verschwinden? Ihr beide hattet nie was mit Weigert zu tun. Aber der Dritte. Kannte er sie?«

»Ja«, brachte ich schließlich heraus. »Aber er hat ein Alibi. Er kann Weigert nicht umgebracht haben. Ich war mit ihm zusammen in dieser Nacht. Es müsste doch in seinem Interesse sein ...«

Und da begriff ich: Es ging nicht um Marquardts Alibi. Sondern darum, dass er jemand anderem eins gegeben hatte. Hartmann und Schweiger hatten bei der Polizei angegeben, an diesem Abend nicht zu zweit gewesen zu sein. Vaasenburg hatte mir nicht gesagt, wer noch dabei gewesen war. Aber jetzt wusste ich es. Marquardt hatte den beiden ein falsches Alibi gegeben und nie geglaubt, dass das eines Tages auffliegen könnte, nur weil ein übereifriger Finanzbeamter eine Restaurantquittung ausgegraben hatte. Alles ergab einen Sinn. Fischers Drängen. Seine Drohung, sofort zur Staatsanwaltschaft zu gehen. Hartmanns Bestechungsversuch. Und, das war am schrecklichsten: Fischers Tod.

Andererseits ... Es war absurd. Lächerlich. An den Haaren herbeigezogen. Das konnte nicht sein! Marquardt in diesem Sumpf aus Korruption, Gier und Mord. Und doch ...

»Er ist in Gefahr«, sagte ich und griff schon zu meinem Telefon.

Alttay zerteilte sein letztes Stück Wiener Schnitzel. »Mit wem warst du in der Tatnacht unterwegs?«

»Später.« Ich wählte Marquardts Nummer. Nach zweimal Klingeln kam sein Anrufbeantworter auf Deutsch und Englisch: *Messätsches affter se biep.*

»Ich bin's, Vernau. Ich habe nur eine einzige Frage: Hast du jemandem für den Abend des dreizehnten März ein Alibi gegeben? An dem wir zusammen im Peppone waren? Ruf mich zurück. Umgehend.«

Ich legte auf. Wir hatten den ersten Faden in der Hand. Doch wir ahnten noch nicht, in welches dunkle Labyrinth er uns führen würde. Denn was für Mörder gilt, gilt auch für die, die sie verfolgen: Achte auf jeden deiner Schritte. Sichere dich doppelt und dreifach ab. Vor allem aber …

§ 2

Hüte dich vor goldenen Löwen

1

Alttay klebte den ganzen Weg hinaus an uns wie ein Kaugummi am Schuh. Mit fliegenden Schößen überholte er mich sogar auf der Treppe und stellte sich mir in den Weg.

»Wisst ihr, an was ihr da grade dran seid? Das könnt ihr doch gar nicht überblicken. Wenn ihr einen Mörder deckt ...«

Ich schob ihn ärgerlich zur Seite. Das hatte man davon, wenn man einen Gerichtsreporter ins Boot holte, der vom Pulitzerpreis träumte.

»Erst mal müssen wir uns anhören, was er zu sagen hat. Das kann alles auch einen ganz harmlosen Grund haben.«

»Jemand eliminiert alle Hinweise darauf, dass ihr an dem Abend zusammen wart! Ein Betriebsprüfer musste deshalb sterben! Weigert war Mord! Kapiert ihr das nicht? Sagt mir den Namen!«

»Ruhig, Brauner«, sagte Marie-Luise. »Ganz tief durchatmen.«

Wir passierten die Sicherheitsschleuse. Draußen zog Alttay hastig eine zerdrückte Kappe aus den Taschen seiner Jacke und setzte sie sich auf. Sie kleidete ihn definitiv nicht, aber er hatte ja andere Vorzüge.

»Jetzt rückt schon raus damit! Ihr wisst doch, alles wird streng vertraulich behandelt.«

»Dann machen wir einen Deal. Quid pro quo. Wer ist dein Passmann bei der WK?«

Ich trat sehr nahe an ihn heran. Marie-Luise kam auch dazu,

steckte sich allerdings sofort ihre Zigarette an. Alttay warf einen vorsichtigen Blick zurück zum Gerichtseingang.

»Das … das geht nicht.«

»Wer versorgt dich aus dem Dezernat Wirtschaftskriminalität und Korruption mit Informationen?«

»Ich kann versuchen, ein Treffen zu arrangieren. Versuchen, okay? Was wollt ihr denn von ihm?«

Marie-Luise pustete den Qualm gegen den Wind. »Er soll sich umhören, woher der Tipp mit der Razzia an die Presse kam.«

»Oh. Er soll. Und natürlich tut er, was er soll.«

»Er soll uns alle Unterlagen von Weigert zur Verfügung stellen. Vor allem die Sache mit der CD interessiert mich.«

»Uns«, verbesserte ich sie.

»Uns, klar.«

»Welche CD?«, fragte Alttay. Und als wir nicht antworteten: »Welche CD?«

»Weigert wurden Informationen über Schwarzgeldkonten angeboten«, sagte Marie-Luise. »Auf einer Daten-CD. Aus der Schweiz. Ihr Verdacht war also nicht ganz so aus der Luft gegriffen, wie das manche Leute dargestellt haben.«

»Meinst du vielleicht mich damit?«

»Nein. Nein! Aber es muss eine undichte Stelle gegeben haben. In der Staatsanwaltschaft oder der WK. Wir brauchen den Namen.«

Alttay schloss den Reißverschluss seiner Jacke. Er hakte. Vielleicht war er auch einfach nur nervös und sorgte sich um seine Quelle.

»Das geht nicht, das wisst ihr doch ganz genau.«

»Dann hör dich um!«, bohrte ich.

Er ratschte den Verschluss hoch und klemmte sich dabei den Schal ein. Fluchend versuchte er mehrmals, irgendetwas zu retten, bis Marie-Luise ihm zur Hilfe kam.

Der Schal war erlöst. Er fuhr mit der Hand unter den Kragen, um alles etwas zu lockern. »Ich tu, was ich kann. In Ordnung? Ich melde mich. Und dann will ich den Namen von deinem Kumpel haben, der in der Tatnacht mit dir gesoffen hat.«

Er hob die Hand zum Gruß und trottete die Straße entlang. Irgendwie erschien mir das alles wie ein drittklassiger Menschenhandel.

»Wenn du das tust, ist Marquardt erledigt«, sagte Marie-Luise.

»Das ist er doch jetzt schon. Er ist der geheimnisvolle Unbekannte, der Schweiger und Hartmann aus der Klemme geholfen hat. Das bricht ihm das Genick.«

»Du glaubst doch nicht im Ernst, dass die beiden Carolin Weigert zum Selbstmord gezwungen und Fischer in deinem Büro erschossen haben? Wir sind in Berlin, nicht in Chicago.«

»Er hat mir zweihunderttausend geboten.«

»Wer?«

»Hartmann.«

Sie rauchte, kniff die Augen zusammen und beobachtete Alltays Abgang über die Kreuzung, der schon lange außer Hörweite war.

»Wann?«

»Freitagabend. Im Waterside Club.«

Sie musste Rauch verschluckt haben, denn dieser Erklärung folgte erst einmal ein Hustenanfall.

»Im Waterside Club«, keuchte sie mit Tränen in den Augen, als sie wieder atmen konnte. »Du?«

»Ich wurde eingeladen. Von Hartmann. Marquardt war auch da.« Wir liefen gemeinsam auf die nächste Haltestelle zu. Am Landgericht einen Parkplatz zu finden war aussichtslos, weshalb man sich auf die vagen Absichtserklärungen der Berliner Verkehrsbetriebe verlassen musste, hier irgendwann einmal einen Bus vorbeizuschicken. »Er ist Hartmanns Anwalt und hat sich ziemlich in internationales Steuerrecht eingefuchst. Die beiden wollten was von mir, und Hartmann rückte auch schnell damit heraus. Zweihunderttausend. Und ein Büro in der Orangerie.«

»Vergiss das Geld, nimm das Büro.«

»Im Ernst?«

Sie suchte in den Tiefen ihres Rucksacks nach ihrer Monatskarte. Ich kaufe immer Einzeltickets. Lassen sich besser absetzen.

»Natürlich nicht. Wie hast du reagiert?«

»Ich habe meinen Teller mit Flusskrebsen stehen lassen und bin gegangen. Heute rief seine Sekretärin an und erneuerte das Angebot.«

»Er lässt seine Bestechungsversuche übers Sekretariat laufen?«

»Nein. Es ging nur um sein Angebot, ob ich es mir noch mal überlegt hätte. Und dann eine Einladung zu irgendwas. Ich habe klargemacht, dass ich nicht mehr von ihm belästigt werden möchte. Am meisten bereue ich die Flusskrebse. Sie sind sensationell.«

»Hättest du nicht mit deinem Nein bis nach dem Essen warten können?« Sie hatte die Monatskarte gefunden und trat nun an den Aushang, um die obligatorische Verspätung mit dem Fahrplan abzugleichen. »Oder die Sache einfach hinauszögern? Das wäre doch was für Alttay gewesen. Schwarzgeldübergabe, zweihunderttausend in bar, in flagranti. Du hättest Hartmann das Handwerk legen können, ein für alle Mal.«

»Nicht mit Peanuts. Das lügt er weg. Und Marquardt hätte auf der Stelle den Spieß umgedreht und mich wegen Erpressung angezeigt.«

»Hätte er nicht.«

Noch vor einer Viertelstunde wäre ich mit ihr einer Meinung gewesen.

»Du glaubst also allen Ernstes an Hartmanns Verstrickung in zwei Morde?«

Ich dachte nach. »Nein. Aber bei Marquardt bin ich mir nicht sicher.«

»Er soll ein Killer sein? Vernau. Wir kennen uns schon so lange.«

Es war seltsam, mit ihr in der Kälte zu stehen und dieses *uns* zu hören. Irgendwie wie Heimkommen, die Tür aufschließen und dann feststellen, dass die Möbel verschwunden sind.

»Klar.« Das klang ziemlich lahm. Ich setzte schnell noch hinzu: »Ich glaube es auch nicht. Aber er ist da in was hineingeraten ...«

Sie nickte zögernd.

»Warum tust du das?«, fragte ich. »Warum hilfst *du* mir?«

Sie nahm einen letzten Zug und drückte die Kippe dann in einer Blechbox aus, die sie anschließend wieder in ihrer Tasche versenkte.

»Ich stehe auf der Restaurantrechnung.«

Daran hatte ich noch gar nicht gedacht. Egal, welchen Dreck Marquardt am Stecken hatte, egal, welchen Schlamassel ich damit am Hals hatte – Marie-Luise war durch uns mit hineingezogen worden. Sogar Fischer, im Nachhinein betrachtet noch die freundlichste unserer Heimsuchungen, hatte sie auf dem Radar gehabt.

»Wer auch immer die Beweise dieser Nacht vernichtet, der glaubt, dass ich dabei gewesen bin. Ich möchte heute Abend nach Hause kommen, ohne Angst vorm Dunkeln zu haben. Und ich glaube, dass mit Fischer und Weigert zwei Menschen sterben mussten, die ihren Beruf ernst genommen haben. Vielleicht sollten wir deine neue Betriebsprüferin auch mal in die Spur schicken.«

»Unsere.«

Sie grinste. »Unsere. Sie hat Fischer gekannt, dafür lege ich meine Hand ins Feuer. Wilmersdorf ist zwar ein großes Finanzamt, aber sie laufen sich da über den Weg. Im Flur. In der Kantine. Egal wo: Weigerts Tod *muss* ein Thema gewesen sein. Und der von Fischer erst recht. Wie lange braucht sie noch bei dir?«

»Sie wollte heute fertig sein.«

»Dann hoffen wir mal, dass wir sie noch erwischen.«

Der Bus bog mit Ächzen und Stöhnen um die Ecke. Wir stiegen hinein und erreichten eine halbe Stunde später unsere Interimskanzlei, in der niemand mehr auf uns wartete.

»Sie ist weg.«

Ich lief in die Küche, ins Bad, aufs Klo – Marianne Wolgast hatte sich in Luft aufgelöst. Als wäre sie nie dagewesen. Ihr Stuhl stand ordentlich vor meinem Schreibtisch, alle Unterlagen befanden sich wieder dort, wo sie gewesen waren. Bis auf …

»Der eine Schuhkarton!« Marie-Luise ging in die Knie und prüfte den Haufen Altpapier. »Es fehlt ein Schuhkarton!«

»Was war denn drin?«

»Bestimmt keine Schuhe.«

Sie stand wieder auf und sah sich um, ratlos, auf der Suche nach einer Erklärung. »Das war der Karton mit den Unterlagen von 2015, in dem Fischer die Quittung gefunden hat.«

»Ihr ist die Zeit davongerannt.« Ich legte meine Aktenmappe ab und schälte mich aus dem Mantel. Nicht, dass es kein erfreulicher Anblick war. Leere Ablage, Gesetzessammlungen in Reih und Glied in den Regalen, die Kartons mit meinen Ordnern aus dem gekündigten Büro ordentlich an der Wand gestapelt. »Sie hätte deinen Mist niemals bis heute Abend durcharbeiten können.«

»Aber warum?« Marie-Luise fuhr sich durch die Locken, die von der frischen, feuchten Luft draußen noch krauser waren als sonst. »Es war deine Betriebsprüfung, nicht meine. Wieso haut sie dann mit meinen Sachen ab? Das *war* doch eine Außenprüfung, oder?«

Sie strich mit den Fingerspitzen über die Schreibtischplatte. Dann beugte sie sich herab und konzentrierte sich auf die Spiegelung des Lacks. »Sie hat alles abgewischt. Keine Fingerabdrücke, nichts. Wer macht denn so was?«

Das war in der Tat sehr außergewöhnlich. Ich griff nach meinem Handy, suchte die Nummer des Finanzamts Wilmersdorf und wählte. Schon nach dem ersten Klingeln war ein Herr am Apparat.

»Vernau, guten Tag. Ich hatte eine Betriebsprüfung durch eine Frau Marianne Wolgast. Jetzt fehlen Unterlagen. Könnten Sie mich mit der Dame verbinden?«

»Wie war der Name?«

»Marianne Wolgast.«

Kurzer Moment des Wartens, dann:

»Das tut mir leid. Hier arbeitet niemand, der so heißt.«

»Wol-gast«, wiederholte ich. »Marianne. Sie hat mir ihren Dienstausweis gezeigt.«

»Das muss ein Irrtum sein. Wie ich schon sagte: Hier arbeitet niemand mit diesem Namen.«

Marie-Luise hatte das Gespräch mitbekommen und sah mich an, Unglauben und Verständnislosigkeit im Blick. Ich bedankte mich und legte auf.

»Das kann doch nicht wahr sein. Es gibt sie nicht?«, fragte sie.

»Sie wusste von meinem Umzug, sie kannte Fischer, sie hat von ihren Kollegen erzählt, als ob sie tatsächlich dort arbeiten würde. Was zum Teufel …«

»Ruf diese Gärtner an.«

»Die Kripo?«

Marie-Luise zog jetzt auch ihre Jacke aus und pfefferte alles achtlos über die Lehne des verwaisten Stuhls. Ich sah sie noch da sitzen, unsere falsche Betriebsprüferin. So brav, so freundlich, so fleißig. Wie sie meine Fahrscheine unter die Lupe genommen hatte, die Stromrechnung, jeden Eingang auf meinem Konto. Das alles sollte ein Scherz gewesen sein? Marie-Luise konnte sich gar nicht mehr beruhigen.

»Jemand hat sich unter falschem Namen Zugang zu deinen Unterlagen erschlichen. Das gibt es doch nicht! Eine gefakte Betriebsprüfung?«

»Sie war vom Finanzamt. Definitiv.« Ich setzte mich hinter den Schreibtisch. Ihre Akribie, die Genauigkeit, mit der sie meine Belege geprüft hatte. Ihr leises Schnaufen, das runde Gesicht, die flinken Finger auf der Tastatur. »Das kann man nicht faken. Aber wenn sie nicht für Wilmersdorf arbeitet …«

»Bei welchem Finanzamt sind Hartmann und Schreiber?«

»Ich weiß es nicht«, antwortete ich langsam. »Es gibt einundzwanzig Finanzämter in Berlin. Sollen wir die alle durchtelefonieren?«

»Hast du eine bessere Idee? Jemand wie Hartmann wohnt bestimmt nicht in Marzahn. Eher Dahlem, Grunewald, Nikolassee.«

Einen Versuch war es wert. Ich suchte die Nummer heraus. Zehlendorf, der wohlhabendste, reichste Bezirk Berlins. Hier dauerte es etwas länger, bis jemand ans Telefon ging. Auch dort gab es keine Marianne Wolgast, aber dieses Mal stellte ich es schlauer an.

»Ich bin ihr Cousin. Wir haben uns vor Jahren aus den Augen verloren. Ich weiß nur, dass sie bei Ihnen gearbeitet hat.«

Es war eine Frau am Apparat, nicht mehr ganz jung, wie ich an der Stimme zu erkennen glaubte. Ein minimales Zögern vor ihrer Antwort verriet mir, dass ich auf der richtigen Fährte war.

»Es tut mir leid. Aber zu ehemaligen Mitarbeitern geben wir keine Auskunft.«

»Sie arbeitet nicht mehr bei Ihnen? Seit wann?«

»Bitte verstehen Sie, wir geben keine Auskunft.«

»Natürlich.« Ich versuchte, so enttäuscht wie möglich zu klingen. »Dann bin ich wohl zu spät gekommen. Familiengeschichten, das kennen Sie bestimmt.«

»O ja.«

»Vielen herzlichen Dank.« Ich legte auf und sah zu Marie-Luise, die ihre Ohren wie Satellitenschüsseln in meine Richtung geschwenkt hatte. »Wolgast war Mitarbeiterin beim Finanzamt Zehlendorf. Nicht Wilmersdorf, Zehlendorf.«

»Ich hab's verstanden.«

»Das heißt, sie hätte nie, niemals meine Betriebsprüfung machen dürfen! Was ist das denn für ein Saustall! Drei Tage lang hat sie mich an der Nase herumgeführt! Mit einem falschen Dienstausweis!«

»Sie muss Fischer gekannt haben. Sie wusste, an was er arbeitete.«

»Und wahrscheinlich auch, warum er sterben musste.«

Es hielt mich nicht mehr auf dem Stuhl. Ich sprang auf und tigerte nervös im Raum herum.

»Wir *müssen* die Kripo informieren. Jemand hat sich unter Vorspiegelung falscher Tatsachen und Amtsanmaßung Zugang zu meinem Büro verschafft und auch noch einen Karton Unterlagen mitgehen lassen.«

»Meine Unterlagen«, ergänzte Marie-Luise, nicht minder besorgt. »Was auch immer sie glaubt, darin zu finden. Ruf an.« Sie nahm das Telefon hoch und hielt es mir entgegen. »Ruf diese Gärtner in der Mordkommission an. Egal, was dieser Vorfall zu bedeuten hat – Marianne Wolgast glaubt bestimmt auch nicht an einen Suizid ihres ehemaligen Kollegen. Das war eine coole Nummer, die sie hier abgezogen hat. Aber wenn sie quasi Fischers Vermächtnis fortsetzt, dann ist auch sie in Gefahr.«

Ich blieb vor ihr stehen und nahm ihr das Telefon ab. Wog es in meiner Hand. Ließ die Finger über die Tasten streichen. Steckte es schließlich zurück auf sein Netzteil.

»Ich vertraue dieser Kriminalkommissarin nicht. Was käme dabei heraus? Wolgasts Tarnung fliegt auf. Und jemand im Präsidium erfährt, dass sie in Fischers Namen weitergräbt. Von der Kripo zur WK ist es nicht weit. Solange wir nicht wissen, wer dort der Maulwurf ist, bringt das die falschen Leute in Gefahr. Ich würde lieber mit Frau Wolgast zusammenarbeiten.«

»Dafür musst du sie erst einmal finden.«

Ich nickte. »Das habe ich vor. Hast du Lust auf Flusskrebse heute Abend?«

2

Den Waterside Club als Nichtmitglied und ohne Reservierung zu betreten nimmt dem Abend viel Charme. Vor einem Stehpult erwartete uns heute das strahlende Lächeln einer jungen Dame in Kreuzfahrtuniform. Es war halb sieben Uhr abends, die Ruhe vor dem großen Sturm. Das gesamte Entree gehörte uns. Die Wasserspiele plätscherten leise.

»Sie haben reserviert?«

»Ähm, nein ...«, begann ich.

»Sie sind Mitglied?«

»Auch nicht.«

Ihr Lächeln drosselte sich um einige Lux. »Dann tut es mir sehr leid, aber dies ist ein Members Club.«

Marie-Luise schob sich an mir vorbei. Mit ihrer Strickjacke, den Boots und den fliegenden roten Haaren ein seltener Anblick in diesen heiligen Hallen. Aber nichts, was die junge Dame aus der Fassung bringen würde. Schließlich hätte auch eine exzentrische Millionärin vor ihr stehen können.

»Wir suchen Frau Wolgast.«

Im Auto hatte ich Marie-Luise darüber aufgeklärt, wann und vor allen Dingen mit was meine falsche Prüferin sich verplappert hatte. Ich hatte keinen Ring an Wolgasts Finger entdeckt, und sie kam mir nicht vor wie eine Frau, die, hätte sie die Freuden des Ehestands für sich entdeckt, auf dieses Accessoire verzichtet.

»Und wenn sie geschieden ist?«, hatte meine durch Familienrecht gestählte Fahrerin eingeworfen. »Sie könnte auch jemand sein, der nach zwanzig Jahren und dreißig Kilo mehr sitzen gelassen wurde. Dann heißt die Nichte ganz anders.«

»Möglich. Die Chancen stehen fifty-fifty.«

»Und wenn das Mädel die Tochter ihrer verheirateten Schwester ist? Dann auch?«

»Okay. Fünfundzwanzig zu fünfundsiebzig. Lass uns doch einfach mal Glück haben.«

»Ja. Das wäre was zur Abwechslung.«

»Sie arbeitet im Waterside Club und hat manchmal kleine Lunch-Boxen mitgebracht. Vermutlich Küche oder Service, wenn Tante und Nichte sich ähnlich sehen.«

Scharfer Blick von Marie-Luise. Ich weiß, es ist ein böser Gedanke, aber die sichtbaren Geister dieses Clubs waren offenbar auch nach ästhetischen Gesichtspunkten ausgesucht worden. Aber unsere Wächterin der Tore war nicht nur bildschön, sondern ebenfalls eisern.

»Wir geben leider keine Auskunft über Mitglieder.«

»Sie ist kein Mitglied, sie arbeitet hier«, sagte ich mit meinem charmantesten Lächeln. »Es geht um ihre Tante, die in ernsten Schwierigkeiten steckt. Wir müssen sie erreichen.«

Marie-Luise zog eine erstaunlich neu aussehende Visitenkarte hervor und legte sie auf das Tablet, auf dem die Empfangslady die Reservierungen gespeichert hatte.

»Sie sind Anwältin?«

Ich legte meine Karte dazu. Zwei Anwälte sind immer besser als einer.

»Sie auch?«

»Es ist wirklich wichtig. Wir wären nicht hier, wenn es nicht die einzige Möglichkeit wäre, Frau Wolgast zu erreichen. Könnten Sie …« Ich sah mich um. »Könnten Sie den Chef vom Dienst rufen?«

»Natürlich. Ich hole den Manager.«

Sie bückte sich, holte ein Walkie-Talkie hervor und drückte nur auf eine Taste, mehr nicht. Vielleicht öffnete sich jetzt der Boden unter uns, und wir fielen in die Spree. Oder ein Dutzend Security-Männer stürzte aus den Bronzetüren.

»Es kommt gleich jemand zu Ihnen. Wollen Sie ablegen?«

»Ja«, sagte ich.

»Nein«, sagte Marie-Luise.

Allerdings wand sie sich dann doch aus ihrer Strickjacke, und ich folgte einem livrierten Pagen zur Garderobe, wo mir nach einigem Suchen und Fragen tatsächlich Mutters Brotbox ausgehändigt wurde. Mit ihr kehrte ich zum Empfang zurück, wo bereits ein hochgewachsener, hagerer Mann in dunklem Anzug aufgetaucht war.

»Sie hat heute Dienst! In der Küche, bis Mitternacht.« Marie-Luise warf einen leicht beunruhigten Blick auf die Tupperware in meiner Hand.

»Könnten wir Sie kurz sprechen? Nur fünf Minuten. Es geht um eine wichtige familiäre Angelegenheit.«

Der Hagere nickte. »Ich werde nachfragen.«

Er ließ sich das Walkie-Talkie reichen und ging ein paar Schritte in die linke Ecke der Halle. Nach einem kurzen Dialog mit der unbekannten Gegenseite kehrte er zurück.

»Sie haben Glück, dass Sie so früh gekommen sind. Frau Wolgast hat ein paar Minuten für Sie. Ist es Ihnen recht, wenn Sie das Gespräch in einem unserer Separees führen?«

Das Separee entpuppte sich als die walnussgetäfelte Hochglanzversion der Owner's Suite einer Oligarchen-Yacht. Weiße Ledersessel, viel KPM-Porzellan in den dezent erleuchteten Regalen und ein runder Tisch für zehn Personen. Es lag nicht weit vom Restaurant, und ich vermutete, dass es nicht das einzige war.

Der Hagere zog sich zurück. Marie-Luise griff sich die Porzellanfigur einer Schäferin. »Dass das immer noch Abnehmer findet ... so was stand bei meiner Oma.«

»So was«, sagte ich und nahm ihr vorsichtig das Prachtexemplar aus der Hand, »kostet um die zwanzigtausend Euro. Also lass es einfach stehen.«

Achselzuckend zog sie einen Stuhl zu sich heran und nahm Platz. Ich legte die Brotbox auf den Tisch.

»Was hier wohl so alles besprochen wird ...«

»Ich will es gar nicht wissen.« In der Mitte des Tisches standen Softdrinks. Ich öffnete zwei kleine Flaschen Mineralwasser und reichte eine an Marie-Luise weiter. Wir tranken, schwiegen, sahen auf die Uhr. Endlich öffnete sich die Tür.

Die Frau war Mitte dreißig und kräftig. Sie trug eine weiße Kochuniform und eine Haube. Rote Hände, die oft mit Spülwasser in Verbindung kamen, ein rundes Gesicht mit ersten Falten um die Augen und Skepsis im Blick. Ich glaubte, eine Ähnlichkeit mit ihrer Tante zu entdecken, aber vielleicht lag es auch nur daran, dass beide nicht zur Gattung der dünnen Waldläufer gehörten.

»Sie wollten mich sprechen?«

»Frau Wolgast?«, fragte ich und stand auf. »Wir sind Anwälte. Das ist Marie-Luise Hoffmann, ich bin Joachim Vernau.«

»Ja?«

»Wir suchen Ihre Tante.«

»Warum?«

Sie schloss die Tür, blieb aber davor stehen, als wolle sie sich eine Fluchtmöglichkeit offen halten.

»Sie hat, vermutlich aus Versehen, bei einer Betriebsprüfung etwas mitgehen lassen.«

»Sie hat geklaut?«

»Nein«, sagte Marie-Luise und stand jetzt auch auf. »Es sind Unterlagen, die für uns völlig wertlos sind. Aber wir vermuten, dass sie nach etwas sucht.«

Der Blick von Wolgast II wurde misstrauisch. »Und was soll das sein?«

»Das wissen wir nicht. Deshalb würden wir gerne mit ihr reden. Wo finden wir sie?«

»Suchen Sie sie doch selbst.«

Sie griff zur Türklinke.

»Dann müssten wir eine Anzeige wegen Diebstahl, Amtsanmaßung und Verdunkelung erstatten«, sagte ich aufs Geradewohl. Was auch immer für diese Situation passend war. Es zeigte Wirkung: Wolgast II ließ die Hand sinken.

»Ihre Tante arbeitet schon seit einiger Zeit nicht mehr fürs Finanzamt Zehlendorf. Ich wage zu behaupten, dass sie auch in keiner anderen Behörde mehr tätig ist. Trotzdem hat sie sich mit einem Dienstausweis und unter dem Vorwand einer Betriebsprüfung Zugang zu unseren Büroräumen verschafft. Das allein ist schon illegal. Aber viel interessanter ist ihre Begründung. Sie wollte die Prüfung eines Kollegen fortsetzen.«

Wolgast II sah mich ausdruckslos an.

»Eines Herrn Udo Fischer. Sagt Ihnen der Name etwas?«

Sie zwinkerte. Es sah aus, als hätte sie ein Staubkorn in den Augen.

»Fischer?«

»Er wurde ermordet. Vorletzte Woche. In meinem Büro.«

Der Griff zur Klinke kam blitzschnell. Noch bevor sie die Tür aufreißen konnte, hatte ich mich dazwischengestellt.

»Wir haben nichts mit dem Mord zu tun. Gar nichts. Reden Sie mit uns. Sagen Sie uns, wo Ihre Tante ist. Ich will Ihnen keine Angst machen, aber ich glaube, sie hat sich auf eine Sache eingelassen, dessen Tragweite sie gar nicht übersehen kann.«

Wolgast II ließ die Klinke los.

Ich fragte: »Sie haben Herrn Fischer gekannt?«

Das Nicken war minimal, aber es reichte.

»Setzen Sie sich.«

Gehorsam nahm sie Platz. Ich holte drei Baccara-Kristallgläser aus dem Regal und öffnete auch ihr eine Flasche Wasser. Wolgast II rührte das Glas nicht an. Wir setzten uns neben sie.

»Erzählen Sie uns mehr über die Verbindung zwischen Fischer und Ihrer Tante.«

Es fiel ihr schwer, verdammt schwer. Da kamen zwei Unbekannte, gaben sich als Anwälte aus und wollten mehr über eine Sache wissen, zu der Wolgast II offenbar zu Stillschweigen verdonnert worden war. Sie sah auf die schellackpolierte Tischplatte und antwortete nicht. Das einzige Geräusch war unser Atem und das leise Hintergrundsaugen der Klimaanlage.

Marie-Luise war besser. »Es muss etwas Privates gewesen sein, nicht wahr? Soweit ich weiß, redet man noch nicht einmal innerhalb des Amts über die Prüfungen. Vielleicht in der Kaffeeküche oder in der Kantine, so nach dem Motto: ›Stell dir vor, was ich grade auf dem Schreibtisch habe.‹ Aber nicht über konkrete Fälle. Über Namen wie Hartmann, Schweiger oder Marquardt.«

Die junge Frau trank jetzt doch einen Schluck Wasser.

»Oder Weigert«, fuhr Marie-Luise fort. »Carolin Weigert. Staatsanwältin. Eine von den Guten. Eine, bei der man nach all den Jahren voller Lügen und Betrügereien, die einem kalt lächelnd serviert werden, wieder weiß, warum man an diesem verdammten Schreibtisch im Amt sitzt. An wen hat Frau Weigert sich damals gewandt? Wer hat ihr geholfen?«

Ein leichtes Achselzucken. Schweigen.

»Udo Fischer arbeitete im Finanzamt Wilmersdorf, Ihre Tante in Zehlendorf. Wie haben sie sich kennengelernt? Was geschah nach Weigerts Tod? Wissen Sie, was ich glaube? Es war Fischer. Er hat mit der Staatsanwältin zusammengearbeitet. Doch er musste in Deckung gehen, als Weigert öffentlich demontiert worden war und schließlich unter rätselhaften Umständen starb. Ich glaube sogar, er hat nie an ihren Selbstmord geglaubt. Weil er sie kannte, gut kannte. Aber nach ihrem Tod wurde es gefährlich für ihn, deshalb hat er leise und verschwiegen weiter recherchiert. Letzte Woche scheint er einen Teil des Puzzles gefunden zu haben. Vielleicht das letzte Teilchen, das ihm noch gefehlt hat. Es ist verschwunden, und Fischer ist tot. Hat Ihre Tante geglaubt, es bei einer erneuten Prüfung finden zu können?«

Wolgast II holte tief Luft.

»Ich weiß es nicht. Damit hab ich nichts zu tun. Das sind ... Steuern. Finanzsachen. Um so was kümmere ich mich nicht.«

»Wir müssen mit Ihrer Tante reden. Weigert ist tot. Fischer ist tot. Ihre Tante ist an einer Sache dran, die ...«

Marie-Luise brach ab. Mehr musste sie auch gar nicht sagen. Wolgast II begann zu weinen. Sie holte ein Taschentuch hervor und wischte sich damit über die Augen.

»Der Udo ...«, begann sie. Und dann bebten ihre Schultern, und sie schluchzte. »Der Udo«, brach es immer wieder aus ihr heraus. »Und die Anni ...«

»Anni?«, fragte ich ratlos.

»Marianne. Meine Tante.«

»Ach so, ja. Entschuldigen Sie bitte.«

Udo und Anni.

Zwei beamtete Sachbearbeiter, lange Jahre im Dienst, dem Staat und seinen Steuereinnahmen verpflichtet, Gleitzeit, sechs Wochen Urlaub, Pensionsanspruch, Besoldungsgruppenkarrieren. Immer schön den Hauptsachgebietsleiter im Aufzug gegrüßt. Mal am Festsetzungs-, mal am Erhebungsplatz. Tagaus, tagein konfrontiert mit den großen und kleinen Bescheißern. Bei den kleinen drücken sie vielleicht ab und zu ein Auge zu. Bei den großen ist das nicht nötig: Die kommen sowieso immer davon. Wann beginnt man so ein Berufsleben? Mit sechzehn, siebzehn? Hat man Ideale? Glaubt man an Steuergerechtigkeit? Und was ist davon übrig nach dreißig, vierzig Berufsjahren? Udo und Anni. Vielleicht haben sie sich auf einer Weihnachtsfeier kennengelernt oder einem Betriebsausflug. Was ist geschehen, dass diese beiden beschlossen, für eine tote Staatsanwältin die Legalität zu verlassen?

»Wo finden wir Ihre Tante?«, fragte ich.

Wolgast II putzte sich die Nase, um Zeit zu gewinnen. Schließlich knäulte sie das Taschentuch zusammen, steckte es weg und sah auf eine kleine Armbanduhr, die ihr etwas ins Handgelenk schnitt. »Das sag ich nicht.«

Ich hätte am liebsten mit der Faust auf die Tischplatte gehauen.

»Aber«, fuhr sie fort, »ich kann Sie hinbringen. Da, wo sie jetzt ist.«

»Das finden wir auch alleine.«

»Nein. Finden Sie nicht.«

Wolgast II stand auf. »Ich kann heute früher Schluss machen. So gegen zehn. Wollen Sie in der Küche auf mich warten?«

»Geht das denn?«, fragte Marie-Luise.

»Wir haben immer einen Tisch für besondere Gäste. Da kocht der Chef dann persönlich. Das wird sehr gerne gebucht.«

»Also, ehrlich gesagt weiß ich nicht, ob wir uns das leisten können.«

Zum ersten Mal huschte so etwas wie ein Lächeln über das gerötete Gesicht der jungen Frau. »Das geht auf meine Kappe. Schließlich sind Sie ja nicht vom Finanzamt.«

Wenig später fanden wir uns in einer Großküche wieder, vor uns zwei Gläser eisgekühlter Champagner und ein Turm Flusskrebse.

»Du bist so peinlich«, sagte Marie-Luise mit Blick auf Mutters Brotbox. Wolgast II stand an der Soßenstation, wenn ich das von unserem Platz aus richtig erkennen konnte. Ab und zu gab sie ihrem Kollegen einen Wink, dann gab es Nachschub. Einmal hatte der Küchenchef persönlich vorbeigesehen und uns kurz die Hand geschüttelt. Die Nichte meiner Betriebsprüferin schien einen guten Stand zu haben. Jeder, vom Spüler bis zum Chefpatissier, behandelte uns, als wäre das unser seit Jahren angestammter Abendbrottisch.

»Was das hier kostet?«, fragte Marie-Luise und schob sich den nächsten Krebs nach.

»Keine Ahnung. Das war doch eine Einladung, oder?«

»Klar und deutlich.«

Gegen halb zehn hatte ich das Gefühl, nie wieder aufstehen zu können. Der Turm war fast verschwunden, die Flasche leer, und der leichte Glimmer in Marie-Luises Augen bekam etwas sehr Verführerisches.

»Eigentlich«, sagte ich und blickte tief in mein leeres Glas. »Eigentlich sind wir doch immer ganz gut miteinander klargekommen.«

»Hm.«

»Warum kracht es dann immer wieder?«

»Vielleicht sind wir zwei Anti… Antipode, oder wie das heißt.« Sie holte die leere Flasche aus dem Kühler und inspizierte die Luft im Inneren. »Man stößt sich ab, wenn man sich zu nahe kommt.«

»Stoße ich dich ab?«

»Wie?«

»Bin ich abstoßend? Also, nicht von der Optik her.«

»Natürlich nicht.«
»Was ist es dann? Mein Charakter? Meine Herkunft? Was?«
»Also: Abstoßend nur im physikalischen Sinn, someinichdas.«

Sie grinste und nahm mir die Serviette vom Hals, an der ich mir die Finger abgewischt hatte. »Wie diese Dingsda, Eisenfeilspäne.«

»Die werden angezogen.«

»So?« Sie kam näher. »Werd ich? Erklär du es mir.«

Marie-Luise flirtete nicht. Sie kriegte, was sie wollte. So einfach war das.

Bei mir zeigte sich die Sache entschieden komplizierter. Ich hatte das Spiel immer geschätzt. Die Optionen, die Möglichkeiten, die verschlungenen Wege, die mal in die Irre und mal ans Ziel führten. Manchmal auch die Abkürzung. Wir sahen uns in die Augen, kamen uns näher, weiß der Teufel warum, so betrunken war ich nun wieder nicht. Eine nette Frau mit Namen Saskia wartete seit zwei Tagen darauf, dass ich mich meldete. Mein Handy klingelte.

»Natürlich wirst du von mir angezogen«, sagte ich und schob sie etwas von mir weg. »Ich kenne keine Frau, der es bei mir anders geht.«

Sie zog eine Schnute und schnappte sich einen der letzten Krebse. Anonym, stand auf dem Display. Eigentlich nahm ich um diese Uhrzeit keine Anrufe an. Aber die Ereignisse der letzten Tage – und Nächte – hatten die Sorglosigkeit, mit der ich meinen Feierabend einläutete, zunichtegemacht.

»Meinssu, wir kriegen noch eine Flasche?«

Ich sah kurz aufs Etikett. Der Champagner war noch nicht mal im Großhandel für unter hundert Euro zu haben.

»Nein«, sagte ich und nahm den Anruf an. »Ja?«

»Joachim?«

Es gibt nur eine Frau, die meinen Namen so ausspricht, dass er sogar mir gefällt.

»Sigrun?«

Ich sah, wie Marie-Luise den vorletzten angebissenen Flusskrebs zurücklegte. Der warme Glanz in ihren Augen verschwand. Ich hätte mich ohrfeigen können.

»Warte einen Moment«, sagte ich hastig, stand auf und fand den Weg vorbei an brodelnden Töpfen und im Schweiße ihres Angesichts rackernden Köchen hinaus in die Umkleideräume. Nach dem Krach in der Küche herrschte hier eine geradezu himmlische Ruhe.

»Bist du noch dran?«

»Ja, natürlich.« Diese dunkle Stimme, immer mit einem leisen Unterton von Ironie. »Ich hoffe, ich störe nicht. Es ist ja auch schon spät. Wo bist du?«

»Am Küchentisch vom Waterside Club.« Das war die Wahrheit. Aber es klang auch nach kleinem Angeber.

»Wow! Du kommst ja rum. Da wollte ich schon immer mal hin. Aber ich bin nicht Mitglied. Ich muss warten, bis mich jemand einlädt.«

»Ich kenne eine Köchin«, sagte ich. »Wenn es sich das nächste Mal ergibt, bist du dran.«

»Nein, nein! So hab ich das nicht gemeint!«

Aber sie freute sich, eindeutig. Und das freute wiederum mich. Es klang nach etwas, das wir gemeinsam vorhaben würden.

»Aber der eigentliche Grund, weshalb ich dich anrufe, ist Schweiger. Du wolltest doch mehr über ihn erfahren. Es gibt da das eine oder andere unter drei« – *unter drei* hieß in Politik, Wirtschaft und Journalismus *streng vertraulich* –, »deshalb wäre es mir lieb, wenn wir uns vielleicht in deiner Kanzlei treffen könnten.«

Also kein Restaurantbesuch. Keine Bestechungsgelder an Wolgast II, dass sie mir noch einmal einen Stuhl in ihre Küche stellen würde. Kein Ausklang des Abends irgendwo in einer Bar. Kein Anfang. Keine Fortsetzung.

»Gerne«, sagte ich. »Hast du morgen Zeit?«

Mein Terminkalender befand sich auf dem Handy, mit dem ich gerade telefonierte. Ich sollte mir ein neues Filofax anschaffen.

»Ich könnte eine halbe Stunde erübrigen, auf dem Weg vom Reichstag nach Hause. Geht achtzehn Uhr? Achtzehn Uhr dreißig?«

In meinem Kopf ratterten die Möglichkeiten. Halb sieben hieß, bis mindestens sieben miteinander zu reden und anschließend vielleicht eine Kleinigkeit essen zu gehen. Als Familiensenatorin hatte Sigrun jeden Winkel Berlins kennengelernt. Die gut ausgeleuchteten, prächtigen, aber auch die dunklen und dreckigen. Ob es anschließend noch zu einem Bier im Spätkauf reichen würde, wusste ich nicht. Aber ich hatte Lust darauf. Große Lust sogar. Ich nannte ihr die Adresse, weil meine Visitenkarten nicht mehr aktuell waren, und kehrte mit einem Gefühl in die Küche zurück, das irgendwo zwischen trunken vor Wiedersehensfreude und Champagner lag.

Marie-Luise kippte gerade einen doppelten Espresso. Wolgast II war verschwunden.

»Sie duscht und zieht sich um. Was Wichtiges?«

»Sigrun will mir etwas über Schweiger sagen. Persönlich.«

»Dann habt ihr ein Date?«

»Das wäre übertrieben.«

»Wann?«

»Sie meldet sich noch mal.«

Ich setzte mich wieder zu ihr. Es fiel mir schwer, dieses Hochgefühl nicht aus allen Knopflöchern springen zu lassen.

Marie-Luise spürte es, sagte aber nichts. Als nach kurzer Zeit Wolgast II in Sweatshirt und Jeans auftauchte, die hellbraunen nassen Haare zu einem kurzen Pferdeschwanz gezwirbelt und nach Duschgel duftend, brachen wir auf.

»Was bin ich schuldig?«, fragte ich, als wir zusammen die geschwungene Treppe hinunterliefen. Ich fand, das gehörte sich so.

»Kommt drauf an«, erwiderte die Nichte. »Ob wir Sie noch brauchen oder nicht.«

3

Wir nahmen den Volvo. Ich wusste nicht, wie viele Promille Marie-Luise im Blut hatte, aber als sie mein Angebot zu fahren beinahe feindselig ausschlug, ließ ich sie gewähren.

Wolgast II lotste sie über den Alexanderplatz und den Großen Stern auf die Straße des 17. Juni und dann Richtung Kurfürstendamm. Der Boulevard lag da wie ausgestorben. Kein Vergleich zu den glühend heißen Sommerwochen, wenn nachts auf den Mittelstreifen zur Musik aus den Subwoofern hochgejazzter Neuköllner Toyotas getanzt wurde. Die Bäume ragten immer noch kahl in den Himmel, abgemagerte Skelette des fetten Sommers, ein feiner Sprühregen verschmierte die Windschutzscheibe, gegen den die antiquarischen Wischblätter einfach nicht ankamen.

Am Olivaer Platz bogen wir ab auf die Konstanzer Straße, die auf die Stadtautobahn führte. Wo wohnten Frauen wie Marianne Wolgast? Wie? In einer Reihenhaussiedlung in Britz? Einer Johannisthaler Zweiraumwohnung? Im alten Neukölln, im hippen Kreuzberg?

Die Frage wurde beantwortet, als ihre Nichte uns schon zwei Ausfahrten später wieder abbiegen ließ. Autobahnüberbauung Schlangenbader Straße. Ein riesiger Wohnkomplex aus den Siebzigerjahren, mittlerweile unter Denkmalschutz, was das graugelbe Ungetüm auch nicht attraktiver machte.

Aber die Leute lebten gerne hier, schon immer. Es war ruhig, da der gesamte Verkehr unterirdisch geführt wurde. Das nahe Rheingauviertel rund um den Rüdesheimer Platz bot Lebensqualität, fast jede Wohnung verfügte über Balkon oder Terrasse. Beschauliches Mieterleben, die Kleingartenkolonie um die Ecke, Bio-Supermärkte, Olivenöl- und Weinhandlungen, nette Lokale, saubere Nichtraucherkneipen.

Marie-Luise fand einen Parkplatz, auch dies eine Seltenheit. Wir stiegen aus und ließen uns von Wolgast II zu einem blau gestrichenen Hauseingang führen. Die Klingel, auf die sie drückte, trug den Namen Fischer.

»Moment«, sagte ich. »Hat die Polizei irgendetwas versiegelt? Dürfen wir das?«

Ich erntete ein Schulterzucken.

»Sie wollten zu meiner Tante. Sie ist hier. Sie müssen da nicht rauf.«

Es knackte in der Lautsprecheranlage. Von weit her rauschte ein »Ja?« zu uns. Es war zweifellos Marianne Wolgasts Stimme.

»Ich bin's. Ich steh hier mit zwei Anwälten. Sie wollen dich sprechen.«

Ich schob Wolgast II zur Seite. »Vernau hier, zusammen mit Frau Hoffmann. Wir müssen mit Ihnen reden. Dringend. Ich fürchte, Sie haben sich auf etwas eingelassen, das Sie nicht mehr überblicken können. Wir können Ihnen helfen.«

Die Lautsprecheranlage schwieg.

»Frau Wolgast?«

Ich ließ es die Nichte noch einmal versuchen.

»Tante Anni, mach auf. Die sind in Ordnung. Machen zumindest so einen Eindruck. Ich weiß, du wolltest nicht, dass ich drüber rede. Aber sie standen heute Abend im Club, und ich mach mir Sorgen um dich. Vor allem, seit Udo …« Wolgast II brach ab. Sie ließ die Arme hängen und drehte sich zu uns um, Hilflosigkeit im Blick. »Ich hab keinen Schlüssel. Was macht man denn da?«

Ich klingelte noch einmal, länger jetzt, nerviger. Sie sollte wissen, dass wir es ernst meinten und nicht so ohne Weiteres wieder abzogen. Weit und breit war kein Mensch unterwegs, noch nicht einmal die obligatorischen Spät-Gassi-Geher.

»Es is nich unsere Wohnung«, nuschelte Marie-Luise. »Aber wir könnten den Schlüsseldiensch rufen.«

»Nicht mit deiner Fahne«, sagte ich scharf und klingelte wieder. Täuschte ich mich, oder hatte ich gerade ein leises Knacken gehört? »Frau Wolgast?« Ich versuchte es aufs Geradewohl. »Öffnen Sie die Tür. Wir können auch anders. Sie haben Unterlagen aus meinem Büro entwendet und in die Wohnung des verstorbenen Herrn Fischer verbracht. Ich könnte mir vorstellen, dass das die Kollegen von der Mordkommission sehr interessiert.«

Ich hörte, wie Wolgast II neben mir scharf einatmete. »Sie haben mir aber gesagt …«

»Ich habe genau das gesagt, was ich jetzt wiederhole: Ihre Tante weiß offenbar nicht, was für sie auf dem Spiel steht. – Haben Sie das gehört? Wir sind zu dritt. Wenn Sie jetzt öffnen, werden wir das auch bleiben.«

Nach zwei unerträglich langen Sekunden ertönte der Türsummer, und wir traten ein.

Udo Fischers Wohnung lag im vierten Stock. Ein leiser Aufzug brachte uns nach oben, dort erwartete uns Frau Wolgasts von hinten angestrahlte konvexe Silhouette in der offenen Tür. Das Flurlicht sprang an und beleuchtete ein Gesicht, das vor Schuldbewusstsein beinahe zerfloss.

»Herr Vernau, Frau Hoffmann, es tut mir so leid. Das war ein Versehen.«

Sie trat in die Wohnung, wir folgten ihr in einen engen Gang, von dem vier Türen abgingen, allesamt geschlossen. Bad, Küche. Wohn- und Schlafzimmer. Der Flur war fast so eng wie der Aufzug. Frau Wolgast bückte sich ächzend und kam mit Marie-Luises Schuhkarton wieder hoch.

»Ich weiß auch nicht, wie das passiert ist. Es fehlt nichts. Sie können das gerne überprüfen.«

»Das machen wir«, sagte ich schnell und riss das Corpus Delicti an mich, bevor es in andere Hände kam. »Hier entlang?«

Ich quetschte mich an ihr vorbei auf die Tür zu, die gegenüber vom Eingang lag. Alle Mietwohnungen dieser Art waren gleich. Ich hörte noch ein erregtes »Nein!« hinter meinem Rücken und spürte den Griff an meiner Schulter, mit dem sie mich zurückhalten wollte. Aber auf das, was dann geschah, hatte mich niemand vorbereitet.

Ich enterte ein Wohnzimmer, da hatte ich gar nicht falsch gelegen. Aber ... Die Wände, das Sofa, die Regale, der Fernseher, sogar der Fußboden waren bedeckt mit Fotos, Kopien und Ausdrucken. Quer durch das Zimmer unter der Decke hatte Fischer Schnüre gespannt, an ihnen waren mit kleinen Wäscheklammern ebenfalls Papiere und Kopien befestigt, die sich im Luftzug der schnell geöffneten Tür bewegten. Ein Spinnennetz aus Informationen, die Manifestation einer Gedankenwelt, die sich manisch um ein Zentrum gedreht hatte: Hartmann und Schweiger. Beide Fotos hingen nebeneinander an der Wand über dem Sofa. Fischer hatte Pfeile zwischen ihnen mit Filzstift direkt auf die Tapete gezeichnet. Dann Papiere darum geheftet. Als der Platz nicht mehr ausreichte, die Schnüre gespannt. Sie führten zu anderen Fotos: Gesichter, die mir nichts sagten oder die mir vage bekannt vorkamen, und, links in der Ecke, Marquardt. Um ihn herum auch wieder Papiere, Fotos, weitere Schnüre. Eine führte zum Fernseher, darüber hing ein Zettel mit dem Namen VERNAU.

Ich ging darauf zu, nahm ihn ab und hielt ihn stumm Frau Wolgast entgegen. Sie stand in der Tür, hinter ihr die Nichte als Personifizierung des schlechten Gewissens. Marie-Luise drängte sich an ihnen vorbei und blieb mit offenem Mund mitten im Raum stehen. Es war … irre.

»*A Beautiful Mind*«, sagte sie. »Kennst du den Film mit Russel Crowe?«

»Nein«, knurrte ich. »Aber ich kenne meinen Namen.«

Ich wies auf die leere Stelle an der Wand, wo mein Zettel gehangen hatte. Um sie herum drapiert Kopien meiner Kontoauszüge, manche Zeilen mit Marker hervorgehoben. Die Schnur zu Marquardt war behängt mit weiteren Papieren – Duplikate von Taxiquittungen, Hotelbelege, Mietwagen-, Telefon-, Kreditkartenabrechnungen. Dort, wo andere Leute in diesem Zimmer einen Fernseher deponiert hätten, stand ein riesiger Profi-Kopierer. Ich stellte Marie-Luises Schuhkarton auf zwei Aktenordner in der Ecke.

»Was ist das? Ein dreidimensionales Bewegungsmuster? Aus nichts anderem zusammengestellt als unseren …« Ich nahm ein Papier ab. Hotel Waldhaus, Bozen. Einzelzimmer. Zwei Nächte fünfhundertdreißig Euro, Frühstück extra. Februar zweitausendfünfzehn, Adressat: Sebastian Marquardt. »… unseren Steuerbelegen?«

Wolgast II leitete ihre Tante vorsichtig zum Sofa, auf dem gerade noch Platz genug für zwei Personen war.

»Ist alles in Ordnung? Soll ich dir ein Glas Wasser holen?«

Marianne Wolgast nickte. Die Nichte verschwand, die Papiere an den Schnüren bewegten sich im Lufthauch.

»Ich wusste im selben Moment, wo ich darüber geredet habe, dass es ein Fehler war.«

»Der Waterside Club?«

Sie nickte.

»Aber dann dachte ich: Wer hört schon einer Betriebsprüferin zu.«

»Ich, zum Beispiel.«

»Ja. Da haben wir den Salat.«

Ich ließ mich neben sie fallen, immer noch den Zettel mit meinem Namen in der Hand, während Marie-Luise durch den Raum ging und versuchte, das System hinter dieser Installation zu begreifen. Im Museum Hamburger Bahnhof bekäme dieses Zimmer eine Einzelausstellung.

»Udo hat die Kontrolle verloren. Ich hätte es jemandem sagen sollen. Aber ich wusste nicht, wem.« Marianne Wolgast seufzte und sah auf meine leere Stelle über dem Kopierer. »Sie sind ja nur am Rand aufgetaucht. Und ganz zum Schluss. Aber Sie waren ein wichtiger Knotenpunkt.«

»Der Abend des dreizehnten März, nehme ich an.«

»Exakt.«

Wolgast II kam zurück und stellte das Wasserglas auf einem Stapel Telefonrechnungen ab, die zu Schweiger gehörten und vierstellig waren. Im Monat.

Ich beugte mich zu ihr und zwang sie damit, mich anzusehen.

»Sie müssen uns alles erzählen. Alles.«

»Das ist nicht so leicht.«

»Versuchen Sie es.«

»Es dauert.«

»Wir haben Zeit.«

»Ist noch was zu trinken da?«, fragte Marie-Luise und beäugte etwas, das eine Puff-Rechnung sein konnte. »Achthundert für eine Flasche Sekt?«

Ich sagte: »Ein Wasser für die Dame«, bevor sie mir hier alkoholisiert in Fischers papiernen Wahnsinn fiel. Wolgast II marschierte gehorsam in die Küche und kam mit einer Flasche und drei Gläsern zurück. Da selbst der Couchtisch belegt war, drückte sie einfach jedem von uns eines in die Hand und goss ein. Ich knüllte meinen Zettel zusammen und warf ihn auf den Fußboden.

»Also. Schießen Sie los.«

Marianne Wolgast trank ein paar Schlucke. Nicht, weil sie Durst hatte, sondern um die Beichte um ein paar Sekunden hinauszuzögern.

»Es war ... ich muss nachdenken. Udo hat es mir erzählt. Nicht gleich am Anfang. Wir haben uns ja über die Arbeit kennengelernt, und in unserem Alter dauert das halt seine Zeit, bis man sich näherkommt.«

»Wir sind nicht an Ihrer privaten Beziehung interessiert.«

»Gut. Verstehe. Also. Mal sehen, ob ich es noch zusammenkriege. Es ging um den Anfangsverdacht von Steuerhinterziehung in Millionenhöhe. Schwarzgeld, in dubiosen Offshore-Firmen versteckt. Eine CD mit Konten in der Schweiz, von der das alles ausging, die aber nie aufgetaucht ist. Carolin Weigert, den Namen kannte man in Berlin. Eine taffe Frau. Keine, die sich ins Bockshorn jagen ließ. Wer mit ihr zusammenarbeiten durfte, bei uns im Amt, war schon fast in den Adelsstand erhoben. Das klingt jetzt ein bisschen nach Schwärmerei, aber wir brauchen Heldinnen und Helden in unserem Beruf. Können Sie das verstehen?«

Marie-Luise und ich nickten. Sehr gut sogar.

»Damals arbeiteten wir noch in Zehlendorf, Udo und ich. Ab und zu haben wir uns in der Kantine gesehen und manchmal auch zusammengesessen. Er war ein Korrekter. Das müssen Sie mir glauben!«

»Sehr korrekt«, pflichtete ich ihr bei. Ich konnte sie mir vorstellen, diese beiden nicht gerade von Aphrodite geküssten Steuerverwaltungsbeamten, wie sie sich schüchtern das Kompott über den Tisch schoben oder versuchten, ein Gespräch übers Wetter zu beginnen. Frau Wolgast rieb sich über die

Augen, und ich wurde von einer jähen Zuneigung zu diesen beiden Liebenden erfasst, denen kein Happy End vergönnt gewesen war.

»Und dann, es war Anfang Januar vor vier Jahren ... ich weiß es noch, weil der Christbaum so nadelte, neben dem wir gesessen haben. Udo mochte Stollen so gerne, und ich hatte welchen gebacken, aber ausgerechnet am letzten Arbeitstag vor Weihnachten hab ich ihn vergessen. Und ich hatte Angst, er wäre schon trocken. Aber er hat sich dennoch sehr gefreut und gleich ein Stück gegessen. – Er war im Januar wirklich schon trocken.«

Sie trank wieder einen Schluck Wasser und stellte mit ihrer Stollen-Geschichte meine Geduld auf eine harte Probe. Eine Zwischenfrage hätte ihr vielleicht auf die Sprünge geholfen, aber Marie-Luise, langsam wieder auf dem Weg zur Nüchternheit, hob nur kurz die Hand. Lass sie reden, sagte ihr Blick. Wahrscheinlich kannte noch nicht einmal Wolgast II die ganze Geschichte, also mussten wir da jetzt durch.

»Nun, wie dem auch sei. Er erzählte mir, dass es eine Anfrage aus dem FaFust gegeben hat, dem Finanzamt für Fahndung und Strafsachen, das um Amtshilfe von der Schwerpunktstaatsanwaltschaft Steuerstrafsachen gebeten worden war. Diese besagte Anfrage kam von Carolin Weigert. Es ging um einen Bauinvestor mit Namen Andreas Hartmann, der bei Udo veranlagt war. Ich bin fast aus allen Wolken gefallen, denn so eine Anfrage kann ja auch heißen, dass man nicht ordentlich gearbeitet hat. Dass einem etwas durch die Lappen gegangen ist, auf das die Staatsanwaltschaft kommt, wo doch wir diejenigen hätten sein sollen ... egal. Denn dann sagte Udo, dass er Hartmann schon länger auf dem Schirm gehabt hat. Vor zehn Jahren fing das an.«

Sie trank einen kleinen Schluck.

»Hartmann ist Berliner. Ein Junge aus dem Wedding, einer mit Schnauze und Dreck an den Schuhen. Er hatte ein normales Baugeschäft mit Aufs und Abs, wie das so ist. Aber auf einmal explodierte da was. Er erhielt Grundstücke zu unglaublich niedrigen Preisen. Alles korrekt, alles vom Senat abgesegnet. Aber Hartmann hatte auf einmal Umsätze, da konnte man sich nur noch die Augen reiben. Machte Dienstreisen um die ganze Welt. Das ist stets ein Grund für uns, genauer hinzusehen.«

»Haben Sie was gefunden?«

»Nein. Obwohl uns das mit den Grundstückskäufen sehr suspekt vorkam. Das war zu einer Zeit, in der die Goldgräberstimmung in Berlin schon längst vorbei war. Das ganze Tafelsilber war doch schon weg und die Stadt immer noch pleite. Und Hartmann räumte ab, ein Filetstück nach dem anderen. Udo hat sich dann richtig in die Sache hineingekniet. Jeder hat das Recht, Betriebe für den Prüfungsplan vorzuschlagen. Also begann Udo, Hartmanns Umfeld zu durchleuchten. Sehr durchdacht, sehr systematisch, sehr unauffällig. Und kam auf Peter Schweiger, damals Staatssekretär in der Senatsverwaltung für Bauwesen. Die beiden gingen manchmal zusammen essen und gerne auch noch woanders hin.« Sie wies auf die Puffrechnung, die Marie-Luise vor sich auf den Couchtisch gelegt hatte. »Ist ja nichts Verbotenes. Kriegen wir ständig rein. Aber die Kombination war interessant: der Bauinvestor und der Baustaatssekretär. Udo forschte nach. Schweiger reiste erstaunlich oft in die Karibik und die USA, manchmal nur für drei Tage. Wissen Sie, was den meisten letzten Endes das Genick bricht?«

»Nein«, antwortete ich mit buddhistischer Geduld.

»Die Gier. Sie wollen alles absetzen. Den Besuch im Puff, die Wochenendreisen mit der Geliebten, die Pferdezucht, sogar das Bunkern von Schwarzgeld.«

»Geht das denn?«

»Wer prüft denn, ob Sie in Florida einen Geschäftsfreund treffen oder eine Firma gründen? Die Rechenschaftspflicht hierzulande ist lächerlich. Hundertfünfundzwanzig Milliarden. Milliarden! Pro Jahr! Die hätten wir mehr, wenn alle zahlen würden so wie wir. Wie Sie, wie Sie«, sie sah zu Marie-Luise, dann zu ihrer Nichte. »Wie sie. Was könnte dieses Land nicht alles mit dem Geld anstellen …«

»Schweiger hat also Einnahmen nicht versteuert.« Ich wollte es um diese Uhrzeit nicht auf eine Grundsatzdiskussion zu Deutschlands Schattenwirtschaft kommen lassen. Dann säßen wir noch die nächsten drei Nächte hier. »Und gleichzeitig auch noch eine tiefe, auf reiner Zuneigung basierte Freundschaft zu Atze Hartmann entwickelt.«

Marianne Wolgasts verdüstertes Gesicht hellte sich etwas auf. »Das haben Sie aber schön ausgedrückt. Aber ihre Beziehung ging weit darüber hinaus. Udo glaubte, dass es um Millionen ging. Millionen, die Hartmann an Schweiger gezahlt hat, um die Grundstücke für einen Appel und ein Ei zu kriegen, auf denen er seine Billig-Bling-Bling-Blöcke hochziehen konnte.«

»Also ist Schweiger korrupt und hat während seiner Zeit im Bausenat Geld dafür bekommen, Grundstücke weit unter Wert an Hartmann zu verkaufen. Aber woher hatte Atze, der Baggerführer aus dem Wedding, die Millionen, um Schweiger zu bestechen und die Grundstücke zu erwerben? Hat er Kredite aufgenommen?«

»Das hat sich Udo auch sehr lange gefragt. Bis er es herausgefunden hat.«

Wolgast wies auf das Papierschloss um uns herum. Die sich kreuzenden Schnüre, die zu weiteren Fotos an den Wänden führten. »Hartmann ist mit dem Hut herumgelaufen, und alle trugen ihr Scherflein bei. Da hängen sie. Alle miteinander. Udo war gut. Wirklich gut. Er hat jedes Treffen, jede Reise herausgefunden. Lückenlos. Es geht um drei ausländische – na ja, sagen wir mal *Investoren*. Noch sitzen sie ja nicht hinter Gittern.«

Ich stand auf und ging zu einem der Steckbriefe. Nikolaj Pokateyevo, ein smarter Mittvierziger, Typ Kassenarzt mit Zusatzleistungen, beteiligt an einem Dutzend Investmentfirmen aus dem Baubereich, darunter, mit gelbem Marker besonders hervorgehoben, eine mit dem schönen Namen *BIG – Build in Germany*.

»Leipzig, Erfurt, Berlin«, sagte Wolgast, die beobachtet hatte, was ich mir gerade durchlas. »Er tritt nirgendwo persönlich in Erscheinung. Er sucht sich deutsche Makler, die für ihn investieren.«

»Okay.« Langsam begann ich, das Ausmaß der Verschwörung zu erahnen. Ob Atze und Marquardt gewusst hatten, auf was sie sich einließen?

»Der daneben ist Zhang Tie, Cheung Whampoa Ltd. Er hat aus einem Dreißigtausend-Seelen-Städtchen am Jangtse eine Zwölf-Millionen-Metropole gemacht. Und der da ist Basi Kalaman. Ihm gehören kilometerlange Wohnsilos an der Peripherie von Istanbul. Dann fing er an, in Moskau Kliniken zu bauen.«

Die drei, Kalaman, Zhang und Pokateyevo, hingen so eng nebeneinander wie Brüder bei einer Familienaufstellung. Das sah sehr nach chinesisch-russisch-türkischer Völkerverständigung zum Wohle des eigenen Geldbeutels aus.

»Von denen bekam Hartmann das Geld, um die Grundstücke zu kaufen. Die waren in Wirklichkeit natürlich viel mehr wert. Wir reden hier nicht von Männerfreundschaften, sondern von Korruption in einem Ausmaß, das einzigartig sein dürfte. Natürlich haben sie sich die Kohle nicht gegenseitig aufs Bankkonto überwiesen. Wir vermuten, dass die Transaktionen in bar abliefen. Und für jeden glücklichen Grundstücksdeal bekamen Hartmann und Schweiger Provision. Es sind Millionen, die bei den beiden hängen geblieben sind. Millionen, die sie irgendwie am Fiskus vorbeischmuggeln mussten.«

Von allen dreien führten Schnüre zu Atze Hartmann und Peter Schweiger. Und von denen je eine Schnur beunruhigend gerade hinüber zu Marquardt. Der Schwarzgeld-Bunkerer. Der Schattenmann. Der Seppl.

»Niemand fragt, woher das Geld kommt. Ob es russischen Millionären abgeknöpft wurde, die sich in Luxuskliniken restaurieren lassen, oder all den armen Schluckern, die froh sind, in den Suburbs einer Millionenstadt überhaupt ein Dach über dem Kopf zu haben. Aber es fließt. Es strömt. Überall auf der Welt. Erst sind es Rinnsale, dann Bäche, und irgendwann Flüsse, Flüsse von Geld, die um den ganzen Globus fließen, noch mehr Geld aufnehmen, von allen Seiten, bis es ein gewaltiger, dunkler Strom ist. Er reißt alles mit sich, es gibt keine Grenzen. Und wer sich ihm entgegenstellt, ertrinkt.« Marianne Wolgast sah mich an. Ich nickte.

Udo war nicht gut, er war brillant gewesen. Aber hatte er, ein Veranlager im Finanzamt Zehlendorf, tatsächlich geglaubt, es mit solchen Leuten aufnehmen zu können? Dann fiel mir Carolin Weigert ein. Mit ihr zusammen? Ja. Auf jeden Fall, wenn die Beweislage ausgereicht hätte. Doch die Frau war erst in den Wahnsinn und dann in den Tod getrieben worden, und die Beweise blieben verschwunden.

Ich kehrte zu meinem Platz zurück. »Also noch mal, damit ich es auch richtig verstehe. Hartmann bekam Schwarzgeld aus Russland, China und der Türkei, um Grundstücke in Berlin zu kaufen. Billige Grundstücke. Die kriegte er direkt aus dem

Bausenat von Schweiger rübergereicht, weit unter Wert. Und Schweiger bekam dafür …«

»Was wohl«, tönte Marie-Luise. Sie stand wieder vor Marquardts Steckbrief und beäugte eingehend seine Kontoauszüge und Reisekostenabrechnungen. »Lira, Rubel, Dollar, Franken. Von mir aus auch Euro. Wegen diesen Typen« – sie wies auf die Porträtgalerie an den Wänden – »kriegen Leute wie wir keine Wohnung mehr.«

»Das mag etwas kurz gedacht sein«, begann ich, wurde aber von Wolgast II, die es sich irgendwie auf dem Boden bequem gemacht hatte, wütend unterbrochen.

»Ich suche seit einem Jahr. Seit einem Jahr! Zwei Zimmer für achthundert Euro warm. Ich bin sogar bis tausend hochgegangen. Tausend Euro! Noch nicht mal im Umland ist dafür mehr was zu haben. Von was soll ich denn leben, wenn ich mehr als die Hälfte meines Einkommens nur fürs Wohnen bezahlen muss? Es wird gebaut, höre ich immer. Klar wird gebaut! Überall wird gebaut! Aber auf Grundstücken, die Berlin zu Konditionen veräußert hat, dass einem das blanke Entsetzen kommt. Da wird Luxuseigentum für irgendwelche Scheichs und Oligarchen hochgezogen, die sich höchstens einmal im Jahr blicken lassen, wenn sie ihre Privataudienz in der Charité haben. Keine Mietwohnungen, und wenn, dann eine von zehn und nicht mietpreisgebunden. Es ist zum Kotzen, wenn man daran denkt, dass wir es sind, die diesen Leuten die Taschen noch voller machen.«

Marie-Luise nickte zustimmend und hatte schon Luft geholt, um weitere Beispiele aus ihrer Praxis zum Besten zu geben, aber ich wollte den Faden nicht verlieren.

»Okay«, fasste ich zusammen. »Schweiger und Hartmann schwimmen im Geld, können es aber nicht legal ausgeben. Was also tun Sie damit, Frau Wolgast?«

Beide sahen mich an – bis die ehemalige Finanzbeamtin begriff, dass sie an der Reihe war. Sie setzte sich so aufrecht hin, als ginge es um eine Aussage vor Gericht.

»Sie gründen über Strohmänner Firmen in den USA. Oder Hongkong. Oder auf den Caymans. Dann wird es, in diesem Fall von der Schweiz aus, dorthin überwiesen. Da liegt es dann sicher wie in Abrahams Schoß.«

»Und solche Strohmänner …« Marquardt, du Trottel. Auf was hast du dich da eingelassen? »… kriegen dann auch einen Anteil?«

»Würden sie es umsonst machen?«

»Wohl kaum.«

Marquardt steckte bis zum Hals mit drin. Kein Wunder, dass er explodiert war, als ich ihm mit der Kripo gekommen war. Wahrscheinlich hatte er Schweigers und Hartmanns Millionen im Koffer erst in die Schweiz verbracht und dann auf seinen Namen Firmen im Ausland gegründet. Auf dem Papier dürfte sein Vermögen vermutlich Oligarchen-Niveau erreichen. Nicht überraschend, dass ihm jetzt der Arsch auf Grundeis ging.

»Er ist ein Freund von Ihnen, nicht wahr?« Marianne Wolgast blickte von mir zu Marie-Luise, die, vorsichtig über Papierstapel steigend, wieder zu uns zurückkam. »Er hat Sie ziemlich oft eingeladen, eigentlich immer. Man könnte fast meinen, er erkauft sich etwas damit.«

»Wie bitte?«, fragte ich scharf.

»Zuneigung.«

»Was?«, platzen Marie-Luise und ich gleichzeitig heraus.

Meine falsche Buchprüferin lächelte. »Udo konnte sehr viel aus Aufwendungen herauslesen. Es hat ihm Spaß gemacht, sich vorzustellen, wie Beziehungen funktionieren.«

»Und wie *funktionierte* unsere?«, fragte ich.

»Udo glaubte, dass Ihr Freund sich für sein Geld geschämt hat. Er ist mit Ihnen nie in die Läden, in die er zum Beispiel mit Hartmann oder Schweiger gegangen ist. Es war ihm peinlich, vor Ihnen anzugeben.«

»Peinlich?«, prustete Marie-Luise.

Marianne Wolgast wandte sich jetzt direkt an sie. »Vielleicht hatte er auch nur Angst, dass Sie ihm Fragen zu seinem neuen Reichtum stellen. Ihnen ist doch klar, dass er zu viel weiß. Er muss sich stellen. Mit einer Selbstanzeige kann er vielleicht noch seinen Kopf aus der Schlinge ziehen.«

Es war kaum vorstellbar, wie Marquardt nach Staatsanwaltschaft und Kripo auf das Reizwort Selbstanzeige reagieren würde.

»Er hat mit dem Mord an Ihrem Lebensgefährten nichts zu tun«, sagte ich. »Dafür lege ich meine Hand ins Feuer.«

Marie-Luise nickte. »Er ist ein gieriger, schleimiger Hund. Aber das würde er nicht machen.«

»Wenn Sie ihn so gut kennen, dann wissen Sie bestimmt, wo er ist, und können ihn fragen«, sagte Marianne Wolgast.

Ich holte mein Handy heraus und checkte den Eingang. Kein versuchter Anruf, keine E-Mail, keine SMS. »Er meldet sich nicht. Was machen wir jetzt? Mit alldem?«

Ich wies auf das kunstvolle Geflecht von Abhängigkeiten über unseren Köpfen. »Und was haben Sie sich von mir erhofft?«

Die emeritierte Betriebsprüferin drehte ihr Wasserglas in den Händen.

»Es gab da diese Quittung aus dem Peppone vor vier Jahren. Der Nacht, in der Carolin Weigert ums Leben gekommen ist. Ihr Todeszeitpunkt war vor Mitternacht. Da haben Sie ja angeblich mit Herrn Marquardt in Berlin gesessen.«

»Ich nicht«, sagte Marie-Luise. »Aber das ist jetzt auch egal.«

»Stimmt das denn?«, fragte Marianne Wolgast. »Können Sie

das beschwören, dass Sie an dem Abend vor vier Jahren mit Herrn Marquardt zusammen waren?«

»Das kann ich.«

»Hartmann und Schweiger haben ein Alibi. So stand es in der Zeitung. Wenn wir davon ausgehen, dass Carolin Weigert sich nicht selbst umgebracht hat, sondern getötet wurde, dann ist ihr Mörder derselbe wie der von Udo.«

Ich wusste natürlich nicht, was Marquardt letzte Woche zur Tatzeit von Fischers Mord getan hatte. Aber allein die Vorstellung, wie er mit einer Waffe durch die Gänge unserer Büroflucht schlich und anschließend blutbesudelt das Weite suchte, war absurd. Ich sah mir lieber die Gesichter auf den Steckbriefen an – Kalaman, Zhang, Pokateyevo. Das waren schon andere Kaliber.

»Ich denke, Marquardt hat einem von ihnen ein Alibi gegeben. Und nicht im Traum daran gedacht, dass eine simple Restaurantquittung das infrage stellen könnte. Frau Wolgast«, ich legte meine Hand auf ihren Unterarm, »haben Sie wirklich gedacht, die Quittung wäre noch in unserem Besitz, nachdem ein Killer und die Kripo alles durchwühlt haben?«

Sie presste die Lippen aufeinander, dann schüttelte sie den Kopf. »Ich wollte weitere Verbindungen finden.«

»Von uns? Zu einem der größten Schwarzgeldfälle der Republik?«

»Nein. Nein! Doch. Ja. Udo ist in Ihrem Büro ermordet worden, wegen einer Quittung, auf der Ihr Name stand. Ich kannte Sie ja nicht. Ich habe ja erst während der Prüfung gemerkt, was für ...«

Sie brach ab. Drehte nervös ihr Glas.

»Was für kleine Fische wir sind?«, fragte Marie-Luise sarkastisch. »Da hätte ein Blick auf unsere Umsatzsteuererklärungen genügt.«

»Das hat nichts zu sagen. Wir bekommen Steuererklärungen von Multimillionären, deren Armut uns die Tränen in die Augen treibt. Was wir beweisen wollten, war, dass Herr Marquardt an jenem besagten Abend mit Ihnen in Berlin war. Da hätte die Quittung natürlich sehr geholfen, denn auf Ihre Zeugenaussage konnten wir erst mal nicht zählen. Sie sind ja Freunde. Aber mit der Restaurantquittung hätten wir endlich was in der Hand gehabt. Es gibt etwas, das ich Ihnen zeigen möchte.«

Mühsam stand sie auf und begann, die Papiere an den Schnüren durchzusehen wie eine Waschfrau auf der Suche nach einer verschüttgegangenen Unterhose.

»Hier.«

Triumphierend kam sie mit einem Zettel zurück und reichte ihn mir. Marie-Luise quetschte sich neben mich auf die Couch und sah mir über die Schulter. Es war eine Hotelrechnung, ausgestellt auf Sebastian Marquardt. Kronenhof Zürich, tausenddreihundertsechsundachtzig Euro für vier Übernachtungen. Inklusive Frühstück.

»Und hier.«

Eine Kreditkartenrechnung vom März zweitausendfünfzehn. Mastercard Platin, Sebastian Marquardt. Tausenddreihundertsechsundachtzig Euro, Kronenhof Zürich.

»Schauen Sie auf das Datum.«

Das taten wir. Ich konnte hören, wie Marie-Luise an meinem Ohr scharf einatmete.

Marianne Wolgast sah triumphierend auf uns herab. Udo Fischers Vermächtnis zog uns den Boden unter den Füßen weg. Wir waren belogen, verraten und für dumm verkauft worden. Von unserem Seppl.

»Sebastian Marquard konnte eigentlich gar nicht mit Ihnen in Berlin gewesen sein, weil er sich zur gleichen Zeit wie Hartmann und Schweiger in Zürich aufgehalten hat. Theoretisch.

Ich glaube, die Rechnung ist gefälscht. Um seiner Zeugenaussage mehr Gewicht zu geben.«

»Aber ...« Ich ließ die Blätter sinken und verstand die Welt nicht mehr. »Warum? Warum darf das nicht herauskommen? Das kann doch nicht der Grund für einen Mord sein?«

»Sie sind doch Anwälte, Sie beide.«

Wir sahen hoch zu ihr und nickten wie die Schulkinder.

»Dann wissen Sie, dass ein Mord viele Motive hat. Geld. Verlust von Macht und Ansehen. Vertuschung. Manchmal alles zusammen. Carolin Weigert war kurz davor, alles auffliegen zu lassen. Dann wurde sie von ihren eigenen Leuten sabotiert. Aber um ein Haar hätte sie zumindest Hartmann und Schweiger drangekriegt. Die CD, Sie erinnern sich? Ich glaube, diese CD ist in dieser Nacht aufgetaucht, und Marquardt wurde nach Berlin geschickt, um die Sache zu regeln.«

»Wie, regeln?«, fragte ich kalt. Vielleicht war diese Frau genauso verrückt wie Fischer. Sie fabulierte sich etwas zusammen, weil der Tod ihres Lovers irgendeinen Sinn ergeben sollte.

»Marquardt hat Carolin Weigert umgebracht.« Das kam klar, deutlich und emotionslos über ihre Lippen. »Er braucht das Zürcher Alibi genauso wie Hartmann und Schweiger. Und damit *Sie* ihm nicht das Alibi zerstören, zerstört er jetzt alles, was darauf hinweist. Also passen Sie gut auf sich auf. Vielleicht sind Sie die Nächsten.«

»Nein«, sagte ich, stand auf und drückte ihr die Papiere an die Brust. »Er ist kein Mörder. Und Sie vergessen: Er saß mit mir an einem Tisch, als Carolin Weigert starb.«

»Dann deckt er den, der es getan hat!«

Sie sprach es aus. Das, was ich nur zu denken wagte.

»Schluss. Ende. Ich gehe. Marie-Luise?«

Sie sagte nichts. Starrte die Frau neben mir an, dann mich.

»Kommst du?«

»Wir müssen zu ihm. Sofort.« Sie sprang auf und suchte hastig ihre Sachen zusammen. Auch Wolgast II, die offenbar völlig unter Schock stand von dem, was sie gerade gehört hatte, kam auf die Beine.

»Du glaubst doch nicht im Ernst, was sich diese beiden hier zusammengebastelt haben?« Ich wies auf die Schnüre, die Blätter, dieses Spinnennetz, in dem sie sich verfangen und keinen Ausweg mehr gefunden hatten.

»Ich glaube jedes einzelne Wort«, sagte Marie-Luise. »Er ist in Gefahr. Vielleicht weiß er das noch nicht oder verdrängt es. Ruf ihn an. Versuch es nochmal.«

»Was?«

»Sofort!«

Wenn Marie-Luise laut wird, ist es ernst. Hier war jeder Versuch zur Diskussion aussichtslos. Ich holte mein Handy heraus und wählte.

»Es geht keiner ran.«

»Hast du seine neue Adresse?«

Das letzte Mal, dass ich Marquardt besucht hatte, war Jahre her. Da wohnte er noch in seinem Zehlendorfer Reihenhaus.

»Hier.« Marianne Wolgast hielt mir eine Kreditkartenabrechnung entgegen. »Savoyer Straße 48, Grunewald.«

Sie schlüpfte in ihre Jacke. Auch Wolgast II suchte ihre Siebensachen zusammen.

»Dann los.«

»Moment. Moment!« Ich hob die Arme, *freeze*. »Das wird mir zu viel. Ihr wollt doch nicht mitten in der Nacht vor seiner Haustür auftauchen?«

Drei Frauen, zu allem entschlossen, blickten mich an.

»Kommt nicht infrage. Das übernehmen Frau Hoffmann und ich.«

»Auf gar keinen Fall! Wir kommen mit«, protestierte Marianne Wolgast. »Das hier ist Udos Vermächtnis. Er kann doch nicht umsonst gestorben sein!«

»Das ist er auch nicht«, beruhigte ich sie. Mir war nicht wohl bei dem Gedanken, so viele vertrauliche Informationen in den Händen dieser Frau zu wissen. Geheimnummern. Kontodaten. Adressen. Wer weiß, was sie damit anstellte, wenn sie das Gefühl bekam, nicht ernst genommen zu werden. »Aber wir kennen Herrn Marquardt, Sie nicht. Alles, was Sie zusammengetragen haben, ist Papier. Aber es macht nicht den Menschen aus. Das ist mehr, viel mehr. Lassen Sie uns mit ihm reden. Vertrauen Sie uns.«

»Das ist keine mathematische Gleichung«, sagte Marie-Luise. »Das ist genial. Wirklich. Aber leider Theorie.«

»Nein«, sagte Marianne Wolgast. »Das sind Indizien und die Beweise für zwei Morde.«

Ihre weichen Züge verhärteten sich, ihr Blick wurde eiskalt. »Tante Anni?«

Wolgast II trat zu ihr und legte ihr den Arm um die Schulter. »Ich finde, wir sollten die beiden machen lassen. Udo hat vier Jahre gebraucht, um an diesen Punkt zu kommen. Gib ihnen die Chance, mit Marquardt zu reden.«

Aber Frau Wolgast schob ihre Nichte von sich. »Die hatte Udo auch nicht. Sie haben ihn erschossen wie einen Hund. Sie haben Weigert getötet. Sie glauben, sie stehen über dem Gesetz. – Was haben Sie vor? Sie wollen mit Ihrem Freund reden, und dann? Wird er sich stellen?«

»Wir wissen es nicht«, sagte Marie-Luise leise. »Aber wir handeln im Zweifel für den Angeklagten.«

»Welche Zweifel kann es denn jetzt noch geben? Schauen Sie sich doch um! Ich sag Ihnen, wie es abläuft: Morgen ist die Polizei hier und tütet alles ein. Ich kriege ein Verfahren an den Hals, und die da«, sie wies auf die drei Multimillionäre, »lachen sich halb tot. Die werden nie zur Rechenschaft gezogen. Haben Sie denn immer noch nicht kapiert, wie das hier läuft?«

»Tante Anni!«

»Lass mich. Lasst mich, alle!«

Marianne Wolgast hatte Tränen in den Augen. Vielleicht konnte sie deshalb nicht so genau sehen, wohin sie trat. Sie wollte zur Tür, aber auf halbem Weg geriet sie ins Stolpern. Ich stand am nächsten und fing sie gerade noch auf, was bei ihrem Gewicht und aufgelöst, wie sie war, fast zu einem Gerangel wurde.

»Das wird nicht geschehen«, sagte ich, als sie wieder sicher auf den Beinen stand. »Wir werden alles tun, um die Verantwortlichen zu kriegen.«

»Ja, ja, daheim haben alle Buben Klicker.«

»Bitte?«

Wolgast II reichte ihrer Tante den Schal. »Das heißt: Sie können viel erzählen, wenn der Tag lang ist.«

»Wir werden das hier vorerst für uns behalten.« Ich sah zu Marie-Luise, die nickte. »Ich nehme an, Herr Fischer hatte noch eine zweite Wohnung?«

Mit schuldbewusstem Blick auf ihre Nichte nickte sie. »Du kannst die hier haben, wenn alles vorbei ist. Siebenhundertfünfzig warm.«

»Echt jetzt?« Wolgast II strahlte. Dann wurde sie sich des Ernstes der Lage wieder bewusst. »Wann … wann, glaubst du denn, wäre es so weit?«

Marianne Wolgast sah uns abwartend an.

»Erst mal reden wir mit Marquardt«, sagte ich. »Dann sehen wir weiter.«

»Wie können wir Sie erreichen?«, fragte Marie-Luise.

»Über mich«, antwortete Wolgast II schnell und grabbelte in ihrer Handtasche nach einem Kugelschreiber. Dann nahm sie eines der Papiere, die überall herumlagen – vermutlich hochvertraulich –, und kritzelte eine Handynummer darauf. »Sie werden verstehen, dass ich meine Tante schützen will.«

»Natürlich.«

Marie-Luise faltete das Papier zusammen und steckte es in die Hosentasche. Ich sah auf die Uhr. Bis wir in Grunewald wären, würde es auf Mitternacht zugehen. Ich glaubte mich zu erinnern, dass Biggi kein Mensch war, der um diese Zeit gerne Überraschungsbesuch hatte. »Wir melden uns.«

»Tun Sie das«, sagte Marianne Wolgast. »Sonst melden wir uns.«

»Meine Tasche«, sagte Marie-Luise und kehrte ins Wohnzimmer zurück.

Ich öffnete die Tür, sah noch eine schwarze Gestalt mit Motorradhelm, die etwas in den Flur warf, und dann explodierte die Welt um mich herum.

4

Das wiederkehrende Leuchten blendete mich. Grellweiß stach es durch den Nebel in mein Hirn, verschwand wieder, tauchte auf, wie in Watte gepackt Geräusche und Stimmen. Flammen. Marie-Luise, das Gesicht voller Ruß und Blut, beugte sich über mich und rief etwas.

Vermutlich sollte ich auf die Beine kommen und dieses Inferno verlassen. Es roch nach geschmolzenem Kunststoff und Rauch. Ich wollte Luft holen, aber stattdessen hustete ich mir die Seele aus dem Leib.

»Hierher!«, schrie sie. »Hier ist noch einer!«

Sie stand auf und verschwand aus meinem Blickfeld. Ich hörte Schreie und Stöhnen, Menschen rannten an mir vorbei, schwere Schritte in einem Treppenhaus. Männer in Feuerwehruniform kämpften sich durch zu einem schwarzen Loch, aus dem dicker Qualm ins Treppenhaus drang. Man konnte kaum die Hand vor Augen sehen. Schwarzer Rauch und heller Staub vermischten sich zu einer toxischen Wolke. Zwei Sanitäter stürzten sich auf mich, einer stülpte mir eine Sauerstoffmaske über.

»Los, raus hier.«

Sie nahmen mich hoch und schleiften mich die ganzen vier Stockwerke hinunter, über armdicke Wasserschläuche und vorbei an Männern in schwerer Montur. Blaulicht zuckte über die Hauswand. Menschen in Schlafanzügen und Bademänteln standen beisammen, Schmerz und Schock in den Gesichtern, jaulende Sirenen näherten sich.

Ich wurde auf eine Trage gelegt und zu einem Krankenwagen gebracht. Noch bevor sie mich hineinschieben konnten, hatte ich mir die Maske wieder vom Gesicht gerissen.

»Da oben sind noch drei Frauen!«

»Ganz ruhig. Da kümmern sich jetzt andere drum.«

»Ich muss zu ihnen.«

Ruß und Blut. Marie-Luise da oben. Wo hatte sie gestanden? Wo die beiden anderen? Mich hatte es direkt an der Tür erwischt. Ein Knall. Flammen. Wolgasts Schrei, als in Sekunden ihre Kleidung auflöderte. Statt hinaus lief sie zurück in die Wohnung, fiel hin, schrie, während wir mit Kissen und Teppichen versuchten, die Flammen zu ersticken. Doch sie griffen um sich. Rasten durch die Papiere, die Wäscheleinen hinauf, ergriffen das ganze Zimmer, während Marianne Wolgast schrie, dass es mir durch Mark und Bein fuhr.

»Sie können jetzt nicht aufstehen. Warten Sie!«

Taumelnd kam ich auf die Beine. Ich begann wieder zu husten, bis ich in die Knie ging.

»Sie haben eine Rauchvergiftung. Sie müssen ins Krankenhaus.«

»Nein. Helfen Sie mir.«

Ich deutete auf die Rabatten. Der Stärkere der beiden, ein Mann Mitte dreißig mit Muskeln wie ein Wrestler, führte mich hinüber und wartete gottergeben, bis ich auch die letzten Flusskrebse losgeworden war.

»Joe?«

Stöhnend richtete ich mich auf. Marie-Luise drängte sich durch die Leute, der ganze Block musste evakuiert worden sein.

»Joe! O mein Gott!«

Sie stürzte in meine Arme und begann zu schluchzen. Der Sanitäter wurde an anderer Stelle gebraucht. Wir hatten ein paar Sekunden inmitten dieses Infernos, in denen wir uns nur festhielten und versuchten zu begreifen. Weitere Löschwagen trafen ein. Fischers Wohnung musste wie Zunder brennen.

»Was ist mit Marianne Wolgast? Und mit ihrer Nichte?«

Sie vergrub sich noch tiefer in meiner Schulter. Ich hielt sie fest, wiegte sie sanft in meinen Armen und strich über ihre verklebten, halb verbrannten Haare. Zwei Tragen wurden aus dem Haus gebracht, auf die sich sofort sämtliche Sanitäter stürzten. Ich konnte nichts erkennen, weil sie sofort von Bereitschaftspolizisten zu den Krankenwagen begleitet wurden. Erste Blitzlichter erhellten das Geschehen. Die Presse war eingetroffen.

»Was war das?«, fragte ich.

»Ein Molotowcocktail.« Sie befreite sich aus meinem Griff und wischte sich mit dem Handrücken über die Nase, was alles nur noch mehr verschmierte. Sie blutete immer noch. »In einer Wohnung voller Papier.«

»Du musst genäht werden«, sagte ich. Quer über ihre Stirn führte eine hässliche, blutende Wunde. »Geh zum Krankenwagen. Bist du in den Couchtisch gefallen?«

»Die haben jetzt Wichtigeres zu tun. Irgendwann, Vernau, wenn das nicht aufhört, werden sie uns von der Wand kratzen.«

Sie ging zur Seite und hustete, so lange, bis nur noch ein Röcheln zu hören war. Jemand von der Feuerwehr brachte uns Wasser und verschwand wieder. Und dann tauchte Gärtner auf. Ausgerechnet. Hatte die Frau denn nie dienstfrei? Sie stand im Gespräch mit dem Einsatzleiter, der in unsere Richtung deutete, und es dauerte einen Moment, bis sie uns erkannte.

»Achtung«, sagte ich zu Marie-Luise. Die drehte sich, nach Luft ringend, um.

»Sie hier?«, war Gärtners erste Frage. »Was haben Sie hier gemacht?«

»Freunde besucht.« Ich wies auf Marianne Wolgast, die, begleitet von ihrer schluchzenden Nichte, gerade in den Krankenwagen geschoben wurde. »Wie geht es ihr?«

»Sie haben getan, was sie konnten. Jetzt heißt es warten.«

Marie-Luise und ich wechselten einen bestürzten Blick. Aber Gärtner hatte als Erstermittlerin mal wieder weder Zeit noch Sinn für Pietät.

»Was ist passiert?«

»Das fragen Sie uns? Ich habe keine Ahnung. Wir wollten gehen, ich öffne die Tür, und da steht ein Mann mit Motorradhelm.«

»Beschreibung?«

»Kleiner als ich, er stand auf der Treppe. Wahrscheinlich schwarze Lederkluft. Den Helm hatte er auf.«

Sie nickte uns zu, trat ein paar Schritte zur Seite und gab die Information über ein Walkie-Talkie weiter. Ringfahndung. Nach einem Motorradfahrer in schwarzem Leder, der Molotowcocktails in Mietwohnungen warf. In Berlin. Viel Glück. Dann kehrte sie wieder zurück. In der Zwischenzeit hatten wir versucht, uns irgendwie von Blut, Ruß und Kotze zu reinigen.

»Wer sind die beiden Frauen? In welcher Verbindung stehen sie zu Herrn Fischer? Die Wohnung wurde von ihm angemietet, obwohl er woanders gemeldet ist. Was hat sich da oben abgespielt?«

Gärtners Ton war scharf. Sie wollte einschüchternd wirken und unseren Schock ausnutzen. Ich setzte schon zu einer passenden Gegenrede an, als Marie-Luise sich dazwischenschob.

»Marianne Wolgast war die Lebensgefährtin von Herrn Fischer. Sie hatten dort oben einen gemeinsamen Treffpunkt. Ihre Nichte war nur zufälligerweise da.«

»Aber Sie nicht.«

»Wir hatten ein Gespräch mit Frau Wolgast, die ebenso wenig an den Selbstmord Fischers glaubt wie wir.«

Gärtner sah aus, als würde sie mit den Zähnen knirschen. Sie blickte schnell über die Schulter zu dem Spektakel, zu dem sich der Bombenanschlag mittlerweile ausgeweitet hatte.

»Das ist alles?«

»Waren Sie schon oben?«, fragte ich.

Die Fenster der Wohnung standen weit offen oder waren von der Feuerwehr zerschlagen worden, schwarze Löcher in einer rußigen Fassade. Immer noch drang Qualm heraus. Ab und zu segelten verbrannte Papierfetzen durch die Luft. Die Kopflichter der Feuerwehrmänner durchstachen den dunklen Nebel, dann verschwanden sie wieder. Wenn es schon von hier unten beängstigend aussah, konnte man davon ausgehen, dass nichts von Fischers Spinnennetz übrig geblieben war. Alles umsonst. Vier Jahre vernichtet in einer einzigen Explosion.

»Ich muss warten, bis die Feuerwehr den Tatort freigibt«, erwiderte die Kommissarin. »Also, ein terroristisches Motiv schließen Sie aus?«

»Das weiß ich doch nicht«, gab ich patzig zurück. Die Frau sollte ihre Arbeit machen. Gründlich, nach rechtsstaatlichen Prinzipien und unvoreingenommen. »Jemand wollte Beweise vernichten, die schon längst gesichert worden wären, wenn Sie Ihren Job ernst genommen hätten!«

»Joe?«, fragte Marie-Luise mit genau jener Schärfe in der Stimme, die mich zum Innehalten bringen sollte. Sie wandte sich an die Kommissarin. »Zum jetzigen Zeitpunkt und nach der nicht vorhandenen Kenntnislage schließe ich terroristische Motive komplett aus. Aber ich rate Ihnen, sich die Namen Zhang, Kalaman und Petroyevo zu merken.«

»Pokateyevo«, korrigierte ich sie.

Gärtner holte stirnrunzelnd ein Notizbuch heraus und schrieb die Namen hinein. »Und warum? Glauben Sie, es handelt sich bei ihnen um die Täter?«

»Untersuchen Sie ihre Verbindungen zu Andreas Hartmann und Peter Schweiger. Das hat Herr Fischer nämlich gemacht. Er stand kurz davor, so kurz«, ich drückte Zeigefinger und Daumen meiner rechten Hand zusammen und hielt sie ihr vor die Nase, »eine Schwarzgeldaffäre aufzudecken, die alles in den Schatten stellt, was wir uns vorstellen können. Das war da oben in der Wohnung. Frau Wolgast hat es uns gezeigt. Und genauso, wie mein Filofax verschwunden ist und der Eintrag ins Gästebuch, genauso wie diese gottverdammte Quittung verschwunden ist, will dieser Brandanschlag das vertuschen.«

Gärtner notierte, und ich schwöre, sie kritzelte nur Strichmännchen in ihr Heft.

»Was genau konnte Herr Fischer nachweisen?«

»Die Verbindungen! Von einem zum anderen! All die Firmen, die Schwarzgeldkonten – alles! Ihre Treffen, ihre Geldübergaben. Die Strohmänner, alles! Es geht nicht um irgendwelche Piefkes in Berlin, die den Hals nicht voll genug kriegen. Das sind Kriminelle. Multimillionäre aus Istanbul, Moskau und Hongkong. Denen war er auf der Spur. Die sind für das alles verantwortlich.«

Sie sah wieder die Fassade hoch. »Ein Killerkommando also. Und wie hat er das gemacht? Ein einfacher Finanzbeamter aus Wilmersdorf?«

»Mit Wäscheschnüren«, sagte ich eisig.

Sie glaubte uns kein Wort.

Das Einzige, worin wir hoffentlich übereinstimmten, war, dass es sich hier definitiv nicht um einen Selbstmordversuch gehandelt hatte. Dieses Mal war ein ganzes Haus evakuiert und in Mitleidenschaft gezogen worden. Es würden Fragen gestellt werden, es gäbe Pressekonferenzen. Wahrscheinlich kam jetzt das BKA zum Zuge oder der Staatsschutz und würde sie ablösen. Der letzte Gedanke war der einzig positive inmitten dieser Tragödie.

»Sie kommen mit aufs Präsidium. Alle beide.«

Ich trat vor Marie-Luise. »Tut mir leid. Die Dame steht unter Schock. Attest wird nachgereicht. Anwaltliche Versicherung im Sinne der Glaubhaftmachung ebenso.«

Marie-Luise schob mich zur Seite. »Herr Vernau ist verletzt und muss ins Krankenhaus. Anwaltliche Versicherung im Sinne …«

»Danke.« Wäre Frau Gärtner ein Drache, würde ihr jetzt giftgrüner Qualm aus Nase und Ohren kommen. »Anwälte. Schlimmer als Lehrer.«

»Höre ich da eine gewisse Voreingenommenheit?«, fragte ich.

Gärtner legte den Kopf schief. »Nicht im Geringsten. Aber wie wäre es mit Festnahme wegen Verdunkelung?«

»Wir verdunkeln hier nichts«, sagte ich. »Das passiert bei Ihnen schon von alleine.«

»Joe«, sagte Marie-Luise warnend. Und dann zu Gärtner: »Da sehen Sie es. Er weiß nicht mehr, was er sagt.«

»Im Gegenteil.« Es war mir egal, ob ich mich um Kopf und Kragen redete. »Ich war noch nie so klar im Kopf wie jetzt. Ich erstatte Anzeige gegen diese fünf Männer, die ich Ihnen gerade genannt habe und deren Namen Sie sich hoffentlich gemerkt haben, wegen des versuchten Totschlags nach Paragraf 212 an mir, Frau Hoffmann und den beiden Damen, die das hoffentlich überleben werden.« Ich klopfte mit dem Zeigefinger auf ihr Notizbuch, das sie sofort zuschnappen ließ. »Und wegen Mordes nach Paragraf 211 StGB Absatz 2 an Udo Fischer und

Caroline Weigert. Hätten Sie jetzt die Güte, zu ermitteln und uns in Ruhe zu lassen?«

»Morgen früh um acht auf dem Präsidium«, zischte sie. »Anzeige, Aussage, Unterschrift. Hier meine Karte, falls Ihnen noch etwas einfällt.«

Sie drückte sie mir in die Hand, dann drehte sie sich um und war schon nach ein paar Schritten von der Menge verschluckt.

»Bist du durchgedreht? Wurde dir gerade das Hirn weggeblasen?« Marie-Luise sah der Frau hinterher. »Wie willst du denn das, was wir da oben gesehen haben, erklären? Wäscheschnüre? Die nach Hongkong, Istanbul und Moskau führen? Der Einzige, der weggesperrt wird, bist du. In die Gummizelle.«

Sie hatte recht. Die Berliner Polizei ist vieles gewohnt, aber Wirtschaftskriminalität in diesem Ausmaß, zwei Morde und vier Mordversuche überstieg vielleicht ihre Ermittlungskapazität. Ich überlegte, ob ich jemanden beim BKA kannte, aber mir fiel niemand ein, den man mit einer solchen Sache ins Vertrauen ziehen konnte.

»Ruf Marquardt an. Wir müssen ihn warnen. Sofort. Hoffentlich ist es noch nicht zu spät.«

Ich holte mein Handy heraus und wählte seine Nummer. Wieder nichts. Noch nicht einmal mehr der Anrufbeantworter.

»Er geht nicht ran. Wir müssen zu ihm.«

Marie-Luise musterte mich von oben bis unten. »Weißt du eigentlich, wie du aussiehst?«

»Das ist egal. Vielleicht können wir bei ihm duschen.«

Wir verschwanden gerade noch rechtzeitig, bevor ein Auto mit dem Logo der *Berliner Tageszeitung* auftauchte, hinterm Steuer Alttays verschlafenes Gesicht.

5

Einen seit acht Jahren abgelaufenen Erste-Hilfe-Koffer auf dem Schoß dirigierte ich Marie-Luise durch die nächtliche Stadt. Die Schlangenbader Straße lag keine zehn Minuten vom Grunewald entfernt. West-Berlin ist klein. Vor allem der Westen von West-Berlin. Als wir die Hagenstraße hinunterfuhren mit all den prächtigen Villen, den Botschaften reicher Länder und einem Vorgartenidyll wie aus dem letzten Jahrhundert, fiel mir wieder ein, dass ich vor langer Zeit einmal hier zu Hause gewesen war. Nur ein paar Ecken weiter lag das Anwesen der Zernikows. Die Sehnsucht, bei Sigrun vorbeizusehen, war ebenso groß wie lächerlich. Aber ich brauchte mich nur an ihre Stimme zu erinnern, und schon hatte ich das Gefühl, jemand würde mir sanft eine kühle Hand auf die Stirn legen.

»Hier?«

Das Gefühl verpuffte. Marie-Luise ließ den Wagen ausrollen und sah an mir vorbei auf das Grundstück zur rechten Hand. Umgeben von einer uralten Felsensteinmauer lag eine versteckte Villa auf einem kleinen Hügel. Hohe Tannen, artiger Buchsbaum. Ein großes, schmiedeeisernes Tor sperrte die Zufahrt ab. Das Klingelschild war nirgendwo zu entdecken, dafür die dezent leuchtende Hausnummer.

»Ja. – Nimm das, bitte.«

Ich reichte ihr ein Pflaster. Sie klappte die Sichtblende hinunter, hinter der sich ein halb blinder, kleiner Spiegel befand.

»O mein Gott. Was ist mit meinen Haaren passiert?«

Auf der linken Kopfseite waren sie fast komplett weggebrannt.

»Halb so wild«, sagte ich. Frauen und Haare. Die konnten nachwachsen. Aber nicht das Vertrauen in Freunde. Ich starrte finster auf das Tor, hinter dem sich Marquardt verschanzt hatte und nichts mehr mit uns zu tun haben wollte.

»Die sind fast weg!« Marie-Luise war nah am Heulen. »Wie sieht das denn aus?«

»Das wächst wieder«, beruhigte ich sie. Ohne Erfolg. »Wir müssen jetzt da rein, und glaube mir, es ist besser, wenn er uns so sieht. Dann ahnt er vielleicht endlich mal, auf welche Leute er sich eingelassen hat.«

Resigniert klebte sie sich das Pflaster auf die Stirn.

»Wir stinken wie die Elche.«

»Auch das darf er gerne riechen.«

Ich stieg aus. Ich konnte es kaum noch erwarten, ihn mir vorzuknöpfen. Am liebsten hätte ich ihm gleich meine Faust ins Gesicht gerammt. Ich wusste gar nicht mehr wohin mit meinem Negativadrenalin. Erst jetzt merkte ich, wie aufgeputscht ich war. Nicht nur von dem, was Wolgast uns über Fischers Recherchen erzählt hatte, sondern auch von dem Anschlag auf uns. Eine Sachbearbeiterin, eine Köchin, zwei kleine Anwälte aus dem Wedding. Tolle Gegner. Ein grandioser Sieg, den sie sich da gegönnt hatten. Aber wir waren noch nicht fertig mit ihnen. In mir breitete sich ein Gefühl von Größenwahn aus, von Wut, Hass und Rache. Sie konnten uns nicht totkriegen, genauso wenig wie die Wahrheit.

Keine Klingel. Nirgends. Ich holte aus, trat mit voller Wucht gegen das Tor, das in seinen Zargen bebte und das Geräusch eines mittelschweren Blechschadens von sich gab.

»Marquardt! Mach auf!«

Ich trat wieder dagegen. Es schepperte wie auf dem Schrottplatz. Wahrscheinlich standen die Nachbarn senkrecht in ihren seidenen Betten.

»Mach auf, du Drecksack! Sonst komme ich dich holen! Ich schlag dir die Zähne aus dem Gesicht! Ich ramme dich in Grund und Boden!«

Ich trat wieder. Und wieder.

»Hör auf!«, schrie Marie-Luise.

Aber ich konnte nicht. Ich dachte an die vielen Abende, an denen er mich kleingemacht hatte mit seinem großkotzigen Gehabe. An die Herablassung, mit der er seinen Erfolg als selbst gemacht verkauft hatte. Und dass ich trotz allem noch geglaubt hatte, wir könnten Freunde sein. Trotz allem.

Und während ich weiter trat und mit den Fäusten gegen das Eisen hämmerte und Marie-Luise verzweifelt versuchte, mich wegzuziehen, dachte ich an Udo Fischer und Marianne Wolgast, zwei Sachbearbeiter aus dem Finanzamt Zehlendorf, für die Marquardt nur Verachtung übriggehabt hätte. Wie sie vier Jahre ihres Lebens geopfert hatten und am Schluss noch viel mehr, um Leuten wie ihm zu zeigen, dass sie nicht über dem Gesetz standen, dieser Hure, die alle bediente und jedem Freier das Gefühl gab, gleich behandelt zu werden.

Das Tor ging auf, und in meiner Raserei wäre ich fast auf Tiffy gestürzt.

»Herr Vernau! Was ist los?«

Sie hielt ihren Bauch und sah zum Platzen aus. Ich blieb stehen, betäubt von Wut, Schmerzen in den Knöcheln und diesem plötzlichen, abrupten Ende meines Ausbruchs, hörte mich nach Atem ringen und fing langsam, ganz langsam an, mich zu schämen.

»Entschuldigen Sie«, sagte Marie-Luise. Sie klang verzweifelt, als ob sie selbst fast am Heulen wäre. Ich sollte für sie da sein und mich nicht benehmen wie ein Dreizehnjähriger auf seinem ersten Trip. Schnaufend hielt ich mir die Faust vor den Mund und drehte mich zur Seite. Am liebsten hätte ich wieder gekotzt, aber ich hatte nichts mehr in mir, für das sich das gelohnt hätte.

»Tiffany?«

»Ja?«

»Ist Ihr Vater zu sprechen?«

»Frau ... Hoffmann?«

Die beiden kannten sich, vom Sehen, so wie man sich auf zwei Fähren immer mal wieder bemerkt, wenn sie sich auf der Mitte des Flusses kreuzen. Ich hatte Tiffy in ihrer Naivität, gepaart mit einem bemerkenswerten Überlebensinstinkt, den man bei diesem Vater brauchte, immer gemocht.

»Nein, Papá ist leider nicht da. Bitte. Kommen Sie doch herein.«

Papá. Lernte man das auf Internaten in der Schweiz? Sie klang gestresst, aber vielleicht hatte sie auch nur Ärger mit den Nachbarn und dachte an die Erklärungsversuche über den Gartenzaun am nächsten Morgen.

»Wir müssen ihn sprechen. Es ist dringend. Wissen Sie, wo er ist?«

»Nein, eben nicht! Ich versuche schon ewig, ihn zu erreichen. Meine Mutter ist außer sich vor Sorge.«

Ich atmete tief durch und drehte mich wieder um. Tiffy war, selbst in diesem zerfließenden Zustand, der durch Schwangerschaft und nächtliche Ruhestörung herbeiführt worden war, dieselbe elfenhafte Schönheit, die sie immer gewesen war. Bis auf den gigantischen Bauch natürlich. Nur dass ihr die langen Haare jetzt wirr um die Schultern fielen und sie in einem Jogginganzug mit Pantoffeln steckte. Beides sah teuer aus, aber man kann für einen Aufzug wie diesen so viel Geld ausgeben, wie man will, man wirkt immer wie aus dem Bett gefallen.

»Wann hat er sich zum letzten Mal gemeldet?«, fragte ich.

»Gestern. Bitte, kommen Sie herein. Darüber müssen wir doch nicht auf der Straße reden. Meine Mutter ist noch wach. Wir sind kurz davor, eine Vermisstenanzeige aufzugeben.«

Tiffy warf noch einen besorgten Blick über die Rabatten, aber entweder ging man im Grunewald früh schlafen oder hatte schall- und schusssichere Fenster. Kannte ich doch alles. Hatte ich selbst erlebt. Nur ein paar Ecken weiter ... Sie lief langsam, und wir hatten in unserem Zustand nichts dagegen, dass wir die Stufen hinauf nicht im Laufschritt nahmen.

Das Haus mochte von außen alt und ehrwürdig aussehen, im Inneren aber war es Opfer von Innenarchitekten geworden, die sich ihre Ästhetik von Prospekten Mailänder Möbelhersteller abschauen. Spiegelnder Granit, Deckenstrahler, rohe Betonwände mit sicherlich teurer Kunst. Die Luft war kühl wie in einem Museum und von leisen Klimaanlagen gefiltert. In der Mitte des Entrees, von dem eine hochgefährlich aussehende, freischwebende Treppe hinauf ins erste Geschoss führte, prangte ein gewaltiges Blumengesteck. Es wurde von Deckenleuchtern in Szene gesetzt wie eine Statue von Michelangelo.

»Ich sag meiner Mutter Bescheid, dass Sie da sind. Was ist denn passiert?«

»Das erzählen wir, wenn wir alle zusammen sind«, schlug ich vor. »Habt ihr ein Gästebad?«

»Natürlich.«

Das Badezimmer, das ich zugeteilt bekam, hatte die Größe einer Dreiraumwohnung in Marzahn und befand sich im Keller neben Sauna und Fitnessraum. Granit, kubistische Keramik und eine Duscharmatur, für deren Bedienung man vermutlich ein Hochschulstudium brauchte. Aber Handtücher, Bademantel und Pantoffeln. Nach einer Viertelstunde kam ich, eingehüllt in Frottee wie ein frisch gebadetes Baby, meine zerfetzten, verrußten, blutverschmierten Klamotten über dem Arm, zurück ins Entree und wurde von Tiffy in den Salon geführt. Hier wartete Biggi auf mich. Offenbar war sie auf meinen Anblick vorbereitet worden, trotzdem schlug sie sich schockiert die Hand vor den Mund, als sie mich sah. Ich musste immer noch ausschauen, als wäre ich gerade in ihrer Sauna ausgerutscht, hochgekommen und gleich noch mal auf die Fresse gefallen.

»Joachim! Um Himmels willen!«

Sie war älter geworden, und sie hatte eine Menge dafür getan, es aufzuhalten. Aber Gesichter sind wie Gemälde: Wenn man darüberzeichnet, zerstört man den Gesamteindruck, mag die Retusche noch so gut sein. Alles an ihr wirkte ein wenig nach oben gezurrt, die Augenbrauen bildeten zwei Dreiecke, die ihrer Miene einen leicht verblüfften Ausdruck gaben. Dass sie aus dem Bett geholt worden war, sah man ihr nicht an. Der blonde Pagenschnitt lag ordentlich gekämmt, die prallen Wangen glänzten frisch gecremt.

»Wo ist Sebastian?«, fragte ich. Umarmungen und Küsschen ließen wir bleiben.

Sie trug einen Nicky-Hausanzug und die gleichen Pantoffeln wie ihre Tochter. Weiß mit einem eingestickten goldenen Wappen. Wahrscheinlich das, das er sich in Italien gekauft hatte.

»Ich habe nicht die leiseste Ahnung. Bitte, setz dich.« Wir duzten uns. Wir hatten miteinander studiert. »Einen Whisky? Du siehst aus, als könntest du einen vertragen.«

Auf einem Beistelltisch standen eine Karaffe und mehrere Tumbler. Sie goss uns beiden ordentlich ein und reichte mir ein Glas. Marie-Luise tauchte auf, ein Handtuch um die Schulter, mit dem sie sich durchs verbliebene Resthaar strubbelte. Auch sie trug einen Morgenmantel und Frotteeschlappen. Es war grotesk: Wir sahen aus, als hätten wir uns zu einer Pyjamaparty verabredet.

»Mir auch einen. Hallo Biggi.«

»Hallo Marie-Luise.«

Die beiden hatten sich schon an der Uni nicht gemocht.

»Whisky?«

»Gerne.«

Tiffy erschien mit einem Tablett. Darauf stand eine Kanne Tee mit Bechern, Meißen, das Platin-Modell, wenn ich nicht irre. Einmal über die Pantoffeln stolpern, und zweitausend Euro zerschellen auf Granit.

»Ich dachte, ich mach uns was Heißes.«

Vorsichtig stellte sie alles auf dem Couchtisch ab und nahm dann mit einem Stöhnen, eine Hand unterm Bauch, die andere im Kreuz, auf dem Sofa Platz. Biggi reichte Marie-Luise den Whisky. Tiffy schenkte sich Tee ein.

»Wo ist Sebastian?«, fragte ich noch einmal.

Die Damen des Hauses wechselten einen sorgenvollen Blick.

»Keine Ahnung«, sagte Tiffy. »Er hat mir versprochen, da zu sein, wenn es losgeht. Ich bin schon vier Tage über die Zeit. Morgen geht's in die Klinik.«

Ihre Mutter legte ihr die Hand aufs Knie und streichelte sie sachte. »Gestern hat er sich noch kurz gemeldet«, sagte sie. »Vom Flughafen Frankfurt. Er käme rechtzeitig zum Abendessen. Seitdem haben wir nichts mehr von ihm gehört. Sein Büro hat heute pausenlos angerufen. Wir kommen fast um vor Sorge. Und jetzt steht ihr mitten in der Nacht vor der Tür, in diesem Zustand – was ist denn passiert?«

»Wir haben den begründeten Verdacht, dass ...« Ich sah zu Marie-Luise. Was sollte ich den beiden Plüschhasen da sagen auf ihrer cremefarbenen Couch? Wir stanken immer noch nach Rauch. Wir hatten geblutet und waren verdreckt. Zwei weitere Menschen schwebten in Lebensgefahr, zwei waren tot. Und Marquardt? Hatte sich verpisst.

Marie-Luise trank ihren Whisky in einem Zug aus und setzte den Tumbler auf der Glasplatte des Couchtischs ab. Ein bisschen zu heftig, denn es knallte, und wir alle zuckten zusammen.

»Also«, begann sie. »Ihr Vater, Tiffy, ist in eine heikle Sache verwickelt. Es geht um Steuerhinterziehung in Millionenhöhe und Schwarzgeld, das er als Strohmann überall auf der Welt gebunkert hat. Kann man machen. Tun ja viele. Manche kommen in den Knast, die meisten nicht.«

Tiffy sah Marie-Luise über den Rand ihres Teebechers an, so wie man aus sicherer Entfernung einen randalierenden Irren beobachtet.

»Es geht um Grundstücksgeschäfte in Berlin, zehn Jahre ist es her. Es wurde viel Geld gemacht, und es landet, wie so oft, in den Taschen ausländischer Investoren und ein bisschen auch bei denen, die den Deal hier in Berlin eingefädelt haben. Hartmann und Schweiger.«

»Andreas?«, fragte Biggi entsetzt. »Und Peter? Das kann nicht sein. Das sind nette Leute. Wir hatten sie ein paarmal zum Essen hier. Sebastian ist ihr Anwalt. Was wollt ihr ihm in die Schuhe schieben?«

So viel zu Marquardts *kenne ich kaum.*

Marie-Luise tat gut daran, sich zunächst ausschließlich an Tiffy zu wenden. Sie ignorierte Biggis Einwurf und redete einfach weiter.

»Nun gibt es ... gab es, muss ich leider sagen, eine Staatsanwältin. Und einen Betriebsprüfer. Die beiden hatten vor, die Hintermänner dieser Deals dingfest zu machen. Das hat denen natürlich nicht gepasst. Es werden Fäden gezogen. Im Finanzamt, bei der Kripo – Stichwort Wirtschaftskriminalität – und bei der Presse. Ergebnis: Die Staatsanwältin wird so lange gemobbt, bis sie sich das Leben nimmt.«

»Ach herrje.« Biggi nahm, ehrlich bestürzt, einen weiteren Schluck Whisky. Tiffy ließ sich nichts anmerken. Sie wartete einfach.

»Ihr Mitarbeiter aber glaubt nicht an einen Selbstmord. Vier Jahre lang wühlt er herum. Macht Betriebsprüfungen, checkt Reisen, kontrolliert Alibis. Und dann, endlich, ist er überzeugt, er hat den Beweis.«

»Welchen Beweis?« Biggi. Misstrauisch. Tiffy trank Tee. Sie war die Coolste von allen und würde es damit wahrscheinlich noch weit bringen im Leben.

»Den Beweis, dass die Staatsanwältin ermordet wurde.«

Biggi stellte ihr Glas ab, und es knallte mindestens ebenso laut wie bei Marie-Luise. »Und worauf läuft das jetzt hinaus? Was hat Sebastian damit zu tun?«

Ich beugte mich vor. Ruhige Stimme, Tonlage: Es wird nichts so heiß gegessen, wie es gekocht wird. Funktioniert eigentlich immer. »Der Beweis war in unseren Unterlagen. Sebastian hat ein falsches Alibi gegeben. Ich glaube nicht, dass er sich der Tragweite seiner Entscheidung bewusst war. Vermutlich wollte er seinen Kumpels Peter und Atze nur einen Gefallen tun. So wie er das all die Jahre vorher schon getan hat: als Strohmann für ihre Schwarzgeldgeschäfte.«

»Das ist ungeheuerlich!«

»Biggi, kein Anwalt, und wenn er noch so viel auf- und abschreibt, kann sich so einen Kasten leisten. Es sei denn, ihr habt geerbt. Habt ihr das?«

Ich wies auf den Minimalismus um uns herum. So ganz anders als das Reihenhäuschen, das sie einmal bewohnt hatten. Kühler Steinboden, ein paar zu Tode reduzierte Designermöbel, Miró- und Picasso-Drucke an der Wand.

»Hast du dich nie gefragt, woher die ganze Kohle kommt?«
Ihrem Blick nach zu urteilen offenbar nicht.

»Auch das kein Drama«, fuhr ich fort, selbst wenn Marquardt schon längst mit mehr als einem Bein im Knast stand. Aber das musste ich den beiden Damen nicht unbedingt auf die Nase binden. »Er muss einfach zur Polizei und das richtigstellen. Das Dumme ist nur: Die Leute, die er schützt, haben zwei Menschen ermordet oder sind mindestens Mitwisser. Und heute Nacht …« Ich sah zu Marie-Luise. Die fuhr sich über ihre abgebrannten Haarreste und schielte nach der Whiskykaraffe. »… wollten sie uns erwischen. Und Fischers Freundin. Und ihre Nichte. Und sie haben eine ganze Wohnung in die Luft gejagt mitsamt allen Beweisen. Es ist ein Wunder, dass wir das überlebt haben. Ihr seht, was für Leute das sind.«

Ich erhoffte Mitgefühl, aber stattdessen kam etwas ganz anderes. Tiffy schaltete sich zum ersten Mal ein.

»Dann ist alles weg?«

»Ja.«

»Keine Beweise mehr für irgendwas?«

»Ja?«, sagte ich langsam und ahnte, dass wir uns gerade selbst ein Bein gestellt hatten.

»Was wollt ihr dann von uns? Sollen wir meinen Vater dazu bringen, sich selbst in die *merda* zu reiten?«

»Ähm … ja. Nein. Er soll diesen Leuten das Handwerk legen. Das wäre, sagen wir mal so, das Mindeste. Und würde sich auch günstig auf seine, ähm, na ja, Haftzeit auswirken.«

Biggi sprang auf. »Bist du völlig verrückt geworden? Ihr überfallt uns mitten in der Nacht und erzählt, dass mein Mann in vier Morde verwickelt ist?«

»Zwei. Mama, setz dich und hör zu.« Tiffy schlug aufs Polster. Biggi schnappte erst nach Luft und tat dann, wie ihr geheißen.

»Bei allem Respekt, das wird Papá nicht tun.«

»Fragt ihn doch erst mal.«

»Das können wir nicht, er ist ja nicht da.«

Für einen Moment herrschte Schweigen. Zumindest so lange, bis meine Information mit der Abwesenheit des Hausherrn in Einklang gebracht wurde. Tiffy stöhnte kurz auf.

»*O maledetta merda!*« Tiffys italienische Ehe hatte ihren Sprachschatz um einiges erweitert. »Stimmt das, was ihr sagt?«

»Natürlich nicht!«, giftete Biggi. »Ihr geht jetzt besser. Und wenn Sebastian morgen nach Hause kommt ...«

»Er kommt nicht nach Hause«, sagte Marie-Luise leise.

»Was sagst du da?«

»Er ist untergetaucht. Er weiß das alles. Er steckt bis zum Hals in der *merda*«, Marie-Luise sah zu Tiffy, »die er selbst mit angerichtet hat. Ihm bleibt nur eine Chance: auspacken, bevor andere ihn daran hindern können. Wo steckt er?«

Biggis über Jahre angestaute Abneigung gegen ihre alte Studienfeindin brach sich jetzt vollends Bahn. »Wenn ich es wüsste, *dir* würde ich es nicht sagen.«

»Mama?«

Wutentbrannt wandte sich die Mutter an die Tochter. »Es war doch schon immer so, dass die beiden neidisch auf uns waren! Wir haben etwas geleistet im Leben, damit kommen sie nicht klar. Und jetzt wollen sie Sebastian in diese Schwarzgeldgeschichte hineinziehen, um ihn fertigzumachen. Und unsere Freunde noch dazu! Nur über meine Leiche.«

Sie brach ab und sah von einem zum anderen. Marie-Luise und ich schwiegen. Tiffy seufzte und wollte den Teebecher abstellen, aber ihr Bauch kam ihr in die Quere. Ich nahm ihn ihr ab.

»Tiffany«, sagte ich. »Glaubst du wirklich, dein Vater lässt dich freiwillig allein? Gerade jetzt?«

Sie strich sich über die Wölbung. Und plötzlich kullerte eine Träne über ihre Wange. Hastig wischte sie sie weg.

»Er hat es versprochen.«

»Dann ist ihm etwas dazwischengekommen. Etwas Geschäftliches.« Biggi drehte an einem von mehreren Diamantringen an ihren Fingern. Der Zug um ihren Mund bekam etwas Verkniffenes. »Bei deiner Geburt war es genauso.«

»Aber er freut sich auf seinen Enkel! Mama, ich mache mir Sorgen! Ich will wenigstens mit ihm telefonieren, aber er meldet sich nicht mehr! Das macht mir Angst! Aber alles, was dir einfällt, ist, dass die beiden lügen? Warum sollten sie das tun?«

»Weil ...« Biggi hob ärgerlich die Hände und ließ sie wieder sinken. »Was weiß ich? Sie bringen deinen Vater mit Mord und Totschlag in Verbindung. Ist es das, was du glauben willst?«

»Ich will, dass er wieder da ist.« Noch eine Träne. Sie sah zu mir. »Wie kann ich euch denn helfen?«

»Hat eine von euch Zugang zu seinem Kreditkartenkonto?«, fragte ich.

Tiffy schüttelte den Kopf. Biggis »Nein« kam wie aus der Pistole geschossen. »Warum?«

»Weil wir dann sehen könnten, wo er ist. Man kann Flüge heutzutage kaum noch mit Bargeld bezahlen, Hotels auch nicht. Wenn er nicht irgendwo in Berlin unter einer Brücke schläft, hat er sich abgesetzt.«

»Abgesetzt?«, rief Biggi wütend. »Du sagst mir allen Ernstes, er ist durchgebrannt? Vielleicht noch mit einer zwanzig Jahre Jüngeren? Es reicht! Raus mit euch! Sofort!«

Tiffy stieß einen schmerzerfüllten Laut aus. »Mama!«

»Oh mein Gott! Tiffany! Was ist los?«

»Ich will, dass du ihnen hilfst, kapiert?« Sie krümmte sich

zusammen, soweit das bei einem Neuneinhalb-Monats-Bauch möglich war. »Es ist nur ein Krampf oder so was. Ich soll mich nicht aufregen.«

»Das sollst du nicht. Ich rufe in der Klinik an. Es geht los! Oh mein Gott!«

Biggi sprang auf und wollte hinaus ins Entree rennen.

»Mamá!«

Sie blieb stehen.

»Rück die Zugangsdaten raus. Los. Mach schon. Du hast sie, ich weiß es. Du kontrollierst doch alles von ihm. Das ist ja fast zwanghaft bei dir.«

Marie-Luise und ich sahen uns an. So tief in die Familiengeheimnisse der Marquardts wollten wir gar nicht eindringen.

»Ich kontrolliere deinen Vater nicht«, sagte Biggi eisig. »Ich behalte nur die Ausgaben im Auge.«

»Es ist egal, wie du es nennst. Aber ich will wissen, wo er ist! Aua!«

Marie-Luise sprang auf und ging vor Tiffy auf die Knie. »Alles okay?«

»Nein!«

»Oh mein Gott. Oh mein Gott!« Biggi holte von irgendwoher ein schnurloses Telefon und tippte die Notrufnummer. »Meine Tochter kriegt ein Kind! Jetzt!«, schrie sie in den Hörer, kaum dass sich jemand gemeldet hatte, während Marie-Luise dem Mädchen beim Atmen half. Ich fühlte mich so überflüssig wie selten.

»Sag Ihnen die Kontodaten«, stöhnte Tiffy.

»Das mach ich, ich mach es! – Ja, bitte, schicken Sie einen Krankenwagen.«

»Hilf mir mal«, herrschte mich Marie-Luise an. »Wir müssen sie auf den Boden legen.«

Gemeinsam halfen wir Tiffy vom Sofa auf den Boden, während Biggi nach dem Notruf in die Küche lief und mit einem nassen Handtuch wiederkam.

»Was soll ich denn damit?«, wurde sie von ihrer Tochter angeblafft. »Ich hab wahrscheinlich zu viel Erdbeeren gegessen vorhin.«

»Nein, mein Schatz.« Biggi tupfte ihr liebevoll die Stirn ab. »Das hast du nicht. Du wirst Mutter. Und ich werde dabei sein. Ich lasse dich nicht alleine.«

Tiffy warf einen, wie ich meine, verzweifelten Blick zu Marie-Luise. »Es geht schon wieder.«

»Junge oder Mädchen?« Ich wollte wenigstens eine kompetente Frage stellen.

»Ein ... aua!« Tiffy stöhnte. »O Mann, ich glaube wirklich, es geht los!«

Zehn Minuten später war der Krankenwagen da. Bis dahin hielt ich mich im Hintergrund, während gute Ratschläge wie Seitenlage, Hocke, Tee, kein Tee, Atmen, püh-püh-püh, auf Tiffy niederprasselten. Erst als die Sanitäter klingelten, half ich der werdenden Mutter, auf die Beine zu kommen.

»Jetzt gib ihm schon, was er will!«

Biggi hatte von irgendwoher zwei Mäntel geholt, sich wenigstens andere Schuhe angezogen und schaufelte gerade Schlüssel, Portemonnaie, Handy und Brille in ihre Hermès-Tasche. Sie zögerte.

»Mama!«

»Deine Krankenhaustasche! Wo ist die?«

»Oben!«

Tiffy wurde mir an der Haustür von zwei kräftigen Jungs aus dem Arm genommen. Ihre Mutter blieb stehen, griff sich an die Stirn und stellte die Tasche ab. Sie atmete tief durch und sah uns abwechselnd an.

»Kommt mit. – Sie warten, bis ich komme! Tiffy, du fährst nicht ohne mich!«

»Alles klar. Keine Sorge.«

Ein erneutes Stöhnen. Es erfolgte in immer kürzeren Abständen. Biggi lief die Betontreppe hinauf, wir folgten ihr. Von der Galerie ging es in mehrere Zimmer, wir wurden in das geführt, das am weitesten entfernt lag.

»Sebastians Arbeitszimmer.« Biggi, ein wenig außer Atem, weil die Zeit drängte und sie so schnell gerannt war, öffnete die Tür. Uns empfing ein modern eingerichteter Raum, an dem das Bedeutendste der Schreibtisch war: Gefühlte zehn Quadratmeter Granit glänzten sattschwarz im Licht der Deckenstrahler. Es sah aus, als wäre Marquardt nur kurz aufgestanden, um gleich wieder an die Arbeit zurückzukehren: Sein Füller lag auf irgendwelchen Papieren, dieses teure Angeberding, das er nie aus der Hand gab. Die Akten in der chromfarbenen Ablage waren nur nachlässig hineingeworfen, ein paar Bücher – allesamt internationales Wirtschaftsrecht –, aufeinandergestapelt, darunter eines, das sich mit chinesischem Immaterialgüterrecht beschäftigte: *Chinese Foreign Investment*. Der rote Einband war, ungewöhnlich für ein trockenes Sachbuch, mit einem goldenen Löwen verziert.

Biggi drückte einen Knopf, und wie von Geisterhand fuhr aus einem unscheinbaren Schlitz langsam ein Monitor heraus. Aber wir hatten keine Zeit, den technischen Fortschritt zu bestaunen. Sie setzte sich auf Marquardts Chefsessel und zog eine Tastatur unter der Tischplatte hervor.

»Sein Passwort ist Tiffy26021991. Ihr Geburtstag.«

Sie tippte es ein, und auf dem Bildschirm erschien ein Familienfoto der Marquardts, alle drei irgendwo unter Palmen an einem Puderzuckerstrand.

»Das war letztes Jahr auf den Malediven«, erklärte sie und

öffnete das Internet. »Sebastian hat ein Dutzend Kreditkarten, für Reisen nutzt er allerdings fast ausschließlich die Ruetli Platin.«

»Die was?«, fragte ich.

»Ruetli. Schweizer Privatbank. Hier. Ich öffne euch das Konto. Ihr könnt hineinschauen und euch alles zusammensuchen, was ihr an Dreck braucht, mit dem ihr Sebastian bewerfen wollt. Ich tu das nur für Tiffy. Sie soll in ihrer schwersten Stunde ...«

Biggi brach in Tränen aus und drehte sich auf Marquardts Stuhl vom Schreibtisch weg. Marie-Luise und ich wechselten einen besorgten Blick.

»Darf ich?«

Mit einem erstickten Laut stand sie auf. Und dann sagte sie den pragmatischsten Satz, den ich jemals aus ihrem Mund gehört hatte.

»Wenn ihr fertig seid, sucht euch was zum Anziehen raus, denn so könnt ihr nicht auf die Straße.« Dann rauschte sie hinaus.

Ich setzte mich hin und rief die aktuelle Kreditkartenabrechnung ab. Marie-Luise kam zu mir und beugte sich über meine Schulter. Wir hörten Türen knallen und Biggis Absätze auf der Betontreppe hinunterklappern.

»Er ist ja wirklich irre viel unterwegs«, sagte sie und deutete auf den Monitor. Reisen in die Schweiz, in die USA, einmal nach Hongkong, keine zwei Wochen her. Davon hatte er kein Wort erzählt. Einkäufe, Hotel- und Restaurantrechnungen in den verschiedensten Währungen. Ich scrollte hinunter.

»Hier, die letzten Transaktionen.«

Marie-Luise beugte sich noch weiter vor. Sie lag schon fast auf dem Schreibtisch. Hatte sie sich nicht letztes Jahr eine Lesebrille angeschafft? »Vorgestern, Ticketkauf bei Air China.

Viertausendzweihundert. Fliegt er First oder was? Und zwei Nächte Peninsula, tausendsechshundert. Irre. Sechs Euro achtzig bei Schlemmermeyer?«

»Ein Kaffee und ein Wasser wahrscheinlich. Ist ein Imbissstand auf dem Weg zu den Gates. Frankfurt/Main, nehme ich an. Von Berlin aus fliegt ja höchstens ein Frisbee.«

Ich war nicht oft in Frankfurt, genau erinnern konnte ich mich nicht. Aber es war die einfachste Erklärung.

»Und was ist das hier?«

Sie deutete auf den letzten, mit dieser Kreditkarte getätigten Kauf. Einunddreißig Euro und achtundzwanzig Cent, allerdings umgerechnet aus chinesischen Yuan und eingezogen von einer HKNeT.

»Dreizehn Stunden nach dem Flugticketkauf, nach unserer Zeit gestern früh um vier Uhr noch was. Was ist HKNeT?«

Wir googelten die Firma, praktischerweise gleich an Marquardts Computer.

»Ein Netzanbieter aus Hongkong.«

Ich drehte mich auf meinem Stuhl einmal um hundertachtzig Grad. Marie-Luise trat einen Schritt zurück.

»Er ist in Hongkong?«, fragte sie verblüfft.

»Sieht so aus.«

»Was zum Teufel macht er da, statt hier bei seiner Tochter zu sein?«

»Das Gute an dieser Information ist«, begann ich und öffnete auch gleich Marquardts E-Mail-Postfach, »er kann den Sprengsatz nicht geworfen haben. Obwohl er ja einzigartig in der Kunst sein soll, an zwei Orten gleichzeitig aufzutauchen.«

»Bist du sicher, dass er da ist und nicht irgendwo in Berlin, um das alles auszusitzen?«

»Mehr oder weniger.« In seinen Mails fand ich nur Schriftverkehr, der zu Marquardt und seinem Job passte. Nichts von

Hartmann oder Schweiger, keine kryptischen Nachrichten auf Türkisch, Russisch oder Chinesisch. »Die Chinesen sind sehr streng, was ihre Einreisepolitik angeht. Vor allem, was Hongkong betrifft. Er kann nur mit einem Touristenvisum rein, und das sehen sie sich ganz genau an. Also irgendjemand anderen vorschicken, der das auf seinen Namen macht – nein. Ich nehme an, er hat sich gleich bei der Ankunft eine Telefonkarte gekauft, was auch erklärt, dass er unter seiner deutschen Nummer nicht mehr erreichbar ist.«

»Aber er muss doch wissen, was hier passiert! Nicht nur, dass wir ihm auf die Schliche gekommen sind. Er lässt einfach seine Tochter im Stich?«

»Ich fürchte, er weiß es nicht. Seine Mandanten werden ihm gesagt haben, dass etwas im Busch ist. Vielleicht muss er die Firmen auflösen und ihr Schwarzgeld anderweitig unterbringen.«

»Millionen?«

»Möglich.«

»Und warum meldet er sich dann nicht? Weder bei seiner Frau noch bei seiner Tochter?«

Genau das war der Punkt. Man konnte von Marquardt eine Menge Schlechtes halten. Und noch ein Fuder Mist obendrauf schaufeln. Aber Familie hatte bei ihm immer an erster Stelle gestanden.

Marie-Luise drehte sich eine Zigarette und hatte die Frechheit, sie auch noch direkt unter dem Rauchmelder anzuzünden.

»Vielleicht, weil er zu viel zu tun hat?«, spekulierte ich. »Ich weiß nicht, wie das läuft. Ob er einen Koffer mit Geld bekommt und den dann mit nach Hause bringt oder ob er gleich weiterfliegt in die USA oder nach Zürich und es dort einzahlt. Oder ob man das mit Überweisungen macht oder mit Schecks, keine Ahnung.«

»Als ob.« Sie pustete den Rauch wenigstens in die Waagrechte. »Das ist an einem halben Tag erledigt.«

»Vielleicht wartet er auf Papiere. Formalitäten, Beglaubigungen?«

»Auch dann könnte er anrufen. Weißt du, was ich denke?«

»Nein.«

»Er ist tatsächlich untergetaucht.«

Wir schwiegen. Die Klimaanlage verströmte leise ihre Luft, gefiltert und temperiert. Wir hätten auch in einem Raumschiff sitzen können, so fremd waren die Umgebung und dieses Leben, das sich Marquardt still und leise in den letzten Jahren aufgebaut hatte, um es ebenso geschmeidig wieder zu verlassen. Schließlich sagte sie: »Das passiert. Immer wieder. Weißt du doch. Jedes Jahr verschwinden Dutzende Leute auf Nimmerwiedersehen, weil ihnen der Dreck bis zum Hals steht.«

»Das glaube ich nicht.«

»Ich auch nicht. Aber es ist die einzige Erklärung.«

Wir druckten so viele Auszüge aus, wie ich bekommen konnte. Am Ende waren es fast fünfzig Seiten. Ich arbeitete schon wie Udo Fischer. Fehlten nur noch die Wäscheleine und eine Weltkarte.

Marie-Luise hatte ihre Kippe in einer Art Muranoglas-Urne entsorgt, die dekorativ die Leere eines Bücherregals kaschieren sollte. Dann war sie ins Schlafzimmer der Marquardts gegangen. Als ich zu ihr kam, hatte sie sich aus Biggis Kleiderschrank eine Jeans und einen Kaschmirpullover ausgesucht und hielt mir einen Anzug entgegen. Ermenegildo Zegna. Feinster Zwirn.

»Der müsste passen.«

Ich ging ins Masterbad und schlüpfte in die Klamotten. Marie-Luise reichte mir auch noch Hemd und Krawatte durch den Türspalt. Als ich fertig war, trat sie ein. Wir standen nebeneinander vor einem großen Spiegel und sahen zwei zerrupfte Gestalten in teuren Kleidern. Der Anzug war zu groß.

»Passt«, sagte sie schließlich.

Viel zu groß.

»Immerhin werden wir nicht wegen Erregung öffentlichen Ärgernisses festgenommen.« Ich versuchte, mir die Hermès-Krawatte zu binden, es gelang erst nach mehrmaligen Anläufen. Meine Armbanduhr war kurz vor Mitternacht stehen geblieben, aber eine digitale Anzeige im Spiegelglas zeigte uns kurz vor zwei Uhr morgens an. Bis zu unserem Termin bei Frau Gärtner hatten wir noch sechs Stunden, von denen wir zumindest für vier versuchen sollten, Schlaf zu finden.

Marie-Luise warf einen sehnsüchtigen Blick auf das Boxspringbett.

»Nein. Biggi killt uns.«

»Schon klar.« Mit einem Seufzen wandte sie sich ab. »Ich bring dich nach Hause. Wo wohnst du jetzt eigentlich?«

Eine Viertelstunde später hatte sie mich am Adenauerplatz abgesetzt. Die letzten paar Hundert Meter wollte ich zu Fuß gehen. Wir verabredeten uns für zehn vor acht in der Keithstraße, dann fuhr sie davon.

Ich hatte Marquardts Kontoauszüge lose in der Hand, weil ich immer noch nicht dazu gekommen war, eine neue Aktentasche zu kaufen. Die Reste meiner eigenen Kleidung trug ich zusammengerollt unter dem Arm. Zu Hause entsorgte ich sie im Mülleimer, goss mir ein Glas Leitungswasser ein, machte es mir auf der Couch bequem und begann, mich anhand von Marquardts Ausgaben in sein Leben zu beamen, das mir tatsächlich vorkam wie in einer anderen Galaxie. Obwohl wir denselben Planeten bewohnten, gab es kaum noch Berührungspunkte. Marquardt war abgehoben und davongeflogen, und wir, die wir im irdischen Jammertal des niederen Broterwerbs schufteten, sahen diesem Paradiesvogel staunend hinterher.

Aber der Anzug war geil. Als ich zwei Stunden später von meinem Handywecker aus dem Tiefschlaf gerissen wurde, saß er immer noch perfekt und faltenfrei.

6

Ich erreichte die Keithstraße ein paar Minuten vor Marie-Luise. Als sie endlich um die Ecke bog, war ich fast erfroren. Sie hatte ihre lädierten Haare unter einer Mütze versteckt und ein frisches Pflaster auf die Stirn geklebt. Kein Schmuck, deshalb klimperte sie auch nicht wie ein Werkzeugkasten. Ich hatte versucht, mich beim Rasieren gar nicht erst anzusehen.

Drinnen war es warm, aber wir setzten uns nicht auf die Stühle im Vorraum, weil wir sonst wahrscheinlich sofort eingeschlafen wären. Marie-Luise checkte ihr Handy, ich hatte mir eine *Berliner Tageszeitung* mitgebracht, in der allerdings wegen des Redaktionsschlusses noch nichts von der Brandnacht in der Schlangenbader Straße zu lesen war.

Frau Gärtner ließ uns erst einmal eine halbe Stunde warten. Dann erst wurden wir abgeholt und in ihr Büro geführt. Auch danach ließ sie uns noch einmal über zehn Minuten schmoren, bis sie mit hastigen Schritten und einem kurz gemurmelten Gruß, den Anschein höchster Geschäftigkeit erweckend, endlich hereingesegelt kam.

»Tut mir leid, die Lagebesprechung. Man weiß nie, wie lange sie dauert.«

Wir versicherten ihr unser vollstes Verständnis.

»Ja«, begann sie, setzte sich hinter ihren Schreibtisch, vor dem wir saßen wie Pennäler beim Direktor, lehnte sich zurück und schaukelte ein bisschen hin und her mit ihrem Drehstuhl.

Sie sah ausgeschlafen und frisch aus. »Es war ein Wurfbrandsatz, auch Molotowcocktail genannt. Eindeutig.«

Marie-Luise und ich wechselten einen Blick. Wir hatten uns darauf verständigt, sie aus der Deckung kommen zu lassen. Bevor wir nicht wussten, was mit Marquardt passiert war, hielten wir eine Anzeige für keine besonders gute Idee.

»Die Fahndung nach dem Motorradfahrer hat leider nichts ergeben. Also sind wir auf Ihre Zeugenaussage angewiesen.«

Sie kam vor und schaltete einen kleinen Rekorder ein. »Sind Sie einverstanden, wenn wir das hier machen und nicht im Vernehmungsraum? Wir hatten heute Nacht zwei Festnahmen von alkoholisierten Randalierern. Da muss erst die Putzkolonne durch.«

»Klar«, sagte ich.

Marie-Luise zuckte nur mit den Schultern.

»Also. Was haben Sie in Herrn Fischers konspirativer Wohnung gemacht?«

»Wir wurden von Frau Wolgasts Nichte dorthin gebracht«, sagte ich.

»Warum?«

»Wir hatten Fragen.«

»Fragen?«

»Zum Tod von Udo Fischer.«

Gärtner nahm einen Bleistift. »Welche Fragen?«

»Ob sie eine Idee hat, wer Herrn Fischer getötet haben könnte. Sie waren mal Kollegen beim Finanzamt.«

»Das wissen wir schon. Und?«

»Hatte sie nicht.«

»Was befand sich in der Wohnung? Sie haben gestern Nacht ... Moment ...« Sie klappte einen Aktendeckel auf, checkte etwas und klappte ihn wieder zu. »Gestern Nacht dreiundzwanzig Uhr zweiundfünfzig gesagt, Herr Fischer hätte vor seinem Tod an einer etwas eigenartigen Beweisführung gearbeitet. Mit Wäscheleinen.«

»Ja.«

»Und Sie haben mir fünf Namen genannt.«

»Ja.«

»Männer, die in Ihren Augen in einem direkten Zusammenhang mit Herrn Fischers Tod stehen.«

»Ja.«

Sie klopfte mit dem Bleistift auf ihren Notizblock. Langsam verlor sie die Geduld. »Sie wollten Anzeige erstatten, wenn ich mich recht erinnere.«

»Ja.«

»Nun, das ist Ihre Gelegenheit.«

Marie-Luise ergriff zum ersten Mal das Wort. »Wir haben es uns anders überlegt. Verstehen Sie uns nicht falsch. Wir möchten Sie persönlich keinesfalls kritisieren. Aber Ihr Ermittlungsansatz gefällt uns nicht.«

Gärtner wartete mit hochgezogenen Augenbrauen auf eine Erklärung. Als die nicht kam, sagte sie: »Es geht hier nicht nach Gusto.«

»Da haben wir einen anderen Eindruck.«

»Dann frage ich einfach direkt heraus: Wieso, glauben Sie, wurde Herrn Fischers konspirative Zweitwohnung in Brand gesetzt?«

»Weil jemandem nicht gepasst hat, was sich darin befand.«

»Und was genau war das?«

Marie-Luise lehnte sich zurück und verschränkte bockig die Arme. Gärtner sah zu mir.

»Herr Fischer hat über vier Jahre die Verbindungen von Hartmann und Schweiger zu drei ausländischen Großinvestoren untersucht. Er war der festen Überzeugung, dass sie Schuld am Tod von Carolin Weigert hatten.«

»Wieso?«

»Weil Weigert einem Korruptions- und Schwarzgeldskandal der Extraklasse auf der Spur gewesen ist. Sollten Sie die Akte im Archiv der Staatsanwaltschaft gezogen haben, werden Sie wissen, was ich meine.«

»Habe ich«, sagte sie. Und zu meinem und Marie-Luises größtem Erstaunen zog sie den Ordner weg, und darunter kamen ein halbes Dutzend in rosafarbene Pappe gebundene, proppenvolle Sachakten zum Vorschein. »Und ich weiß genau, was Sie meinen.«

Sie stand auf und schloss die Tür.

»Darf ich?«, fragte ich.

»Nein.« Sofort war sie wieder da, und ich zog meine ausgestreckte Hand zurück. Sie schaltete das Aufnahmegerät aus. Das hatte aber nichts zu bedeuten. Wahrscheinlich lief der Handy-Rekorder in ihrer Handtasche weiter, oder nebenan saßen die Kollegen und hörten alles mit. »Frau Hoffmann, Herr Vernau. Ich brauche mehr Informationen von Ihnen. Was hat Herr Fischer herausgefunden?«

»Fragen Sie Frau Wolgast«, sagte ich.

Gärtner presste die Lippen zusammen und senkte den Blick. »Das kann ich nicht«, sagte sie schließlich. »Marianne Wolgast ist heute Nacht im Krankenhaus verstorben. Und ihre Nichte steht unter Schock.«

Ich hörte, wie Marie-Luise einen Schreckenslaut ausstieß. Erst das ließ mich begreifen, was ich gerade gehört hatte. Marianne Wolgast, diese späte Liebende, war Udo Fischer gefolgt. Nicht aus freien Stücken. Die beiden, die noch viele Jahre voller beschaulichen Glücks vor sich gehabt hätten, die gemeinsam so leise und beharrlich daran gearbeitet hatten, vergessenes Unrecht nicht einfach auf sich beruhen zu lassen, hatten das mit ihrem Leben bezahlt. Wenn es einen Himmel gab, dann wünschte ich ihnen, dass sie nun nebeneinander dort oben saßen und sich endlich mal mit sich selbst beschäftigen konnten.

»Oh mein Gott.« Marie-Luise stand auf und ging zum Fenster. Sie legte die Stirn ans Glas und schloss die Augen. »Das ist so furchtbar.«

»Sie waren im Wohnzimmer?«

Marie-Luise nickte. »Ich hatte was vergessen, deshalb bin ich noch mal zurück. Frau Wolgast und ihre Nichte standen im Flur. Herr Vernau in der Haustür. Dann knallte es, und alles stand in Flammen.«

Marie-Luise kam vom Fenster zurück und legte mir die Hand auf die Schulter. Ich spürte ihren Griff, aber er half nicht. Da draußen liefen Killer in Nadelstreifen herum, die drei Menschenleben auf dem Gewissen hatten, wenn sie eines besäßen.

»Vielleicht hatte Herr Fischer Feinde?« Gärtner klopfte wieder mit dem Bleistift aufs Papier. Am liebsten hätte ich ihn ihr quer durch die Nase gejagt.

»Vielleicht?«, fragte ich eisig. Marie-Luise strich mir noch einmal über die Schulter.

»Was genau befand sich dort oben?«

»Er hat«, begann ich, brach ab, sammelte meine Gedanken, die in alle Richtungen davonstoben und eingefangen werden mussten wie wilde Pferde. »Er hat ... vielleicht war er seltsam. Verschroben. Nach außen hin der korrekte, brave Finanzbeamte. Aber sein System war genial. Verrückt, aber genial. Die Wäscheleinen wiesen Verbindungen und Verflechtungen von Kapital nach, das sich fünf Personen gegenseitig zugeschoben haben. Er hat alles belegt, wir haben es mit eigenen Augen gesehen. Es hat das Spinnennetz – wie soll ich sagen? – visualisiert.«

»Zusammen mit Frau Wolgast«, fügte Marie-Luise hinzu. »Sie war eingeweiht. Die beiden hatten Vertrauen zueinander.«

Gärtner nickte, als ob sie uns glauben würde. »Für eine Zeugenaussage von ihr ist es ja nun leider zu spät. Und ob ihre Nichte jemals dazu in der Lage sein wird, ich weiß es nicht.«

»*Wir* sind Zeugen«, sagte ich. »Warum glauben Sie *uns* nicht?«

Gärtner zuckte leicht mit den Schultern und sah zum Fenster.

»Was werden Sie tun?«

Ihr Blick kehrte zu mir zurück.

»Das werden die Ermittlungen zeigen. Vielleicht findet die Spurensicherung noch etwas, das Ihre Hypothese bestätigt. Nach gegenwärtigem Stand der Dinge ist da oben alles verbrannt. Frau Hoffmann, Herr Vernau, haben Sie Ihre Kleidung noch, die Sie gestern getragen haben?«

Wir brauchten ein paar Sekunden, um die Frage zu verstehen. Dann räusperte sich Marie-Luise und sagte: »Ja. Ich hab sie noch. Und du?«

»Ähm, ja, im Mülleimer. Aber ich kann sie wieder rausholen, wenn es wirklich sein muss. Sind wir jetzt Verdächtige?«

»Bitte bringen Sie die Kleidung umgehend zu uns, damit wir sie kriminaltechnisch untersuchen können. Eigentlich hätte das schon gestern Abend passieren sollen, aber Sie standen ja unter Schock.« Sie lächelte kalt. »Das wäre es von meiner Seite. Sie finden alleine hinaus. Das Protokoll mache ich heute Nachmittag fertig. Sie kriegen eine Abschrift. Kommen Sie bitte noch mal her und unterzeichnen Sie dann. Sofern Ihr Gesundheitszustand das erlaubt.«

Sie stand auf, steckte den Rekorder ein und verließ den Raum.

Wir sahen ihr hinterher, aber sie kam nicht wieder.

Marie-Luise setzte sich langsam, wie in Zeitlupe, auf ihren Stuhl. Dann legte sie die Hand auf die Akten der Staatsanwaltschaft. Dann sah sie zur halb offenen Tür.

»Was zum Teufel ...?«, sagte ich.

»Mach zu.«

Ich stand auf und schloss die Tür. Marie-Luise ging um Gärtners Schreibtisch herum und zog die erste Akte vom Stapel. In mir verpuffte meine gesamte Wut auf diese unfähige und untätige Kommissarin zu – nichts. Zu dieser großen Leere, die entsteht, bevor das Gehirn sich wieder in Gang setzt und man sehr vorsichtig zu begreifen beginnt, dass alles anders ist. Alles. Man versteht noch nicht, wie und warum, aber die Vorzeichen haben sich komplett gewendet. Denn nie, niemals hätte uns eine Kriminalkommissarin während laufender Ermittlungen mit diesen Akten allein gelassen. Es sei denn ... es sei denn, sie *wollte*, dass wir hineinsahen.

»Hier sind sie nicht«, sagte Marie-Luise, schloss die Mappe und griff sich die nächste. Ich kam zu ihr.

»Die Zeugenaussagen aus der Nacht von Weigerts Tod«, sagte sie leise. »Hier, schau du mal die nächste durch.«

Ich griff mir von der anderen Seite eine rosafarbene Akte und begann in Windeseile, sie durchzublättern. Fotos von der toten Weigert, Fotos von dem toten Tobi. Kopien ihrer Anzeige gegen unbekannt, Aussagen ihrer ehemaligen Kollegen. Kein Autopsiebericht. Hatten sie noch nicht einmal den Leichnam untersucht?

»Hier auch nicht.« Ich warf sie zu den anderen.

Marie-Luise war mit ihrer Akte durch. Es blieben noch zwei. Sie gewann den Jackpot.

»Ich hab's!«

Andreas Hartmann, Adresse, Zeugenaussage. Direkt dahinter eingeheftet die Aussage von Peter Schweiger. Kurz und schmerzlos.

»Hiermit versichere ich an Eides statt, dass ich am Abend des dreizehnten März mit drei Geschäftsfreunden in Zürich essen war«, las sie vor. »Das sagt Hartmann.«

»Drei?«

»Drei. Steht hier.«

»Das werden ja immer mehr ...«

Wir waren dran. So nah dran. Mein leerer Magen krampfte sich zusammen. Jetzt würde der Name Sebastian Marquardt fallen. Schuldig der Vertuschung einer Straftat, die auf dreifachen Mord mit besonderer Schwere der Schuld hinauslaufen würde.

Marie-Luise sah hinunter auf die Akte in ihren Händen. »Der eine ist Peter Schweiger, der andere ... Marquardt.«

Mein Puls jagte. Seppl, du alter Idiot. Aus dieser Scheiße kann dich keiner mehr rausholen.

»Und der dritte ist Ansgar von Bromberg.«

»Bitte?«

»Ansgar von Bromberg. Warte. Ich schau mal nach, ob Schweiger das Gleiche ausgesagt hat.« Sie blätterte hastig um. »Exakt. Zu viert in Zürich, nett gegessen, zusammen mit Atze Hartmann, Sebastian Marquardt und Ansgar von Bromberg. Und hier ist auch noch die Aussage von Bromberg selbst. Jep. Er bestätigt das auch.«

Sie legte die Akte ab.

»Bromberg ... Kennst du ihn?«

7

Sie holte ihr Handy heraus und fotografierte die Aussagen ab.
»Was ist los?«
»Nichts« sagte ich. »Ich bin nur müde und ziemlich durch.«
»Verstehe.«
Bis sie fertig war, hatte ich mich wieder einigermaßen unter Kontrolle. Marie-Luise ist eine äußerst scharfsinnige Beobachterin. Je länger ich mich damit beschäftigen würde, dass jetzt auch noch der Name von Sigruns Ehemann mit im Spiel war, desto eher würde sie merken, dass etwas nicht stimmte.
»Hast du alles?«, fragte ich.
Sie sah kurz hoch. »Ja. Wenn wir jetzt noch die Quittung hätten, käme er mit Falschaussage davon.«
»Aber er ist immer noch untergetaucht.«
»Es kann so viele andere Gründe dafür geben.« Sie steckte ihr Handy ein und arrangierte die Akten der Staatsanwaltschaft wieder so, wie sie vorher gelegen hatten. »Und am meisten interessiert mich, warum eine Kriminalkommissarin uns vornherum durch die Mangel dreht und hintenherum unterstützt.«
Ich öffnete die Tür. In dem langen Flur war außer einem Zusteller samt Aktenwagen niemand unterwegs.
»Lass uns gehen.« Wir sollten machen, dass wir das Haus verließen. »Das besprechen wir alles später.«
Wir waren mit der U-Bahn und dem Bus gekommen. Der kurze Marsch bis zum Bahnhof Zoo tat mir gut. Den Kopf frei

kriegen. Nicht nachdenken über das, was ich gerade erfahren hatte. Aber das fiel mit Marie-Luise an meiner Seite nicht gerade leicht.

»Also hat Marquardt die Falschaussage gemacht«, sinnierte sie. »Denn er war ja an diesem Abend mit dir zusammen.«

»Möglich«, antwortete ich.

»Oder er war wirklich in Zürich, hat den Job schneller erledigt als gedacht und reiste wieder zurück nach Berlin, um sich mit dir zu treffen.«

»Kann sein.«

»Also sind auch Hartmann und Schweiger aus dem Schneider. Das gefällt mir gar nicht. Sie haben doch das größte Motiv, Weigert aus dem Weg zu räumen. Hätte sie die Steuer-CD erhalten, wären alle aufgeflogen. So ist doch die Frage: Wurde Weigert umgebracht, weil sie die CD schon hatte? Oder wurde sie umgebracht, damit sie sie gar nicht erst bekommt?«

»Vielleicht.«

»Joe?«

Sie blieb stehen. Ich stoppte und drehte mich nach ihr um.

»Hörst du mir überhaupt zu?«

»Natürlich. Alle sind draußen. Sie haben wasserdichte Alibis. Aber Marquardt ist immer noch untergetaucht, und irgendetwas sagt mir, dass er das nicht tut, weil alles um ihn herum Friede, Freude, Eierkuchen ist.«

»Natürlich nicht.« Sie lief weiter und drehte sich im Gehen eine Zigarette. »Vier Männer lügen. Einer für den anderen. Wer ist eigentlich dieser Bromberg?«

Sie steckte sich die fertige Zigarette hinters Ohr, versenkte ihren Tabak in der Jackentasche und holte ihr Handy heraus.

»Ein Banker«, sagte ich, bevor sie herausfand, dass ich ihr etwas verschweigen wollte. »Seit einem Jahr mit Sigrun verheiratet.«

»Echt jetzt?«

Sie googelte den Namen und hängte sich bei mir ein, damit ich sie sicher über den Fußgängerüberweg an der Budapester Straße brachte. Dabei las sie, was Google über die beiden zu sagen hatte.

»Hammer.«

Sie blieb mitten auf der Straße stehen. »Schau dir das an! Er war bis vor seiner Hochzeit bei der Ruetli Bank!«

»Komm weiter.«

Ich zog sie auf die andere Straßenseite.

»Das ist doch die Bank, bei der Marquardt seine Platin-Karte hat ... Oh. Ist Sigrun schwanger?«

»Was?«

»Die *B.Z.* schreibt: Wölbt sich da ein Babybäuchlein? Sigrun von Zernikow an der Seite ihres Gatten war auf dem Bundespresseball das Tuschelthema des Abends.«

»Nein«, sagte ich und bewahrte Marie-Luise in letzter Sekunde davor, über die Bordsteinkante zu stolpern. »Nicht dass ich wüsste.«

»Seht ihr euch öfter?« Sie steckte das Handy weg und löste sich aus meinem Griff.

»Kaum. Ich habe sie neulich durch Zufall mal getroffen. Und sie gebeten, etwas über Schweiger herauszufinden. Deshalb hat sie mich auch gestern Abend angerufen.«

»Das ist nicht dein Ernst.«

»Warum nicht?«, fragte ich. Vielleicht etwas aggressiver, als das in einem Gespräch übers Wetter der Fall gewesen wäre. »Sigrun war vor zehn Jahren Familiensenatorin und Schweiger Staatssekretär. Dieselbe Partei, derselbe Wahlkreis. Er hat ihr das Leben schwer gemacht. Vielleicht weiß sie etwas aus dieser Zeit über ihn, das uns weiterbringt.«

»Das kann doch nicht wahr sein.«

»Was, verdammt? Was stört dich?«

»Dass sie mit Bromberg verheiratet ist! Der mit Schweiger, Marquardt und Hartmann in Zürich angeblich essen geht, während in Berlin eine Staatsanwältin ermordet wird?«

»Das war ich auch an diesem Abend. Und du und dreieinhalb Millionen andere auch.«

»Dir ist doch wohl klar, bei wem ihre Loyalität liegt. Vernau, sie hat dich schon mal so was von … Weißt du das denn nicht mehr?«

»Menschen ändern sich.«

»Nicht Sigrun von Zernikow. Oder Bromberg, wie sie jetzt heißen dürfte. Und? Hat ihre Recherche schon etwas ergeben?«

»Sie will mich heute Abend sehen.«

»Ah. Heute Abend? Schön. Wo?«

Jetzt blieb ich stehen.

»Ist das ein Verhör oder was?«

»Nenn es, wie du willst. Ihr beide, Marquardt und du, habt mich in euren Mist hineingeritten. Wegen euch stehe ich mit auf der Abschussliste eines Killers, der mit einem Flammenwerfer alles vernichtet, was auf eine Verbindung von uns zu Schwarzgeldmillionen zurückführt.« Sie kam einen Schritt näher. »Da interessiert mich alles, was du hinter meinem Rücken tust!«

»Hinter deinem Rücken? Bist du jetzt völlig verrückt geworden?«

Wir hatten zu wenig geschlafen und zu viele Todesnachrichten verkraften müssen. Die Nerven lagen blank. Aber dass Marie-Luise so ausrasten würde, damit hatte ich nicht gerechnet.

»Warum hast du mir nicht gesagt, dass du ausgerechnet Sigrun auf Schweiger angesetzt hast?«

»Ich hab sie nicht angesetzt!«

»Du hast sie getroffen, mit ihr über Schweiger geredet, und jetzt will sie dich sehen. Also weiß sie was. Oder? Gibt es noch einen anderen Grund?«

»Weiß ich doch nicht!«

»Aber ich. Bromberg ist ihr Ehemann. Er hängt in diesem ganzen Ding genauso drin wie Marquardt. Du glaubst doch nicht im Ernst, dass eine Frau wie Sigrun irgendetwas tun wird, das ihre Karriere oder Ehe gefährdet? Sie schickt dich in die Irre.«

»Okay.« Ich steckte die Hände in die Hosentaschen. Zegna war einfach zu dünn für diese Jahreszeit ohne Mantel. »Wenn du das sagst …«

»Vernau!«

»Ich hab noch was zu erledigen.«

Eine neue Aktentasche kaufen, zum Beispiel. Wir waren nur ein paar Schritte vom Kurfürstendamm entfernt, da ließ sich so etwas bestimmt auftreiben. »Wir sehen uns später.«

Ich ließ sie stehen und lief los.

»Warte!«

Nicht umdrehen. Einfach weitergehen. Und so schnell wie möglich ein neues Büro finden. Vielleicht war das so in Familien. Dass man nicht voneinander loskam, obwohl man am liebsten für immer getrennte Wege gehen würde. Und wir waren doch Familie, oder? Wie Bruder und Schwester. Zwei neurotische Einzelkinder, die sich gesucht, gefunden, geliebt, zerstritten, verloren hatten.

Zu früh – der ganze Kudamm war geschlossen.

Kein Kaufhaus, nichts und niemand öffnete vor zehn Uhr seine Pforten. Wann war das eigentlich eingeführt worden? In meiner Kindheit schlossen die Bäcker die Ladentüren spätestens um halb sechs auf, damit die Arbeiter Brot kaufen konnten. Der Konsum an der Ecke hatte ab sieben seine Gemüsekisten auf dem Bürgersteig stehen. Dafür war mittags geschlossen und abends ab sechs Schicht im Schacht. Ich erinnerte mich an meine Referendariatszeit, in der ich mich ein Jahr gefühlt von dem ernährte, was Tankstellen an Reisebedarf anboten. Ich war einfach nie rechtzeitig zum Einkaufen gekommen.

Ich fluchte leise vor mich hin, hatte ständig eine Leuchtschrift mit *Früher war alles besser* vor meinem inneren Auge und suchte nach einem Ort, wo ich die Zeit bis zum Öffnen der Kaufhäuser in Würde hinter mich bringen konnte. Ich fühlte mich wie fünfundsiebzig.

In der Joachimsthaler fand ich ein Stehcafé. Während ich auf meinen Cappuccino wartete, checkte ich mein Handy in der Hoffnung, dass Sigrun sich gemeldet hätte. Oder Marquardt. Stattdessen gab es nur eine Nachricht auf der Mailbox, die von meiner Mutter kam und in der sie mich daran erinnerte, dass sie ihre Brotbox bitter vermisste.

Die Brotbox.

Menschen hasteten vorbei, Busse und Autos stauten sich vor den Ampeln. Der Barista schob mir meinen Becher über den Tresen. Neue Kunden kamen herein und gaben denen die Klinke in die Hand, die mit ihrem Pappbecher hinaus in die Kälte gingen. Es gab schon wieder einen Menschen weniger auf dieser Welt, und keinem fiel es auf.

Ich muss mich bei solchen Anwandlungen immer selbst am Riemen reißen. Es ist eine Reaktion meines Inneren auf das, was im letzten Jahr passiert ist. Vielleicht verstärkt von diesem *Früher-war-alles-besser*-Scheiß. Ich hatte einen Angriff nur mit knapper Not überlebt und mehrere Wochen in der Reha verbracht. Es dauerte seine Zeit, wieder der Alte zu werden. Ich bin kein Freund von Psychologen, die für das, was ich auch ohne sie weiß, eine Menge Geld kassieren. Wer wie ich das

Jenseits gesehen hat, hat anschließend im Diesseits einen Hang zum Fatalismus. Manche rutschen sogar in eine ordentliche Depression. Ich hoffe, wenigstens das bleibt mir erspart. Und dass meine Empfindungen angesichts von Marianne Wolgasts schrecklichem Tod keine Reaktion meines angeknacksten Diesseits-Egos war, sondern schlicht und ergreifend Trauer.

Mein Handy klingelte – Biggi.

Ich bekam meinen Cappuccino und balancierte ihn, das Handy am Ohr, zu den Sitzplätzen am Fenster.

»Ja?«

»Joachim, es ist, ich weiß gar nicht, wo ich anfangen, ich kann nicht mehr.«

»Ganz ruhig. Was ist passiert?«

»Es ist ein Junge. Gesund und munter. Das war doch kein falscher Alarm. Aber Tiffy …«

Sie schluchzte unvermittelt los und brachte kein Wort mehr heraus.

»Was ist mit Tiffy?«, fragte ich. Bitte nicht. Bitte nicht. »Biggi, reiß dich zusammen!«

»Es gab Komplikationen. Sie hat eine Bluttransfusion bekommen und dann noch eine, aber das war nicht mehr zu stoppen. Sie haben sie jetzt … Sie ist jetzt stabilisiert oder so, sie liegt auf der Intensiv, und irgendwas ist während der Anästhesie passiert, und ich weiß es nicht, ich hab es nicht verstanden!«

»Ich komme. Wo seid ihr?«

Sie nannte mir den Namen und die Adresse des Krankenhauses. Ich ließ meinen Kaffee stehen, weil ich ihn in einem Anfall von Umweltbewusstsein in der Tasse und nicht im Pappbecher geordert hatte, stürzte auf die Straße und winkte mir das nächste Taxi heran.

Eine Viertelstunde später war ich im Benjamin Franklin

und legte mich fast mit einem Pförtner an, der mir weismachen wollte, dass es hier keine Mercedes Tiffany Marquardt gab. Ich rief Biggi an.

»Sie heißt doch di Corramberti!«

»Ach so.« Ich wandte mich wieder an den Glaskasten. »Mercedes Tiffany Principessa di Corramberti.«

»Warum sagen Sie das nicht gleich?«

Weil ich mich nie um Marquardts Genealogie gekümmert hatte?

»Intensiv- und Wachstation, vierter Stock.«

Biggi erwartete mich bereits, als der Fahrstuhl seine Türen öffnete, und warf sich aufgelöst in meine Arme. Sie hatte sich, während wir in das Kreditkartenkonto ihres Mannes eingetaucht waren, umgezogen und trug jetzt einen gelben Pulli mit dazu passender zartgelber Jeans. Unterhalb der Knie, wahrscheinlich dort, wo der Klinikkittel geendet hatte, erkannte ich getrocknetes Blut.

»Ich versteh das nicht«, stammelte sie. »Ich versteh das nicht! Sie war noch ganz da, erschöpft, aber dann, es ging ganz plötzlich los, und es ist ein Junge. Ein Junge!«

»Ja«, sagte ich. »Wollen wir mal nach ihr sehen?«

Biggi nickte heftig, wischte sich die Tränen ab und ging dann den mit Linoleum ausgelegten Gang voran. Eine Schwester erwartete uns und gab uns Kittel, Mundschutz und Überschuhe. Dann wurden wir zu Tiffy geführt.

Sie war so weiß wie die Laken, in denen sie lag. Alles Leben schien aus ihr gewichen, und als ich das wächserne Gesicht mit den dunklen Schatten unter den Augen sah, hatte ich für eine schreckliche Sekunde das Gefühl, es läge eine Tote vor mir. Angeschlossen an mehrere Maschinen war nicht zu erkennen, was zu dieser Situation geführt hatte. Biggi, schon wieder den Tränen nah, trat an ihr Bett und streichelte ihr die Hand.

»Wir müssen warten«, sagte sie mit erstickter Stimme. »Das ist alles, was mir der Chefarzt gesagt hat.«

»Hat Sebastian sich gemeldet?«

Sie schüttelte den Kopf.

»Ich hab ihn bestimmt hundertmal angerufen. Ich erreiche ihn einfach nicht, und er ruft auch nicht zurück. Ich werde noch verrückt! Was um Himmels willen passiert hier?«

Ich legte ihr den Arm um die Schulter und zog sie an mich. So blieben wir einen Moment stehen. Zwei Menschen, die sich nie viel zu sagen gehabt hatten, die aber an diesem Ort und an diesem Bett die Sorge vereinte.

»Wir müssen ihn finden«, sagte ich schließlich.

»Aber wie? Es ist, als ob er jeden Kontakt abgebrochen hätte.« Sie ließ die Hand ihrer Tochter los und sah mich mit roten, verquollenen Augen an. »Du bist mein Zeuge. Es ist nicht leicht mit ihm. Aber er würde uns doch nie im Stich lassen!«

»Nein.«

»Und wenn …« Es fiel ihr sichtlich schwer weiterzureden. »Dann mich vielleicht. Das kann ja alles vorkommen. Niemand in meinem Alter ist davor sicher. Aber doch nicht Tiffy. Sie doch nicht!«

Wieder begann sie zu weinen. Die Schwester eilte herbei und führte sie hinaus auf den Gang vor der Station. Dort fiel sie kraftlos auf einen der wenigen Stühle. Ich holte mir einen zweiten, der ein paar Meter entfernt stand, und setzte mich zu ihr.

»Hat er mal so was angedeutet?«, fragte ich.

Biggi öffnete empört den Mund, aber ich ließ sie gar nicht erst protestieren.

»Wir müssen offen reden. Wir zwei. Es ist die einzige Chance, die wir haben. Verstehst du mich?«

Sie brauchte einen Moment, dann nickte sie.

»Okay. Jetzt versuch dich zu erinnern. War er in letzter Zeit anders als sonst?«

Biggi war eine der Frauen, denen man beim Denken zusehen konnte. Das kann, wenn die Situation eine andere gewesen wäre, durchaus erheiternd sein. Mal hob sie die Augenbrauen noch höher, als sie schon angeheftet waren, dann wieder zog sie eine Schnute, und im nächsten Moment blickte sie ratlos zur Decke. Schließlich entwich ihr ein langer Seufzer.

»Erst in den letzten Tagen.«

»Wann genau? Denk nach.«

»Letztes Wochenende vielleicht?«

Freitag hatten wir uns im Peppone getroffen. »Als ihr bei den Kunstfreunden wart?«, fragte ich.

»Kunstfreunde?«

»Freitagabend.«

Sie holte ihr Handy aus der Tasche und checkte den Terminkalender. »Ja. Stimmt. Entschuldige bitte, es sind so viele soziale Verpflichtungen und Ehrenämter … Da waren wir bei den Freunden der Nationalgalerie. Sebastian ist erst später gekommen, er hatte noch ein etwas längeres Mandantengespräch.«

Ich spürte einen leisen Stich. Warum hatte Marquardt seiner Frau unser Treffen verschwiegen?

»Aber wir sind nicht lange geblieben. Er hat auch dauernd telefoniert. Und als ich ihn gebeten habe, das doch draußen und nicht während der Ansprachen zu tun, ist er richtig aggressiv geworden.«

»Ist er das öfter?«

»Eigentlich nicht. Er hat viel Stress. Was soll ich dir sagen? Du hast unser Haus gesehen. Tiffys Hochzeit hat eine Viertelmillion gekostet. Menschen wie du verstehen das vielleicht nicht, dass man sich dafür so krummlegt.«

Menschen wie ich ... und Menschen wie Biggi, das Mädchen mit dem Pferdeschwanz, den Twinsets und der Perlenkette. Schon an der Uni jeden Tag wie aus dem Ei gepellt. Nie hätte sie sich mit uns auf den Rasen gesetzt, nie wäre sie in einer der Kneipen am Kollwitzplatz versackt, die damals noch richtige Arbeiterspelunken gewesen waren. Eine aus gutem Hause, die wusste, was sie wollte: einen Hungrigen. Einen Ehrgeizigen. Einen wie Marquardt, der ganz nach oben wollte und sie mitnahm. Jetzt war sie da, und kein Geld der Welt konnte sie aus diesem Hochtal des Jammers herauskaufen.

Sie legte kurz ihre Hand auf mein Knie. Durch den dünnen Stoff fühlte sie sich heiß an.

»Du weißt doch, wie ich das meine. Es sind halt andere Prioritäten.«

Ich setzte meine eigenen Prioritäten.

»Er hat sich also verändert«, fasste ich zusammen. »Stand er deiner Meinung nach unter Druck?«

»Ja, ganz bestimmt.«

»Weißt du, mit wem er telefoniert hat?«

»Nein. Aus dem Geschäft lässt er mich raus.«

»Als er sich zum letzten Mal gemeldet hat, aus Frankfurt, hattest du da das Gefühl, er meint es ehrlich? Dass er nach Hause kommen will?«

»Absolut.«

Sie suchte in ihrer Hermès-Tasche nach Papiertaschentüchern.

»Wo könnte er sein?«

»Ich weiß es nicht!«

»Was ist mit Ferienhäusern? Wohnungen? Dein Mann hat neulich erwähnt, ihr hättet welche.«

»Ja. In Kitzbühel haben wir ein Apartment gekauft, aber da ist er nicht. Frau Emmi, das ist unsere Zugehfrau, hat schon gestern nachgesehen und mir hoch und heilig versprochen, sofort Bescheid zu sagen, wenn er auftaucht.«

»Was noch?«

Sie wischte sich die Nase ab und knüllte das Papiertaschentuch zusammen. Ihrem gedankenverlorenen Ausdruck nach zu urteilen überlegte sie wohl gerade, welche ihrer Latifundien sie mir offenbaren sollte und welche nicht.

»Ein Ferienhaus am Schwielowsee. Das war günstig vor ein paar Jahren. Mittlerweile kriegt man da ja nichts mehr, und es sind so viele Russen dort. Aber der Golfplatz ist schön. Da ist er aber auch nicht. Ich hab die Überwachungskameras gecheckt.«

»Und?«

Da war noch was. Sie verzog den Mund und wollte bedauernd aussehen, aber in Wirklichkeit verheimlichte sie mir etwas.

»Biggi, du musst ehrlich zu mir sein. Sonst kann ich dir nicht helfen.«

Sie wich meinem Blick aus und sah hinunter auf ihre zartgelben Wildlederloafer, die auch nur ein Mensch wie sie bei diesem Wetter anziehen würde.

»Da ist ja Blut drauf! Oh mein Gott!« Erschrocken betrachtete sie die Schuhe und ihre Hose. »Das krieg ich ja nie wieder raus!«

»Okay.« Ich stand auf.

»Wo willst du hin?«

Ich sah auf meine Uhr. »Ich muss in die Kanzlei. Glücklicherweise habe ich heute keinen Gerichtstermin, aber jede Menge anderer Dinge zu erledigen.«

»Nein!« Ihre Hand schoss vor und hielt mich fest. »Geh nicht! Mach doch was!«

»Das kann ich nicht, wenn du mir nicht die Wahrheit sagst.«

»Aber das tu ich doch! Das ist alles! Kitzbühel und der Schwielowsee. Und das andere, das verstehe ich nicht. Es ist alles Chinesisch.«

»Chinesisch?«

Ich setzte mich wieder. Biggi spielte nervös mit dem unsinnigsten Verschluss herum, den ich je bei einer Damenhandtasche gesehen hatte.

»Prospekte. Von Hochhäusern, ganz modernes Zeug. Sebastian hat gesagt, Asien ist der Markt der Zukunft. Er wollte vielleicht investieren, in eine Eigentumswohnung.«

»Wo?«

»Ich glaube, Hongkong.«

»Ihr wollt nach Hongkong ziehen?«

»Nein! Das ist doch nur zur Geldanlage.«

Mit einem lauten Geräusch öffnete sich die Hydraulik der Schiebetür neben uns, und die Schwester eilte heraus. Biggi, eben noch ein Häufchen Elend auf ihrem Stuhl, setzte sich kerzengerade hin.

»Gibt es was Neues?«

»Nein«, sagte die Schwester im Vorübergehen. »Gleich ist Visite.«

Sie verschwand, und Biggi sackte wieder zusammen.

»Habt ihr denn so viel?«, fragte ich.

Marquardts angetrautes Weib legte ein Bein über das andere, rieb sich über die Augen und rutschte hin und her. Sie sprach nicht gern über Geld. Man besaß es, aber es war kein Thema für eine Unterhaltung mit *Menschen wie mir*.

»Das weiß ich nicht.«

»Heute Nacht hat deine Tochter noch gesagt, dass du jeder einzelnen Überweisung deines Mannes hinterherspionierst. Zum letzten Mal: Sei ehrlich.«

»Ja! Ja. Das will ich ja, aber kann ich Chinesisch?«

»Das Geld. Wie viel habt ihr in den letzten Jahren …«

Wie sollte ich das nennen? Beiseitegeschafft?

»Was ist da so zusammengekommen?«

»Ein paar Millionen.« Sie sprach leise, mit gesenktem Kopf, und es klang wie ein Geständnis nach langem Leugnen. Sie wusste alles. Aber sie hatte die Augen davor verschlossen.

»Woher kam das?«

»Ich weiß es …«

»Biggi?«

»Ich nehme an, und ich weiß es nicht, wirklich nicht, aber ich glaube, er hat es als Provision gekriegt.«

»Für was? Immobilien? Irgendwelche Tipps? Millionen! Wie hat er sie bekommen? Und wofür?«

»Es waren einzelne Beträge. Mal zwanzig-, mal fünfzig-, mal hunderttausend.«

»An der Steuer vorbei. Schwarz.«

Sie nickte.

»In bar.«

»Ja.«

»Wie oft?«

»Ein-, zweimal im Monat.«

»Wofür?«

Sie sah hoch, verzweifelt, mit Tränen in den Augen. Aber ich konnte sie nicht schonen, und das war sogar ihr klar. »Er hat Sachen erledigt. In den USA und in Asien. Er ist oft in die Schweiz gefahren, mal mit dem Auto, mal mit dem Zug. Nie im Flieger. Irgendwelche Firmengeschäfte, an denen er beteiligt war.«

»Um wessen Firmen ging es?«

Sie kaute auf ihrer Unterlippe. Jetzt wurde es ernst. Jetzt ging es um die Leute, die bei ihr zu Hause am Marmoresstisch von Sterneköchen bewirtet worden waren.

»Schweiger und Hartmann?«, fragte ich.

Sie nickte. Und würde es vor Gericht mit einem Meineid verneinen.

»Also Steuerhinterziehung und Schwarzgeldkonten.«

»Aber ...« Sie sah sich um, ob wir immer noch alleine waren. Hinten im Flur bereitete sich eine Putzkolonne auf ihren Einsatz vor, doch sie war so weit entfernt, dass nichts von unserem Gespräch bis in diese Ecke dringen würde. »Aber Hoeneß war doch auch nach zwei Jahren wieder raus. Selbst wenn Sebastian eine Unvorsichtigkeit begangen hat ...«

»Unvorsichtigkeit?«

»Exakt«, sagte sie trotzig. »Selbst wenn, dann ist das doch kein Grund, einfach zu verschwinden und die eigene Tochter in ihrer schwersten Stunde allein zu lassen!«

Ich wunderte mich schon lange nicht mehr, zu was Leute fähig waren, um ihre Taten zu relativieren. Eine Unvorsichtigkeit, mehr nicht. Ein dummes Versehen, dass der Flieger ausgerechnet nach Florida ging, wo man für zwanzig US-Dollar eine Firma gründen und die zufälligerweise im Gepäck gebunkerten Millionen parken konnte. Klar, man hätte besser darüber nachdenken sollen, aber wem wurde denn geschadet? Dem Staat, diesem abstrakten, immer nur fordernden, ungerechten Souverän? Der hatte es doch nicht besser verdient.

Fast jeder hat das schon einmal gedacht. Die klammheimliche Lust am Betrug, dem Fiskus ein Schnippchen zu schlagen, lauert in uns. Fahrscheine, Reisekosten, Abschreibungen, Steuersparmodelle. Die einen machen es, um zwei Euro fünfzig zu sparen, bei den anderen geht es um zwanzig Millionen. Tat, Motiv, Antrieb und Durchführung gleichen sich, nur die Beträge nicht. Doch dieser Fall war eine Ausnahme.

»Es sind drei Menschen ermordet worden«, sagte ich. »Marianne Wolgast ist ihren Verletzungen heute Nacht erlegen. Es ist mir egal, woher ihr euer Geld habt. Vielleicht glaubst du mir nicht, weil du es dir nicht vorstellen kannst. Oder weil du denkst, Menschen wie wir wissen sowieso nicht, wie sich das anfühlt, reich zu sein. Ihr könnt es abzweigen, rauben, erpressen, selber drucken, es ist mir gleich. Aber ich habe Marianne Wolgast als einen ehrlichen Menschen kennengelernt, der genau diesen Praktiken das Handwerk legen wollte. Es geht schon längst nicht mehr um zwei Jahre, es geht um lebenslänglich. Und ich glaube, dein Mann hat das an diesem Freitag zum ersten Mal erkannt.«

Sie begriff gar nichts.

»Die Taten wurden begangen, um zu vertuschen, was Sebastian auf der ganzen Welt für andere versteckt hat. Er war eine Marionette. Ein Strohmann. Das hat er erkannt, und jetzt ist er auf der Flucht.«

»Flucht?«, wiederholte sie mit dünner Stimme.

»Er ist untergetaucht. Und Menschen, die dreimal morden, schrecken auch vor einem vierten Mal nicht zurück.«

»Du denkst, Sebastian ist in Gefahr?«

»Ja.«

»Aber es sind unsere Freunde ...«

»Ruf sie an. Frag sie, wo er steckt.«

»Das kann ich nicht. Das würde ja bedeuten, das hieße ja, dass ich glauben würde, dass da irgendetwas ...« Sie verlor den Faden.

»Du musst sie anrufen. Jetzt.«

Sie nickte und wühlte in ihrer Tasche nach dem Handy. Als sie es in der Hand hatte, sagte sie: »Was soll ich denn sagen?«

»Frag sie, wo Sebastian ist. Er hat für sie gearbeitet. Sie müssen es wissen.«

»O-okay.«

Sie wählte eine Nummer, niemand nahm ab, und Biggi war erleichtert. Bei der zweiten Nummer erging es ihr genauso.

»Vielleicht lässt du es länger klingeln und sprichst auf die Mailbox?«, schlug ich vor. Langsam verlor ich die Geduld.

Sie versuchte es noch einmal. Bei Hartmann war der Anrufbeantworter nicht eingeschaltet, aber bei Schweiger.

»Hallo, hier ist Biggi. Es tut mir leid, dass ich dich störe, aber Tiffy hat ... Tiffy ist ...« Sie schluchzte, die Tasche fiel auf den Boden. Ich sammelte den ganzen Kram ein und reichte ihr ein weiteres Papiertaschentuch. »Wir sind Großeltern geworden. Aber Tiffy geht es nicht gut, und jetzt wollte ich fragen, ob du weißt, wo Sebastian sein könnte. Er hat sich seit zwei Tagen nicht mehr gemeldet, und ich bin in großer Sorge.«

»An-zei-ge«, formten meine Lippen. Biggi nickte.

»Ich würde sonst zur Polizei gehen und eine Vermisstenanzeige aufgeben. Aber vorher dachte ich, frage ich doch lieber, und falls du Andreas erreichst, der geht nämlich nicht ran, dann frag ihn doch bitte auch. Es ist dringend.«

Sie legte auf.

»Das war gut«, lobte ich sie. »Wenn sie etwas mit Sebastians Verschwinden zu tun haben, werden sie sich umgehend melden.«

»Wenn nicht, dann natürlich auch. Sie lassen mich nicht alleine. Es sind Freunde!«

»Natürlich.« Warum in der Stunde der Not Zweifel säen?

»Und jetzt zu den chinesischen Prospekten. Wo sind sie?«

»Weg. Ich hab sie nur durch Zufall gefunden, in seinem Schreibtisch, als ich nach einem Hefter gesucht habe. Als ich den zwei Tage später zurückgelegt habe, waren sie nicht mehr da.«

»Such sie. Sie sind wichtig.«

Biggi nickte und stand auf. »Ich will jetzt zu meinem Enkel.«

8

Nachdem ich den jüngsten Zugang des Hauses Marquardt gebührend bewundert hatte, nachdem wir gemeinsam noch einmal bei Tiffy gewesen waren und ich Biggi schließlich einigermaßen gefestigt zurücklassen konnte, hielt mich nichts mehr im Krankenhaus.

Ich erreichte Kevins Kanzlei und war erleichtert, Marie-Luise dort nicht anzutreffen. Gleichzeitig spürte ich Gewissensbisse, und zwar solche, bei denen man sich ununterbrochen sagt, dass sie absolut unnötig sind, weil der andere ja angefangen hat, aber man kann trotzdem nichts dagegen tun.

Der Tag verschleppte sich in Routine. Immer mal wieder rief ich Marquardt an. Selbst wenn er sich nach Asien abgesetzt hatte, wir würden ihn dort nicht finden.

Manchmal glitten meine Gedanken ab.

Wir hatten unser Studium an der FU begonnen. Ich, der Arbeiterjunge aus dem Mierendorff-Kiez, und Sebastian Marquardt, der Akademikersohn aus Wilmersdorf. Seine Familie besaß keine Reichtümer, aber das machte der Ehrgeiz wett, mit dem er durch die Schule und schließlich in ein Studium gepeitscht wurde, das er nicht gewollt hatte. Seine wahre Profession wäre es gewesen, ein großes Erbe stilvoll durchzubringen. Stattdessen: Jura, Medizin, Betriebswirtschaft. Mehr Auswahl gab es nicht, wenn man Karriere machen musste. Sebastian trug die Haare schulterlang, reiste im Sommer nach Südfrankreich, war selbst im Winter braun gebrannt (weil es ihm immer gelang, sich zum Skifahren in die Chalets betuchter Familien als Hausgast einzuschleichen) und segelte durchs Studium, von linden Lüften und der Leichtigkeit des Seins getragen, während wir über Hausarbeiten schwitzten und nicht mehr wussten, wo uns der Sinn stand vor lauter Lernen.

Unsere Wege kreuzten sich, als wir ein Seminar an der Humboldt besuchten und dort Marie-Luise begegneten. Leidenschaftlich links, DDR-Spross durch und durch, eine brillante Analytikerin der Schwächen unseres Rechtssystems, was Marquardt und mich natürlich auf die Palme brachte. Schließlich war die Wende erst ein paar Jahre her und die Schwächen des DDR-Rechtssystems nicht wegzudiskutieren. Es war das erste und einzige Mal, dass ich Marquardt als politischen Menschen erlebte – und verliebt. Bis über beide Ohren.

Nächtelang debattierten wir über die Systeme, redeten uns in Rage, waren trunken von billigem Wein, unserer Jugend und der Überheblichkeit, besser als alle zu wissen, wohin der Hase lief.

Ich gewann. Marie-Luise und ich verbrachten einen leidenschaftlichen, heißen Sommer. Marquardt leckte seine Wunden. Wenn ich nach so langer Zeit darüber nachdenke, muss ich gestehen, dass er ein guter Verlierer gewesen war. Obwohl sich unsere Wege nach dem ersten Staatsexamen trennten, blieben wir in Kontakt. Ich glaube, wir sind die einzigen Freunde aus dieser Zeit, die ihm geblieben sind.

Marianne Wolgast war der Meinung gewesen, Marquardt würde sich unsere Freundschaft erkaufen. Und dass er sich schämte für seinen Reichtum. Es war schwierig, sich das vorzustellen. Die Jahre hatten ihn in einen amüsanten Angeber verwandelt. Einen Mann, mit dem es nie langweilig wurde, dessen Sprüche aber irgendwann abgenutzt klangen. Ein Spießbürger, der so gerne Weltbürger sein wollte. Biggi und

Tiffy waren das, was seinem Leben Halt gab. Ohne sie bliebe nicht viel von ihm übrig. Beide wussten das und hielten trotzdem zu ihm. Wenn man mich in diesen Tagen gefragt hätte, ob wir Freunde wären – ich hätte keine zufriedenstellende Antwort gehabt.

Am Nachmittag kam ein Anruf von Biggi, dass ihre Tochter kurz das Bewusstsein wiedererlangt hatte und sie langsam damit begannen, sie zurückzuholen. Die Gefahr war noch nicht gebannt, aber es gab Grund zur Hoffnung. Dem Baby ging es gut. Biggi weinte, ich tröstete, nichts Neues. Marquardt blieb verschwunden. Wolgast II lag noch immer in der Charité und war nicht zu sprechen. Dafür nervte Alttay, der zwei Dutzend Mal anrief und auf die Mailbox sprach. Offenbar hatte der Polizeisprecher auf der Pressekonferenz verlautbart, dass der Anschlag auf Udo Fischers Wohnung mit Rache, Rotlicht und Mafia zusammenhing. Nach gegenwärtigem Stand der Ermittlungen.

»Was soll ich schreiben, Vernau, was?«, brüllte er mir entgegen, als ich den Fehler machte abzuheben. »Finanzamt-Terror in Wohnhaus? Gib mir was. Irgendwas, damit ich eine Geschichte habe, bei der mir nicht alle den Vogel zeigen!«

»Frag die Polizei-Pressestelle.«

»Die mauern. Ist doch immer dasselbe: Aus ermittlungstaktischen Gründen können wir keine Einzelheiten blablabla. Das war *dein* Mann! Dein Betriebsprüfer, dem die Wohnung abgefackelt wurde! Hör zu. Ich kürze deinen Namen ab. Jottpunkt Vaupunkt, Freiberufler. An seinem Schreibtisch nahm der Steuerfahnder Udo F. sich das Leben. Der junge Mann ... hörst du mir zu? Ich mach dich zu einem jungen Mann! Der junge Mann ist immer noch schockiert. Nichts an Udo F.s Auftreten hätte vermuten lassen, dass er Verbindungen in gewisse Milieus ...«

»Nein.«

»Okay. Dann dein richtiger Name. Joachim Vernau, Staranwalt aus Berlin ...«

»Nein.«

»Das kannst du nicht machen!«

»Hast du einen Namen für mich?«

»Hör zu. Das ist nicht so einfach. Ich hab mal vorsichtig vorgefühlt, aber er sagt, er muss noch drüber nachdenken. Ich muss meine Quellen schützen, verstehst du?«

»Aber natürlich.«

»Also: Joachim V., der erfolgreiche Anwalt aus Mitte.«

»Nein.«

Ich legte auf.

Marie-Luise kam in die Kanzlei, aber entgegen unserer Gewohnheit schaute sie nicht kurz vorbei, sondern verschwand gleich in ihrem Büro. Ich hörte sie telefonieren, aber ich brachte es auch nicht über mich, meinen Arsch zu erheben und zu ihr hinüberzugehen. Als es kurz vor fünf klingelte, wurde ich nervös. So früh hatte ich Sigrun nicht erwartet.

Statt ihr tauchte nach wenigen Minuten Atze Hartmann auf. Er keuchte, aber seine Baustellenabnahmen mussten ihm eine gute Restkondition bescheren, denn er stieg auch die letzte Treppe mit beneidenswertem Schwung hoch.

»Vernau!«, rief er. Mein entgeisterter Gesichtsausdruck schien ihn zu beflügeln, die letzten Stufen nahm er zwei auf einmal. Dann packte er mich mit seiner Pranke, brach mir ein paar Fingerknöchel und wartete gar nicht ab, ob ich ihn hineinbitten würde. Er schob sich einfach an mir vorbei.

»Herr Hartmann?«

Ich sah auf meine Uhr. Nicht dass er glaubte, *Menschen wie wir* hätten keine Termine.

»Ich weiß, ich weiß. Das ist ein Überfall. Haben Sie ein paar Minuten? Unter vier Augen?«

Ich schloss die Wohnungstür und klopfte, ohne zu überlegen, bei Marie-Luise an. Sie hatte sich in eine Akte vertieft und sah etwas verwirrt hoch. Also doch. Eitles kleines Mädchen – sie trug eine Lesebrille.

»Ja?«

Ich wandte nur den Kopf kurz zu meinem Überraschungsgast, der hinter mir auftauchte. Sofort klappte sie die Akte zu, nahm die Beine vom Schreibtisch und legte die Brille ab.

»Andreas Hartmann«, stellte ich die beiden vor. »Und das ist meine Partnerin Marie-Luise Hoffmann. Ich denke, in unserem Fall sind sechs Augen besser als vier.«

Atze gefiel das gar nicht, aber er spielte mit und schmatzte eine Art Handkuss auf ihre ausgestreckte Rechte. Den gewöhnungsbedürftigen Anblick ihrer Halbglatze ignorierte er.

»Wenn es sein muss … sehr erfreut, gnädige Frau. Schön haben Sie es hier.« Er äugte herum, und natürlich entging ihm auch das Wohnzimmer nicht, zu dem die Tür offen stand. »Ich mag ja Altbau. Wohne selber in einem. Also?«

Ich führte sie in mein Büro. Marie-Luise holte sich einen Hocker aus der Küche, Atze Hartmann ließ sich in den Stuhl fallen, auf dem bis gestern Marianne Wolgast gesessen hatte.

»Was kann ich für Sie tun?«, fragte ich.

»Also …« Er räusperte sich. Heute trug er Jeans und ein Polohemd, das sich über seinem Kugelbauch spannte. »Erst mal will ich, dass Sie meine Entschuldigung annehmen. Das war nicht in Ordnung. Meine Frau sagt immer, eines Tages rede ich mich um Kopf und Kragen.«

Er sah sich nach Beifall heischend um, aber die unbekannte Frau Hartmann war nicht gerade unsere moralische Instanz.

»Sie wollten mich bestechen.«

»Was? Nein! Niemals! Herr Marquardt hat immer in höchsten Tönen von Ihnen gesprochen. Wissen Sie, ich bin jemand, der Talent erkennt. Und Sie«, nach mir wandte er sich an Marie-Luise, »und Sie natürlich auch, Sie sind doch Leute, die darf man nicht in so einer Butze versauern lassen. Das ist doch Perlen vor die Säue. Da muss man was tun, dachte ich. Es war ein Angebot, mehr nicht.«

Er rieb sich die Hände, als hätte er gerade einen Schweinebraten vor sich stehen. Es war eine seltsame, archaische Geste, die eigentlich nur noch auf Theaterbühnen vorkam.

»Sie wollten«, verdarb ich ihm den Appetit, »dass ich meine Nachfragen in Bezug auf den Tod der Staatsanwältin Weigert einstelle. Dafür boten Sie mir zweihunderttausend Euro und ein Büro in der Orangerie.«

»Da haben Sie was falsch verstanden.«

»Nein, Herr Hartmann. Das kam genau so an und war genau so gemeint. Warum sind Sie hier?«

Er sah auf seine Hände.

»Ich bin halt so. Wer mich kennt, weiß das.«

Marie-Luise und ich wechselten einen kurzen Blick. Egal, welche Differenzen wir ausfochten und wie sehr wir uns noch heute Morgen auf der Straße angeschrien hatten, wir standen wieder Schulter an Schulter.

»Ich denke«, sagte sie, »wir können Ihre Entschuldigung annehmen und verzichten auf eine Anzeige.«

Hartmann sah sie an, als hätte sie ihm gerade in den Schritt gefasst. »Anzeige?«

»Nötigung und Beleidigung.«

»Also wirklich!« Schon regte sich wieder der Choleriker in ihm. Aber wahrscheinlich hatte ihm seine Frau geraten, sein Temperament gerade bei den Leuten zu zügeln, die nicht von ihm abhängig waren. »Noch mal, das war nicht so gemeint. Und Ihr Kumpel, der Seppl, hat das auch so gesehen.«

»Ach ja?«, fragte ich. Mir war klar, dass Hartmann nicht hier war, um sein Angebot zu erhöhen.

»Ja. Er meinte, Sie kriegen sich schon wieder ein. Dabei fällt mir ein: Haben Sie was von ihm gehört?«

Ich sah fragend zu Marie-Luise, die hob ratlos die Schultern. »Wie meinen Sie das?«

»Er ist so schwer zu erreichen.«

»Stimmt«, sagte ich. »Manchmal höre ich Wochen nichts von ihm, aber das hat nichts zu sagen. Er hat ja auch eine Menge zu tun. Außerdem bekam seine Tochter gerade ein Kind. Großvater. Kannst du dir Marquardt als Großvater vorstellen?«

Marie-Luise verzog die Lippen zu einem angedeuteten Lächeln. »Schwer. Also, wir haben unsere Zeit nicht gestohlen. Wenn das alles ist?«

Sie schob den Hocker zurück, aber Hartmann blieb sitzen. Er sah von ihr zu mir, und hinter seiner breiten Stirn arbeitete es.

»Wo ist er?«

»Herr Marquardt?«, fragte ich.

»Sie wissen genau, dass er verschwunden ist. Ich dachte, Sie sind seine Freunde. Die wissen doch, wo er sich rumtreibt.«

»Rumtreibt.«

»Mensch, Vernau! Jetzt legen Sie doch nicht jedes Wort auf die Goldwaage! Er ist ein Spitzenanwalt. Überall auf der Welt unterwegs. Jetzt ist er weg.«

»Weg?«, fragte Marie-Luise. »Wie, weg?«

»Ja weg halt! Er meldet sich nicht. In seiner Kanzlei weiß keiner, wo er ist. Und seine Frau hat mich angerufen, Biggi. Kennen Sie sie? Klar kennen Sie die Biggi. Dann wissen Sie auch, dass die ohne Grund keine Pferde scheu macht. Noch nicht mal im Krankenhaus hat er sich gemeldet.«

Langsam begann mich Hartmanns Besuch zu interessieren. »Und da wenden Sie sich ausgerechnet an uns? Er ist doch in Ihrem Auftrag unterwegs.«

Hartmann lehnte sich mit einem empörten Schnaufen zurück. »In meinem Auftrag. Wie sich das anhört! Ja, er macht meine Geschäfte. Einen Teil zumindest. Deshalb ist es ja so wichtig, dass er da ist.«

»Welche Geschäfte?«, fragte ich.

»Das geht Sie nichts an.«

»Er hat Sie damals vertreten, als die Staatsanwaltschaft gegen Sie wegen Steuerhinterziehung ermittelt hat.«

Mit beiden Händen patschte er sich auf die Schenkel. »Das war mir klar, dass Sie damit anfangen. Genau deshalb war ich so wütend auf Sie! Weil das alles eine einzige Luftnummer gewesen ist! Nichts dahinter! Das ist Jahre her!«

»In diesem Zusammenhang haben sich in den letzten Tagen zwei Morde ereignet. Mich wundert es, offen gesagt, dass die Kriminalpolizei noch nicht bei Ihnen war.«

Seine Augen verengten sich zu Schlitzen. Jetzt sah er aus wie ein Bauer, dem man hinter seinem Rücken die Kartoffelsäcke vom Anhänger geklaut hatte. »Und wenn sie schon da war? Und wenn ich genau deshalb meinen Anwalt brauche? Geht Sie das was an? Ich will wissen, wo Herr Marquardt ist! Ich mach mir Sorgen!«

»Um ihn?«

»Ja natürlich um ihn! Was glauben Sie denn?«

»Es tut uns leid, aber wir wissen ebenso wenig wie Sie, wo er sich gerade aufhält.«

Jetzt hielt er uns eindeutig für die Kartoffeldiebe. Er schob die Lippen vor, nickte und schnaubte. »Gut. In Anwesenheit von Zeugen und Ihnen, sehr verehrte Anwältin, mache ich Ihnen noch einmal einen Vorschlag. Vorschlag!« Sein dicker

Zeigefinger schoss empor. »Nicht dass Sie mir hier wieder was reinunken wollen. Hunderttausend und ein Büro in der Orangerie, wenn Sie mir Marquardt beschaffen.«

»Beschaffen?« Marie-Luise schüttelte den Kopf. »Wo leben Sie eigentlich?«

»Da, wo alle hinwollen. Sie«, sein Zeigefinger stieß in ihre Richtung und dann in meine. »Und Sie. Erzählt mir nichts. Ihr wollt alle, dass es euch gut geht und dass eure Kinder ein Dach über dem Kopf haben.«

»In den USA?«, fragte ich. »In Istanbul? In Hongkong?«

»Das sind Geschäfte. Geschäfte!« Jetzt brüllte er fast. In letzter Sekunde brachte er sich wieder zur Raison. »Also, ihr seid seine Freunde. Hat er jedenfalls immer gesagt.«

»Glaub ich nicht«, erwiderte Marie-Luise. »Sie wollen uns nur eine moralische Pflicht suggerieren, Ihren abgängigen Strohmann auszuliefern.«

Hartmann verschränkte die Arme, was bei seinem Bauch etwas schwierig war. Er überlegte kurz. Dann sagte er: »Sie sind Mary-Lou. Die Rote aus dem Osten, für die alle zu Sozialisten werden wollten. Marquardt wäre um ein Haar in die DKP eingetreten für Sie. Ein Glück, dass er's nicht gemacht hat. Er sagt, Sie sind die Beste. Damals, als diese Sache mit Görlitz war, in der letzten Instanz. Vier Prozesse hat er mit Ihnen geführt.«

Marie-Luise reagierte nicht. Zumindest nicht so, wie Hartmann es sich gedacht hatte. Sie sah ihn einfach an und ließ ihn reden. Also wandte er sich an mich.

»Sie, Vernau, hat er immer bewundert, wie Sie mit Ihrer Mutter umgegangen sind. Und dass Sie damals grade geblieben sind. Sie wissen schon, was ich meine. Grade Menschen, sagt er immer, mehr braucht man nicht. Sehe ich auch so.«

Er schwieg und wartete ab. Aber wir ließen unsere Freundschaft, oder was immer uns auch verband, nicht von einem wie

Hartmann analysieren. Als er das merkte, nahm er die Arme herunter und versuchte es nun auf die sanfte Tour.

»Wenn Sie also die Leute sind, für die Marquardt Sie hält, dann finden Sie ihn.«

Ich sagte: »Gehen Sie zur Polizei.«

Und Marie-Luise: »Oder engagieren Sie einen Privatdetektiv.«

Die Kartoffeldiebe wollten nicht. Das war hart für ihn. Er kam mit Ablehnung nicht zurecht. Wir konnten ihm ansehen, wie es in ihm arbeitete.

»Hunderttausend?«, sagte er schließlich. »Geht es Ihnen so gut?«

»Herr Hartmann«, begann ich und sah auf meine Armbanduhr. »Eine meiner Grundvoraussetzungen für Zusammenarbeit, und damit gehe ich mit Frau Hoffmann konform, ist die Aufrichtigkeit zwischen mir und meinen Mandanten. Es ist egal, was Sie getan haben. Aber wenn ich Ihr Mandat annehme, dann muss ich alles wissen. Wie viel haben Sie Peter Schweiger dafür bezahlt, dass er Ihnen die Filetgrundstücke Berlins damals so billig verkauft hat? Wie viel haben Ihnen Kalaman, Zhang und Pokateyevo dafür bezahlt, dass Sie Ihnen die Grundstücke weitervermittelt haben? Wo ist das Geld gebunkert? Für welche Firmen musste Marquardt den Kopf hinhalten? Und wo ist die Steuer-CD, wegen der Carolin Weigert, Udo Fischer und Marianne Wolgast sterben mussten? Wenn ich das weiß, wenn ich alles weiß, dann werde ich mir überlegen, ob ich Sie vor Gericht vertrete und Ihnen vielleicht lebenslänglich ersparen kann.«

Das Entsetzen in seinem Gesicht, das er ungeschützt in diesem Überraschungsmoment preisgab, war so groß, dass er mir fast schon leidtat. Ich glaube, bis zu diesem Augenblick hatte er nicht geahnt, wie weit Fischer mit seinen Recherchen gekommen war. Vielleicht war es ein Fehler, ihm das alles auf dem Silbertablett zu präsentieren. Aber ich hatte mir bei der Kripo den Kopf blutig gerammt. Also schadete es nicht, den Dunkelmännern ein bisschen Feuer unter dem Arsch zu machen.

»Ich bin fassungslos.« Hartmann schüttelte den Kopf, um mir nicht in die Augen sehen zu müssen. »Was erzählen Sie da?«

»Es ist nur die Spitze des Eisbergs. Also, Herr Hartmann. Wollen Sie eine Aussage machen? Soll ich Sie zur Keithstraße begleiten?«

»Nein!« Er stand auf. »Das ist ja ungeheuerlich. Ich sage Ihnen: Wagen Sie nicht, damit hausieren zu gehen. Ich dreh den Spieß um. So schnell haben Sie Ihre Zulassung verloren, wie Sie nicht bis drei zählen können!«

Marie-Luise griff nach einem Stift und dem Notizbock, der vor mir auf dem Schreibtisch lag. »Gefährdungsdelikt Bedrohung, Freiheitsdelikt Nötigung, und …« Sie sah mich an.

»Na ja, der ganze Rest, den ich eben gerade aufgezählt habe. Das wird sich verschummeln im Hauptprozess. Aber bis es dazu kommt, sind erst einmal ein, zwei Jahre Petitessen drin.«

»Ihr seid mir feine Freunde.« Hartmann war fassungslos. »Das war ein Angebot. Ich wollte, dass ihr Marquardt findet.«

»Sie wollten, dass wir ihn ausliefern. An Sie.« Marie-Luise warf Block und Stift auf den Tisch. Erstaunlich, wie aggressiv solche Kleinigkeiten wirken können. »Sie wollten uns kaufen. Wissen Sie was? Selbst wenn er hier im Wandschrank säße, würde ich es Ihnen nicht sagen. Ihnen geht der Arsch auf Grundeis. Marquardt weiß zu viel. Über Sie, über die Sache mit Weigert, über Ihre Verbindungen zu Schweiger und den ausländischen Schwarzgeldgebern. Das sind harte Jungs. Die ahnen, dass hier was am Laufen ist. Ich würde Ihnen dringend zur Kooperation raten.«

»Ich soll mich anzeigen?«

»Das könnte Ihr Leben retten«, sagte ich. »Über alles andere ließe sich reden. Wir können einen Deal mit der Staatsanwaltschaft ausmachen, dann sind Sie in ein paar Jahren wieder raus. Vorausgesetzt, Sie haben nichts mit den Morden zu tun.«

Er dachte nach. Drei Sekunden lang.

»Wo ist er?« Hartmann verwandelte sich wieder in den stiernackigen Mann vom Bau, der uns liebend gerne eine Bierflasche über den Kopf gezogen hätte. »Wenn ich rauskriege, dass ihr wisst, wo er steckt ...«

Marie-Luise nahm den Block wieder hoch und sah ihn erwartungsvoll an.

»Leckt mich am Arsch.«

Hartmann ging zur Tür.

»Beleidigung«, rief sie ihm hinterher. »Ehrdelikt, Freiheitsstrafe bis zu einem Jahr!«

Wir hörten nur noch Türen knallen. Mit einem Aufatmen legte sie den Block zurück und fuhr sich durch den halben Haarschopf, der ihr geblieben war.

»Unglaublich. Hast du das aufgenommen?«

»Leider nicht«, sagte ich. »Und wenn, viel hilft es nicht.«

»Oh doch. Eins wissen wir jetzt: Hartmann vermisst Marquardt genauso wie wir. Wann triffst du Sigrun?«

Der Satz kam ihr völlig normal über die Lippen.

»Zwischen sechs und sieben. Sie kommt auf dem Weg nach Hause kurz vorbei.«

»Ich bin gespannt, was sie dir erzählt.«

»Ich auch«, sagte ich und lächelte sie an.

Es war schon ein wenig die Krönung des Tages, dass sie beim Hinausgehen zurücklächelte.

9

Und trotzdem war es mir lieber, Sigrun unten abzupassen. Ich verbrachte eine Viertelstunde in der Kälte, von einem Bein auf das andere tretend und die spöttischen Einladungen vom Spätkauf gegenüber auf ein Feierabendbier an mir abprallen zu lassen. Dann bog ein Jaguar in die Straße ein und holperte langsam über das Kopfsteinpflaster.

»Soll ich nicht hochkommen?«, fragte sie, als ich die Tür öffnete.

»Marie-Luise hat noch einen Mandanten«, log ich und stieg ein. »Lust auf einen Döner?«

Sie trug ihr blondes Haar offen. Es war kürzer als früher, was mir neulich im Peppone nicht aufgefallen war. Kamelfarbener Kaschmirmantel, Lederhandschuhe, perfektes Make-up. Der Wagen duftete nach Leder und ihrem Parfum. Überrascht lachte sie auf.

»Einen Döner? Warum nicht?«

Der Mann mit der Flasche in der Hand sah uns hinterher. Anerkennend, wie ich meine.

»Gleich um die Ecke ist einer. Wird nur schwirig mit dem Parkplatz. Dönerläden sind hier überall, aber am besten ist es, wenn wir den Wagen im Auge haben.« Ich war nervös und redete Unsinn. »Und sie sind alle gut.«

Sie setzte den Blinker und bog nach rechts ab in die Alt-Moabit. Es war kurz vor sieben an einem unwirtlichen Dienstagabend. Die Lichter der Spielhallen, Spätis, Handyläden und

Schnellimbisse spiegelten sich in der Windschutzscheibe. Aus den Boxen perlte Chopin. Ich fühlte mich wie in einem Raumschiff, das mich aus dem Hier und Jetzt in eine andere Zeit katapultierte. Eine, in der das Leben so glänzte wie das Wurzelholzfurnier des Armaturenbretts.

»Da. Der sieht doch ganz in Ordnung aus.«

Sie setzte den Blinker, fand ohne Probleme vier freie Meter am Straßenrand und parkte ein. Es war einer dieser Läden, die auch ein paar Tische anboten, an denen man essen konnte. Zwei Männer, offenbar Vater und Sohn, langweilten sich vor einem Fußballspiel, das auf einen riesigen Monitor in der Ecke übertragen wurde. Ich bestellte zwei Dönerteller und zwei alkoholfreie Bier. Es war ein spontaner Einfall gewesen. Sie sollte sich nicht überrumpelt fühlen, was zweifellos der Fall gewesen wäre, wenn ich ein klassisches Essen vorgeschlagen hätte. Unsere zweite Begegnung befand sich in einem Schwebezustand, einer verheißungsvollen Unverbindlichkeit. Ich hatte sie für eine halbe Stunde. Fest. Was danach kam, lag an mir.

Ich half ihr aus dem Mantel, und wir setzten uns ans Fenster, um im Falle eines Falles unseren dunkelgrünen Exoten draußen vor der Tür beschützen zu können. Erstaunlicherweise interessierte er niemanden.

»Danke, dass du gekommen bist.«

Sie lächelte und schob sich mit einer eleganten Handbewegung die Haare hinters Ohr. »Da nicht für. Ansgar ist nicht da. Alles, was mich erwartet, wäre ein Abendessen aus der Mikrowelle.«

»Keine Köchin?«

»Eine Zugehfrau reicht. Sie kauft auch ein, aber wenn ich wirklich mal so früh nach Hause komme, will ich nicht noch am Herd stehen. Und du?« Sie lächelte mich an. »Wer kocht für dich?«

»Niemand.«

Vielleicht war etwas in meinem Blick oder ein kaum wahrnehmbarer Unterton von Bedauern in meiner Stimme. Sie sagte: »Oh«, mehr nicht.

»Ich habe eine Freundin«, fügte ich schnell hinzu und ärgerte mich im nächsten Moment darüber. Ich musste mich nicht für mein Leben rechtfertigen. Nicht vor Sigrun. Vor allem aber nicht dafür, dass ich dieses Treffen so sehr gewollt hatte. »Aber wenn wir uns sehen, kochen wir auch nicht.«

Und wer könnte mir bitte dieses dämliche Grinsen aus dem Gesicht hauen? Ich benahm mich wie ein Teenager.

»Interessant«, war ihr einziger Kommentar.

»Sigrun«, begann ich und wollte es hinter mich bringen, »was weißt du über Peter Schweiger?«

Sie sah kurz aus dem Fenster, aber ihrem Jaguar ging es gut.

»Du hast letzte Woche ziemlich seltsame Dinge gesagt.« Ihr Blick kehrte zu mir zurück. »Zwei Morde, an denen er irgendwie beteiligt sein soll? Ich kann das nicht glauben.«

»Drei«, sagte ich. »Seit gestern sind es drei. Vielleicht hast du von der Explosion in der Schlangenbader gehört.«

»In dem Versteck von diesem angeblichen Finanzbeamten? In der Online-Ausgabe der *Berliner Tageszeitung* wurde angedeutet, er hätte Kontakte ins Rotlichtmilieu gehabt.«

Ich hätte Alttay den Artikel nicht alleine schreiben lassen sollen.

»Ich war dabei.«

»Du?«

Ihr Entsetzen war echt. So echt, dass es mir vorkam wie eine Liebeserklärung. Was natürlich Blödsinn war.

»Ich habe dem Täter die Tür geöffnet. Ein Mann in Motorradkluft. Er hat einen Molli in den Flur geworfen, und daraufhin ... auf einmal ...« Ich brach ab, zwinkerte, weil ich etwas im Auge hatte, und Sigrun legte für zwei unendlich kostbare Sekunden ihre kühle Hand auf meine. »Es stand alles in Flammen. Eine Frau ist gestorben.«

Sie sah mich mit weit aufgerissenen Augen an.

»Aber ... warum? Und was hattest du dort zu suchen?«

Der Sohn brachte das Bier, Besteck und Servietten.

»Es wurden mit einem Schlag alle Beweise vernichtet, die zu Hartmann, Schweiger und ihren Hintermännern geführt hätten. Fischers Freundin hat uns dorthin geführt und uns alles gezeigt.«

Sigrun schüttelte den Kopf, als ob sie das alles nicht glauben könnte.

»Sie ist tot.«

»Um Himmels Willen. Sie ist das Opfer? Und die andere Person, die noch im Krankenhaus ist?«

»Ihre Nichte. Sie ist nicht vernehmungsfähig, und keiner weiß, ob sie das je sein wird. Sigrun.« Ich legte jetzt meine Hand auf ihre. »Neulich, als ich dich gefragt habe, ob du etwas über Schweigers Zeit im Bausenat weißt, ging es noch um den Tod eines Mannes vom Finanzamt. Jetzt geht es um mehr. Viel mehr.«

Sie zog ihre Hand weg.

»Das sind Leute, die Millionen mit Grundstücksgeschäften in Berlin gemacht haben. Die nicht wollen, dass man zurückverfolgt, wen sie alles bestochen und bezahlt haben. Es begann mit dem Tod der Staatsanwältin Carolin Weigert. Was darauf folgte, sind Vertuschungstaten, die immer mehr eskalieren.«

»Bist du dir sicher? Oder sind das nur Vermutungen?«

»Ich war dabei, als sie Fischers Wohnung und die Beweise vernichtet haben. Vielleicht war ich sogar schuld. Wenn sie mir gefolgt sind ...«

Sie sah hastig hinaus auf die Straße und dann wieder zu mir. Ich erschrak. Ihr Blick war wütend und kalt.

»Und da ziehst du mich mit hinein? Bist du noch zu retten?«

Unser Essen wurde gebracht, aber Sigrun schob den Teller sofort von sich weg, als hätte ich Knollenblätterpilze geordert.

»Es geht doch nur darum, ob du mir mehr über Schweiger erzählen kannst.«

»Nein. Es geht darum, dass du, wo immer du auftauchst, alles kaputtgeht. Glaub doch nicht, ich hätte keine Ahnung, wie es dir in den letzten Jahren ergangen ist. Irgendeiner weiß immer etwas und ist ganz scharf darauf, mir die neusten Eskapaden meines ehemaligen Verlobten unter die Nase zu reiben.«

»Das tut mir leid.«

»Schon okay. Wir alle leben mit unserer Vergangenheit, ob wir wollen oder nicht. Du scheinst ein Faible dafür zu haben, dich und andere in Schwierigkeiten zu bringen. Auch mit mir hast du das einmal gemacht, und es hängt mir bis heute nach.«

Ich wollte etwas sagen, aber sie schnitt mir mit einer Handbewegung das Wort ab.

»Es hat mich meine politische Karriere gekostet. Seit ein paar Jahren ist endlich Gras über die Sache gewachsen. Und da hast du die Frechheit, mich erneut herauszufordern?«

»Ich fordere dich nicht heraus. Ich habe dich gebeten, mir Informationen zu Peter Schweiger zu geben.«

»Und dann? Werde ich eines Tages vor einem Untersuchungsausschuss stehen und muss meine Parteifreunde anschwärzen?«

»Parteifreunde?«

Sie wollte aufstehen.

»Dein Mann«, sagte ich. »In der Akte der Staatsanwaltschaft zu Carolin Weigerts Tod taucht sein Name auf.«

»Was sagst du da?«

Ich hatte es versaut. Komplett. Ich hätte mir klarmachen sollen, dass wir uns zehn Jahre nicht gesehen hatten, dass ihr Leben ohne mich weitergelaufen war und sie vermutlich weitaus weniger Gedanken an mich verschwendet hatte wie ich an sie. Unsere Trennung war endgültig gewesen, und die Freude über das zufällige Wiedersehen hatte der Nostalgie gegolten, mit der wir die wenigen Jahre vergoldeten, die wir miteinander verbracht hatten, um sie nicht gänzlich verloren zu geben.

»Was sagst du da?«, wiederholte sie. »Du wagst es, den Namen meines Mannes im Zusammenhang mit Mord und Totschlag zu nennen?«

»Nicht ich, das waren die Ermittlungsbeamten.«

»Das macht es nicht besser.« Ihre Stimme hätte den Wannsee im Hochsommer zum Gefrieren gebracht. »Für wen arbeitest du?«

»Für niemanden.«

»Wie kommst du dann an die Akte?«

»Zufall.« Ich wünschte, sie könnten den Döner-Teller wieder abräumen.

»Und das soll ich dir glauben?«

»Ein Freund von mir steckt drin. Sebastian Marquardt. Kannst du dich noch an ihn erinnern?«

»Marquardt? Der Trickser?« Sie holte ihr Portemonnaie aus der Handtasche, öffnete es und zog einen Zwanzig-Euro-Schein heraus, den sie auf den Tisch knallte. Sie würde keine Kopeke von mir annehmen. »Die Spatzen pfeifen es von den Dächern. Wenn du Sorgen mit dem Finanzamt hast, wende dich an ihn. Hat er dich geschickt?«

»Nein. Er ist verschwunden. Und ich mache mir große Sorgen um ihn.«

»Du solltest dir lieber Sorgen um dich machen. Wenn du es wagst, unseren Namen noch einmal in den Schmutz zu ziehen, wirst du mich von einer Seite kennenlernen, von der du noch keine Vorstellungen hast.«

»Sigrun ...«

»Nein! Kein Wort. Ich bin wahnsinnig, dass ich mich mit dir getroffen habe. Ich hätte es wissen müssen. Von dir kommt nichts Gutes.«

Das war unfair, und sie wusste das genau. Ich hatte keine Ahnung, was sie mit Ansgar von Bromberg verband, und ich wollte zu ihren Gunsten annehmen, dass es ausschließlich romantische Gründe waren. Aber das, was wir beide gehabt hatten, war jenem nebulösen Allgemeinbegriff Liebe verdammt nah gekommen. Und das sollte nichts Gutes gewesen sein?

»Dann«, sagte ich, »wirst du sicher nicht enttäuscht sein, wenn ich wissen will, was dein Mann am Abend des dreizehnten März 2015 wirklich gemacht hat. Ob er tatsächlich in Zürich mit Schweiger und Hartmann zusammen war.«

»Das ist nicht dein Ernst.«

»Warum bist du hier?«

Sie sah auf den Teller, auf dem der Döner langsam kalt wurde. Plötzlich lachte sie kurz und bitter auf. »Darum bestimmt nicht.«

»Warum, Sigrun?«

»Weil ... verdammt! Ich dachte ... ja, ich dachte einen Moment lang, es wäre ganz schön, Schweiger etwas heimzuzahlen. Als ich damals am Boden lag, war er derjenige, der am längsten auf mir herumgetreten ist. Ich wollte dir von Gerüchten erzählen, die in der Zeit immer wieder aufflackerten. Und wenn man ihm ein paar krumme Dinger hätte nachweisen können, warum nicht? Aber das, was du gerade gesagt hast, ist eine andere Dimension. Peter Schweiger war, und da bin ich mir sicher, korrupt. Eine Anklage könnte ihn seinen tollen Job kosten, und er würde vielleicht einmal mitkriegen, wie das ist, wenn man vor allen Augen im Kasernenhof degradiert wird. Aber er ist kein Mörder. Keiner, der Bomben baut und Finanzbeamte erschießt. Und dass du es wagst, auch noch meinen Mann in die Sache hineinzuziehen ...«

»Er hat sich selbst hineingezogen. Er hat Schweiger und Hartmann für diese Nacht ein Alibi gegeben.«

»Welche Nacht, verdammt noch mal?«

»Die Nacht, in der die Staatsanwältin Carolin Weigert ermordet wurde. Mit ihr fing alles an. Und lief, vier Jahre später, nachdem Udo Fischer euch fast gehabt hätte, völlig aus dem Ruder. Wo war dein Mann in dieser Nacht? Was weiß er von einer Steuer-CD, die Carolin Weigert zugespielt werden sollte?«

Das *euch* war der größte Fehler gewesen. Es war mir herausgerutscht, ohne nachzudenken. Mir wurde klar, wie tief der Graben war, der uns trennte. Und dass wir damals eine Seilbrücke darüber gebaut hatten, die beim ersten Windstoß nicht mehr passierbar gewesen war. Vielleicht, wenn wir mehr Zeit gehabt hätten. Mehr geglaubt, gehofft und geliebt hätten ...

Sigrun presste die Lippen zusammen. Sie sah mich an wie eine verlorene Seele, bei der jedes Beten vergebens war. Dann griff sie nach ihrem Mantel, den sie auf dem Stuhl neben sich abgelegt hatte, und stand auf.

»Lass uns in Ruhe.«

Ich erhob mich ebenfalls. »Sigrun.«

»Lass uns in Gottes Namen ein für alle Mal in Ruhe.«

Sie eilte nach draußen. Ich lief ihr hinterher, aber sie war schon am Wagen. Sie schloss auf, stieg ein, ohne mich noch eines Blickes zu würdigen, startete und fuhr davon.

10

Ich schlief wie ein Stein in dieser Nacht. Mein Körper musste das Adrenalin loswerden, das ihn die letzten achtundvierzig Stunden auf ein völlig neues Level hochgepusht hatte. Die Explosion in Fischers Wohnung hatte mich mehr mitgenommen, als ich mir eingestehen wollte. Dazu kamen Gärtners fragwürdiges Verhör in der Keithstraße, Tiffys Baby und Hartmanns linkischer zweiter Erpressungsversuch. Von dem, was Fischers und Wolgasts Tod in mir auslösten, ganz zu schweigen.

Aber den Rest hatte mir die Verachtung in Sigruns Stimme gegeben, mit der sie sich von mir verabschiedet hatte. Als mein Wecker klingelte und ich hochfuhr, nach Luft schnappend, nicht wissend, wo ich war, dauerte es keine drei Sekunden, bis eine Welle von Wut und Selbstverachtung über mir zusammenschlug. *Lass uns in Gottes Namen ein für alle Mal in Ruhe.*

Gut gemacht, Vernau.

Unter der Dusche haderte ich weiter mit mir selbst, aber irgendwann gelang es mir, dem morgendlichen Zeitdruck geschuldet, in den Spiegel zu sehen. Vielleicht hatte Marie-Luise ja recht. Vielleicht war ich nicht derjenige, der alles kaputtmachte. Vielleicht war es das längst.

Als mein Handy kurz vor acht klingelte, hielt sich sogar die Enttäuschung in Grenzen, als ich Alttays Name auf dem Display erkannte.

»Alle Achtung«, begrüßte ich ihn. »So früh schon auf den Beinen?«

»Ich hätte was für dich.«

Ich schnappte meine Schlüssel und verließ die Wohnung.
»Und das wäre?«

»Kennst du das Dong Xuan Center?«

»Das was?«

»Der größte Asia-Markt Deutschlands. In Lichtenberg.«

Ich war mehrmals an diesem Gelände vorbeigefahren. Es erstreckte sich über mehrere Hektar und bot alles an Lebensmitteln, Krimskrams und Dienstleistungen, die man aus Ländern des Lächelns erwartete. Immer mal wieder kam es zu Großbränden, weil Müll dort offenbar lieber angezündet als entsorgt wurde.

»Ist dein Informant Vietnamese?«

»Ich will nur heute billig mit euch essen gehen.«

»Wir hatten einen Deal, Alttay. Name für Name. Was soll ich in Lichtenberg?«

»Ja«, sagte er gedehnt. Vermutlich saß er bei Café Noir und Croissant in seiner Lieblingsbäckerei, während er dem arbeitenden Rest der Bevölkerung dabei zusah, wie der sich in die morgendliche Rushhour stürzte. »Ich geh da immer zur Thai-Massage. In allen Ehren. Nicht das, was du denkst.«

»Ich denke nicht, Alttay. Nicht um diese Uhrzeit.«

»Hör zu. Wir treffen uns da heute Mittag. Sagen wir mal, halb zwei? In der Halle gleich links, wenn du durchs Tor kommst. Bei Lotus Dim Sum. Die besten. Wirklich. Ich schwör's.«

Ich hatte aufs Abendessen verzichtet, und mein Frühstück war ein abgepackter Keks gewesen, wie man sie manchmal zu Cappuccino dazubekam und die ich nie aß, sondern für Morgen wie diesen in einer Chromschale auf dem Küchentisch abwarf. Dazu ein Espresso im Stehen. Trotz der frühen Stunde fühlte ich mich solchen Vorschlägen gegenüber durchaus aufgeschlossen.

»Ich brauche mindestens eine Stunde bis da raus. Warte!«

Der Bus verließ gerade die Haltestelle. Ich winkte und hatte Glück: Mir wurde noch einmal die Tür geöffnet. Als ich endlich meinen Stehplatz an einer Halteschlaufe gefunden hatte, war Alttay schon längst aus der Leitung.

Man muss dazu erwähnen: Solche Anrufe von ihm sind selten. Sehr selten sogar. In der Vergangenheit hatten wir ein paarmal zusammengearbeitet, und er war ein ebenso scharfsinniger wie verlässlicher Zeitgenosse. Von seiner Aufdringlichkeit mal abgesehen. Deshalb stand für mich außer Zweifel, dass er uns etwas zu bieten hatte. Und dass Marie-Luise in diese seltsame Einladung mit einbezogen war.

Sie fragte nicht, wie mein Abend sich gestaltet hatte. Ein Blick in mein Gesicht musste genügen.

»Und nichts über Schweiger?«

»Nichts«, antwortete ich nur, bevor ich in mein Büro verschwand. »Und Alttay will uns sehen. Heute Mittag auf dem Dong Xuan Markt. Nehmen wir dein Auto?«

Und so fuhren wir eine Stunde durch den immer dichter werdenden, stockenden, von unerklärlichen Baustellen und Umwegen fast zum Erliegen gebrachten Mittagsverkehr einmal quer durch die große Stadt.

Lichtenberg ist nicht gerade mein Beritt. Der Bezirk hat schöne Seiten, unbenommen. Aber er wird bereits vom Scheinwerferlicht der Immobilienspekulanten abgetastet wie die Burlesque-Tänzerin im Champagnerglas. Eingeklemmt zwischen die Monaco-Lagen Berlins – Prenzlauer Berg und Friedrichshain –, sind Lichtenberg vermutlich nur noch ein paar Jahre stillen Dahinsiechens zwischen Hochhäusern, grauen Mietskasernen, Industriekomplexen, Möbelhäusern und achtspurigen Fluchtstraßen gegönnt, bevor sein städtischer Teil Richtung Allee der Kosmonauten aufgehübscht und genauso unbezahlbar wird.

Das Dong Xuan Center ist riesig. Lang gestreckte Lagerhallen, in denen Blumen, Schuhe, Kleidung, Handyzubehör, Supermärkte, Kitsch und Tinnef neben Garküchen, Imbissen, Massage-, Haar- und sonstigen Salons in wild geordnetem Durcheinander existieren.

Lotus Dim Sum war aus zwei Gründen nicht zu übersehen: Es lockte mit Hunderten Lampions, die sachte in den aufsteigenden Dünsten schaukelten, und Alttay saß an einem der Tische ganz vorne. Bei unserem Anblick sprang er auf, verhedderte sich in den Stuhlbeinen, riss das Tischchen mit und landete vor uns auf den Knien.

»Nicht nötig«, begrüßte ich ihn und half ihm auf.

»Himmel noch mal. Das ist aber auch alles eng hier.«

Er klopfte sich die Hosenbeine ab, umarmte Marie-Luise und leitete uns zu seinem Tisch zurück, den flinke Angestellte des Hauses wieder aufgestellt hatten. Erst jetzt bemerkte ich, dass dort ein zweiter Mann saß – die Stühle standen so eng zusammen, dass er auch zum Nebentisch gehören konnte.

»Darf ich bekannt machen? Torsten Büchner, Kriminalkommissar vom LKA 3. Und das sind meine Freunde Marie-Luise Hoffmann und Joachim Vernau.«

Büchner stand auf und reichte uns die Hand. Er war kleiner als ich, schmal, mit dem Blick eines Turmfalken in einem hageren Gesicht. Graues Hemd, Lederjacke. Hielt sich also für einen Jäger, keinen Sammler.

»Sehr erfreut«, sagte er.

Ich murmelte etwas Ähnliches, auch Marie-Luise hatte es die Sprache verschlagen. Wir hatten mit einem Namen gerechnet, aber nicht damit, den Maulwurf persönlich kennenzulernen. Alttay spürte, dass eine etwas gespannte Stimmung in der

Luft lag, und holte uns Stühle heran, räumte den Tisch frei, lobte das Essen und verbreitete eine konfuse Stimmung, die sich erst beruhigte, als auch er endlich saß und die Speisekarten verteilt waren.

»Nehmt Menü drei«, riet er uns. »Da ist alles dabei. Krabben, Pork, vegetarisch ...« Er klang gehetzt. Er fühlte sich genauso verunsichert wie wir. Also musste Büchner die ganze Chose eingeleitet haben.

Nachdem wir bei einem freundlich lächelnden jungen Mann bestellt hatten, kam der Kriminalbeamte ohne Umschweife zur Sache.

»Herr Alttay und ich kennen uns schon seit Jahren vertrauensvoll. Als er mir von Ihnen erzählt hat, wollte ich Sie persönlich kennenlernen.«

Petze.

Alttay sah hinauf in die Lampions. Was hatte er sich bloß dabei gedacht? Jetzt waren wir in der Defensive.

»Bevor irgendwelche Missverständnisse auftauchen: Ich habe Frau Weigerts Razzia damals nicht an die Presse weitergeleitet. Ich weiß auch nicht, wer es getan hat. Vielleicht jemand von den Polizeikräften. Oder aus der Staatsanwaltschaft. Oder, was am plausibelsten erscheint, Frau Weigert selbst.«

Alttay löste sich vom Anblick über seinem Haupt, stürzte sein erstes oder zweites oder drittes Bier hinunter und wischte sich mit dem Handrücken den Mund ab.

»Ehrlich, ich weiß nicht mehr, woher der Tipp kam«, sagte er und unterdrückte ein dezentes Rülpsen. »Vielleicht eine E-Mail von Kollegen oder ein Anruf, keine Ahnung. 'ne SMS. Wahrscheinlich war es das. Ich hab seitdem dreimal mein Handy gewechselt. Tut mir leid. Deshalb dachte ich, bevor ihr Verschwörungstheorien aufbauscht, redet doch selbst miteinander.«

»Danke«, erwiderte ich kalt und wandte mich an Büchner. »Herr Alttay erwähnte, dass Sie auch über Details aus Frau Weigerts Privatleben Bescheid wussten. Der Cognac im Schreibtisch. Ihr für Außenstehende seltsames Auftreten. Das alles machte ja schnell die Runde.«

Büchner hob die Hände. »Nicht durch mich. Das waren Gerüchte, die im Umlauf waren. Wir haben immer hervorragend mit Frau Weigert zusammengearbeitet. Sie war eine äußerst genaue, disziplinierte Frau. Deshalb hat mich ihr Selbstmord sehr schockiert.«

Marie-Luise fand jetzt endlich ihre Sprache wieder. »Warum haben Sie ihn nie in Zweifel gezogen?«

»Zweifel? Warum?«

»Sie hat die Machenschaften von Andreas Hartmann und Peter Schweiger aufgedeckt. Dazu war sie ziemlich nahe an den Hintermännern dran. Und die sitzen nicht nur in Hongkong oder Istanbul, sondern auch hier. In Berlin. In Senatskanzleien, Finanzämtern, Staatsanwaltschaften und der Polizei.«

»Hmm.« Büchner nickte zögernd, aber durchaus wohlwollend. Als ob er gerade zum ersten Mal von dieser steilen These gehört hätte, sie aber aus Höflichkeit nicht gleich vom Tisch fegen wollte. »Haben Sie Beweise?«

Marie-Luise sah zu mir. Ich schwieg.

»Sehen Sie«, fuhr er fort. »Das ist so eine Sache mit Behauptungen. Sie wissen doch, was dazugehört, bis es nach einem Ermittlungsverfahren zu einer Anklageerhebung kommt. Wenn Sie Zeugen hätten, die aussagen würden, wäre das etwas anderes.«

»Was aussagen?«, fragte ich und versuchte, so viel Naivität in meine Mimik zu pressen, dass ich aussehen musste wie ein Dreijähriger.

»Nun ja, Sie erheben ziemlich forsche Anschuldigungen. Nehmen wir einmal an, es wäre etwas dran an dieser Geschichte. Frau Weigert wird zunächst diskreditiert. Sie hatten den Cognac erwähnt. Jemand muss ihn in ihren Schreibtisch gestellt haben. Oder ihr seltsames Auftreten, das wohl auf die Einnahme von Psychopharmaka zurückzuführen war. Auch die hätte ihr jemand beibringen müssen. Und schließlich ihr Selbstmord im Auto. Wer sollte da Hand angelegt haben?«

Er sah in die Runde. Alttay hatte die Augen halb geschlossen und sah aus, als ob er gleich auf seinem Stuhl einschlafen würde. Nur wer ihn kannte, wusste, dass er gerade hoch konzentriert jedes Wort in seine innere Festplatte gravierte.

»Wäre das nicht Sache einer internen Ermittlung?«, fragte Marie-Luise. »Warum gab es die nicht?«

Büchner nickte wieder. »Vielleicht gab es die ja? Schon der Begriff legt nahe, dass wir so etwas nicht an die große Glocke hängen würden.«

»Warum gab es keine Obduktion?«

»Auch da kann ich nur zurückfragen: Warum glauben Sie, dass es die nicht gab?«

Weil wir sie in den Akten der Staatsanwaltschaft nicht gefunden hatten. Aber das durften wir Herrn Büchner nicht auf die spitze Nase binden.

»Wir ...«, begann Marie-Luise betont nachdenklich, »... wir gehen einfach mal davon aus, dass die Öffentlichkeit davon etwas erfahren hätte.«

»Vielleicht, vielleicht auch nicht. Und wenn es nichts zu erfahren gab? Dann schweigt man lieber. Aus Respekt.« Büchner trank einen Schluck Wasser. Er wirkte auf mich wie ein Mann, für den zum Erreichen seiner Ziele so unwichtige Sekundärtugenden wie Respekt keine Rolle spielten. »Sie hat sich umgebracht. Das ist für die Hinterbliebenen schon schwer genug.

Aber wenn Sie wollen, dann fragen Sie den zuständigen Ermittlungsbeamten.«

»Und der wäre?«

Büchner lächelte. Es war ein feines, um Vertrauen bemühtes Lächeln. »Das darf ich Ihnen eigentlich nicht sagen.«

Marie-Luise lächelte zurück. Es war ein falsches, ebenfalls um Vertrauen bemühtes Lächeln, auf das alle hereinfielen. »Es würde uns sehr beruhigen, mit dem Herrn zu reden. Er könnte bestimmt einige unserer Vorbehalte entkräften.«

»Es war kein Herr«, sagte Büchner. »Sondern eine Dame. Kriminalkommissarin Gärtner. Sie bearbeitet, glaube ich, auch die Fälle Fischer und Wolgast.«

»Ähm, Frau ... Gärtner?« Jetzt fiel es mir nicht mehr schwer, wie ein begriffsstutziges Kleinkind auszusehen. Gärtner hatte auch schon Weigerts Tod bearbeitet? Warum hatte sie das nie erwähnt? Die Sichtung der Akte in ihrem Büro war zu hastig geschehen, sonst hätten wir das längst gewusst. Was zum Teufel passierte da eigentlich hinter den Kulissen der Berliner Polizei? Und warum liefen die Fäden mit einem Mal im Büro des Eisernen Throns zusammen?

Wir bekamen unsere Getränke und jeder ein Besteck samt Papierserviette. Büchner trank sein Mineralwasser aus und bestellte bei dieser Gelegenheit gleich ein neues. »Eine äußerst kompetente Kollegin. Aber vielleicht etwas überfordert mit der ganzen Angelegenheit. Deshalb sind solche Verschwörungstheorien, wie Sie sie hegen, ja auch einfach zu konstruieren. Eine tote Steuerfahnderin, und vier Jahre später zwei tote Betriebsprüfer. Da ist man schnell dabei, Äpfel mit Birnen zusammenzuzählen. Haben Sie Frau Weigert gekannt, Herr Vernau?«

»Nein«, sagte ich. »Nicht persönlich.«

»Das wäre auch ein wenig zu viel der Zufälle gewesen. Aber

die Fragen, die Sie aufwerfen, sind berechtigt. Und ich bin mir nicht sicher, ob Frau Gärtner sie vollumfänglich beantworten kann.«

Am liebsten wäre ich mit Marie-Luise für zwei Minuten auf dem Klo oder hinter den Kunstblumen nebenan verschwunden. Wir mussten uns abstimmen, wie wir mit Büchner verfahren sollten. Haute er gerade seine eigene Kollegin in die Pfanne? Oder war Gärtner eher diejenige, der man mit extremen Vorbehalten begegnen sollte?

Unser Essen und Büchners Mineralwasser wurden gebracht. Er hob ein Dim Sum mit seinen Stäbchen hoch und deutete damit in unsere Richtung.

»Was haben Sie bis jetzt herausgekriegt?«

Marie-Luise hatte den Mund voll, deshalb antwortete ich. »Was meinen Sie?«

»Ihr Freund. Der Dritte im Bunde.«

Ich schraubte meinen Gesichtsausdruck von drei- auf zweijährig hinunter. Gleichzeitig wäre ich Alttay am liebsten an die Gurgel gegangen. Was hatte er Büchner noch alles verraten?

»Keine Ahnung«, quetschte ich heraus.

»Wo ist Sebastian Marquardt? Ich weiß, dass Sie sich sehr gut und sehr lange kennen. Er ist untergetaucht. Ich möchte, dass Sie ihm etwas von mir ausrichten.«

»Von Ihnen?«, fragte ich. »Als was, bitte? Kommissar des LKA 3? Wirtschaftskriminalität und Korruption? Oder als Kollegen von Frau Gärtner, um deren Ermittlungen Sie sich Sorgen machen?«

»Wir sind uns wohl einig, dass das hier vertraulich ist.«

Alle nickten, auch Alttay, der dabei nicht sehr fröhlich wirkte. Plaudertasche.

»Wenn da tatsächlich eine Schweinerei am Laufen ist, wenn tatsächlich etwas dran sein sollte an Ihren Überlegungen, wenn die Todesfälle von Weigert, Fischer und Wolgast miteinander in Verbindung stehen, wenn alles zurückführt auf die Ermittlungen der Staatsanwaltschaft vor vier Jahren gegen Hartmann und Schweiger, dann wären Sie mit Ihrem Anliegen bei mir wahrscheinlich besser aufgehoben.«

Wir hatten nichts von einem Anliegen erwähnt, trotzdem nickte ich.

»Ich kann Deals herausschlagen. Ich kann Beschuldigte zu Zeugen machen. Ich kann ihm helfen.«

»Marquardt?«, fragte Marie-Luise.

Büchner nickte.

»Warum fragen Sie ihn das nicht selbst?«

Büchner legte seine Stäbchen ab, lehnte sich zurück und schenkte uns sein streichholzdünnes Lächeln. »Das wissen Sie ganz genau.«

Marie-Luise sah mich fragend an. »Weißt du, was er meint?«

»Keine Ahnung«, wiederholte ich mich. Büchner war gut. Es war wie Fechten. Gefechtslinie. Finte. Gerader Stoß. Als Jugendlicher war ich ein paar Jahre im Verein gewesen. Ich sollte vielleicht mal wieder damit anfangen. Als Erstes Position einnehmen. Er sollte nach vorne kommen, nicht ich.

Büchner sagte: »Herr Marquardt könnte, falls es wirklich eine Verschwörung gegen Weigert gegeben hat, ein wichtiger Zeuge sein. Wie Sie wahrscheinlich wissen, fußte die gesamte Ermittlung von Carolin Weigert auf der Existenz einer CD. Der Datensatz umfasst Schwarzgeld in Milliardenhöhe, gebunkert in der Schweiz.«

»Bei welcher Bank?«

Büchner seufzte ebenso falsch wie abgrundtief. »Wenn wir das wüssten ... Bis heute ist diese ominöse CD nicht aufgetaucht. Falls Herr Marquardt weiß, wo sie ist, und falls er bereit zu einer Zusammenarbeit wäre, könnte ihm das helfen.«

Freier Angriff, kein Klingenkontakt. Noch nicht.

»Ich glaube, ich sehe ihn am Wochenende«, sagte ich. »Wir sind verabredet. Zur Sauna im Europa-Center. Da kann ich das mal zur Sprache bringen. Aber ich glaube nicht, dass er damit etwas zu tun hat. Vielleicht arbeitet er für Hartmann und Schweiger, aber er weiß doch ganz genau, ab wann man Abstand von seinen Mandanten halten muss.«

Büchner tupfte sich mit der Serviette den Mund ab. »Dann hoffen wir das Beste. Ich muss, tut mir leid.« Er trank einen Schluck und reichte uns dann seine Karte. »Melden Sie sich. Helfen Sie Ihrem Freund.«

»Moment.« Ganz so schnell war ich noch nicht durch mit dem kleinen Gefecht. »Dann halten Sie unsere Theorie also für plausibel? Weigert wurde umgebracht?«

»Ich möchte der Sache auf den Grund gehen. Ohne Motiv kein Mord. Und ein Motiv wäre zweifellos diese Steuer-CD, die eine Menge Leute in den Abgrund gerissen hätte. Falls es sie je gegeben hat.«

»Warum fragen Sie nicht Hartmann und Schweiger direkt? Um die ging es ja in erster Linie.«

»Ich will die Pferde nicht scheu machen. Nicht ohne handfeste Beweise.«

»Und was ist mit Ihrer Kollegin im Morddezernat, Frau Gärtner?«

Büchner seufzte. »Ich sehe, genau wie Sie, kaum Fortschritte dort. Tatsächlich überschneiden sich die Kompetenzen, aber wenn dort alles immer wieder auf Suizid und Wahnsinn geschoben wird, sind uns die Hände gebunden.« Er beugte sich vor und nahm uns ins Visier. »Wenn Sie wirklich wollen, dass es vorangeht, wenn Sie es genauso wollen wie ich, dann treiben Sie diese CD auf. Denn eins kann ich Ihnen sagen: Ich bleibe dran an der Sache. Es würde mir kaum ein größeres Vergnügen bereiten, endlich mal die Richtigen einfahren zu lassen. Aber«, er griff nach seinem Portemonnaie in der Innentasche seines Jacketts. Er trug ein Holster, war also bewaffnet. »Es liegt an Ihnen. Na ja, ein wenig. Fühlen Sie Ihrem Freund mal auf den Zahn. Er soll sich bei mir melden. Schönen Tag, ich muss wirklich. Es war mir ein Vergnügen, Sie kennengelernt zu haben.«

Noch im Aufstehen reichte er uns die Hände, rammte den Tisch, der beinahe wieder umkippte, und war Sekunden später von dem Gewimmel um uns herum verschluckt. Wir sahen ihm hinterher, und an einem Blumenstand beugte sich eine schlanke Frau mit eisblonden Haaren herab, um einen Bund Tulpen zu betrachten. Mein Herzschlag stoppte, setzte ein, jagte.

»Vernau?«

Sie war es nicht.

»Ja?«

Marie-Luise schob mir ihren Bambuskorb hinüber. »Gibt's hier auch was Anständiges zu essen?«

»So was in Richtung Flusskrebse?« Ich versuchte, locker zu klingen. Alles im grünen Bereich. Mein Puls war wieder ruhig. »Bestell dir die doppelt gebratene Ente.«

Sie warf noch mal einen Blick in die Karte.

»Alttay«, begann ich. Der zog den Kopf zwischen die Schultern. »Was zum Teufel hast du dir dabei gedacht? Jetzt stehen wir gleich von zwei Seiten unter Beobachtung. Glaubst du, das hilft?«

Er hob die Hände, wie um seine Unschuld zu beteuern. »Sieh es mal so: Es bemühen sich zwei Dezernate um Aufklärung.«

Marie-Luise pfefferte die Karte zurück auf den Tisch. »Bullshit, Alttay. Hast du denn gar nichts zwischen deinen Ohren?

Beide vertuschen, dass sich die Balken biegen. Mir kommt das so vor, als wären Büchner und Gärtner zwei Hyänen, die um die gleiche Beute schleichen, damit keiner von beiden zum Zug kommt.«

»Aber warum denn?«

Sie stöhnte wütend auf. »Ich hab keine Ahnung, was da am Laufen ist. Aber Gärtner will, dass wir Marquardt finden. Büchner will es auch. Hartmann ebenso. Marquardt ist im Moment der am meisten gesuchte Mann. Und bevor du auch nur irgendeinen Gedanken in die Richtung verschwendest, darüber zu schreiben, sag ich dir eins: Du hast ihn in eine noch schlimmere Lage gebracht als die, in der er schon ist.«

»Ich?«, schnaubte er. »Daran ist immer noch er selber schuld. Hättet ihr mir gleich gesagt, um wen es geht …«

»Ja? Was dann? Hättest du ihm einen Platz auf deinem Sofa oder auf deiner Titelseite angeboten?«

»Das ist unfair. Ihr wisst genau, dass ich den Mund halten kann.«

»Schon gut. *Non decipitur, qui scit se decipi.*« Es wird nicht getäuscht, wer weiß, dass er getäuscht wird. Manchmal musste ich einfach das große Latinum raushängen lassen. »Alttay, was hältst du von Büchner?«

Er legte seine Stirn in Falten und suchte nach seinen Zigaretten. »Schwer zu sagen. Seine Tipps waren immer okay. Er glaubt, er lenkt die Presse. Aber da gehören immer noch zwei dazu. Ich musste nur den Namen Fischer fallen lassen, schon hatte er mich am Wickel. Das war nicht so, dass das hier auf meinem Mist gewachsen ist. Er hat mich ausgequetscht, nach euch gefragt. Und er hat mir, ehrlich gesagt, Angst gemacht.«

»Mit was?«

»Er sagt, ihr steckt bis zum Hals in etwas drin, das ihr nicht händeln könnt. Sorry, aber wenn mir das einer vom LKA 3 sagt, schrillen bei mir alle Alarmglocken. Nicht wegen einer Story. Ich scheiß auf Storys. Ich hab so viel Mist in meinem Leben schreiben müssen, über so viel Dreck, Bescheißerei und krankes Zeug. Die Welt ist immer noch so. Sie hat sich nicht geändert. Dafür kriege ich jetzt anonyme Mails, in denen steht, dass man Leute wie mich aufknüpfen wird, wenn ich noch mal über Flüchtlinge schreibe. Es macht keinen Spaß mehr. Ich bin durch. Ich brauch das alles nicht. Aber ich brauche von Zeit zu Zeit Leute wie euch um mich, die noch nicht so abgefuckt sind wie ich. Deshalb will ich wissen: Hat Büchner recht? In was seid ihr da reingeraten?«

Marie-Luise drehte sich jetzt auch eine Zigarette. Länger als eine halbe Stunde hielten Raucher es offenbar nicht aus.

»Die beiden Herrschaften haben mich auf einen Bewirtungsbeleg gesetzt«, sagte sie. »Damit fing alles an. Dieser Beleg bewies, dass Marquardt in Berlin war, obwohl er zum Zeitpunkt des Mordes an Carolin Weigert eigentlich in Zürich gewesen sein müsste. Nein, wir beide glauben nicht, dass er etwas mit der Tat zu tun hat. Aber vielleicht hat er Beweismittel unterschlagen.«

»Die CD«, sagte ich.

Alttay, der mittlerweile auch ziemlich nervös mit seiner Zigarette spielte, grinste. »Also, wenn die es ist, die drei Morde geschehen ließ, dann kann so eine kleine silberne Scheibe mit Schwarzgeldkonten noch ganz andere Köpfe rollen lassen.«

Ich sah zu Marie-Luise, die mit ihrer Zigarette fertig war. Wir wussten das Gleiche: Marquardts Problem war kein Seppl-Problem. Er hatte sich mit den Großen angelegt. Den ganz Großen. Es gab keinen anderen Grund für ihn, unterzutauchen und seine Familie im Stich zu lassen. Alttay hatte diesen Blick bemerkt. Seine nervösen Hände, die mit der Zigarette spielten, wurden ruhig.

»Wo ist er?«

»Wir wissen es wirklich nicht«, sagte ich. »Seine Tochter hat gestern ein Kind bekommen. Es gab Komplikationen. Sie liegt auf der Intensiv.«

»Oh mein Gott!«, stieß Marie-Luise hervor.

»Noch nicht mal das bringt ihn dazu, sich zu melden.«

Alttay nickte. »Ich muss raus. Kommt jemand mit?«

Während sich die beiden vor dem Eingangstor der Halle Teer durch die Lungen zogen, bezahlte ich die Rechnung. Als ich zu ihnen trat, standen sie nebeneinander, rauchten und betrachteten das wuselige Kommen und Gehen von Kunden, Gewerbetreibenden und Touristen.

Wir schwiegen so lange miteinander, wie es eine Zigarettenlänge zulässt.

Schließlich fragte Marie-Luise: »Meint ihr, der Killer ist nun Marquardt auf den Fersen?«

Sie bekam keine Antwort. Stattdessen trat Alttay seine Kippe aus, steckte die Hände in die Hosentaschen und wippte sachte vor und zurück. Dann sagte er: »Ich versteh euch ja. Alttay, der Schreiberling. Dem, dem man nicht alles sagt, weil es morgen in der Zeitung stehen könnte.«

»Jetzt werd nicht sensibel«, entgegnete Marie-Luise. »Wir haben null Anhaltspunkte. Gar nichts. Es könnte sein, dass er in China ist. Aber such da mal jemanden.«

»Dann gibt es nur eine Möglichkeit. Ihr müsst euch an die Fersen des Killers heften.«

»Prima Idee«, sagte ich. »Mach ich gerne und immer wieder. Das letzte Mal hat es mir ja nur zwei Wochen Intensivstation eingebracht. Aber ganz abgesehen von meiner unerheblichen Gesundheit – wie sollen wir den Mörder bitte schön finden?«

»Indem ihr auf den Busch klopft.«

»Aha. Dann erklär mal, wie das gehen soll.«

Er trat einen Schritt vor und drehte sich zu uns um. Dann tippte er sich an die Stirn. »Wenn ich eins gelernt habe in meinem Job, dann, auf die Schlagworte zu achten. Staatsanwältin. Mord. Wegen Steuer-CD. Noch zwei Morde, wegen Steuer-CD. Wo ist Steuer-CD? Keiner weiß es. Was ist Steuer-CD? Köder.«

Er sah uns an.

»Köder. Na? Wo Steuer-CD, da Killer, der sie sucht. Ist doch logisch. Ihr behauptet einfach, sie gefunden zu haben. Dann wartet ihr, bis es dunkel wird, und schnapp – ihr habt ihn.«

»O Mann. Geile Idee!« Marie-Luises Stimme triefte vor Sarkasmus. »Autoabgase, Schusswaffen, Explosion. Auf was sollten wir uns mental beim vierten Mord einstellen?«

»Also, über die logistischen Herausforderungen habe ich mir jetzt keine Gedanken gemacht«, erwiderte Alttay etwas beleidigt. »Ihr könnt das doch mit der Polizei gemeinsam planen. Bietet Hartmann und Schweiger die CD an. Quasi als Unterhändler. Marquardt hätte euch aus seinem Versteck heraus kontaktiert und euch gesagt, wo sie ist. Und dann verlangt ihr, damit es realistisch klingt, zwei Millionen. Sonst geht alles schnurstracks an die Staatsanwaltschaft … nee, besser: an die Presse. Oder WikiLeaks. Oder die FIU. Nee, Presse. An mich. Gebt sie mir am besten.«

»Alttay? Wir haben sie nicht.«

»Okay. Weiß doch keiner.«

»Das ist Blödsinn. Absoluter Blödsinn.«

Marie-Luise ging ein paar Schritte zur Seite, um ihre Kippe in einem Standaschenbecher zu entsorgen. Als sie zurückkehrte, sagte ich: »So blödsinnig ist das gar nicht.«

»Vernau, hast du sie noch alle?«

»Wenn wir die Polizei dazu bringen mitzumachen?«

»Wen von der Polizei? Büchner? Oder Gärtner? Beide spielen nicht mit offenen Karten.«

»Ich würde mit Gärtner reden.«

»Das tust du nicht.« Sie kam näher. An ihrem Arm, der jetzt hochfuhr, um mir den ausgestreckten Zeigefinger entgegenzuhalten, klimperten wieder drei Pfund Silber wie ein verstecktes Waffenarsenal. »Du, ach was, ihr beide habt mich schon in diese Sache hineingezogen. Ich will das nicht. Ich will weiter am Leben bleiben.«

»Nur mit ihr reden.«

»Nein! Ich war mit in Fischers Wohnung! Ich hätte tot sein können, und du auch! Hast du immer noch nicht genug? Ist es nie genug für dich? Und du, Alttay, mit deinen Schreibtischideen, mit deinen Schreibtischgeschichten! Nie selber drin sein, immer nur aus sicherem Abstand. Du bist ein Vollidiot!«

Sie drehte sich um und lief davon. Sinnlos, sie aufzuhalten oder daran zu erinnern, dass ich mit öffentlichen Verkehrsmitteln über eine Stunde zurück ins Büro brauchen würde. Mit dem Volvo wahrscheinlich länger, aber er war bequemer.

Alttay kratzte sich den Hinterkopf. »War keine so gute Idee, schätze ich.«

Ich legte meine Hand auf seine Schulter. »Doch. Sie war gut. Sehr gut sogar.«

Er blinzelte mich aus schmalen Augen an. »Du machst keinen Scheiß, ne? Nicht hinter ihrem Rücken.«

»Versprochen. Bist du mit dem Auto da?«

»Nee. Öffis.«

Mit einem Seufzen machten wir uns gemeinsam auf den Weg zur S-Bahn. Im Gedränge auf dem riesigen Parkplatz glaube ich einen Moment, Xuehua, die Lotusblüte, zu sehen. Aber Frauen mit eisblonden Haaren und koreanische Set-Designerinnen ähneln sich alle aus der Ferne. Und wir waren auf einem asiatischen Großmarkt. Wenn sie es war, erkannte sie mich jedenfalls nicht und tauchte unter in der Menge.

11

Alttays Vorschlag ging mir nicht mehr aus dem Kopf. So tun, als ob wir die CD hätten. Hartmann und Schweiger informieren, zwei Millionen verlangen. Und bei der Übergabe ließ Gärtner die Handschellen klicken. Die beiden Verhafteten würden singen wie die Nachtigallen und den gesamten Berliner Sumpf damit trockenlegen. Auch in Hongkong, Istanbul und Moskau würde es Verhaftungen geben (okay, vielleicht nicht; da waren ein paar Millionen Peanuts). Marquardt könnte aus seinem Versteck auftauchen, die Aussagen von Schweiger und Hartmann bestätigen und sich zur vollumfänglichen Zusammenarbeit bereit erklären, was ihn lediglich eine Freiheitsstrafe auf Bewährung kosten würde.

Und Ansgar von Bromberg müsste seine Kontakte zu Schwarzgeldmillionären aufdecken, den Verrat von Kontodaten gestehen und würde die Zulassung verlieren. Sigrun hätte die Chance zu erkennen, mit welch einer Luftnummer sie sich da eingelassen hatte. Die logische Folge war Trennung. Sie würde verzweifelt sein, alleine und verlassen.

Und sich vielleicht noch mal mit mir treffen.

Vollidiot.

Ich war ein echtes Arschloch.

Und wie ein Kinderkarussell ging es in meinem Kopf wieder von vorne los. Nachdem ich das Szenario zum dritten oder vierten Mal durchgespielt hatte, war klar, dass es nur Verlierer geben würde. Aber Marquardt könnte überleben. Vielleicht musste er ins Zeugenschutzprogramm, wenn es wirklich ernst wurde. Das hieß, alles aufzugeben. Biggi, Tiffy, das Enkelkind. Die Villa im Grunewald, die Kanzlei am Kurfürstendamm. Die Schwarzgeldkonten. Alles für das kleine bisschen Überleben.

Der Weg von der Bushaltestelle zur Kanzlei war weit genug, um nicht zu erfrieren. Man musste nur die Hände in die Manteltaschen stecken und versuchen, diesen eiskalten Wind zu ignorieren, der durch die Häuserschluchten pfiff. Deshalb bemerkte ich sie auch nicht. Erst als ich ihre Stimme hörte, die über die Straße zu mir hinüberklang, sah ich irritiert Richtung Spätkauf.

Sigrun stand in der offenen Tür, einen Teebecher in der Hand. Ich wusste gar nicht, dass sie dort auch solche Exotendrinks anboten. Ich lief völlig kopflos und ohne nach links und rechts zu schauen über die Straße, auf sie zu.

Kaschmirmantel, Lederstiefel. Eine Tasche unter den Arm geklemmt, den rechten Handschuh in der Hand, mit der linken hielt sie den Becher mit einer Anmut wie Audrey Hepburn ihre Zigarettenspitze. Die Haare streng zurückgenommen, kaum Make-up. Ich stolperte über den Bordstein und hätte mich fast vor ihr in den Dreck geworfen. Glücklicherweise war der einsame Biertrinker noch nicht zugegen.

»Hallo«, sagte sie.

Hinter einem mit Feuerzeugen, toxisch aussehenden Süßigkeiten und antiquarischen Berlin-Postkarten zugestellten Tresen äugte ein schmaler Mann zu uns hinüber. Der Inhaber.

»Sigrun.« Ich stand, vor ihr. »Warum rufst du nicht an?«

»Ich hab deine Visitenkarte verloren.«

»Hast du.«

Kurzes Pusten in den kaum lauwarmen Tee, in dem der Beutel schwamm.

»Ansgar wollte das nicht.«

»Was?«

»Dass ich anrufe. Keine nachvollziehbaren Verbindungen, die man mit einer simplen Abfrage beim Telefonanbieter herauskriegen kann.«

Sie schüttete den Tee samt Beutel in den Gully, knüllte den Becher zusammen und warf ihn in den völlig überfüllten Mülleimer neben dem Eingang.

»Und ...?«, fragte ich. »Was *wollte* Ansgar?«

»Komm heute Abend zu uns. Sieben Uhr. Falls du Zeit hast.«

Ich erinnerte mich daran, wie sie mich gestern Abend stehen gelassen hatte, abgekanzelt als der Verlierer, der ich war, der nichts anderes im Kopf hatte, als einen Keil in diese Ehe zu treiben. Und jetzt stand sie vor einem Moabiter Spätkauf, um mich persönlich zu einem konspirativen Treffen einzuladen. Irgendetwas musste passiert sein.

»Dann frage ich anders. Was *will* er?«

Sie streifte sich den zweiten Handschuh über und suchte in ihrer Handtasche nach den Autoschlüsseln. »Keine Ahnung.«

»Du hast mit ihm geredet.«

»Ich habe ihn nur gefragt, wie sein Name in die Weigert-Akte kommt.«

»Und was hat er darauf geantwortet?«

»Dass du kommen sollst. Die Adresse kennst du ja noch.«

Sie wandte sich zum Gehen, aber ich stellte mich ihr in den Weg. »Sigrun. Ich mache das nicht zum Spaß.«

»Ich auch nicht.« Sie sah mich an mit einem Ausdruck, als hätte ich sie in diese Ecke Berlins verschleppt, um ihren Jaguar zu klauen. »Um sieben. Es wird wohl nicht lange dauern. Wir haben danach noch was vor.«

Ich sah ihr so lange hinterher, bis sie um die nächste Ecke verschwunden war. Mein Handy klingelte, und ich war zu ver-

wirrt, um vorher auf das Display zu schauen. Es war Saskia.
»Ja?«

»Du hast dich seit dem Wochenende nicht mehr gemeldet.« Sie klang kühl.

Um ehrlich zu sein, ich hatte sogar kaum an sie gedacht. Kein gutes Zeichen. Wir verabredeten uns um halb neun fürs Kino, damit ich die Villa der Zernikows in dem Gefühl verlassen konnte, zu einer anderen Frau zu gehen. Als ich auflegte, fühlte ich mich schlecht. Sie hatte das nicht verdient, ich sollte aufrichtig zu ihr sein und ihr sagen, dass das nichts werden würde mit uns.

Aber ich wusste nicht, ob das stimmte. Oder ob ich nur so fühlte, weil ich Sigrun am Abend wiedersehen würde.

Ich stolperte hoch in mein Büro und versuchte, den Tag zu nehmen wie ein Mann. Es war viel Kleinkram liegen geblieben, und Alttay nervte noch einmal mit Fragen zu dem Molotowcocktail in der Schlangenbader, die ich ihm nicht beantwortete. Und dann rief Biggi an.

»Er hat sich gemeldet!«, zwitscherte sie. »Alles ist in Ordnung! Ihm wurden das Handy und das Portemonnaie geklaut, in Hongkong. Da ist er öfter wegen irgendwelcher Firmensachen.«

»Das Handy und das Portemonnaie?«, fragte ich.

Ich nahm das tragbare Telefonteil und ging hinüber zu Marie-Luise. Doch die hatte gerade eine weinende Frau in ihrem Büro. Ich entschuldigte mich und kehrte wieder in mein Zimmer zurück.

»Ja, irgendwo auf diesem riesigen Nachtmarkt. Ich kenne den. Alle sagen, pass bloß auf deine Sachen auf. Ich habe mir damals einen falschen Hermès-Armreif gekauft, und keiner hat's gemerkt. Also, alles ist in Ordnung. Du musst dich nicht sorgen.«

»Hast du ihm erzählt, was passiert ist?«

»Was? Nein, natürlich nicht! Joachim, wirklich. Es ist schon schlimm genug, dass es Tiffy so schlecht geht. Da kann ich ihn nicht auch noch mit deinen Betriebsprüfungen belasten.«

»Hast du eine Telefonnummer von ihm?«

»Ja. Aber ich darf sie nicht weitergeben.«

»Gib sie mir.«

»Hast du mich nicht verstanden?«

»Biggi?«

Sie legte auf. Ich versuchte mehrere Male, sie zurückzurufen, aber sie ging nicht mehr ans Telefon. Ein Nachtmarkt in Hongkong. Es klang plausibel, war es aber nicht. Er hätte sich viel früher melden müssen und nicht erst, wenn wir der Lösung seiner Probleme so nahe gekommen waren.

»Was war?« Marie-Luise steckte ihren Kopf herein. Die Haare beziehungsweise das, was davon übrig war, trug sie locker nach hinten gekämmt. Ihr Gesicht wirkte dadurch zart und fein gezeichnet, sie sah viel jünger aus. Hübscher. Auf der Stirn würde vielleicht eine Narbe zurückbleiben, aber alles in allem hatte sie den Brandanschlag äußerlich gut weggesteckt.

»Marquardt hat sich gemeldet, angeblich«, sagte ich.

»Nicht dein Ernst.«

»Biggi behauptet das. Er soll in Hongkong sein, ohne Geld und Handy. Sie hat eine Nummer von ihm, aber sie rückt sie nicht raus.«

Marie-Luise kam langsam näher, noch den Bleistift in der Hand, mit dem sie sich nebenan Notizen gemacht hatte. Sie war jemand, die ihre Stifte bis zum Ende aufbrauchte und sie dann, um die Stummel noch zu verwenden, mit Metallspitzen versah, damit sie sie noch halten konnte.

»Das sind doch mal gute Nachrichten.«

»Wenn sie stimmen.«

»Denkst du, sie lügt?«

»Nein.« Ich lehnte mich zurück und tat etwas, das ich nur in seltenen Momenten machte und auf nichts anderes als auf permanent schlechten Einfluss zurückzuführen war: Ich legte die Füße auf den Schreibtisch. »Biggi kann das nicht. Marquardt hat ihr nicht die Wahrheit gesagt, damit sie sich nicht verplappert.«

Marie-Luise hob mein Telefon ab und wählte eine Nummer. Kurz darauf wurde abgehoben.

»Hoffmann hier. Kann ich bitte Herrn Marquardt sprechen?«

Sie lauschte, bedankte sich und legte auf.

»Für die Kanzlei ist er immer noch krank. Was nun?«

»Bromberg will mich sehen.«

Ich fasste kurz zusammen, was die seltsame Begegnung mit Sigrun unten vor dem Spätkauf erbracht hatte.

»Das wird spannend«, sagte sie. »In deiner alten Heimat. Hoffentlich verliebst du dich nicht noch mal. In das Haus«, setzte sie grinsend hinzu.

Ich nahm die Füße wieder herunter. »Keine Sorge. Vielleicht kann ihr Mann ja etwas Licht ins Dunkel bringen.«

»Das glaubst du doch selber nicht. Die Zernikows, und Bromberg ist jetzt einer von ihnen, schwören jeden auf Linie ein.«

Ich winkte ab. »Das ist lange vorbei. Auch jemand wie Sigrun lernt dazu.«

»Glaubst du das wirklich?«

»Warum denkst du eigentlich immer das Schlechteste von allen Menschen?«

»Tu ich das?« Verwundert sah sie mich an und ging zurück zur Tür.

12

Ich klingelte bei S. Z. – Sigrun Zernikow, ohne von. Und ich freute mich, dass es Bromberg auch nach der Hochzeit nicht gelungen war, die Gravur in dem Messingschild zu ändern. Dafür war Utz' Kanzleianzeige verschwunden. Stattdessen prangte daneben jetzt »Ansgar von Bromberg, Banking & Finance« in blauer Schrift auf weißem Kunststoff.

Mit einem leisen Summen öffnete sich das Schloss, und ich trat ein in den Garten, den ich vor langer Zeit einmal so gut gekannt hatte. Dort hinten, auf der großen Wiese, hatte die Tribüne gestanden. Sigruns Geburtstag, gefeiert mit unserer Verlobung und dem Angebot, als Utz' Partner in eine der renommiertesten Kanzleien Berlins einzusteigen. Ein Abend, getaucht ins Licht von Kerzen und Zukunft. Dann der Ruf »Zernikow! Mörder!« Und nichts mehr in unserem Leben war wie zuvor ...

War es wirklich schon so viele Jahre her? Das Fest hatte so froh begonnen und so schrecklich geendet. Ich erinnerte mich an Sigrun, als sie begriff, dass ihr Leben gerade im Abgrund verschwand. Wie sie sich abwandte von mir, nachdem sie etwas verlangt hatte, das ich ihr nicht geben konnte: die dunklen Geheimnisse der Zernikows als meine eigenen anzunehmen. Würde ich heute noch genauso entscheiden?

Die Fenster der Gründerzeitvilla waren alle erleuchtet. Das hatte es zur Zeit der alten Freifrau nicht gegeben. Da wurde gespart, bis es quietschte. Ich sah im Vorübergehen in Walthers

Kabuff, von dem aus er jeden im Auge behalten konnte, der sich dem Haus näherte. Es sah aus, als stünde es schon seit Jahren leer. Walther gab es offenbar nicht mehr in diesem Haus, genauso wenig wie mich.

Dass sich einiges mehr verändert hatte, bemerkte ich erst beim Hinaufsteigen der Treppe zur Villa. Der Garten war großflächiger und pflegeleichter geworden. Eine Hausangestellte öffnete die Tür und hieß mich in gebrochenem Deutsch willkommen. Die imposante Eingangshalle wirkte freundlicher durch einen hellen Anstrich. Fast alle Bilder an den Wänden waren verschwunden.

Instinktiv wollte ich schon zur Treppe hinauf in die Privaträume, aber die junge Frau rief mich erschrocken zurück. Es ging in die Kanzlei. Oder ehemalige Kanzlei. Banking & Finance, was auch immer das heißen sollte. Sie öffnete die Schiebetür, und ich trat über knarrendes Parkett in den Flügel des Hauses, den Utz von Zernikow jahrzehntelang dominiert hatte. Sofern nicht seine Mutter in ihrem Rollstuhl ebenso unerwartet wie störend aufgetaucht war. Noch immer fühlte ich so etwas wie Ehrfurcht, wenn ich diese Räume betrat. Ihr Geist schien allgegenwärtig. Aber ich täuschte mich.

»Hier, bitte.«

Utz' Büro. Ich öffnete die Tür und erwartete, ihn an seinem Schreibtisch zu sehen. Alte Bücherregale, schwere Sitzmöbel. Das wunderschöne Wasserbild an der Wand, hinter dem sich der Safe verbarg und in ihm all das, was den Untergang des Hauses Zernikow bedeutet hatte.

Aber dann ... Der Raum war eingerichtet wie das Empfangszimmer einer Zahnarztpraxis. Alles weiß. Alles modern. Utz' wuchtiger Tisch war einer Glasplatte auf Stahlbeinen gewichen. Ein gewaltiger Computermonitor stand darauf, dahinter saß Ansgar von Bromberg in irgendetwas vertieft, das seine

Aufmerksamkeit so in Anspruch nehmen musste, dass er weder mein Klingeln, mein Kommen, das Klopfen noch mein Eintreten zu bemerken schien.

Dann sah er hoch. Seine Stirn umwölkte sich. Irritiert erhob er sich.

»Guten Abend«, sagte ich. »Sigrun ...«

»Ach so, ja. Die anderen warten schon. Ich dachte, wir gehen in den Konferenzraum. Da sind wir ungestört.«

Er trat an die zweite Schiebetür und zog sie zur Seite. Das große Zimmer dahinter hatte sich einer ähnlichen Verjüngungskur unterziehen müssen. Weiße, deckenhohe Schränke standen an den Wänden, in der Mitte ein gewaltiger ovaler Tisch, umstellt von einem Dutzend moderner Stühle. Nur die Fenster hatten sie nicht ausgetauscht. Immer noch die alten Doppelflügel mit der Jugendstilverglasung. An einem von ihnen standen Atze Hartmann und Peter Schweiger. Damit hatte ich nicht gerechnet. Irritiert wollte ich mich an Ansgar wenden, doch der schaute mit verkniffenem Mund auf seine Armbanduhr.

Atze, ein Wasserglas in der Hand, starrte mich finster an. Schweiger kam auf mich zu und streckte mir die Hand entgegen. Er war ein schmaler, hochgewachsener Mann, fast hager, von der Behändigkeit eines Leistungssportlers. Sein Händedruck war kurz und kräftig.

»Peter Schweiger.«

»Vernau«, erwiderte ich.

Ich kannte Schweiger aus früheren Jahren, von ferne, vom Sehen. Damals, als Sigrun und ich noch das Powerpaar der Berliner Society gewesen waren, hatten wir uns ab und zu von ferne gegrüßt. Ihre Meinung von ihm war abgrundtief schlecht. Ein Blender, ein egoistischer Spindoktor, der es weniger durch harte Arbeit als durch die richtigen Verbindungen in die Senatskanzlei geschafft hatte. Sigruns Ambitionen auf das Innenresort hatte er damals mit an Sabotage grenzender Ablehnung untergraben. Nach unserer Trennung war ich ihm nicht mehr begegnet.

Er hatte seitdem mindestens zehn Kilo abgenommen und offenbar das Marathonlaufen für sich entdeckt. Sein Gesicht wirkte asketisch, mit tiefen Falten zwischen Nasenflügel und Mund, einer scharfen Nase und hohen Stirn. Sehr kurze braune Haare, dunkle Augen, Bartschatten auf den Wangen, die ihn in diesem etwas unfreundlichen Deckenlicht dämonisch erscheinen ließen, oder unausgeschlafen, oder einfach schlecht rasiert. Sein exzellent sitzender Anzug hatte Falten. Entweder kam er gerade aus dem Flugzeug von Montenegro oder aus einer stundenlang dauernden Krisensitzung in seiner Investmentholding.

Ansgar räusperte sich.

»Dann sind wir ja alle vollzählig.«

»Nein«, kam es von der Schiebetür.

Alle fuhren herum. Dort stand Sigrun.

»Schatz? Das ist geschäftlich.«

Sie zog die Tür zu und trat neben ihn. Sie sah mich an. »Alles Geschäftliche ist auch privat.«

Atze stellte das Glas ab und verzog sein derbes Gesicht zu dem, was er wohl unter Höflichkeit verstand. »Gnädige Frau, es gibt keinen Grund ...«

Sie zog einen Stuhl zu sich heran und setzte sich. Ich wusste nicht, was die beiden danach vorhatten, aber sie trug die Armbanduhr ihrer Mutter. Vermutlich Oper. Oder ein Konzert in der Philharmonie. Ihr Hosenanzug saß perfekt, die weiße Seidenbluse auch.

»Wollen wir anfangen?«

Schweiger zuckte mit den Schultern und nahm Platz. Atze

wandte sich hilfesuchend an Ansgar. Der hatte mit dieser Entwicklung nicht gerechnet.

»Sigrun, du musst hier nicht dabei sein. Wirklich.«

Durch diesen Raum kroch etwas Unausgesprochenes. Eine tiefe, gegenseitige Abneigung. Auf der einen Seite Hartmann und Schweiger, auf der anderen Sigrun und Ansgar. Er wollte sie schützen vor dem, was jetzt kommen würde: seine eigene Demontage. Er hatte sich wie Marquardt mit Betrügern und Steuerhinterziehern eingelassen, und jetzt stand auch ihm das Wasser bis zum Hals.

Ich hätte erwartet, dass sie ihre Geschütze gemeinsam gegen mich richten würden. Aber ich stand buchstäblich in der Mitte wie ein Schiedsrichter bei einem Spiel, das beide Parteien verlieren würden.

Sigrun deutete auf die freien Plätze. »Meine Herren, setzen Sie sich bitte.«

Widerwillig folgten wir dem sanften Befehl. Ohne mich anzusehen, fuhr Sigrun fort.

»Meine Familie ist sehr sensibel gegenüber Anfeindungen von außen. Wir haben das alles schon einmal mitgemacht, deshalb bin ich jetzt wachsamer und sage, wehret den Anfängen. Herr Vernau behauptet«, sie sah mich immer noch nicht an, »Einsicht in die Akten der Staatsanwaltschaft erhalten zu haben, die den Selbstmord der Staatsanwältin Carolin Weigert betreffen.«

Ich nickte. Auch wenn sie mich keines Blickes würdigte, spürte sie das. Schweiger lockerte sich die Krawatte, als ob sie ihm plötzlich zu eng um den Hals sitzen würde. Atze ballte die Fäuste und öffnete sie wieder. Sigrun wandte sich direkt an ihren Ehemann.

»Du sollst darin erwähnt sein. Stimmt das?«

»Ja.«

Sie blieb kühl. Wahrscheinlich hatte sie ihm oben im Schlafzimmer schon mehrmals den Kopf abgerissen und wieder aufgesetzt.

»In welchem Zusammenhang?«

»Es war eine Zeugenaussage. Ich habe an Eides statt versichert, in der Todesnacht von Carolin Weigert mit den beiden anwesenden Herren und einem Sebastian Marquardt in Zürich gewesen zu sein.«

»Stimmt das?«

Ansgar holte tief Luft, sagte »Nein« und pulverisierte damit endgültig das Alibi aus Weigerts Todesnacht.

»Das ist doch ungeheuerlich!« Atze wollte aufspringen, aber eine Handbewegung Sigruns verdonnerte ihn dazu, dort zu bleiben, wo er war. Schweiger reagierte gar nicht. Sigrun legte ihre Hand auf Ansgars und sah mir jetzt zum ersten Mal in die Augen.

»Nichts, was wir hier besprechen, verlässt den Raum. Sind wir uns da einig?«

Sie wartete auf mein Nicken, das nur sehr zögerlich erfolgte. Dann fuhr sie fort. »Vielleicht möchte Herr Vernau wissen, wie es zu dieser Falschaussage kam.«

O ja. Ich nickte, auch wenn mir jedes *Herr Vernau* einen Stich versetzte. Ich wusste genau, was sie dachte und fühlte. Für sie war ich drauf und dran, wieder ihr Leben zu zerstören. Marie-Luise hatte recht: Die Zernikows würden sich nie ändern.

Ansgar zog seine Hand weg und räusperte sich. Er fühlte sich alles andere als wohl bei der Sache. Da saß ich nun, der Ex seiner Angebeteten, und stocherte in seinen mehr oder weniger sauberen Geschäften herum. Er hatte neuen Wind in dieses Haus gebracht. Die angeknackste Würde seiner Holden durch Heirat geschient. Utz aufs Altenteil geschickt. Wo war der eigentlich? Ich hoffte, er würde gleich auftauchen, die Whiskyflasche und zwei Gläser in der Hand, um sich mit mir an den Kamin zurückzuziehen und den ganzen Dreck der Welt anderen zu überlassen.

Aber da konnte ich lange hoffen. Nur über Ansgars Leiche.

»Wie Sie vermutlich nicht wissen«, begann er in meine Richtung, »war ich bis vor zwei Jahren Justiziar bei der Zürcher Ruetli Bank. In diesem Zusammenhang spielte mir ein Mitarbeiter eine CD in die Hände. Auf ihr befanden sich Datensätze und Kontoinformationen über unsere Kunden. Zu diesen zählten auch Herr Hartmann und Herr Schweiger.«

Schweiger schenkte sich aus der Karaffe, die in der Mitte des Tisches stand, ein Glas Wasser ein. Atze ballte wieder die Fäuste, hielt aber den Mund.

»Und noch einige andere. Hunderte. Um es kurz zu machen: Es waren Informationen, die, wenn sie ihren Weg in die Öffentlichkeit gefunden hätten, das Ende vieler Karrieren bedeutet hätte. Ich beschloss, die CD der Schwerpunktstaatsanwaltschaft Bochum anzubieten, fand dann aber heraus, dass Carolin Weigert eine der profiliertesten und unbestechlichsten Staatsanwältinnen war und in Berlin schon einiges über die hier anwesenden Herren zusammengetragen hatte.«

Das klang nicht nach *best buddies*. Das klang auch nicht nach Verabredung zum gemeinsamen Mord. Das klang nach klassischem In-die-Pfanne-Hauen, und genauso erfreut sahen die beiden Herren am anderen Ende des Tisches auch aus.

»Ich bot ihr die CD an. Leider waren weder das Land Nordrhein-Westfalen noch das Land Berlin willens oder in der Lage, die geforderte Million zu zahlen. Noch einmal: Ich war nur der Vermittler. Der Mitarbeiter der Ruetli Bank riskierte Kopf und Kragen und hatte sich vertrauensvoll an mich gewandt. Ich musste ihm sagen, dass sein Mut durch Desinteresse oder schlichte Unfähigkeit nicht belohnt werden würde. Erstaunlicherweise sagte er, dann solle die CD auch ohne Bezahlung in die richtigen Hände kommen.«

Ob Sigrun ihm glaubte? Wenn mich nicht alles täuschte, saß der geheimnisvolle Mitarbeiter, der das Bankgeheimnis seines Hauses für eine Million an die Berliner Staatsanwaltschaft verkaufen wollte, händchenhaltend neben ihr. Seine Stimme hatte diesen Unterton von empörter Unschuld, den ich schon oft bei Lügnern wahrgenommen hatte.

»Ich kontaktierte also Carolin Weigert«, fuhr er fort. »Nach einigem Hin und Her aber verabredeten wir uns schließlich zur Übergabe am dreizehnten März 2015 in ihrem Haus. Als ich ankam, war sie bereits tot. Hatten Sie schon einmal Panik, Herr Vernau?«

»Ja.«

»Richtige, echte Panik, die Ihnen den Hals zuschnürt, Sie um Ihr Leben fürchten lässt?«

»Ja«, sagte ich mit Blick auf Sigrun, die sich nicht mehr erinnern konnte oder wollte, was wir gemeinsam durchgestanden hatten.

»Dann verstehen Sie, was ich meine«, fuhr Ansgar fort. »Ich kam zum Haus. Die Gartentür stand offen. Auf mein Klingeln reagierte niemand, aber aus der Garage hörte ich das Laufen eines Motors. Ich ging hinein und sah sie. Auf dem Fahrersitz. Sie war tot.«

Er schluckte. Sein Adamsapfel hüpfte auf und ab. Bei diesem Teil der Schilderung hatte ich keinen Zweifel, dass er die Wahrheit sagte. Irgendetwas war grauenhaft schiefgelaufen.

»Sind Sie sicher?«, fragte ich.

»Ich konnte den Wagen nicht öffnen, er war verriegelt. Ich rief und klopfte gegen die Scheibe. Es war kalt, ich trug Handschuhe. Ihr Kopf rutschte herunter, ans Fenster. Ja, sie war tot. Ich weiß, was Sie sagen wollen. Ich habe das in den letzten vier Jahren ständig gedacht. Wäre sie noch zu retten gewesen? Später habe ich erfahren, dass ich nichts hätte tun können.«

»Von wem?«

»Kontakte. Verbindungen. Ich geriet ja auf einem ganz anderen Weg in den Fokus polizeilicher Ermittlungen. Aber damals, in dieser Garage … In meiner Panik tat ich, was ich bis heute zutiefst bereue: Ich verschwand, ohne die Polizei zu informieren. Dabei wurde ich offenbar gesehen.«

»Wer?«, fragte ich. Schweiger und Hartmann schwiegen, also kannten sie die Geschichte. »Wer hat Sie gesehen? Der Täter?«

»Ich weiß es nicht. Ich stand unter Schock. Ich habe niemanden bemerkt, aber es muss jemand in der Nähe gewesen sein.« Er schüttelte sich, als ob ihm etwas in den Nacken gefallen sei. Sigrun strich ihm tröstend über den Unterarm. Dieser Loser. Da liegt eine Frau mit Hund – egal ob sie schon tot war oder nicht – in ihrem Auto, und Herr von und zu macht sich schlotternd vom Acker. Noch nicht einmal zu einem anonymen Notruf hatte es gereicht. Ich wusste gar nicht, wohin mit meiner Verachtung. Sie erreichte auch Sigrun, musste sie erreichen. In diesem Raum oszillierten Gefühle wie seismografische Schwingungen. Wie konnte sie nur zu diesem Mann stehen?

»Wenig später erhielt ich einen Anruf von einem Kollegen, Sebastian Marquardt. Sie kennen ihn. Er sagte, es gäbe einen Zeugen, der mich in Carolin Weigerts Todesnacht gesehen hätte, wie ich aus ihrer Garage kam.«

»Und er hat Ihnen keinen Namen genannt?«

Ansgar schenkte mir einen Armer-Irrer-Blick. »Das behielt Herr Marquardt natürlich für sich. Aber er wollte die Daten-

CD. Dafür würden mir sowohl er als auch die beiden Herren Schweiger und Hartmann ein hieb- und stichfestes Alibi geben. Würde ich mich weigern, wäre tags darauf mein Name in aller Munde. Als der Banker, der die Geheimnisse seiner Kunden verraten und Carolin Weigert zum Sterben in ihrem Auto zurückließ.«

Niemand sagte etwas. Bromberg räusperte sich. Er wollte die Sache hinter sich bringen, in die Oper gehen und sein Leben fortsetzen. Mit Sigrun, die an seiner Seite stand wie ein Zinnsoldat.

»Ich hatte schon damals den Verdacht, dass diese beiden Herren dort«, er wies auf Hartmann und Schweiger, »in die ganze Sache mehr verwickelt sind, als sie zugeben wollen. Aber ich hatte Angst. Deshalb willigte ich ein. Ich übergab die CD an Herrn Marquardt und sagte bei der Polizei, als ich nach der Bestätigung des Alibis gefragt wurde, was mir diktiert wurde: dass ich an besagtem Abend mit den dreien in Zürich gewesen wäre. Ich habe keine Ahnung, ob sie ebenfalls dort waren oder nicht. Ich wäre ihnen am liebsten auch nie begegnet. Sie haben es nur meiner Frau zu verdanken, dass wir uns zum ersten Mal gemeinsam in einem Raum aufhalten.«

Daher also die seltsamen Schwingungen. Sie konnten sich auf den Tod nicht ausstehen, aber der Mord an Weigert hatte sie zusammengeschweißt. Es war eine der seltsamsten Konstellationen, die ich jemals erlebt hatte. Drei Marionetten, die von einem eiskalten Puppenspieler geführt wurden. Und immer noch waren sie nicht bereit zu reden.

»Noch mal«, sagte ich, »damit ich es auch verstehe. War überhaupt irgendjemand von Ihnen in Zürich?«

Hartmann grunzte.

Schweiger sagte: »Nein.«

»Was?«, entfuhr es mir.

»Keiner. Als die Sache mit Weigert herauskam, wussten wir, dass es verdammt eng werden könnte. Also haben wir uns, na ja, gegenseitig aus der Klemme geholfen.«

Ich sah in die Runde. »So eine Räuberpistole habe ich ja noch nie gehört.«

»Wir wären doch sofort verdächtigt worden! Also haben wir den Ermittlungsbehörden viel Zeit gespart.«

»Indem Sie alle eine Falschaussage gemacht haben?«

Schweiger zuckte mit den Schultern. Lächerlich, sollte das heißen. Machen Sie doch nicht so einen Aufstand. »Es war die einfachste Lösung.«

»Und dann kam Udo Fischer, und mit einer einzigen Spesenquittung flog Ihnen Ihre einfache Lösung um die Ohren. Sie sollten damit zur Polizei gehen«, sagte ich. »Bevor noch mehr passiert.«

»Auf gar keinen Fall!« Ansgar schob sich seine Friedhofsgärtnerfrisur aus der Stirn. »Dann bin ich der Nächste, der angeblich Selbstmord begeht. Es ist der Horror. Seit vier Jahren bin ich an diese beiden Herren gekettet. Es war ja auch nur eine Kleinigkeit. Eine winzige Falschaussage. Aber mit welchen Konsequenzen!«

Er stöhnte auf. Sigrun sah auf die Tischplatte und drückte seine Hand. Sie tat mir leid. Fast. Nach mir war Ansgar von Bromberg ihr nächster Schuss in den Ofen.

Ich wandte mich an Schweiger und Hartmann. »Was haben Sie mit der CD gemacht?«

»Geschreddert«, knurrte Hartmann. »Eingespannt und mit einer Flex drauflos. Schweiger war dabei. Er da ...« Er deutete auf Ansgar. »Er hat versprochen, dass so was nie wieder passiert. So ein Sicherheitsleck darf es nicht noch mal geben. Hat er uns hoch und heilig versprochen. Und es war ja dann auch alles gut.«

Scharfer Blick von Schweiger.

»Okay, natürlich nicht alles. Das mit dem Tod von der Weigert war ein starkes Stück. Aber wir alle – alle! – sind doch von Selbstmord ausgegangen! Danach kam ja auch nichts mehr. Sämtliche Ermittlungen, die gegen uns geführt wurden, haben sie eingestellt. War ein hartes Stück Arbeit.«

Ich wollte fragen, wie sie das angestellt hatten. Wahrscheinlich war viel Geld geflossen. Bei jeder normalen Ermittlung wäre das Zürcher Alibi zerpflückt worden. Aber diese Herren hatte man mit Samthandschuhen angefasst. Alttay hätte dieses Gespräch in Ekstase versetzt. In Rauschzustände. So viel Sumpf und Korruption bis in die höchsten Kreise gab es in dieser Konzentration nur beim Bingewatchen amerikanischer Politsatiren.

»Es wuchs Gras über die Sache. Wir haben unsere Konten bei der Ruetli aufgelöst und das Geld in andere, na ja, Anlageformen überführt.«

»Durch Marquardt?«, fragte ich.

Hartmann wischte sich über die Stirn. Es war warm im Raum, die Heizung lief.

»Ja, der Seppl hat das alles erledigt. In Amerika und Asien. Es ist nicht verboten! Alles legal! Hat doch keiner geahnt, dass dieser Finanzamt-Heini jahrelang rumspioniert. Dürfen die das eigentlich?«

»Musste Udo Fischer deshalb sterben?«, fragte ich zurück.

Hartmann sah schon wieder aus wie eine Methangasblase kurz vorm Platzen.

»Was weiß ich? Ich habe nichts damit zu tun! Gar nichts! Ich will meine Ruhe! Himmelherrgott noch mal, wann hört das endlich auf?«

»Ist das alles?«, fragte ich in die Runde. »Mehr haben Sie mir nicht zu sagen als dumm gelaufen?«

Schweiger, der bis jetzt seinem Namen alle Ehre gemacht hatte, griff zu einer Aktenmappe, die bisher unbeachtet auf einem Stuhl gestanden hatte. Er holte mehrere Blätter heraus und schob sie mir über den Tisch. Zögernd nahm ich sie an.

»Vollmacht«, las ich vor. »Rechtsanwalt Joachim Vernau wird hiermit Vollmacht erteilt zur Prozessführung einschließlich …«

Was zum Teufel stand da?

»… der Befugnis zur Erhebung von Klagen und Widerklagen, zur Vertretung und Verteidigung in Strafverfahren einschließlich der Vorverfahren, zur Stellung von Straf- und anderen nach der Strafprozessordnung zulässigen Anträgen, zur Vertretung in sonstigen Verfahren und bei außergerichtlichen Verfahren.« Ich sah hoch. Schweiger parierte meinen Blick. »Die Vollmacht gilt für alle Instanzen und erstreckt sich auch auf Neben- und Folgeverfahren aller Art. Gezeichnet: Ansgar von Bromberg, Andreas Hartmann, Peter Schweiger.«

Stille.

Dieselbe Stille wie damals, wenn ich mit Utz über einem schwierigen Fall zusammengesessen hatte. Die Heizung rauschte leise, irgendwo draußen sang ein Vogel. Über uns knarrte es im Gebälk, vielleicht hatte Utz in seinem Schaukelstuhl die Decke verloren oder ging nach nebenan, um sich ein Glas Rotwein zu holen. Ich legte die Papiere auf den Tisch.

»Was soll das?«

»Es besteht kein Kontrahierungszwang.« Schweiger lächelte ölig. »Aber wir möchten Ihnen gerne dieses Mandat übergeben. Seien Sie unser Anwalt.«

Ich nahm das oberste Blatt, drehte und wendete es.

»In Sachen was?«

»Wir wissen alle nicht, was die Zukunft bringt. Lassen Sie uns also vorbereitet sein.«

»Das ist eine Generalvollmacht?«

Hartmann wollte etwas sagen, aber Schweiger schnitt ihm das Wort ab. »Natürlich nur für den Fall, dass wir noch einmal in die Ermittlungen rund um Carolin Weigerts Tod und die weiteren Todesfälle in jüngster Zeit hineingezogen werden. – Er kann nicht an dein Konto, Atze. Also reg dich ab.«

Hartmann lehnte sich schnaufend zurück.

Ich sah in die Runde. »Sie wollen also, dass ich Ihr Anwalt werde? Damit ich den Mund halte? So interpretieren Sie also die anwaltliche Schweigepflicht?«

»Nicht ganz«, entgegnete Schweiger. »Wir könnten Sie ins Vertrauen ziehen und bitten, für uns eine Art Unterhändler zu werden.«

»Spinnst du?« Hartmann flog vor wie ein Flummi. »So haben wir nicht gewettet! Der Kerl ist doch mit allen Wassern gewaschen! Ich hab doch selbst schon alles versucht! Und jetzt sollen wir uns diesem hergelaufenen Feld-Wald-und-Wiesen-Anwalt ausliefern, der von nichts – von gar nichts!!! – eine Drecksahnung hat?«

»Sie wollten mich bestechen, Herr Hartmann«, sagte ich. Eine kleine Korrektur seiner Selbstwahrnehmung. »Aber so läuft das bei mir nicht. Tut mir leid, wenn sich mein Verhalten nicht mit Ihren bisherigen Erfahrungen deckt.«

Natürlich wollte ich Sigrun damit imponieren. Für den Bruchteil einer Sekunde schien ein Lächeln um ihre Lippen zu zucken. Ich wollte, kindisch, wie ich war, dass sie stolz sein sollte auf mich. Nicht auf Ansgar, die Pfeife, dem Panik, Gier und Feigheit vor vier Jahren das Gehirn vernebelt hatten und dessen Hand sie hielt, als müsse sie den Puls messen.

»Und für was und mit wem genau soll ich unterhandeln?«

Die drei Herren warteten jeder für sich darauf, dass der

andere den Anfang machte. Schließlich blieb es an Ansgar hängen. Der räusperte sich. Jetzt kam die Ansage. Ich hab Mist gebaut, bring es wieder in Ordnung, so ein schlechter Kerl bin ich doch gar nicht.

»Wir alle hier sind in etwas hineingeraten, dessen Dimension wir gar nicht absehen konnten. Ich wollte meine Bank vor Schaden durch Steuerhinterzieher bewahren.«

Glaubte er wirklich, was er da sagte? Er hatte eine Million abzocken wollen und sich damit mit den richtig bösen Buben angelegt. Schweiger und Hartmann ging es genauso. Sie hatten an das schnelle Geld geglaubt, an die Millionen links und rechts des Weges. Solange sich niemand für sie interessierte, solange der Schmiergeldtransfer zwischen Behörden und Wirtschaft einwandfrei funktionierte, waren ihre geheimnisvollen Auftraggeber zufrieden. Aber dann war Sand ins Getriebe geraten. Durch eine Staatsanwältin, die sterben musste. Vielleicht nicht persönlich von den drei Herren hier im Raum, aber von dem, der die Puppenspielerfäden führte.

Ich wollte nicht in ihrer Haut stecken. Mitwisser und schuldig der Beihilfe an drei Morden zu sein konnte einem schon den Schlaf rauben. Hatten sie wirklich geglaubt, durchs Aussitzen davonzukommen? Und was sollte ich jetzt für sie tun? Den untergetauchten Marquardt, der lange vor ihnen und offenbar als Einziger die Tragweite dieser Mordserie erkannt hatte, ersetzen?

Ansgar fuhr mit seiner Rede zur Rettung der Ehre aller Anwesenden fort. »Die Herren Schweiger und Hartmann wollten nichts anderes, als ihr hart verdientes Geld vor den gierigen Klauen des Fiskus in Sicherheit bringen.«

Hartmann nickte selbstgefällig. Ganz anders als Schweiger, dem klar war, dass sie schon längst mit beiden Beinen im Knast standen.

»Wir möchten den Mörder vor Gericht stellen, damit wir endlich wieder in Ruhe leben können«, sagte er. »Wir glauben zu wissen, wo er sich aufhält. Wir bitten Sie, ihn aufzusuchen und den Behörden zu übergeben. Wir sichern im Anschluss allumfängliche Aussagen zu. Natürlich nur, wenn die Strafverfolgungsbehörden ihren Fokus auf die wahren Schuldigen legen.«

»Sie wollen einen Deal.«

»Ja.«

»Das kann Ihnen niemand garantieren.«

»Jetzt hören Sie aber auf!«, protestierte Hartmann. »Alle machen das so. Selbstanzeige, dann ist doch alles in Butter.«

»Herr Vernau«, schaltete Schweiger sich wieder ein. »Wir kennen den Auftraggeber der Morde. Wir haben bis jetzt geschwiegen, weil wir Angst um unser Leben haben. Wir wollen, dass Sie mit ihm in Verhandlungen treten.«

»Warum machen Sie das nicht selbst?«

»Weil, nun ja, der Kontakt abgerissen ist.«

»Abgerissen?«

»Die Dinge haben sich seit dem Verschwinden von Herrn Marquardt geändert.«

»Inwiefern?«

Hartmann schnaubte. Schweiger schwieg. Ansgar stöhnte. Was war denn jetzt noch im Busch?

»Weil Herr Marquardt damals eine Kopie der Daten-CD gemacht hat. Ohne unser Wissen.«

»Es gibt noch eine CD?« Im ersten Moment konnte ich kaum glauben, was Ansgar mir da erzählte. »Woher wissen Sie das?«

»Von dem Herrn, dem wir das alles zu verdanken haben.«

»Einem dreifachen Mörder.«

»Das herauszufinden ist nicht unsere Sache.« Schweiger

schob mir wieder die Papiere zu. »Unser vierter Mann wird erpresst. Von Marquardt. Und wir sollen ...«

Er brach ab.

»Sie sollen Marquardt an ihn ausliefern«, sagte ich. »Mit der CD. Und ich soll diesen Drecksjob übernehmen.«

13

Wir brauchten eine Pause. Ich brauchte sie.

Draußen, vor dem Eingangsportal aus Eiche, auf den Sandsteinstufen der Villa. Ich hatte um Bedenkzeit gebeten.

Hinter mir klickte es leise. Ich drehte mich um und sah Sigrun, wie sie Zigarettenschachtel und Feuerzeug in die Tasche ihres Hosenanzugs gleiten ließ.

»Verrate mich nicht. Er glaubt, ich habe aufgehört.«

»Er riecht es.«

»Möglich. Aber dann lässt er es sich nicht anmerken.«

Sie kam die zwei Stufen zu mir hinunter, stellte sich neben mich. Wir sahen in den hellen Abend, den grauen Himmel, die Büsche und kahlen Bäume, die die neugierigen Blicke von der Straße und den Nachbargrundstücken abschirmten. Es war wie früher. Wir zwei, nebeneinander. Und da drinnen das Böse. Vielleicht erinnerte sie sich auch gerade daran. Und dass sie mich irgendwann draußen stehen gelassen hatte, um hineinzugehen und die Tür hinter sich zu schließen.

»Marquardt ist in Lebensgefahr«, sagte ich.

Sie nickte.

Ich drehte mich zu ihr um. »Kannst du damit leben? Dass er der Nächste sein könnte? Oder ich, wenn ich diesen wahnwitzigen Auftrag annehme? Nur damit die Herren ihren gewohnten Lebensstil weiterführen können?«

Sie zog an der Zigarette, kniff die Augen zusammen und seufzte.

»Ich habe Ansgar gesagt, er soll zur Polizei gehen. Er hat doch Verbindungen zu den richtigen Stellen. Man kann so ein Kavaliersdelikt, wie er es begangen hat, doch erst mal diskret handhaben.«

»Das war unterlassene Hilfeleistung. Mindestens. Vielleicht hätte er Weigert retten können!«

»Das hätte er nicht.«

»Ändert das etwas?«

»In seinen Augen, ja.«

»Und in deinen?«

Sie stieß eine Rauchwolke aus und schnippte die Asche in einen Hortensienkübel.

»Er ist mein Mann. In guten wie in schlechten Tagen.«

Ich nickte. Sigrun hatte mehr von der alten Freifrau mitbekommen, als sie wahrhaben wollte. Es war ernüchternd für mich. Trotzdem blieb die Faszination spürbar, die sie schon immer auf mich ausgeübt hatte. Diese kühle, schöne, elegante Frau, die mich einmal geliebt hatte.

»Wenn es eine Chance für Ansgar gibt, halbwegs aus der Sache herauszukommen, dann hilf ihm.«

»Warum sollte ich das?«, fragte ich. Vielleicht klang es etwas patzig. Ich wollte Ansgar nicht retten. Und Hartmann und Schweiger erst recht nicht. »Er hat auch noch ein falsches Alibi gegeben. Hätte die Polizei früher ermitteln können, würden zwei Menschen noch leben.«

Sie nickte, ließ die Zigarette fallen und trat sie aus. »Ich weiß, dass er das bereut. Machen wir nicht alle Fehler?«

»Fehler? Das war kein Fehler. Das war ...«

Ich konnte nicht mehr weitersprechen. Sie hob die Hände und legte sie mir ums Gesicht, und dann küsste sie mich. Es war egal, ob sie gerade geraucht hatte oder nicht. Es war ein reiner, keuscher Kuss, aber er löste etwas in mir aus, das ich nicht zurückhalten konnte. Ich zog sie an mich, hielt sie fest, erwiderte den Kuss mit einer Leidenschaft, die ich nicht mehr gekannt hatte. Wollte sie nicht mehr loslassen, sondern mitnehmen, stehlen, rauben, irgendwohin, wo nichts mehr eine Rolle spielte außer uns.

Sie stieß mich weg.

»Bist du verrückt geworden?«

Ich kam wieder zur Besinnung. Hob die Hände, trat einen Schritt zurück, fiel fast die letzte Stufe hinunter. »Tut mir leid. Wirklich.«

Ein paar Haarsträhnen hatten sich gelöst, ihr Lippenstift war verschmiert. Sie wandte sich ab und lief ins Haus. An den Schritten, die verklangen, hörte ich, dass sie die Treppe hinauflief, vermutlich ins Badezimmer. Ich wischte mir über den Mund, wieder und wieder, um sicher zu sein, dass mir keiner ansah, was ich gerade getan hatte. Dann, als mein Puls sich wieder beruhigt hatte, ging ich zurück zu den anderen.

Hartmann telefonierte, legte aber sofort auf, als er mich erblickte. Schweiger stand am Fenster, glücklicherweise an dem, das zur Westseite und nicht zum Eingang hinausging. Er dürfte nichts von dem kleinen Zwischenfall mitbekommen haben. Ansgar hatte offenbar E-Mails abgerufen und steckte sein Handy weg. Alle drei blickten mich erwartungsvoll an.

»Ich mache es«, sagte ich.

Ansgar stand auf und wollte mir die Hand reichen. Ich entging der Geste, indem ich sofort an meinen Platz zurückkehrte und nach meinem Füller suchte.

»Aber nur, wenn Sie mir den Namen Ihres Auftraggebers nennen und mir alles über ihn erzählen.«

Schweiger und Hartmann tauschten einen schnellen Blick. »Erst unterschreiben.«

Sie wussten, dass ich von diesem Moment an gebunden war.

Ich unterschrieb die Vollmacht und schob sie in die Mitte des Tisches. Ansgar griff sie sich als Erster.

»Danke. Und nur fürs Protokoll: Ich habe nichts, aber auch gar nichts mit den Machenschaften dieser beiden Herren zu tun.« Er pustete auf meine Unterschrift. »Ich wurde von ihnen gezwungen, eine Falschaussage zu machen.«

»Moment.« Hartmann baute sich hinter seinem Stuhl auf, die Hände auf der Lehne. »Ich habe Sie zu nichts gezwungen. Das war alles Marquardt.«

»So sehe ich das auch«, pflichtete Schweiger bei. »Marquardt hat das arrangiert.«

»Für wen?«, fragte ich. Und als ich keine Antwort bekam: »Wer hat Carolin Weigert ermordet?«

Hartmann setzte sich mit einigem Ächzen. Schweiger tat es ihm nach.

»Los jetzt. Ich habe meine Zeit nicht gestohlen.«

Endlich ging es ans Eingemachte. Entweder sie schenkten mir reinen Wein ein, oder wir konnten die ganze Sache vergessen. Ich dachte an Marquardt, der von allen zum Sündenbock gemacht wurde. Wo er jetzt wohl war? Was dachte, was fühlte er, wenn ihm seine Tochter in den Sinn kam? Bereute er, der begnadete Jongleur gewesen zu sein, dem jetzt eine Keule nach der anderen auf die Nase fiel?

Hartmann entschloss sich schließlich als Erster, das Schweigen zu brechen. »Das ist lange her. Fast zehn Jahre. Peter war damals noch im Bausenat. Es ging um Grundstücke. Möglichst wenig Auflagen. Berliner Tafelsilber. Ich hatte Investoren, die ihr Geld anlegen wollten, ohne es an die große Glocke zu hängen.«

»Zhang, Kalaman und Pokateyevo«, sagte ich.

Schweiger atmete zischend ein. Hartmann schluckte, dann nickte er anerkennend. Ich sah ihre Fotos vor mir, jedes einzelne, an Fischers Wäscheleine. Vier Jahre Arbeit, um ihnen das Handwerk zu legen. Alles verloren, wenn ich die drei nicht dazu brachte auszupacken.

»Unter anderem, ja«, sagte Hartmann. Er fragte nicht, woher ich die Information hatte. Ich wäre nicht hier ohne Fischer, Weigert und Wolgast. Das wussten alle in diesem Raum. Wenigstens diese Genugtuung konnte ich ihnen posthum noch verschaffen.

Hartmann knetete seine Pranken.

»Ich bekam das Geld, das lief über Scheinfirmen, kaufte, was es zu kaufen gab. Peter kriegte auch was ab, und so waren alle glücklich und zufrieden.«

»Wie viel?«

Hartmann hob die Schultern wie ein Bauer, der seine Ferkel zu Markte trägt. »Weiß ich nicht mehr so genau …«

»Wie viel?« Die Schärfe in meiner Stimme erinnerte sie daran, mich nicht auch noch auf die Rolle zu schicken. Wenn sie schon glaubten, sie hätten mich im Boot, dann musste ich Kapitän sein. Nicht ihr Schiffsjunge. Nicht ihr Seppl.

»Insgesamt? Das müsste ich überschlagen. Acht Millionen für ihn, ungefähr siebenkommasechs für mich«, sagte Schweiger. »Das ist im Lauf der Jahre für uns an Provision herausgesprungen. Wir haben das Geld über die Schweiz und die USA in Offshore-Firmen angelegt. Marquardt hat das für uns erledigt. Meistens Bargeld, das er für uns in die Schweiz transferierte. Und da kommt er ins Spiel.«

Er wies auf Ansgar von Bromberg, der mit verdrossenem Gesicht den Ausführungen lauschte. Als er merkte, dass der Ball auf ihn zuflog, zuckte er zusammen.

»Die Ruetli Bank hat sich immer an die Steuerabkommen mit der EU gehalten!«, protestierte er.

»Ach, hör doch auf!«, donnerte Hartmann. »Alles Humbug! Ihr seid doch alle vom Stamme Nimm!«

»Was wollen Sie damit sagen?«

»Dass ihr alle profitiert von dem verdammten Schwarzgeld. Ich zahle Steuern, bis es kracht! Sozialabgaben für sechshundert Mitarbeiter! Ich habe Straßen gebaut, Häuser, Wohnungen! Wo wärt ihr denn, wenn es uns nicht gäbe?«

»Okay«, mischte ich mich ein, bevor sie noch aufeinander losgingen. »Sie hatten also einen Deal mit ausländischen Investoren. Nennen wir sie mal vorläufig so. Leute aus Ländern, von denen man nicht unbedingt will, dass bekannt wird, in welchem Umfang sie unsere Städte und Firmen aufkaufen.«

Schweiger nickte. »Insgesamt ergab sich ein Volumen von über hundert Millionen Euro. Unsere Geschäftspartner waren zufrieden, wir waren es, sogar das Land Berlin konnte wenigstens einen Teil seiner Schulden abbauen. Aber dann begann Carolin Weigert zu ermitteln. Sie fuhr in die Schweiz, um sich mit einem ominösen Bankmitarbeiter zu treffen, der alle unsere Transaktionen verraten wollte. Seltsam, dass wir bis heute nicht wissen, wer es ist.«

Ansgar legte Blatt zwei meiner Vollmacht auf Blatt eins, und dann Blatt zwei wieder unter Blatt eins. »Ich sage nichts. Meine Lippen sind versiegelt.«

»Wie dem auch sei«, fuhr Schweiger fort, »Weigert hatte uns auf dem Schirm.«

»Woher wissen Sie das?«, fragte ich.

»Aus ihrer eigenen Behörde. Dort arbeiten viele unterbezahlte Menschen, die sich gerne was dazuverdienen.«

»Indem sie Weigert Cognacflaschen in den Schreibtisch stellen?«, fragte ich. »Dieses Fertigmachen, diese Denunziationen, das alles haben Sie initiiert?«

Hartmann begann wieder zu schwitzen. »Wir wollten nicht, dass das so aus dem Ruder läuft. Aber sie hat ja nicht lockergelassen!«

»Weil es ihr gottverdammter Job war!« Ich musste an mich halten, nicht aus der Haut zu fahren. »Fangen Sie nicht an, den Spieß umzudrehen. *Sie* haben gegen das Gesetz verstoßen, nicht Frau Weigert. Wer hatte die Idee, sie aus dem Weg zu räumen?«

»Keiner!« Hartmann brüllte fast. »Ich schwöre es, keiner! Also, ich jedenfalls nicht. So was mach ich nicht. Aber sie hat uns das Leben ganz schön schwergemacht. Wir brauchten eine Lösung.«

»Einen Mord?«

»Nein! Verdammt noch mal!«

Jetzt sah er aus, als ob er sich auf mich stürzen würde. Schweiger, der seine Gefühle etwas besser unter Kontrolle hatte, hielt ihn am Arm zurück.

»Ruhig Blut. Wir brauchen Hilfe. Verstanden?«

Hartmann rang sich ein widerwilliges Nicken ab. Schweiger sprach nun weiter.

»Wir bekamen mit, dass es eng wurde. Spätestens, als wir unter der Hand informiert wurden, dass jemand von der Ruetli Bank Kontakt zu Weigert aufgenommen hatte. Das hätte nicht nur unseren Untergang bedeutet, sondern auch das Ende eines Riesen-Deals.«

»Und das Versiegen Ihrer sprudelnden Geldquelle.«

»Nennen Sie es, wie Sie wollen, Herr Vernau. Die Nerven lagen blank. Es war uns auf konventionellem Wege nicht gelungen, diese Frau zum Aufgeben zu bringen. Und da taten wir etwas, das vermutlich all das ins Rollen brachte.«

»Was?«

»Wir haben einen unserer Geschäftspartner informiert. Den, der das größte Interesse daran hatte, dass seine Aktivitäten in Deutschland ungestört fortgeführt werden konnten.«

»Wen?«

»Der Chinese«, stöhnte Atze. »Ich hab immer gesagt, nicht den Chinesen! Ich wäre zu den Russen gegangen oder von mir aus zu den Türken. Aber die Chinesen! Die haben gar keine Skrupel. Die sind hier dermaßen vernetzt, da kriegt man kein Bein in die Tür. Er hat es dem Chinesen gesagt.«

»Zhang?«, fragte ich. »Sie haben bei Zhang einen Mord in Auftrag gegeben?«

»Nein!«, brüllte Hartmann so laut, dass wir alle zusammenzuckten. »Natürlich nicht! Wir wollten zusammenlegen und ein höheres Angebot für die CD machen. Marquardt bekam den Auftrag. Er hat Weigert kontaktiert. Aber die dumme Schnalle hat abgelehnt.«

»Sie wollten eine Staatsanwältin bestechen?«

»Ach, nenn es doch, wie du willst!« Hartmann hieb mit der Faust auf den Tisch. Die Wassergläser klirrten. »Wir haben alles versucht. Alles!«

»Und dann?«

Schweiger übernahm wieder. »Sie hat abgelehnt. Selbstverständlich. Eine durch und durch unkorrumpierbare Frau. Wir sahen uns schon alle im Knast. Zhang hatte gerade vor, ganz groß bei der Deutschen Bank und Mercedes einzusteigen. Seine Pläne wären geplatzt, er hätte hier kein Bein mehr auf den Boden bekommen. Von den chinesischen Strafverfolgungsbehörden ganz zu schweigen, Sonderstatus Hongkong hin oder her. Wir waren ja auch international tätig in den letzten Jahren. Oder was glauben Sie, warum Herr Hartmann ganze Großstädte da drüben hochziehen durfte?«

»Sie wollen mir sagen …«, begann ich. Es war schwer für mich, die richtigen Worte zu finden, um das, was mir hier gerade erzählt worden war, zu begreifen. »… dass Carolin Weigert sterben musste, weil sie wirtschaftlichen Interessen im Wege stand?«

»Interessen in Milliardenhöhe. Internationalen Interessen. Nicht den meinen. Aber unser chinesischer Geschäftspartner merkte, dass Frau Weigert ihm gefährlich werden konnte. Sehr gefährlich.«

Das war ein Motiv. Ein widerwärtiges, abscheuliches, aber nachvollziehbares Motiv.

»Und dann?«

»Zhang sagte uns, wir sollten uns keine Sorgen machen. Er würde das übernehmen. Wir dachten an Einschüchterungen, an das Abfangen und Vernichten von Beweismaterial. Die CD war auf dem Weg von der Schweiz nach Deutschland, sie sollte an diesem Abend im März vor vier Jahren übergeben werden. Das haben wir geglaubt. Aber es kam anders, wie wir alle wissen. Ich habe keine Ahnung, was Herr Zhang anordnete. Aber er hat ausgezeichnete Verbindungen zu den Triaden.«

»Das ist die chinesische Mafia«, sagte ich. »Schwerverbrecher. Auftragsmörder. Wollen Sie mir allen Ernstes zu verstehen geben, Sie wussten nicht, auf was Sie sich einließen?«

»Er hat gesagt, wir sollen das ihm überlassen. Ein paar Tage später war Weigert tot. Wie wir glaubten, auf natürlichem … also, nicht wegen uns. Und wir konnten dank diesem Herrn da«, er wies auf Ansgar, »und Herrn Marquardts Vermittlung die CD an Zhang übergeben. Hat auch was gekostet. Dafür bekamen wir noch ein Alibi für die Tatnacht, denn uns beide hätten sie sofort hochgenommen, wenn irgendetwas an dem Selbstmord ko… also nicht … wie soll ich sagen?«

»Wenn es Grund für eine genauere Untersuchung der Todesumstände gegeben hätte?«, half ich widerwillig weiter. Schweiger nickte.

Ich war froh, dass Sigrun nicht bei uns war. Dass sie nicht sehen konnte, wie ihr Mann da saß, auf Utz' Platz am Ende des

Tisches, die Arme verschränkt, mit diesem blasierten Gesichtsausdruck, der uns zeigen sollte, wie sehr ihn diese ganze Sache anödete und wie verabscheuenswürdig die beiden Gesellen waren, die ihn mit in ihren Sumpf gezogen hatten. Wo er doch selbst allerhöchstens in einem Tümpel hockte.

»Wie viel?«, fragte ich. »Was sollte die CD schließlich kosten?«

»Eins Komma fünf Millionen«, antwortete Schweiger.

»Versteuert?« Ich wandte mich an Ansgar.

Der hob lässig entschuldigend die Hände. »Ich habe es sofort an den Mitarbeiter weitergeleitet.«

Einen Dreck hast du.

Ich hätte ihm am liebsten in die selbstgefällige Adelsvisage geschlagen. Letzten Endes war er fein raus. Der Deal mit Weigert war durch den Mord geplatzt, an dem er tatsächlich keine Schuld hatte. Alles, was man ihm anhängen konnte, war unterlassene Hilfeleistung, ein falsches Alibi und eins Komma fünf Millionen Schwarzgeld. Mit dieser Ehefrau und dieser Adresse würde er noch nicht einmal in U-Haft kommen.

Anders sah es bei Hartmann und Schweiger aus. Bei einem Staatsanwalt von Carolin Weigerts Kaliber und einem interessierten Richter drohte ihnen im schlimmsten Fall Anstiftung zum dreifachen Mord. Vom Verlust ihrer Millionen ganz abgesehen.

»Das werden Sie also aussagen?«, fragte ich.

»Wenn Zhang hinter Gittern ist.«

Ansgar sah jetzt aus, als hätte er in eine Zitrone gebissen. Ihm schwante, dass seine Rettung aus dieser Misere auch den Verlust des Geldes bedeutete, das er für die CD bekommen hatte. Hoffentlich hatte er nicht gleich alles auf den Kopf gehauen. Die Hochzeit musste ein Vermögen gekostet haben. Neue Kanzlei, neues Haus … vielleicht flammten gerade vor seinem Inneren die roten Zahlen auf, in die er unweigerlich rutschen würde.

Ich wandte mich an die beiden Glücksritter, die geglaubt hatten, in einen Topf voll Gold zu greifen, und nun fassungslos auf den Dreck an ihren Händen starrten.

»Und Ihr Schwarzgeld?«

Schweiger sagte: »Selbstanzeige bis auf den letzten Cent.«

Ich sah zu Hartmann. Der musste sichtlich damit ringen zu nicken, tat es dann aber. Schweiger hielt mir die Hand entgegen, damit ich ihm den zerknüllten Papierball geben sollte.

»Kriegen Sie das hin?«

»Ich? Ich bin Anwalt. Nicht Interpol.«

»Sie müssen nur Marquardt finden und die Kopie der Daten-CD. Zusammen mit unserer Aussage haben Sie ihn. Und für uns müsste bei so einer Festnahme auch noch was rausspringen.«

»Einen Chinesen? In Hongkong?«

Schweiger, der Intelligenteste von allen, der sämtliche Überlegungen im Rösselsprung anstellte, nickte. »Sie arbeiten doch so gut mit der Polizei zusammen. Da wird es schon einen Weg geben. Und Ihr Schaden wird es auch nicht sein. Selbstverständlich alles auf Rechnung zuzüglich Mehrwertsteuer.«

Sigrun kam herein. Sie blieb hinter Ansgar stehen und legte ihm ihre Hand auf die Schulter. Den Lippenstift hatte sie nachgezogen, die Haare lagen ordentlich frisiert.

»Dauert es noch lange?«

Sie hätte auch sagen können: Es gibt keinen Weg zurück zu dir. Nie mehr. Als du dieses Haus verlassen hast, weil du nicht bereit warst, unsere Vergangenheit ohne Wenn und Aber mitzutragen, ging die Tür für immer zu. Kapier es endlich. Ich verstehe auch nicht, was du noch in diesem Raum verloren hast, aber wenn mein mir angetrauter Ehemann das so will …

Vielleicht waren doch noch nicht alle Verbindungen zwischen uns gekappt, wenn ich in ihren Gedanken lesen konnte wie in einem offenen Buch, aber am Ende dieses Kapitels stand nur noch ein einziges Wort: Verschwinde.

Ich bin nicht Anwalt geworden, um die Welt zu retten, sondern mich. Ich wollte raus aus der Enge und der Nachkriegsarmut, die an den Vernaus klebte, während die anderen schon längst wie Fettaugen auf den Wellen des Wirtschaftswunders schwammen. Ein Studierter, hatte mein Vater mit der Verachtung des Schwerarbeiters gesagt. Einer im weißen Kittel, das willst du also werden? Die weißen Kittel waren für ihn das Sinnbild für alle, die sich nicht mehr die Hände schmutzig machen wollten.

Er hatte mein erstes Staatsexamen nicht mehr erlebt. Und auch nicht mein zweites und die Anfänge in diesem Beruf, der einem schnell klarmacht, dass die Hände auf ganz andere Weise schmutzig werden können.

Ich weiß nicht mehr, wann es gewesen war, ob im vierten oder fünften Semester. Ich saß über einem zwanzig Zentimeter dicken Buch, Schönfelders *Deutsche Gesetze*, und stöhnte unter der Last des Wissens, das ich in mich hineinstopfen musste. Hausarbeiten, Klausuren, Vorlesungen, Seminare. Dazu Jobs in Bars, um mich über Wasser zu halten. Mühseligkeit. Plage. Jahrelanges Siechtum in der Kohlengrube der Jurisprudenz. Aber da war dieser eine Satz. Diese eine Erkenntnis, die alle anderen speiste und das Ringen um Wahrhaftigkeit mit einem Mal verständlich machte. *Die Würde des Menschen ist unantastbar.* Ich begriff, dass es nichts gab in unserer Welt, das darüberstand.

Darüberstehen *sollte*.

Ansgar, Schweiger und Hartmann hatten Carolin Weigerts Würde mit Füßen getreten. Und die von Udo Fischer und

Marianne Wolgast noch dazu. Sie hatten Marquardt dazu getrieben, sich in Todesangst zu verstecken und sein Leben mit einer Silberscheibe zu erkaufen. Und sie hatten mich angeheuert, damit ich ihnen den Puppenspieler vom Hals schaffte, bevor sie sich in den Fäden strangulierten.

Aber sie würden dafür bezahlen.

Ich warf Schweiger den Papierball zu. Er fing ihn auf. Sie alle hier, die glaubten, endlich wieder ruhig schlafen zu können, hatten eines nicht bedacht:

§ 3

Das Seppl-Prinzip

1

»Hongkong?«

Marie-Luise stand vor meinem Schreibtisch und beobachtete argwöhnisch, wie ich meine Unterlagen ordnete. Es war Freitag. Für diesen Tag standen nur noch Mandantengespräche und Schriftverkehr in meinem digitalen Terminkalender. Die wenigen wichtigen, sprich: geldbringenden Dinge ließen sich problemlos auf kommende Woche legen. Das war der Vorteil, wenn man selbstständig war und die Dinge nicht ganz so gut liefen.

Mein Flug – Business Class, über Hartmanns persönliche Assistentin gebucht – würde um kurz vor neun an diesem Abend in Frankfurt starten. Ankunft in Singapur am nächsten Tag siebzehn Uhr, kurzer Zwischenstopp auf dem Airport Changi bis zum Weiterflug nach Hongkong. Schlappe sechstausend Euro. Portokasse. Gleich von der lieblichen Lena als Spesen verbucht, genau wie das Hotel: Fünf Sterne plus irgendwas. Rückflug am Samstagabend, dank der Zeitverschiebung Ankunft in Tegel via Frankfurt am Sonntag kurz vor acht Uhr morgens. Noch nicht mal ein Jetlag lohnte sich.

»Du fliegst im Auftrag von Schweiger, Hartmann und Bromberg?«

»Ja. Hör zu, ich muss noch ein paar Telefonate erledigen. Ich erklär es dir gleich.«

Ich griff zum Telefon, aber sie schnappte es sich schneller als ich.

»Nichts da. Was sollst du da?«

»Marquardt in Sicherheit bringen und die CD retten.«

»Vor dem Chinesen? Der wird dich nicht mit einem freundlichen Handschlag ziehen lassen.«

»Ich weiß.«

»Wenn es nur um diese Steuersünder-CD geht – warum bittet man nicht einfach die Ruetli Bank um Herausgabe der Daten?«

»Weil sie es nicht tun wird. Die verschanzen sich immer noch hinter dem Bankgeheimnis. Und Bromberg arbeitet nicht mehr dort, er kann also nichts mehr zur Seite schaffen.«

Ich hatte sie schon über die wichtigsten Erkenntnisse des gestrigen Abends informiert. Dass Schweiger und Hartmann dafür gesorgt hatten, dass Weigert auf der Abschussliste stand. Dass Bromberg die tote Weigert gefunden und sich verpisst hatte. Dass der Mörder ihn beobachtet und verfolgt hatte und dass Marquardt wenig später im Auftrag von Hartmann und Schweiger Kontakt zu ihm aufgenommen hatte, als die Ermittlungen um Weigerts Tod begannen.

»Dann läuft hier also ein chinesischer Mörder herum, der seinen Auftrag aus Hongkong erhält?«

»Von Zhang.«

»Das geht nicht«, sagte sie.

»Was?«

»Das kannst du nicht. Du wirst nichts erreichen, gar nichts. Wie willst du Marquardt finden? Wie willst du jemandem wie diesem Zhang begegnen? Ihm mit einer Ohrfeige drohen?«

»Wir haben die CD. Und alles Weitere wird sich finden.«

»Mit wir meinst du Marquardt. Wie stellst du dir das vor? In Hongkong? Einer Millionenstadt?«

»Über Biggi. Sie stellt den Kontakt her.«

»Weiß sie das?«

»Noch nicht. Aber ich werde sie schon noch davon überzeugen.«

»Und wo willst du ihn dann treffen?«

Darüber hatte ich mir noch gar keine Gedanken gemacht. Offenbar hatte mir mein Unterbewusstsein suggeriert, dass in der Mitte von Hongkong eine Dorflinde stand, unter die man sich mittags setzte. Dann würden schon alle vorbeikommen. Auch Marquardt. Die Hände in den Hosentaschen, nackte Füße in Segelschuhen. Teure Zigarre im Mundwinkel. Alter, was machst du denn hier?

»Keine Ahnung.«

Marie-Luise seufzte und trat an meinen Laptop. Wenig später scrollten wir uns durch die unübersichtliche Zahl von Hotels, Restaurants, Bars und öffentlichen Plätzen.

»In einer Glasgondel vielleicht?«, fragte sie und deutete auf eine Seilbahn zur Insel Lantau, von der aus man einen spektakulären Blick auf die Skyline hatte. Mir wurde bewusst, was ich alles verpassen würde in meinen vierundzwanzig Stunden Hongkong. Die Versuchung war groß, meine Mission mit einem Minimum an Sightseeing zu verbinden. »Wurde da nicht mal ein James Bond gedreht?«

»Ist zu kompliziert«, sagte ich ärgerlich. Bei ihr wusste man nie, wann sie einen auf den Arm nahm.

»Hier, Ocean Park. Irgendwo bei den Affen vielleicht.«

War das ihr Ernst?

»Oder am Panda-Gehege.«

»Zu viele Leute«, erwiderte ich. »Es muss etwas sein, das jeder findet.«

»Ein Hotel. Was ist das berühmteste Hotel Hongkongs?«

»Das Langham«, sagte ich. »Und das Peninsula.«

»Was du alles weißt.«

Sie gab sich Mühe, große Mühe sogar. Wahrscheinlich war

es ihr selbst gar nicht bewusst. Immer wieder tauchte ich in ihrem Leben auf, meistens in bemitleidenswerten Zuständen. Sie reichte mir die Hand, und kaum stand ich wieder sicher auf beiden Beinen, ging es nach Hongkong. Oder in die Orangerie (was ich selbstredend nie in Erwägung ziehen würde, aber das Angebot lag auf dem Tisch). Oder in eine Kanzlei im Grunewald, in der mir drei Steuerhinterzieher ein Mandat antrugen, das mich finanziell über die nächsten Jahre retten könnte, sofern sie mein Deal mit der Staatsanwaltschaft nicht in den Bankrott treiben würde.

»Nur secondhand. Ich war noch nie da. Willst du mit?«

»Ich?« Überrascht schüttelte sie den Kopf. »Was soll ich denn da?«

»Glasgondel fahren. Beispielsweise.«

»Nicht auf Hartmanns Kosten.« Sie rief das Peninsula auf und klickte sich durch die Fotos. »*Grande Dame of the Far East ...*«

Ein riesiges Ungetüm mit gewaltigen Flügeln, die ein bestimmt dreißig Stockwerke zählendes Hochhaus flankierten. Innen eine Orgie aus Marmor, Granit und sahneweißen Säulen. Blattgold, Kronleuchter, Pool.

»Hier. Felix. Im achtundzwanzigsten Stock mit Blick auf Victoria Harbour. Bar und Restaurant. Die Herrentoiletten sollen den atemberaubendsten Blick der Welt haben.«

Sie präsentierte mir ein Foto von drei stählernen Bodenvasen, die sich erst bei näherem Hinsehen als Pissoirs entpuppten. Einmal in Vasen pinkeln. Bodentiefe Fenster, dahinter die Skyline. »Wär doch ein Treffpunkt, oder?«

Ich grinste. »Auf dem Klo im achtundzwanzigsten Stock? Komm mit.«

Sie schloss die Seite und stand auf. »Herrentoiletten sind nicht so ganz meins.«

»Dann wenigstens zum Essen.«

Es war Mittagszeit, mein Magen knurrte, und Biggi hatte sich dazu herabgelassen, sich von uns in einem Restaurant ihres Vertrauens zum Lunch einladen zu lassen. Wir landeten in einem panasiatischen Gasthaus unweit des Kurfürstendamms, eine Art Freiwildgehege für Personen des öffentlichen Lebens, die sich vor allem durch besorgniserregende chirurgische Eingriffe vom Rest der Gäste abhoben. Die Karte war überteuert, die Drinks auch. Marie-Luise allerdings zog mit ihrem Strickmantel und ihrer halben Skinhead-Frisur mehr Aufmerksamkeit auf sich, als es jede missratene Schönheitsoperation vermocht hätte. In dieser Umgebung hielt man sie weniger für eine exzentrische Millionärin, eher für die Chefin einer Casting-Agentur für Freaks. Biggi, die den Anblick schon kannte, segelte herein. Am Arm mehrere große Tüten von Baby-Dior, Baby-Chanel, Baby-Versace oder ähnlich. Sie waren pastellbonbonfarben und mit Satinschleifen und Seidenpapier aufgerüscht, passten also auch zu Biggis Verpackung an diesem Tag, die sich – *it's a boy!* – in himmelblauen Tweed gezwängt hatte. Sie grüßte einige Damen und Herren in der Gästeschar und deutete erst auf ihre Einkäufe, dann entschuldigend auf uns.

»Du solltest Hut tragen«, sagte sie zwischen zwei gefakten Wangenküssen, gegen die Marie-Luise sich nicht wehren konnte. »Oder alles ab. Dann wächst es wenigstens gleichmäßig nach. Das tut mir so leid. Wenn das mit meinen Haaren passiert wäre ... und tu was gegen die Narbe! Ich kenne da einen ganz wunderbaren plastischen Chirurgen.«

»Danke.« Marie-Luise tastete über ihre Stirn.

»Wie geht es dem Kleinen?«, fragte ich.

»Gut. Ganz wunderbar. Er entwickelt sich prächtig. Tiffy ist wieder wach, aber immer noch schlapp wie ein Schluck

Wasser in der Kurve. Habt ihr schon bestellt? Das Mittagsmenü ist fantastisch.«

Biggi stellte die Tüten auf dem freien Stuhl neben sich ab. Wir bestellten bei einer sehr charmanten jungen Dame, die mich an Xuehua, die Lotusblüte, erinnerte, dreimal das Menü, dann seufzte Biggi und lehnte sich zurück.

»Meine Güte, welch eine Aufregung.«

Ich fragte: »Hat Sebastian sich wieder gemeldet?«

»Ja. Er ruft ständig an, aber er kann nicht weg im Moment.«

»Warum nicht?«

Eine minimale Unsicherheit überschattete ihre Züge. »Irgendwelche Probleme mit den Behörden dort.«

»Und das glaubst du ihm?«

»Warum denn nicht?«

»Hat er gesagt, wann er zurückkommt?«

»Nächste Woche irgendwann.«

Ihr Handy klingelte. Sie sah auf das Display, sprang auf und verließ das Restaurant, um draußen zu telefonieren.

»Glaubst du ihr?«, fragte Marie-Luise und äugte noch einmal in die Karte, ob es nicht doch noch eine vegetarische Variante gab. »Sie sieht tatsächlich so aus, als ob sie fest mit ihm rechnet.«

»Oder zumindest damit, dass er einen Plan hat. Gib mir eine Zigarette.«

»Nicht dein Ernst. Willst du raus?«

Ich nickte.

»Ich mach das. Ist glaubwürdiger.«

Sie holte ihr Tabakpäckchen hervor und ging ebenfalls vor die Tür. Biggi stand links neben dem Eingang und war völlig in ihr Gespräch vertieft. Sie bekam gar nicht mit, dass Marie-Luise nur zwei Meter hinter ihr stand, verträumt an ihrer

Selbstgedrehten zog und dabei ihre Ohren wie Antennen ausgefahren hatte.

»Bitte sehr.«

Das lächelnde asiatische Fräulein servierte eine Suppe als Vorspeise. Ich ließ die beiden Damen auf dem Trottoir nicht aus den Augen. Endlich legte Biggi auf, drehte sich um und erkannte Marie-Luise, die so tat, als hätte sie nichts gehört. Biggi kam zuerst zurück an den Tisch.

»Tut mir leid. Du hättest doch schon anfangen können!«

»Gibt es Probleme?«

»Nein. Alles in Ordnung.«

Aber das stimmte nicht. Ich beschloss, die Gelegenheit von Marie-Luises Raucherpause zu nutzen und direkt mit der Sprache herauszurücken. »Ich muss zu ihm.«

»Zu Sebastian? Warum denn? Es ist doch alles in Ordnung. Wenn du ihm schon wieder etwas in die Schuhe schieben willst, ohne mich.«

»Er muss sich stellen.«

»Stellen?« Sie sah mich verständnislos an. »Wie meinst du das?«

Biggi war nicht dumm. Obwohl sie alles Menschenmögliche daransetzte, damit andere das glaubten. Vielleicht war sie neben einer Meisterin im Vorspiegeln von Einfalt auch eine in der Disziplin Verdrängung.

»Biggi«, sagte ich, »es kann sein, dass dein Leben und das deiner Familie sich rigoros ändern wird. Egal ob mit oder ohne deinen Mann. Mit ihm wäre uns allen natürlich lieber.«

»Was willst du eigentlich?«

»Er muss sofort mit den Behörden zusammenarbeiten. Gib mir seine neue Telefonnummer.«

»Die habe ich nicht!«, log sie. »Die ist immer unterdrückt.«

»Dein Handy.«

»Was?«

»Gib mir dein Handy.«

»Nie im Leben! Sebastian ist in Hongkong und wickelt dort ein Geschäft ab. Danach kehrt er zurück nach Berlin, zu mir, seiner Tochter und seinem Enkelsohn.«

»Ich werde auch da sein. Sag ihm das.«

Sie tastete nach dem Löffel, behielt ihn aber in der Hand, als hätte sie vergessen, zu was er zu gebrauchen war.

»Du ... bist in Hongkong?«

Es sollte neugierig klingen, überrascht. Aber ich hörte die Angst heraus. Bevor ich nachsetzen konnte, kehrte Marie-Luise zurück.

»Das geht ja fix hier«, sagte sie mit Blick auf die drei Suppenschalen, die unberührt vor sich hin dampften.

Biggi legte den Löffel ab und griff nach ihren Tüten. »Ich hab keinen Hunger mehr«, sagte sie und stand auf. Ich erhob mich ebenfalls.

»Biggi«, sagte ich. »Bitte. Es ist seine einzige Chance.«

»Ich weiß nicht, von was du redest. Ich muss jetzt auch los.«

»Das Peninsula. Sonntagmittag. Sag es ihm.«

Sie verließ das Lokal so hastig, als wäre sie auf der Flucht.

»Mit wem hat sie telefoniert?«, fragte ich Marie-Luise und setzte mich wieder.

»Jedenfalls nicht mit Marquardt. Eine Überweisung via Western Union, die wohl zurückgekommen ist.«

»Sie hat ihm Geld geschickt.«

»Offenbar.« Marie-Luise hob die Schale an die Lippen und kostete einen Schluck. »Und er hat es nicht abgeholt. Ich weiß nicht, Joe. Er wird nicht kommen. Er hockt irgendwo in einem Loch und traut sich nicht mehr raus.«

»Na ja, ein dunkles Loch ist nicht die erste Assoziation, die mir bei Marquardt in den Kopf kommt. Es hat einen Grund, weshalb er in Hongkong ist. Jeder andere wäre irgendwo in Europa abgetaucht. Aber doch nicht buchstäblich in der Höhle des Löwen.«

Über den Rand ihrer Suppenschale sah sie mich fragend an.

»Shi«, erklärte ich. »Der Löwe. Zhangs und Hartmanns größtes Bauprojekt in China.«

»Verdammt. Verdammt!« Sie stellte die Schale so heftig ab, dass die Hälfte überschwappte. »Warum haben wir in Fischers Wohnung nicht besser aufgepasst? Dort war die Lösung. Ich weiß es. Er hatte doch alles zusammengetragen!«

Wir schwiegen, jeder verärgert von der eigenen Unfähigkeit, zur rechten Zeit nicht auf die Dinge zu achten, die wirklich wichtig gewesen wären.

»Wie geht es Frau Wolgasts Nichte?«, fragte ich.

Marie-Luise zuckte mit den Schultern. »Am Telefon sagen sie mir nichts. Ich glaube aber, es geht ihr besser. Du hast die Nummer.«

Ich suchte in meinem Portemonnaie nach dem Zettel, auf die ich sie in Fischers Wohnung notiert hatte. Niemand meldete sich, nur leeres Tuten im Raum.

»Ich versuche es später noch mal«, sagte Marie-Luise. »Sie wird auch nicht mehr wissen, sie war ja wie wir zum ersten Mal in dieser Wohnung.«

»Aber vielleicht ist ihr etwas aufgefallen, das wir nicht gesehen haben?«

Unwahrscheinlich, sagte Marie-Luises Blick. Die Suppe wurde abgetragen, der Hauptgang kam, irgendetwas Curryartiges, das ich kaum schmeckte. Marie-Luise ging es ebenso.

»Glaubst du, Biggi richtet es ihm aus?«

Ich orderte die Rechnung und ließ Biggis Portion für Marie-Luise einpacken. Mutter und Hüthchen warteten noch mit einem frühen Abendessen auf mich, bevor es nach Tegel Richtung Frankfurt ging. Sie wussten nichts von meiner Blitzdienstreise, und das sollte auch so bleiben.

»Hoffentlich. Es ist unsere einzige Chance. Ohne ihn haben wir nichts gegen Zhang in der Hand. Und der wird sich das nicht lange gefallen lassen, dass Marquardt all das besitzt, was hier zu drei Morden geführt hat. Ganz zu schweigen davon, wenn Hartmann und Schweiger wirklich auspacken. Dann sind sie die Nächsten.«

Wir verließen das Restaurant und waren erst ein paar Meter Richtung Kudamm gegangen, als uns eine helle Stimme aufhielt.

»Hallo!«

Wir drehten uns um. Die nette junge Dame, die für unseren Tisch zuständig gewesen war, lief, einen Zettel in der Hand, auf uns zu.

»Das haben Sie vergessen.«

Die Telefonnummer von Wolgast II. Achtlos auf einen der Wäscheleinenzettel in Fischers Wohnung geschrieben. Sie reichte ihn Marie-Luise.

»Danke«, sagte ich und holte mein Portemonnaie heraus.

Sie lächelte schüchtern. »Nein, bitte nicht. Das habe ich gerne getan.«

»Wie heißen Sie?«

»Xuehua.«

»Xuehua?«, fragte ich verblüfft. »Sie kommen aus Korea?«

»Nein. Aus China. Xuehua ist ein chinesischer Name.«

Ich nickte. »Xuehua. Ich kenne jemanden, der auch so heißt, aber ich dachte, sie käme aus Korea. Es heißt Lotusblüte, nicht wahr?«

Wieder dieses entzückende Lächeln. »Xuehua stammt aus dem Mandarin und bedeutet ›Schneeflocke‹.«

Sie huschte davon.

»Kannst du die Namen der Frauen nicht mehr auseinanderhalten?« Marie-Luise grinste. »Lotusblüte und Schneeflocke. Ist doch easy.«

»Ja«, sagte ich, immer noch etwas verwirrt. Warum hatte mich Xuehua, also *die* Xuehua, die ich aus unseren gemeinsamen Bürotagen kannte, angelogen? Wir legten einen Zahn zu, weil unser Bus schon an der Kreuzung Uhlandstraße auftauchte.

»Pass bloß auf dich auf.«

»Klar.«

Sie berührte meinen Arm. »Ich meine das ernst. Willst du nicht doch mit der Polizei sprechen?«

Wir erreichten die Haltestelle und enterten keine Sekunde zu spät den Bus.

»Damit ich meinen Pass abgeben darf?«

Wir drängelten uns durch Touristen und Kudamm-Bummler zur hinteren Plattform.

»Weder Büchner noch Gärtner sind für mich vertrauenswürdige Ansprechpartner. Außerdem enden ihre Kompetenzen an der Landesgrenze. Selbst wenn Interpol eingeschaltet wird, heißt das, ich komme nicht an Marquardt heran. Ich muss allein mit ihm reden.«

»Ich weiß nicht.«

Sie sah zu Boden, auf ihre Winterstiefel. Wann wurde es endlich Frühling in dieser Stadt? Die Scheiben waren beschlagen, zu viele Menschen auf zu engem Raum.

»Ich hab kein gutes Gefühl bei der Sache. Was, wenn Zhang dich schon längst auf dem Radar hat? Ich hab ihn gegoogelt. Warte.« Sie kramte nach ihrem Handy und rief unter einigen Verrenkungen, um ihrem Nebenmann nicht den Ellenbogen in den Magen zur rammen, eine Seite auf.

»Das ist er.«

Ein breitflächiges, hartes Gesicht. Dunkle kurze Haare, schmale Augen. Kantiges Kinn. Mitte fünfzig, würde ich sagen.

»In China ist er das, was die Russen einen Oligarchen nennen. Ganze Stadtteile werden nach ihm benannt, weil er sie hochgezogen hat. Außerdem ist er hierzulande ziemlich umtriebig. Man sagt, halb Leipzig gehört ihm, dazu Anteile an deutschen Energieversorgungsunternehmen und Automobilherstellern. Privat gibt es nichts über ihn. Sein Firmenimperium ist verflochten wie ein chinesischer Seidenteppich. Du kannst dich nicht mit ihm anlegen.«

»Das habe ich auch nicht vor.«

»Wirst du aber.« Sie sah sich um. Niemand achtete auf uns. Der Bus näherte sich dem Adenauerplatz, wo wir in die U-Bahn steigen würden. »Vielleicht arbeitet Marquardt schon längst für ihn?«

»Blödsinn.«

»Er wäre nicht der Erste, der Haus und Hof auf Nimmerwiedersehen verlässt. Vor allem, wenn man ihm ein Angebot macht, das er nicht ablehnen kann.«

»Und das wäre?«

Sie senkte die Stimme. »Er bietet Zhang die CD an.«

»Niemals. Zhang zahlt nicht ein zweites Mal.«

Der Bus bremste scharf und schlingerte an die Haltestelle. Nachdem wir unser Gleichgewicht wiedergefunden hatten, stiegen wir aus und strebten auf die Rolltreppe zu.

»Warum sonst sollte Marquardt untertauchen?«

»Weil er genau das nicht getan hat? Weil er diese Wohnung als eine Art Unterschlupf gekauft hat? Weil er sich nicht mehr auf die Straße traut?«

»Gäbe es da nicht tausend bessere Möglichkeiten als ausgerechnet in der Stadt seines größten Feindes?«

Wir erreichten die B-Ebene und strebten auf die nächste

Rolltreppe zu, die uns hinunter zur U-Bahn bringen sollte. Es roch nach Croissants, Curry und Urin.

»Und wenn Marquardt sich weigert? Wenn er nicht mit dir reden will?«

»Dann habe ich es wenigstens versucht. Ich lege das Mandat nieder und mache eine Aussage.«

»Bei wem?«, fragte sie scharf. Ich drehte mich zu ihr um. Sie stand hinter mir, damit Menschen schneller nach unten gelangen konnten. »Bei Gärtner oder Büchner? Oder gleich bei der Schwerpunktstaatsanwaltschaft Steuersachen?«

Sie hatte recht. Es gab niemanden, dem wir trauen konnten.

»Marquardt ist unsere einzige Chance«, fuhr sie etwas sanfter fort. »Wir werden sonst nie wieder ruhig schlafen können, solange der Mörder unerkannt herumläuft. Aber du kannst doch nicht Kopf und Kragen für ihn riskieren.«

Nicht für ihn, dachte ich. Marie-Luise hatte keine Ahnung, und das sollte auch so bleiben. Aber ich verbot mir weiterzudenken.

Ein Mann in Motorradkluft, den Helm unterm Arm, überholte uns auf der Rolltreppe. Mir blieb fast das Herz stehen. Aber er war größer als der, der Fischers Wohnung in Brand gesteckt hatte.

»Pass auf dich auf.«

Ich nickte. Bei Gott, das hatte ich vor.

Die Zeit war zu knapp, deshalb schlug ich bei Mutter und Hüthchen mit meinem Bordtrolley auf, was natürlich sofort Fragen provozierte. Selbstverständlich nach der Brotbox, was sonst.

»Ich bringe sie nächste Woche.«

»Und wo willst du mit dem Koffer hin?«

»Frankfurt«, antwortete ich wahrheitsgemäß. »Ich muss einen Zeugen kontaktieren.«

»Heute Abend noch?«, fragte meine Mutter erstaunt.

»Ich muss mich leider danach richten, wann er Zeit hat.«

Es duftete nach Bouletten, dazu hatte Hüthchen einen Kartoffelsalat beigesteuert, der gar nicht so schlecht aussah. Withers war aus Sidney zurückgekehrt und erzählte Schnurren über die Stadt und ihr Wahrzeichen, die Oper, die er mit seiner Wassermusik beinahe geflutet hätte. Es wäre ein fast entspanntes Essen gewesen, ein wenig früh, da ich noch zum Flughafen musste, wenn Mutter nicht mit einem Mal gesagt hätte: »Was ist eigentlich aus der Quittung geworden? Für unser Ikea-Regal?«

Ich musste einen Moment nachdenken, bis es mir wieder einfiel. »Die ist in meinem Büro. In den Umzugskisten, irgendwo.«

Hüthchen bedachte mich mit einem scharfen Blick. »Sie hatten gesagt, wir bekommen sie wieder. Genau wie die Tupperware. Die war teuer.«

»Dazu muss ich erst mal wissen, ob meine Betriebsprüfung beendet ist oder nicht. Ich habe keine Ahnung, wie das Finanzamt das handhabt, wenn der beauftragte Mitarbeiter ermordet wird.«

Ich hatte ihnen nichts von Frau Wolgast erzählt. Zwei Betriebsprüfer, beide tot. Meine Mutter hätte nie wieder das Wort Steuern aussprechen können, ohne daran zu denken.

»In der Zeitung stand, es war Selbstmord. Der arme Mann.«

Hüthchen spießte eine weitere Boulette auf. Außen knusprig, innen zart. Mit einem Pfund Butter übergossen.

»Jedenfalls wurde meine Prüfung durch den Tod des Mitarbeiters erst mal beendet«, mutmaßte ich. Withers schob mir die Schüssel mit den Salzkartoffeln zu.

»*This is not the end*«, sagte er. »Ich hatte das schon dreimal. Sie machen weiter. Bis sie dich haben.« Er zwinkerte mir zu. »Wie viele Leichen hast du im Keller? Sagt man das so?«

Mutter und Hüthchen nickten mit vollem Mund.

Drei, hätte die wahrheitsgemäße Antwort gelautet. Ich widmete mich lieber dem Essen auf meinem Teller. Wer weiß, was es in China gab. Und ob ich mir für meinen Spesensatz das Peninsula-Restaurant leisten konnte oder nur die Garküchen am Straßenrand.

»Wie lange bist du denn weg?«

»Nur übers Wochenende.«

Sie schob den Teller mit der halb aufgegessenen Boulette zurück. Was hatte ich denn jetzt schon wieder falsch gemacht?

»Dann kommst du gar nicht zum Kaffee? Dabei habe ich schon eingekauft.«

»Tut mir leid.«

»Ich bin auch nicht da«, sagte Whithers. Die Köpfe seiner beiden Frauen ruckten in seine Richtung. »Ich muss einen Workshop leiten.«

In die eintretende Stille ließ Hüthchen ihr Besteck klirrend auf den Teller fallen und stand auf. »Und das erfahren wir jetzt? Wieder mit diesen Studentinnen?«

Sie hätte auch Hexen sagen können. Die Atmosphäre zwischen den dreien knisterte, aber sie war nicht positiv geladen. Ich hielt mich am besten heraus. Insgeheim hatte ich immer befürchtet, dass dieser Dreier auf Dauer nicht funktionieren würde. Egal ob platonisch oder biblisch – die Besitzansprüche der beiden Damen waren eindeutig, während Whithers in meinen Augen immer der Zweideutige blieb.

Ich verdrückte meine Boulette und half dann, den Tisch abzuräumen. Whithers ging in seine Kreissägeecke, setzte sich Kopfhörer auf und arbeitete, mit Bleistift und gewaltigen Notenblättern versehen, weiter an seiner nächsten Komposition. Wofür er Noten brauchte, war mir schleierhaft. Es hätten auch die Piktogramme von Traktoren oder Abrissbirnen genügt.

Hüthchen schlurfte mit dem Müll hinaus. Ich spülte ab, Mutter griff nach einem Handtuch.

»Was ist los?«, fragte sie.

Ich wischte den Seifenschaum von meiner Armbanduhr. Halb sechs. Das Taxi kam in fünfzehn Minuten.

»Ich bin nur ein bisschen nervös«, sagte ich. Meine Mutter hat ein Gespür für Stimmungen. Deshalb ging ihr der Anraunzer von Hüthchen in Whithers Richtung auch so nahe. »Es werden schwierige Gespräche. Ich weiß nicht, mit welchem Ergebnis ich zurückkomme.«

»Ach so.« Sie nahm einen tropfenden Teller entgegen. »Ich dachte schon.«

»Was dachtest du?«

Sie wischte und überlegte. »Neulich haben wir über Sigrun gesprochen.«

Ich konzentrierte mich auf das Besteck.

»Da hatte ich das Gefühl, ich weiß ja nicht, ob ich richtig liege … na ja, so ein Gefühl halt.«

Ich seufzte. Die Gefühle meiner Mutter waren ein waberndes Nebelmeer. »Was meinst du?«

»Dass sie dir nicht ganz egal wäre.«

»Wie kommst du denn da drauf?«

»Du hast halt so reagiert. Als Hüthchen von der Hochzeit erzählt hatte.«

Drei Gabeln und drei Messer waren nicht viel. Trotzdem widmete ich mich dem Vorgang, als gäbe es einen Preis für das sauberste Besteck zu gewinnen.

»Dass sie jetzt einen reichen Mann hat und versorgt ist«, fuhr meine Mutter fort. »Und glücklich.«

»Ja. Sie ist glücklich, glaube ich.«

»Mmmh.« Sie nahm eine Gabel entgegen. »Dann ist es ja gut.«

Hüthchen kam herein und brauchte eine halbe Ewigkeit, bis sie eine neue Mülltüte im Eimer platziert hatte. Glücklicherweise verschwand sie danach wieder. Vermutlich, um Withers beim Notenmalen zuzusehen.

»Und das ist alles?«, bohrte Mutter nach, kaum dass die Luft wieder rein war.

Ich ließ das Wasser ab. Fertig.

»Was soll denn noch sein?«

»Junge. Ich kenne dich doch. Du bist wie auf dem Sprung. Schau dich doch mal an.«

Ich warf einen schnellen Blick in den winzigen Rasierspiegel über der Spüle. Kaum anzunehmen, dass Withers ihn nutzte, dazu hing er zu niedrig. Wahrscheinlich Hüthchen.

»Ja? Was?«

Ich fuhr mir durch die Haare. Tatsächlich hatten die Ereignisse der letzten Tage kaum sichtbare Spuren hinterlassen.

»Du stehst anders, du gehst anders. Bist du verliebt?«

Ich drehte mich zu ihr um und lächelte. Es gelang ganz ordentlich. »Wenn dem so wäre, würde ich es dir als Erster erzählen.«

Sie schüttelte den Kopf und legte das letzte Messer in die Besteckschublade unter dem Küchentisch.

»Schon gut. Es fiel mir nur auf. Nach allem, was dir passiert ist. Ich freue mich, dich so zu sehen. Du hast wieder Energie. Als ob du es kaum erwarten kannst, es der Welt da draußen zu zeigen. Ich sage dir: Frankfurt wird ein Erfolg. Du brauchst dir keine Sorgen zu machen.«

Ich küsste sie auf die Wange. Gemeinsam kehrten wir in die Werkstatt zurück. Meine Mutter ließ es sich nicht nehmen, mit hinaus auf die Straße zu kommen und dem Taxi hinterherzuwinken. Ich winkte zurück, bis wir um die Ecke waren.

2

Business Class ist schon etwas Besonderes. Jedenfalls für mich. Das Gute an meinem kurzen Aufenthalt in Hongkong würde sein: Ich musste mich gar nicht erst mit so niederen Dingen wie öffentlichen Verkehrsmitteln herumschlagen. Das Hotel würde zum Flughafen eine Limousine samt Fahrer schicken, der mir zudem für die gesamte Zeit meines Aufenthalts zur Verfügung stehen würde.

Ich war mir hundertprozentig sicher, dass Biggi meine Nachricht ausrichten würde. Kaum hatte ich meinen Platz im Flieger eingenommen, malte ich mir aus, wie diese Geschäftsreise verlaufen würde: ausgeruhtes Ankommen am frühen Abend, Fahrt in die Stadt, leichtes Essen im Hotel, am nächsten Tag das Treffen mit Marquardt im Peninsula. Rückkehr mit ihm und CD.

Der Mensch plant, und Gott lacht.

Und so streckte ich mich kurz vor Mitternacht mitteleuropäischer Zeit, vermutlich über der Türkei oder schon dem Irak, auf einer bequemen Liege aus, bekam von der Stewardess ein weiteres Glas Rotwein, klickte mich durch das Entertainment-Programm und erhielt nach ausgesprochen unterhaltsamen, aber knallwachen weiteren sieben Stunden am frühen Nachmittag chinesischer Zeit mein Frühstück serviert.

Mit dem Komfort war es allerdings spätestens mit der Einreise vorbei. Der internationale Flughafen Hongkong ist der zweitgrößte der Welt. Unter der gewaltigen gläsernen Kuppel fühlt man sich eher an eine Siedlung auf dem Mars erinnert. Das Licht fällt durch Milchglas gestreut herab und wird vom spiegelnden Granit zurückgeworfen, eine gedämpfte, grausilberne Helligkeit liegt unter dem hohen Dom, ein interstellarer Weltraumbahnhof, an dem man übernächtigt ankommt, wenn die Nerven durch die Zeitverschiebung ohnehin schon hypersensibel reagieren. Menschen aus aller Herren Länder strömen aneinander vorbei, taffe Asiaten in Businessanzügen, indische Großfamilien in farbenfrohen Gewändern, arabische Touristen auf Einkaufstour. Mehrstöckige Rolltreppen, ein babylonisches Sprachengewirr, unterbrochen von Lautsprecheransagen auf Kantonesisch und Englisch. Den Duty-free-Bereich ließ ich links liegen und strebte gleich Richtung *Exit*. Angesichts der Schlangen vor der Einreisekontrolle ging alles relativ zügig und reibungslos, und kaum hatte ich den Sicherheitsbereich verlassen, musste ich mich nur noch durch Dutzende hochgehaltene iPads lesen, bis ich auf meinen Namen stieß. Mr Vernau, Kowloon Garden Grand, dahinter das lächelnde Gesicht eines jungen Mannes, der mich in perfektem Englisch begrüßte und behauptete, Maxwell zu heißen.

Der Weg nach draußen verging mit Geplauder über den Flug und das Wetter, bevor mich die feuchte Luft traf wie mit einem nassen Handtuch. Ich war aus dem verfrorenen Berlin mitten im subtropischen Klima gelandet. Es goss wie aus Kübeln. Was das bedeutete, erklärte mir mein freundlicher Begleiter auf dem Weg zur Limousine.

»Wir haben Monsun. Aber dafür ist es warm.«

Dank der Klimaanlage beschlugen die Scheiben binnen Sekunden. Die ganze Fahrt über in die Stadt rieb ich an ihnen herum, um einen Blick auf diesen Moloch zu erhaschen. Die meiste Zeit fuhren wir über mehrstöckige Autobahnen, mehr stop als go, und das Bunteste waren die gewaltigen Leuchtreklamen, die das Wageninnere mit geisterhaften Reflexen streiften.

»Wie lange bleiben Sie in Hongkong, Vernau Xianshang?«, fragte Maxwell. Er sprach es aus wie: Vernau Singsang.

»Bis morgen.«

»Ah. Business, Vernau Xianshang?«

»Ja.«

»Nicht viel Zeit.«

»Nein. – Was heißt Singsang?«

Maxwell lächelte mir im Rückspiegel zu. »Sir. Mister. Die chinesische Anrede. Das ist die moderne Zeit.«

Die Häuser wurden höher. Noch höher. Zwanzigstöckige Parkhäuser unter den Wohneinheiten waren das Minimum. Der Verkehr kam fast zum Erliegen. Die Limousine hatte WLAN, und ich checkte meine Mails und schrieb Marie-Luise, dass ich gut angekommen war. Dann erwischte mich der Jetlag, sodass ich aus einem wirren Wachtraum hochschreckte, als Maxwell die Wagentür öffnete. Der Geruch von Diesel, Meer und Abwasser drang herein, dazu der Duft von Blumen, deren Namen ich vergessen hatte.

»Willkommen im Kowloon Garden Grand.«

Ich hatte nur Handgepäck, aber selbst das wurde mir von lächelnden Mitarbeitern abgenommen. Das Hotel entpuppte sich als luxuriöse Variante des Kolonialstils, mit plätschernden Brunnen, Säulengängen und einer gewaltigen Empfangshalle, in deren Mitte ein bedrohlich wirkender Kronleuchter hing, unter dem man zum Check-in antreten musste. Ich bekam ein Zimmer im vierzehnten Stock, leider nicht mit Blick zum Hafen (hatte Hartmann also doch gespart …), aber mit allen bekannten Annehmlichkeiten und einigen dazu, die ich noch nicht kannte – wie funktionierte die Dusche? Konnte man »Singin' in the Rain« abstellen und stattdessen etwas von Thelonious

Monk spielen, solange das Wasser lief? Wie bekam man CNN wieder aus dem Spiegel heraus, wenn man sich rasieren wollte? Wie funktionierte das verdammte Lampensystem? Endlich lag ich im Bett, die Verdunkelungsvorhänge zugezogen, zu mehr konnte ich mich in meinem Zustand nicht mehr aufraffen.

Kaum hatte ich die Augen geschlossen, klingelte das Tischtelefon. Ich hatte Marie-Luise gesagt, wann ich ungefähr eintreffen würde, und ihr auch die Nummer des Hotels gegeben, damit wir uns nicht in den Ruin telefonieren würden, deshalb nahm ich mit dem Grunzen ab, das ich nur für sehr vertraute Personen übrighatte.

»Angekommen?«, bellte Hartmann mich an. »Und, haben Sie schon Kontakt aufgenommen? Wo steckt er? Hat er sich schon gemeldet? Sagen Sie ihm, das ist seine einzige Chance!«

Ich setzte mich mühsam auf. »Wir sehen uns morgen Mittag. Vorausgesetzt, er ist einverstanden.«

»Warum so spät? Das ist keine Vergnügungsreise!«

Ich legte auf und bat an der Rezeption, keine Gespräche mehr durchzustellen. Kaum war ich eingeschlafen, klingelte mein Handy.

»Ich bin's«, meldete sich Marie-Luise. »Hier ist es zwei Uhr mittags. Hast du meine Nachrichten nicht bekommen?«

»Nein. Was ist los?«

»Biggi hat sich gemeldet. Sie hat Marquardt nicht erreicht.«

Es dauerte einen Moment, bis diese Nachricht durch mein von Müdigkeit vernebeltes Gehirn an Ort und Stelle angekommen war.

»Was?«

»Sie sagt, sie hat keinen Kontakt. Seit gestern nicht.«

»Bist du sicher?«

»Wenn du sie alle halbe Stunde heulend am Telefon hättest, wärst du das auch. Nein, er ist untergetaucht. Dieses Mal komplett. Vielleicht wurde er gewarnt, vielleicht spielt einer deiner drei neuen Mandanten ein ganz eigenes Spiel. Tatsache ist, dass er die letzte Verbindung gekappt hat. Die Nummer, unter der Biggi ihn erreicht hat, gibt es nicht mehr. Ich hab es selbst versucht. Wenn er sich nicht von alleine meldet, haben wir ihn verloren.«

»Ich fass es nicht«, stöhnte ich. »Und dafür fliege ich um die halbe Welt?«

»Aber wir könnten ihn finden.«

»Wie denn?«, jammerte ich. »In Hongkong? Das kann doch nicht wahr sein!«

»Frag doch mal in der MacDonall Street, Woodland Garden, Apartment ... warte.«

Ich hörte Papier rascheln.

»Apartment 3012.«

»Das ist nicht dein Ernst.«

»Doch.«

»Kannst du mir erklären, wie du an diese Adresse gekommen bist?«

»Kevin«, antwortete Marie-Luise. »Er war vor einer halben Stunde da. Erinnerst du dich noch an den Zettel aus Fischers Wohnung?«

»Ja«, sagte ich langsam. »Der mit der Telefonnummer von Frau Wolgasts Nichte.«

»Genau. Ist die Kopie eines Schreibens auf Chinesisch. Kevin hat das ja mal studiert, genauer gesagt Kantonesisch. Es gibt nämlich noch Mandarin, aber das ist anders. Egal, jedenfalls hat er es sich angeschaut und gesagt, dass es äußerst unüblich ist, Rechnungen in Hongkong nicht auf Englisch zu schreiben. Einstige britische Kronkolonie, da wird alles Offizielle noch auf Englisch erledigt. Also, dieses Schreiben ist nicht ganz so offiziell.«

Mir war das zu hoch. Mich interessierte nur eines: »Was steht drin?«

»Es handelt sich offenbar um eine Hausmeisterrechnung, oder die von einer Putzfirma. Es fehlt die erste Seite. Eine kleine Firma, wohl auch recht neu, vielleicht auch eine Privatperson, deshalb schreiben sie statt Englisch Kantonesisch. Klar?«

»Ja«, sagte ich, obwohl ich nichts verstand. Aber damit kürzte man mäandernde Gespräche am besten ab.

»Also, da wurde geputzt, und das passierte zweimal wöchentlich. Achtzig Hongkong-Dollar die Stunde. Ist das viel?«

»Keine Ahnung«, knurrte ich.

»Aber dann das Beste: Die Rechnung wurde ausgestellt für das Condominium 3012, wird wohl Apartment heißen, in Woodland Garden, MacDonall Street, Hongkong. Das muss es sein. Wir haben ihn! Ich hab's Biggi noch nicht gesagt. Am liebsten wäre mir, du würdest das nicht an die große Glocke hängen und erst mal checken, was es damit auf sich hat.«

Ich sah auf die Uhr. Schon diese Kopfbewegung allein gelang mir nur mit großer Mühe. Ich hatte das Gefühl, ein unsichtbares Monster stünde direkt an meinem Bett, mit einer riesengroßen dunklen Decke, die es über mir ausbreiten wollte. Schlaf. Das war alles, was ich noch denken konnte.

»Bist du sicher?« Ich angelte ächzend nach Kugelschreiber und Block auf meinem Nachttisch und notierte vorsichtshalber die Adresse. Ich wollte meine Ruhe. Nicht im strömenden Regen um neun Uhr abends Hongkong-Zeit ein Apartment Gott weiß wo aufsuchen. Ganz zu schweigen von dem, was mich dort erwarten würde. »Das könnte auch das Liebesnest von Pokateyevo sein. Oder ein Büro von Zhang. Fischer hat Dutzende Kontakte unter die Lupe genommen. Die Rechnung könnte zu jedem Einzelnen von ihnen gehören.«

»Ja, könnte. Tut sie aber nicht. Die Summe wird nämlich von einem Kreditkartenkonto abgebucht. Und das läuft, rate mal, auf wen?«

»Marquardt«, sagte ich verblüfft.

»Ich hatte die Ausdrucke seiner Kontoauszüge anhand der Summe noch mal genau gecheckt. Letztes oder vorletztes Jahr, als die Rechnung ausgestellt worden ist und er sie der Steuer eingereicht hat, wurde die Summe noch abgebucht. Es ist seine Rechnung. Sein Konto. Seine Kreditkarte. Seine Putzfrau. Seine Wohnung.«

»Du ... du bist genial.«

»Nicht untertreiben, bitte.«

»Und wir haben das die ganze Zeit mit uns herumgetragen?«

»Die ganze Zeit. Hol ihn da raus und flieg mit ihm zurück.«

»Jetzt?«

»Er hat die letzte Verbindung gekappt, obwohl ihm seine Familie heilig ist. Es gibt eine Chance für ihn, heil aus der Sache herauszukommen. Er weiß es nur noch nicht. Vielleicht ist ja alles ganz einfach. Du klingelst, er öffnet dir, ihr bucht den Flug für ihn, und am Montag kann er schon seine Aussage machen.«

Immer wenn für Marie-Luise etwas ganz einfach war, lief es letzten Endes auf das genaue Gegenteil hinaus.

»Ruf mich an«, bat sie noch.

Ich beendete das Gespräch, bestellte beim Roomservice einen doppelten Espresso sowie eine Flasche Champagner und warf mich wieder in meine Klamotten. Dann fragte ich nach Maxwell. Der erschien wenige Minuten später. Vorsichtig blieb er zunächst in der geöffneten Tür stehen.

»Ich muss zu dieser Adresse.«

Er nahm den Zettel entgegen und nickte.

»Das ist nicht weit von hier, Vernau Xianshang. Auf halber Strecke zum Peak, eine gute Gegend. Magazine Gap, fast noch Central. Woodland Garden, gut.« Sein Englisch klang fast perfekt, als hätte er im Ausland studiert.

»Gut?«

Er lächelte. »Teuer. Wann wollen Sie fahren?«

»Jetzt.«

Er ließ sich seine Verwunderung nicht anmerken. »Ich warte unten auf Sie. Minus zwei, die Hoteltiefgarage.«

Er tippte einen Gruß an die Schläfe, drehte ab mit jugendlich-elegantem Schwung und verließ mein Zimmer. Mit ihm würde mir nichts passieren. Ich mochte ihn. Maxwell Xianshang.

Ein paar Minuten später saß ich wieder in der Limousine, und wir verließen das Parkhaus. Leider nicht in Richtung Hafen, den ich immer noch nicht zu Gesicht bekommen hatte. Einkaufszentren, Bürokomplexe, Kinos, Supermärkte glitten vorbei. Lichter flackerten, lockten, oszillierten. Ich spürte eine unbändige Lust, auszusteigen und in den Menschenmassen unterzutauchen. Ich wollte diese Stadt erleben, sie wenigstens einmal berühren. Aber sie lag hinter einer Glasscheibe, und ich hatte einen Auftrag zu erledigen.

Als es bergauf ging, wurden die Straßen breiter. Links und rechts der Magistralen überschaubarere Viertel. Möbelgeschäfte, Nachtmärkte, Bars, Restaurants. Und Menschen, Menschenmassen, die sich durch die Straßen schoben. Dann die Wohntürme mit eigenen Zufahrten. Die Reklametafeln warben für Luxusautos, Uhren und Schönheitsoperationen. Plötzlich flackerte Blaulicht auf. Maxwell bremste, der Verkehr kam zum Erliegen. Rufe, Pfiffe und Sirenengeheul durchdrang die leise Klassikmusik, die aus den Lautsprechern perlte.

»*Don't worry*«, sagte mein Fahrer. »Keine Sorge.«

Und dann preschten Motorräder an uns vorbei, Polizeiwagen und Sanitäter. Maxwells Stirn umwölkte sich. Ich wollte das Fenster herunterfahren lassen, aber sein striktes »No!« hielt mich davon ab.

»Tränengas«, erklärte er und drückte den Umluftknopf.

Das Geschrei wurde lauter, die Trillerpfeifen schriller. Und dann rannten Menschen an uns vorbei. Einige trugen noch Transparente, »*No China Extradition*« stand darauf. Ich sah in gehetzte Gesichter, Angst, Panik und Chaos. Ein junges Mädchen fiel hin. Instinktiv wollte ich die Tür öffnen, aussteigen und ihr aufhelfen. Ich bekam sie nicht geöffnet.

Maxwells Augen im Rückspiegel – wachsam.

»Bleiben Sie im Wagen, dann passiert Ihnen nichts. Die Demonstrationen sind eine halbe Meile entfernt. In ein paar Minuten ist alles vorbei.«

Er sagte das so ruhig und neutral, als würde er eine Regierungserklärung verlesen.

Wir waren in Hongkong.

Immer wieder flackerten die Proteste auf und wurden mit steigender Brutalität im Zaum gehalten. *No extradition*, keine Auslieferung nach China. Die ehemalige britische Kronkolonie versuchte, ihre letzten Privilegien zu verteidigen, bevor das gewaltige Land des Lächelns sie kassieren würde. Wie ich später erfuhr, standen im benachbarten Shenzhen bereits die Panzer. Und während um mich herum die Menschen gejagt wurden, saß ich in einer Limousine und sollte mich aus allem heraushalten.

Langsam, zentimeterweise ging es wieder voran. Berittene Polizei stand am Rand der Straße und regelte den Verkehr. Ein Abbiegen nach rechts war ausgeschlossen. Maxwell seufzte.

»Das wird jetzt etwas länger dauern. Es tut mir leid.«

»Dafür können Sie ja nichts.«

Sehr geschickt fädelte er sich in jede noch so enge Lücke. Nach einer weiteren Viertelstunde hatten wir den Business Distrikt hinter uns. Weniger Bürokomplexe, mehr Wohntürme. Aber auch Grün zwischendurch, erleuchtete Parks und angestrahlte Bäume. In dieser Stadt schien es keinen Winkel zu geben, der im Dunkeln lag.

»*Look!*«

Wir bogen in eine serpentinenähnlich gewundene Straße ein, die zum Peak hinaufführte. Ich rutschte auf die andere Seite und rieb die Scheibe frei. Unter uns breitete sich das atemberaubende Panorama der Stadt und des Hafens aus. Ein bunt erleuchtetes Fantasialand, Traumkulisse, von Menschenhand gewebter Märchenteppich. Feiner Nebel lag über der Bucht – Wetterphänomen oder Tränengas? Und schon war alles wieder hinter einem Dreißigstöcker verschwunden. Wie gewaltige Bienenstöcke klebten sie aneinander, mal kühn geschwungen, mal minimalistisch streng. Wohnmaschinen. Knallbunte Türme, in alle Farbschattierungen des LED-Spektrums getaucht. Erreichbar über achtspurige Zubringerstraßen, keine Fußgänger mehr, nirgends. Maxwell steuerte den Wagen auf einen weiteren Hügel, der von einem Dutzend gewaltiger Hochhäuser dominiert wurde.

»Magazine Gap«, sagte er.

Die Straße führte zwischen den Gebäuden weiter bergauf. Ich suchte nach Eingängen, Zufahrten, nach einer Möglichkeit, in diese Häuser zu gelangen, fand aber keine. Besucher, vor allem solche zu Fuß, waren hier nicht vorgesehen. Und so wunderte ich mich nicht, als Maxwell eines der Gebäude umrundete und auf eine Schranke zufuhr. Zwei uniformierte Sicherheitsleute tauchten aus dem Nichts auf.

»Wohin wollen Sie?«, fragte mich Maxwell.

»Condominium 3012.«

Maxwell gab die Information weiter. Einer der beiden, ein untersetzter Mittvierziger, der einen zackig-militärischen Ton an sich hatte, sprach in ein Walkie-Talkie.

»Zu wem?«

»Sebastian Marquardt.«

»Sind Sie angemeldet?«

»Natürlich«, log ich und hob die Champagnerflasche hoch, damit die beiden sie sehen konnten.

Durch das geöffnete Wagenfenster entspann sich eine auf Kantonesisch geführte Diskussion. Ich war natürlich nicht angemeldet, deshalb durften sie mich auch nicht durchlassen. Allerdings ließ der Schriftzug des Hotels auf der Limousine den Schluss zu, dass meine Absichten weder politischer noch krimineller Natur waren. Trotzdem: Vorschrift war Vorschrift.

Maxwell drehte sich zu mir um. »Sie haben versucht, ihn anzurufen, aber er meldet sich nicht.«

»Dann schläft er oder ist betrunken. Wo ist das Problem? Ich gehe rein, klingele, und wenn er nicht da ist, stelle ich die Flasche vor die Tür und verschwinde wieder. Wir sind verabredet. Er wäre sauer, wenn ich jetzt nicht reinkomme. Er hat ...«

Ich brach ab. Maxwell sah mich aufmerksam an.

»Er hat Mädchen bestellt«, vollendete ich den Satz im arrogantesten Langnasen-Ton, der mir zur Verfügung stand. »Für später.«

Statt moralische Entrüstung zu zeigen, nickte Maxwell nur und übersetzte.

»Das wird teuer, wenn die Party nicht stattfindet«, legte ich nach.

Die beiden Wachmänner tauten etwas auf, was ich daran merkte, dass ihre strikte Ablehnung freundlicher verpackt wurde. In jedem anderen Land wäre dies der Zeitpunkt gewesen, ein paar Scheine hervorzuholen. Aber ich wusste, dass in

China auf Korruption und Bestechung die Todesstrafe stand. Vielleicht nicht bei kleineren Vergehen wie dem unseren, und hier waren wir in der Sonderverwaltungszone, aber ich war über den aktuellen Stand der Gesetzgebung nicht informiert. Es konnte alles drohen: vom Verlust der gebenden Hand bis zu Gefängnis.

»Maxwell«, fragte ich, »würde Geld helfen?«

Er dachte ernsthaft nach, als ob ihm diese Frage noch nie gestellt worden wäre.

»Ich würde sagen, ja.«

Ich hatte zweihundert Dollar dabei.

»Wie viel?«

»Das obliegt ganz Ihrer Großzügigkeit.«

Ich reichte die Scheine nach vorne. Maxwell gab sie weiter. Wenigstens hatte ich jetzt einen *partner in crime*, mit dem ich die Zelle teilen konnte, wenn die beiden uns verpfiffen. Aber sie nahmen jeder einen Schein, tippten sich an die Fantasieuniformmütze, der Schlagbaum ging hoch, und wir konnten fahren.

»Danke.«

Maxwell lächelte mir im Rückspiegel zu. »Ich fahre Sie zum Eingang. Ihnen wird geöffnet. Dann müssen Sie in den dreißigsten Stock. Es ist alles in Englisch beschriftet, hier leben viele Ausländer.«

Er schien sich auszukennen. Offenbar war ich nicht der Erste, der von den Besuchsformalitäten in asiatischen Wohnhäusern überfordert war. Wir fuhren in eine vergleichsweise düstere Einfahrt, die wie ein Tunnel unter den Block gebaut war. Maxwell hielt, ich stieg aus, und eine gläserne Schiebetür öffnete sich zu einem mit spiegelndem Granit ausgekleideten Vestibül. Hinter einem Tresen stand der nächste Wachmann. Den konnte ich mir nun wirklich nicht mehr leisten.

Der Mann sah hoch, nickte mir kurz zu und wies mir den Weg zu zehn Aufzügen, von denen die Hälfte unterwegs war und die andere mit geöffneten Türen auf Passagiere wartete. Offenbar war er informiert und in die Zuwendung mit eingerechnet worden. Ich warf einen Blick über die Schulter. Maxwell und der Wagen waren verschwunden. Schon glitten die Türen wieder zu.

»*Thank you*«, sagte ich und hob die Champagnerflasche. Der Wachmann achtete gar nicht mehr auf mich. Ich betrat den Fahrstuhl und drückte den Knopf mit der Dreißig. Mein Magen sackte nach unten, als der Lift losfuhr. In weniger als einer halben Minute wurde die Fahrt sanft abgebremst und ich in einen breiten Flur entlassen, ausgeleuchtet wie ein OP-Saal und offenbar genauso keimfrei. Die einzelnen Apartments trugen chinesische Schriftzeichen und arabische Zahlen. Vor der Zwölf blieb ich stehen und klingelte.

Nichts rührte sich.

Ich klingelte noch mal. Der Gong klang sehr leise, kaum hörbar durch die schallgeschützte Tür. Marquardt könnte da drinnen Orgien feiern, und niemand bekäme es mit.

Ich klingelte wieder. Länger, ausdauernder. Endlich hörte ich auf und trat einen Schritt zurück.

»Marquardt!«, rief ich. »Ich weiß, dass du da bist.«

Das wusste ich natürlich nicht.

»Mach auf, wir müssen reden.«

Keine Reaktion. Ich klingelte wieder. In der Tür befand sich ein Spion mit einem Kameraauge. Er musste mich hören und sehen. Und er öffnete trotzdem nicht.

»Marquardt!«

Ich klopfte. Schließlich donnerte ich mit der Faust gegen die Tür, aber mehr als schmerzende Knöchel kam nicht dabei heraus.

Er *musste* hier sein. Er hatte Geld abgehoben, sich zurückgezogen. Er wartete, bis das Unwetter sich verzog. Oder, noch schlimmer, er war mit Zhang in Verhandlungen getreten, was wahrscheinlich der größere Fehler gewesen war. Der Mann ließ sich nicht auf der Nase herumtanzen. Gegen ihn waren Hartmann und Schweiger dumme Schuljungen.

»Mach auf.« Ich sprach direkt in die Kamera. »Biggi ist außer sich vor Sorge. Deine Tochter auch. Ich bin hier, um dich nach Hause zu holen. Koste es, was es wolle. Ich gehe nicht weg. Erst wenn du mir in die Augen siehst und sagst, dass es dein freier Wille ist, deine Familie im Stich zu lassen.«

Ein Geräusch? Ich legte das Ohr an die Tür. Nichts.

»Komm raus! Verdammt! Ich fliege nicht um die halbe Welt, um jetzt umzudrehen. Ich will mit dir reden. Nur reden. Okay?«

Ruhig. Ganz ruhig bleiben. Er hörte zu. Es blieb ihm ja nichts anderes übrig. »Du wirst mir jetzt aufmachen und mir erklären, was ich Biggi sagen soll. Und Marie-Luise. Der hast du es zu verdanken, dass ich hier bin. Ich bin dein Anwalt, kapiert? Also rede mit mir!«

Die Tür wurde aufgerissen, so plötzlich, dass ich erschrocken zurückstolperte. Ein Mann, der mich entfernt an den Marquardt erinnerte, den ich einmal gekannt hatte, brüllte mich an: »Ein Arsch bist du!«, holte aus und schlug zu.

3

Ich schwebte über dem nächtlichen Hongkong, diesem schimmernden Lichterteppich, der sich sanft hob und senkte. Dann merkte ich, dass ich auf dem Boden lag, direkt vor einem Fenster mit atemberaubender Aussicht. Mein Kopf hämmerte. Mit einem Stöhnen versuchte ich hochzukommen.

»Hier.«

Jemand klatschte mir einen nassen Waschlappen an den Kopf. Ich wischte mir damit übers Gesicht.

»Was ist denn mit dir los?« Marquardt ging in die Knie und beäugte, was er angerichtet hatte. »Das sollte nur eine Schelle sein.«

»Danke«, stöhnte ich.

Ich hatte geglaubt, der Alte zu sein. Ein Irrtum. Da musste nur jemand wie Marquardt einmal zuschlagen, und schon ging ich zu Boden.

»Ich sollte dich durchs geschlossene Fenster dreißig Stockwerke runterwerfen«, knurrte er und stand auf. »Was zum Teufel machst du hier?«

Ich sammelte mühsam Worte, um sie aneinanderzureihen. »Ich ... ich soll dich holen.«

»Tolle Idee. Super Idee. Und da schickt Biggi ausgerechnet dich?«

Was sollte an mir bitte verkehrt sein?

»Wie bist du hierhergekommen?«

Ich rappelte mich auf.

»Wie? Antworte!«

»Mit einer Limousine vom Hotel.«

»Geht es noch dämlicher? Ich könnte dich ungespitzt in den Boden rammen, du dämliches Rindvieh.«

»Warum?« Langsam wurde ich wütend. Ich hatte eine lange Reise hinter mir, den schlimmsten Jetlag aller Zeiten und einen Kinnhaken von dem Mann, der mich eigentlich als seinen Retter umarmen sollte.

»Weil du sie hierhergeführt hast. Zu mir. Du hättest genauso gut einen blinkenden Pfeil aus Leuchtstoffröhren an dieses Apartment montieren können. Mit einer Hotellimousine! Hast du sie noch alle? Ich werde nie wieder die Tür öffnen können, ohne Angst um mein Leben zu haben!«

»Ich habe niemanden hierhergeführt.« Ich dachte an Maxwell und seine Schleichwege. »Da war keiner.«

»Da war keiner!«, höhnte er. Sein scharfkantiges Gesicht, von Bartschatten verdüstert, zog eine abfällige Grimasse. »Du denkst, weil du keinen siehst, da ist auch keiner? Ja? Denkst du das? Ich sag dir was. Hör gut zu. Sie überwachen mein Telefon. Sie können mit einem Hubschrauber auf dem Dach landen und sich abseilen. Sie wissen, wer ich bin. Der Mann, der Zhang in die Pfanne hauen kann. Die lassen mich nicht mehr lebend raus hier.«

»Ist alles in Ordnung mit dir?«

»Nein!« Er tigerte auf und ab. Etwas stimmte nicht mit ihm. »Hast du nicht die Polizei gehört? Siehst du Blaulichter überall? Sie suchen mich! Und dann fährst du mit einer Limousine vor und stößt sie mit der Nase drauf! Sie sind gleich hier. Ich hab's aus dem Fenster gesehen, unten, da unten!« Er deutete nervös auf die Panoramascheibe mit dem Blick auf die Stadt. »Ein Riesenpolizeiaufgebot! Aber ich sag dir eins. Wenn sie mich hochnehmen, dann gehst du mit.«

»Das sind die Demonstrationen.« Ich versuchte, ruhig und sachlich zu argumentieren.

»Jeden Samstag. Niemand sucht dich. Nur deine Familie.«

»Aber ...« Er sprintete zu einer futuristisch und unbequem aussehenden Couchgarnitur aus cremefarbenem Leder, auf der mehrere Fernbedienungen herumlagen, griff eine und hantierte damit herum. »... sie bringen es in den Nachrichten. Ich habe mein Foto gesehen, sie suchen mich! Per Steckbrief! Ich bin ein Hochverräter, und du weißt, was in China auf Hochverrat steht, weißt du das?«

»Wir sind in Hongkong. Und du bist nicht im Fernsehen.«

Der gigantische Bildschirm leuchtete auf. Irgendeine Werbung für Spülmittel. Ich nahm ihm die Fernbedienung aus der Hand und sprang von Programm zu Programm. CNN, eine chinesische Soap, Musikvideos, kein Marquardt. »Du bist nirgendwo. Weil du untergetaucht bist.«

Ich schaltete den Fernseher ab und warf die Fernbedienung zurück auf die Couch. »Niemand findet dich.«

»Doch. Du. Wenn sogar du das schaffst ...«

Er ließ sich auf die Couch fallen und vergrub das Gesicht in den Händen. Ich setzte mich dazu. Er roch, als wäre er tagelang nicht aus den Klamotten gekommen. Auf dem Couchtisch stapelten sich die Verpackungen von Mikrowellengerichten, die einen unappetitlichen Geruch verströmten. Ich sah mich um. Eine teure Wohnung, irgendwie unbewohnt, aber zugemüllt. Er musste einen proppenvollen Tiefkühler haben.

»Wie lange bist du schon hier?«

Er zuckte mit den Schultern und warf sich zurück, den Blick an die Decke und auf eine kühne Lampenkonstruktion aus Glas und Metall geheftet.

»Ein paar Tage«, sagte er schließlich.

»Wo ist dein Telefon?«

»Ich hab keins.«

»Lüg nicht, du hast mit Biggi telefoniert. Warum meldest du dich nicht mehr?«

»Sie können Anrufe orten, du Trottel.«

»Das konnten sie auch vorher. Warum hast du den Kontakt abgebrochen?«

Er verheimlichte mir etwas. Den Grund für seinen desolaten Zustand, den zerknitterten Anzug, die halb leeren Essensverpackungen, seine Angst. Todesangst.

»Sie sollen sie nicht auch noch kriegen.«

»Biggi?«

»Ja. Du weißt doch, wie Chinesen das machen. Sie killen nicht dich, sondern erst einen nach dem anderen aus deiner Familie.«

»Warum?«

Er kam hoch und sah mich an wie eine Kakerlake, die es auf seine halb vergammelten Mac 'n' Cheese abgesehen hatte.

»Weil ich etwas habe, das nicht mir gehört. Und jetzt verschwinde. Wenn sie mich kriegen, ist das nur deine Schuld, ganz allein deine. Erklär das Biggi und Tiffy. Und dem Jungen, wenn er alt genug ist.«

»Du hast eine Daten-CD kopiert. Zhang weiß das. Woher?«

Marquardt rieb sich über sein unrasiertes Kinn. Seine schmalen Augen bekamen etwas Tückisches. Vielleicht glaubte er, ich hätte die Seiten gewechselt und käme im Auftrag seiner Feinde.

»Geht dich nichts an.«

»Weil du das schnelle Geld machen wolltest? Das ganz große? Weil es dir nicht reicht, die Villa im Grunewald und das Ferienhaus Gott weiß wo und dieses Apartment im dreißigsten Stock, das zu deinem Knast geworden ist?«

Das Tückische verschwand. »So denkst du also von mir.«

»Wir müssen keine moralischen Grundsatzdiskussionen

führen. Rasier und dusch dich, zieh dir was anderes an und komm mit in mein Hotel. Morgen Abend fliegen wir zurück, und dann erzählst du das alles der Polizei.«

»Das habe ich.«

Erst glaubte ich, ich hätte ihn nicht richtig verstanden. »Du hast was?«

»Ich hab es erzählt. Deshalb sitze ich hier. Deshalb weiß Zhang, wo ich bin.«

»Wann war das?«

»Vor ein paar Tagen. Ich hab mich mit einem Mann von der WK getroffen.«

»Büchner?«

»Du kennst ihn?«

»Er wollte wissen, wo du bist, und macht dir ein Angebot.«

»Ein Angebot!« Marquardt hieb sich mit beiden Händen auf die Oberschenkel, als sei das das Lustigste, was er seit Langem gehört hätte. Er sah aus, als wäre er kurz vorm Überschnappen. »Ein Angebot, ich lach mich tot! Lass hören. Straffreiheit? Ich soll gegen Hartmann und Schweiger aussagen?«

»So ungefähr.«

»Der steckt doch mit den beiden unter einer Decke. Ich wollte da nicht mitmachen, das musst du mir glauben. Diese ganze Bescheißernummer, geschenkt. Aber als du angefangen hast, dass mit dieser Staatsanwältin, dieser Weigert, und ihrem Selbstmord was nicht stimmen könnte, wurde mir die Sache zu heiß.«

»Warum erst so spät?«

»Kapierst du das nicht? Das fängt ganz harmlos an. Mit einem Gefallen hier und da. Dann eine Firma gründen in den USA, alles easy. Dann mal einen Koffer über die Grenze in die Schweiz bringen. Ich bin Anwalt, genau wie du. Da guckt man nicht rein.«

»Nein. Da gibt man seinen Verstand an der Grenzkontrolle ab.«

In drei Schritten war er bei mir, packte mich am Hemd und riss mich hoch. »Sag das nicht noch mal! Du, du mit deiner kleinkarierten Moral und deinen albernen Werten! Sag du mir nicht, was ich zu tun habe!«

Er stieß mich weg, ich fiel zurück auf die Couch. Marquardt war am Durchdrehen. Er fuhr sich mit beiden Händen durch die Mähne, drehte sich einmal im Kreis und stöhnte auf.

»Warum bist du untergetaucht?«, fragte ich. »Wolltest du einen Deal machen?«

»Ja! Verdammt!«

»Um wie viel geht es? Eine Million, zwei, drei?«

»Okay. Hör zu. Du bist Anwalt, ja?«

Ich nickte.

»Also, du kennst das, wie Menschen handeln und dass sie manchmal Scheiße bauen.«

»Ist mir nicht fremd.«

»Ich wollte was abhaben von dem Kuchen. Mal so ein richtig großes Stück. Nie mehr arbeiten, nur noch an der Riviera Martinis trinken, verstehst du?«

»Ich denke ja.«

»Grade jetzt, mit Tiffy und dem ganzen Mist. Das Mädel braucht eine Wohnung, am besten ein Haus. Als ich gemerkt habe, was meine CD-Kopie wert ist, habe ich sie Zhang angeboten. Verstehst du? Das war ein Fehler. Ja! Schau mich nicht so an, das weiß ich! Ich kann nicht mehr zurück. Er würde mich überall finden, und wenn nicht mich, dann Biggi und Tiffy. Ich komm da nicht mehr raus, kapiert? Ich hab Scheiße gebaut!«

Ich nickte ebenso mitfühlend wie zustimmend.

»Aber es wäre alles easy gewesen, alles, wenn du dich nicht reingehängt hättest!«

»Was?«

»Du mit deinem Fragen und Herumbohren, du hast alle Pferde scheu gemacht!«

»Es sind drei Menschen ermordet worden!«

»Ich weiß!«, schrie er. »Ich weiß! Denkst du, das ist mir egal?« Er kam zurück zu mir, ging in die Hocke und starrte mich mit glühenden Augen an. »Zhang ist irre. Niemand stellt sich ihm in den Weg. Mach, dass du verschwindest. Freu dich, wenn du lebend zurück an deinen Schreibtisch kommst. Du hängst schon viel zu sehr mit drin.«

»Wie geht es weiter?«

»Ich soll ihn morgen treffen.«

»Und dann?«

Er stand auf und ging zu einer Anbauwand, die so geschickt in die einzig glatte Front des Raumes eingebaut war, dass ich sie nicht bemerkt hatte. Ein Fach öffnete sich, er nahm eine Flasche und zwei Gläser heraus, blieb dann aber mit dem Rücken zu mir stehen, als hätte er vergessen, was er gerade tun wollte. Ich stand auf. Als ich näherkam, sah ich, dass seine Schultern bebten. Marquardt weinte. Das war peinlich und unangenehm. Der große Zampano, mit seiner Weisheit am Ende. Mit allem anderen offenbar auch.

»Und dann?«, fragte ich noch einmal. »Kommst du nach Deutschland zurück, wirst noch am Flughafen festgenommen, deine Kohle konfisziert, und außerdem bist du Mittäter? An drei Morden? Marquardt. Das Spiel ist aus. Du hast nur noch eine Chance, wenn du auf die richtige Seite setzt.«

»Es ist aus.«

Er drehte sich zu mir um. Seine Augen waren nass und gerötet. Er schniefte und wischte sich mit seinem Hemdsärmel, der schon bessere Tage gesehen hatte, den Rotz von der Nase.

»Ich komme in den Knast, und drei Tage später bin ich beim Zähneputzen ertrunken.«

»Das ist doch lächerlich!«

»War es das mit deinem Betriebsprüfer auch? Lächerlich? Sie haben ihn abgeknallt. Und Weigert haben sie betäubt und im Auto verrecken lassen. Und da glaubst du, mich lassen sie laufen?«

»Hartmann und Schweiger sind auf deiner Seite.«

»Einen Dreck sind die!« Er drückte mir die Gläser vor die Brust und marschierte zurück zur Couch. Dort setzte er sich und versuchte, den Verschluss der Brandyflasche aufzuschrauben. »Die, die Bullen, die Staatsanwaltschaft, alle haben sie von dem System profitiert.«

»Korruption«, sagte ich und nahm ihm die Flasche ab.

Ich bekam sie irgendwie auf und goss uns beiden einen Schluck ein. »Ich soll sie vor Gericht vertreten. Sie sagen aus. Vollumfänglich. Wenn wir mit der CD zurückkommen.«

Marquardt schüttelte den Kopf, als hätte er noch nie so einen Blödsinn gehört. »Ich bin tot, wenn das passiert. Kapierst du nicht?«

»Also nimmst du lieber Zhangs dreckiges Geld und verschwindest?«

»Du kannst es haben. Jeden Cent. Ich will es nicht. Es wäre alles easy gewesen, alles easy.«

Er hob das Glas und schüttete seinen Brandy mit einem Schluck hinunter.

»Warum machst du es dann? Warum triffst du dich mit Zhang, wenn du das gar nicht willst?«

»Weil es der beste Grund ist, danach auf Nimmerwiedersehen unterzutauchen. Alle glauben, er zahlt mir ein, zwei Millionen, und ich fange damit irgendwo ein neues Leben an.«

»Und Biggi? Tiffy? Dein Enkel?«

Er sah aus, als würde er gleich wieder losheulen. »Genau für die tue ich es ja. Damit sie in Sicherheit sind. Wenn sie glauben, ich hätte sie verlassen, für immer, vielleicht mit einer Thailänderin oder so was ...«

Biggi würde ihm die Augen auskratzen. Wenn sie ihn fand. Das also war sein Plan: Von der Bildfläche verschwinden, einer von denen sein, die spurlos verschwanden. Beim Zigarettenholen. Beim Angeln. Untertauchen, die Familie im Stich lassen. Keinen Kontakt mehr. Alle Brücken hinter sich abreißen.

Biggis Reaktion darauf? Mit Sicherheit so, dass sie glaubwürdig war. Und das könnte tatsächlich eine Art Schutz sein. Marquardts glühendes Hirn, kurz vor der Kernschmelze, hatte auf absurde Weise doch noch einen Plan konstruiert.

Aber er war schlecht. Miserabel. Es wäre ein Leben in Angst, für alle Beteiligten. Und Angst ist auf Dauer kein Schutz.

»Hier«, sagte ich und reichte ihm mein Handy. Er war nicht vorbereitet auf das, was er sah. »Der kleine Principe di Corramberti.«

Vorsichtig nahm er mir das Gerät aus der Hand. Er betrachtete das Kind, als wolle er sich seine Züge ein für alle Mal ins Gedächtnis brennen. Eine Träne rann aus seinem Auge, die scharfe, eitle Nase entlang, blieb an der Spitze hängen und tropfte auf das Display. Hastig wischte er sie weg.

»Was soll Tiffy ihm sagen, wenn er nach seinem Opa fragt? Er ist ein Pharong geworden, ein weißer Mann, der in Phuket abhängt? Er hat krumme Geschäfte gemacht und ist mit einer Jüngeren abgetaucht? Sag es ihr selbst.«

Er öffnete den Mund, um etwas zu erwidern, da klingelte das Handy, und eine unbekannte Nummer erschien. Hastig gab er es mir zurück.

00852 am Anfang.

»Jemand von hier«, flüsterte Marquardt. »Wer hat deine Nummer?«

»Niemand.«

Ich hob das Gerät so vorsichtig hoch, als könnte es jederzeit zubeißen.

»Ja?«

»Vernau *Xianshang*?«, klang es, atmosphärisch verzerrt. »Hier spricht Maxwell. Darf ich Sie etwas fragen?«

Marquardt war so nahe an mich herangerückt, dass ich seinen Angstschweiß riechen konnte, und hörte mit.

»Ja?«

»Haben Sie ... hat Ihr ehrenwerter Freund ... wurden tatsächlich Mädchen bestellt?«

»Mädchen?«

Ich sah zu Marquardt, der schüttelte wild den Kopf.

»Nein. Warum?«

»Weil gerade eine junge Frau angekommen ist und nach dem Condominium gefragt hat, in das Sie gegangen sind. Und der Concierge hat es ihr gesagt.«

»Danke.«

Ich legte auf.

»Mädchen?«, fragte Marquardt verwirrt. »Was denn für Mädchen?«

Ich sprang auf und riss ihn hoch. »Wir müssen weg. Gibt es eine Treppe?«

»Treppe?«

»Geld? Ausweis?«

»In ... warte ...«

Er stürzte aus dem Raum und kam nach ein paar Sekunden zurück. Während er sich ein dickes Portemonnaie in die Hosentasche stopfte, fragte er: »Was zum Teufel ist los?«

»Ich habe die Security geschmiert, um zu dir durchgelassen

zu werden. Und ich habe gesagt, dass du Mädchen bestellt hast. Jetzt kommt eins rauf zu dir. Dein Wachmann unten hat sie durchgelassen, weil er glaubt, sie gehört zu uns.«

»Was für eine abgefuckte Scheiße machst du mit mir?«

»Raus!«

Wir stürzten zur Wohnungstür, rissen sie auf und spähten in den Flur. Er war leer. Aber einer der Aufzüge fuhr nach oben. In ein paar Sekunden würde sie hier sein.

»Es muss doch eine Feuertreppe geben!«

»Woher soll ich das wissen?«

Marquardts Verstand löste sich vor meinen Augen auf. Er schrammte nahe an der Hysterie, während er sich in den Ärmeln seiner Anzugsjacke verhedderte. Endlich entdeckte ich ein Schild mit einem Fluchtweg. Ich packte ihn und rannte los. Der Flur schien kilometerlang. Als wir das Ende erreichten, führte das Schild uns um die Ecke. Ich zog ihn hinter mich.

»Still.«

Die Aufzugtür ging auf. Durch den leeren Korridor hallte leiser Trittschall. Vorsichtig spähte ich um die Ecke. Ich sah: eine Gestalt von hinten im Motorradanzug, den Helm unter dem Arm, wie sie sich auf Marquardts Apartment zubewegte. Ein Mädchen in schwarzer Lederkluft.

Und schlagartig wurde mir klar: Ich hatte keinen Mann vor Fischers Wohnung gesehen. Es war eine Frau gewesen. Diese Frau. Die Mörderin von Marianne Wolgast und vermutlich auch von Udo Fischer. Und das Motorrad während des Überfalls auf mich, auch das war sie gewesen. Es war kein Killer. Es war eine Killerin.

Wir schlichen ein paar Meter weiter, bis eine schwere Glastür den Weg zum Treppenhaus versperrte. Sie sah aus, als wäre sie noch nie benutzt worden, und ich betete, dass sie sich öffnen ließ und keinen Alarm auslöste. Marquardt stand direkt hinter mir. Sein säuerlicher Atem streifte meinen Nacken.

Ich griff nach der Klinke, drückte sie hinunter und zog die Tür auf. Vollkommen geräuschlos. Wir schlichen durch den Spalt, und langsam, ganz langsam ließ ich die Tür wieder ins Schloss fallen.

Und dann rannten wir die Treppen hinunter. Nach der zehnten Etage hörte ich auf mit dem Zählen und rief Maxwell an.

»Fahren Sie in die Einfahrt! Sofort!«

Marquardt keuchte ein paar Stufen hinter mir. »Und wenn sie den Lift runternimmt? Dann wartet sie jetzt schon auf uns!«

»Tut sie nicht.«

»Warum?«

»Ich hab deine Tür offen gelassen.«

»Was?«

»Sie wird erst die Wohnung durchsuchen.«

Ich nahm die Treppen mittlerweile halbabsatzweise. Ein Wunder, dass wir uns nicht die Knochen brachen. Endlich erreichten wir das Erdgeschoss und drückten eine weitere Glastür auf. Wir standen in der Empfangshalle, gegenüber von den Aufzügen. Einer blinkte. Er fuhr nach unten und war zwischen dem zwanzigsten und dem zehnten Stock. Uns blieben nur noch Sekunden.

Wir jagten durch die Halle. Der Wachmann sah kurz hoch, entschied sich dann aber, nachdem er uns erkannte, nicht einzugreifen. Vielleicht zählte er auch nur eins und eins zusammen, denn aus den Augenwinkeln bekam ich mit, wie er hinter einer Tür verschwand. Wir verloren wertvolle Sekunden, bis die Schiebetür sich endlich öffnete.

Reifen quietschten auf glattem Beton, und schon schoss

Maxwell mit der Limousine in die Einfahrt. Wir rissen die Türen auf, sprangen in den Wagen, und unser Fahrer gab Gas. Ich sah zurück. Die Fahrstuhltüren öffneten sich, aber verzerrt von den getönten Scheiben konnte ich nicht mehr als eine schmale Gestalt in Schwarz mit Helm unter dem Arm erkennen. Maxwell nahm die Kurve zur Auffahrt derart scharf, dass ich beinahe auf seinem Schoß landete, bremste dann aber kurz vor dem Erreichen der Schranke ab, die sich von alleine öffnete. Auch die beiden Wachleute an der Zufahrt zu dem Privatgrundstück waren nirgends zu sehen. Dann bretterte er hinaus auf die Straße und fädelte sich in den nicht schwächer werdenden Verkehr ein.

Ich drehte mich zu Marquardt um. Der saß auf der Rückbank, vornübergebeugt, den Kopf fast auf den Knien.

»Alles in Ordnung?«

Er sah hoch. »Sie haben mich. Sie haben mich!«

Maxwell warf einen besorgten Blick in den Rückspiegel. »Ist alles okay?«

»*Yes*«, sagte ich.

»*No!*«, brüllte Marquardt. »Wo soll ich denn jetzt hin?«

»Erst mal zu mir.« Ich wandte mich an Maxwell. Er hatte mir geholfen, in dieses Haus zu gelangen, und er hatte uns gewarnt, als die Sache brenzlig wurde. Vielleicht wusste er auch, wo man in dieser Millionenstadt am besten untertauchen konnte. »Kann er auf mein Zimmer, ohne dass wir irgendwelche Formalitäten erfüllen müssen?«

»Formalitäten?« Er sah von Marquardt im Rückspiegel zu mir. »Wie meinen Sie das?«

»Die Anmeldung. Einen Ausweis zeigen, all das.«

»Ah, ja.« Er gab sich große Mühe, dass man ihm seine Verwirrung nicht ansah. Vielleicht hatte er einen Moment daran gedacht, dass er dabei geholfen hatte, einen Ehemann vor seiner wutschnaubenden Gattin in Sicherheit zu bringen, damit der bei seinem Liebhaber unterkommen konnte. »Da gibt es einen Weg.«

Und so fuhren wir eine halbe Stunde später in die Tiefgarage des Kowloon Garden Grand, betraten einen Aufzug, den Maxwell mit seiner Karte gerufen hatte, und fuhren hinauf in den vierzehnten Stock.

»Und wenn sie mich hier suchen?«

Maxwell wandte sich zunächst an mich, dann an den hypernervösen Marquardt, und wartete höflich, bis wir den Aufzug verlassen hatten.

»Unser Haus wird für Gäste mit Gefährdungsstufe eins empfohlen. Die Straßen lassen sich gut abriegeln, unser Security-Manager wird regelmäßig vom Ministerium für Staatssicherheit geschult. Die Präsidentensuite ist sogar bombensicher. Bitte sehr.«

Er öffnete meine Tür mit seiner Keycard. Das gefiel mir nicht. Gar nicht.

»Und wir haben eine Sofortreinigung im Haus«, setzte er mit Blick auf Marquardts Anzug hinzu.

»Danke«, sagte ich. »Wie kann ich das wiedergutmachen?«

»Das ist doch selbstverständlich, Vernau *Xianshang*.«

Mit einem kurzen Kopfnicken und einer eleganten Drehung verschwand er. Ich zog Marquardt in meine Behausung und schubste ihn als Erstes ins Bad.

»Raus aus den Klamotten, Duschen. In zehn Minuten sind wir verschwunden.«

»Aber ...«

Ich schloss die Tür und begann in Windeseile zu packen. Wir waren nirgendwo sicher. Ich hatte keinen Plan, und wenn, dann sah er so aus, dass wir alle vorherigen geschrottet hatten. Ich war schneller fertig als Marquardt, der sich nicht nur geduscht und die Zähne geputzt hatte (hoffentlich mit dem Dental Kit des Hotels …), sondern auch rasiert. In seinen zerknitterten Klamotten sah er jetzt aus wie ein Lebemann nach durchzechter Nacht. Das musste reichen.

»Geile Hütte«, sagte er. »Wer zahlt das eigentlich? Du?«

Ich sah mich um. Bye-bye Fünf-Sterne-Luxuszimmer, Boxspringbett, Kissen-Menü und »Singin' in the Rain« unter der Dusche.

»Wir müssen los.«

»Warum? Ich bin Gefährdungsstufe eins, also können wir doch bleiben.« Er öffnete die Minibar und holte eine halbe Flasche Rotwein heraus. »Hier gibt es bestimmt einen geilen Roomservice.«

Ich nahm ihm die Flasche ab und deutete auf das Zimmertelefon. »Du rufst jetzt Zhang an.«

»Nein. Dann weiß er doch sofort, wo ich bin.«

»Richtig. Und dann hauen wir ab. Über die Tiefgarage.«

Er zögerte. »Und wohin?«

»Wir werden schon was finden. Hast du Bargeld? Ich bin pleite.«

Er klopfte sich auf seine Gesäßtasche, die durch das Portemonnaie ausgebeult wurde. »Vierhundertnochwas in US-Dollar, und dann ein paar Tausend Hongkong-Piepen.«

»Das reicht. Ruf an.«

Er holte sein Handy heraus und suchte nach einer Nummer. Die tippte er dann in das Telefon auf dem Nachttisch. Er wartete, lauschte, zuckte dann resigniert mit den Schultern. »Geht keiner … warte! Anrufbeantworter. Was soll ich sagen?«

»Morgen um zwölf Peninsula, Felix Bar.«

Er nahm den Befehl mit zackigem Nicken entgegen. »*Hello Mr Zhang, Sir, Marquardt is speaking.*« Sein Englisch klang für einen so weltläufigen Mann erstaunlich deutsch. »*We see us tomorrow at noon in the Peninsula, Felix Bar.*« Hilfloser Blick zu mir.

»Geld«, flüsterte ich.

»*Oh, yes. And don't forget the money. So I will not forget the CD.*«

Wieder sah er zu mir. Ich drückte auf die Gabel und nahm ihm den Hörer aus der Hand. »Und raus hier.«

Wir schlichen aus dem Zimmer, suchten den Notausgang und fanden uns in einem alten Treppenhaus wieder, das noch im Original erhalten war. Liebevoll geschmiedete Geländer, Eisenlaternen, ausgetretene Marmorstufen. Und das über mindestens vierzehn Stockwerke. Hoffentlich führte uns der Weg nach unten nicht direkt in die Lobby, sondern ungesehen weiter in die Tiefgarage.

»Wo willst du denn hin?«, maulte Marquardt hinter mir, als nach null tatsächlich minus eins kam. Ich antwortete gar nicht erst. Maxwell war ins zweite Untergeschoss gefahren, vermutlich, weil sich dort die Mitarbeiter- und Limousinen-Parkplätze befanden. Dorthin wollte ich. Als wir ankamen, quietschte die alte Eisentür erbarmungswürdig. Neonlicht erhellte ein Areal, das so groß wie der Grundriss des Hotels sein musste. Zu unserer Linken standen Wäschebehälter und Lieferwagen. Zur Rechten reihten sich die Parkplätze. Vom Rolls-Royce bis zum Tuk-Tuk war alles vertreten. Die Luft roch abgestanden, nach Diesel und feuchtem Staub, es war mörderisch heiß hier unten.

»Und jetzt?«

»Wir warten ein paar Minuten«, sagte ich und zwängte mich zwischen zwei Rollwagen, beladen mit benutzter Hotelwäsche.

»Warum denn das? Erst kann es nicht schnell genug gehen, und jetzt?«

»Ruhe.«

Wir standen nebeneinander und warteten. Alles in mir strebte Richtung Ausgang. Raus hier. Verschwinden. Irgendwo untertauchen in der Millionenstadt. Aber ich wollte wissen, wer uns verfolgte. Ich hatte eine Ahnung, aber sie war so absurd, dass ich kaum wagte, sie zu Ende zu denken.

Eine quälende Minute verrann. Die zweite. Mehr war von Marquardt nicht zu erwarten. »Wie lange soll ich noch hier rumstehen? Das riecht dermaßen nach nassem Hund!«

»Das bist du. Schnauze.«

Er sah mich mit einem Ausdruck an, als würde er sich gerade Gedanken um meinen Geisteszustand machen. Und dann grinste er. Fuhr sich wieder durch die Haare, sah auf einmal so aus wie Marquardt, der Blender aus dem Europarecht-Seminar, wir beide irgendwo nachts in Berlin. So jung. So ehrgeizig. So himmelsstürmend. Kein Blatt Papier passte zwischen uns.

»Mensch Alter«, sagte er. Vielleicht dachte er gerade das Gleiche. »Wie in alten Zeiten.«

»Ich kann mich nicht erinnern, mit dir in einer Hotelgarage…«

Und da kam es. Das, worauf ich gewartet, das, was ich befürchtet hatte. Das schwere, satte Tuckern eines Motorrads. Ich drängte mich an Marquardt vorbei und spähte um die Ecke. Scheinwerferlicht tanzte über die grau verputzten Wände. Das Tuckern erstarb, jemand stieg ab und lief zu den Aufzügen. Eine schmale, junge Frau in Motorradkluft.

»Wie kommt die hier rein?«, flüsterte es hinter mir. »Das ist doch alles elektronisch gesichert!«

Ich antwortete nicht. Die Aufzugstüren glitten auf, die Frau ging in die Kabine und nahm den Helm ab. Dann drehte sie sich um. Es war Xuehua. Die falsche Lotusblüte.

Das konnte nicht sein. Sie musste eine Zwillingsschwester haben. Oder ich hatte einfach diesen europäischen Kolonialherrenblick, für den alle Asiaten gleich aussahen. Schon glitten die Türen zu, und wir kamen schwitzend aus unserem Versteck. Ich lief zum Aufzug. Auf dem Display erschienen die Etagen: Er fuhr, ohne anzuhalten, direkt in den vierzehnten Stock.

»Verdammte Scheiße«, entfuhr es Marquardt. »Woher weiß die das?«

Ich dachte an Maxwells Universalkarte. Und dass es einer der besten Einfälle meines hoffentlich noch lange währenden Lebens gewesen war, sofort das Zimmer zu räumen. Jetzt zählte jede Sekunde. Xuehua ... wie konnte das sein?

»Wir müssen raus.«

»Sag ich schon die ganze Zeit!«, blökte Marquardt.

Wir rannten quer durch die Garage zur Einfahrt, vor der sich gerade rasselnd das Rollgitter in Bewegung setzte.

»Schnell!«

In letzter Sekunde, wir waren schon fast auf den Knien, schafften wir es auf die andere Seite und rannten nach oben. Doch dort wartete das zweite Gitter auf uns, und es war geschlossen. Wir rüttelten daran, aber es rührte sich nicht.

»Verdammt!« Marquardt trat dagegen. Es schepperte. Nicht gerade das Verhalten, das man als Flüchtiger an den Tag legen sollte. »Was jetzt?«

»In die Lobby.«

»Bist du verrückt? Da sitzen die doch und warten auf uns!«

»Möglich.« Ich drehte mich um und lief Richtung Treppenhaus. »Aber warum sollten sie sich zeigen? Es reicht doch, wenn die Dame uns alleine erledigt.«

Mit einem misstrauischen Blick auf die Liftanzeige folgte er mir. Wir liefen zurück durch die überhitzte Tiefgarage, kamen ins nicht mehr ganz so heiße Treppenhaus, erklommen die Stufen vom ersten Unter- ins Erdgeschoss und erreichten hechelnd die riesige Lobby. Die Klimaanlage haute mich fast um. Es war, trotz der späten Stunde, noch eine Menge los. Geschäftsleute aus aller Herren Länder standen in kleinen Gruppen zusammen, Hongkong-Chinesen der Upperclass saßen in den Sesseln und lasen britische Zeitungen. Tatsächlich. Analoge Zeitungen. Vor der Rezeption hatten sich die Neuankömmlinge versammelt, hübsche Damen warteten auf Verehrer. Die Bar weiter hinten war gut besucht. Gedämpfte Pianomusik perlte durch die Halle, irgendein verträumter Swingklassiker. Das gedimmte Licht der Kristalllüster schien auf Szenen entspannter, unverbindlicher Begegnungen. Reisende in Hongkong, vom Zufall an diesem Abend hineingeweht.

Wir versuchten, beim Gang durch die Lobby so wenig wie möglich aufzufallen. Zwei Pagen drehten für uns die gewaltige gläserne Tür, und wir standen auf dem Vorplatz. Ein hübscher kleiner Park mit Wasserspielen und Bänken, eine breite Auffahrt für Taxen und die meist großen, dunklen, teuren Wagen der Hotelgäste.

»*Have a nice evening*«, rief uns ein Livrierter hinterher.

Vorne rauschte der Verkehr vorbei. Um uns herum standen die Hochhäuser zusammengewürfelt wie die Bauklötze eines Riesenkinds, das kurz zum Essen gerufen worden war. In der Luft lag ein scharfer Geruch, es brannte sofort in den Augen. Tränengas.

»Und jetzt?«

Ich hielt ein Taxi an. »*Downtown harbour*«, sagte ich dem Fahrer. Irgendwo in den quirligen, engen Straßen des alten Hafenviertels würden wir etwas finden, wo wir eine Nacht untertauchen konnten.

»*Monkok?*«, fragte der Mann, ein älterer Herr mit unzähligen Lachfalten. »*Goldfish Market?*«

Wenig später saßen wir in einer der Tausenden kleinen Garküchen, um uns herum Aquarien mit Fischen, von denen ich nur die erkannte, die diesem Markt seinen Namen gaben. Marquardt hatte erst keinen Appetit. Aber er griff dann doch zu, als eine Reihe von Köstlichkeiten, durchweg für empfindliche Touristenmägen gedacht, vor uns auf den wackeligen Tisch gestellt wurden.

Wir waren, wenn man das so sagen kann, in der Essenz von China gelandet. Menschen drängten sich an bunten Marktständen vorbei, Musik erklang, das Angebot reichte von Singvögeln bis zur falschen Louis-Vuitton-Tasche. Es roch nach Jasmin, Weihrauch, Holzkohle und Kloake. »Da«, sagte ich und deutete mit meinen Stäbchen auf eines der Häuser, die komplett mit Anbauten, Veranden, Schildern und Tafeln verkleidet waren, sodass man ihre ursprüngliche Fassade nicht mehr erkannte. »Victoria Guest House. Da könnten wir ein Bett kriegen.«

Marquardt fiel das Hühnchen zurück in die Erdnusssauce. »Da?«

Das Schild hing schief und hatte schon vor hundert Jahren bessere Zeiten gesehen. Ein roter Lampion schaukelte über dem Eingang, ein dunkles Loch ohne Tür. »Das ist ein Puff.«

»Meinst du?« Wahrscheinlich hatte er recht. »Dann fragen sie wenigstens nicht nach Papieren.«

»Kostet aber.«

»Die Mädchen gehen auf dich. Schon vergessen?«

Er schüttelte den Kopf und widmete sich wieder seinem Essen. Noch ein Gericht wurde aufgetragen und wortreich erklärt. Irgendetwas mit Fisch. Hoffentlich keiner von den entzückenden kleinen Kerlen in ihren Aquarien.

»Und dann?«, fragte er mit vollem Mund.

»Dann gehe ich morgen zu Zhang und verhandle mit ihm. Freier Abzug für dich gegen die CD.«

Er verschluckte sich. Nachdem er wieder zu Atem gekommen war, sagte er: »Das ist gefährlich.«

»Nicht im Peninsula.«

»Und die Kohle?«

»Ich fürchte, du kannst nur eines haben. Dein altes Leben oder Zhangs Kohle. Wenn er sich auf den Deal einlässt, haben wir eine Chance, das Land zu verlassen. Wie viel genau? Dollar oder Euro?«

»Dollar«, knurrte er. »Zwei Millionen. Der Mann gehört in den Knast.«

Ich fand es unpassend, bei einem derart köstlichen Essen darüber zu spekulieren, wohin Marquardt gehörte.

»Und dann?«, bohrte er weiter. »Wenn ich wieder zurück bin?«

»Selbstanzeige, umfassende Aussage. Zhang wird nie wieder in Europa ein Bein auf die Erde bekommen. Mit viel Glück, euren Aussagen und wenn Amerika die Strafzölle weiter erhöht, wird sich eine Auslieferung nach Deutschland rausschlagen lassen. Mord. Fünfundzwanzig Jahre. Oder Todesstrafe in Peking.«

»Und du glaubst, das lässt er sich gefallen?«

Ich betrachtete das Sammelsurium von Speisen auf unserem Tisch. Auf bunten Plastiktellern serviert, um uns herum das Summen und Brummen dieses riesigen Bienenkorbs, in dessen Mitte wir uns befanden. Gegenüber schüttete ein Mann eimerweise trübes Wasser in die offene Kanalisation. Schwer beladene Träger bahnten sich, ihre Last auf Kopf, Rücken oder in den Händen, den Weg durch die Massen von Einheimischen und Touristen.

»Ich weiß es nicht«, sagte ich schließlich. »Er steht mit dem Rücken zur Wand. Ich kenne ihn nicht. Erzähl mir von ihm.«

Marquardt zupfte sich eine Papierserviette aus dem Ständer

und wischte sich den Mund ab. Dann zerknäulte er sie und warf sie auf seinen Teller.

»Ich hab ihn mal in Zürich kennengelernt. Seitdem stehen wir per E-Mail oder telefonisch in Kontakt. Rein geschäftlich.«

»Und wie war das damals nach dem Tod von Carolin Weigert?«

»Das haben Hartmann und Schweiger eingefädelt. Ich sollte diesen von und zu Lackaffen, Bromberg, treffen. Er kriegte Geld ...«

»Das du woher hattest?«

»Aus einem Schließfach der Ruetli Bank in der Schweiz. Keine Ahnung, wie viel. Geld wiegt ja nichts. War ein leichter Koffer. Aber es muss schon ein Batzen gewesen sein. Bromberg schlotterte am ganzen Leib. Wir haben uns im Borchardt getroffen, er ist da öfter und kennt Krethi und Plethi. Komisch. Dass ich ihm da nie begegnet bin. Wahrscheinlich ist er mir vorher nicht aufgefallen.«

Das Borchardt. Sigruns und mein Lieblingsrestaurant. Wieder dieser ziehende, kurze Schmerz in der Herzgegend. Vielleicht sollte ich mal ein Vierundzwanzig-Stunden-EKG machen. Irgendwas stimmte da nicht.

»Da war auch die Übergabe?«

»Ganz profan auf dem Herrenklo. Ich kriegte die CD, er den Koffer mit dem Geld.«

Also doch Schwarzgeld. Ich sollte mich freuen, das zu hören. Das würde Ansgar von und zu Lackaffe fertigmachen, wenn es herauskam.

Aber ich dachte auch an Utz, Sigruns Vater. An einen alten Mann, der sich damals anständig verhalten hatte, im Gegensatz zu seiner Tochter. Und statt Freude fühlte ich – nichts.

»Wo hast du die Kopie gezogen?«, fragte ich, um zur Abwechslung mal wieder wie ein Anwalt zu handeln.

»Im Büro. Ich dachte, irgendwann kann ich mich vielleicht nicht mehr damit rausreden, nur der Bote zu sein.«

»Der Seppl.«

Sein Blick wurde kalt. »Komm du mal runter von deinem hohen Ross. Wir arbeiten im Dienstleistungsgewerbe. Auch mit Brioni-Zwirn und Budapestern, wir sind nichts anderes als die da.«

Er sah in das Innere des Restaurants. Gerade begab sich ein Koch mit einem Kescher in einem der Aquarien auf Jagd.

»Wir holen für andere die Kohlen aus dem Feuer. Oder den Fisch aus dem Wasser, wenn du es so willst. Freund und Helfer? Vergiss es. So was kann sich vielleicht Mary-Lou leisten, aber selbst bei ihr wird es eng. Was weiß sie?«

»Alles«, erwiderte ich kurz und sah, dass ihm diese Auskunft gar nicht gefiel. Wir saßen direkt neben einem Ventilator, der leiernd die warme Luft in unsere Richtung schaufelte. Gegenüber kippte der Mann, der gerade noch im verstopften Abwasserkanal hinterhergestochert hatte, einen Kübel Eis über seine Auslage. Flusskrebse. Ich musste an den Waterfront Club denken und all die Leute in Brioni und Budapestern. Und ich fühlte, dass ich noch nie so weit entfernt von meinem alten Freund gewesen war wie jetzt. Trotzdem war da dieser Moment hinter den Wäschewagen gewesen. Wir beide, verbrüdert mit all unseren Fehlern, Lastern und Leidenschaften. Aber reichte das, um Kopf und Kragen für ihn zu riskieren?

Er würde Hongkong nicht lebend verlassen. Mit diesem Wissen musste ich klarkommen, wenn ich ihn sitzen ließ.

»Und für was haben Hartmann und Schweiger dich angeheuert?«, fragte er.

»Nur für die Kriege, die da kommen. Steuerhinterziehung. Mal sehen, mit wem ich zusammenarbeiten werde. Das ist nicht gerade mein Fachgebiet.«

»Mit mir zum Beispiel?«

»Du wirst mit auf der Anklagebank sitzen. Du wirst deine Zulassung verlieren und einen nicht unbeträchtlichen Teil deines Vermögens.«

Er presste die Lippen aufeinander. Das ließ ihn aussehen wie einen verschlagenen Habicht, dem gerade vom Fuchs die Trauben geklaut worden waren. Sofern Habichte Trauben fraßen, ich kannte mich in dieser Hinsicht nicht so genau aus.

»Doch lieber Zhangs zwei Millionen? Und ein nasses Grab im Hafenbecken?«

Er beugte sich vor und machte eine Handbewegung, dass ich näher zu ihm kommen sollte. »Und wenn ich dir sage ... dass es noch eine dritte CD gibt?«

»Was?«

Jetzt sah er aus wie ein Habicht, der beobachtet, wie der Fuchs mit den Trauben in den Bach fällt.

»Nur mal so angenommen. Du gibst Zhang morgen die CD. Wir beide hauen ab. Zurück nach Europa, da liegt Nummer drei irgendwo gebunkert. Wir könnten sie der Polizei übergeben oder, wenn das sicherer ist, erst mal der Presse. Was wäre meine Aussage wert?«

»Wenn du Hartmann und Schweiger in die Pfanne haust?«

»Wenn ich Recht und Gesetz eine Chance gebe.« Mehr Selbstzufriedenheit in seiner Situation war kaum noch möglich.

»Keine Ahnung«, sagte ich. »Es könnte dabei Bewährung rausspringen. Aber trotzdem: Verweis aus der Anwaltskammer.«

»Berufsverbot«, knirschte er. »Und alles, weil man helfen will.«

Er gab der Kellnerin, einer älteren flinken Frau in T-Shirt und Shorts, ein Zeichen, um die Rechnung zu bekommen. Dann wandte er sich wieder an mich.

»Die Staatsanwaltschaft und WK hängen zusammen. Da ist mit einem Deal nur was zu machen, wenn alle auffliegen.«

»Ich weiß.«

Genau das bereitete mir Sorgen. Vaasenburg fiel mir ein. Der einzige Unbestechliche.

»Wir müssen vorsichtig sein«, sagte ich.

Marquardt fing schon wieder an, übermütig zu werden. Die meisten Leute stellen sich unter einem Deal eine Art Handel vor. Wie an der Supermarktkasse. Statt Ware gegen Geld gibt es Informationen für Strafminderung. Minderung. Nicht Straffreiheit. Kein Zeugenschutzprogramm. Zumindest nicht für Steuerhinterzieher und korrupte Anwälte. Marquardt müsste wissen, dass für ihn das Ende der Fahnenstange erreicht war.

»Wo ist die dritte CD?«

»Das sag ich dir, wenn wir mit heiler Haut hier raus sind.«

»Dann hör gut zu. Ich verschaffe dir die Zeit, unbehelligt nach Deutschland zurückzukehren. Sofort nach deiner Ankunft übergibst du die dritte CD an die Ermittlungsbehörden. Ist das klar?«

»Und du?«

»Ich regle das hier.«

»Kommt nicht infrage.«

In seinen Augen, blank wie Flusskiesel, schimmerte es. Nicht wegen mir. Gleich würde er heulen. Es war aber auch eine schwierige Sache, zwei Millionen und ein neues Leben einfach so in den Orkus zu spülen.

»Du weißt, dass Zhang dich überall finden wird«, legte ich nach.

Er nickte. Wischte sich über die Augen. Rückte sich den Stuhl zurecht, sah in eine andere Richtung. Er war am Ende mit seinem Latein. Später einmal, wenn wir ergraut mit Kamillentee vor einem elektrischen Kaminfeuer sitzen und die alten

Zeiten Revue passieren lassen würden, wäre dieser Teil der Geschichte nie passiert. Marquardt in einer aussichtslosen Position, aus der ich ihn gerettet hatte. Sofern das mit dem Alter und dem Tee morgen Abend noch eine Option war und wir nicht beide aneinandergekettet die letzte Reise auf den Grund des Victoria Harbour antraten.

»Also?«

Sein Blick kehrte zu mir zurück. Er hatte einen Entschluss gefasst: Ich war das Leittier. Zumindest so lange, bis er wieder in die richtige Spur gefunden hatte.

»Was schlägst du vor?«

»Du gibst mir die CD. Die, die Zhang kriegen soll.«

Er griff in die Tasche seines zerknitterten Leinensakkos und schob sie mir über den Tisch. Da lag sie, zwischen unseren Tellern auf einem klebrigen Alu-Tisch. Der Grund für drei Morde. Unendliches Leid. Und das alles, weil Menschen den Hals nicht voll genug bekommen konnten. Ich nahm sie und steckte sie ein.

Marquardt wollte etwas sagen, aber dann hielt er glücklicherweise den Mund. Ich holte mein Handy hervor und suchte im Internet nach Flügen. Es war kurz vor Mitternacht, also vor dem nächsten Morgen keine Chance.

»Aeroflot«, sagte ich, als ich die billigsten Verbindungen gefunden hatte.

Marquardt protestierte. »Keine Chance!«

»Du solltest anfangen zu sparen.«

»Irrtum. Ich sollte mein Geld ausgeben, solange ich es noch besitze!«

»Dein Geld?«

Unsere Blicke kreuzten sich. Schließlich knickte er ein.

»Okay, Holzklasse. Aber irgendwas anderes. Nicht Aeroflot.«

»Cathay Pacific und Swiss, Letzteres Zwischenstopp in Singapur und Zürich. Dauert aber länger.«

»In Ordnung.«

Die nächste Viertelstunde verbrachten wir mit dem Buchen. Dann schrieb ich Vaasenburg eine E-Mail mit einer Kopie von Marquardts Flugschein. Bevor ich sie abschickte, sah ich hoch. Marquardt nickte. Im Bruchteil einer Sekunde würde ein Kriminalhauptkommissar in Berlin derjenige sein, in dessen Hände wir unser Leben legten.

Als das erledigt war, fragte er mich: »Und wie willst du das morgen machen?«

»Ich denke, wenn ich Zhang die CD gebe und lebend aus dem Gespräch herauskomme, ist viel gewonnen.«

»Du lässt ihn gehen?«

»Ich kann ihn gerne auffordern, sich zu stellen und mit uns nach Deutschland zurückzukehren, wo ihm wegen dreifachen Mordes ein Prozess droht. Ich bezweifle, dass er das tun wird.«

Das gefiel Marquardt nicht. Ganz und gar nicht.

»Willst du mit Biggi darüber reden?« Ich wollte nach meinem Handy greifen.

»Jetzt nicht«, knurrte er. Ich konnte nur hoffen, dass er klug genug gewesen war, nicht seinen gesamten Lebensstil mit Schwarzgeld zu finanzieren.

Und ich war mir auch nicht sicher, ob Zhang eine ebenso fatalistische Einstellung hatte wie ich. Marquardt hatte versucht, ihn zu erpressen. Es stand viel auf dem Spiel für diesen Mann. Wenn er klug war, würde er sich tatsächlich zurückziehen. Wahrscheinlich nach China, wo er besser untertauchen konnte. Aber Klugheit spielt bei den meisten Verbrechen nur eine untergeordnete Rolle.

Die Kellnerin brachte uns einen Zettel, auf dem eine irrsinnig hohe Summe gekritzelt stand. Marquardt zahlte in

Hongkong-Dollar, also war der Betrag nur ein Zehntel, wie ich erleichtert feststellte. Dann brachen wir auf in Richtung Hostel.

Es war tatsächlich eine Herberge für Backpacker. Und es gelang uns, in bar zu zahlen und keinen Meldeschein auszufüllen. Ein junger Mann nahm den US-Dollarschein in großzügiger Höhe entgegen, den Marquardt auf dem Tresen unter die winkende Glückskatze schob. Dann machten wir uns durch ein sehr enges Treppenhaus auf in den dritten Stock.

Das Zimmer war dunkel, heiß und laut. Das Fenster war nur mit größter Kraftanstrengung zu öffnen, eine Klimaanlage gab es nicht. Ich sah in das dunkle Viereck eines Lichthofs, der als Müllhalde genutzt wurde. Die Kühlaggregate der umliegenden Wohnungen röhrten wie Formel-1-Motoren kurz vor dem Start. Es war uns egal. Wir hatten ein enges Doppelbett mit durchgelegener Matratze, sodass wir im Lauf der Nacht in der Mitte immer wieder zusammenstoßen würden. Eine Dusche mit Klo im Gang, bei der wir der kaputten Glühbirne dankbar waren, einen schiefen Schrank mit Nägeln zum Aufhängen der Klamotten, vor allem aber: einen sicheren Ort, an den sich weder Zhang noch Lotusblüte verirren würde.

Hofften wir.

Marquardt warf sich aufs Bett. »O Mann. Ich werde kein Auge zutun.«

»Umso besser. Dann gehen wir den ganzen Plan noch einmal durch. Mit allem, was schiefgehen kann. Verstanden?«

Und das taten wir. Als wir fertig waren, fragte ich: »Hast du Hartmann angerufen? Im Peppone? Und ihm gesagt, dass ich mein altes Filofax noch habe?«

Er sah an die Decke.

»Sebastian?«

»Lass mich doch mal eine Sekunde nachdenken. Ja, hab ich. Aber ich konnte doch nicht damit rechnen, was das alles in Gang setzt. Ich wollte dich da raushalten. Nicht reinreiten.«

»Guter Plan.«

»Ja. Dachte ich auch mal.«

Dann schlief Marquardt innerhalb von Sekunden ein, rollte in die Mitte und sägte wie ein Waldarbeiter. Ich rutschte an die Bettkante und dachte an Xuehua und Zhang. An das, was morgen geschehen würde. An die dritte CD. An Gärtner und Büchner. An Marie-Luise, an Biggi, Tiffy und den kleinen Prinzen.

Und dann dachte ich an Sigrun. An ihren Spott, ihre Herablassung und an den Kuss draußen in der Kälte, und ich wusste nicht mehr, warum ich das alles tat.

4

Und so sitze ich nun vor meinem Wasserglas und zähle die Minuten, die verrinnen. Bei jedem neuen Gast, der die Terrasse betritt, jagt mein Puls. Ich trinke langsam, als müsste ich mit dem Wasser haushalten. Es ist fünf vor zwölf. Gleich werden sie da sein.

Marquardt befindet sich, wenn alles gut gegangen ist, an Bord einer Cathay-Pacific-Maschine, Economy, aber für hundert Euro mehr mit extra Platz für seine langen Beine. Unser Abschied am Morgen war kurz und schmerzlos gewesen.

»Grüß Biggi.«

»Mach ich.«

Dann wussten wir nicht, was wir noch sagen sollten. Schließlich nahm er mich in den Schwitzkasten, drückte mich, dass die Rippen knackten und ich einen Schmerzenslaut nicht mehr unterdrücken konnte. Hielt mich dann mit beiden Armen auf Abstand, schüttelte den Kopf, als ob er das alles selbst nicht glauben konnte, und gab mir eine fast zärtliche, kleine Ohrfeige.

»Was machen wir nur für einen Scheiß.«

Dann war er gegangen. Noch nicht mal Handgepäck hatte er bei sich. In vier Stunden wäre er in Singapur. Ein bisschen Schlendern durch den Duty-free-Bereich, boarden, und um achtzehn Uhr MEZ würde er in Zürich landen. Hoffentlich in Biggis und Vaasenburgs ausgebreiteten Armen in Begleitung der Kantonspolizei.

Der Kommissar hat mir zurückgeschrieben. »WTF***?« Ich habe geantwortet, dass mit Marquardt die Lösung für die Morde an Carolin Weigert, Udo Fischer und Marianne Wolgast angeflogen kommt. Sowie die Begründung für die Haftbefehle gegen Hartmann und Schweiger als Mitwisser. Und dass die beiden zusammen mit ihrem Seppl alles offenbaren werden, was Zhang national und international das Handwerk legen kann. Für Interpol ist es zu spät. Aber für eine knackige Anklageerhebung könnte es reichen, hoffentlich durch eine unbestechliche Judikative.

Natürlich wird das keinerlei Einfluss auf Zhangs weitere Geschäfte haben. Es gibt zwar ein Gesetz über gegenseitige Rechtshilfe in Strafsachen und die Überstellung flüchtiger Straftäter zwischen der Regierung der Bundesrepublik Deutschland und der Sonderverwaltungsregion Hongkong der Volksrepublik China. Aber es hat allenfalls Warn- und Besinnungsfunktion, sprich: Es ist ein zahnloser Tiger. Alles hängt davon ab, wie wichtig Zhang für Hongkong und China ist. Es spricht viel dafür, dass das Land des Lächelns nicht auf einen seiner erfolgreichsten Glücksritter verzichten und ihm das Abtauchen leicht machen wird.

Die automatische Schiebetür öffnet sich. Zwei Bodyguards kommen aus der klimatisierten Bar heraus und sehen sich um. Chinesen, nehme ich an, große, muskelbepackte Kerle in perfekt sitzenden Anzügen und Knopf im Ohr. Wo tragen sie ihre Waffen? Der eine legt die Hand ans Ohr und sagt etwas. Dabei sieht er in meine Richtung.

Es wird ernst.

Ich stehe auf.

»Mr Marquardt?«, fragt er.

»Nein. Vernau. Ich bin Herrn Marquardts Anwalt«, sage ich auf Englisch.

Der Mann mit seiner hohlen Hand spricht Chinesisch und wartet auf Antwort. Kein Händedruck, keine Begrüßung. Die beiden sind nichts anderes als bis an die Zähne bewaffnete Sänftenträger für den, der jetzt kommt. Die gläsernen Türen gleiten auseinander, noch zwei von den Kerlen, gefolgt von Zhang.

Er ist einen halben Kopf kleiner als seine Security-Leute, also ungefähr so groß wie ich. Gleiches Alter, gleiche Statur. Erstes Grau in den zurückgekämmten Haaren, leichte Bräune über einem Gesicht, das von dunklen Augen und einem harten Mund dominiert wird. Er hat ein konziliantes Lächeln aufgesetzt, eher ein Heben der Mundwinkel, eine erste Höflichkeit, bevor es zur Sache geht. Seine Schritte sind schnell und zielgerichtet. Er lässt mich nicht aus den Augen.

»Zhang *Xianshang*?«, frage ich, als er in Hörweite ist, und strecke die Hand aus. Ich komme in Frieden. Ich bin nur der Unterhändler.

Er ergreift meine Hand und drückt sie kurz und fest. Keine Verbeugung, das ist Kaiserzeit und unmodern. Dabei lässt er mich immer noch nicht aus den Augen. Ich weise auf die Stühle, wir nehmen Platz, wobei er auf die Bügelfalten seiner Hose achtet. Eitel. Misstrauisch. Dominant.

»Vernau *Xianshang*«, sagt er. »*Li hou ma. Welcome in Hongkong.*«

Sein Englisch ist perfekt, vermutlich in Oxford oder Cambridge geschliffen. Er muss Marquardt allein schon für sein Denglisch verachten.

»Danke«, erwidere ich. »Können wir reden?«

»Deshalb bin ich hier.«

Ein Schnippen mit den Fingern, und schon bringt der Kellner eisgekühltes Wasser und mehrere Gläser. Die vier Bodyguards stellen sich in zwei Metern Entfernung um uns auf.

Die Terrasse leer gefegt, wir sind die einzigen Gäste. Ich hole tief Luft.

»Mein Mandant erwartet von Ihnen die Einhaltung aller getroffenen Vereinbarungen. Er wird Ihnen die gewünschten Datensätze über mich aushändigen. Er versichert, dass dies das einzige Material ist, mit dem Ihre Kapitalverbindungen nachgewiesen werden können. Nach Zahlung der vereinbarten Summe erhalten Sie die CD. Haben Sie das Geld mitgebracht?«

Zhang sieht mich an. Sein harter Blick bekommt etwas leicht Amüsiertes. Hatte ich mich nicht klar ausgedrückt?

»Sie denken, dass ich mit zwei Millionen Dollar hier erscheine?«

Natürlich nicht. Aber irgendwo muss man ja anfangen. Marquardt müsste jetzt durch die Passkontrolle sein. Er ist in Sicherheit. Ich habe ihn noch persönlich am Flughafen abgeliefert. Instinktiv will ich den Arm heben, um auf meine Uhr zu sehen – und lasse es bleiben. Manchmal verraten kleine Details einen großen Plan. Zhang wertet meine unentschlossene Bewegung als Ratlosigkeit, von mir aus.

»Mr Vernau, Sie ersparen sich große Unannehmlichkeiten, wenn Sie mir verraten, wo sich Herr Marquardt aufhält.«

»Das weiß ich nicht.«

Er zieht die Augenbrauen hoch.

»Wirklich nicht?«

»Vielleicht in seiner Wohnung in Woodland Garden?«

Nicht schlecht. Aber wir sind besser.

»Dann würden Sie sich wohl kaum mit mir unterhalten.«

Zhang macht eine Handbewegung. Eigentlich ist es nur sein Zeigefinger, der in meine Richtung zuckt. Der Bodyguard, der mir am nächsten steht, öffnet die Jacke seines Anzugs und gibt den Blick frei auf eine Pistole. Damit habe ich gerechnet. Aber wir sind im Peninsula und nicht in den Slums von Manila.

»Sie erwarten wirklich, dass ich meinen Mandanten verrate?«

Er beugt sich vor. Ironie ist *sein* Metier, das lässt er sich nicht von einem hergelaufenen Anwalt aus Berlin streitig machen.

»Mr Vernau. Sie sind über die Delikatesse der Angelegenheit informiert?«

»In groben Zügen. Nicht im Detail.«

»Ich war mit Ihrem Freund verabredet, und ich werde mit niemand anderem reden.«

»Gut.«

Ich will aufstehen. Sofort ist der Bodyguard bei mir. Er braucht mich nicht anzufassen, ich verstehe auch so, dass ich nicht derjenige bin, der dieses Gespräch beendet.

»Wo ist er?«

»Tut mir leid. Das kann ich Ihnen nicht sagen.«

»Dann führen Sie mich zu ihm.«

»Nein.«

»Dann bedaure ich, was mit Ihnen geschehen wird.«

Ich checke die Fluchtmöglichkeiten. Die Schiebetür bleibt geschlossen. Durch die verspiegelten Fenster ist nichts zu erkennen. Zwischen mir und dem Ausgang liegen dreißig Meter. Ein Hindernislauf vorbei an Tischen, Stühlen, Sesseln, leeren Flaschenkühlern und Palmenkübeln. Zwei der vier Bodyguards haben ihre Waffe in der Hand und halten sie auf mich gerichtet. Sie stehen so, dass man das von drinnen aus nicht bemerkt.

»Okay.«

Damit war zu rechnen. Ich habe das mit Marquardt durchexerziert, bis in jedes Detail. Hoffentlich haben wir nichts übersehen.

»Victoria Guest House, Goldfish Market.«

Die beiden anderen packen mich und ziehen mich hoch.

Innerhalb von Sekunden bin ich gefilzt. Mein Handy, mein Geld, meine Kreditkarten – alles weg.

»He! Was soll das?«

Triumphierend zeigt der Anführer die CD, die ich am Rücken unter meinen Gürtel geklemmt habe. Ich hebe resigniert die Hände und lasse sie wieder sinken. Bis jetzt läuft alles nach Plan. Sie halten mich für einen Vollidioten, und genauso sehe ich in diesem Moment auch aus.

»Also bitte«, protestiere ich. »Dann geben Sie mir jetzt das Geld.«

»Sie werden mit uns kommen.«

»Ich denke gar nicht daran.«

Ich will nach meinen Sachen greifen, schon werden mir die Arme auf den Rücken gedreht. Zhang tritt zwei Schritte näher.

»Sie können auch den schnelleren Weg nach unten wählen.«

Er weist auf die gläserne Absperrung, die Gäste davon abhalten soll, zu nahe an die Hochhauskante zu geraten.

»Also?«

»Sie haben doch alles, was Sie wollten.«

Zhangs Augen glitzern. Er wittert den Triumph. Er kann den Sieg über zwei Deppen aus Berlin, die ihn aufs Kreuz legen wollten, geradezu riechen.

»Nicht ganz. Ich würde mich gerne noch gebührend von Herrn Marquardt verabschieden.«

Ich nicke widerwillig. Die zwei Muskelmänner lassen mich los. Ich streiche die Ärmel glatt. In mir kocht es. Nicht, weil Zhang seine Abmachung mit Füßen tritt. Sondern deshalb, weil er glaubt, mich mit solchen Mätzchen beeindrucken zu können. Überall sind Kameras aufgebaut. Hier wird niemand über die Brüstung geworfen. Das wäre Mord, und darauf steht auch in Hongkong die Todesstrafe.

Wir gehen auf die Schiebetür zu. Der Sensor erfasst uns, die Türen gleiten auseinander. Einer der Männer ist dicht hinter mir. Ich spüre die Pistole in meinem Rücken. Als ob sie hier, zwischen Piano-Musik und High Tea, vor aller Augen bereit wären, mich zu exekutieren. Eine Touristin, wohlhabende Britin nehme ich an, denn der Hut auf ihrem Kopf wäre überall außerhalb des Empire untragbar, lächelt mir interessiert zu. Vor sich hat sie ein Glas Champagner und eine Etagere mit Scones, Marmelade und Clotted Cream stehen. Ich könnte zu ihr gehen und mich setzen. Mal sehen, wie Zhang und seine vier Marionetten darauf reagieren würden.

Der Druck in meinem Rücken wird zu einem schmerzhaften Stoß. Weiter. Wir haben noch etwas zu erledigen.

Die Fahrt im Aufzug nach unten ist kürzer als die hinauf. Zumindest kommt es mir so vor. Wir halten nicht in der Lobby, es geht auch hier hinunter in die Tiefgarage. Dort warten eine Mercedes-Limousine und ein dunkler SUV.

»Damit kommen Sie aber nicht auf den Markt«, wage ich einzuwenden. Der nächste Stoß in den Rücken. Ich darf in den SUV. Zhang steigt mit zwei Bodyguards in den Mercedes.

Die Fahrt durch die Stadt verläuft schweigend. Was gäbe es mit Mördern auch zu besprechen? Der Verkehr ist flüssiger als am gestrigen Samstag. Überall stehen Barrikaden. Im Rinnstein liegen zerfetzte Regenschirme. Der Himmel ist grau. Aber vielleicht liegt es auch nur an den getönten Scheiben.

Wir halten an einer vierspurigen Straße und steigen aus. Alles geschieht zügig, als wäre dies eine hundertmal gespielte Theaterinszenierung. Zhang überlässt mir mit einer Handbewegung den Vortritt.

Wir überqueren die Straße und tauchen ein in den Schatten der verwinkelten Gassen. Überall riecht es nach Essen. Das Gedränge ist groß. Die Chance unterzutauchen wäre jetzt so gut wie später kaum noch. Nach links, durch zwei Geschäfte, und ich wäre in der Straße der Singvögel.

Als ob meine Bewacher Gedanken lesen könnten, nehmen sie mich in die Mitte. Ich spüre den stählernen Druck in meinem Rücken und vermute, dass es sich hier noch leichter töten lässt als in Berlin.

Abwarten.

Es gibt immer eine nächste Chance. Wir haben das durchexerziert. Wieder und wieder.

Das Victoria Guest House. Die rote Reklame wirkt im Tageslicht verblasst, die Fassade noch schmuddeliger und heruntergekommener als bei Nacht. Es sitzt ein anderer Mann an der Rezeption, auch jung, auch blass, auch in sein Handy vertieft, der beim Läuten der Glocke beflissen aufspringt. Der Anführer der Bodyguards – es muss eine Hierarchie geben, denn er geht immer voran und sichert mit Falkenblick die Umgebung – bellt ihm ein paar Worte zu. Der Mann verschwindet.

Das enge Treppenhaus, die schmierigen Stufen. Ich drehe mich um zu Zhang. Er macht eine auffordernde Handbewegung: weiter. Langsam wird es eng. In jeder Hinsicht.

Wir erreichen das Zimmer. Ich klopfe an. Wie zu erwarten, öffnet niemand. Der zweite Muskelmann in der Hierarchie schiebt mich zur Seite und tritt zu. Das Holz zersplittert. Die Tür hängt nur noch in einer Angel. Er hätte sie auch einfach durch Runterdrücken der Klinke öffnen können – aber gut, sie wollen zeigen, was sie draufhaben. Er zieht seine Waffe und tritt nach einer knappen Kopfbewegung von Eins in den schmalen, halbdunklen Raum. Das Bett ist zerwühlt, aber leer. In drei Schritten ist er am Fenster und reißt die dünnen Vorhänge zur Seite. Der Blick in den Lichtschacht bringt kein Ergebnis, der unters Bett auch nicht. Der Vogel ist ausgeflogen.

Zhang holt von irgendwoher ein Taschentuch und wischt

sich damit die Hände ab. Ich bekomme von Nummer drei oder vier unmissverständlich signalisiert, dass ich den Raum betreten soll. Er ist nicht für sechs Leute gemacht, wir stehen uns fast buchstäblich auf den Füßen.

»Wo ist er?«

Zhang spricht leise und beherrscht. Vielleicht hat er damit gerechnet, dass wir ihn an der Nase herumführen werden. Aber er verliert die Geduld. Zwei versucht, die Tür wieder vor die Öffnung zu kriegen, zumindest anzulehnen, aber Vier steht im Weg.

»Ich weiß es nicht.«

Ein kurzer Wink und ein paar Worte Kantonesisch. Vier verlässt den Türrahmen und verschwindet. Eins lässt genüsslich die Knöchel knacken. Sie haben junge Gesichter mit alten Augen.

»Hören Sie«, beginne ich. »Ich bin nur sein Anwalt. Ich soll die Verhandlungen führen und darüber wachen, dass alles rechtens ist.«

Langsam beginnt mir die Situation Sorgen zu bereiten. Zhang sollte die CD bekommen, damit Marquardt den Flieger erreicht. Und den kurzen Triumph genießen, mich aber bitte laufen lassen. Es gab noch eine letzte, verzweifelte Möglichkeit abzuhauen. Wir hatten das gecheckt. Es wäre möglich. Der Fluchtweg würde mich ebenfalls in die Gasse der Singvögel führen, wo ich schnell untertauchen musste. Was wir außer Acht gelassen hatten: Ich muss den Fluchtweg auch erreichen, ohne dass mir ständig jemand im Weg steht.

Zhang legt den Kopf ein wenig schief, als ob er den Wahrheitsgehalt meiner Worte abwägt. Ich bewege mich Richtung Fenster. Die Luft hier drin ist zum Ersticken.

»Der Löwe verhandelt nicht mit dem Schaf über das Lamm.« Sein kaltes Lächeln verheißt nichts Gutes. »Er frisst beide.«

»Oh nein. Nein!«

Ich hebe die Hände. Eins steht immer noch zwischen mir und dem Fenster. Der Abstand vom Bett zur Wand misst keinen halben Meter. Der Chef der Bodyguards trägt auch eine Waffe, aber er hat sie nicht auf mich gerichtet wie Drei. »Bevor es so weit kommt, würde ich mich gerne verabschieden.« Ich setze mein konziliantestes Anwaltslächeln auf. »Es hat mich sehr gefreut, Mr Zhang. Vielleicht ein anderes Mal?«

Ich will an Zhang und Zwei vorbei. Zwei tritt mir in den Weg. Ich gehe die wenigen Schritte zurück mit dem Rücken zum Fenster und lande fast in den Armen von Eins.

Drei kehrt zurück, den zeternden jungen Mann von der Rezeption im Schlepptau. Kurze Worte, gestammelte Sätze. Wir haben uns noch nie gesehen. Vermutlich erklärt er das gerade. Er weiß, wen er vor sich hat. Obwohl er Zhang vermutlich auch noch nie zu Gesicht bekommen hat.

»Der Vogel ist ausgeflogen.« Zhang wendet sich an mich. Der Junge darf verschwinden und ist wohl noch nie im Leben so schnell durch den Flur zur Treppe gerannt. »Keiner weiß, wann. Niemand will ihn gesehen haben. Also, Vernau *Xianshang*. Wo sollen wir suchen?«

Ich muss zum Fenster. Aber da steht Eins und würde mir liebend gerne geben, was ich in seinen Augen verdiene.

»Ich hatte einen Auftrag und betrachte ihn hiermit als erledigt.«

Letzter Versuch, zur Tür zu kommen. Lächerlich. Eins, Zwei und Drei stehen davor wie Salzsäulen. Und am Fußende des Bettes Zhang, der langsam die Geduld mit mir verliert.

»Wir machen das anders. Sie sagen mir die Adresse Ihres Freundes, und wir fangen damit an, Sie scheibenweise zurückzusenden. Sie dürfen bestimmen, mit welchem Körperteil wir beginnen.«

Ich wende mich zum Fenster, da steht Eins und schenkt mir einen ausdruckslosen Blick. Ich drehe mich zurück zu Zhang.

»Das ist nicht Ihr Ernst.«

Aber das sieht nicht nach Spaß aus. Erst recht nicht, als er ein paar Worte an seine Bodyguards richtet und die sich in Bewegung setzen. Der Rest geschieht im Bruchteil von Sekunden.

Ich senke den Kopf und nehme zwei Schritte Anlauf. Eins steht mir im Weg, also muss ich ihn wohl oder übel mitnehmen. Ich vertraue auf den Überraschungsmoment und auf Marquardt. Eins kapiert nicht, was der Frontalangriff soll, will die Waffe ziehen, bekommt von mir die volle Wucht des Aufpralls und fliegt hintenüber durchs halb offene Fenster. Ich springe hinterher.

Der Aufschlag aus dem ersten Stock in einem Meer von Müll, alten Pappkartons und stinkendem Unrat raubt mir fast die Sinne. Ich rolle blitzschnell weg aus der Mitte des verdreckten Lichthofs, suche Deckung an der Wand unter dem Fenster. Ein Sims gibt mir Schutz gegen Angriffe von oben. Nicht aber vor Eins. Er ist fitter als ich. Sportlicher. Er ist schon wieder auf den Beinen und brüllt: »*De o! De o lei ge loumu!*« Oder so ähnlich, was in allen Sprachen der Welt »f*** dich ins Knie« bedeuten dürfte.

Von oben schallt es »*De o!*« zurück, mehrfach wiederholt: Clusterfuck.

Ab jetzt habe ich das Gefühl, dass mehrere Dinge gleichzeitig passieren. Aus dem Fenster des Zimmers im ersten Stock dringt wütendes Geschrei in den Hof. Ich höre, wie sie den Raum verlassen und jetzt wahrscheinlich nach unten rennen.

Die Hoftür öffnet sich.

Eins hat sich den Arm verletzt. Er ist nach hinten gefallen, dabei muss es passiert sein. Er kommt, zu meinem und seinem Erstaunen, nicht an die Waffe heran. Ginge es nicht um meinen Hals, würde ich laut loslachen, so wie er sich verrenkt. Aber er steht mitten in meinem Fluchtweg. Gleich werden die anderen da sein. Gleich ist der Weg zur letzten Rettung versperrt. Gleich kommt jemand aus dieser Tür gegenüber.

Er geht auf mich zu und zieht die Waffe mit der linken Hand. Hinter ihm, im Schatten der Hoftür, steht Xuehua, die falsche Lotusblüte. Sie hat auch eine Pistole in der Hand. Sie sieht mich an, zielt und drückt ab.

Ende.

Danke, Marquardt.

Aber sie trifft mich nicht.

Ich verstehe das nicht.

Stattdessen knickt Eins ein, stolpert noch zwei Schritte und fällt dann in meine Arme. Ein dunkelroter Blutfleck breitet sich auf seinem weißen Hemd aus. Er sieht mich mit schmerzerfülltem Gesicht an und versucht, ein paar Worte zu stammeln. Ich sehe hoch. Xuehua hat noch immer die Waffe im Anschlag.

Und dann tauchen Männer in Uniform hinter ihr auf. Sie lässt die Waffe sinken. Zu meinem größten Entsetzen stürzen sich die Männer nicht auf sie, sondern auf mich. Ich will mich wehren, die Männer schreien sich Befehle zu. Innerhalb von Sekunden liege ich im Dreck, das Gewicht von einem halben Dutzend Knie im Rücken. Sie tragen Helme und Schutzwesten, Schlagstöcke und Waffen. Sie sehen denen erschreckend ähnlich, die jeden Samstag Demonstranten zusammenknüppeln. In die Gemengelage fährt Xuehuas Stimme wie die Klinge eines Dolches. Ich habe Angst zu ersticken. Ich will gar nicht wissen, in was.

Und dann bekomme ich wieder Luft. Xuehua beugt sich über mich. Sie hat so etwas wie eine Dienstmarke in der Hand, die bei den Polizisten gehörig Eindruck schindet.

»Mr Vernau?«

Sie zieht mich hoch.

»Verstehen Sie mich?«

Ich nicke, aber tatsächlich kapiere ich gar nichts. Ich sehe die blutüberströmte Eins auf irgendetwas liegen, das man nur mit größter Ignoranz als Boden bezeichnen kann. Der Mann schreit vor Wut und Schmerz. Durch die geöffnete Tür dringen die Geräusche von tumultartigen Auseinandersetzungen. Was ich erkennen kann, ist, dass sie Zhang und seine Bodyguards gefasst haben. Aber was zum Teufel macht Lotusblüte hier?

»Sie müssen verschwinden. Sonst kommen Sie nie wieder hier raus.«

Sie bellt den Polizisten irgendetwas zu, das Wirkung haben muss, denn sie lassen uns gehen. Draußen ist die Gasse abgeriegelt. Berittene Polizei – Autos hätten in dieser Enge keine Chance – richtet das vollkommene Chaos an. Eine schwer bewaffnete Sondereinheit führt Zhang und seine Gesellen gerade ab. Er sieht mich und brüllt mir wüste Verwünschungen in seiner Sprache zu, gespickt mit englischen Grußworten wie *motherfucker* und *son of a bitch*.

»Xuehua?«

Ich sehe mich nach ihr um. Lotusblüte redet mit einem Hauptmann. Sie trägt ihre Motorradkluft, aber sie hat den Helm nicht dabei. Es geht um mich. Er ist nicht zufrieden mit dem, was sie sagt, der Tonfall ist aggressiv. Er wendet sich ab und spricht in sein Walkie-Talkie. Sie kommt zu mir.

»Hier.«

Geld. Handy. Kreditkarten.

»Xuehua ...«

»Ja?«

Sie sieht sich hastig nach dem Einsatzführer um.

»Wer bist du?«

»Ich arbeite für eine Sondereinheit der Staatssicherheit zur Bekämpfung der Korruption.«

»In Berlin? Und Hongkong?«

»Überall.«

»Du bist ... du hast mich überwacht? In meinem Büro?«

Sie überlegt einen Moment. Heikle Fragen in schlechten Momenten. Sie nimmt mich am Arm und führt mich, vorbei an einem äußerst nervösen uniformierten Reiter, der sein Pferd kaum unter Kontrolle hat, in die andere Richtung der Gasse. Weg von dem Lärm, dem Blaulicht und den Uniformierten. Nach fünfzig Metern bleiben wir neben aufeinandergestapelten Aquarien stehen, in denen Goldfische schwimmen. Der Stand ist leer. Zu viel Polizei.

»Der arme Mann.«

Sie sieht sich kurz um, ob uns auch niemand folgte. Ich hoffe, ihr Mitgefühl gilt nicht Zhang. »Udo Fischer war sein Name, nicht wahr? Er wusste zu viel. Zhang hatte ihn im Visier, ich konnte nichts mehr tun.«

Ihr Deutsch ist perfekt. Sie hat uns allen etwas vorgemacht. Den Nerds in der Bürogemeinschaft, mir und allen hier. Wahrscheinlich auch der Polizei, denn ganz geschickt hat sie mich aus dem Zentrum an den Rand des Geschehens gedrängt, immer weiter hinein in den Halbschatten.

»Aber wir brauchten Zeit, und Beweise.« Noch ein paar lockende Schritte die leeren Geschäfte entlang. Ganz nebenbei, im Vorübergehen, streichelt sie über eine Auswahl gefälschter Burberry-Schals. »Mit eurer CD und der Zusammenarbeit der Polizeibehörden wird uns ein großer Schlag gegen Korruption und Wirtschaftskriminalität gelingen. Zhang wird vor ein Gericht in Hongkong gestellt. Deutschland war Peanuts im Vergleich zu dem, was er hier, in Macao und Shenzhen, angerichtet hat.«

»Shenzhen«, sage ich. »Das ist China.«

Wir sind allein. Weit weg von den anderen. Und ich erkenne: Das hat sie so gewollt.

»Du arbeitest für die Chinesen. Was bist du? So eine Art Agentin?«

Sie lässt die Schals und dreht sich zu mir um. Ein zauberhaftes, etwas gehetztes Lächeln erscheint auf ihrem Gesicht. »Das ist heillos übertrieben. Ich bin kein James Bond, auch wenn ihr mich ziemlich auf Trab gehalten habt. Ich wollte nur mit euch reden. Euch einen Deal anbieten. Aber ihr seid immer so verdammt schnell weg.«

Sie grinst und sieht wieder so aus wie das koreanische Mädchen, das sich in Berlin-Mitte in eine Bürogemeinschaft verirrt hat.

»Warum habt ihr Zhang nicht gleich im Peninsula verhaftet?«

»Zu viele Zeugen.«

Ich blicke über ihre Schulter zu der halben Hundertschaft. In den Fenstern und auf den abbruchreifen Holzbalkonen zeigen sich die ersten neugierigen Gestalten. Aber sie schauen nicht zu uns, sondern nur zu der Gemengelage weiter vorne.

»Und was ist das?« Der berittene Polizist wendet sein Pferd. Er sieht uns nicht.

»Niemand.«

Ich muss sie angestarrt haben, als hätte ich den Verstand verloren. Sie lacht kurz auf. »Niemand, der gegenüber der Staatsgewalt auch nur ein Wort über das verlieren würde, was sich hier zugetragen hat.«

»Wie seid ihr uns auf die Spur gekommen?«

»Dein Anruf. Wir haben natürlich das Hotelzimmer verwanzt. Es war klar, dass du über kurz oder lang mit Marquardt in Kontakt treten würdest. Grüß ihn von mir. Er kommt ja bald in Zürich an.«

»Ich werde niemals eine Aussage in Berlin machen. Habe ich recht?«

In ihre Augen tritt ein kaltes Glitzern. Ihre rechte Hand geht nach links unter die Lederjacke – dort, wo ihre Pistole in einem Halfter steckt.

»Irgendwo auf dem Weg zum Flughafen werde ich einen Unfall haben.«

»Red doch keinen Blödsinn.« Sie geht einen Schritt weg von mir. Sie braucht Abstand. Mich aus so großer Nähe zu erschießen wäre erklärungsbedürftig.

»Im Hof«, sage ich. Und erkenne endlich, was hier vor sich geht. »Vor fünf Minuten. Du hast auf mich gezielt. Aber dann war die Polizei zu schnell, und du hast stattdessen Zhangs Bodyguard verletzt. Das war alles Fake, stimmt's? Du steckst mit Zhang unter einer Decke.«

Sie wirft den Kopf zurück und lacht. Als ob sie so eine witzige Geschichte noch nie gehört hätte. Immer noch die Hand in der Jacke.

»Du hast Fischer getötet«, fahre ich fort. Alles setzt sich zusammen: das ganze verzerrte Mosaik aus Geldgier, Allmacht und etwas, das ich noch nicht komplett verstehe. »Du hast die Wohnung von Marianne Wolgast in Brand gesteckt. Du hast Caroline Weigert umgebracht. Das waren keine chinesischen Triaden. Das warst du! Woher weißt du, dass Marquardt nach Zürich fliegt?«

»Das ist doch ziemlich einfach.« Sie tut so, als ob sie versucht, Geduld mit mir zu haben. »In Hongkong sind wir etwas flexibler, was Datenschutz angeht. Und wir haben Freunde in Singapur.«

»Ihr habt mein Handy...«

Ich kann kaum fassen, was ich gerade höre. Und mir wird schwindlig, wenn ich an Marquardt denke, der in Singapur ins offene Messer rennen wird. Statt Zigarren im Duty-free zu kaufen, werden sie ihn dort in Handschellen abführen. Zhang hatte recht: Was sind wir doch für Idioten.

Sie schüttelt amüsiert den Kopf, und im nächsten Moment hat sie ihre Pistole in der Hand.

»Wie dumm kann man sein«, sagt sie.

Ich starre in den Lauf der Waffe. Alles Denken setzt aus. Mir wird schlagartig kalt. Eiskalt. Ich denke an Marquardt. An Biggi und Tiffy. An Marie-Luise, aber seltsamerweise nicht an Sigrun.

Ich weise zu dem Polizeiaufgebot hinter uns. »Warum das alles? So ein Aufwand, nur um uns zu erledigen?«

»Ich bin beauftragt, Zhang zu schützen. Vor wem und was auch immer.«

»Und welchen Auftrag hat er?«

Sie überlegt, ob sie mir die paar Sekunden Leben noch gönnen soll. Dann sagt sie: »Er soll euch kaufen.«

»Kaufen?«

Entweder sitze ich auf der Leitung, oder Xuehua gesteht mir gerade etwas Ungeheuerliches, dessen Tragweite mein Hirn einfach nicht begreift. Meine Fassungslosigkeit muss sie amüsieren.

»Wir kaufen euch. Habt ihr das immer noch nicht kapiert? Eure Fabriken. Euer Know-how. Eure Konzerne. Und dafür brauchen wir Männer wie Zhang.«

»Er arbeitet im Auftrag der chinesischen Regierung?«

»Woher sollte er sonst so viel Geld haben? Wir reden schon lange nicht mehr von Millionen. Zhang hat vor vielen Jahren mit Immobilien begonnen. Jetzt kauft er ganze Industriezweige. Ich habe sämtliche Vollmachten, um ihn, egal wo, vor Verfolgung zu schützen. Also auch hier in Hongkong.« Sie entsichert die Waffe.

»Was soll das?«, frage ich.

»Flucht- und Verdunkelungsgefahr.«

»Was ist mit Marquardt?«

»Er wird wahrscheinlich in diesen Minuten von zwei Vertretern unserer Behörden in Changi, am Flughafen von Singapur, abgeholt.«

»Und dann?«

Der berittene Polizist ist zu weit weg und dreht uns den Rücken zu. Immer noch wird gerufen und geschrien. Pferde wiehern, Polizeisirenen jaulen. All das, um uns auszuschalten und Zhang weiter zu ermöglichen, seine Geschäfte zu machen. Doch dann fällt die Entscheidung.

Ich werfe mich hinter den Aquarienturm und kippe ihn in ihre Richtung. Sekunden später zerschellt alles auf dem Boden. Xuehua springt zurück – ein Schwall hat sie erwischt, Fische springen auf dem Boden. Ich renne in den Laden, vorbei an Kisten mit Aquarienzubehör. Wo zum Teufel ist der zweite Ausgang?

Da spüre ich einen Schlag zwischen die Schulterblätter und liege am Boden. Xuehua setzt sich auf mich, und ich schwöre, obwohl sie ein Hemd ist und so leicht wie ein Kind, irgendetwas macht sie mit mir, dass ich keine Luft mehr bekomme.

»Es ist vorbei«, flüstert sie. »Wehr dich doch nicht.«

Mein Kopf dröhnt. Ihre Stimme klingt wie aus weiter Ferne. Und dann, plötzlich, ein Schlag, und sie sinkt von mir herab und fällt neben mich.

Luft. Ein tiefer, würgender Atemzug.

Über mir taucht Marquardt auf. In der Hand ein Schlagholz, mit dem man Fische vom Leben in den Tod befördert.

»Was …«, keuche ich. »Wie?«

Er reicht mir die Hand und hilft mir hoch. »Joe.«

Er zieht mich an seine Heldenbrust und zertrümmert mir

mit seinem Schulterklopfen fast das Schlüsselbein. Ich kapiere nichts. Gar nichts.

Ich sehe zu Xuehua. Sie ist ohnmächtig, hoffentlich.

»Die wird schon wieder. Los. Raus hier.«

Wir verlassen das Geschäft. Wir gehen Seite an Seite durch den Goldfish-Market, direkt auf den berittenen Polizisten zu. Als wir nur noch ein paar Meter entfernt sind, wendet er sein Pferd. Wir heben die Hände. Er sieht uns erstaunt an und spricht etwas in sein Funkgerät.

»Warum bist du nicht in Singapur?«, frage ich.

Marquardt beäugt selbst auf den letzten Schritten noch die Auslagen von falschen Luxusuhren.

»Ich lasse doch einen Freund nicht im Stich.«

5

Die Untersuchungsgefängnisse in Hongkong sind, zumindest für Ausländer, einigermaßen erträglich. Nachdem ich nachweisen konnte, dass ich in der ganzen Affäre eigentlich nur als Marquardts Anwalt hatte vermitteln wollen, wurde ich nach erkennungsdienstlicher Behandlung unter der Auflage freigelassen, Hongkong bis zur Klärung der Situation nicht zu verlassen.

Und die hatte es in sich.

Unsere Aussage – und Vaasenburgs sofortiges Handeln, nachdem er meine E-Mail mit WTF*** beantwortet hatte, führten dazu, dass Lotusblüte und Zhang in einem anderen Gefängnis darauf warteten, dass aus Deutschland ein Haftbefehl wegen dreifachen gemeinsam geplanten und durchgeführten Mordes eintrudelte. Zur gleichen Zeit kam aus dem Zweiten Büro des Ministeriums für Staatssicherheit in Peking der Befehl, beide sofort auf freien Fuß zu setzen und ausreisen zu lassen.

Es spricht für die Justizbehörden in Hongkong, dass sie sich gegen den Befehl des Mutterstaats entschieden. Vielleicht hatten die Proteste der Hongkong-Chinesen dabei eine Rolle gespielt, wer weiß. Vielleicht waren die Beweise aber auch so vernichtend, dass alles andere zu schweren internationalen Befindlichkeitsstörungen geführt hätte. Denn die Anklage stand und fiel mit Marquardts dritter, geheimer CD. Die zweite war, wie hätte es auch anders sein können, in den Wirren um

Zhangs Verhaftung auf dem Goldfischmarkt spurlos verschwunden.

Die dritte allerdings, Marquardts ultimative Lebensversicherung, lag in einem Schließfach der Ruetli Bank. Zusammen mit Unterlagen, die ihn der schweren Steuerhinterziehung belasteten, ihm blühten bis zu zehn Jahre Haft.

Da er aber zu einer umfänglichen Aussage gegen die Hintermänner bereit war und aufgrund seiner Familiensituation keine Gefahr von Flucht oder Verdunkelung bestand, durfte ich ihm zwei Wochen später die frohe Kunde überbringen, dass er im Zuge des Rechtshilfeabkommens zwischen Deutschland und Hongkong den Heimweg antreten konnte. Zwar ohne Beinfreiheit im Flieger, dafür Direktflug nach Frankfurt und erwartet von einem Empfangskomitee, bestehend aus Vaasenburg und zwei Polizeibeamten in Zivil. Aber alles besser als das, was ihm beim Umsteigen in Singapur geblüht hätte.

»Ich hatte so einen Ahnimus, verstehst du?«, war seine Erklärung gewesen. »Irgendwie nicht koscher, die Sache. Ich verwische alle Spuren, und dann kommt diese Motorradbraut uns doch auf die Schliche? Und ein Ticket im Internet buchen, wo doch jedes Kind weiß, dass man da auch genauso gut Flugblätter mit der Reiseroute verteilen könnte? Also bin ich hinter der Sicherheitskontrolle umgekehrt, raus aus dem Flughafen, zurück hierher. Wir hatten ja ausgemacht, dass du sie ins Victoria Guest House führst und dann abhaust, wenn es nicht anders geht. Als sie dann ankamen, hat es ja keine fünf Minuten gedauert, bis das Chaos ausbrach. – Hier, schau mal. Echt nicht zu unterscheiden.«

An seinem Handgelenk prangte eine Panerai Luminor Marina.

»Du hast eine Uhr geklaut?«

»Quatsch. Ich hab zweihundert Hongkong-Dollar dagelassen. Irgendwas musste ich ja tun, während ich auf euch gewartet habe.«

Marquardts Erklärung beschrieb eine Mischung aus Selbsterhaltungstrieb und Raffinesse. Aber bei aller Großspurigkeit, mit der er seinen Vortrag garnierte – da war noch etwas. Ich hatte den Verdacht, dass er es einfach nicht ertragen hatte: ich, sein Retter. Denn *natürlich* hatte sich nun die ganze Geschichte um hundertachtzig Grad gedreht. Jetzt war *er* mein Retter, und er band es auch jedem auf die Nase. Typisch Marquardt. Aber dann überraschte er mich.

»Das war im Duty-free. Ich hab an Biggi gedacht. An Tiffy. Und auch an Marie-Luise. Wie ich ihr erklären sollte, dass ich aus Hongkong zurückkomme und du vielleicht nicht.«

Er sagte das, als wir uns an einem Tisch im Untersuchungsgefängnis gegenübersaßen. Er war schlecht rasiert, das Hemd nicht gebügelt. Trotzdem sah er immer noch aus wie ein reicher Vogel und ich wie ein armer Anwalt. Wahrscheinlich lag es an den Armbanduhren.

Aber er musste nach dem Gespräch in seine Zelle zurück, ich konnte raus. In den letzten zwei Wochen hatte ich erkannt, dass das, was ich bisher für unsere Freundschaft gehalten hatte, nur eine schlechte Kopie gewesen war. Er hatte es immer wieder geschafft, dass ich mich fühlte wie eine falsche Panerai. Ich hatte ihm die Schuld daran gegeben. Aber in Wahrheit war es so, dass ich selbst damit nicht klargekommen war.

Wir alle tragen unsere Herkunft in uns. Sie lässt sich nicht abstreifen. Sie ist Teil dessen, wer wir sind. Aber wir haben es selbst in der Hand, wie wir mit ihr umgehen. Ob wir uns jedes Mal, wenn wir an sie erinnert werden, für sie rechtfertigen. Oder ob wir sie als selbstverständlich annehmen, als Teil unseres Werdens, das noch lange nicht vorüber ist. Ich hatte mich ständig mit Marquardt verglichen. Aber ich war nicht besser, nur weil ich in einem Arbeiterkiez groß geworden war. Und er war es auch nicht, weil er auf mehr oder weniger legale Weise ein Vermögen angehäuft hatte.

Wir waren Freunde. Vielleicht erst jetzt, nachdem wir gemeinsam Hongkong überlebt hatten. Der eine ein lauter Angeber, der andere ein erfolgloser Möchtegern-Großkotz. Passt.

Er lehnte sich zurück, die Arme vor der Brust. Er kaute auf seiner Unterlippe und betrachtete mich dabei mit einem besorgten Ausdruck im Gesicht. Solche Geständnisse waren nicht oft aus seinem Mund zu hören.

»Danke«, sagte ich. Und meinte es ernst.

Zurück flog ich Business Class, dank Hartmann, der vergessen haben musste zu stornieren. Irgendwo über Laos, Myanmar und Indien verließ ich meinen bequemen Sessel und quetschte mich durch vierzig eng bestuhlte Reihen, bis ich Marquardt schnarchend auf einem Mittelsitz antraf. Wir hatten die Heimreise gemeinsam angetreten. Ich würde ihn bei der Vernehmung in Berlin begleiten.

»Hier.«

Ich stieß ihn an, er schreckte hoch. Ich hielt ihm ein Glas Cognac entgegen. Sein Nebenmann stand auf und ließ ihn in den Gang treten. Marquardt reckte sich mit einem Stöhnen, bevor er den Cognac hinunterstürzte.

»Diese Sitze sind Folter. Ich habe Rechte!«

»Aber nicht auf ein First-Class-Ticket auf Kosten des deutschen Steuerzahlers.«

»Jaja«, murrte er und sah in sein leeres Glas. »Haste noch einen?«

»Nach dem Essen.«

Wir gingen zu den Toiletten, wo man etwas mehr Platz hatte. Dort äugte er durch ein winziges Bullauge, aber außer Wolken gab es draußen nichts zu sehen.

»Was gibt's denn?«, erkundigte er sich.

»Rinderfilet. Davor irgendwas mit Kaviar. Und zum Nachtisch eine Valrhona-Symphonie. Auf der Getränkekarte ...«

»Schon gut, schon gut.« Er winkte ab, kam hoch und grinste mich an. »Dass ich das noch erleben darf.«

»Mit heiler Haut aus Hongkong zu kommen?«

»Nee. Du in der Business- und ich in der Holzklasse. Weißt du was? Ich freu mich auf Biggi. Wirklich. Ist mir seit Jahren nicht mehr passiert.«

Ich sagte ihm nicht, in welcher Stimmung Biggi ihn erwarten würde. Ich wollte ihm die letzten Stunden nicht verderben, in denen er sich noch fühlen durfte wie der Mann, der alles im Griff hat.

Schließlich verdankte ich ihm mein Leben.

Und er mir seins.

Da kann man auch mal den Mund halten.

6

Zwei Wochen später, alle Ermittlungsverfahren waren eingeleitet worden, und ich hatte mich für die Verteidigung von Hartmann, Schweiger und Marquardt mit einer der renommiertesten Wirtschaftskanzleien Berlins zusammengetan, saß ich mit Mutter, Hüthchen und Withers am Abendbrottisch in ihrer Klause. Von meinem Ausflug nach Hongkong hatte ich nichts erzählt. Nur, dass ich einen ziemlich umfangreichen Prozess führen musste, der mir viel Zeit rauben, dafür aber eine Menge Geld in die Kasse spülen würde. Mutter war stolz auf mich. Sie hatte von den Festnahmen gelesen und glaubte, dass ich allein kraft meiner Kompetenz Anwalt der prominenten Angeklagten geworden wäre.

Der Immobilienmarkt gab nicht viel her, Kevins Fragen nach unserem Auszug kamen in immer kürzeren Abständen. Da ich sowieso die meiste Zeit des Tages mit den Kollegen der Wirtschaftskanzlei zusammensaß, die sich auf »vorbeugende legale Gestaltung der Vermögenswerte bis hin zu präventiver Vermeidung von Ermittlungsmaßnahmen« spezialisiert hatten und, wenn das Kind trotzdem in den Brunnen gefallen war, ihre Mandanten auch hinter Gittern zu einem Stundensatz von 350 Euro weiter betreuten, konzentrierte ich mich auf die Prozessvorbereitung. Ich hatte einen eigenen Schreibtisch, die Kanzlei lag in einer Seitenstraße des Kurfürstendamms, nur einen Steinwurf von Marquardts entfernt, wo er die Geschäfte weiterführte. Ein Ausschluss aus der Anwaltskammer kam erst nach einer rechtskräftigen Verurteilung infrage. Da er sang wie eine Nachtigall und sein gesamtes Vermögen offengelegt hatte, rechnete ich mit einem Strafmaß von unter zwei Jahren.

Sollte es mehr geben, hatte er mir bereits Plan B anvertraut: Biggi. Bevor sie sich ins Privatleben zurückgezogen hatte, um dem Mann an ihrer Seite eine treusorgende Ehefrau zu sein, hatte sie tatsächlich mit Ach und Krach das zweite Staatsexamen abgelegt. Sollte Biggi seinen Schreibtisch übernehmen, wenn auch nur zum Schein, mussten sie noch nicht einmal das Schild abschrauben.

Aber die Villa waren sie los. Die vielen Konten im Ausland, die Goldmünzen im Schweizer Safe, die Aktien, einfach alles, was Marquardt unversteuert zur Seite geschafft hatte. Wir reden von Verbindlichkeiten irgendwo zwischen vier und fünf Millionen Euro. Ich war schockiert, als ich das herausfand. Er würde noch einmal von vorne anfangen müssen.

Na ja, fast von vorne. Ihnen blieb ja immer noch das Häuschen in Zehlendorf, das sie vermietet hatten, ein Boot, die Ferienwohnung am Schwielowsee und ein paar Hunderttausend ordentlich versteuerte Euros.

Bei Hartmann und Schweiger sah es anders aus. Und bei einem halben Dutzend suspendierter Beamter des Dezernats Wirtschaftskriminalität, allen voran Büchner. Seiner Kollegin bei der Mordkommission, Frau Gärtner, würde ich wahrscheinlich im Gerichtssaal wieder begegnen, wo sie als Zeugin gegen ihren Kollegen aussagen würde. Sie hatte ihre Ermittlungen sauber geführt – ein Umstand, den ich erleichtert zur Kenntnis genommen hatte. Wir würden stillschweigend darüber hinwegsehen, dass sie uns auf nicht ganz legalem Wege geholfen hatte, Licht ins Dunkel zu bringen, nachdem sie selbst nicht weitergekommen war. Sie hatte nie an die beiden Selbstmorde geglaubt.

»Joachim?«

Ich schreckte hoch.

»Du bist mit deinen Gedanken ja ganz woanders.«

Vorwurfsvoll reichte Mutter mir eine Schüssel Kartoffelstampf. Es gab saure Nierchen. Die besten der Welt. Whithers hatte sich zum zweiten Mal nachgelegt, das Thema Studentinnen wurde weiträumig gemieden.

»Das wird ein Riesenprozess«, sagte ich und ließ mir von ihr noch eine Kelle geben, bevor ich als Mutters leiblicher Sohn das Nachsehen hatte. »Nicht auszuschließen, dass noch weitere Köpfe rollen.«

Alttay hatte es sich nicht nehmen lassen, in der *Berliner Tageszeitung* jedes Detail der Ungeheuerlichkeiten auszubreiten, die aufgedeckt worden waren. Die Schlagzeile »Tobi – war es Mord?« musste die Auflage in längst vergessene Höhen getrieben haben.

»Übernimmst du dich da nicht?«

»Nein.« Ich musste ihnen ja nicht auf die Nase binden, dass ich nachts kaum noch Schlaf fand, so sehr beunruhigte mich das, was noch auf mich zukommen würde. Unter drei, vier Monaten war es mit der Vorbereitung nicht getan.

Es klingelte. Die Damen sahen sich fragend an. Freitagabend, halb sieben.

»Jemand vom Bridge vielleicht?«, fragte Mutter.

»Die kommen erst morgen.« Hüthchen äugte in die Schüssel mit den Nierchen und schob sie dann in Richtung Whithers.

»Ich gehe.«

Ich stand auf. Gehen. Sich bewegen. Ich hatte mit dem Laufen angefangen, jeden Morgen einmal um den Grunewaldsee. Das Einzige, das gegen diese innere Anspannung half.

Vor der Haustür war natürlich niemand.

»Habt ihr die Klingel am Hoftor repariert?«, rief ich in die Runde.

Withers nickte und erntete ein Lächeln, als ob er damit auch noch die Welt gerettet hätte. Ich lief an Mutters halb fertigen sogenannten Skulpturen vorbei, spürte die Brennnesseln an den Knöcheln – es war warm geworden, und die ersten schönen Sommerabende schienen in greifbarer Nähe –, schob den schweren Eisenriegel zurück und stand vor Sigrun.

»Hallo«, sagte sie.

»Hallo.«

Mehr fiel mir nicht ein.

»Das ist ja interessant hier.« Über meine Schulter hatte sie einen Blick auf den Fahrradfriedhof geworfen. »Waren das alles mal deine?«

»Nein. Das sind … also …« Ich trat hinaus auf den Gehweg und zog das Tor hinter mir zu. Ich wollte nicht, dass sie hereinkam. Nicht wegen der Räder oder der Brennnesseln. Sondern wegen der Blicke, die mich drinnen erwarten würden, wenn ich mit meiner ehemaligen Verlobten in Whithers Loft aufkreuzen würde. »Meine Mutter klaut sie und schweißt sie dann zusammen. Sie macht Kunst.«

Es klang seltsam, das zu sagen. Aber Sigrun ließ sich nicht anmerken, ob sie mir das abkaufte oder nicht.

»Wie geht es ihr? Wir haben uns ja nie kennengelernt.«

»Gut.«

Es vergingen ein paar Sekunden, in denen wir nichts sagten. Die Sonne war hinter den Häusern untergegangen, doch der Himmel wölbte sich in dieser Abendhelligkeit über uns, die einem langen Sommer vorausgeht.

»Hast du ein paar Minuten?«, fragte sie. »Ich habe in deinem Büro angerufen. Frau Hoffmann sagte mir, dass du hier bist.«

Ich sah mich um. »Wo?«

»Wir könnten ein paar Schritte gehen.«

»Vielleicht zum Dorotheenstädtischen Friedhof«, schlug ich vor. Aber sie verzog das Gesicht.

»Da musste ich so oft Kränze ablegen.«

»Dann ... Richtung Rosa-Luxemburg-Platz?«

»Ja. Das ist eine gute Idee. Da war ich schon lange nicht mehr.«

Ich ging nicht noch einmal hinein, um mich zu verabschieden. Ich würde ja wiederkommen.

Mit den ersten milden Abenden begann das Straßenleben im Scheunenviertel. Tische und Stühle standen auf den Trottoirs, Flaneure, Anwohner und Besucher bevölkerten die engen Bürgersteige. Viele Geschäfte hatten noch auf. Sigrun betrachtete die Auslagen – Designer, Galerien, Kunsthandwerk. Einmal verfing sich ihr Absatz zwischen den Pflastersteinen, ich griff ihr unter den Arm. um sie zu stützen. Aber danach vermied ich jede Berührung.

In der Rosenthaler Straße wurde es voll. Wummernde Bässe aus hochgetunten Autos, die Wochenendausflügler und Berlin-Touristen bewegten sich pulkweise vorwärts. Rund um die Volksbühne drängten sich die, die in die Vorstellung wollten. Auch das Babylon zog Besucher an, die vielen Bars und Restaurants sowieso.

Sigrun steuerte einen Tisch an, der gerade frei geworden war. »Wollen wir uns setzen?«

Ich blieb stehen. »Was willst du?«

Sie trug ein strenges Kostüm unter ihrem beigen Trenchcoat. Wahrscheinlich war sie auf dem Weg vom Büro nach Hause. Die Haare hatte sie zu einem schmalen Pferdeschwanz zusammengebunden, das helle Blond wurde im Nacken dunkler. Kleine Details fielen mir auf: der Ehering. Der Schlüsselbund, den sie immer noch in der Hand trug. Die nervöse

Geste, mit der sie eine nicht vorhandene Haarsträhne zurückstrich.

»Lass uns einen Wein trinken. Es dauert nicht lang.«

Ich nahm Platz, ihr gegenüber. Die Schlüssel und ihre kleine Handtasche legte sie vor sich ab. Der Kellner kam, wir bestellten zwei Gläser Chardonnay. Dann betrachtete sie das Treiben um uns herum.

»Mitten in der Stadt und doch Lichtjahre entfernt«, sagte sie. »Ich weiß nicht, wann ich das letzte Mal einfach so dagesessen und die Menschen beobachtet habe.«

Ich verkniff mir zu sagen, dass ich das auch ziemlich selten tat. Ich ahnte, warum sie gekommen war, und wünschte, sie hätte es nicht getan.

»Hongkong und das alles«, begann sie. »Das ist schon über einen Monat her. Bis heute hat sich noch niemand bei uns gemeldet. Es wird langsam quälend. Wie ein Damoklesschwert hängt das alles über unseren Köpfen. Du bist doch der Anwalt dieser drei Verbrecher. Was ist da los?«

»Ich weiß nicht, was du meinst.«

»Das weißt du ganz genau. Ansgar hat vor vier Jahren Geld für die erste CD bekommen. Und sag jetzt nicht, das wäre dir neu.«

»Nein. Das ist mir bekannt. Er hat es weitergeleitet, behauptet er.«

Der Wein wurde gebracht. Wir warteten, bis wir wieder unter uns waren.

»Und die unterlassene Hilfeleistung? Was ist damit?«

Ich parierte ihren Blick. »Das ist nicht meine Sache.«

»Heißt das, du wirst den Mund halten?«

Um Zeit zu gewinnen, trank ich einen Schluck Wein und stellte dann das Glas sorgfältig zurück.

»Ja.«

»Oh mein Gott«, stieß sie erleichtert hervor. »Joachim! Danke! Und die anderen? Hartmann und Schweiger?«

»Je weniger sie sagen, desto weniger wird ihnen zur Last gelegt. Es ist bekannt, wer Carolin Weigert und die beiden Betriebsprüfer umgebracht hat. Aber sobald Hartmann und Schweiger zugeben, das auch zu wissen, stecken sie neben einem gigantischen Schmiergeldskandal auch noch in einer Mordermittlung.«

»Hast du Ihnen geraten, den Mund zu halten?«

»Das musste ich nicht.« Noch ein Schluck Wein. Je eher das Glas leer war, desto eher konnte ich gehen.

»Das heißt ... Ansgar wird in dem Prozess gar nicht vorkommen?«

»Nach jetzigem Stand der Dinge ist sein Name kein einziges Mal gefallen.«

Sie lächelte. Sie war geradezu selig.

»War es das, was du wissen wolltest?«, fragte ich.

Die Fröhlichkeit verflog. Ihr Blick wurde ernst. »Warum hast du nichts gesagt?«

»Ich bin ihr Anwalt.«

»Ein anonymer Brief, ein Anruf mit unterdrückter Nummer ... du könntest unser Leben ruinieren.«

»Warum sollte ich das tun?«

»Weil ... da draußen, auf der Treppe, als wir uns geküsst haben. Das war kein Test, ob ich immer noch auf den erfolgreichen, aufstrebenden Anwalt fliege.«

Ich musste lächeln. »Aufstrebend. Dafür ist es wohl nie zu spät.«

»Dafür nicht«, sagte sie leise. Einen Moment lang dachten wir wohl beide daran, für was es sonst wohl nicht mehr reichen würde.

»Du hast recht.« Ich trank meinen Wein aus. »Da war mehr.

Viel mehr. Als ich dich wiedergesehen habe, war es, als hätte jemand die Zeit zurückgedreht. Ich habe gespürt, wie das ist, wenn man jemanden wirklich vermisst. Aber ...«

»Aber?«

»Jetzt bin ich in der Gegenwart. Es steht mir nicht zu, über euch zu urteilen. Du musst mit ihm leben. Er muss damit leben, einen Menschen im Stich gelassen zu haben. Die CD und alles, was damit zusammenhängt, hat drei Menschenleben gekostet. Er war sich der Folgen seines Tuns vielleicht nicht bewusst, als er sie aus der Bank geschmuggelt hat. Aber spätestens beim Anblick der sterbenden Frau.«

Sie senkte den Kopf. Wer Sigrun nicht kannte, würde das für eine Geste der Demut halten. In Wirklichkeit wusste sie, dass sie sich das stellvertretend für Ansgar von Bromberg anhören musste. Irgendwann wäre ich fertig. Irgendwann wäre es vorbei. Dann könnten alle so weiterleben wie bisher.

»Wofür brauchte er das Geld?«

Sie sagte nichts.

»Hatte er das Gefühl, er könnte sonst nicht mithalten? Dir nichts bieten bis auf seinen Namen? War es das?«

Sie zuckte mit den Schultern. »Ich hole wohl nur das Schlechteste aus den Menschen heraus.«

»Nein. Das tust du nicht. Ganz bestimmt nicht. In meinem Fall ...«

Sie wartete.

»In meinem Fall war es sogar das Beste. Ich wünsche euch alles Gute.«

Ich holte einen Zwanzig-Euro-Schein heraus und steckte ihn unter mein Weinglas. Dann stand ich auf und ging, die Hände in den Hosentaschen, zügig, aber doch langsam genug, um nicht die Illusion eines Ziels zu erwecken, hinein in die leuchtende Nacht.

Danke

Man schließt ein Buch immer mit gemischten Gefühlen ab. Monate, manchmal sogar Jahre wurde man von einer Geschichte begleitet. Von der ersten Idee bis zu diesen Zeilen war es ein weiter Weg. Ich schreibe diese Sätze kurz vor Weihnachten. Das fertige Buch werden Sie im Frühsommer in den Händen halten – es brauchte Zeit, um zu werden. Und es ist schön, wenn man sie nicht ganz allein verbringt.

Zum Beispiel mit Margrit Lichtinghagen. Früher war sie Staatsanwältin bei der Schwerpunktstaatsanwaltschaft für Steuerstrafsachen in Bochum. In den Morgenstunden des 14. Februar 2008 nahm sie den Ex-Post-Chef Klaus Zumwinkel fest – vor laufenden Kameras, denn der geheime Termin war an die Presse durchgestochen worden. Bis heute ist nicht geklärt, wer das tat. Aber es folgte eine Hexenjagd. Lichtinghagen wurde nicht nur das Verfahren entzogen, sie sollte auch zwangsversetzt werden. Als das Mobbing sogar vor ihrer Familie nicht mehr Halt machte, zog sie die Reißleine. Heute arbeitet sie als Richterin in Essen. Die Vorwürfe gegen sie konnten weder straf- noch disziplinarrechtlich aufrechtgehalten werden.

Wir haben lange miteinander geredet. Es gibt deshalb Parallelen zu meiner fiktiven Figur Carolin Weigert. Nur: Ich schreibe Krimis. Und meine Geschichte ist erfunden. Aber es verblüfft mich doch immer wieder, wie nah Fiktion und Wirklichkeit beieinanderliegen können. Danke an Margrit

Lichtinghagen für ihre Zeit, ihre Offenheit und ihren unerschütterlichen Glauben daran, dass Gesetze für alle gelten. Gelten sollten. Auch und gerade für die Reichen.

Und danke an meinen Kollegen Uli Stoll, der mir hilfreich zur Seite stand. Sein Bericht für *Frontal 21*, »Steuerhinterziehung leicht gemacht«, ist in der ZDF Mediathek abrufbar (https://www.zdf.de/politik/frontal-21/steuerhinterziehung-leicht-gemacht-100.html).

Und dann ist da noch Peter P. Lüsch. Wir kennen uns seit ... fast dreißig Jahren. Richtig intensiv wurde unsere (rein berufliche!) Beziehung aber erst, als ich mit dem Schreiben anfing. Wir sehen uns oft, telefonieren noch öfter, ich kriege immer Schokolade, wenn ich bei ihm bin, und dank seiner Hilfe habe ich auch meine erste Betriebsprüfung überstanden. Die dann den Ausschlag gab, einen Vernau über dieses Thema zu schreiben. Er ist mein Steuerberater und nicht nur deshalb eine der wichtigsten Personen meines Lebens ... ☺

Danke an so viele andere, auch an die, die nicht mit mir zusammenarbeiten wollten, weil sie Konsequenzen befürchteten, wenn sie offen mit mir reden. Danke an die, die es taten und deren Namen hier deshalb nicht auftauchen.

Danke an meine Freundin Anke Veil, die dieses Buch am anderen Ende der Welt lesen wird und schon seit so vielen Jahren meine strengste und liebevollste Kritikerin ist.

An Ken Duong, den ich bei einer Hörspielproduktion kennengelernt habe, hat sich, obwohl er ein viel beschäftigter Schauspieler ist, die Zeit genommen, Vernau ein paar Worte Kantonesisch beizubringen und mir die Unterschiede zwischen dem alten und dem neuen Hongkong. Dō zé!

Und eine Verneigung vor denen, die geduldig mit mir waren und an diese Geschichte geglaubt haben. Allen voran Claudia Negele und Grusche Juncker von Goldmann/Random House.

Danke an Regina Carstensen für ihr wunderbares Lektorat. An Dietrich Kluge von Network Movie und Jan Josef Liefers, die Vernau mit einem Millionenpublikum bekannt gemacht haben.

Und an Sie, liebe Leserinnen und Leser. Eingangs erwähnte ich die Zeit, die ein Buch zum Werden braucht. Ist es einmal fertig, geht es um etwas viel Kostbareres: um die Stunden und Tage Ihres Lebens, die Sie mir geben, wenn Sie es lesen. Ihr Vertrauen in mich und Ihre Treue, mit der Sie mich zum Teil schon seit Jahren begleiten, berühren mich sehr und sind für mich Verpflichtung und Geschenk zugleich. Dank Ihnen habe ich den schönsten Beruf der Welt, und Sie machen mich damit verdammt glücklich. Ich hoffe, ich kann Ihnen etwas davon zurückgeben. Mit meinen Büchern und den Filmen, die daraus entstanden sind, den vielen wunderbaren Begegnungen auf Messen, Festivals oder auf Lesungen – Sie zu treffen, durch die Geschichten oder im »richtigen« Leben, ist das Größte. Ich freue mich auf Sie!

Wenn Sie mögen, schreiben Sie mir oder bleiben Sie einfach mit mir in Kontakt auf Facebook, Sie finden mich unter Elisabeth Herrmann und ihre Bücher.

Bis zum nächsten Mal ...

Berlin, den 4. Dezember 2019

Die Autorin

Elisabeth Herrmann wurde 1959 in Marburg/Lahn geboren. Sie machte Abitur auf dem Frankfurter Abendgymnasium und arbeitete nach ihrem Studium als Fernsehjournalistin beim RBB, bevor sie mit ihrem Roman »Das Kindermädchen« ihren Durchbruch erlebte. Fast alle ihre Bücher wurden oder werden derzeit verfilmt: Die Reihe um den Berliner Anwalt Vernau sehr erfolgreich mit Jan Josef Liefers vom ZDF. Elisabeth Herrmann erhielt den Radio-Bremen-Krimipreis und den Deutschen Krimipreis. Sie lebt mit ihrer Tochter in Berlin.

Elisabeth Herrmann im Goldmann Verlag:

Das Kindermädchen. Kriminalroman

Versunkene Gräber. Kriminalroman

Die siebte Stunde. Kriminalroman

Die letzte Instanz. Kriminalroman

Totengebet. Kriminalroman

Das Dorf der Mörder. Kriminalroman

Der Schneegänger. Kriminalroman

Stimme der Toten. Kriminalroman

Schatten der Toten. Thriller

(alle auch als E-Book erhältlich)

Unsere Leseempfehlung

416 Seiten
Auch als E-Book erhältlich

512 Seiten
Auch als E-Book erhältlich

512 Seiten
Auch als E-Book erhältlich

Anwältin Evelyn Meyers aus Wien und Kommissar Pulaski aus Leipzig – ein eher ungewöhnliches Team, das doch der Zufall immer wieder zusammenführt. Gemeinsam ermitteln sie in drei ungewöhnlichen Fällen und folgen den Spuren perfider Serienmörder quer durch Europa …

www.goldmann-verlag.de
www.facebook.com/goldmannverlag

GOLDMANN
Lesen erleben

Unsere Leseempfehlung

480 Seiten
Auch als E-Book
und Hörbuch
erhältlich

Für Simon wird ein Alptraum wahr, als seine Tochter Paige von einem Tag auf den anderen verschwindet. Panisch begibt sich Simon auf die Suche, und als er Paige im Central Park tatsächlich entdeckt, erkennt er seine Tochter nicht wieder. Denn diese junge Frau ist völlig verstört und voller Angst. Sie flieht vor ihm, und Simon hat nur eine Chance, wenn er sie retten will: Er muss ihr in die dunkle und gefährliche Welt folgen, in deren Sog sie verloren ging. Und was er dort entdeckt, reißt ihn und seine gesamte Familie in einen Abgrund …

www.goldmann-verlag.de
www.facebook.com/goldmannverlag

Lesen erleben

Um die ganze Welt des
GOLDMANN Verlages
kennenzulernen, besuchen Sie uns doch
im **Internet** unter:

www.goldmann-verlag.de

Dort können Sie
nach weiteren interessanten Büchern *stöbern*,
Näheres über unsere *Autoren* erfahren,
in *Leseproben* blättern, alle *Termine* zu Lesungen und
Events finden und den *Newsletter* mit interessanten
Neuigkeiten, Gewinnspielen etc. abonnieren.

Ein *Gesamtverzeichnis* aller Goldmann Bücher finden
Sie dort ebenfalls.

Sehen Sie sich auch unsere *Videos* auf YouTube an und
werden Sie ein *Facebook*-Fan des Goldmann Verlags!

www.goldmann-verlag.de
www.facebook.com/goldmannverlag